일리아스

KB191337

홍　　　신
세 계 문 학
0　　2　　0

일리아스
ILIAS

호메로스 지음
강영길 옮김

홍
신
문
화
사

차례

아킬레우스 희랍군 최고의 용사. 여신 테티스는 '아버지를 능가하는 아들을 낳는다.'는 신탁 때문에 인간 펠레우스와 결혼해서, 아들 아킬레우스가 자신처럼 영원히 살지 못하고 인간처럼 죽을 것이라는 걱정에 눈물이 마를 날이 없다. 그래서 불사신으로 만들어준다는 스틱스 강에 아들의 몸을 담궈주는데, 손을 잡았던 발뒤꿈치만 못 담궜던 탓에 그곳이 약점이 된다. 즉 발뒤꿈치(아킬레우스의 건)를 빼고는 불사신인 셈이다. 트로이아 전쟁 10년째, 아가멤논과 싸우고 홧김에 제우스에게 '희랍군이 전쟁에서 고전해서 나의 진가를 깨닫게 해달라.'고 기도하는 바람에 엄청난 재앙을 불러온다.

헥토르 트로이아군 최고의 용사. 프리아모스 왕의 장남이다. 동생 파리스가 희랍 여인 헬레네를 데려오는 바람에 일어난 이 전쟁이 영 못마땅하지만 최선을 다해서 트로이아를 지키기 위해서 싸운다. 하지만 워낙 뛰어난 용사였던 탓에 남의 의견을 잘 안 들었고, 아킬레우스와의 최후 결전을 피하라는 충고도 무시하는 바람에 최후를 맞게 된다. 아내 안드로마케와의 사이에 어린 아들 스카만드리오스가 있다.

아가멤논 희랍군 총사령관. 제수인 헬레네가 납치되었다는 소식에 아우 메넬라오스를 도와 트로이아 원정군을 꾸렸다. 적들보다 열 배나 많은 인원이 왔는데도 예상과 달리 전쟁이 10년이나 지속되자 당황한다. 오만한 성격이 있어서 자신보다 칭송받는 아킬레우스, 오뒷세우스를 향해 질투의 감정을 내비치는 적이 많다. 그래서인지 정작 트로이아 전쟁에서 살아남고 긴 항해에서도 살아남은 그가, 고향에 돌아가자마자 살해당한다.

메넬라오스 스파르타의 왕. 헬레네의 남편이자 아가멤논의 동생. 졸지에 아내를 빼앗기자 형 아가멤논에게 말해서 대규모 원정대를 조직, 트로이아로 쳐들어왔다.

파리스 트로이아의 왕자. '알렉산드로스'라는 애칭으로 불린다. '트로이아를 멸망시킬 아이'라는 신탁 때문에 양치기로 버려졌는데, 운명의 장난에 의해 '세상에서 가장 아름다운 여신에게'라고 쓰인 황금 사과를 아프로디테에게 바치고 유부녀인 헬레네를 얻어 트로이아로 도망왔다. 그래서 아프로디테가 지켜주는 트로이아에 대해, 헤라와 아테네가 불 같은 공격을 뿜어댄다.

아이네이아스 프리아모스 왕의 사위이자, 여신 아프로디테의 아들. 아버지는 왕족인 안키세스. 전투 중에 아킬레우스에게 맞서서 죽을 뻔하지만 신들이 그의 운명대로 살게 하려고 살려준다. 과연 그는 트로이아가 멸망하며 불에 탈 때 배로 탈출, 이탈리아 중부 지역 테베레 강변으로 달아나서 '로마인의 원조'가 된다.

오뒷세우스 라에르테스의 아들로 이타케의 왕. 희랍 최고의 지략가라서, 원정에 나가지 않으려고 공주로 변장해서 숨어 있는 아킬레우스를 찾아낸 것으로 유명하다. 공주들 앞에 화장품과 무기를 함께 내놓자, 다들 화장품에 관심을 보일 때 아킬레우스가 무기에 관심을 보인 것. 그는 트로이아 전쟁에서는 살아남지만, 돌아가는 길에 오래도록 떠돌게 되면서 《오뒷세이아》라는 모험을 겪는다.

네스토르 퓔로스의 영주. 나이가 아주 많아서 고집이 센 아가멤논, 아킬레우스, 오뒷세우스 등이 서로 싸울 때 유일하게 중재할 수 있는 인물이다.

크로노스 시간의 신. 제우스의 아버지 신으로, 제 자식들을 태어나자마자 다 잡아먹었다가 저승의 타르타로스에 갇힌다.

레아 제우스의 어머니 신

하데스 크로노스의 첫째 아들. 저승 세계를 다스린다.

포세이돈 크로노스의 둘째 아들. 바다를 다스린다.

제우스 크로노스의 셋째 아들. 하늘과 인간과 신들 모두를 다스리는 으뜸신이다.

헤라 제우스의 아내

아테네 제우스가 머리로 낳은 딸. 지혜의 여신이다.

아폴론 활의 신

아르테미스 사냥의 여신. 아폴론과 쌍둥이 신이다.

제1권

역병, 그리고 아킬레우스의 분노

꠶꠷꠸

트로이아 전쟁이 10년째로 접어들자 희랍군이 크게 분열한다. 총사령관 아가멤논
과 희랍 세계 최고의 용사 아킬레우스가 다퉈서, 아킬레우스가 앙심을 품고 신에게
희랍군을 몰락시켜 달라고 기도한 것이다. 아킬레우스의 소망은 그의 어머니인 테
티스 여신을 통해서 제우스 신에게 전달된다.

무사 여신(흔히 뮤즈라고 부르는 예술의 아홉 여신)이여, 분노를 노래해
주소서, 아킬레우스의 그 파괴적인 분노를! 수많은 영웅들의 넋을 저승으
로 보내고, 영웅들의 몸을 산짐승의 밥이 되게 한 그 분노를! 아가멤논과
아킬레우스가 다투고 갈라선 그날로부터 결국 제우스 신의 뜻이 이루어진
그 이야기를!

두 사람을 싸우게 한 신은 아폴론이었다. 아폴론이 희랍('고대그리스'를
뜻하는 '헬라스Hellas'를 한자로 음차한 말) 병사들을 역병으로 잇따라 쓰러
뜨렸는데, 왜냐하면 희랍군 총사령관 아가멤논이 아폴론을 섬기는 제사장

크뤼세스를 모욕했기 때문이었다. 크뤼세스는 딸이 희랍군에게 잡혀갔다는 소식을 듣고 엄청난 배상금과 함께 '아폴론'을 상징하는 황금 지팡이를 들고서 희랍군 진영을 찾아왔다.

"아가멤논 왕과 메넬라오스 왕이시여, 그리고 훌륭한 희랍군 어른들이여, 올림포스 신들이 당신들에게 트로이아 함락을 허락하시고 무사히 귀향시켜 주시기를 빕니다. 그러니 부디 아폴론 신을 두려워하시어 이 배상금을 받고 딸을 제게 돌려주십시오."

희랍군 장수들은 모두 제사장의 제안에 찬성했다. 그런데 웬일인지 아가멤논은 불같이 화를 냈다.

"썩 물러가거라. 만일 또다시 찾아왔다가 내 눈에 띄면 아무리 그 황금 지팡이를 가지고 있다 해도 가만두지 않겠다. 나는 네 딸을 나의 고향인 아르고스로 보내서 내 침상을 돌보게 하고 집안일을 시킬 것이다. 그녀가 늙을 때까지."

노인은 무서워서 물러나올 수밖에 없었다. 그래서 그는 파도치는 바닷가를 홀로 걷다가 인적 없는 곳에 이르자 아폴론에게 기도했다.

"은활의 신이여, 제 소원을 들어주소서. 일찍이 제가 신전을 지어드리고, 살찐 암소와 산양의 허벅다리를 바친 제사를 기억하신다면 이 소원을 들어주소서. 당신의 화살로 희랍군들이 내 눈물 값을 치르게 해주소서."

아폴론은 이 기도를 듣고 크게 노해서 올림포스 천궁(올림포스 산 위 하늘에 있다고 전해지는 그리스 신들의 세계)에서 지상으로 단숨에 뛰어내렸다. 그가 어깨에 멘 화살통에서 화살들이 요란하게 울렸다. 아폴론은 마치 밤처럼 희랍군 진영으로 들이닥쳤다. 은활의 신은 희랍군 함선이 내려다보이는 곳까지 가서 앉더니 연이어 화살을 날렸다. 화살은 무서운 굉음을 내며 날아가서 노새와 개와 병사 들을 덮쳤다. 역병의 화살에 맞아 쓰러진 시체를 태우는 불길이 아흐레 동안 쉴 새 없이 타올랐다.

그러자 열흘째 되는 날 아킬레우스가 회의장으로 무사들을 모았다. 헤라 여신이 마음에 '동정심'을 불어넣었기 때문이었다.

"왕이여, 만약 우리가 어렵게 전투에서 살아남고도 역병에 쓰러질 지경이라면 귀향밖에 방법이 없을 것 같소. 그러니 점쟁이나 제사장이나 해몽꾼에게 '아폴론 신께서 화가 나신 이유'를 물어봅시다. 그래서 헤카톰베(제물로 바칠 소 백 마리) 때문이라고 한다면 즉시 새끼 염소와 산양의 기름진 살을 바칩시다."

그러자 새점 읽기의 일인자인 칼카스가 일어섰다. 그는 아폴론이 내려준 점술로 과거와 현재와 미래의 일을 읽어내는 자였다. 희랍군 함대는 칼카스의 안내로 이곳 트로이아까지 뱃길을 찾아 들어왔다.

"아킬레우스여, 아폴론께서 진노하신 까닭이 알고 싶다면, 먼저 나를 지켜주겠다고 확실하게 맹세해 주시오. 왜냐하면 내가 하는 말이 희랍군 총사령관을 성나게 할 것이기 때문이오. 왕은 지체가 낮은 인간에게 더 심하게 화내는 법이고, 오늘 당장은 노여움을 참는대도 원한은 계속 품고 있을 테니까요."

"아폴론께 맹세하건대, 언제나 기도로 희랍군에게 신탁을 밝게 전해준 그대에게 누구도 폭력을 쓰지 못하게 하겠다. 설령 총사령관 아가멤논이라도 말이다. 그러니 칼카스여, 안심하고 무엇이든 알고 있는 대로 신의 예언을 말해보라."

"아폴론이 진노하신 까닭은, 아가멤논이 자신의 제사장을 모욕했기 때문이오. 그러니 그녀를 아버지에게 돌려주기 전까지는 이 흉측한 질병도 거둬주지 않으실 것이오."

아가멤논이 자리에서 벌떡 일어났다. 왕은 노여움으로 시커매진 안색으로, 활활 타오르는 눈길로 칼카스를 노려보았다.

"재앙의 예언자여, 너는 언제나 내게 나쁜 점괘를 주며 기뻐하는구나. 좋은 예언을 말해준 적이 한 번도 없어. 이번에도 결국 모두 내 탓이로군. 내가 크뤼세이스를 돌려주지 않았기 때문이라고? 하지만 나는 그녀가 아내 클뤼타임네스트라보다 좋은 걸 어쩌느냐.

허나 우리 병사들이 무사하기 위해서라면 돌려보내겠다. 단 내게 그만큼의 다른 포상을 마련해 다오."

아킬레우스가 아가멤논을 비난했다.

"누구보다 지체도 높지만 탐욕도 높은 자여, 희랍군 가운데 그대처럼 많은 포상을 받은 사람이 어디 있는가? 재물을 잔뜩 쌓아 놓은 이는 아무도 없소. 그렇다고 이미 병사들에게 분배했던 것을 되찾아 오는 것은 좋지 않소. 당신은 그저 하루라도 빨리 그녀를 돌려보내시오. 그러면 제우스께서 트로이아를 함락시켜 주시는 날 희랍군들이 그대에게 세 갑절 네 갑절의 보상을 줄 것이오."

아가멤논도 지지 않고 언성을 높였다.

"그대는 포상을 받았으면서 나더러는 잠자코 뺏기고 있으라고? 안 될 소리! 나는 크뤼세이스에 버금가는 포상을 받아야겠다. 충분치 않으면 내가 직접 빼앗아서라도 말이다.

그러나 지금은 일단 바다에 배를 띄워서, 사공들과 소 백 마리와 크뤼세이스를 태우겠다. 그러니 협상단 지휘관으로 한 명 따라가서 아폴론을 달래보시오. 아이아스나 이도메네우스나 오뒷세우스나, 아니면 펠레우스의 아들이며 최고 용사라는 그대가 가든지."

아킬레우스가 왕에게 더 무섭게 쏘아붙였다.

"뭐라고? 이런 교활하고 탐욕스러운 철면피 같으니. 내가 누구 때문에 이곳에 와 있는데! 나는 트로이아인 때문에 참전한 게 아니다. 트로이아와 내 고향 프티아 사이에는 망망대해가 놓여 있는데, 그들이 내 가축을 훔쳐 갔겠는가, 농사를 망쳐놓았겠는가? 나는 오로지 메넬라오스와 그대를 도와주러 왔을 뿐이다. 그런데 그대는 오히려 뻔뻔하게 내 포상을 뺏겠다고 벼르다니! 그나마도 내 포상이 그대의 것보다 늘 형편없었는데도 말이다. 언제나 치열한 싸움은 내 팔로 해치우지만, 선물은 항상 당신 몫이 내 몫보다 훨씬 크고 좋았다.

차라리 나는 그만 프티아로 돌아가겠다. 이런 모욕을 당하면서 그대의 재물을 위해 싸워주는 일은 더 이상 않겠다."

아가멤논도 지지 않고 쏘아붙였다.

"네 마음이 그렇게 조급하다면 도망쳐라, 나도 더 머물러 달라고 사정하지 않을 테니까. 내 곁에는 나를 아껴주는 사람들이 많다. 그대야말로 가장 가증스러운 사내지. 늘 다투고 공격적이고. 고향으로 배와 수하의 군대를 이끌고 가서, 뮈르미도네스족(프티아 사람)이나 잘 다스려라. 나는 그대 따위의 원망에 전혀 신경쓰지 않으니까 이것을 꼭 실행하겠노라. 즉 아폴론께서 크뤼세이스를 내게서 빼앗아 가시니, 나도 그대의 브리세이스를 꼭 끌어오겠다. 그러면 내가 그대보다 위대한 사람인 줄을 그대가 잘 알게 되겠지. 다른 장수들도 내게 정면으로 맞서는 짓 따위는 하지 않을 테고."

이 말에 아킬레우스는 분함을 못 이겨서 아가멤논을 베어버리려고 허리춤에서 칼을 빼는데, 뒤에서 누군가 금발을 잡아당겼다. 두 사람 모두를 아끼는 헤라 여신이 보낸 아테네 여신이었다. 아테네는 아킬레우스의 눈에만 보였다.

"어찌 또 오셨습니까, 제우스의 따님께서 아가멤논의 못된 짓을 보러 오셨습니까? 그렇다면 당신에게 말해두겠습니다. 이것은 반드시 성취되리라고 생각합니다. 그는 곧 자신의 교만으로 인해서 목숨을 잃을 것입니다."

"나는 그대의 화를 가라앉히려고 하늘에서 내려왔노라. 흰 팔의 여신 헤라께서 양쪽을 다 염려해서 나를 보내셨으니, 이제 다투는 것도 칼을 빼는 짓도 그만두거라. 지금 분노를 억누르면 그 보상으로 나중에 세 갑절의 훌륭한 재물을 받을 것이다."

"그야 물론 두 분 여신의 말씀은 들어야겠지요. 아무리 가슴이 노여움으로 들끓어도 그러는 게 옳은 태도니까요. 신들의 말씀을 잘 들어야 신께서도 그 사람의 소원을 기꺼이 들어주시니까요."

아킬레우스는 은도금 칼 손잡이를 쥐었던 억센 손을 멈추었다. 여신은 안심하고 올림포스 천궁으로 올라갔다. 하지만 아킬레우스는 칼 대신 말로 아가멤논을 사정없이 욕했다.

"이 술주정뱅이야, 얼굴은 뻔뻔스러운 개 같고 심장은 사슴처럼 겁쟁이여서, 한번도 갑옷을 걸치고 병사들과 함께 싸움터에 나간 적이 없지. 희랍군 최고의 장수들과 함께 나가도 매복 하나 제대로 해내지 못하는 꼴이라니. 하긴 그대에게는 그것도 죽음처럼 두려우니, 희랍군 진영에 틀어박혀 숨어 있다가 남들의 포상품을 뺏는 편이 훨씬 쉽겠지.

백성을 잡아먹는 왕이여, 그것은 보잘것없는 자들만 다스리기 때문이지. 하지만 아가멤논이여, 남에게 모욕을 주는 것도 이번이 마지막일 것이다. 이 지팡이에 걸고 분명히 맹세하지. 이건 일단 나무 그루터기에서 떠나온 이상, 청동도끼로 깎여버린 이상, 이제 잎도 가지도 나지 않으리라. 희랍인들은 재판을 할 때 이것을 손에 들고 하는 것이 전례이다. 그러니 이 맹세는 중대한 것이야! 반드시 희랍인들 모두가 아킬레우스가 있었으면 하고 생각할 때가 오리라. 그대가 아무리 애태워도 목숨을 지킬 방법을 찾을 수 없을 것이다. 헥토르가 희랍군을 도륙할 때에야, 그대는 속으로 화내며 후회할 것이다. 최고의 용사를 존중하지 않은 것을!"

아킬레우스가 황금못을 박은 지팡이를 땅바닥에다 내동댕이치고 자리에 앉았다.

그러자 달변가 네스토르가 일어섰다. 그의 혀에서 흘러나오는 말은 꿀보다 더 감미로웠다. 그는 이미 두 세대의 인간들과 이별하고 삼대째의 사람들을 다스리고 있을 만큼 나이가 많은 노인이었다.

"허어, 이게 대체 무슨 일인가. 자네들 둘이 으르렁대는 것을 트로이아군이 보면 얼마나 기뻐하겠는가. 자, 자네들보다 나이 많은 이의 말을 듣게. 예전에 당신들보다 훨씬 더 뛰어난, 세상에 다시 없을 그런 용사들도 내 말을 무시하지 않았지. 페이리토스(테살리아 지방 라피타이족의 왕. 켄타우로스를 물리침), 드뤼아스, 카이네우스, 엑사디우스, 폴뤼페모스, 테세우스(전설의 아테네 왕. 페이리토스의 벗) 등 가히 불사의 신들과도 견줄 만한 지상

최대의 용사들이 내 의견을 듣고 싶다고 나를 불렀단 말이야.

그러니 그대들도 내 말을 듣게. 아킬레우스여, 부디 나라의 군주와 맞서 싸우지 마시오. 왕은 제우스 신께서 내려주신 영예의 자리이니, 그대가 여신의 아들이고 무술이 뛰어나더라도 이분의 지체가 더 높다오. 그리고 아가멤논, 그대는 부디 윗자리에 섰다고 해서 이 사람의 것을 빼앗지 마시오. 누가 뭐래도 그는 희랍인들을 지켜주는 방벽이니까."

그러나 아가멤논 왕은 화를 누그러뜨릴 생각이 전혀 없었다.

"어르신의 말이 모두 맞소. 그러나 문제는 이자요. 이자가 너나없이 모두 자기를 따르게 하고 모두에게 호령하려 하니까 내가 참을 수가 없는 것이오. 신들이 그를 용사로 만드셨대도, 그렇게 제멋대로 지껄일 권리는 없는 것이오."

아킬레우스가 그 말을 가로막았다.

"내가 그대의 횡포에 계속 양보만 하고 있는다면, 사람들에게 겁쟁이로 불렸겠지. 나는 더 이상은 절대로 그대 같은 사람에게 지시를 받지 않겠어. 좋아, 브리세이스를 빼앗아가겠다면 완력을 써서 막지는 않겠는데, 그 외의 것을 하나라도 가져간다면 용서치 않겠다!"

두 사람은 각각 자리를 박차고 나가버렸다.

아킬레우스는 죽마고우인 파트로클로스와 함께 자신의 배로 돌아갔다.

아가멤논은 배를 준비시켜서 사공 스무 명과 헤카톰베와 크뤼세이스를 태웠다. 통솔자로는 오뒷세우스가 배에 올랐다. 아가멤논은 멀어져가는 배를 바라보면서 병사들에게 몸을 물로 닦아 부정을 씻으라고 명령했다. 모든 병사가 바닷물에 더러움을 씻어냈다. 그들은 그 자리에서 다 함께 아폴론 신에게 최상급의 황소와 산양 제물을 바쳤다. 고기 타는 냄새가 하늘로 동그라미를 그리면서 올라갔다. 그 와중에도 아가멤논은 탈튀비오스와 에우뤼바테스를 불러서 명령했다.

"아킬레우스의 군막에 가서 요령껏 브리세이스를 데려오너라. 만일 보내주지 않으면 내가 직접 많은 사람을 이끌고 가서 빼앗아오겠다. 그러면 그 녀석은 오히려 더 따끔한 맛을 보게 될 테지."

두 전령은 마지못해서 뮈르미도네스족의 배로 향했다. 그러나 배 곁에 앉아 있는 아킬레우스를 보자마자 제자리에 얼어붙었다. 아킬레우스는 즉각 무슨 일인지 알아차리고 둘을 불렀다.

"어서 오게. 그대들은 심부름꾼일 뿐, 절대로 그대들의 잘못이 아니니 더 가까이 오게. 왕의 명령으로 브리세이스를 데려가려고 왔지? 파트로클로스가 그녀를 불러올 것이다. 그런데 그 대신 후일 희랍군이 절망에 빠져서 나를 애타게 찾을 때 나의 증인이 되어다오. 왕이라는 사람이 저주심에 가득 차서 앞뒤 못 가릴 만큼 완전히 사리분별을 잃고 있다고. 희랍군의 안전 따위는 완전히 뒷전이라니까."

파트로클로스가 군막에서 브리세이스를 데리고 나왔다. 브리세이스는 내키지 않는 마음으로 두 전령을 따라갔다.

그러자 아킬레우스의 눈에서 참았던 눈물이 흘러내렸다. 그는 홀로 조금 떨어진 바닷가로 나가서는, 양팔을 뻗어서 그리운 어머니인 바다의 여신 테티스에게 말했다.

"어머니, 당신이 저를 일찍 죽을 운명으로 낳으셨다면 제우스 신께 명예라도 충분히 받아 주셨어야죠. 아가멤논이 저를 모욕하고 제 것을 빼앗아가게 두시다니요."

아버지인 바다노인 네레우스의 곁에 앉아 있던 테티스 여신이 아들의 울음소리를 들었다. 그러자 여신은 순식간에 바다 안개처럼 피어올라서 아들의 눈물을 닦아주며 위로했다.

"내 아들아, 왜 울고 있느냐? 무슨 슬픔이 네 가슴에 왔느냐? 마음속에 숨겨두지 말고 내게 말해보거라."

"어머니는 이미 다 알고 계시잖아요? 아가멤논이 테베(에티온의 성. 딸이 헥토르의 아내인 안드로마케)를 정복하고 크뤼세이스를 데려왔는데, 그녀의 아버지이자 아폴론의 제사장인 크뤼세스가 딸을 구하러 왔을 때 모욕해서 쫓아버리는 바람에 아폴론 신이 노하셨어요. 그래서 아폴론께서 저희 희랍군에게 역병을 내리셨죠. 그래서 내가 당장 신의 마음을 달래라고 권유했더니, 아가멤논이 오히려 나를 모욕하고 나의 브리세이스를 빼앗아갔답니다.

그러니 어머니, 제우스 신께 당신의 자식을 도와달라고 한번 부탁해 주세요. 예전에 어머님이 그분을 구해드렸다면서요. 그분이 포박당할 뻔했을 때(제우스의 바람기에 지친 헤라가 포세이돈, 아테네와 함께 묶어두려고 했다) 어머님이 몰래 포박을 풀어드리고 헤카톤케이레스(팔이 백 개인 괴물)를 올림포스 천궁으로 불러올려서 지켜드렸다고요. 그것은 신들이 브리아레오스라 부르고 사람들은 아이가이온이라고 일컫는 괴물로, 완력으로는 아버지 우라노스보다도 한결 더 세다지요. 그것이 경호하고 있으니 신들도 제우스를 묶을 방법이 없었고요. 그 일을 제우스께 상기시켜서 트로이아를 보살피고 희랍군을 쓰러뜨려 달라고 사정해 주세요. 최고의 용사를 무시한 대가가 얼마나 큰지 깨닫도록 말입니다."

아들의 하소연에 어머니 테티스도 눈물을 흘렸다.

"불쌍한 내 아들, 너를 슬픈 운명으로 낳았기에 사는 동안은 눈물도 괴로움도 모르기를 바랐는데. 지금은 그 짧은 시간 중에서 가엾은 일까지 당하다니. 알았다, 내가 이 사정을 제우스께 말씀드리러 올림포스 천궁에 가보마. 그러니 너는 희랍군의 싸움에 절대로 참가하지 말고 기다리거라.

가만 있자, 제우스께서 마침 어제 신들을 모두 데리고 오케아노스에 사는 아이티오페스(흑인족. 세계의 남쪽 동서 양 끝에 살고 있다고 여겨짐)들에게로 가셨으니 열이틀 후에야 올림포스로 돌아오시겠구나. 내가 그때 올림포스 천궁으로 찾아가서 사정해 보마. 틀림없이 청을 들어주실 것이다."

어머니가 이렇게 달래주고 떠난 후에도 아킬레우스는 한참을 그대로 앉아서 화를 삭이고 있었다.

한편 오뒷세우스의 배는 크뤼세에 도착했다. 그들은 배를 뭍에 대고 나서 헤카톰베를 끌어내렸다. 오뒷세우스는 크뤼세이스를 아버지 제사장의 손에 건네주었다.

"크뤼세스여, 아가멤논 왕이 나를 보내셨네. 딸을 그대에게 돌려주고, 또 희랍군을 위해 아폴론에게 헤카톰베를 바쳐서 신의 마음을 달래기 위해서. 지금도 신께서 희랍군에게 슬픔에 찬 화를 보내고 계시다네."

제사장은 딸을 되찾은 기쁨으로 기쁘게 제사를 준비했다. 사람들은 헤카톰베를 제단 둘레에 질서 있게 세운 다음, 손을 씻고 보리를 손에 쥐었다. 크뤼세스가 두 손을 들고 큰 소리로 기도했다.

"들어주소서, 크뤼세와 신성한 킬라와 테네도스를 다스리시는 은활의 신이시여. 당신은 저를 소중히 여기서서 제 소원대로 희랍군에게 큰 재앙을 내리셨습니다. 그처럼 오늘도 제 소원을 이루어 주소서. 이제는 희랍군에게서 그 참혹한 질병을 거둬 주소서.”

기도가 끝나자 사람들은 절차대로 헤카톰베에 보리를 뿌렸다. 그러고는 소들의 목을 자르고 가죽을 벗기고 양쪽 허벅다리살을 발라냈다. 그러고는 허벅다리뼈들에 살코기를 겹으로 싸고 그 위에다 날고기 조각을 가지런히 늘어놓더니, 그것을 장작불 위에 올려놓고 태우면서 포도주를 부었다. 제사장 곁에는 젊은이들이 오지창을 들고 서 있었다. 그들은 허벅다리살이 다 타자 내장을 맛본 후 다른 부분들을 잘게 썰어 꼬챙이에 꿰고는 정성스럽게 구워 불에서 내렸다.

제사가 끝나자 그들은 다 함께 음식을 차려서 먹었다. 무엇 하나 모자람이 없는 훌륭한 향연이었다. 실컷 마시고 배불리 먹고 나자, 젊은이들이 술동이에 술을 가득 담아 와서 먼저 땅에 부어서 신에게 헌주한 다음 각자의 술잔에 따라 마셨다. 아카이아인(트로이아 전쟁에 참전한 희랍인 중 가장 강력한 민족이라서, 그냥 그리스인 전체를 일컫는 말로 쓰인다)들은 온종일 아폴론에게 바치는 찬가를 불렀다. 그러자 아폴론이 기뻐하며 화를 풀었다.

해가 저물어 어둠이 깔리자, 그제서야 사람들은 배의 닻줄 옆에서 잠을 청했다. 이윽고 장밋빛 손가락을 가진 새벽의 여신이 나타나자, 아카이아인들은 귀로에 올랐다. 아폴론이 순풍을 보내줘서, 그들의 배는 흰 돛에 바람을 가득 안고 파도 위를 미끄러져 나갔다. 배가 희랍군 함선이 정박된 해변에 도착하자, 모두들 배를 모래톱으로 끌어올리고 긴 침목을 여러 개 괴어놓은 뒤 각자 자신의 군막과 함선으로 뿔뿔이 흩어졌다.

하지만 그동안에도 아킬레우스는 계속 홀로 속앓이를 하고 있었다. 그래서 테티스도 아들의 부탁을 잊지 않고 있다가 꼭 열이틀째 되는 날 아침 일찍, 바닷속에서 떠올라서 올림포스 천궁까지 올라갔다. 제우스와 신들이 돌아와 있었는데, 주신主神은 다른 신들로부터 멀찍이 떨어져서 올림포스 최고봉에 앉아 있었다. 테티스는 곧장 그 앞으로 가서 왼손으로는 무릎을 잡고 오른손으로는 신의 턱을 잡고 앉았다(희랍에서 탄원자의 자세).

"제우스 신이시여, 제가 혹시 당신에게 도움이 된 적이 있었다면 이 소원을 들어주셔서 제 아들에게 명예를 주세요. 그 애는 다른 누구보다도 짧은 운명을 타고났는데, 지금 아가멤논에게 치욕까지 당했답니다. 그러니 올림포스의 주신이신 제우스이시여, 부디 아카이아군이 제 아들을 소중히 여길 때까지 트로이아군이 승리하게 해주세요."

제우스는 묵묵부답으로 앉아 있었다. 테티스는 포기하지 않고 계속 무릎에 매달려서 하소연했다.

"확실히 말씀해 주세요, 약속하시는 건지 아닌지. 주신께서 뭘 두려워하시겠어요, 그저 제가 가장 푸대접 받는 신일 뿐이지요(프로메테우스의 예언 때문에 인간 펠레우스와 강제로 결혼하게 된 것을 말한다)."

이 말에는 제우스도 매우 당혹해졌다.

"거 참 곤란해졌군. 넌 지금 내게 헤라와 싸우라고 부추기고 있지 않니? 안 그래도 내가 트로이아 편을 든다면서 헤라가 엄청 잔소리를 해대고 있다고. 그러니 너도 헤라가 눈치채기 전에 얼른 내려가거라. 그 일은 내가 유념해 두었다가 손써 보지. 자아, 네가 안심하도록 고개를 끄덕여 보일 테니, 내가 고개를 끄덕인 약속은 돌이킬 수 없는 것이 되어 반드시 이루어지기 때문이다.”

제우스가 고개를 끄덕이자, 향기로운 고수머리가 흘러내렸고, 그 기운에 올림포스의 큰 산봉우리가 우르르우르르 흔들렸다. 테티스는 안심하고 깊은 바닷속으로 돌아갔다.

하지만 이 모습을 왕비 헤라가 몰래 보고 있었다. 그래서 제우스가 궁전으로 돌아와서 대좌에 앉자마자 날쌔게 달려가서 앙칼지게 따졌다.

“신들 가운데서도 가장 약삭빠르신 당신이 오늘은 또 누구와 밀담을 나누셨나요? 당신은 언제나 나 모르게 비밀스러운 일들을 꾀하고 심판하기를 좋아하시죠.”

“헤라, 내 생각의 전부를 속속들이 알아내려고 하지 마시오. 비록 당신이 내 아내이지만 그것은 어려운 노릇일 테니. 그러나 그대가 들어도 괜찮을 일이라면 모든 신과 인간 중에서 그대가 가장 먼저 알게 될 것이오. 그러니 내가 혼자서 결정짓는 것들은 사사건건 캐묻거나 꼬치꼬치 알려고 하지 마시오.”

그러자 헤라가 대답했다.

“무슨 말씀을 그렇게 하세요? 정말이지, 예전에도 당신의 일을 캐묻거나 알아보려고 애쓴 적은 한 번도 없어요. 그리고 당신도 역시 언제나 거침없이 당신 뜻대로 하셨잖아요? 그러나 이번만은 몹시 마음에 걸리는군요. 오늘 아침 일찍 테티스가 당신 무릎에 매달려 있었잖아요. 그래서 그 여자에게 약속하셨나요, 아킬레우스에게 명예를 주기 위해서 아카이아인을 많이 죽게 하겠노라고?”

“별 쓸데없는 소리를 다 하는군. 그대는 내게서 잠시도 감시의 눈을 떼지 않고 있지만, 아무 소용 없을 거요. 그럴수록 내 마음이 멀어지기만 하고, 당신은 한결 더 괴로움을 겪게 될 테니까. 만일 그렇게만 된다면 그것이 바로 내 소망인 셈이지. 그러니 그냥 내 말에 따르시오. 올림포스 신이 아무리 많아도 내가 그대에게 무적의 팔을 휘두르려고 마음먹으면 아무도 도와주지 못한다는 걸."

이 말에 헤라는 겁을 먹고 들끓는 가슴을 억지로 누른 채 입을 다물었다. 그때 헤파이스토스가 일어서서 제 어머니 편을 들었다.

"두 분이 인간들 때문에 싸우셔서 신계에 큰 소동을 일으키신다면, 그건 정말 엄청나게 불행한 사건입니다. 어머니께 어머니도 잘 아시는 충고를 드리자면, 부디 아버지 제우스 신의 기분을 잘 맞춰드리세요. 제우스께서 저희를 올림포스에서 지상으로 던져버리기라도 하시면 그야말로 큰일이니까요. 그러니 어머니께서는 아버지께 늘 상냥하게 대해주세요. 그래야 아버지께서도 저희들을 부드럽게 대해주실 겁니다."

그러더니 두 귀가 달린 잔을 어머니 손에 건네주었다.

"어머니가 참으세요, 아무리 속상하셔도 참으셔야 해요. 올림포스의 어르신네는 저항하기엔 정말로 벅찬 어른이시니까요. 언젠가 제가 어머니 편을 들었다고 제 발을 잡고 냅다 지상으로 내동댕이치셨던 걸 생각해 보세요. 하루 종일 굴러떨어져서 해질 무렵에야 렘노스 섬에 떨어졌는데, 숨이 끊어진 줄 알았다니까요. 그 섬의 신티에스인들의 보살핌으로 간신히 살아났답니다."

헤라는 미소를 지으며 아들이 건네는 잔을 받아들었다. 헤파이스토스가 계속해서 오른쪽으로 차례차례 오면서 다른 신들을 서빙하자, 그의 절뚝이는 모양새를 놓고 신들이 깔깔거리고 웃었다. 잔치는 해질 때까지 계속되었다. 더할 나위 없는 대접에는 그 이상 모자라는 게 없었다. 아폴론이 언제나 즐기는 훌륭한 큰 하프가 그 자리에 있어, 무사 여신들도 아름다운 목소리로 노래를 계속했다.

드디어 눈부신 태양 빛이 사라지자, 신들은 저마다 자기 집으로 돌아갔다. 그들에게는 헤파이스토스가 지어준 저마다의 집이 있었다. 그곳에서 제각각 달콤한 단잠으로 빠져들었다.

제2권

제우스가 아가멤논에게 꿈을 보낸 의도

❧❦❧

제우스는 테티스 여신의 부탁대로 희랍군을 패배시키기로 결정한다. 그래서 아가멤논에게는 '지금 당장 전투에 나가면 반드시 승리한다.'는 거짓 예지몽을 꾸게 하고, 트로이아 편에 '희랍군이 쳐들어오니 전투 준비를 갖추라.'고 알려준다. 그렇게 하면 희랍군은 자신이 지게 되어 있는 싸움인데도 그 사실을 모르니까, 절대로 물러서지 않음으로써 더 큰 손해를 자초할 것이기 때문이다.

신들도 인간들도 단잠에 빠져 있었다. 그러나 제우스는 잠을 이룰 수 없었다. 어떻게 아킬레우스의 명예를 회복시켜 줄까, 아카이아인들을 어떻게 쓰러뜨릴까를 밤새도록 궁리했던 것이다. 그러다가 제우스는 한 가지 좋은 방책을 떠올렸다. 그는 흡족한 기분으로 꿈의 신을 불렀다.

"너는 얼른 아가멤논에게 가서 내 말을 전하거라. '즉시 아카이아인을 무장시켜서 일리오스(일리오스는 도시명, 트로이아는 지역명인데, 둘은 거의 같은 뜻으로 쓰인다) 도성을 공격하라. 지금이 절호의 기회이다. 왜냐하면 헤라 여신의 부탁으로 모든 신들이 어렵게 뜻을 모아서 트로이아에 재앙을 걸었기 때문이다.'라고."

꿈의 신은 눈깜짝할 사이에 희랍군 진영으로 날아갔다. 아가멤논의 군막에는 아직 향기로운 잠이 내리덮여 있었다. 꿈의 신은 아가멤논이 존경하는 네스토르의 모습으로 그의 머리맡에 섰다.

"전군의 생사를 쥐고 있는 무장께서 밤새도록 잠만 자고 계시는가. 자, 어서 내 말을 들어라. 나는 제우스의 전령이다. 주신께서는 비록 멀리 계시지만, 그대를 무척 걱정하고 계신다. 그래서 그대에게 이렇게 말씀하셨다. '즉시 아카이아인을 무장시켜서 일리오스 도성을 공격하라. 지금이 절호의 기회이다. 왜냐하면 헤라 여신의 부탁으로 모든 신들이 어렵게 뜻을 모아서 트로이아에 재앙을 걸었기 때문이다.'라고. 그러니 이것을 잠에서 깬 후에도 절대로 잊지 말라."

꿈의 신이 떠나자마자 잠에서 깬 아가멤논은 헛된 꿈으로 들떴다. 그는 왠지 오늘 트로이아 성을 무너뜨릴 수 있을 것만 같았다. 그래서 그는 얼른 자리에서 일어나 옷을 입고, 가문에 전해지는 왕홀을 들고 밖으로 나가서 전군을 소집했다. 병사들이 모여들었다. 그는 원로들은 네스토르의 군막 옆으로 따로 불러서 꿈 내용을 말해주었다.

"지난밤 거룩한 꿈이 나를 찾아들었소. 존귀한 네스토르와 꼭 닮은 생김새로 내 머리맡에 서서 지금 즉시 일리오스 도성을 공격하라고 했소. 그러니 장군들이 각자 군사들을 무장시켜 놓으면, 내가 관례대로 일단 그들을 시험해 보겠소. 배를 타고 도망가자고 꾀어보겠다는 말이오. 그때 그대들이 여러 가지로 타일러서 붙잡아 주오."

그가 말을 마치고 앉자 네스토르가 일어섰다.

"이런 꿈을 병사 중의 누군가가 꿨다고 했다면 귀담아듣지 않았겠지. 하지만 희랍군 총사령관의 꿈이니, 우리는 중요하게 생각해야 하네. 어서 부대로 돌아가서 군대를 무장시키세."

각 지휘관들이 서둘러서 자신의 부대로 돌아가 병사들을 무장시켰다. 그들이 줄을 맞춰서 행군해 오는 모습이 마치 빈 바위 틈에서 연이어 나와 한데 엉겨 날아다니는 꿀벌떼 같았다. 병사들이 각자의 함선과 막사로부터 바닷가 회의장으로 떼지어 모여들었다. 그들 사이를 제우스의 전령인 '소문'이 돌아다니며 전의를 부추겼다.

드디어 모두 모이니 다들 들떠서 떠들어댔고, 대지는 발밑에서 신음했다. 아홉 명의 전령들이 "그만 떠들고 왕의 말을 들으라."라고 한참을 소리치며 다닌 끝에야 와자지껄함이 수그러들었다.

그때 아가멤논이 신의 홀을 들고 일어섰다. 그 홀은 헤파이스토스가 만들어서 제우스에게 바쳤던 것인데, 제우스가 헤르메스에게 주고, 헤르메스가 '아르고스의 지도자'라는 표시로 펠롭스(아가멤논의 할아버지)에게 주었다. 펠롭스는 그것을 아들 아트레우스에게 주고, 아트레우스는 아우 튀에스테스에게, 튀에스테스는 조카 아가멤논에게 넘겨주었던 것이다. 아가멤논은 지금 그 왕홀을 들고 아르고스인들 앞에 섰다.

"용사들이여. 제우스는 나를 모진 미망에 빠뜨리셨다. 왜냐하면 예전에는 '일리오스를 함락시키고 귀국시키겠노라.'라고 단단한 약속하셨는데, 어젯밤에 갑자기 '불명예를 안고 그대로 아르고스로 돌아가라.'고 명령하셨기 때문이다.

그런데 아무래도 이번 명령에 따르는 게 맞을 것 같다. 왜냐하면 이렇게 뛰어난 아카이아인들이, 그것도 적들보다 10배나 인원이 많으면서도 일리오스 함락에 번번이 실패하고 있기 때문이다. 기약 없는 싸움에 용사를 계속 희생시키는 부끄러운 시간이 어느덧 9년이나 흘렀다. 그동안 배는 썩고 밧줄은 닳고 아내와 아이들도 기다림에 지쳐 버렸다. 그러니 모두들 내 말대로 하자. 그냥 이대로 배를 타고 그리운 고향으로 돌아가자."

그러자 병사들의 가슴속에 애틋함이 끓어올랐다. 동풍 에우로스와 남풍 노토스에 이카로스해(사모스 섬에 가까운 이카리아 섬 부근. 곧잘 바다가 거칠어지는 곳)가 일렁이듯, 서풍 제퓌로스에 보리밭 이삭들이 일제히 비스듬히 쓰러지듯, 꼭 그렇게 회의장이 술렁거렸다.

그러다가 일시에 함성이 터져나오며 다들 배로 내달리기 시작했다. 대지에 흙먼지가 높이 일었다. 병사들은 어느새 배를 바다로 밀어내릴 도랑까지 깨끗이 파냈다. 귀향을 서두르는 병사들의 함성이 하늘까지 닿았고, 어느새 배를 고정시켰던 침목도 제거되었다. 헤라와 아테네가 끼어들지 않았더라면, 희랍군은 그대로 천명을 어기고 귀국했을 것이다. 헤라가 아테네에게 불평했다.

"희랍군이 저대로 돌아가버린다고요? 헬레네를 이대로 두고서? 그 여자 때문에 아카이아인이 얼마나 많이 죽었는데, 그래선 안 되지요. 자, 그대가 얼른 내려가서 무사들을 한 사람 한 사람 붙들고 말리세요. 저들이 배들을 모조리 바다로 끌어내려 버리기 전에."

아테네는 올림포스 천궁에서 훌쩍 날아내려서 눈 깜짝할 사이에 아카이아인 속으로 들어갔다. 오뒷세우스가 쓸쓸해하며 서 있었다. 아테네가 그 곁으로 다가섰다.

"오뒷세우스여, 정말로 이대로 고향으로 도망칠 건가요? 트로이아인들이 거드름을 피우도록 헬레네를 두고 가렵니까? 그 여자 때문에 얼마나 많은 아카이아 병사들이 타향에서 쓰러졌는데. 자, 그대의 부드러운 말로 무사들을 한 사람 한 사람 설득하세요. 저들이 배들을 모조리 바다로 끌어내리기 전에."

오뒷세우스는 여신의 말을 알아들었다. 그래서 아가멤논에게로 뛰어가서 홀장을 뺏어들고는 대장이든 병사든 마주치는 사람마다 붙잡고 설득했다.

"도대체 무슨 짓이오? 겁쟁이처럼 도망가려 하다니, 당신답지 않소. 일단 마음을 차분히 가라앉히고 병사들도 진정시키시오. 아가멤논은 지금 당신들을 떠보고 있소."

"이놈, 가만히 앉아 있지 못하느냐? 너보다 뛰어난 사람의 말을 들어라. 너처럼 싸움도 서툴고 용기도 없는 자가 아니라, 제우스가 왕홀과 법을 내려서 인정한 사람의 말을 들으란 말이다."

오뒷세우스의 노력으로 가까스로 병사들이 안정을 찾고 회의장으로 돌아왔다. 그런데 테르시테스(뻔뻔스러운 사나이라는 뜻)만은 여전히 함부로 떠들어대고 있었다. 그는 희랍군 중에서 가장 못생긴 사내였다. 안짱다리에 절름발이이고, 어깨는 가슴 쪽으로 심하게 굽어서 오그라들어 보이고, 게다가 그 위에 놓인 머리통은 원뿔형에 머리털도 듬성듬성 나 있었다. 이 사내는 항상 무례하고 제멋대로 굴면서 말다툼을 일으켰기에 사람들의 혐오를 받는 자였다. 그가 이번에는 큰 목소리로 아가멤논을 욕하고 있었다.

"아트레우스의 아들이여, 이번에는 또 무슨 불만이시오? 당신의 군막은 청동과 아름다운 여자들로 가득 차 있소. 그 여자들은 모두 우리 희랍군이 도성을 함락시켰을 때마다 가장 먼저 당신에게 바친 것이오. 그런데도 아직도 모자라시오? 우리가 몸값을 받아낼 수 있는 트로이아인들의 자식들을 잡아왔으면 좋겠소, 아니면 젊은 여자를 바라는 것이오? 뭐가 됐든 지휘관으로서 병사들을 재앙 속으로 몰아넣는 몹쓸 짓이지. 여보게들, 이분은 이곳에 그냥 내버려 두고 우리는 고향으로 돌아가세. 그래야 우리가 자기를 지키느라고 얼마나 노력했는지 깨달을 것 아닌가? 어제는 아킬레우스까지 모욕하지 않던가? 그 용사가 참았기에 망정이지 제대로 화냈으면 그는 그 길로 마지막이었을 텐데."

오뒷세우스가 테르시테스 옆으로 불쑥 다가가서 신랄하게 나무랐다.

"말버릇 고약한 떠버리야, 잠자코 썩 꺼져라. 희랍군 중에서 가장 망측한 인간 같으니. 이 사람 저 사람과 싸움질을 일삼더니, 이제는 왕들과도 싸움질을 할 생각이냐? 절대로 우리의 우두머리를 함부로 입에 올려서 비난하지 말아라. 만일 그런 짓거리를 하다가 내 눈에 발각되면, 내 반드시 너를 붙잡아서 옷을 홀랑 벗기고 광장에서 수치스럽게 매를 때리겠다."

오뒷세우스는 그렇게 말하면서 홀장으로 그자의 어깨와 등을 후려갈겼다. 그는 너무 아파서 주저앉으며 눈물을 주르륵 흘렸다. 맞은 자리가 금세 피가 맺히며 퉁퉁 부어올랐다. 주변 병사들이 옆사람과 눈짓으로 그를 조롱했다.

"오뒷세우스는 참 훌륭해. 언제나 앞장서서 뛰어난 계획을 세우고 싸울 태세를 갖추니 말이야. 게다가 테르시테스를 혼쭐낸 일은 희랍군 전체에게 아주 좋은 본보기였어. 이렇게 욕지거리와 이간질을 일삼는 녀석은 두 번

다시 지껄이지 못하게 해줘야 한다구."

오뒷세우스가 홀장을 들고 일어섰다. 아테네가 그 곁에 전령의 모습으로 서서 맨 앞사람부터 맨 뒷사람까지 모두 그의 이야기를 들을 수 있도록 조용히 시켰다.

"아가멤논 왕이여, 아카이아인들이 그대를 온 세계에 우스갯거리로 만들 셈인가 봅니다. 아르고스에서 이곳으로 출발할 때 했던 굳은 맹세를 완전히 잊은 것이지요. 일리오스를 함락시키고 나서야 돌아가자는 약속을 말이오. 그러니까 철부지나 과부들처럼 집에 가고 싶다고 울며불며 했겠지요. 하기야 지칠 만도 합니다. 항해 중에 겨울폭풍이 휘몰아쳐서 배 위에서 한 달을 지내야 할 때도 갑갑한데, 벌써 9년째니까요. 하지만 그렇다고 이제 와서 그 오랜 세월 끝에 아무런 전리품 없이 돌아가는 것은 더 부끄러운 노릇입니다.

아카이아인들이여, 칼카스의 예언이 확실해질 때까지만 조금 더 기다리자. 우리 모두 기억하고 있지 않은가. 우리 희랍군은 아울리스(보이오티아의 항구)에 집결해서, 출발을 앞두고 플라타너스 나무 밑에서 솟아나는 샘의 양편에 제단을 쌓고 신들에게 헤카톰베를 바쳤다. 그런데 그때 거대한 시뻘건 구렁이가 제단 밑에서 기어나오더니, 나무를 타고 올라가서 꼭대기 둥지에 있던 새끼 새 여덟 마리를 먹어치웠다. 어미새가 놀라서 비명을 지르며 달려드니까, 구렁이는 그 어미새까지 먹어치웠는데, 그러고는 갑자기 돌로 변해버렸다. 이 광경에 모두들 어안이 벙벙해져 있는데 칼카스가 이렇게 신탁을 풀이했다. '제우스가 말씀하셨으니, 구렁이가 아홉 마리를 먹어치운 것처럼 우리도 같은 햇수를 싸움으로 보내고, 10년째에 트로이아를

30

함락하리라.'

바야흐로 그 칼카스의 신탁이 실현되려는 순간이다. 그러니 우리는 이곳에 머물러야 한다. 트로이아를 무너뜨릴 때까지."

오뒷세우스의 연설에 희랍군이 큰 함성으로 찬성을 표했다. 그러자 이번에는 네스토르가 일어섰다.

"한심하구나, 그대들은 언제까지 이러쿵저러쿵 말싸움만 하고 있을 텐가? 그래서는 이곳에 더 머물러 있어도 소용이 없다. 아트레우스의 아들이여, 그대가 부디 흔들리지 않는 신념으로 아르고스군을 강하게 지휘해 주시오. 불평하는 녀석들은 파멸시켜 버리시오.

잘 들어라! 제우스 신께서는 우리가 출항하던 날, 오른쪽으로 번갯불을 번쩍이게 하셔서 틀림없는 길조를 보여주셨다. 그러니 헬레네로 인한 노고와 탄식을 앙갚음하기 전에는 그 누구도 귀향을 조르지 말라. 그런데도 여전히 집에 가고 싶어서 배에 몰래 손을 댄다면, 그는 전장에 나가기도 전에 죽음을 만날 것이다.

왕께서도 스스로도 현명하게 생각하되 남의 의견도 경청해야 하오. 내 말을 그냥 흘려들으면 안 되오. 지금부터 무사들을 부족별로 나누어서, 한 부족 사람들끼리 서로 돕게 만드시오. 그래야 각 부대별로 지휘관이든 병사든 누가 겁쟁이이고 누가 용자인지 금세 알 수 있소. 그래야 설령 일리오스 함락에 실패하더라도 그것이 신의 뜻인지 우리가 비겁했기 때문인지 알 수 있소."

이에 아가멤논이 화답했다.

"노인이여, 이번에도 그대의 웅변이 우리를 설득시켰소. 제우스와 아테네와 아폴론 신이시여, 우리에게 네스토르 같은 조언자가 열 명만 있다면 일리오스쯤은 이미 함락시켰을 것입니다. 그러나 제우스께서 나를 변변찮은 말다툼에 끌어들이셔서, 바로 어제 나는 아킬레우스와 여자 때문에 심하게 다투며 먼저 화를 냈습니다. 우리가 다시 한마음으로 뭉친다면, 당장이라도 일리오스 성벽을 무너뜨릴 수 있을 텐데.

자, 병사들은 전투를 개시할 수 있도록 얼른 식사를 하라. 그 후에 창과 방패를 잘 손질하고, 말에게 먹이를 주고, 전차 바퀴를 점검하라. 오늘은 승부를 결정짓기 위해서 온종일 진저리나게 싸워야 하니까, 밤이 올 때까지 한 순간도 쉬지 못할 것이다. 가슴받이의 가죽띠가 땀으로 흥건히 젖고, 창을 쥔 손이 지치고, 말들도 땀범벅이 되도록 싸우리라. 누구든 전장을 빠져나와서 함선 옆에서 어물거리다가 발각되면 들개와 독수리와 까마귀의 밥이 될 것이다."

병사들은 함성으로 화답하고, 부랴부랴 자기 진영으로 돌아가서 불을 피우고 점심을 해먹었다. 그리고 저마다 자신들이 모시는 신에게 '싸움터에서 죽음을 면하게 해달라.'고 기도했다.

그러나 총사령관 아가멤논은 제우스에게 다섯 살배기 살진 소 한 마리를 제물로 바친 후, 원로들을 다시 소집했다. 필로스의 왕 네스토르, 크레타의 왕 이도메네우스, 살라미스의 왕 아이아스, 또 그와 이름이 같은 로크리스의 왕(그래서 각각 큰 아이아스, 작은 아이아스라고 불렀다.), 디오메데스, 그리고 이타케의 왕 오뒷세우스가 모였다. 스파르타의 왕 메넬라오스는 형의 다급한 마음을 잘 알고 있었기 때문에 부르기 전에 스스로 찾아왔다. 모두가 소 주위에 둘러서서 보리를 손에 쥐자 아가멤논이 대표로 기도를 올렸다.

"영광이 있으소서, 먹구름을 모으며 높은 하늘에 계시는 지대하신 제우스여. 부디 프리아모스(트로이아의 왕)의 궁궐을 시꺼멓게 태우고 헥토르(프리아모스 왕의 장남. 트로이아 최고의 용사. 희랍군에 아킬레우스가 있다면 트로이아군에는 헥토르가 있었다.)의 갑옷을 갈기갈기 찢기 전에는 어둠이 오지 않게 해주소서."

물론 제우스는 그 기도를 들어줄 생각이 없었다. 그래서 제물만 받고 달갑지 않은 고생을 오히려 더 크게 안겨주리라고 생각했다.

기도가 끝나고 보리를 뿌리는 의식도 마치자, 먼저 소의 머리를 쳐들어 올려 목을 잘라 가죽을 벗기고 양쪽 허벅다리뼈를 잘라내 그 위에 살코기를 겹으로 덮어서 날고기 조각을 늘어놓았다. 그리고 잎사귀 하나 없는 장작 조각으로 굽고 나서 살코기를 꼬챙이에 꿰어서 불에 구웠다. 허벅다리뼈가 다 타자 그 살코기를 모두 나누어 먹은 후, 나머지를 잘게 썰어 꼬챙이에 꿰어 정성스럽게 굽고 불에서 내렸다.

모든 의식이 끝나자 다함께 아침식사를 시작했는데, 모두의 마음에 만족한 잔치였다. 다들 충분히 먹고 마셨을 때쯤 네스토르가 말문을 열었다.

"아가멤논이여, 이제 더 이상 신께서 우리 손에 맡겨주신 일을 늦추지 마시오. 지금 당장 병사들을 집합시켜서 전투에 나서시오."

아가멤논이 전령들을 내보내서 희랍군을 빠르게 집합시켰다. 아테네 여신도 아이기스(제우스의 산양가죽 방패)를 치켜들고 돌아다녔다. 아이기스에는 각각이 헤카톰베의 값어치인 황금술이 자그마치 백 개나 달려 있어서, 그것이 화려하게 흔들리면 병사들 한 사람 한 사람의 가슴속에 용기가 생겼다. 그러자 병사들은 귀향보다 전투가 즐겁게 느껴졌다.

광대한 숲을 태우는 불길은 멀리서도 똑똑히 보이듯, 청동 무기의 번뜩임이 하늘까지 닿았다. 백조떼가 카위스트리오스 강가에 푸드덕거리며 내려앉을 때 아시오스 초원 전체가 울리는 것처럼, 병사들의 행군에 스카만드로스 벌판이 무섭게 울렸다. 병사들이 스카만드로스 벌판에 만발한 꽃과 풀들의 수만큼이나 많았다. 봄철 진한 양젖 통에 파리떼들이 모여들듯, 트로이아를 향해서 희랍군들이 늘어섰다. 지휘관들이 병사들을 전투대열로 정렬시켰다. 아가멤논 왕은 얼굴은 제우스를, 허리는 아레스를, 가슴은 포세이돈을 닮은 기상으로 유독 눈에 띄었다. 제우스께서 아가멤논을 출중해 보이도록 하신 것이었다.

무사 여신이여, 당신들이 직접 보신 광경을 말해 주십시오. 우리는 풍문으로만 전해들어서 잘 모르니까요. 그러니 희랍군을 이끈 장수들이 무엇을 어떻게 했는지, 당신들이 저희에게 하나도 빠짐없이 말해 주십시오.

보이오티아인의 지휘관은 페넬레오스, 레이토스, 아르케실라오스, 프로토에노르, 클로니오스였다. 그들이 50척의 배에 120명씩의 젊은이들을 태우고 이곳으로 왔다. 젊은이들은 보이오티아의 휘리에, 바위가 많은 이울리스, 스코이노스, 스콜로스, 언덕이 많은 에테오노스, 테스피아이, 그라이아, 무도장이 넓은 뮈칼렛소스, 하르마, 에일레시온, 에뤼트라이, 엘레온, 휠레, 페테온, 오칼레아, 요새가 튼튼한 메데온, 코파이, 에우트레시스, 비둘기가 많은 티스바이, 코로네이아, 목초가 많은 할리아르토스, 플라타이아, 글리사스, 성채가 튼튼한 휘포테바이, 포세이돈의 숲이 있는 옹케스토스, 포도송이가 탐스러운 아르네, 미데아, 니사, 변경의 안테돈 등에서 왔다.

오르코메노스인(아스플레돈과 미뉘아이족)은 아레스의 아들 아스칼라포스와 이알메노스가 이끌었다. 아스튀오케가 악토르의 궁전에 있을 때 다락방(여자들의 침실)에 올라가 잠을 자는데, 아레스가 그녀에게 몰래 다가갔던 것이다. 이들은 30척에 나눠 타고 왔다.

보이오티아인 옆에는 포키스인들이 서 있는데, 이피토스의 아들 스케디오스와 에피스트로포스의 지휘를 받았다. 40척의 배를 포키스의 퀴파릿소스, 바위가 많은 퓌토, 신성한 크리사, 다울리스, 파노페우스, 아네모레이아, 휘암폴리스, 케피소스 강변과 릴라리아에서 온 젊은이들이 나눠 타고 왔다.

로크리스인의 지휘관은 오일레우스의 아들 아이아스였다. 그는 몸집은 작아도 희랍 최고의 창술을 구사했다. 그도 로크리스의 퀴노스, 오푸스, 칼리아로스, 벳사, 스카르페, 아름다운 아우게이아이, 타르페, 보아그리오스 강변의 트로니온에서 온 젊은이들을 40척에 태워서 이곳에 왔다.

로크리스 건너편의 큰 섬 에우보이아에 사는 아반테스족은 칼코돈의 아들 엘레페노르의 지휘를 받았다. 아반테스족은 뒤통수쪽 머리만 기른 창병들로, 물푸레나무 창으로 적의 가슴받이를 찢기에 열심이었다. 그들은 에우보이아의 칼키스, 에레트리아, 포도송이가 탐스럽게 영그는 히스티아이아, 바닷가의 케린토스, 디온의 험준한 성채에 자리잡은 카뤼스토스, 스튀라에서 온 젊은이들을 40척의 배에 태워 왔다.

아테네인은 페테오스의 아들 메네스테우스가 이끌었다. 아테네는 에렉테우스의 고향으로, 대지의 여신이 낳은 그를 아테네 여신이 자신의 신전에 데려다가 키웠기 때문이다. 아테네 젊은이들은 50척의 검은 칠을 한 배를 몰고 왔다.

아테네인 옆에는 살라미스 섬에서 온 자들이 텔라몬의 아들 아이아스(큰 아이아스)의 지휘를 받고 있었다. 그들은 12척의 배를 타고 왔다.

아르고스인은 튀데우스의 아들 디오메데스, 카파네우스의 아들 스테넬로스, 메키스테우스의 아들 에우뤼알로스가 이끌었다. 아르고스의 티륀스, 헤르미오네, 아시네, 트로이젠, 에이오네스, 포도가 풍성한 에피다우로스, 아이기나, 마세스에서 온 젊은이들은 80척의 배를 타고 왔다.

뮈케네인은 바로 아트레우스의 아들 아가멤논의 지휘를 받았다. 뮈케네 유역인 코린토스, 클레오나이, 오르네아이, 아름다운 아라이튀레아, 시퀴온, 휘페레시에, 험준한 고노엣사, 펠레네, 아이기온과 아이기알로스 전역, 헬리케의 젊은이들이 100척의 배를 타고 왔다.

계곡이 많은 라케다이몬 유역 사람들은 아가멤논의 아우 메넬라오스가 60척의 배에 태워서 데려왔다. 헬레네의 남편 메넬라오스는 앙갚음하고 싶은 마음이 가장 컸기에 파리스, 스파르타, 비둘기가 많이 사는 메세, 브뤼세아이, 아우게이아이, 아뮈클라이, 헬로스의 해안성채, 리아스, 오이튈로스 등 다양한 지역의 젊은이들 사이를 돌아다니며 가장 열심히 격려했다.

퓔로스인은 네스토르가 90척에 태워서 끌고 왔다. 퓔로스 부근에는 아름다운 아레네, 알페이오스강의 나루터인 트뤼온, 아이퓌, 퀴파릿세에이스, 암피게네이아, 프텔레오스, 헬로스, 도리온 등이 있는데, 특히 도리온은 트라키아인 타뮈리스가 '내 노래가 무사 여신보다 훌륭하다.'고 잘난 체하다가 무사 여신들의 저주를 받아서 눈이 멀고 목소리와 연주력을 빼앗긴 곳으로 알려져 있다.

아르카디아인은 앙카이오스의 아들 아가페노르의 지도로 참전했다. 이곳은 내륙 산간지역이라서 배가 없었기 때문에 아가멤논이 60척을 빌려줬다. 페네오스, 양이 많은 오르코메노스, 리페, 스트라티아, 바람 부는 에니스페, 테게아, 만티네아, 스튐팔로스, 파르라시아 등지의 젊은이들이 함께 타고 왔다.

부프라시온, 휘르미네, 변경의 뮈르시노스, 올레니에 바위와 알레이시온 등이 있는 엘리스 지역은 네 명의 인솔자가 따라왔다. 크테아토스의 아들 암피마코스, 에우뤼토스의 아들 탈피오스, 아마륑케우스의 아들 디오레스, 아가스테네스의 아들 폴뤽세노스가 각각 10척씩을 책임지고 에페이오이 족들을 태워 왔다.

엘리스 맞은편인 둘리키온과 에키나이 열도에서 온 사람들은 필레우스의 아들 메게스의 지휘를 받으며 40척에 나눠 타고 왔다. 필레우스는 옛날 자신의 아버지인 아우게이아스의 소행에 화를 내어 둘리키온으로 옮겨왔다.

이타케 섬의 케팔렌인은 오뒷세우스의 지휘를 받았다. 네리톤, 크로퀼레이아, 아이길립스, 자퀸토스, 사모스 섬 등지의 젊은이들의 배 12척은 붉은색이었다.

아이톨리아인들은 안드라이몬의 아들 토아스가 이끌었다. 오이네우스의 후손이 끊기고 금발의 멜레아그로스도 죽었기 때문에, 오이네우스의 사위의 아들인 토아스가 통치권을 받은 것이다. 플레우론, 올레노스, 퓔레네, 바닷가의 칼키스, 바위투성이인 칼뤼돈 등지의 사람들이 검은 함선 40척을 몰고 왔다.

크레타 섬 사람들은 이도메네우스, 이도메네우스의 서자 메리오네스의 지휘를 받았다. 크노소스, 고르튀스, 뤽토스, 밀레토스, 뤼카스토스, 파이스 토스, 뤼티온, 기타 100여개의 도시의 장정들이 80척의 배에 나눠 타고 따라왔다.

로도스 섬에 있는 린도스, 이알뤼소스, 카메이로스 등지의 사람들은 헤라클레스의 아들 틀레폴레모스가 9척의 배로 이끌고 왔다. 헤라클레스가 셀레에이스 강변의 도시 에퓌라를 함락시키고 아스튀오케이아를 데려왔으니, 그녀가 틀레폴레모스를 낳았다. 틀레폴레모스는 훌륭한 궁전에서 잘 자라다가, 성년이 되자마자 외삼촌 리큄니오스를 살해하고 바다를 떠돌다가 로도스 섬에 정착했다. 그는 따라온 사람들을 세 부족으로 나누어서 정착시켰다. 제우스는 그를 사랑해서 막대한 재산을 내려주었다.

쉬메 섬에서는 카로포스의 아들 니레우스가 3척의 배를 이끌고 왔다. 니레우스는 희랍군 중에서 아킬레우스 다음 가는 미남이었는데, 힘과 세력은 훨씬 못 미쳤다.

테살로스 지역 사람들을 이끌고 온 것은 헤라클레스의 아들 페이딥포스와 안티포스였다. 니쉬로스 섬, 크라파도스 섬, 카소스 섬, 에우뤼퓔로스가 다스리는 코스 섬, 칼뤼드나이 섬 등지에서 온 쾌주선 30척이 나란히 서 있었다.

프티아 지역의 뮈르미도네스족은 펠레우스의 아들 아킬레우스가 50척의 함선에 태워서 데려왔다. 그런데 펠라스기콘의 아르고스, 알로스, 알로페, 트라키스, 여자들이 아름다운 헬라스 등지에서 온 젊은이들은 다른 부족 출신들이 다들 군장을 갖추고 모일 때 한가로이 창 던지기나 원반 던지기를 하며 놀고 있었다. 말들도 저마다 제가 *끄*는 전차 곁에서 자운영이나 질척한 땅에서 돋아나는 미나리를 뜯어먹고 있었고, 전차들은 덮개가 씌워져 있었다. 대장 아킬레우스가 전투에 불참하기 때문이었다. 아킬레우스가 더 화가 났던 이유는 브리세이스가 뤼르넷소스와 테베의 성벽을 무너뜨리고 에우에노스 왕의 두 아들 뮈네스와 에피스트로포스를 쓰러뜨리는 악전고투 끝에 쟁취한 여인이기 때문이었다.

필라케, 데메테르의 성역인 퓌라소스, 이톤, 바닷가의 안트론, 목초지 프텔레오스 등지의 사람들은 프로테실라오스의 지휘로 트로이아에 왔다. 그러나 그는 맨 처음 배에서 뛰어내리다가 다르다노스 편의 무사에게 살해당해서, 프로테실라오스의 동생인 포다르케스가 지휘를 맡았다. 하지만 병사들은 동생보다 형을 더 따르고 더 그리워하고 있었다. 그들의 함선은 검은 배 40척이었다.

이올코스인은 아드메토스의 아들 에우멜로스가 이끌었다. 그는 아드메토스의 가장 아름답고 현숙한 아내 알케스티스(남편 아드메토스 때문에 죽었다가 나중에 하데스에게 허락받아 살아남)의 아들이었다. 보이베이스 늪이 있는 페라이, 보이베, 글라퓌라이 등지의 사람들이 배 11척에 나눠 타고 왔다.

메토네, 타우마키에, 멜리보이아, 돌밭의 올리존 지역 사람들의 배 7척은 활을 잘 쏘는 필록테테스(헤라클레스가 죽게 되었을 때 도와주고 그 활을 얻음)의 지휘를 받았다. 배마다 노잡이가 50명이었는데, 하나같이 명궁들이었다. 그런데 필록테테스는 렘노스 섬에서 물뱀에 물리는 바람에 낙오되었고, 현재는 오일레우스의 서자 메돈이 통솔했다. 레네가 성을 함락시킨 오일레우스에게 낳아준 아들이었다.

테살리아 서부 지역인 트리케, 가파른 언덕의 이토메, 오이칼리아 유역 사람들은 30척의 배를 타고 왔다. 그들은 아스클레피오스의 두 아들 포달레이리오스와 마카온이 통솔했는데, 둘 다 뛰어난 의사였다.

오르메니온, 샘물이 많은 휘페레이아, 아스테리온, 흰 산봉우리의 티타노스 지역에서는 함선 40척이 왔다. 이들은 에우아이몬의 아들 에우뤼필로스의 지휘를 받았다.

아르깃사, 귀르토네, 오르테, 엘로네, 백악의 도시 올로옷손 등지 사람들의 배 40척은 페이리토스의 아들 폴뤼포이테스와 코로노스의 아들 레온테우스가 이끌었다. 폴뤼포에테스는 페이리토스가 펠리온 산에서 켄타우로스들을 내쫓을 때 힙포다메이아에게 얻은 아들이었다.

구네우스는 테살리아의 퀴포스, 폭풍우가 거칠게 휘몰아치는 도도네, 아름다운 티타레시오스 강변(후대의 에우로포스강) 등지에 사는 에니에네스족, 페라이보이인을 22척의 배에 태워서 데려왔다. 티타레시오스 강물은 페네이오스 강으로도 흘러가는데, 물이 섞이지 않고 흡사 기름처럼 그 위에 둥둥 떠내려갔다. 왜냐하면 티타레시오스 강은 저승의 스틱스 강에서 흘러나오기 때문이다.

마그네테스(테살리아 동부 연안), 페네이오스 하구, 펠리온 산 일대의 사람들은 텐트레돈의 아들 프로토스의 지휘 하에 40척의 배를 타고 왔다.

이처럼 부족별로 질서정연하게 도열한 희랍군 중에서 최고의 용사는 텔라몬의 아들 아이아스였는데, 물론 아킬레우스가 빠졌기 때문이다. 최고의 준마는 페레스의 손자이자 아드메토스의 아들인 에우멜로스의 암말 두 마리였다. 왜냐하면 그 옛날 아폴론이 페레스 왕의 집에서 종살이를 할 때 길러준 것이기 때문이다.

희랍군의 군세가 이처럼 대단했으니, 공기는 온통 불에 휩싸인 듯 뜨거웠고, 대지는 행군하는 발밑에서 신음했다. 그 소리가 마치 제우스가 예전에 노발대발해서 튀포에우스(화산 활동의 님프)를 향해 내리치던 채찍 소리 같았다.

그러자 제우스가 트로이아 편으로 무지개의 여신 이리스(신들 사이의 전령)를 보냈다. 이리스가 프리아모스의 궁전으로 가 보니, 사람들이 모여서 회의를 하고 있었다. 이리스는 발이 빨라서 지금 망루에서 적군의 동태를 살피고 있는 폴리테스 왕자로 변신해서 다가갔다.

"아버님, 평화롭게 이야기만 나눌 때가 아닙니다. 지금 희랍군이 몰려오고 있는데, 저렇게 많은 군사는 본 적이 없습니다. 정말이지 숲 속 나뭇잎만큼, 바닷가 모래알만큼 많은 수가 들판을 가로질러서 성을 향해 몰려오고 있습니다.

헥토르여, 형님이 전군에게 전투 태세를 갖추라고 명령해 주세요. 그런데 현재 우리 트로이아군은 일리오스인 군대와 근방 동맹군들이 섞여 있어서 서로 의사소통이 안 될 때가 많습니다. 그러니 그들을 부족별로 정렬시키세요."

헥토르는 즉시 회의를 해산하고 성문을 열었다. 그러자 무기를 든 장정들과 전차들이 성문을 빠져나가 트로이아 도성 앞 벌판의 둥근 언덕(사람들은 '가시덤불의 언덕', 신들은 '날랜 뮈리네의 분묘'라고 불렀다)에 정렬했다.

트로이아군 총지휘관은 프리아모스의 장남 헥토르가 맡았다.

다르다노스인은 아프로디테 여신과 안키세스의 아들 아이네이아스가 이끌었다. 그는 안테노르의 두 아들 아르케로코스와 아카마스를 보좌관으로 동행시켰다.

이데 산 기슭 젤레이아는 늘 아이세포스의 강물이 흐르는 풍족한 곳이었는데, 이곳 사람들은 뤼카온의 아들 판다로스의 지휘를 받았다.

아드레스테이아, 아파이소스, 피튀에이아, 가파른 언덕의 테레이아 등지의 사람들은 메롭스의 두 아들 아드라스토스와 암피오스가 이끌었다. 페르코테의 왕 메롭스는 점술이 뛰어났기 때문에 아들들의 참전을 끝까지 말렸는데, 두 아들은 아버지의 권고를 무시하고 전장에 나왔으니 검은 사신에게 이끌렸기 때문이다.

페르코테, 프락티오스, 세스토스, 아뷔도스, 아리스베 등지의 사람들은 휘르타코스의 아들 아시오스가 이끌었다. 아시오스는 아리스베에서 갈색의 준마를 타고 왔다.

풍족한 땅 라리사에서 온 사람들은 힙포토스와 퓔라이오스가 지휘했다. 둘은 펠라스고이족의 왕 테우타모스와 레토스의 아들이었다.

트라키아인은 아카마스와 페이로스가 이끌었다. 이들은 물의 흐름이 세찬 헬레스폰토스 해협(지금의 다르다넬스 해협) 유역에 살았다.

키코테스족의 장수 에우페모스는 제우스가 지키는 케아스의 아들 트로이제노스의 아들이었다.

활을 잘 쏘는 파이오니아인은 퓌라이크메스가 이끌었다. 그들은 악시오스 강변의 아뮈돈에서 왔으니, 악시오스 강은 더할 나위 없이 맑은 물을 논밭에 대주는 강이다.

퓔라이메네스는 파플라고니아인들을 이끌고 왔다. 그들은 야생 노새의 산지로 알려진 에네타이족의 땅 퀴토로스, 세사모스, 파르테니오스 강변, 크롬나, 아이기알로스, 에뤼티노이 등지에서 왔다.

오디오스와 에피스트로포스는 은광의 고장 알뤼베에서 할리조네스족을 거느리고 왔다.

뮈시아(소아시아 서안 중북부)인은 크로미스와 새점쟁이 엔노모스가 통솔했는데, 그는 자신의 검은 죽음은 새점으로 보지 못해서 아킬레우스의 손에 죽는다.

포르퀴스와 아스카니오스는 머나먼 아스카니아에서 프뤼기아족을 이끌고 왔다.

트몰로스 산에 사는 마이오니아인은 탈라이메네스의 두 아들 메스틀레스와 안티포스가 지휘했다. 그들은 귀가이에 늪의 님프가 낳았다.

노미온의 두 아들 암피마코스와 나스테스는 오랑캐의 말을 쓰는 카리아인을 지휘했다. 이들은 밀레토스, 푸티론 산, 마이안드로스 강, 뮈칼레 산 등지에서 살았다. 나스테스는 소녀처럼 몸에 황금을 지니고 전장에 나가기를 원했는데, 황금도 그의 처참한 최후를 물리쳐 주지는 못했다. 황금은 그들을 죽인 아킬레우스의 차지가 되니까.

크산토스 강변의 뤼키아 사람들은 사르페돈과 글라우코스가 지휘했다.

제3권

메넬라오스와 파리스의 일대일 결투

✦❀✦

양쪽 군대는 제우스의 부추김대로 전의에 불타서 적을 향해서 진군한다. 그런데 이 때 '헬레네의 전남편 메넬라오스'와 '헬레네의 현재 남편' 파리스가 일대일로 결투를 벌인다. 트로이아 전쟁을 일으킨 장본인들끼리 깨끗하게 승패를 정하고, 나머지 사람들은 즉시 전쟁을 중단하고 고향으로 돌아가자는 것이다. 다들 기뻐하면서 결투의 결과를 반드시 받아들이겠다는 맹약을 맺는다. 그런데 승자가 정해지려는 순간, 아프로디테 여신이 끼어들어서 전쟁을 끝낼 수 없게 된다.

정렬을 끝낸 트로이아인들이 함성을 지르며 진군하기 시작했다. 들판을 가로질러 가는 그들의 발밑에서 뿌옇게 먼지가 일었다. 마침내 양군이 서로 가까워졌을 때, 파리스가 트로이아군의 선두에 나섰다. 그는 어깨에 표범가죽을 걸치고 활과 칼을 메고 있었는데, 청동 창을 두 자루나 휘두르면서 '나와 일대일로 겨룰 용기 있는 자는 앞으로 나오라!'고 소리를 질렀다.

그 즉시 전차에서 뛰어내려서 파리스에게 돌진하는 자가 있었으니, 바로 헬레네의 남편이었던 메넬라오스였다. 마치 굶주린 사자가 숫사슴이나 야생 산양의 시체에 달려들듯 무서운 기세였다. 그러자 파리스는 산골짜기에

44

서 뱀을 본듯 겁을 먹고 냅다 자기편 병사들 속으로 도망쳤다.

이 모습에 큰형 헥토르가 불같이 화를 냈다.

"외모만 번듯했지 여자에게 미친 간사한 녀석. 너는 정말이지 태어나지 말았거나, 결혼하기 전에 죽었어야 했어. 이렇게 남에게 누를 끼치고 의혹의 눈길을 받기보다는 그러는 편이 훨씬 나았을 것이다. 희랍군들이 얼마나 비웃겠느냐? 네 훌륭한 겉모습만 보고 의젓한 용장이라고 생각했다가 실제로는 형편없는 겁쟁이임을 알았으니. 그런 주제에 아레스의 벗이라는 사나이의 아내를 잘도 데려왔구나. 네 행동은 네 아비에게, 네 나라에게, 모든 시민에게 재앙의 근원이요, 적에게는 기쁨의 구실이요, 너 자신에게는 수치의 근원이다! 어서 메넬라오스와 제대로 겨루거라! 그래야 나도 네가 어떤 사나이의 아내를 빼앗아 왔는지 이해하겠다. 네 머리카락과 육신이 흙먼지에 파묻혀버리면, 이번에는 아프로디테의 온갖 선물도 방패막이는 되지 않을 것이다. 트로이아 사람들은 참 우유부단해. 단호했다면 네게 벌써 돌옷을 입혔을 테니까(돌을 던져 죽였을 것이라는 뜻)."

"헥토르여, 형님의 질책이 하나하나 다 맞는 말씀이기는 한데, 언제나처럼 날카롭고 가차없군요. 뛰어난 목수가 단번에 목재를 쪼개듯 말이에요. 하지만 아프로디테의 선물에 대해서는 이러쿵저러쿵 말하지 마세요. 신들이 손수 주시는 영예로운 선물은 소홀히 할 수 없고, 또 바란다고 받을 수도 없는 것이잖아요.

좋습니다. 지금 이 자리에서 제가 메넬라오스와 일대일 결투를 하지요. 그 대신 승자가 헬레네와 그녀가 가져온 재화 전부를 가지고 양군은 화해하기로 합시다! 그래서 이 결투 후에는 우리는 기름진 트로이아로, 저들은 아르고스로 돌아가는 겁니다."

그러자 헥토르는 흔쾌히 승낙하고 창을 휘둘러서 트로이아군을 자리에 앉혔다. 이 모습을 본 희랍군은 화살을 쏘려고 했는데, 아가멤논이 뭔가 낌새를 느끼고 말렸다.

"멈춰라, 아카이아인이여. 투구가 번쩍이는 헥토르가 할 말이 있는 모양이다."

이 말에 아카이아인도 전투태세를 풀고 잠잠해졌다. 그러자 헥토르가 큰 소리로 말했다.

"트로이아군도 희랍군도 알렉산드로스(파리스의 별명)의 말을 들어라. 그가 말하기를, 헬레네와 그녀가 가져온 재화 전부를 걸고 메넬라오스와 일대일로 겨루겠다고 한다. 우리는 그 결투의 결과를 인정하고 화해하기로 맹약을 맺자!"

좌중이 쥐죽은 듯이 잠잠해졌다. 메넬라오스가 정적을 깼다.

"내 말도 잘 들어라. 나는 이 중에서 가장 마음이 괴로운 사람이지만, 나 역시 싸움을 멈출 때가 되었다고 생각한다. 알렉산드로스의 방자한 도전이 모두에게 너무나 큰 고통을 안겨주었다. 그러니 우리가 겨뤄서 죽음의 운명이 기다리는 쪽이 죽으면 이 전쟁도 끝난다. 다들 우리의 결투가 결판나는 순간 즉시 싸움을 멈추고 귀향하기로 약속하라.

자, 새끼 양을 가져오너라. 흰 숫양과 검은 암양을 한 마리씩 대지와 태양에게 바치자. 제우스께는 우리 희랍군이 다른 것을 바치겠다. 그리고 너희 쪽에서는 프리아모스 왕이 직접 나와서 맹세하라. 제우스의 맹약은 파기할 수 없는 것이지만 왕의 자식들은 다들 오만불손해서 맹약을 깨지 않을 것이라는 믿음이 안 생긴다. 또 젊은이의 마음은 들떠 있는 법이니 노인이 관여해서 앞일도 지난일도 잘 판단하여 쌍방에게 최선이 되도록 처리할 수 있다."

이 말에 아카이아측도 트로이아측도 일제히 '이 지긋지긋한 전쟁이 끝난다!'는 기대로 환성을 질렀다. 그들은 자발적으로 전차를 대열까지 후퇴시키더니, 갑옷과 투구를 벗고, 무기는 땅바닥에 줄지어 내려놓았다. 헥토르는 급히 도성으로 전령을 보내서, 새끼 양을 가져오고 프리아모스 왕을 모셔오게 했다. 아가멤논 왕도 탈튀비오스에게 새끼 양을 가져오라고 명령했다.

이때 무지개의 여신 이리스가 트로이아에서 가장 아름다운 공주 라오디케(헬리카온과 결혼. 헬레네의 시누이)의 모습으로 헬레네에게 갔다. 헬레네는 큰 베틀 앞에 앉아서, 자신 때문에 트로이아인과 아카이아인이 겪었던 수많은 전투 장면들을 수놓고 있었다. 여신은 바로 그 옆으로 가서 말했다.

"언니, 저것 좀 보세요. 그렇게 싸워대던 트로이아군과 희랍군이 갑자기 전투를 중지하고 얌전히 앉아 있어요. 알렉산드로스와 메넬라오스만 언니를 두고 일대일 결투를 할 거래요. 당신은 승리를 거둔 사람의 아내가 될 거래요."

이리스는 슬며시 헬레네의 마음에 전남편과 고국에 대한 그리움을 불어넣었다. 그러자 헬레네가 눈물을 흘리며 방에서 뛰어나갔다. 몸종인 아이트라(트로이젠의 영주 피테우스의 딸)와 클뤼메네가 뒤쫓았다. 그들은 스카이아이의 성문(일리오스의 서문. 다르다노스의 문이라고도 한다. 이곳에서 격전지인 스카만드로스 들판이 내려다보인다.)으로 달려갔다.

그곳에는 프리아모스 왕이 판토스, 튀모이테스, 람포스, 클뤼티오스, 히케타온, 우칼레곤, 안테노르 등의 장로들과 함께 나와 있었다. 장로들은 헬레네가 다가오는 것을 보고 수군거렸다.

"트로이아인과 아카이아인이 저 여인 때문에 오랜 세월 고난을 겪은 것이 이해되기도 해. 어쩌면 저토록 불사의 여신처럼 아름다울까? 하지만 우리 후손들을 위해서는 그녀를 반드시 되돌려 보내야 하겠지."

프리아모스가 헬레네를 큰 소리로 불렀다.

"아가, 이리 오너라. 내 앞에 앉아서 네 전남편과 친척들과 동포들을 보거라. 이 전쟁은 네 잘못이 아니라, 신들의 잘못이니 괜찮다. 저기 키 큰 무사는 누구냐? 저 사내보다 더 큰 자도 보이긴 하지만, 저만한 위엄을 갖춘 무사는 없구나."

"아버님, 언제나 어렵고 황송합니다. 처음 여기에 아드님을 따라서 전남편과 어린 딸과 친척들과 친구들을 모두 버리고 왔을 때 죽었더라면 좋았을 텐데, 뜻대로 되지 않아서 지금까지 눈물로 나날을 보내며 몸을 해치고 있습니다. 저 무사는 아트레우스 집안의 넓은 나라를 다스리시는 아가멤논 왕으로서, 좋은 군주이자 창술의 대가이십니다. 게다가 망신스러운 저에게는 공교롭게도 시아주버님이셨습니다."

"아트레우스 집안의 아들이로군. 행운을 타고났기 때문인지 따르는 젊은이들이 정말 많구나. 내 일찍이 포도가 많은 프뤼기아에 갔다가 준마를 모는 프뤼기아 무사들을 만난 적이 있지. 오트레우스와 뮈돈의 백성들로 상가리오스 강변에 진을 치고 있길래, 아마조네스들이 쳐들어왔을 때 나도 그들과 함께 싸웠단다. 그런데 그때보다도 지금의 희랍군 수가 훨씬 더 많다.

아가, 그럼 저 사람은 누구냐? 아가멤논보다 키는 작지만 어깨는 한결 더 넓구나. 가슴받이를 땅 위에 두고 병사들 사이를 뛰어다는 모습이, 은빛 암양들의 무리 속을 누비는 털복숭이 숫양 같다."

"라에르테스의 아들 오뒷세우스입니다. 바위가 많은 이타케 사람인데, 온갖 계략과 전술에 능통한 자입니다."

장로 안테노르가 끼어들었다.

"오뒷세우스는 예전에 마님 문제 때문에 메넬라오스와 함께 사절로 온 적이 있지요. 그때 제가 우리 집에 묵게 해서 둘을 가까이에서 살펴보았지요. 서 있으면 메넬라오스의 풍채가 더 좋아 보이는데, 앉으면 오뒷세우스가 더 훌륭했습니다. 그래서인지 메넬라오스의 연설은 간결명료하고 거침없는데, 오뒷세우스는 꼿꼿이 서서 홀장을 꽉 움켜쥔 채 눈을 땅바닥으로 내리깔고 말을 해서 좀 모자라는 사람처럼 보입니다. 하지만 일단 말을 시작하면 겨울날 눈보라처럼 휘몰아지는 열변을 토해내서 그의 부족한 외모를 잊게 하지요."

프리아모스 왕은 세 번째 무사의 정체를 물었다.

"키와 어깨가 단연 뛰어난 저 사나이는 누구냐?"

"그는 거인으로 일컬어지는 아이아스로 희랍군을 지켜주는 울타리로 알려진 자입니다. 저쪽은 이도메네우스로, 크레타군 대장들에게 둘러싸여 있네요. 제 전남편은 저자가 크레타에서 라케다이몬(스파르타의 정식 명칭)으로 올 때마다 저희 저택으로 불러서 대접했습니다.

그런데 아카이아인 중에서 웬만한 분들은 다 눈에 띄는데, 제 친형제들

인 카스토르와 폴뤼데우케스가 보이질 않네요. 라케다이몬에서 안 온 것인
지, 아니면 저 때문에 받을 치욕과 비난이 두려워서 배에 그냥 머물러 있는
것인지……."

그러나 사실 이 두 사람은 벌써 오래 전에 죽어서 라케다이몬 땅에 묻혀
있었는데 헬레네는 그 사실을 몰랐던 것이다.

그동안 헥토르가 보낸 전령들은 제물로 바칠 새끼 양 두 마리와 산양피
부대에 가득 담은 포도주를 나르고 있었는데, 혼주병(희석용 술동이)와 황
금잔을 들고 가던 전령 이다이오스가 노왕을 발견하고 곁으로 다가왔다.

"라오메돈의 아들이여. 저희와 함께 들판으로 내려가서 서약식을 올려
주십시오. 알렉산드로스와 메넬라오스가 일대일로 창술을 겨뤄서, 여기서
승리한 쪽이 아내와 재화를 가지면 다른 사람들은 각자의 고향으로 돌아갈
예정입니다."

노왕은 몸을 부르르 떨더니 전차에 올라타서 고삐를 당겼다. 안테노르가
화려한 2인승 전차를 타고 동행했다. 두 전차는 빠른 속도로 스카이아이 성
문을 지나 들판으로 나와서 트로이아군과 희랍군이 대치하고 서 있는 중앙
으로 갔다. 아가멤논과 오뒷세우스가 자리에서 일어섰다. 전령들은 가져온
제물들을 차려놓은 후, 포도주에 물을 섞어서 군주들의 손에 부었다. 그러
자 아가멤논이 허리춤에서 단검을 뽑아서 새끼 양들의 머리털을 조금씩 잘
랐다. 전령들이 양측 장수들에게 그 양털을 나누어 주었다. 아가멤논이 양
손을 높이 들고 큰 소리로 기도했다.

"삼라만상을 보고 들으시는 신 제우스여, 또 생명이 다하는 날 거짓맹세
를 한 자를 벌하시는 하데스(저승의 신)이시여! 당신들이 알렉산드로스와

메넬라오스의 서약의 증인이십니다."

아가멤논이 칼날로 새끼 양의 목을 내리찌르자, 병사들이 포도주를 잔에 따라서 땅에 붓고 불멸의 신들에게 기도했다.

"제우스와 다른 모든 불사의 신들이시여. 이 서약을 저버리는 자는 지금 땅에 붓는 이 술처럼 자신의 것이든 자식들의 것이든 골이 땅바닥에 쏟아지고, 그 아내는 남의 종이 되게 하소서."

제사가 다 끝나자 다르다노스의 후예 프리아모스가 외쳤다.

"듣거라. 나는 지금 바람이 휘몰아치는 일리오스로 되돌아가겠다. 내 귀여운 자식이 무신 아레스의 벗과 싸우는 것을 직접 볼 자신이 없구나. 신들께서는 이미 어느 쪽에 죽음의 운명이 정해져 있는지 알고 계시겠지."

노왕과 안테노르의 전차가 새끼 양들을 싣고 일리오스로 돌아갔다.

결투 장소는 헥토르와 오뒷세우스가 상의해서 정했다. 그러자 창을 먼저 던질 자를 놓고 제비뽑기를 했다. 병사들은 그동안에 이렇게 기원하고 있었다.

"제우스여. 이런 비극을 일으킨 자는 하데스의 집으로 보내시고, 저희는 화해의 맹세를 나누게 하소서."

헥토르가 투구를 흔들자 파리스의 제비가 튀어나왔다.

파리스는 어깨에 아름다운 갑주들을 걸치기 시작했다. 우선 다리에 정강이받이를 댔는데, 거기에는 은으로 만든 복사뼈 덮개가 달려 있었다. 가슴에는 동생 뤼카온의 가슴받이를 대고, 어깨에 은징을 박은 청동 검과 큰 방패를 걸쳤다. 머리에는 말총 술 장식이 멋지게 휘날리는 투구를 쓰고 턱 아래에서 단단히 비끄러매니 그 모습이 볼 만했다. 마지막으로 손에 잘 맞는 단단한 창을 집어 들었다. 메넬라오스도 그와 마찬가지로 무장했다.

마침내 두 사람이 무장을 마치고 마주 섰다. 마주 보는 사나운 눈빛들이 보는 이들마저 얼어붙게 했다. 파리스가 먼저 창을 던졌다. 창은 메넬라오스의 탄탄한 방패 정중앙에 꽂히며 휘었다.

그러자 메넬라오스가 청동 창을 들고 나아가며 제우스에게 기도했다.

"제우스여, 제 아내를 훔쳐간 저 가증스러운 알렉산드로스에게 앙갚음을 하도록 허락해 주소서. 제 손에 죽게 해주소서. 그래서 후세 사람들도 우정으로 맞아주는 집주인에게 원수로서 보답하면 안 된다는 것을 알게 해주소서."

메넬라오스가 창을 던졌다. 창이 파리스의 화려한 방패를 푹 꿰뚫더니 가슴받이까지 뚫고 들어가서 옆구리 속옷을 찢었다. 하지만 파리스가 살짝 몸을 틀어서 죽음은 피했다.

이에 메넬라오스가 은징을 박은 칼을 빼어 파리스가 쓴 투구의 정수리를 정통으로 내리쳤다. 그런데 이게 어찌된 일인가? 칼날이 투구에 닿자 산산조각 나버렸다. 메넬라오스는 하늘을 향해 울부짖었다.

"제우스여, 당신처럼 냉혹한 신은 또 없습니다. 알렉산드로스에게 톡톡히 복수하게 될 거라고 믿었는데, 이처럼 제 창을 빗겨가게 하시고, 제 칼을 산산조각 내시다니요."

메넬라오스는 번개같이 파리스에게 달려들어서 투구의 말총 장식을 움켜쥐고 희랍군 진영으로 끌고 갔다. 이때 아프로디테 여신이 투구 끈을 끊었다. 메넬라오스의 우악스러운 손아귀에는 텅 빈 투구만 남고, 파리스는 간신히 빠져나갔다.

메넬라오스는 투구를 바닥에 내동댕이치고 다시 파리스에게 전력질주로 달려들었다. 그런데 이번에도 아프로디테가 순식간에 짙은 안개를 치고는, 파리스를 낚아채서 규방으로 옮겼다. 그러고는 스파르타에서부터 헬레네를 보살폈던 나이 많은 유모로 변해서 탑 망루에 있는 헬레네를 만나러 갔다.

"이리 오세요, 알렉산드로스 님이 당신을 집으로 모셔오라고 하세요. 그분은 규방의 소용돌이 무늬로 조각된 침상 속에서 기다리고 계시는데, 그 부드러운 남자다움과 환히 빛나는 옷맵시가 방금 무사와 한판 싸움을 치렀던 분이라고 여겨지지 않고 이제부터 가무에 나가려고 몸단장을 하신 분 같습니다."

아프로디테는 헬레네에게 애타는 마음을 불러일으키려고 이렇게 말했는데, 헬레네는 여신의 유달리 깨끗한 목과 요염한 가슴과 반짝이는 눈을 보고 질겁했다.

"참 어지간히 야멸찬 분이시군요. 어째서 나를 또 속이십니까? 프뤼기아나 마이오니아에 마땅한 분이 나타나서 나를 또 데려가려는 겁니까? 틀림없이 지금 메넬라오스가 이겨서 나를 고향으로 데려가려고 하니까, 나를 또다시 빼돌리려는 것이겠지요.

알렉산드로스 님이 그렇게나 좋거든, 앞으로는 올림포스 천궁으로 가지 마시고 줄곧 그분 곁에서 직접 시중을 드세요. 그분이 받아주실지 모르겠지만. 어쨌든 저는 이제 그분께 돌아가지 않아요. 그랬다가는 트로이아의 모든 여자들이 저를 욕할 거예요."

그러자 아프로디테도 화가 났다.

"당돌한 여자로구나, 나를 화나게 하지 말아라. 내가 화나면, 지금 너를 귀여워하는 만큼 너를 미워할 것이고, 트로이아와 아르고스 양쪽 모두에게 적의를 부추겨서 네가 처참한 최후를 맞게 할 테니까."

이 말에 헬레네는 겁이 나서 눈부시게 새하얀 옷을 입은 여신을 말없이 따라갔다.

그들이 파리스의 남달리 호화로운 집에 다다르자 몸종들이 즉각 뛰어나왔다. 헬레네는 다락에 있는 규방으로 갔다. 그녀를 위해서 아프로디테가 대좌를 파리스의 맞은편으로 옮겨 놓아서, 헬레네는 거기에 앉았다. 그러고는 두 눈을 내리깐 채 남편을 나무랐다.

"싸움을 피해 오셨군요. 차라리 당신이 내 전남편의 손에 죽었더라면 좋았을 텐데. 메넬라오스보다 힘도 솜씨도 창술도 뛰어나다고 으스대지 않으셨어요? 그러니 지금이라도 다시 한번 메넬라오스와 떳떳이 결투를 하세요. 아니, 그냥 그만두시는 게 낫겠네요. 자칫 그 사람의 창에 찔려 죽기라도 하면 큰일 아녜요."

그러자 파리스가 변명을 늘어놓았다.

"여보, 그렇게 심술궂은 비난을 퍼부어 내 마음을 괴롭혀야겠소? 이번에는 메넬라오스가 아테네 여신의 조력으로 이겼지만, 다음에는 내가 이기리다. 신들께서는 우리들 편이거든. 그러니 어서 이리 와요. 그대에 대한 사랑으로 내 가슴이 가득하다오. 당신을 라케다이몬에서 빼앗아 바다를 건너는 배에 태우던 순간보다, 크라나에 섬에서 그리운 마음으로 처음으로 굳은 맹세를 주고받았던 그때보다, 지금의 내 마음이 더 애틋하구려."

그들은 그렇게 함께 침상에 들었다.

한편 메넬라오스는 갑자기 사라진 파리스를 찾아서 전장을 야수처럼 누비고 있었다. 그러나 그 누구도 파리스의 행방을 알지 못했다. 모두들 그를 미워하고 있었기 때문에, 만약 알았더라면 단박에 알려주었을 것이다.

이윽고 아가멤논이 선언했다.

"모두들 들어라. 오늘의 승리는 완전히 메넬라오스의 것이다! 그러니 너희들은 아르고스 태생의 헬레네와 많은 재화를 메넬라오스에게 돌려보내라. 그리고 또 적당한 배상금을 치러라."

제4권

신들이 깨뜨린 맹약, 그리고 전투의 시작

❧❧❧

일대일 결투에도 불구하고 기어이 전투가 일어난다. 결투에서 이겼다고 생각하고 있는 메넬라오스를 트로이아군 판다로스가 화살로 쏜 것이다. 동생이 다친 것을 본 아가멤논은 격분해서 '맹약을 깨뜨린 트로이아군'을 공격하라고 명령한다. 그런데 이것은 사실 신들의 계략이었다. 아킬레우스에게 명예를 주려면 희랍군이 위기에 몰리도록 전투가 계속되어야 하니까, 제우스의 명령을 받은 아테네가 트로이아군 판다로스의 마음에 공명심을 불어넣어서 화살을 쏘게 만든 것이다.

신들은 제우스 곁 황금 마루에 모여 앉아서 헤베(청춘의 여신. 올림포스 천궁에서 신들의 시중을 든다)가 따라주는 넥타르(신들이 마시는 음료)를 마시고 있었다. 그때 제우스가 심술궂게 비아냥거렸다.

"헤라와 아테네가 메넬라오스 편이면 무슨 소용이람. 그들은 먼발치에서 방관하며 즐기고 있지만, 아프로디테는 알렉산드로스 곁에 딱 붙어서 죽음을 쫓아주고 있는데. 그렇지만 어쨌든 이 싸움은 메넬라오스가 이겼어. 그러니까 우리가 어떻게 처리해야 할지 상의해 보세. 무시무시한 전투를 또 일으킬지, 아니면 화해를 시켜줄지. 일단 일리오스 도성은 피해가 없게 가만히 놔두고 헬레네만 메넬라오스에게 보내면 어떨까?"

이 말에 아테네와 헤라가 입을 삐죽거렸다. 아테네는 심하게 토라져서 대꾸도 하지 않았고, 헤라가 노여운 목소리를 냈다.

"어째서 당신은 내가 그토록 땀 흘려 이뤄 놓은 일을 망가뜨리려고 하세요? 내가 프리아모스와 그 자식들을 쓰러뜨리려고 신마가 지쳐 쓰러지도록 돌아다니면서 군사를 모았다구요. 어차피 당신 맘대로 하시겠지만, 다른 신들이 다 찬성하지는 않을 거라는 걸 알고 계세요."

"야릇한 말을 하는구려. 대체 트로이아인들이 그대에게 뭐 그렇게 나쁜 짓을 했기에, 일리오스 성문과 성벽을 무너뜨리고 프리아모스 일가를 산 채로 잡아먹으려고 하는 것이오? 적당히 하구려. 이 말다툼이 나중까지 우리 사이의 불화의 불씨가 되지 않도록.

그러나 이것 하나는 분명히 말해두지. 만일 내가 어느 도시를 멸망시키기로 결정하면, 그때는 그 도시에 그대가 돌보는 무사들이 있어도 절대로 끼어들지 마시오. 나도 전혀 마음이 내키지 않는 것을 기꺼이 그대에게 허용했으니까. 일리오스는 내가 특히 더 아끼는 도시거든. 프리아모스 왕과 그 백성들은 나의 제단에 제물 태우는 냄새가 끊어지게 한 적이 없어."

암소 눈의 여신 헤라(헤라는 아테네의 올빼미와 마찬가지로 소의 토템을 가지는 종족의 수호 여신)도 지지 않고 대답했다.

"나도 특별히 소중히 여기는 도성이 셋 있어요. 아르고스와 스파르타와 뮈케네. 하지만 당신이 원한다면 얼마든지 언제든지 멸망시키세요. 저는 방해하지도 원망하지도 않을 거고, 설령 내가 방해해도 당신이 훨씬 강하니 무슨 소용이 있나요. 그렇지만 내가 애쓴 일의 결실까지 없애지는 마세요. 나도 당신과 똑같은 신이고, 크로노스의 자식 중에서도 우두머리 딸이고, 당신의 배우자이기도 하니까 당신이 나의 권리를 완전히 무시할 수는 없어요. 그러니 우리 서로 조금만 양보하기로 하죠. 다른 신들은 모두 당신의 지배를 받으니까, 모두들 따를 거예요.

자, 당신이 아테네를 내려보내서 트로이아군이 먼저 서약을 깨고 희랍군을 공격하게 해주세요."

이에 제우스가 즉각 아테네에게 명령하니, 아테네가 전장 한가운데에 뛰어내렸다. 이것을 본 트로이아인과 희랍군은 똑같이 기겁했다.

"저게 뭐야? 처참한 전투가 재개된다는 뜻일까, 아니면 평화를 주겠다는 제우스 신의 징조일까?"

아테네는 안테노르의 아들 라오도코스로 변장하고 트로이아군 속으로 들어가서 판다로스를 찾아냈다.

"뤼카온의 아들이여, 아트레우스의 아들 메넬라오스를 화살로 쏘아 쓰러뜨리게. 메넬라우스가 자네 화살에 맞아 장작 위에서 불에 타는 모습을 보면 트로이아의 모든 사람들, 특히 알렉산드로스 님의 감사와 영예를 받을 거야. 자, 아폴론에게 고향 젤레이아로 돌아가면 헤카톰베를 바치겠다고 기도하고, 어서 메넬라오스를 쏴."

어리석은 사나이는 유혹에 넘어가서 활집을 열었다. 그가 직접 명치를 쏘아 잡은 야생 영양의 뿔로 만든 것으로, 열여섯 뼘이나 되던 뿔을 세공인이 잘 다듬어서 두 대를 잇고 완전히 매끈하게 닦은 뒤 황금 고리를 달았다. 이 활을 땅바닥에 대고 구부려서 시위를 건 뒤 조심스럽게 기다렸다. 그러자 전우들이 앞에 방패를 붙여놓아서 몸을 가려주었다.

판다로스는 활의 신 아폴론에게 서약하고, 검은 깃털 장식이 달린 화살을 꺼내, 활시위에 날카로운 화살을 야무지게 메겨서 힘껏 당겼다. 활시위를 가슴에, 무쇠 화살촉을 활에 닿도록 그야말로 활을 동그라미처럼 휘어서 잡아당겼다가 놓자, 활시위는 굉음을 내고 화살은 곧장 군중 속을 꿰뚫고 날아갔다.

하지만 아테네가 메넬라오스 앞에 서 있다가 화살을 살갗에서 조금 떨어진 곳으로 튕겨냈다. 단잠 자는 아이에게서 파리를 쫓아주는 엄마처럼. 화살은 배띠의 황금 고리가 겹쳐진 위, 즉 가슴받이가 두겹으로 겹쳐진 곳에 맞아서 구리 허리띠까지만 푹 들어갔다.

그런데 화살은 살갗만 긁었지만 금방 검붉은 피가 콸콸 흘러나와서, 메넬라오스의 허벅지와 장딴지를 피로 물들였다. 이를 본 아가멤논이 몸을 부르르 떨었다. 메넬라오스 자신도 몸을 떨었다. 그러나 화살촉을 잡아맨 실과 갈고리가 아직 살 밖에 나와 있음을 보고 안도했다. 아가멤논이 동생의 손을 잡고 탄식했다.

"내가 맺은 맹약 때문에 하마터면 네가 죽을 뻔했구나. 트로이아인이 맹약을 이렇게 쉽게 깨버릴 줄이야! 하지만 새끼 양의 피, 물 타지 않은 포도주, 신의를 걸고 나눈 오른손의 악수로 맺은 맹세는 헛되지 않다. 그래서 지금 당장이 아니더라도, 언젠가는 제우스께서 꼭 그들 자신의 생명이나 아내, 자식의 생명으로 꼭 갚게 하신다. 프리아모스의 백성들이 멸망할 날이 반드시 올 거란 말이다.

그렇지만 아우야, 만일 네가 죽는다면 나는 마음의 가책으로 도저히 견딜 수가 없어서 당장 아르고스로 돌아갈 것 같구나. 그러면 그대는 헛된 과업 때문에 타향에서 죽어 묻힌 것이니, 트로이아인들은 헬레네를 두고두고 자랑하며 네 무덤 봉분 위에 올라가 뛰며 말하겠지. '희랍군을 이 멀리까지 끌고 왔다가 메넬라오스만 죽이고 빈 배로 돌아가다니, 아가멤논이 하는 일이 매사에 이렇기를!'"

금발의 메넬라오스가 형을 달랬다.

"안심하세요, 형님. 아카이아 병사들이 겁먹게 하지 마세요. 화살촉을 급소에 들어가기 전에 매우 교묘히 만든 배띠가 막고, 그 밑에 배에 두른 천과 배띠의 고리쇠가 막아주어서 괜찮습니다."

"사랑하는 메넬라우스야, 정말 그랬다면 오죽 좋겠느냐. 그래도 상처는 빨리 의사에게 보이자. 의사가 아픔이 멎는 약을 줄 것이다. 탈튀비오스야, 즉시 의사 마카온을 불러오너라."

마카온은 말의 산지인 테살리아의 트릭케에서 따라온 무사들이 겹겹이 에워싸서 보호하고 있었다. 전령이 그를 발견하고 말했다.

"아스클레피오스의 아들이여. 메넬라오스가 화살에 맞아서 아가멤논 왕께서 당신을 부르십니다."

마카온이 서둘러 가 보니, 상처 입은 메넬라우스도 장수들이 겹겹이 에워싼 가운데 누워 있었다. 마카온은 즉시 배띠에서 화살을 뽑고, 배띠와 그 밑의 가죽띠까지 모두 푼 후, 상처에 피와 아픔을 멎게 하는 약초를 발랐다. 그 약초는 그의 아버지 아스클레피오스가 케이론을 구해주고 배운 제조법으로 만든 것이었다.

메넬라우스의 치료에 매달려 있는 동안에도, 트로이아 병사들이 계속 몰려왔다. 그러자 평소에는 싸움을 회피하던 아가멤논이 청동 수레에서 내려서 전장을 걸어다니며 사기를 북돋웠다. 호위병 에우뤼메돈이 전차를 이끌고 뒤에 따라다니다가 왕이 지쳐 보이면 즉시 대령했다.

"기세를 늦추지 말아라! 제우스는 거짓말쟁이, 맹약을 어기는 자들은 그 알몸을 독수리에게 먹게 하신다. 또 그들의 아내와 자식들은 우리가 이 도성을 함락시킨 뒤 배에 태워 끌고갈 것이다."

아가멤논은 뒷전에서 어슬렁대는 자들은 모질게 나무랐다.

"함성으로 싸우느냐? 이리저리 뛰어다니다가 지레 지쳐버린 사슴처럼 넋 놓고 있을 테냐? 우리 군함까지 트로이아군이 쳐들어오기를 기다리는 게냐?"

크레타의 이도메네우스가 자신의 군대를 격려하며 싸우는데, 그 기세가 거친 산돼지 같았다. 아가멤논은 크게 기뻐하며 이도메네우스를 칭찬했다.

"이도메네우스여, 나는 그대를 우리 군 중에서 최고로 존중해 왔소. 연회에서 다른 자들의 잔에는 정해진 양만 부었지만, 그대의 잔은 나와 마찬가지로 원하는 대로 가득 부어 주었어. 그러니 자, 그대가 전부터 자부하던 그런 자라면 어서 일어나 싸우러 나가거라."

"왕이여, 어서 맹약을 파기한 트로이아를 쳐부수러 나갑시다."

두 아이아스는 보병들을 이끌고 있었다. 그들은 마치 양치기 목동이 언덕에서 살펴볼 때 보이는, 바다 저쪽에서 서풍에 밀려오는 먹구름들 같았다. 멀리서 보면 먹구름은 콜타르보다 더 검게 보이는데, 질풍까지 몰고 오면 양치기는 오싹해져서 산양들을 굴로 대피시키게 된다. 두 아이아스가 이끄는 젊은이들은 방패와 창을 기세등등하게 세우면서 꽉 짜인 대열로 새까맣게 몰려나갔다.

"두 아이아스여, 그대들에게는 구태여 명령할 필요가 없지. 제우스와 아테네와 아폴론께서 모든 전사들의 마음에 그대들만큼의 기상이 생기게 해주시기를! 그러면 일리오스도 금방 우리 손에 떨어질 텐데."

필로스의 왕 네스토르도 부하들을 전장으로 내보내고 있었다. 그 가운데에 펠라곤, 알라스토르, 크로미오스, 하이몬, 비아스 같은 사람들이 있었다. 필로스 부대는 말과 전차와 기사들을 앞세우고 보병들을 후방 방어벽처럼 세워서 겁쟁이들을 중간에 몰아넣었으니, 누구라도 좋건 싫건 싸울 수밖에 없게 만드는 전략이었다. 네스토르는 대열을 이끄는 전차 기사들에게 당부했다.

"자신의 기마술과 무술을 맹신해서 혼자 앞으로 달려 나가거나, 혼자 뒤로 처지지 말아라. 그러면 대열이 뒤죽박죽이 되니까. 하지만 적의 전차가 가까워지면 창을 던져서 공격하라. 예부터 성채를 함락할 때 효과적으로 쓰던 방법이니까."

아가멤논은 노장군의 노련한 전술을 칭찬했다.

"노장군이여, 그대의 가슴속 기개만큼 그대의 무릎이 따라 움직이고 체력도 단단했으면 얼마나 좋겠소. 나이가 잔인하게 그대를 괴롭히고 있구려. 차라리 다른 사람이 늙음을 이어받고, 그대는 젊고 기운찬 자들 속에 합세할 수 있었으면."

"내가 에레우탈리온을 죽일 때처럼만 젊다면! 그러나 신은 인간에게 모든 것을 한꺼번에 다 주시지는 않는 법이오. 젊을 때는 전투에서 활약했다면, 늙은 지금은 기사들을 격려해 줄 수 있소. 그게 바로 노장의 특권이지. 창 따위는 나보다 훨씬 나이도 젊고 팔심도 월등한 젊은이들이 마구 휘둘러 줄 것이오."

아가멤논은 흐뭇한 마음으로 다시 발걸음을 옮겼다. 그런데 아테네의 메네스테우스와 이타케의 오뒷세우스는 여태 병사들을 줄세우고 이제야 조금씩 부대를 내보내고 있었다. 아직 이곳까지 전투의 함성이 들리지 않아서 그랬던 것인데, 아가멤논은 다짜고짜 나무라기 시작했다.

"페테오스의 아들 메네스테우스와 약삭빠르고 책략에 능한 오뒷세우스여, 그대들은 마땅히 제일 선두에서 싸우고 있을 줄 알았는데, 어째서 팔짱 끼고 뒤에서 우물쭈물하고 있는가? 그대들은 향연 때마다 제일 먼저 초대받아서 실컷 고기를 뜯고 포도주를 마시지 않았는가. 그런데 지금 10개 부대가 앞서서 싸우고 있는 것을 맨 뒤에서 바라보고만 있단 말이오?"

그러자 오뒷세우스가 왕을 무서운 눈초리로 쏘아보았다.

"무슨 말씀을 그렇게 함부로 하십니까? 어째서 트로이아군과 전투가 벌어질 때마다 우리더러 태만하다고 하십니까? 원하신다면 이 텔레마코스의 아비는 언제든 선두에 나서서 싸울 것입니다. 그런데도 그런 어처구니없는 말씀을 하시다니."

아가멤논 왕은 오뒷세우스가 화를 내자 슬그머니 화제를 돌렸다.

"제우스의 후예인 라에르테스의 아들 오뒷세우스여, 책략에 뛰어난 그대는 내가 새삼 나무랄 일도 없고 격려할 필요도 없다. 그대가 나와 같은 마음인 줄 알고 있으니까. 그러니 방금 내가 실언을 했다면, 나중에 신에게 없었던 일이 되게 해달라고 기원하겠다."

아가멤논은 서둘러 그곳을 떠나서 걷다가, 전차 옆에 우두커니 서 있는 디오메데스와 스테넬로스를 보았다. 이번에도 아가멤논은 그들을 책망했다.

"한심하구나, 디오메데스여. 그대의 아버지 튀데우스는 전투에서 늘 앞장섰다고들 칭송하던데. 언젠가 그가 폴뤼네이케스와 함께 뮈케네에도 왔었다. 테베 공격 지원병을 요청했는데, 뮈케네는 응하려고 했지만 제우스신이 불길한 징조를 보내서서 거절해야 했지. 그런데 그는 포기하지 않고 테베(카드모스가 건국)의 에테오클레스의 궁전을 홀로 찾아가서 적들과 당당히 협상을 했다. 오히려 그들에게 도전하여 경기마다 이기기까지 했지. 이에 카드모스의 후예들이 화가 나서 그가 돌아가는 길목에 하이몬의 아들 마이온, 이우토포노스의 아들 폴뤼폰테스라 등 쉰 명 남짓을 매복시켰다. 그런데 튀데우스는 이들마저 몽땅 처치하고 신의 계시에 따라 마이온만 살려서 돌려보냈다. 아이톨리아인 튀데우스는 이러한 용사였는데, 그 아들은 아버지보다 못하구나."

디오메데스는 왕에게 말대꾸하지 않고 질책을 공손히 들었다. 하지만 카파네우스의 아들 스테넬로스는 또박또박 반박했다.

"거짓말하지 마시오. 우리는 선친들보다도 훨씬 뛰어납니다. 선친들이 자만하다가 죽자, 결국 테베의 견고한 일곱 성문을 연 것은 우리들이니까. 훨씬 적은 수로 견고한 성벽을 무너뜨렸단 말이오."

그러자 디오메데스가 눈을 치뜨며 스테넬로스를 저지시켰다.

"너는 잠자코 있거라. 내가 하라는 대로만 하면 되는 거야. 나는 병사들의 우두머리께서 군사들을 전쟁에 나서도록 독려하는 것을 이해한다. 이분은 만일 희랍군이 트로이아군을 격멸해서 일리오스를 함락시키면야 높은 영예를 얻지만, 지면 큰 비난과 슬픔을 짊어져야 하니까. 그러니 우리는 어서 투지를 되찾고 싸우러 가자."

디오메데스는 이렇게 말하며 전차에서 뛰어내렸다. 갑옷이 무겁게 덜거덕거렸다.

서풍에 의해 먼바다로부터 밀려오고 해안가에 부딪쳐 산산이 깨지는 파도처럼, 희랍군은 그렇게 파도처럼 끝없이 밀려나갔다. 지휘관들만이 명령을 내렸고, 병사들은 지휘관이 무서워서 말없이 묵묵히 걸어갔다. 정교하게 만든 갑옷들이 햇빛에 번쩍거렸다.

반면 트로이아는 부잣집 안마당에 젖 짜주기를 기다리며 모여 있다가 새끼 양들의 울음소리를 듣자 계속 울어대는 암양떼 같았다. 트로이아군 진영 도처가 시끄러운 소음으로 가득했는데, 동맹군이라서 갖가지 언어가 뒤섞여서 들렸다. 그런 이들을 무신 아레스와 지혜의 여신 아테네와 아레스의 누이 에뉘오가 선동해댔다.

그러니 이윽고 쌍방의 군사들이 만나자, 창과 칼들이 세게 부딪쳤다. 방패끼리 맞부딪치는 꽝음 소리가 요란했다. 죽이는 자와 죽어가는 자의 환성과 탄성이 함께 들렸다. 마치 겨울비로 불어난 골짜기 냇물들이 흘러내리다가 한곳에서 만나며 큰 물줄기로 떨어지듯, 그래서 그 둔중한 소리가 멀리 있는 목자들의 귀에도 들리듯, 그곳은 온갖 고함과 소음들로 시끄러웠다.

먼저 네스토르의 장남 안틸로코스가 탈뤼시오스의 아들 에케폴로스를 쓰러뜨렸다. 창으로 투구의 정수리를 찍어서 이마를 꿰뚫어버렸다.

그러자 아반테스족 대장인 엘레페노르가 안전한 곳으로 끌어내서 갑옷을 벗기려고 시신의 다리를 잡았다. 그때 몸을 구부려서 옆구리 살이 드러나자 아게노르가 창을 푹 찔러 넣었다.

텔라몬의 아들 아이아스는 혈기왕성한 젊은 무사 시모에이시오스를 쓰러뜨렸다. 이데 산 양치기인 부모님을 따라 구경 갔던 여인이 내려오는 길에 시모에이스 강둑에서 낳았다 하여 이름이 시모에이시오스였다. 그는 부모에게 양육된 은혜를 갚지도 못하고 쓰러졌다. 아이아스의 창이 오른쪽 가슴 옆을 찔러서 어깨를 관통시켰다. 그는 먼지를 일으키며 백양목처럼 땅 위에 쓰러졌다.

그러자 프리아모스의 아들 안티포스가 아이아스를 겨누어 날카로운 창을 던졌다. 그러나 창은 그를 빗나가서 시신을 저쪽으로 끌고 가던 오뒷세우스의 부하 레우코스의 허벅지에 꽂혔다.

부하의 죽음에 오뒷세우스는 분노가 솟구쳐서, 대열을 빠져나가 그 창을 집어들어 던졌다. 창은 프리아모스의 서자 데모콘의 관자놀이를 관통했다. 아뷔도스에서 아버지의 말들을 돌보다가 달려온 그가 쓰러지니 갑옷 소리가 요란하게 덜컹거렸다. 이 소리에 헥토르도 기가 질려서 뒤로 주춤 물러서자, 아르고스군이 함성을 지르면서 시체를 끌어내고 다시 앞으로 밀고 왔다.

그러자 페르가모스(일리오스의 아크로폴리스)에서 내려다보고 있던 아폴론이 화를 내며 트로이아를 큰 소리로 격려했다.

"일어서라, 말을 길들이는 트로이아인들아. 아르고스 군대에게서 한 걸음도 후퇴하지 말라. 그들의 살갗은 돌도 아니고 쇠도 아니다. 오히려 머리카락이 아름다운 여신 테티스의 아들조차 싸움에 나오지 않은 상태가 아닌가!"

이 말에 기운이 솟은 임부라소스의 아들 페이로스가 아마륑케우스의 아들 디오레스에게 뾰족한 돌덩이를 던졌다. 돌덩이는 오른쪽 장딴지 아랫부분을 때려서 힘줄과 뼈를 박살냈다. 디오레스는 두 손을 그리운 전우들에게 내민 채 숨도 못 쉬고 뒤로 먼지를 일으키며 풀썩 쓰러졌다. 페이로스가 달려들어 창으로 배꼽 옆을 찌르니, 땅에 온통 창자가 쏟아지며 그의 두 눈에 어둠이 내렸다.

그러자 아이톨리아인 수장 토아스도 페이로스의 허파에 창을 찔렀다. 토아스는 그것만으로는 부족했던지 창을 뽑더니 날카로운 칼로 배까지 푹 찔러서 목숨을 빼앗았다. 하지만 그의 전우들이 곧 몰려왔기 때문에 갑옷은 뺏지 못하고 물러났다. 모래 먼지 속에 트라키아의 지도자와 에페이오이족의 지휘자가 나란히 길게 누워 있었다.

이날 트로이아군도 희랍군도 모래 먼지 속에 나란히 엎어져 죽어간 자의 수가 많았다.

제5권

디오메데스가 아프로디테를 찌르다

✿✿✿

맹약이 깨지면서 불붙은 전투는 일진일퇴의 호각지세였다. 이때 아테네가 희랍군 디오메데스를 한껏 부추겨서 힘의 균형을 깨니, 트로이아군이 궁지에 몰린다. 그런데 디오메데스는 너무 기세가 오른 나머지, 아들 아이네이아스를 구하러 전장에 뛰어든 아프로디테 여신까지 창으로 찌른다. 그러자 '인간이 신에게 덤볐다.'는 사실에 격분한 신들이 대거 참전한다. 트로이아군에는 아폴론과 아레스가, 희랍군에는 아테네와 헤라가 끼어든 것이다. 그러자 싸움은 한층 더 격렬해지고, 한층 더 많은 인간들이 목숨을 잃는다.

포이보스 아폴론('빛나는 아폴론'이라는 뜻)이 트로이아군을 격려하자, 팔라스 아테네('아이기스를 휘두르는 아테네'라는 뜻. 아이기스는 제우스의 방패인데, 그의 딸인 아테네도 가끔 사용한다.)도 희랍군 진영으로 뛰어내렸다. 그러고는 튀데우스의 아들 디오메데스의 투구와 방패에서 불꽃이 타오르게 했다. 디오메데스는 자신의 머리와 두 어깨가 늦여름의 큰 별 오리온처럼 거침없이 빛나자, 큰 용기가 생겨서 싸움터 한가운데로 돌진했다.

그러자 트로이아 편에서 페게우스와 이다이오스의 전차가 정면으로 달려왔다. 그들은 헤파이스토스 신의 제사장인 다레스의 두 아들로 전법에

통달한 장군들이었다. 하지만 페게우스의 창은 디오메데스의 왼쪽 어깨를 빗나갔고, 디오메데스의 창은 페게우스의 가슴을 정확하게 관통했다.

페게우스가 전차에서 굴러떨어지자, 이다이오스는 형제의 시신을 지키려고 전차에서 뛰어내렸다. 하지만 섣불리 다가가지 못하고 있는데, 이때 헤파이스토스가 밤의 어둠으로 그를 감싸서 구출해냈다. 기세등등한 디오메데스는 적의 전차에서 말을 끌어내서 부하들에게 넘겨주었다.

트로이아군은 다레스의 아들들이 곤경에 처하는 모습을 보고 충격을 받았다.

이때 아테네가 아레스의 손을 맞잡으며 말을 건넸다.

"아레스여, 인류의 파멸과 살인의 피에 젖어 성채를 파괴하는 자여! 트로이아군과 희랍군을 자기들끼리 싸우게 내버려두면 어떨까요? 제우스께서 어느 쪽에 승리의 영광을 주시든지, 우리들은 제우스 님의 분노를 피해서 뒤로 물러나 있자구요."

아레스는 아테네의 말에 동의했다. 두 신은 전장을 빠져나가서 스카만드로스 강둑에 앉았다.

그러자 희랍군의 반격이 거세지기 시작했다. 아가멤논이 할리조네스의 우두머리인 거한 오디오스를 전차에서 떨어뜨리고, 도망가는 그의 등을 창으로 찔렀다. 거구가 땅을 울리며 쓰러졌고 갑옷이 덜커덕거렸다.

이도메네우스는 마이오네스족인 보로스의 아들 파이스토스를 쓰러뜨렸다. 기름진 땅인 타르네에서 온 이 사나이는 전차에 올라타다가 이도메네우스의 창에 오른쪽 어깨를 관통당하고 굴러떨어졌다.

이도메네우스의 부하들이 그 갑옷을 벗기는 동안, 메넬라오스는 훌륭한 사냥꾼인 스카만드리오스를 찔렀다. 산골짜기에서 수렵의 여신 아르테미스에게 배운 맹수사냥법이 이때는 아무 도움이 되지 않았다.

메리오네스는 페레클로스를 쓰러뜨렸다. 하르몬의 손자이자 텍톤의 아들인 그는 팔라스 아테네가 특별히 돌보아서 손끝으로 정교한 기구를 만들어내는 기술자였다. 파리스가 온갖 불행의 근원을 몰고 오도록 큰바다도 거뜬히 건너는 뛰어난 배를 만든 것이 그였다. 메리오네스가 이 사나이의 오른쪽 엉덩이를 창으로 찌르니, 창끝이 방광 쪽으로 튀어나왔다. 페레클로스는 악 하는 비명과 함께 죽음에 들었다.

메게스는 페다이오스의 목덜미를 찔렀다. 그는 안테노르의 서자였지만, 품위있는 테아노가 남편을 위해서 제 자식처럼 소중히 기른 자였다. 퓔레우스의 아들 메게스의 창끝이 혀뿌리를 찢고 위로 튀어나오니, 페다이오스는 차가운 청동 창날을 꽉 깨문 채 모래 먼지 속에 엎어졌다.

에우아이몬의 아들 에우뤼퓔로스는 스카만드로스 강의 신에게 봉사하는 무당 돌로피온의 아들 휩세노르를 죽였다. 자기 앞을 도망쳐가는 이 사나이를 뒤에서 달려들어 칼로 내리쳐서 팔을 자르니, 휩세노르의 두 눈에는 거짓 없는 진자줏빛 죽음이 내리덮었다.

이 격전의 와중을 디오메데스가 휘젓고 다녔다. 겨울 폭우에 강물이 무너진 둑을 넘어서 삽시간에 평지를 휩쓸듯, 그래서 아무리 무성한 과수원도 곡식이 영근 논밭도 모조리 황폐해지듯, 디오메데스가 이편 저편 함부로 휘저으며 지나다니는 곳마다 트로이아군의 대열이 흐트러지고 많은 병사들이 쓰러졌다.

이 광경에 격분한 판다로스가 디오메데스의 오른쪽 어깨에 화살을 쏘았다. 디오메데스의 가슴받이가 피로 벌겋게 물들었다. 판다로스가 의기양양하게 외쳤다.

"트로이아인이여, 일어서라. 아카이아 제일의 용사가 화살을 맞았으니 더 이상 견디지 못한다. 아폴론 신이 나를 뤼키아에서 출발시켜 이곳으로 보내신 뜻이 참뜻이라면."

하지만 디오메데스는 죽지 않았다. 그는 급히 스테넬로스를 찾았다.

"카파네우스의 아들아, 어서 내 어깨에 박힌 화살을 뽑아다오."

스테넬로스가 전차에서 뛰어내려 화살을 단숨에 뽑아냈는데, 피가 얇은 속옷을 통해서 힘차게 뿜어져 나왔다. 목소리도 우렁찬 디오메데스는 기도를 올렸다.

"팔라스 아테네여, 언젠가 제 아버지와 제가 염려되어 심한 싸움에서 도와주셨듯이, 이번에도 저를 가엾게 여기고 도와주소서. 제발 저 사나이가 내 창이 닿는 곳까지 와서, 제가 그 목숨을 빼앗게 해주소서. 그는 저를 활로 쏘고는 제가 죽으리라고 떠들어대고 있습니다."

이 기도를 들은 아테네가 그의 팔다리를 가볍게 해주고 옆에서 속삭였다.

"디오메데스여, 안심하고 싸워라. 내가 그대 가슴속에 부친인 튀데우스가 갖고 있던 담력을 넣어 주었다. 또 상대가 신인지 인간인지를 똑똑히 분별할 수 있도록 그대의 두 눈을 가리고 있는 안개 같은 어둠까지 걷어 주겠다. 그러니까 만일 다가오는 이가 신이면 그대를 시험하러 오는 것이니 절대로 싸우지 말아라. 다만 아프로디테가 보이거든 날카로운 청동 창날로 찔러라."

디오메데스는 이 말에 힘을 얻고 다시 한번 선두로 나섰다. 우리를 뛰어넘어서 양떼를 덮치는 사자처럼, 양치기에게 상처를 입어서 오히려 살기가 더 오른 사자처럼, 사나운 기세로 트로이아군과 싸워나갔다. 아스튀노스의 가슴 위를 창으로 내리찍고, 휘페이론의 견갑골을 내리쳐서 어깨를 잘라내버렸다. 아바스와 폴뤼도스에게도 덤벼들었다. 두 사람은 예지몽을 꾸는 노인 에우뤼다마스의 아들이었는데, 안타깝게도 이 죽음은 꿈꾸지 못했던 모양이다. 크산토스와 톤에게도 달려들었다. 아버지 파이노포스는 늦둥이라서 아직 어리기만 한 두 아들의 죽음 앞에 애통함의 눈물만 흘렸다.

디오메데스는 한 전차에 타고 있던 프리아모스의 두 아들 에켐몬과 크로미오스도 붙잡았다. 사자가 풀 뜯는 송아지와 암소들의 목덜미를 물어뜯듯, 그는 두 사람을 전차에서 거칠게 끌어내렸고, 갑옷과 말을 빼앗아 부하들에게 넘겨주었다.

디오메데스의 맹활약을 목격한 아이네이아스가 판다로스를 찾아갔다.

"판다로스여, 그대 궁술의 높은 명성은 어디로 갔는가. 어서 제우스에게 기도하고 저자를 활로 쏘아다오. 저자가 많은 트로이아 용사들의 무릎을 꺾고 있다. 만일 어느 신께서 제물이 마음에 안 드셔서 트로이아를 꾸짖고 있는 것이 아니라면 말이다. 신의 격노는 엄격하니까."

"아이네이아스여, 저 사내의 방패와 투구와 말은 디오메데스의 것을 닮았지만, 신이 아닌지 의심스럽다. 아니면 진짜 디오메스라도 신의 도움 없이는 저토록 날뛰지는 못한다. 두 어깨를 구름에 감춘 어느 신께서 저 사내에게 바짝 붙어 서서 화살을 걷어내는 것이다. 조금 전 내가 분명히 그의 오른쪽 어깨를 활을 쏘았는데, 여전히 저렇게 쌩쌩한 것을 보니 틀림없이 어느 신께서 우리에게 화를 내고 계시는 거다.

내 아버지 뤼카온의 저택에는 아름다운 새 전차가 열한 대나 있다. 각 전차마다 두 마리의 말이 흰 보리와 율무를 씹으며 서 있다. 내가 떠나올 때 노장 뤼카온께서 '격전에 임할 때는 말과 전차에 올라타서 지휘하라.'고 했는데, 내가 그 말을 듣지 않았다. 전장에 끌고 오면 말들에게 여물을 충분히 못 먹일까 염려해서, 활과 화살만 가지고 걸어 왔던 것이다. 아, 그분의 말을 들었어야 했구나! 지금 활과 화살은 아무 쓸모가 없어. 디오메데스와 메넬라오스에게 화살을 쏘았지만, 그들은 피를 흘리고 더욱 분기했을 뿐이다. 그러고 보면 내가 헥토르를 도우려고 일리오스로 출발할 때 활을 벗겨 내렸을 때의 점괘는 분명 흉조였구나. 내가 만일 다시 이 눈으로 고향 땅과 아내와 지붕 높은 대저택을 보게 되었을 때 이 활을 토막토막 부러뜨려 활 활 타는 불 속에 던지지 않거든, 당장 내 목을 베어도 좋다. 나를 따라왔으면서도 내겐 아무 소용도 없는 물건이니."

"그런 말 말게. 내 전차가 있지 않은가? 트로스의 말(제우스가 프리아모스의 삼촌인 가뉘메데스를 천궁으로 데려가면서 그 보상으로 그 아비에게 준 천마)이 얼마나 바람같이 빠른지 보여줄 테니. 설혹 다시 한번 제우스 신이 디오메데스에게 영예를 주려고 하신대도, 이 말들이 우리 두 사람을 안전하게 도성에 데려다줄 것이다. 그러니 자, 어서 내 전차에 올라타게. 그대가 채찍과 고삐를 쥐면 내가 뛰어내려 싸울 테고, 자네가 뛰어내려 저 사나이를 맡겠다면 내가 말을 맡지."

"아이네이아스여, 그대가 고삐를 잡게. 평소에 익숙한 손이 고삐를 잡아야 말도 전차도 몰기가 쉽잖은가. 설령 우리가 달아나야 할 급한 경우에 처했는데 말이 그대의 음성만 찾느라고 방향을 잃고 헤매면, 그동안에 디오메데스가 덤벼들기라도 하면 큰일이네. 그러니 그대가 전차를 몰게. 내가 저 사나이에게 창을 던지겠네."

두 사람은 디오메데스를 향해 트로스의 말을 몰았다. 디오메데스의 전차를 몰던 스테넬로스가 그 모양을 보고 소리쳤다.

"벗이여, 굳건한 무사 두 사람이 그대와 결전을 벌이려는 각오에서 대단한 기세로 돌진해 오고 있다! 활을 잘 쏘는 판다로스와, 아프로디테 여신의 아들인 아이네이아스로구나. 그러니 얼른 전차를 타고 되돌아가자. 이제 그렇게 선진 속에서 종횡무진 설치는 것은 그만해야 한다. 자칫 잘못해서 그대의 귀중한 목숨이라도 잃으면 큰일이니까."

그러나 디오메데스는 친구에게 눈을 치뜨며 버럭 소리를 질렀다.

"내 앞에서 도망간다는 소리는 꺼내지도 말아라. 싸움을 피해서 숨거나 겁나서 꽁무니를 빼는 것은 내 성미에 맞지 않다. 게다가 그대가 보다시피 나는 아직 기운이 넘쳐 이렇게 늠름하지 않느냐. 전차를 탈 필요도 없다, 그냥 이대로 저놈들을 상대하겠다. 아테네 여신께서 나를 도와주고 계시니, 걸음이 재빠른 저 말들도 저놈들 둘을 우리들 손에서 빼돌리진 못한다. 글쎄, 하나쯤은 살아 달아날지 몰라도.

자, 내 말을 잘 기억하게. 만일 아테네 여신께서 두 명 다 쓰러뜨리는 명예를 주시면, 그대는 우리 말들의 고삐는 전차에 잠시 매놓고 얼른 아이네이아스의 전차에 달려들어서 우리 진영으로 몰고 가라. 저 준마들은 제우스가 가뉘메데스에 대한 보상으로 내려주신 트로스 말의 혈통이다. 트로스가 아들 라오메돈에게 물려주자, 안키세스가 몰래 암말을 붙여서 망아지 여섯 마리를 얻었고, 그 중 네 마리를 자신이 키우고 두 마리를 아들 아이네이아스에게 주었거든. 그러니 저놈들을 가질 수 있다면 정말로 대단한 명예를 얻는 것이다!"

과연 안키세스의 말이 날쌔게 돌진해 왔다. 판다로스가 디오메데스에게 외쳤다.

"나의 화살이 그대를 완전히 해치우지 못한 모양이구나. 그렇다면 이번에는 투창으로 시험해 보지, 맞는가 안 맞는가를."

판다로스가 긴 창을 마구 휘두르자, 창날이 디오메데스의 방패를 뚫고 가슴받이에 미쳤다.

"네 옆구리에 푹 꽂혔구나! 그대 목숨은 이제 오래 가지 못하리. 그대는 결국 내게 대단한 영광을 주었구나."

하지만 디오메데스가 지지 않고 되받아쳤다.

"빗나갔다, 맞지 않았다!"

이번에는 디오메데스가 창을 던졌다. 그러자 아테네가 그 투창을 판다로스의 눈 옆 콧날에 꽂아서 하얀 이빨을 꿰뚫게 했다. 청동 창끝이 혀를 뿌리째 자르고는 턱밑을 뚫고 나왔다. 판다로스는 전차에서 굴러떨어졌다.

그러자 아이네이아스가 가죽 방패와 긴 창을 옆에 끼고 전차에서 뛰어내려, 적군이 벗의 시체를 끌고 가지 못하도록 시체 주위를 성큼성큼 돌았다. 창과 방패를 휘두르며 '누구든 달려드는 놈은 죽이겠다.'는 기세로 무서운 소리를 지르면서.

이때 디오메데스가 바위를 집어들었다. 그는 남자 둘이 달라붙어도 들지 못할 엄청난 크기의 바위를 가볍게 쳐들더니 아이네이아스의 허리를 겨냥해서 내던졌다. 넓적다리와 허리뼈가 연결되는 바로 그 자리이다. 돌덩이는 허리의 관절을 부수고 양쪽 다리의 힘줄마저 자르고는, 살갗을 마구 찢어놓았다. 용사 아이네이아스는 무릎 꿇는 자세로 넘어지면서 억센 손끝으로 지탱하려고 애썼지만, 이미 눈가에 거뭇거뭇한 죽음이 내리덮이고 있었다. 만일 어머니 아프로디테가 재빨리 발견하지 못했다면 즉사했을 것이다. 이 여신은 사랑하는 아들의 두 옆구리에 흰 팔을 두르고, 앞쪽에는 화려한 천을 몇 겹으로 넓게 펼쳐서 투창 따위를 막아내면서, 싸움터에서 빼내려고 했다. 그동안 스테넬로스는 디오메데스의 지시대로, 아이네이아스의 말들을 재빨리 희랍군 진영으로 몰아가서 동료 데이퓔로스에게 넘겨주고 디오메데스에게 돌아왔다.

그때 디오메데스는 아프로디테 여신에게 창을 휘두르며 달려들고 있었다. 그 여신은 아테네나 아레스와 달리, 겁쟁이에 힘도 없음을 알았기 때문이었다. 디오메데스는 창으로 아프로디테의 연약한 손끝을 찔렀고, 아름다운 신의神衣를 뚫고 손목을 찔러 살갗에 푹 구멍을 냈다. 그러자 불멸의 신에게서 신혈神血이 흘러내렸다. 여신은 비명을 지르며 자기 아들을 놓아버렸다. 하지만 포이보스 아폴론이 그를 두 손으로 받아 칠흑 같은 구름으로 가려주었다.

디오메데스는 여신을 향해 의기양양하게 외쳤다.

"제우스의 딸 아프로디테여, 전장에서 물러나라. 당신은 연약한 아녀자를 입으로 농락하는 것만으로는 만족하지 않는가? 만일 당신이 앞으로도 싸움터에 나타난다면 언젠가 싸움이라는 말을 듣기만 해도 부들부들 떨게 해주겠다."

여신이 아픔에 괴로워하자 무지개의 여신이 나타나 그녀를 부축해서 전장에서 데리고 나갔다. 여신은 아레스가 싸움터 오른편 구름 속에 창과 날쌘 말 두 마리를 감춰놓고 앉아 있는 것을 보았다. 그래서 그 앞으로 달려가 무릎을 꿇고 애원했다.

"사랑하는 오라버니, 올림포스 천궁에 다녀올 말과 전차를 빌려주세요. 상처가 너무 아파요. 죽을 운명을 가진 인간이 불사의 신인 나를 찔렀다니까요. 그들은 정말이지, 이제는 제우스 아버지 신과의 싸움도 불사할 기세랍니다."

아레스는 황금 안장을 얹은 말을 빌려주었다. 여신이 상처를 부여잡고 전차 앞자리에 올라앉자, 그 옆에 무지개의 여신이 올라타서 고삐를 쥐고 채찍을 내리쳤다. 두 마리의 말은 금세 올림포스 천궁에 올라갔다. 바람의 발을 가진 날렵한 무지개의 여신은 말을 수레에서 풀어 옆에 풀어놓으며 향기로운 먹이를 던져주었다. 아프로디테는 어머니 디오네('광명'이라는 뜻. 바다 거품에서 태어난 아프로디테를 '제우스와 디오네의 딸'로 묘사하기도 한다. '제우스'의 소유격이 dios, 여성형이 디오네이다.)의 무릎에 쓰러졌다. 디오네가 딸을 끌어안고 쓰다듬었다.

"오오, 대체 누가 귀여운 내 딸을 이렇게 무지막지하게 만들었느냐? 마치 네가 큰 잘못이라도 저지른 듯이 이렇게 하였구나."

"내가 귀여운 아들 아이네이아스를 싸움터에서 살짝 빼내려 한다고, 저 튀데우스의 아들이 찔렀어요. 이제 더 이상 이 무서운 전쟁이 인간들만의 일이 아닌 거죠. 아르고스인들은 불사신인 신과의 싸움도 두려워하지 않는 거예요."

"참거라, 내 딸아. 괴롭겠지만 꾹 참아라. 사실 올림포스 천궁에 사는 우리 불사신들 중에도 인간에게 해를 입은 자가 허다하단다. 아레스는 말이지, 알로에우스의 두 아들 오토스와 에피알테스에 의해서 굵은 쇠사슬로 꽁꽁 묶여서 청동 항아리 속에 13개월이나 갇혔는데도 참았다. 두 사람의 계모인 에리보이아가 알려줘서 헤르메스가 구출하지 않았더라면 정말 큰일날 뻔했지.

또 헤라 여신도 참았단다. 헤라클레스에게 오른쪽 가슴에 활촉이 세 가닥인 화살을 맞았으니 얼마나 아팠을까. 견디지 못할 통증이었지만 그래도 참았다더구나.

헤라클레스에게 당하기로는 저승의 주인 하데스도 만만치 않지. 그자가 필로스에서 송장들과 같이 계실 때 쏘아서, 그분도 지독한 아픔을 참으며 올림포스 천궁까지 간신히 올라오셨단다. 의술의 신 파이에온이 화살을 뽑고 통증을 없애는 약을 발라드렸지.

하지만 디오메데스라는 사나이는 바보로구나. 불사의 신과 싸우려는 인간은 결코 목숨이 길지 않다는 것을 모르다니. 그는 이 전쟁에서 살아남아서 고향으로 돌아가더라도, 자식들이 무릎에 기대어 아빠라고 부르는 것조차 허용되지 않을 것이다. 하지만 애야, 그에게 너를 쏘도록 부추긴 것은 사실 빛나는 눈의 아테네란다."

디오네가 딸의 팔에서 신혈을 닦아내니, 상처가 낫고 고통이 깨끗이 가셨다. 이 모습을 보고 있던 아테네와 헤라는 제우스 대신에게 달려갔다.

"아버지 신이시여, 아프로디테가 아카이아의 한 여자를 꾀어서 그녀가 무척이나 귀여워하는 트로이아측에 보내려다가, 브로치에라도 찔려 다친 모양입니다."

"내 딸아, 그대에게 전쟁을 주관하라고 하지 않았다. 그러니 그대는 결혼에 관한 일이나 맡아서 하거라. 이런 일은 아레스가 맡아서 처리하도록 맡겨두고."

이때 지상에서는 디오메데스가, 아폴론이 몸소 아이네이아스를 지켜주고 있는 것을 느끼면서도 계속 덤벼들고 있었다. 그는 아테네가 불어넣은 용기 때문에 신들도 두렵지 않았고, 오로지 아이네이아스를 죽여서 세상에 이름난 그 갑옷을 벗기는 데만 안간힘을 썼다. 그러자 그가 때려죽일 기세로 덤벼드는 것을 세 차례 방패로 막아내던 아폴론이, 네 번째 돌진에 무섭게 꾸짖었다.

"튀데우스의 아들아, 그만하고 뒤로 물러나라. 오만하게 신들과 겨루려고 하지 말아라!"

이 말에 디오메데스는 비로소 정신을 차리고 궁술의 신의 분노를 피하려고 물러섰다.

아폴론은 아이네이아스를 자기 신전이 있는 페르가모스로 데려갔다. 레토와 아르테미스가 아이네이아스를 훌륭하게 치료해 주었다.

그 시각 아폴론은 전장에 아이네이아스의 환영을 내보내서 싸우게 했다. 아폴론이 아레스에게 말했다.

"인간을 다 해치지 못해 피투성이가 되어 성벽을 부수는 그대 아레스여! 어떤가, 저 튀데우스의 아들을 찾아가 싸움에서 물러나게 해주지 않겠나. 저 녀석은 이제 제우스께도 덤빌 기세다. 아프로디테의 손목을 찌르고, 나한테도 계속 덤벼들더란 말이야."

아폴론이 이렇게 말하고 페르가모스에 좌정하고 앉으니, 아레스가 트라키아의 지휘관 아카마스의 모습으로 프리아모스 왕의 아들들을 격려했다.

"제우스가 지켜주시는 프리아모스 왕의 아드님들이여. 언제까지 희랍군에게 병사들이 살해되는 것을 방임하시려오? 성문 근처까지 들이닥치기를 기다릴 참이구려. 헥토르에 버금가는 아이네이아스가 쓰러져 있소. 그러니 모두 가서 구해냅시다."

그러자 제우스의 아들인 뤼키아의 영주 사르페돈도 헥토르를 선동했다.

"헥토르여, 그대의 용기는 대체 어디로 가버렸는가. 지원군이 없어도 형제들의 힘만으로 성을 지킬 수 있다고 호언장담하지 않았던가. 그런데 지금 내 눈에는 그런 사람이 하나도 안 보인다. 그뿐이랴, 오히려 사자를 둘러싼 개나 마찬가지로 꽁무니를 빼면서 웅크리고 있잖은가. 응원차 끼어든 우리가 오히려 앞장서서 싸우는 형편이니.

나도 그대를 돕기 위해 꽤나 먼 길을 온 자다. 크산토스 강가의 뤼키아에 사랑하는 아내와 철없는 아들과 재산까지 모두 뒤에 두고 왔다. 현재 희랍군에게 빼앗길 만한 물건이 하나도 없는데도 뤼키아 부대를 격려하면서 열심히 싸우고 있단 말이다. 그런데도 그대는 그저 멍청히 서 있을 뿐, 다른 병사들을 독려해서 싸우고 있지 않구나.

그러니 아무쪼록 조심하시게. 무엇이든 옭아잡는 베실로 만든 그물에 걸려서 적의 포로나 미끼가 되지 않도록. 머잖아 적들이 그대들의 도성을 차지할 테니, 동맹군들에게 꿋꿋이 버텨달라고 간청해야 할 것이오."

사르페돈의 비난은 헥토르의 가슴에 비수처럼 꽂혔다. 그래서 그는 즉각 갑옷을 입고 전차에서 뛰어내려, 창을 휘두르며 진중을 휘젓고 다녔다. 사기가 오른 트로이아군이 무시무시한 공격을 시작했다. 마치 키질을 할 때

알곡은 떨어지고 겨만 바람에 날려서 타작마당 주위에 뽀얗게 쌓인 것처럼, 전차들의 돌격에 먼지가 하늘높이 날아올랐다가 희랍군 머리에 하얗게 뒤덮였다. 아레스가 격전지 주변에 어둠의 장막을 치고, 트로이아군을 위해서 사방팔방으로 뛰어다녔다.

이때 아폴론이 완치된 아이네이아스까지 병영으로 되돌려보냈다. 아이네이아스의 출현이 병사들의 사기를 눈에 띄게 끌어올렸다. 이미 그것은 아폴론과 아레스와 에뉘오의 전투나 다름없었다. 그 사실을 알 리 없는 희랍군은 두 아이아스와 오뒷세우스와 디오메데스의 지휘를 받으며, 바람 없는 날 높은 산꼭대기에 걸린 구름처럼 꼼짝 않고 버티려고 했다. 아가멤논이 군사들을 독려했다.

"사나이답게 용맹하게 싸우라, 치열한 접전 중에도 서로 명예를 존중하라. 무사가 서로 명예를 존중하면 죽는 자보다 무사한 자가 많은 법이다. 그러나 달아나고 물러서는 자는 아무런 명예도 구원도 얻지 못한다."

아가멤논은 말을 끝내고는 아이네이아스의 동료인 데이콘의 아랫배에 투창을 꽂았다. 데이콘은 쿵 소리를 내며 쓰러졌다. 그러자 아이네이아스도 아카이아의 대장급 무사인 크레톤과 오르실로코스를 쓰러뜨렸다. 알페이오스 하신의 후예인 디오클레스의 두 아들로 넉넉한 집안의 자손이었다.

메넬라오스는 이 두 사람의 죽음이 가엾어서 시신을 찾아오려고 뛰쳐나갔다. 그 모습을 본 아레스가 그를 아이네이아스의 손에 죽게 하려고 더욱 기세를 부추겼다. 그런데 안틸로코스가 불길한 마음이 들어서 메넬라오스 바로 옆에 딱 붙어서 따라갔다. 그러니 아무리 민첩한 아이네이아스라도 상대하기가 힘들어서 트로이아 진영으로 퇴각했고, 그들은 무사히 동료의 시신을 되찾아왔다.

　이것으로 기세가 오른 메넬라오스는 퓔라이메네스의 견갑골을 찔러서 쓰러뜨렸다. 그는 투창부대인 파플라고네스 군대의 지휘관이었다. 장군을 잃자 부관 뮈돈이 말들을 지키려 했는데, 안틸로코스가 돌멩이를 던져서 팔꿈치를 맞히자 상아로 하얗게 장식한 고삐를 놓쳤다. 이 틈에 안틸로코스가 달려들어서 칼을 관자놀이에 힘껏 찌르니, 뮈돈은 입을 벌리고 헐떡이면서 차대에서 떨어졌다. 그의 이마와 어깨가 모래 먼지 속에 처박혔다.

　이 광경을 헥토르가 목격하고 고함을 지르며 달려왔다. 그 뒤를 트로이아군의 꽉 짜인 대열이 따라 왔다. 그 선두에 군신 아레스와 에뉘오 여신이 서 있었다. 여신이 결전의 기세를 부추기고, 아레스는 헥토르 주위에서 무시무시한 큰 창을 휘두르고 있었다. 그 기세에 디오메데스가 주춤 물러서며 병사들에게 말했다.

　"보라, 헥토르는 얼마나 창술이 뛰어나고 대담무쌍한 전사인가. 그런데 지금은 아레스까지 곁에 딱 붙어서 화난을 막아주고 있다! 그러니 트로이아군에 맞서지 말고 서서히 후퇴하라. 신과 힘으로 싸워보자고 공연히 기를 써서는 안 된다."

　하지만 트로이아군은 어느새 그들 바로 앞까지 왔다. 헥토르가 한 전차에 타고 있던 메네스테스와 앙키알로스를 번개같이 쓰러뜨렸다. 이에 텔라몬의 아들 아이아스가 격분해서 셀라고스의 아들 암피오스에게 창을 던졌다. 파이소스에 넓은 목장을 가지고 있는 이 사내는 프리아모스 왕과 자식들을 도우려고 이곳에 왔다가, 아이아스의 창을 맞고 쓰러졌다. 아이아스는 갑옷까지 벗겨가려고 다가왔지만, 트로이아군이 비오듯 창을 던져서 막았다.

이때 엄격하고 용서를 모르는 운명이 제우스의 아들 사르페돈과, 제우스의 아들인 헤라클레스의 아들 틀레폴레모스를 맞서게 했다. 살인을 하고 고향을 떠나서 살고 있는 틀레폴레모스가 먼저 공격했다.

"사르페돈이여, 뤼키아군의 지휘자라더니 아직도 전쟁에 적응하지 못하고 의기소침해 있으니 어쩐 일이냐? 제우스 신의 아들이라더니 다 거짓말이었구나. 나의 아버지 헤라클레스를 보라. 그는 라오메돈에게 약속받은 말을 받으려고 트로이아에 왔다가, 불과 여섯 척의 배와 소수의 군대만 이끌고 일리오스 성을 쑥대밭으로 만드셨지(예전에 일리오스에 바다괴물이 출몰해서 공주를 제물로 바치라고 하자, 일리오스의 왕 라오메돈이 딸을 구해주는 자에게 신마를 주겠다고 약속했다. 하지만 막상 헤라클레스가 그것을 실행하자 말을 바꿔서 내쫓아버렸다. 그래서 이번에는 헤라클레스가 일리오스를 공격해서 왕녀를 잡아갔다.). 오늘은 겁쟁이인 그대를 내가 쓰러뜨려야겠다."

"허튼 소리! 그때 헤라클레스가 일리오스를 멸망시킬 수 있었던 것은 라오메돈이 너무 오만했기 때문이다. 오늘 이 자리에서는 살육과 검은 죽음의 운명을 내 손으로 그대에게 줄 것이니, 영광은 내게 오고 그대 혼백은 하데스에게 인도되리라."

말이 끝나기가 무섭게 두 장수가 동시에 창을 날렸다. 사르페돈의 창이 틀레폴레모스의 목을 꿰뚫었다. 틀레폴레모스의 창은 사르페돈의 왼쪽 허벅지에 깊숙이 꽂혔는데, 제우스의 도움으로 다행히 뼈는 피해갔다. 그래서 부하들이 얼른 사르페돈을 옮겼다. 허벅지에 꽂힌 긴 창이 질질 끌려갈 때 무게를 더하는데도 누구 하나 깨닫지 못했다. 그토록 전황이 정신없이 전개되고 있었다.

희랍군도 틀레폴레모스를 싸움터에서 끌어냈는데, 그 모습은 오뒷세우스조차 두려움에 떨게 만들었다. 오뒷세우스는 이 궁리 저 궁리 생각에 잠겼다. 심하게 울부짖는 사르페돈을 추격할 것인가, 뤼키아 군대에서 더 많은 목숨을 빼앗을 것인가……. 오뒷세우스는 사르페돈 대신 코이라노스, 알라스토르, 크로미오스, 알칸드로스, 할리오스, 노에몬, 프뤼타니스 등을 마구 무찔러나갔다. 헥토르가 발견하고 저지시킬 때까지. 사르페돈은 헥토르의 출현에 반색을 표하며 애원했다.

"프리아모스의 아들 헥토르여, 제발 나를 포로가 되게 내버려두지 말고 지켜다오. 그 뒤에는 그대들의 도성 안에서 목숨이 끊어져도 상관없소. 나는 이제 고향으로 돌아가 그리운 조국의 땅을 밟고, 사랑하는 아내와 귀여운 아들을 기쁘게 해주는 것은 바라지도 않는다."

그런데 헥토르는 대꾸하지 않고 그저 그 옆을 돌진해갔다. 적의 목숨을 더 많이 뺏겠다고 외곬으로 생각하는 데만 사로잡혀 있었기 때문이다. 그 사이에 용감한 부하들이 사르페돈을 떡갈나무 밑에 들어다 앉혔다. 사르페돈의 심복 펠라곤이 허벅지에서 물푸레나무 창을 쑥 뽑았다. 그러자 그는 한순간 숨이 끊어지며 두 눈에 검은 안개가 휘덮였지만, 이내 다시 되살아났다. 거의 다 꺼졌던 그의 목숨을 주변을 스치던 북풍이 어루만져서 소생시켰다.

한편 아르고스군은 헥토르와의 정면대결을 피하고 조금씩 퇴각을 거듭

했다. 트로이아 쪽에 아레스 신이 섞여 있음을 눈치챈 것이다. 이 모습을 보고 헤라가 아테네를 불렀다.

"아, 아테네여. 우리가 메넬라오스에게 일리오스를 함락하고 귀향할 수 있다고 약속해 주었는데, 재앙의 아레스가 저렇게 날뛰다가는 우리의 약속이 빈말이 되겠어요. 그러니 우리도 똑같이 희랍군에게 기세를 더해주러 갑시다."

이리하여 여신의 우두머리인 헤라와 위대한 제우스의 따님인 아테네가 황금 안장을 얹은 말들이 끄는 전차에 탔다. 헤라가 채찍을 후려치니, 계절의 여신 호라이가 지키는 하늘 문이 요란스레 열리면서 말들이 달려나갔다. 전차를 타고 부리나케 달려가던 두 여신은 제우스가 올림포스의 최고봉에 홀로 앉아 있는 것을 보았다. 그러자 헤라가 잠시 전차를 멈춰 세우고 말을 걸었다.

"제우스 신이시여, 아레스가 저토록 모질고 잔인한 짓을 해도 내버려두시나요? 그가 너무나 많은 희랍군을 어처구니없는 방법으로 죽여서 제 맘이 찢어지는데도요. 더구나 키프리스와 아폴론이 머리가 모자라는 아레스를 더욱 부추기면서 그것을 즐기고 있어요. 제우스여, 제가 만일 아레스를 호되게 때려서 전장에서 내쫓아버리면 노하실 건가요?"

"정 그렇다면 아테네를 보내구려. 아레스에게는 아테네가 항상 따끔한 맛을 보여주곤 했으니까."

헤라는 이 말에 순응하고 눈깜짝할 사이에 시모에이스 강과 스카만드로스 강이 합쳐지는 곳에 도착했다. 헤라가 말을 차대에서 풀어주고 주변에 안개를 잔뜩 쏟아두니, 시모에이스 강 부근에 말 여물로 암브로시아(신들이 먹는 음식)가 잔뜩 돋아났다. 여신들은 아르고스의 무사들을 지켜주겠다는 생각에 당당하고 바쁜 발걸음을 옮겼다. 드디어 많은 정예 용사들이 디오메데스를 둘러싸서 지키고 있는 곳에 이르자, 헤라가 목소리가 쉰 명만큼 커서 청동의 목청을 가졌다고들 하는 스텐토르의 모습으로 변장하고 우렁차게 외쳤다.

"부끄러운 줄 아시오들! 아킬레우스가 참전했을 때는 트로이아인들이 다르다노스 문밖에도 나오지 못했는데, 지금은 우리 함선 코앞까지 진격해오게 했다니."

아테네는 디오메데스 곁으로 달려갔다. 그는 판다로스의 화살에 맞은 상처를 식히고 있었다. 방패 멜빵 끈 아래에서 땀이 나서 상처가 쓰라렸기 때문이다. 그래서 그는 끈을 들고 거무스레한 피를 닦아내던 중이었다.

"튀데우스는 자기와 조금도 닮지 않은 자식을 낳았군. 튀데우스는 체구는 작아도 용맹한 무사였다. 내가 그에게 싸움을 허락하기도 전에 적진으로 뛰어들곤 했지. 테베 카드모스의 성에 가야 할 때 뮈케네에서 원병을 거절당했지만, 여전히 굳센 기상과 당당한 태도로 홀로 가서 그들에게 경기를 도전하고 모두 이겼던 것이다. 그런데 그대는 내가 옆에서 도와주고 지켜 줬는데도 팔다리가 피로로 뒤덮이고 겁을 집어먹은 모양이야."

용맹한 디오메데스는 즉시 반박했다.

"저는 겁먹은 것이 아니라, 당신의 말씀대로 행하고 있는 것입니다. 당신이 제게 '신들과의 정면승부는 피하되, 다만 아프로디테가 보이거든 창으로 찌르라.'고 하셨잖습니까? 그랬더니 아레스 신께서 내려와서 싸움을 지배하고 있으니까요."

"참으로 탄복할 만한 사람이로다! 하지만 디오메데스여, 아레스도 피하지 말고 바짝 다가가서 찔러라. 내가 너에게 주는 힘이 그의 것보다 훨씬 크리라. 불량배처럼 난폭하게 행동하고 간에 붙었다 쓸개에 붙었다 하는 신따위, 인정사정 봐줄 것 없다. 얼마 전에는 나와 헤라 님에게 아르고스를 도와 트로이아군과 싸우겠다고 다짐했으면서 지금은 트로이아를 돕고 있거든."

아테네는 이렇게 말하더니 스테넬로스를 전차에서 끌어내리고 스스로 기수 자리에 앉았다. 여신의 묵직한 무게에 너도밤나무로 만든 전차의 굴대가 우지끈 하는 소리를 냈다. 그러자 디오메데스도 전차에 올라탔다. 아테네는 채찍과 고삐를 잡기가 무섭게 아레스를 향해서 전차를 몰았다. 아레스는 자기가 때려눕힌 아이톨리아 출신 용장 페리파스의 갑옷을 벗기고 있다가, 다가오는 디오메데스를 향해 창을 던졌다. 아테네는 하데스의 투구를 덮어썼기 때문에 아레스의 눈에는 보이지 않았다. 아테네가 아레스의 창을 손으로 쳐내고, 디오메데스가 던진 창을 아레스의 배띠 바로 아랫부분으로 날려보냈다. 아레스의 피부가 창에 찔리며 쭉 찢어졌다. 아레스는 만 명의 병사들이 격전 중에 지르는 듯한 고함을 천지가 진동하도록 질러 댔다. 모든 사람들이 괴성에 놀라서 다리를 벌벌 떨었다.

무더위 끝에 심하게 바람이 불면 구름 사이로 새까만 어둠이 보이듯이, 디오메데스의 눈에는 청동의 아레스가 하늘로 올라가는 모습이 꼭 그렇게 보였다. 아레스는 순식간에 올림포스 천궁에 올라서, 제우스에게 상처를 보여주며 울먹였다.

"아버지 신이시여, 이렇게 심한 소행을 보시고도 노엽지 않으십니까? 우리 신들이 지금 각기 인간들을 돕다가 서로의 계략에 걸려서 끝없이 고초를 당하고 있습니다. 하지만 특히 당신께는 모두가 불평하고 있습니다. 왜냐하면 그렇게 분별없고 고약한 짓만 골라 하는 따님을 낳으셨기 때문입니다. 그런데도 당신의 지시에 모두 순종하는 우리들과는 달리, 그녀가 당신의 지시를 거역해도 항상 봐주십니다.

지금도 그녀가 부추긴 튀데우스의 아들이 불사의 신들을 마구 공격하고 있습니다. 처음에는 키프리스의 손목을 찔렀고, 이번에는 제게 덤벼들었습니다. 제가 워낙 걸음이 빨라서 모면했지, 하마터면 아마도 그곳에서 무서운 송장들에 둘러싸여 고통받거나, 살아남더라도 불구가 될 뻔했습니다."

하지만 제우스는 아레스를 노려보며 꾸짖었다.

"간에 붙었다 쓸개에 붙었다 하는 녀석아, 징징대지 좀 말아라. 나는 올림포스 신들 가운데 네가 제일 마음에 안 든다. 너는 항상 싸움이나 투쟁이나 전쟁 같은 것만 좋아하니까. 네 어머니 헤라도 성미가 괴상망측해서 나조차도 간신히 복종시키고 있는데, 아마도 지금의 네 고통도 그녀가 부추긴 것일 게다. 그러나 어쨌든 나는 이 이상 오래 네가 괴로워하는 것을 방치할 수가 없구나. 너도 역시 내 아들이고, 헤라의 자식이니까. 만일 네가 어떤 다른 신의 자식이면서 이렇게 난폭한 짓을 한다면, 벌써 티탄족(제우스보다 이전에 세계를 지배하던 거인족)보다 훨씬 깊은 땅 밑에 파묻어 버렸을 것이다."

제우스가 의료의 신에게 고쳐주라고 명령하자, 파이에온이 상처에 통증이 멎는 약을 발라주었다. 마치 우유에 무화과 즙이 섞이며 굳듯 사나운 아레스의 상처도 금방 나았다. 그래서 헤베가 그를 목욕시켜 주고 아름다운 옷을 입혀 주자, 아버지 제우스 곁에 가서 앉았다.

그렇게 아르고스의 헤라와 아랄코메네의 아테네는, 아레스가 희랍군을
더 이상 죽이지 못하게 해놓고 올림포스 천궁으로 돌아왔다.

제6권

헥토르가 아내 안드로마케와
작별인사를 하다

***

디오메데스의 맹공이 계속되자 트로이아군은 성벽 근처까지 패주한다. 그러자 성
안에서는 헥토르의 부탁을 받은 아녀자들이 아테네 여신에게 제물을 바치고 디오
메데스를 물리쳐달라고 기도를 올린다. 바로 아테네가 디오메데스를 돕고 있는 줄
몰랐기 때문이다. 헥토르는 성안에 들어간 김에 아내 안드로마케, 아들 스카만드리
오스와 마지막이 될 지도 모를 작별인사를 나눈다. 그러고는 이 참혹한 전쟁을 일으
켜 놓고는 정작 자신은 화려한 궁전 안에서 유유자적하고 있는 동생 파리스를 꾸짖
어서 전장으로 데리고 나간다.

트로이아인과 희랍인의 무서운 격전이 계속되었다. 창이 쉴 새 없이 날
아다녔고, 전장도 시모에이스 강과 크산토스 강 사이의 평원을 이리저리
옮겨다녔다.

전황은 여전히 희랍인이 우세했다. 텔라몬의 아들 아이아스가 트로이아
의 전열을 돌파해서 트라키아에서 온 에우소로스의 아들 아카마스를 쓰러
뜨렸다. 디오메데스도 테우트라노스의 아들 악실로스를 죽였다. 아름다운
도시 아리스베의 부유한 지주로서 나그네를 환대하던 자였지만, 이때는 누
구 하나 그의 처참한 최후를 막아주는 사람이 없었다. 그저 말고삐를 잡고

전차를 따라가던 시중꾼 칼레시오스만 함께 목숨을 잃었다.

에우뤼알로스는 드레소스와 오펠티오스를 무찌르고, 곧장 쌍둥이 형제인 아이세포스와 페다소스를 뒤쫓았다. 라오메돈의 맏아들이지만 서자였던 부콜리온이 양을 돌보다가 샘의 요정 아바르바레와 사랑에 빠져서 쌍둥이를 낳았다. 그렇게 소중한 두 아들의 목숨과 갑옷이 꺾여버렸다.

그 밖에도 폴뤼포이테스는 아스티알로스를, 오뒷세우스는 피디테스를, 테우크로스는 아레타온을, 안틸로코스는 아불레로스를, 아가멤논은 엘리토스를 쓰러뜨렸다. 레이토스는 달아나는 필라코스를 쫓아가서 죽이고, 에우뤼필로스는 멜란디오스를 무찔렀다.

메넬라오스는 아드레스토스('도망칠 수 없는 자'라는 뜻)를 생포했다. 아드레스토스는 전차를 끄는 말들이 겁에 질려 우왕좌왕하다가 능수버들 가지에 걸리는 바람에, 전차에서 떨어져 모래땅에 나뒹굴고 있었다. 긴 창을 든 메넬라오스가 다가오자, 아드레스토스는 적의 무릎에 매달리며 애원했다.

"제발 나를 생포하시오. 그러면 나의 아버지에게 몸값을 잔뜩 받을 수 있소. 그저 우리편에 '아드레스토스가 아카이아의 배에 사로잡혀 있다.'고 소식을 전하면 헤아릴 수 없이 많은 금은보화를 보내주실 게요."

이 말에 메넬라오스는 그를 배로 데려가려고 하는데, 아가멤논이 달려와서 나무랐다.

"아우는 어찌 그리 마음이 약한가. 어째서 그대는 이런 자들의 일을 걱정하는가. 트로이아인은 단 한 명도 살려둘 수 없다. 태중의 아이라도 사내라면 모조리 죽이리라."

그러면서 아가멤논은 아드레스토스의 옆구리를 푹 찔렀고, 벌렁 나자빠진 그의 가슴을 밟고 물푸레나무 창을 뽑았다. 네스토르는 아르고스 군대를 향해서 외쳤다.

"용사들이여, 지금은 갑옷을 전리품으로 벗겨갈 욕심보다는, 적군을 하나라도 더 무찌르는 데 집중하자. 갑옷쯤은 나중에 얼마든지 편하게 얻을 수 있으니."

트로이아군은 일리오스 성 안으로 도망쳐야 할 지경이었다. 그때 새점쟁이인 프리아모스의 아들 헬레노스가 나타나 아이네이아스와 헥토르에게 조언했다.

"전략도 지략도 가장 뛰어난 용사들이여, 얼른 달려가서 병사들을 성문 앞에서 멈추게 하시오. 모두 겁에 질려서 여자들 품으로 달아나버리기 전에. 다만 헥토르 당신은 성에 들어가서 어머님을 만나 뵙고, 아테네 여신께 참배를 올려달라고 부탁하시오. 왕비께서 노부인들과 함께 아테네 신전으로 가서, 아름다운 의상을 여신상 무릎에 걸쳐 두고, 아직 채찍 한번 맞아보지 않은 한 살배기 암송아지 열두 마리를 제물로 바치면서 '트로이아의 가정과 아내와 철없는 아이 들을 가련히 여기셔서 부디 디오메데스를 일리오스로부터 멀리 물러나게 해달라.'고 간청해 달라 하시오. 저 사내는 여신에게서 태어났다는 아킬레우스보다 더 광포한 자요."

헥토르는 단숨에 전차에서 뛰어내려 날카로운 창을 흔들어대며 사방팔방 뛰어다니며 도망치는 행렬을 멈추고 역습을 지휘했다. 그러자 모두들 퇴각을 멈추고 뒤돌아서 희랍군에게 저항했다. 희랍군은 적군이 갑자기 돌변하자 '트로이아에 어떤 신이 가세했으리라.'고 추측하고 주춤했다. 이때 헥토르가 트로이아인들에게 외쳤다.

"트로이아 군사들이여, 계속 용감하게 전진하고 있으시오. 나는 지금 일리오스로 돌아가 장로들과 아녀자들을 만나서, 신들에게 기도하고 헤카톰베를 서약해 달라고 부탁하고 돌아오겠소. 그동안에도 이 기개를 계속 발휘해 주시오."

투구를 번쩍이는 헥토르가 떠나갔다.

헥토르가 자리를 비운 사이, 뤼키아의 영주인 힙폴로코스의 아들 글라우코스(사르페돈의 사촌동생)가 디오메데스에게 돌진했다. 하지만 목소리가 우렁찬 디오메데스가 먼저 기선을 제압했다.

"대체 그대는 누구냐? 싸울 때 본 적이 없는데. 내 창에 맞서려는 것을 보니 인간이라면 대담함만은 칭찬받을 만하다만, 네 부모가 참으로 불쌍하구나. 하지만 만일 그대가 신이라면 싸우지 않겠다. 인간은 신과 싸우는 게 아니니까. 트라키아 에도네스에 살던 드뤼아스의 아들 뤼쿠르고스가 디오뉘소스(제우스와 세멜레의 아들)의 유모들을 막대기로 쳐서 뉘사 산에서 내쫓고, 디오뉘소스까지도 위협해서 대양에 뛰어들게 만든 적이 있다. 용맹스럽기로 유명하던 군주답게 어쩌나 가혹하게 몰아붙였던지 디오뉘소스가 테티스 여신이 품에 안아 구해준 후에도 벌벌 떨고 있을 정도였지. 하지만 그 일로 제우스의 미움을 사서 장님이 되고 머지 않아 죽었거든.

그러나 네가 인간이라면 더 가까이 오라, 한결 빠르게 최후의 순간을 맞이하게 해주겠다."

"튀데우스의 아들이여, 왜 내 가문을 따지는가? 인간의 가문이란 나뭇잎과 같아서, 바람에 흩어지기도 하고 숲에서 왕성하게 자라나기도 하는 것.

시들기도 하고 흥하기도 한다는 말이다. 하나 그대가 궁금하다니 우리 집안을 자세히 알려주지.

말을 기르는 아르고스의 중심부에, 인간 중에서 가장 꾀가 많은 시쉬포스(아이올로스의 아들. 아틀라스의 사위. 꾀로 신들을 놀려먹은 벌로, 죽은 후에 비탈에서 큰 돌을 영원히 굴려올리는 형벌을 받았다)가 에퓌라(훗날의 코린토스)라는 도시를 세웠다. 시쉬포스가 글라우코스를 낳고, 글라우코스가 벨레로폰테스(혹은 벨레로폰)를 낳으니, 그는 너무 잘생긴 죄로 아르고스에서 내쫓겼다. 아르고스의 왕비 안테이아가 그에게 반해서 유혹했다가, 벨레로폰테스가 흔들리지 않자 남편에게 거짓말을 했던 것이다.

'벨레로폰테스가 저를 자꾸 유혹합니다. 당신이 저를 사랑한다면 그를 죽이세요.'

프로이토스 왕은 격분했지만 왠지 꺼림칙한 마음이 들어서 죽이지는 않았다. 그 대신 두 겹으로 접은 널빤지에 갖가지 흉측스러운 재앙의 내용을 적어서 주면서 장인에게 전해주고 오라고 보냈다. 벨레로폰테스가 곧장 뤼키아의 왕 이오바테스에게 가니, 왕은 아흐레 동안 아홉 마리의 소를 융숭하게 대접한 후 열흘째 되는 날 부첩을 보았다. 이오바테스는 '이자를 죽여달라.'는 사위의 뜻을 알아채고 위험한 임무를 주는데, 벨레로폰테스는 계속 성공하고 돌아왔다. 입에서 활활 타는 불꽃을 토해내는 키마이라(앞모습은 사자, 뒷모습은 뱀, 가운데는 산양의 모습을 한 괴물)를 죽였고, 사납기로 유명한 뤼키아의 원주민 솔뤼모이족도 격퇴했고, 아마조네스족까지 무찔렀다. 그러자 왕은 최후의 수단으로 뤼키아 최고의 용사들을 벨레로폰테스가 돌아올 길목에 매복시켰는데 그것마저 실패했다. 그들이 오히려 벨레로폰테스에게 모조리 죽임을 당한 것이다.

그제서야 왕은 진실로 그가 신의 아들임을 깨닫고 자신의 딸과 결혼시켜서, 자신이 가진 위엄과 권리의 절반을 내주었다. 뤼키아인들도 장원과 나무와 전답들을 최고만 선별해서 바쳤다. 공주는 그에게 이산드로스, 힙폴로코스, 라오다메이아를 낳아 주었고, 그 중 라오다메이아가 제우스의 아들인 사르페돈을 낳았다.

그러나 벨레로폰테스 자신은 결국 모든 신들의 미움을 사서 외딴 곳 알레이온의 들판을 홀로 방황했고, 이산드로스는 군신 아레스를 위해 솔뤼모이족과 싸우다가 죽었고, 라오다메이아는 아르테미스 여신의 노여움을 받아 죽었다. 나의 아버지인 힙폴로코스만 살아남았는데, 그가 나를 트로이아로 보내시면서 '용감하게 싸워서 훌륭한 우리 가문을 욕되게 하지 말라.'고 당부하셨다. 우리 집안은 에퓌라에서도 뤼키아에서도 무적의 용사였으니까. 이런 집안의 자손이 바로 나란 말이다!"

그런데 뜻밖에도 디오메데스가 매우 기뻐했다. 그는 손에 쥐고 있던 긴 창을 땅에 쿡 찍어 세우고는 마음을 녹이는 부드러운 말투로 말했다.

"그렇다면 그대와 나는 조상 대대로 친근한 사이로구나. 나의 할아버지 오이네우스가 지난날 벨레로폰테스를 스무 날 동안 자기 집에서 대접하셨다고 한다. 그때 두 분이 선물도 교환하셨으니, 오이네우스는 진홍색 복대를 선사하고, 벨레로폰테스는 두 귀가 달린 황금 술잔을 주었다더군. 나는 아버지 튀데우스는 내가 너무 어릴 때 테베로 가서 전사하셔서 기억이 없는데, 그 황금 술잔은 아직도 나의 집에 있어서 기억한다.

그러니 지금은 내가 그대가 머물 수 있도록 친밀한 주인 노릇을 해줄 것이고, 내가 그쪽 나라에 가면 그대가 주인이 되어줄 것이 아닌가. 이제 우리 서로의 창을 피하기로 하자. 내가 없애야 할 적은 그대가 아니라도 아직 트로이아군에 얼마든지 있다. 그대도 우리 희랍군 속에 죽일 자가 많을 것이다. 그러니 우리끼리는 결투를 멈추고, 우리가 절친한 사이임을 자랑할 수 있도록 서로 갑주를 바꾸자."

두 사람은 전차에서 동시에 뛰어내려 서로 손을 맞잡았다. 제우스가 글라우코스의 분별을 흐리게 해버렸는지, 그는 디오메데스의 청동 갑주를 받으며 자신의 황금 갑주를 주었다. 소 아홉 마리를 받고 백 마리를 줘버린 셈이었다.

한편 성안으로 들어간 헥토르는 트로이아 여인들에게 둘러싸였다. 모두들 우르르 몰려나와서 저마다 아들, 형제, 남편, 친척 들의 소식을 물었다. 헥토르는 그들에게 '신에게 기도하라.'고 부탁하고, 서둘러서 궁궐로 갔다. 그곳은 돌로 지은 50개의 침실이 가지런히 있어서, 각 방에 프리아모스의 아들들이 아내과 기거하고 있었다. 안마당에도 돌로 지은 침실이 12개 있어서, 프리아모스의 사위들이 공주들과 살고 있었다.

어머니 헤카베가 가장 인물이 고운 딸 라오디케와 함께 나타나서 황급히 장남의 손을 잡았다.

"내 아들아, 이 격전 중에 웬일로 돌아왔느냐. 희랍군이 이 도성을 공략하려고 벼르고 있으니, 이곳 성채 위에서 제우스 신에게 기도하려고 왔구나. 잠시만 기다리거라. 꿀처럼 달콤한 포도주를 가져올 테니, 그것으로 먼저 제우스와 여러 신들에게 헌주한 후 힘이 솟도록 너도 마시거라. 술은 몹시 피로한 사람에게 기력을 돋우어 준단다."

"아닙니다, 어머님. 마음을 달콤하게 녹이는 포도주 따위는 가져오지 마십시오. 그것으로 팔다리에서 힘이 빠지면 큰일입니다. 그리고 피와 먼지를 뒤집어쓴 손으로 제우스 신에게 제사를 모시는 것도 삼가야 합니다. 그러니 저보다는 어머니께서 노부인들과 함께 아테네 여신의 신전에 가서 참배해 주십시오. 가장 아름답고 우아한 옷을 가져가서 아테네 신상의 무릎에 걸쳐 놓으시고, 아직 채찍도 닿지 않은 한 살배기 암송아지 열두 마리를 바치겠다고 맹세하시고, 트로이아의 아녀자들을 가엾게 여기셔서 제발 성스러운 일리오스로부터 저 사나운 창의 명수 디오메데스를 멀리 물리쳐달라고 기도하십시오.

저는 그동안 알렉산드로스를 만나서 다시 전장에 나설 것인지 물어보렵니다. 제우스 신은 일리오스에 엄청난 재앙을 내리시려고 그 녀석을 키우신 게 틀림없습니다. 그 녀석이 저승으로 가는 것을 본다면 내 마음의 쓰라린 한탄도 말끔히 가실 겁니다."

헤카베는 즉시 시녀들에게 도시 안의 노부인들을 모셔오게 시키고, 자신은 옷가지를 쌓아둔 광으로 들어갔다. 대부분이 파리스가 헬레네를 데려올 때 손수 시돈에서 가져온 것이었는데, 온갖 호화로운 기교를 모두 부려서 별처럼 빛나는 아름다운 옷이어서 가장 깊숙이 간직해 두었던 옷을 골랐다. 왕비는 옷을 들고 광에서 나와서, 곧장 언덕 높이 있는 아테네 신전으로 갔다. 뺨이 아름다운 무녀 테아노가 문을 열어주었다. 트로이아 사람들은 킷세스의 딸이며 안테노르의 아내인 테아노에게 아테네의 사제직을 맡겼다. 여자들이 일제히 두 손을 들고 아테네에게 기도하자, 테아노도 옷을 아테네 여신의 무릎 위에 걸쳐놓으며 함께 기도했다.

"아테네 여신님, 제발 디오메데스의 창을 부러뜨려 주소서. 트로이아의 아녀자들을 가엾게 여기셔서 디오메데스가 스카이아이 문 앞에서 엎어져 죽게 해주소서. 그렇게 해주신다면 당장 아직 채찍도 닿지 않은 한 살배기 암송아지 열두 마리를 바치겠나이다."

하지만 팔라스 아테네는 희랍군을 돕고 있어서 그녀들의 기도를 외면했다.

한편 헥토르는 파리스의 저택으로 찾아갔다. 파리스는 헥토르 저택 바로 옆에 트로이아 최고의 장인들을 불러서 지은 집에 살고 있었다. 그는 훌륭한 갑주와 큰 방패와 가슴받이 등의 무구를 손질하고, 굽은 활에 윤을 내고 있었다. 헬레네는 여느 때처럼 시녀들에게 수예를 시키고 있었다. 그 모습을 보자마자 헥토르는 다짜고짜 꾸짖기 시작했다.

"너는 대체 뭘 하고 하느냐? 이 도시 사람들이 전투에서 잇따라 쓰러지고 있는데, 결국 다 네 탓이 아니냐? 전투의 함성과 울부짖음이 도시를 포위하고 싸움의 불길이 활활 타오르고 있는데, 누군가가 뒤에 숨어서 게으름을 피우고 있는 모습이 눈에 띄면 너라도 울화통이 터질 것이다. 그러니 얼른 일어나서 싸우러 가자. 지금 당장이라도 이 도성이 전화에 휩싸일 수 있단 말이다."

"형님, 형님이 비난하시는 것도 당연하지만 제 사정도 조금 들어주세요. 저는 너무 슬퍼서 이러고 있었던 것입니다. 하지만 지금 막 집사람이 내게 싸움터로 돌아가라고 설득한 참이었습니다. 제 생각에도 그러는 게 좋을 것 같고요. 갑주만 입고요. 아니면 형님 먼저 가시렵니까? 제가 금방 뒤쫓아 갈게요."

헥토르는 대꾸하지 않았다. 헬레네가 그에게 정답고 부드러운 말을 건 넸다.

"시아주버님, 저는 수치를 모르는 암캐와도 같이 재앙을 가져오는 무서운 여자랍니다. 이 모든 일이 일어나기 전 우리 어머니가 저를 낳으셨을 때, 바람의 나쁜 숨결이 그날로 저를 험한 산골짜기나 우렁차게 울리는 바다의 파도 사이로 낚아채 갔더라면 좋았을 것을. 그게 아니고 신들이 이와 같은 화난이 있어야 한다고 정해주신 일이라면, 그렇다면 저는 훌륭한 무사의 아내가 되고 싶었습니다.

그런데 저이는 아직도 확고한 마음가짐이 되어 있지 않고, 앞으로도 될 것 같지 않습니다. 그러므로 마땅히 그러한 응보를 받지 않을까 생각하고 있지요. 아무튼 자, 지금은 우선 들어오세요. 그리고 이 대좌에 앉으세요. 시아주버님은 하찮은 저와 남편의 잘못 때문에 무거운 짐을 지고 계십니다. 하지만 우리들은 제우스께서 비운을 내려주셨기 때문에 후세 사람들의 입에 두고두고 오르내릴 거예요."

"나를 앉히려고 하지 마오, 헬레네여. 벌써부터 내 마음은 트로이아인들을 수호하여 싸우라고 재촉하고 있으니. 모든 병사들이 내가 얼른 돌아오기를 고대하고 있소. 아무튼 그대는 내가 이 도성 안에 있는 동안 이 녀석을 준비시켜 주시오. 빠를수록 좋소. 나는 지금 잠깐 집에 들러서 아내와 아들을 만날 것이오. 다시 그들 곁으로 돌아갈 수 있을지, 아니면 당장에라도 신들의 뜻에 따라 희랍군의 손에 쓰러질지 알 수 없으니."

헬레네의 권유를 단칼에 거절하고 자리에서 일어난 헥토르는 자기 집으로 갔다. 그런데 안드로마케는 집에 없었다. 헥토르는 시녀들에게 물었다.

"흰 팔의 안드로마케는 어느 쪽으로 갔는가? 나의 누이나 계수씨 중 한 사람의 집에 가 있는가, 아니면 아테네 여신의 신전에 함께 기도하러 갔는가?"

충실하게 가사를 돌보는 늙은 시녀가 대답했다.

"주인어르신, 마님께서는 희랍군의 선전에 트로이아군이 고전한다는 소식을 듣자마자 눈물을 흘리면서 부랴부랴 망루로 달려가셨습니다. 유모가 아기를 안고 따라갔구요."

헥토르는 그 길로 집을 나와서 곧바로 스카이아이 문으로 빠져나가려는데, 킬리키아(테베 폴라코스 산기슭의 울창한 숲 지역)의 영주인 에티온의 딸 안드로마케가 저쪽에서 달려왔다. 그 뒤를 갓난아기를 안은 유모가 따라왔다. 헥토르는 순결한 하늘의 별에도 견줄 만큼 귀여운 아들을 스카만드리오스라고 이름지었다. 그러나 다른 사람들은 헥토르가 '일리오스의 수호자'이기 때문에 그 아들을 아스튀아낙스(도성의 군주)라고 불렀다.

헥토르가 말없이 아이를 들여다보며 미소를 지으니, 안드로마케는 그 옆에 다가서서 눈물을 흘리며 남편의 손을 꼭 잡았다.

"사랑하는 낭군님, 당신의 그 용기가 당신을 파멸시킬 거예요. 이 젖먹이도, 불행한 이 몸도 조금도 가엾게 생각지 않으시나요? 지금 당장이라도 희랍군이 당신을 공격해서 죽인다면 나는 과부가 될 텐데, 당신을 잃느니보다 차라리 제가 땅속에 들어가는 편이 낫겠어요. 당신이 최후를 맞으시면 오직 비탄만 남을 뿐 달리 무슨 위안이 있겠어요.

게다가 저는 아버님도 어머님도 안 계시잖아요. 내 아버님은 아킬레우스가 테베를 공략할 때 죽었어요. 하지만 그도 마음이 꺼림칙했던지 아버님의 갑주는 벗겨가지 않았어요. 그래서 훌륭한 갑주 제구를 유해와 함께 태우고 봉분을 만들었어요. 그 주위 산에 사는 님프들과 제우스의 따님들이 느릅나무를 심어주셨어요.

또 궁궐에 살던 일곱 명의 오라비들도 모조리 하루 사이에 하데스에게 보내졌어요. 그들도 아킬레우스가 소떼와 양떼 사이에 숨어 있는 것을 발견해내서는 죽였지요. 아킬레우스가 어머님만은 플라코스 산 아랫마을로 끌고 가서 엄청난 몸값을 받고 풀어주었는데, 아르테미스 여신이 살해하고 말았습니다.

그러니 지금은 헥토르 님, 당신이 나의 아버지이고 어머니이고 형제입니다. 그리고 무엇보다도 제가 의지하는 귀한 남편이십니다. 그러니 제발 저를 가엾게 여기셔서 지금 이대로, 이 자리에, 이 보루에 머물러 주세요. 제발 이 아기를 고아로, 저를 과부로 만들지 마세요. 병사들을 저 무화과나무 곁에 세워서 성을 지키시면 돼요. 거기가 적들이 성벽을 기어올라와서 공격하기 가장 쉬운 곳이니까요. 이미 두 아이아스와 이도메네우스와 아트레우스의 아들들과 튀데우스의 아들이 세 차례나 그곳으로 공격을 시도했답니다."

"여보, 나도 그쯤은 알고 있다오. 그러나 나는 싸움을 피해서 숨어 있고 싶지 않소. 내 마음이 그것을 허락하지 않소. 옛날부터 언제나 용감하게 행동하고 트로이아군의 선두에서 싸우도록, 그리고 아버님이나 나 자신을 위해서 빛나는 영광을 차지할 수 있도록 배웠으니까. 물론 나도 알고 있소. 언젠가는 이 거룩한 일리오스가 멸망하는 날이 오겠지. 그러나 내가 가장 걱정하는 것은 어머님 헤카베의 비탄, 아버님 프리아모스 왕과 형제들의 고난, 백성들의 고통이 아니라, 그대가 받을 고통이오. 누군지도 모를 희랍군이 그대를 노예로 끌고 간다면, 그대가 아르고스로 끌려가서 시중을 들고 베를 짜고 멧세이스나 휘페레이아 샘에서 물을 길어 나르는 모욕을 당한다면 나는 견딜 수 없을 것이오. 그때 사람들이 '저 여자가 헥토르의 아내다. 옛날 일리오스를 포위했을 때 트로이아 최고의 용사였고 공훈의 사나이였지.'라고 말하면 그대는 새삼스레 굴종의 날을 막아주던 남편이 죽은 것이 슬퍼지겠지만, 그때면 나는 이미 죽어서 덮은 봉분의 무덤 아래 있을 게요. 그대의 비명을 듣기 전에, 그대가 끌려가는 것을 알기도 전에 말이오."

이렇게 말하고 헥토르는 아들을 향해 팔을 뻗었는데, 아이는 갑옷과 투구 장식들에 놀라서 소리를 지르며 유모의 품속을 파고들었다. 아버지와 어머니는 웃음을 터뜨렸다. 헥토르는 투구를 벗어 땅바닥에 내려놓고 귀여운 아들에게 입을 맞춘 뒤 두 손으로 안아 올려 기도를 올렸다.

"제우스와 여러 신들이여, 부디 제 아들도 저와 마찬가지로 트로이아인들 사이에서 이름을 떨치고, 일리오스를 힘차게 통치해갈 수 있게 해주소서. 그가 전쟁에서 돌아오는 것을 보고 모든 사람들이 칭송하게 해주소서. '정말 이 사나이는 제 아버지보다 훨씬 훌륭한 무사로다.'라고. 그렇게 적의 무사들을 무찌르고 피에 젖은 전리품을 들고 돌아와 제 어머니를 기쁘게 하도록 해주소서."

남편은 사랑하는 아내의 팔에 아들을 내려놓았다. 그녀는 아이를 향기 그윽한 품에 안고 눈물을 글썽이며 미소를 지었다. 남편은 그 모습을 바라보고 가련해져서 손으로 쓰다듬으며 이름을 불렀다.

"가엾은 사람, 제발 너무 가슴아파하며 탄식하지 마시오. 누구도 나를 주어진 수명을 거슬러서 저승에 보낼 수는 없소. 그러나 죽음의 운명은 인간이 피할 수 없는 것. 그러니 집으로 돌아가서 베를 짜든가, 실을 잣든가, 그대가 맡은 일을 하시오. 싸움은 사나이들이 맡아할 테니, 일리오스에 태어난 자들이 말이오."

이렇게 말한 후에 헥토르가 말총 장식을 단 투구를 집어들었다. 안드로마케는 눈물을 비오듯 흘리면서 몇 번이나 남편을 뒤돌아보며 궁전 쪽으로 걸음을 옮겼다. 안드로마케가 자기 집에 다다르자 맞이하는 시녀들도 애도의 울음을 터뜨렸다. 헥토르가 아직 살아 있는데도 집에서는 벌써 여인들이 울음을 터뜨리고 있었다. 아무도 헥토르가 이 싸움을 끝내고 집에 돌아올 것이라고 생각하지 않았던 것이다.

한편 파리스는 대들보도 드높은 궁전 안에서 청동을 정교하게 다듬어 만든 세상에 이름난 갑주를 다 입고서, 외양간에 매여 있던 준마가 구유통의 보리를 실컷 먹은 후에 줄을 끊고 넓은 평원 위를 말굽소리도 상쾌하게 달려가듯, 페르가모스의 보루 위에서 찬연히 빛나는 태양처럼 갑주로 온몸을 번쩍이면서 날쌔게 달려 내려갔다. 그는 얼마 안 가서 막 아내와 정다운 이야기를 나누고 성밖으로 나가려는 형 헥토르를 만났다. 아우는 형에게 변명의 말을 건넸다.

"형님, 아마도 퍽 바쁘게 떠나셔야 할 걸 제가 지체하시게 했나 봅니다. 미안합니다. 이르시는 대로 바로 오지 않아서."

"우스운 소리를 다 하는구나. 누구든 제대로 된 무사라면 싸움에 있어서 너의 활약을 경시하지 않을 것이다. 그러나 나는 단지 네가 게으름을 피워서 씁쓸했던 것이야. 왜냐하면 너에 대해서 트로이아인들이 갖가지 모욕적인 말을 하고 있거든. 그들이 모두 너 때문에 엄청나게 고생하고 있지 않느냐? 아무튼 이제 가보자. 그러한 일은 언제나 나중에 어떤 형태로든 보상을 할 수 있을 테지. 트로이아에서 아카이아군을 몰아낸 다음, 하늘 위 영원히 사시는 신들에게 자유를 축하하는 술동이를 궁전 한가운데에 차려놓고 바칠 수 있도록 하자."

제7권

헥토르와 아이아스의 결투, 그리고 희랍군의 방벽

아테네와 아폴론은 전투가 너무 과열되자 잠시 중단시키기로 약속한다. 그래서 신들의 부추김을 받은 헥토르와 아이아스가 대표로 겨루다가 밤을 핑계로 자연스럽게 휴식에 들어간다. 그런데 양측은 격전 중에 수많은 전우들이 목숨을 잃고 방치되어 있는 것이 가슴아파서 며칠 더 쉬며 전우들의 시신까지 화장해 주자고 한다. 이때 희랍군측이 화장을 끝낸 후 급히 참호와 방벽을 만들자, 포세이돈은 자신이 세운 일리오스 성벽에 대한 도전으로 생각해서 불쾌해 한다.

트로이아군은 두 지휘관 헥토르와 파리스가 귀환하자, 바람을 학수고대하던 선원들이 순풍을 만난 듯 들떴다. 과연 파리스는 대뜸 아르네 궁전에 사는 메네스티오스를 쓰러뜨렸다. 곤봉을 쓰는 아레이토스 왕과 암소 눈을 한 퓔로메두사 사이의 아들이었다. 헥토르는 에이오네우스의 목덜미를 창으로 찔렀다. 뤼키아의 대장 글라우코스는 힘겨운 공방전 끝에 말에 올라타는 덱시오스의 아들 이파노스의 어깨죽지를 푹 찔렀다. 이파노스는 땅으로 고꾸라지더니 팔다리가 축 늘어져버렸다.

올림포스 천궁에서 두 사람의 활약상을 발견한 아테네가 즉각 일리오스

로 내려왔다. 그러자 페르가모스에서 지켜보던 아폴론 역시 트로이아 진영
으로 달려갔다. 두 신은 떡갈나무 옆에서 마주쳤다. 아폴론이 먼저 입을 열
었다.

"그대는 왜 또 기를 쓰고 내려왔소? 뭐, 희랍군의 편을 들어주고 싶어서
겠지만. 트로이아인은 전혀 가엾게 여기지 않으니까. 자, 아테네여, 내 제안
대로 해보면 어떨까? 오늘은 이만 휴전하기로 말이요. 싸움도 살육도 일단
중지시킵시다. 그대들 불사의 여신들의 염원인 일리오스의 최후를 확인하
는 것은 나중에라도 얼마든지 할 수 있어요."

"그러지요. 나도 딱 그런 생각으로 올림포스에서 내려온 것입니다. 그런
데 무사들의 싸움을 어떻게 중지시킬 건가요?"

"헥토르를 세웁시다. 그와 일대일로 겨루자고 하면 아르고스군이 간담
이 서늘해져서 한 명을 내세울 테니까요."

이 신들의 계획을 헬레노스가 예감으로 알았다. 그래서 헥토르에게 알려
주었다.

"형님, 당신은 물론 제우스에 못지않은 지혜를 갖고 계시지만, 지금은 동
생인 제 말을 들으셔야 합니다. 양편 군대를 모두 앉히시고, 형님과 일대일
로 겨룰 용사를 불러내세요. 형님의 운명은 아직 최후를 맞이할 때가 되지
않았으니까요."

헥토르는 이 말에 무척 기뻐하며 그대로 했다. 아가멤논도 낌새를 느끼
고 군대를 자리에 앉혔다. 아테네와 아폴론도 독수리의 모습으로 제우스의
나무인 떡갈나무 가지에 내려앉아 자리를 잡았다. 헥토르가 양군 사이로
나아가서 말했다.

"다들 들어라. 제우스 신께서 지난 맹세를 지키게 해주지 않으시니, 아마도 그는 트로이아가 함락되든지 그대들이 함선 옆에서 궤멸하든지 할 때까지 우리를 몰아붙이실 작정인가 보다. 그러니 아카이아 용사들 가운데 지금 이 자리에서 나 헥토르와 겨루고 싶은 자가 있으면 대표로 나오라. 다만 한 가지만 말하겠으니, 내가 쓰러지면 내 갑옷은 가져가도 좋으나 시신은 돌려주기 바란다. 트로이아 사나이들과 그 아내들이 화장해줄 수 있도록. 나 역시 그자의 갑옷은 일리오스로 들고 가서 아폴론 신전 벽에 걸어두되 시신은 돌려주겠다. 너희가 헬레스폰토스의 해안에 무덤을 만들어 주어서, 후세 사람들이 포도주빛 바다를 건너가며 '저것이 아득한 옛날 여기서 최후를 마친 무사의 무덤이다. 영예도 드높은 헥토르가 죽인 사나이의 무덤이다.'라고 말할 수 있도록 말이다. 그러면 나의 영광도 사라져버리는 일이 없으리라."

적진 최고 용사의 제안에 모두가 숨을 죽였다. 거절은 수치였지만 수락하기도 무서운 일이었다. 그러자 한참만에 메넬라오스가 일어서서 잔소리를 했다. 물론 그도 마음속으로는 한숨을 쉬고 있었지만.

"허, 큰소리 뻥뻥 치던 사나이들은 다 어디로 가고, 아녀자들만 앉아 있는 것인가? 이 자리에서 헥토르를 상대하러 아무도 나가지 않는다면, 이것은 두고두고 희랍군의 커다란 치욕이 되겠구나. 차라리 모두 고스란히 앉은 채로 각자 그 자리에서, 기력도 영예도 잃고 물과 흙이 되어버리면 좋으리. 자, 내가 나가겠다. 어차피 승부의 줄은 하늘 위 신들의 손에서 조종되고 있는 것이니까."

메넬라오스는 갑주를 걸치기 시작했다. 하지만 모두들 그가 헥토르의 적수가 못 된다는 것을 알고 있었다. 그래서 다들 붙잡아 말렸다. 형 아가멤논도 아우의 오른손을 붙잡고 타일렀다.

"네가 제정신이 아니구나. 욱하더라도 꾹 참아야지, 절대로 이런 제정신이 아닌 짓을 해서는 안 된다. 지기 싫어하는 성질만으로 그대보다 뛰어난 무사 헥토르와 싸우려들면 안 돼. 아킬레우스조차 저 사나이와의 결투는 두려워했단 말이다. 가서 잠자코 앉아 있어라, 내가 다른 사람을 내세울 테니까."

이번에는 네스토르가 일어섰다.

"허, 아카이아의 큰 슬픔이로다. 펠레우스가 탄식할 일이야. 뮈르미도네스족 전략가이자 웅변가인 그는 언젠가 내게 아르고스 장수들의 가문과 혈통을 듣고는 매우 기뻐했는데, 지금 헥토르 앞에서 한껏 몸을 사리는 이 모습을 보면 차라리 죽어서 하데스의 궁전으로 보내달라고 신들에게 기도하겠구나.

아, 내가 그 옛날 물결도 빠른 켈라돈 강변에서 퓔로스 군대와 결전을 벌였을 때처럼 젊어질 수 있다면! 페이아의 성벽 옆에서 이아르다노스 강을 사이에 두고 싸우는데, 적진에서 아레이토스 왕의 갑옷을 걸친 에레우탈리온이 나왔다. '철퇴의 무사' 아레이토스의 갑옷은 아레스가 선물한 것이었는데, 아르카디아의 영주 뤼코르고스가 매복으로 그를 죽이고 빼앗았다가, 말년에 사랑하는 시종 에레우탈리온에게 준 것이지. 그래서 모두들 와들와들 떨고 숨으려고만 하는데, 가장 어려서 혈기왕성했던 내가 나섰다. 어쩌면 나 스스로 궁지에 빠지고 만 셈이었지만, 아테네께서 영광을 내려주셔서 그 거대한 무사를 쓰러뜨렸다. 어마어마한 거구가 내 앞에 쓰러져서 꿈틀했어. 정말이지 그때처럼 젊고 튼튼해진다면 얼마나 좋을까! 그렇다면 당장 헥토르 앞에 뛰어들었을 텐데. 그대들은 전 희랍군 안에서 용감하기로 손꼽히는 용사들이면서, 아무도 헥토르에 맞설 기개가 없단 말인가?"

네스토르의 매서운 질타에 아홉 사람이 우뚝 일어섰다. 아트레우스의 아들 아가멤논, 튀데우스의 아들 디오메데스, 살라미스의 왕 텔라몬의 아들 큰 아이아스, 로크리스의 오이네우스의 아들 작은 아이아스, 크레타의 왕 이도메네우스와 그의 부관 메리오네스, 에우아이몬의 아들 에우뤼필로스, 안드라이몬의 아들 토아스, 라에르테스의 아들 오뒷세우스가 차례대로 일어나서 헥토르의 상대를 자청했다.

"그렇다면 제비뽑기로 결정하자. 뽑힌 자는 아카이아인들을 기쁘게 하고, 살육을 면하고 돌아온다면 스스로도 자랑스러우리라!"

네스토르의 제안에 용사들은 저마다 자기 제비를 표시해서 아가멤논의 투구에 던져 넣은 후, 한마음으로 기도를 올렸다.

"크로노스의 아들 제우스 신이시여, 부디 아이아스나 디오메데스나 뮈케네의 영주가 뽑히게 해주소서."

네스토르가 투구를 흔들자 제비 하나가 툭 튀어나왔다. 전령이 그것을 들고다니며 아홉 명에게 보여주자, 아이아스가 제 것을 알아보고 외쳤다.

"벗들이여, 이것은 틀림없는 나의 제비다! 내가 반드시 저 헥토르를 쓰러뜨리리라! 그러니 그대들은 내가 갑주를 걸치는 동안 한마음으로 제우스 신에게 빌어다오. 트로이아 사람들이 깨닫지 못하도록 은밀하게."

그러자 모두들 광대한 하늘을 우러러보며 기도를 올렸다.

"이데 산에서 다스리시는 지고지대한 신 제우스여, 부디 아이아스에게 승리를 안겨주고 빛나는 영예를 주소서. 신께서 헥토르를 특별히 좋아하시고 보살피신다면, 하다못해 쌍방에게 동등한 무용과 영광을 내려주소서."

그동안 아이아스는 번쩍이는 청동 갑주를 몸에 둘렀다. 무장을 갖추고 나니 '희랍군의 방어벽'이라고도 일컬어지는 사나이답게 풍채가 당당했다. 아이아스는 험상궂은 얼굴에 웃음을 띠면서 군신 아레스처럼 기다란 창을 흔들면서 성큼성큼 걸어나갔다.

그 모습에 아르고스군이 기쁨의 함성을 질렀다. 반대로 트로이아군은 크게 당황했다. 헥토르도 속으로 약간 당황했지만, 자기가 도발한 시합이니 물러날 수 없었다.

아이아스가 탑만큼이나 큰 방패를 들고 다가왔다. 휠레에 사는 방패 장인 튀키오스가 최고의 기술을 발휘해서 만든 일곱겹 가죽 방패였다. 튼튼한 쇠가죽마다 청동을 입혀서 일곱겹이나 겹친 번쩍이는 방패를 가슴 앞에 들고, 아이아스가 헥토르 바로 앞까지 다가갔다.

"프리아모스의 아들 헥토르여, 이제 그대도 깨달으리라. 아카이아인 중에는 사자를 맨손으로 때려죽였다는 아킬레우스 말고도 훌륭한 용사들이 얼마든지 있다는 것을! 아킬레우스가 없어도 그대를 맞을 만한 무사는 얼마든지 있다. 자 덤벼라."

"아이아스여, 나를 철없는 개구쟁이나 한 번도 싸워본 적이 없는 여자를 대하듯 하지 말라. 나는 전쟁에도, 사람을 베는 기술에도, 잘 말린 쇠가죽 방패를 쓰는 법에도 능숙하다. 또 빠른 전차가 다투는 한가운데로 돌진해 들어가는 방법도 알고, 백병전에서 살벌한 아레스 신에게 바칠 싸움의 춤도 익혀 놓고 있다. 내가 바라는 것은 단 하나, 그대처럼 용맹한 자라면 슬며시 틈을 보고 치지 않고, 정면승부를 내보고 싶을 뿐이다."

헥토르는 말을 끝내자마자 창을 무섭도록 높이 던져서 아이아스의 방패에 내리꽂았다. 창은 쇠가죽 여섯 장을 뚫었지만 마지막 일곱 번째 장에서 가로막혔다. 이번에는 아이아스가 창으로 헥토르의 방패를 내리찍었다. 창은 번쩍번쩍 빛나는 방패를 뚫더니 가슴받이까지 뚫고 지나가 옆구리의 속옷을 찢었다. 하지만 헥토르도 만만치 않은 무사라서 재빨리 몸을 틀어서 죽음을 모면했다.

둘은 창을 뽑기가 무섭게, 야생 사자나 야생 멧돼지가 먹잇감을 향해 돌격하듯 서로를 향해서 사납게 덤벼들었다. 헥토르가 또다시 방패를 찍었지만 끝내 뚫지 못하고 창끝이 굽어버렸다. 아이아스의 창은 또다시 방패를 뚫고 들어가서 헥토르의 목을 스쳤다. 목덜미에서 시커먼 피가 솟구쳤다.

그래도 헥토르는 겁먹지 않고, 땅바닥에 나뒹구는 검고 울퉁불퉁한 돌을 집어들어서 세 번째로 아이아스의 방패를 내리쳤다. 그러자 쩽그렁 하면서 청동 방패가 쪼개졌다. 아이아스도 더 큰 돌덩이를 집어들더니 빙빙빙 돌려서 냅다 후려쳤다. 절구만 한 돌덩이가 헥토르의 방패를 박살내면서 헥토르의 무릎을 찍었다. 헥토르가 그 충격에 벌렁 뒤로 넘어지자 아폴론이 얼른 일으켜 세워 주었다. 전령들이 달려오지 않았다면, 두 사람은 그때부터 단검으로 육탄전을 벌였을 것이다. 희랍군에서 탈튀비오스가, 트로이아군에서 이다이오스가 급히 달려왔다.

"멈추시오. 싸움도 다툼도 그만두시오. 먹구름을 모으시는 제우스 신께서는 두 분 용사를 모두 소중히 여기시오. 지금은 날이 완전히 어두워졌으니 밤의 지시에 따릅시다."

아이아스가 말했다.

"이다이오스여, 저쪽에서 도전했으니, 휴전도 저쪽에서 제의해야 맞다. 헥토르에게 제안하게 하라, 그러면 나도 즉각 그자의 말을 듣겠다."

헥토르가 대응했다.

"아카이아 최고의 궁수인 아이아스여, 신은 그대에게 커다란 체구와 억센 팔심뿐만 아니라 분별까지 내려주셨구나. 오늘은 싸움도 승부도 그만 중지하고, 나중에 다시 신의 뜻으로 우리들의 우열이 정해지고 한쪽에 승리가 주어질 때까지 싸우자. 이제 완전히 밤이 되었으니 밤의 지시에 따르는 것도 좋은 일이다. 이것으로 그대는 희랍군들과 그 가족들을 기쁘게 하겠구나. 나 역시 성안에서 기다리고 있는 트로이아 군사들과 그 아녀자들을 기쁘게 할 것이다. 자, 서로 훌륭한 선물을 교환하자. 양편 군사들이 이 선물을 보고 이 두 대장은 목숨을 걸고 승부를 겨뤘지만, 다시 우정으로 맺어져서 작별을 고했다고 말하도록."

헥토르가 은못을 박은 칼을 집어 칼집과 잘 다듬은 가죽끈과 함께 아이아스에게 넘겨주었다. 아이아스도 심홍색의 아름다운 가죽띠를 건네주었다. 두 사람이 무사히 각자의 진영으로 돌아가니 군사들이 모두 기뻐하며 자기 진영으로 돌아갔다.

총사령관 아가멤논이 다섯 살배기 황소를 제우스에게 바친 뒤, 말끔히 손질하고 구워서 병사들을 먹였다. 아이아스에게는 목에서 허리까지의 등심을 고스란히 상으로 주었다. 모두들 배부르게 먹고 마시자, 장로 네스토르가 다시 계획을 제안했다.

"이곳에 와서 싸우는 동안 수많은 아카이아인들이 전사했소. 그들의 검은 피는 스카만드로스 강변으로 흘러들어갔고, 혼백은 저승으로 가버렸다오. 그러니 내일은 잠시 전투를 중지하고, 그들의 시신을 모아서 화장해 주면 어떻겠소? 우리가 고향으로 돌아갈 때 그들의 자식들에게 뼈라도 가져갈 수 있도록. 그리고 화장터 근처에 크게 하나의 무덤을 만들고, 그것에 기대어서 배와 우리를 지킬 방벽을 높게 쌓읍시다. 흙으로 높이 쌓되 여기저기 튼튼한 문을 내서 말과 전차가 통과할 수 있게 만듭시다. 또 방벽 바깥쪽에는 깊은 참호를 파서 트로이아군의 병사와 전차가 뛰어넘을 수 있게 합시다."

모두들 이 제안에 찬성했다.

한편 일리오스 도성 언덕과 프리아모스 왕의 궁전에도 사람들이 모여서 왁자지껄 떠들어대고 있었다. 안테노르가 일어나서 말했다.

"트로이아인들도, 원군으로 오신 동맹국 여러분들도 잘 들으시오, 내 가슴속에서 말하라고 명령하는 일을 지금 말하겠소. 지금 당장 헬레네와 금은보화를 저편에 넘겨줍시다. 우리는 지금 맹약을 어기고 싸우는 중입니다. 그러니 이렇게 해야만 차후에 우리측에 승리가 돌아올 수 있소."

파리스가 위엄있게 응수했다.

"그대의 말에 절대로 찬성할 수 없다. 신께서 그대의 분별심을 앗아가셨나 보군. 나는 절대로 내 아내를 돌려보내지 않겠다. 금은보화만이라면 아르고스에서 우리 집으로 가져온 것 모두를 돌려줄 수 있고, 내가 가진 것까지 더 보태줄 수도 있겠지만."

그러자 지혜에 있어서는 신에게도 지지 않는다는 프리아모스 왕이 일어섰다.

"모두들 잘 듣거라. 우선 성안 사람들은 이전처럼 만찬 후에 불침번을 엄중히 서거라. 그러다가 새벽이 오면 이다이오스를 아카이아측에 보내서 방금 알렉산드로스가 한 말을 전해 보자. 또 싸움을 전사자의 시체를 화장할 때까지만 잠시 중단하자고도 제의하자. 그 후에 다시 신의 뜻으로 우리들의 우열이 정해지고 한쪽이 승리할 때까지 싸우면 어떻겠느냐고."

모두 왕의 말에 찬성했다. 트로이아군의 전 진영에서 만찬을 즐겼다.

이튿날 동틀 무렵 이다이오스가 아가멤논의 회의장으로 갔다.

"아트레우스 집안의 군주님과 온 희랍군의 대장님들, 저는 트로이아의 대표로서 전쟁의 장본인인 알렉산드로스의 말씀을 전하러 왔습니다. 그는 아르고스에서 가져온 재보를 고스란히 돌려드리고, 여분으로 더 드릴 수도 있다고 했습니다. 하지만 트로이아인들의 권유와 달리, 부인은 돌려드릴 수 없다고 하십니다.

또 저희 왕께서 전사자의 시체를 화장하도록 잠시 싸움을 멈춰 주기를 부탁하셨습니다."

좌중이 일제히 조용해졌다. 잠시 뒤 목청도 우렁찬 디오메데스가 입을 뗐다.

"이제 와서 알렉산드로스에게 재보 따위나 받고 물러날 수야 없지! 아무리 어리석은 자라도 이제 트로이아에는 파멸의 검은 줄이 걸려 있음을 잘 알 것이다."

일동이 디오메데스에게 찬성하는 뜻으로 일제히 함성을 질렀다. 아가멤논이 나섰다.

"이다이오스여, 그대는 아카이아인들의 한마음 한목소리를 직접 듣고 있다. 단 전사자의 시신을 수습하는 일만은 해도 상관없다. 최후를 마친 사람들의 주검은 재빨리 불로써 위로하는 것이 좋은 법, 그 증인은 제우스에게 맡기자."

아가멤논이 왕의 홀을 하늘을 향해 들어 올렸다.

일리오스 성안 사람들이 한자리에 모여 앉아서 이다이오스를 기다리다가, 그의 말을 듣자 모두들 장작을 나르며 화장 채비에 나섰다. 아르고스측도 같은 준비로 법석을 떨었다. 태양이 어느덧 깊고 조용한 오케아노스(대양. Ocean의 어원)에서 하늘로 치솟았다. 하지만 시신의 신원을 일일이 분간하기만도 시간이 꽤 걸렸다. 그들은 전우의 시신에 말라붙은 피딱지를 물로 씻은 후 뜨거운 눈물을 뿌리며 수레 위에 안아 올렸다. 프리아모스가 울부짖는 것을 허용하지 않아서 모두 묵묵히 입을 다물고 장작더미 위에 시신을 쌓고 불로 태웠다. 아카이아측도 마찬가지였다.

그런데 이튿날 아침 아직 먼동이 트기도 전에, 희랍군에서 선발된 병사들이 시체들을 화장한 자리에 큰 봉분을 쌓더니, 거기에 기대서 방벽을 쌓기 시작했다. 망루도 만들고, 여기저기 전차가 통과할 문도 만들었다. 방벽 바깥쪽을 깊고 넓게 파서 날카로운 통나무들을 꽂아둔 참호도 만들었다.

올림포스에서 방벽 공사를 지켜보던 신들은 하나같이 눈이 휘둥그래졌다. 포세이돈이 입을 열었다.

"제우스 아버지 신이여, 아카이아인들이 배를 지킨답시고 방벽을 둘러치고 참호까지 파면서, 우리들에게는 제물 하나 바치지 않는 것 보셨죠? 이 소문은 아침 햇빛이 비치는 모든 나라에 전해지고, 나와 아폴론이 라오메돈에게 애써 지어준 저 성벽은 잊혀지겠지요."

제우스가 포세이돈을 달랬다.

"이런 이런, 여러 신들 중에서도 다른 자라면 그와 같이 생각하고 무서워도 하겠지만, 대지를 뒤흔들고 세력도 광대한 그대가 그 무슨 말을 하는가? 그대의 영광은 아침 햇빛이 비치는 땅이면 어디나 전해질 것이다. 저 방벽 따위, 나중에 아카이아 병사들이 선단을 이끌고 귀향하면 두들겨 부숴서 바닷속으로 흘려보내고 바닷모래로 덮어버리면 그만이다. 저것은 그대의 힘 앞에 힘없이 허물어질 것이다."

신들이 이런 말을 주고받는 동안 해가 졌다. 희랍군도 일을 끝마치고 여기저기서 소를 잡아 만찬을 준비했다. 때마침 렘노스 섬에서 포도주를 싣고 온 큰 배가 바닷가에 닿았다. 휩시퓔레 여왕과 이아손의 아들인 에우네오스가 보낸 것인데, 아가멤논에게는 꿀술을 60섬이나 따로 챙겨보냈다. 그 배에서 아카이아인들은 누구는 청동을, 누구는 번쩍이는 쇠를, 누구는 쇠가죽을, 누구는 소를, 누구는 노예를 주고 술로 바꿔 왔다. 그들은 밤새도록 흥겹게 놀았다. 트로이아 성안에서도 연회가 베풀어졌다.

그러나 제우스가 그 밤에 불길한 재앙을 꾀하며 무시무시한 천둥을 울려댔다. 사람들은 그 소리에 새파랗게 질려 떨었고, 술잔의 포도주를 대지에 부어서 제우스에게 먼저 바치지 않고 잔을 드는 자가 없었다. 그러고는 모두들 겨우 몸을 뉘어 잠이 들었다.

제8권

제우스가 트로이아를 도와
방벽을 넘게 하다

제우스는 올림포스 신들에게 '절대로 전투에 개입하지 말라.'고 경고하고, 홀로 이데 산 정상에서 황금 저울로 양측의 운명을 재 본다. 아카이아의 추가 아래로, 즉 하데스가 있는 저승 방향으로 기울었다. 그러자 제우스가 트로이아군을 도와서 희랍군 참호 앞까지 진격시킨다. 희랍군을 아끼는 헤라가 불평하자 희랍군을 더 철저히 파멸시킨다.

새벽이 샤프란색 옷을 입고 땅 위에 골고루 빛을 뿌리자, 제우스가 올림포스에서 회의를 소집했다.

"자, 지금 한시바삐 이 전쟁을 끝내기 위한 내 뜻을 얘기할 테니, 잘 듣고 따르라. 행여 내 말을 어기려 들지 말아라. 오늘 누구든 제멋대로 전투에 끼어들었다가 내게 들키면, 그 길로 망신스럽게 매를 맞고 타르타로스(무한지옥)에 던져질 것이다. 내 힘을 알고 싶다면 어디 한번 시험해 보거라. 황금 밧줄을 하늘에서 늘어뜨려서 모두 매달려도 내가 땅으로 떨어지기는 커녕, 오히려 내가 끌어당기면 땅과 바다까지 모조리 하늘로 끌려 올라올 테니까."

제우스의 경고에 다들 겁을 먹고 입을 꾹 다물었는데, 아테네만 말대꾸를 했다.

"아버지 신의 위엄에 대항하지 못하는 것쯤은 우리 모두 잘 알고 있어요. 다만 저희는 용맹한 아르고스의 무사들이 불행한 운명에 걸려서 쓰러져갈 것이 너무 가엾을 뿐입니다. 그러니 저희가 전투에는 끼어들지 않더라도, 전략을 알려주는 것은 허락해 주세요. 저들이 전멸하면 안 되잖아요."

아버지 신은 딸에게 미소로서 허락해 주었다. 그러고는 청동 발굽에 황금빛 갈기를 가진 말 두 필이 끄는 수레에 황금 갑옷을 입고 올라타서 황금 채찍을 내리쳤다. 그러자 말들이 대지와 별이 총총히 빛나는 하늘을 날아서, 이데 산 가르가로스 봉우리(이데 산의 최고봉. 제우스는 지상으로 내려오면 이곳에 머물렀다.)에 도착했다. 거기에는 신들의 정원과 향기 그윽한 제단이 있었다. 제우스 신은 안개 기운을 가득 뿌려 놓고는 그곳에 자리를 잡고 앉아서 트로이아 도성과 희랍군 함선을 내려다보았다.

희랍군은 아침식사를 끝내고 갑주를 입는 중이었다. 트로이아군들도 갑주 제구로 무장하고 거리에 모여들기 시작했다. 그들은 수는 적었지만 가족을 지키기 위해 나섰기 때문에 기세등등했다.

오래 쉬었던 양군이 다시 격돌했다. 청동 갑옷의 병사들이 가죽 방패와 청동 창을 탕탕 부딪치며 겨뤘다. 죽이는 자와 죽어가는 자들의 신음 소리, 승리의 함성 등이 겹치고 대지 가득히 피가 흘렀다. 화살과 창이 비오듯 쏟아졌고 양측 병사들이 잇따라 쓰러졌다.

그렇게 아침나절이 흘러서 해가 중천에 이르자, 제우스가 황금 저울을 꺼내서 말을 길들이는 트로이아측과 청동 갑옷을 입은 아카이아측의 운명을 저울질해 보았다. 아카이아의 추가 땅으로 내려갔다. 그래서 제우스는 활활 타오르는 번개를 희랍군 진영으로 던졌다.

아가멤논도, 이도메네우스도, 두 아이아스도 새파랗게 질리면서 후퇴했다. 네스토르만 홀로 남아서 버텼는데, 용감해서가 아니라 예비 말이 파리스의 화살에 급소인 관자놀이를 맞고 날뛰었기 때문이었다. 당황한 노인은 단검으로 예비 말의 고삐를 자르려 했는데, 그 틈에 헥토르가 말을 타고 다가갔다.

디오메데스가 이 모양을 보고 다급하게 오뒷세우스를 불렀다.

"오뒷세우스여, 등이 찔릴까 봐 방패를 어깨에 짊어지고 달아나고 있는가? 겁쟁이처럼 도망치지 말고, 나와 함께 네스토르를 구하러 가자."

그러나 오뒷세우스는 그 말을 듣지 못해서 함선까지 줄달음쳤다. 그래서 디오메데스는 하는 수 없이 혼자 네스토르의 전차 앞으로 다가가 소리쳤다.

"노인장, 당신은 이제 팔심도 약해졌는데, 보아하니 수행병과 말도 시원찮은 모양이군요. 자, 내 전차에 타시오. 아이네이아스에게서 빼앗은 트로스의 말이 어떤 것인가 알게 되실 테니까. 어느 방향으로든 자유자재로 추적하고 달아날 수 있다오. 자, 당신의 말은 수행병들에게 끌고 가라고 주고, 내 전차로 트로이아 적진으로 돌진합시다. 이 손에 창을 쥐면 얼마나 사나워지는지 헥토르에게 알려주고 싶으니까요."

네스토르는 자신의 말을 스테넬로스와 에우뤼메돈에게 맡기고, 디오메데스의 전차에 올라탔다. 네스토르가 전차 고삐를 잡고 헥토르 방향으로 모니, 디오메데스가 창을 던졌다. 창은 헥토르가 탄 전차의 고삐를 잡은 테바이오스의 아들 에니오페우스의 젖꼭지 근처를 맞췄다. 그가 전차에서 굴러떨어지니 말들이 재빨리 달려갔다.

헥토르는 에니오페우스의 죽음에 슬펐지만, 시체 수습보다 마부를 찾는 일이 더 급해서 얼른 주변에 있던 이피토스의 아들 아르케프톨레모스를 전차에 태워서 고삐를 넘겼다. 하지만 여전히 디오메데스가 무섭게 벼르며 달려들고 있었다. 여기서 헥토르가 전사한다면 트로이아군은 금세 궤멸하고 일리오스 성까지 빼앗길 것이다.

그래서 제우스가 디오메데스 전차 바로 앞에 번개를 던졌다. 코앞에서 유황이 타면서 화염이 솟구치자 말들이 겁먹고 웅크렸다. 네스토르는 고삐를 떨어뜨렸다.

"튀데우스의 아들이여, 이제 외발굽 말들을 돌려서 도주해야겠다. 그대도 제우스의 비호가 지금 그대 위에 없고 저 사내 위에 있음을 보지 않았는가? 훗날에는 우리에게도 내려주시겠지만, 오늘은 신의 뜻이 그렇지 않구나. 실로 위대한 신의 뜻이 그렇다면 그대가 제아무리 용맹스러워도 뜻을 굽혀야 한다."

"노인이여, 당신의 말씀 하나하나가 다 맞는 말이라서 슬프군요. 헥토르가 트로이아 사람들을 모아놓고 '튀데우스의 아들이 내가 무서워서 꽁지 빠지게 도망갔다.'고 비웃을 테니까요. 아아, 그때는 차라리 땅이 갈라져서 나를 삼켜주었으면."

"이런, 용사께서 무슨 말을 하는가. 자네가 겁쟁이라는 모함은 희랍군은 물론이고 트로이아군에서도 믿을 사람이 없다. 트로이아의 아녀자들도 믿지 않을 것이다. 한창 젊고 사랑하는 그 여자들의 남편들을 그대가 모래 먼지 속에 숱하게 쓰러뜨렸으니까."

그래서 그들은 적진에서 빠르게 후퇴하기 시작했다. 트로이아 군사와 헥토르가 화살과 창을 퍼부었다. 멀리서 헥토르의 외침이 들렸다.

"튀데우스의 아들이여, 희랍군은 그대를 특별히 소중히 대한다지. 연회에서는 고기의 가장 연한 부분을 주고, 술잔이 넘치게 포도주를 따라 주고. 그러나 앞으로는 그대를 경멸하겠구나. 여자처럼 달아난 겁쟁이니까 말이야. 어디, 멀리 달아나 보거라, 네가 우리의 성벽에 기어오르기도 전에 하데스에게 보내버릴 테니까."

디오메데스가 분해서 전차를 되돌리려고 했다. 헥토르가 계속 도발했다.

"트로이아인들도 뤼키아 군사들도 접근전에 능숙한 다르다노이족도 용감하게 싸워다오. 전우들이여, 용맹함을 잃지 말자. 왜냐하면 나는 이제 똑똑히 느끼기 때문이다. 제우스께서 오늘 우리에게 승리와 영광을 주기로 결정하셨음을! 저런 방벽을 짓다니 바보들 아니냐. 약해서 공격을 막아내기는 커녕 아무짝에도 쓸모 없는 것을 말이다. 참호도 말들이 쉽게 뛰어넘겠구나. 그러니 내가 순식간에 저 참선까지 들어가면 잊지 말고 활활 타는 횃불을 들고 따라오라. 아르고스인들이고 배고 다 태워버릴 테니까.

크산토스, 포다르커스, 아이톤, 그리고 고상한 람포스야(순서대로 황갈색 말, 빠른 말, 밤색 말, 백마), 지금이야말로 나의 보살핌에 너희가 보답할 시간이다. 나의 아내 안드로마케는 항상 너희에게 밀을 듬뿍 주었고 때로는 남편인 나보다도 더 먼저 포도주를 챙겨 먹였다. 그러니 쫓아가라. 순황금이라는 네스토르의 방패와 헤파이스토스 신이 만들었다는 디오메데스의 갑주를 빼앗아 버리자. 저 두 개만 빼앗으면 오늘 밤 안으로 희랍군을 바다로 내쫓을 수 있을 것이다."

이 말이 헤라의 심기를 건드렸다. 여신은 포세이돈에게 불만을 터트렸다.

"이제는 대지를 뒤흔드는 신께서도 항상 제물을 흡족하게 바치는 아르고스군에게 아무 연민도 느끼지 않는 건가요? 제발 그들을 배려해 주세요. 우리 아르고스 편의 신들이 뜻을 모아서 트로이아 군세를 꺾어버리면, 제우스 님만 이데 산정에 혼자 앉아서 난처해지실 텐데."

이 말에 포세이돈은 잔뜩 당황했다.

"주신에게 싸움을 걸자고요? 나 포세이돈은 결코 그런 생각을 가진 적이 없소!"

그 사이 희랍군은 제우스의 도움을 업은 헥토르에게 쫓겨서 방벽 안쪽까지 밀려났다. 정말 선단이 활활 불타버리기 직전이었다. 헤라가 아가멤논의 마음에 급히 용맹함을 불어넣었다. 선단 옆을 거닐던 아가멤논이 가장 끄트머리에 있는 큰 아이아스 진영과 아킬레우스 진영의 딱 중간인 오뒷세우스의 검은 배 앞에서 걸음을 멈추고, 쩌렁쩌렁 울리는 목소리로 연설을 시작했다.

"부끄러운 줄 알라, 아르고스인들이여. 겉은 훌륭한데 속은 형편없이 치사하구나. 우리야말로 세상 최고의 용사들이라고 렘노스 섬에서 떠들던 호언장담들은 다 어디로 갔는가. 소를 때려잡아 배불리 먹고, 혼주병의 술을 잔이 철철 넘치도록 부어 마시면서 '트로이아인쯤은 일당백도 자신 있다.'라고 하더니, 헥토르 한 사람에게 쩔쩔매는 꼴이라니.

제우스 신이시여, 당신은 이제까지 어떤 왕도 이토록 크게 망신주신 적이 없습니다. 하물며 저는 이 땅으로 오는 항해길에 신들의 제단을 볼 때마다 당신에게 제물을 바쳤습니다. 단 한 번도 그냥 지나친 적이 없습니다. 그러니 제우스여, 이 소원만은 꼭 들어주소서. 우리들이 목숨만은 무사히 건져서 고향으로 돌아갈 수 있게 해주소서."

아가멤논은 절절이 기도하면서 눈물을 흘렸다. 그러자 제우스도 그가 가엾은 생각이 들어서 '아르고스군이 격멸당하지 않고 무사하리라.'는 징표로 독수리를 날려보냈다. 제우스의 독수리는 발톱으로 새끼 사슴을 차고 가다가, 제우스의 제단 앞에 떨어뜨렸다. 아르고스인들은 모두 그것이 제우스의 신탁임을 깨달았다.

그러자 디오메데스가 아겔라오스에게 달려들었다. 프라드몬의 아들이 등을 창으로 관통당하고 그대로 수레에게 굴러떨어지자, 그것을 본 아르고스 용사들이 총출동했다.

특히 아이아스는 이복동생 테우크로스를 방패 뒤에 숨겨서 진격해서, 동생이 활시위를 당길 때만 방패를 살짝살짝 들어주니 백발백중이었다. 형제는 이런 식으로 트로이아의 오르실로코스, 오르메노스, 오펠레스테스, 다이토르, 크로미오스, 코폰테스, 하모파에온, 멜라닙포스를 맞췄다. 아가멤논이 친히 다가가서 치하했다.

"테우크로스여, 그대는 실로 영예로운 사나이다. 그대의 활솜씨는 아르고스군을 살리는 한줄기 빛이며, 아버님 텔라몬의 명예로구나. 서자인데도 어릴 때부터 그대를 집에 데려다가 길렀다니까, 멀리 있더라도 그분의 명예를 드높이는 게 좋을 것이다. 내가 그대에게 똑똑히 약속하는데, 일리오스를 공략하는 날 나 다음으로 그대에게 포상을 주리라. 세발솥, 준마, 전차, 여자, 무엇이든 주리라."

"사령관이여, 안 그래도 기승한 나를 왜 더 격려하십니까? 이 몸에 힘이 남아 있는 한, 우리가 일리오스에 당도할 때까지 나는 활쏘기를 멈추지 않을 겁니다. 그런데 이미 갈고리 화살 여덟 개를 적들의 몸에 꽂았는데도 저 미쳐 날뛰는 놈에게만은 맞출 수가 없습니다."

테우크로스는 말을 끝내기가 무섭게 헥토르를 향해 다시 화살을 날렸다. 그러나 이번에도 화살은 헥토르를 비껴가서 프리아모스의 아들 고르귀티온의 가슴에 푹 꽂혔다. 이자는 아이쉬메에서 시집온 여신처럼 아름다운 여인 카스티아네이라가 낳은 아들로, 마치 화원에서 씨를 잔뜩 품은 양귀비 꽃이 봄비에 촉촉히 젖어서 한쪽으로 꺾이듯, 고르귀티온의 고개가 투구의 무게에 끌려 툭 꺾였다.

테우크로스가 조급하게 또다시 화살을 날렸지만, 그것도 헥토르의 전차를 몰던 아르케프톨레모스의 가슴에 꽂혔다. 마부가 굴러떨어지자 말이 놀라서 날뛰려 했다. 하지만 헥토르는 즉각 바로 옆에 있던 케브리오네스에게 말고삐를 맡기더니, 무시무시한 함성을 지르며 땅으로 뛰어내리면서 돌덩이를 집어들어서 테우크로스에게 돌진했다. 테우크로스가 허겁지겁 활시위를 당겼지만, 헥토르의 돌덩이가 더 빨랐다. 돌덩이가 테우크로스의 급소를 가격해서 손과 팔이 마비되었다. 테우크로스는 활을 떨어뜨리면서도 무릎으로 쓰러지는 것만은 간신히 버티려고 애썼다. 그러자 형 아이아스가 얼른 큼직한 방패로 가리고, 메키스테우스와 알라스토르와 함께 아카이아 진영으로 신음하는 동생을 옮겼다.

하지만 제우스는 계속 트로이아군을 격려해서 참호까지 몰려가게 했다.

헥토르가 달아나는 희랍군의 꽁무니를 짐승을 몰듯 바짝 쫓으면서 군단을 이끌었다. 희랍군은 정신없이 도주했고, 간신히 도망친 이들은 배 옆에서 신들에게 감사기도를 올렸다. 헥토르가 말갈기도 훌륭한 말을 타고 이리저리 설치는 모습이 마치 고르곤이나 군신 아레스 같았다. 그러자 헤라가 다시 아테네에게 투덜거렸다.

"우리가 이렇게 희랍군의 패배를 보고만 있어야 할까요? 헥토르는 이제 말도 못할 만큼 사나울 대로 사나워져서 너무나 많은 화근을 저지르고 있는데."

"정말 저 사나이가 희랍군의 손에 최후를 맞았으면 좋겠어요. 하지만 제우스께서는 괴이한 책략에만 사로잡혀 있으니. 하여튼 항상 내 계획은 망쳐 놓으시니까요. 당신 아드님 헤라클레스가 12가지 과업 때문에 끙끙댈 때 내가 얼마나 많이 도와드렸는데요. 그 애가 하늘을 향해 우는 소리를 하면 아버지 신은 꼭 나더러 내려가 도와주라고 하셨거든요. 만약 그때 내가 지금의 이런 형편을 짐작했더라면, 그애가 케르베로스를 가지러 스틱스 강을 건너갔을 때 내버려둘 걸! 그런데도 이제 와서 저를 업신여기고 테티스의 음모를 이루어 주려 하시다니! 안 되겠어요, 내가 얼른 갑주 제구를 걸치고 올 테니 말들을 준비해 두세요. 우리 둘이 헥토르 앞에 나타나면 그 표정이 볼 만하겠죠."

헤라는 고개를 끄덕이고 황금 안장을 걸친 말들과 전차를 준비시켰다. 아테네는 하늘하늘한 천의 색동옷을 벗어놓고는 제우스 대신의 웃옷을 걸치고 그 위에 갑주를 둘렀다. 그런 다음 손에 묵직한 창을 쥐고 불꽃처럼 빛나는 수레에 올라탔다. 헤라가 채찍질을 해서 호라이 여신이 지키는 하늘의 대문을 열었다.

그런데 제우스가 이데 산 정상에서 이 모습을 보았다. 주신은 격노해서 곧장 무지개의 여신을 전령으로 보냈다.

"이리스여, 얼른 그들에게 돌아가라고 말하고, 결코 내 앞에 나타나지 말라고 일러라. 내 말을 듣지 않으면 말들의 다리를 부러뜨리고, 전차를 산산조각 내고, 십 년이 지나도 낫지 않는 번갯불 화상을 입혀주겠다고 전해라. 그러면 아테네도 아버지와 다툴 때의 대가를 알게 되겠지. 헤라야 뭐, 늘 내 일을 엉망으로 만들곤 하니까 새삼 분할 것도 없지."

질풍처럼 걸음이 빠른 무지개의 여신은 순식간에 올림포스 천궁에 올라서 대문 바로 앞에서 두 신을 붙잡고 제우스의 말을 전했다. 그러자 헤라가 뒤로 뺐다.

"제우스 님의 따님과 둘이서 내가 참 어쩌자는 것인지, 인간을 위해 제우스 님에게 대항하는 일은 이제 그만둬야겠어. 인간 따위는 제멋대로 죽든 살든 운에 따르라지 뭐. 저이 생각 대로 트로이아측과 희랍측이 적당히 결판을 짓겠지."

헤라와 아테네는 슬그머니 전차에서 내려와 궁전으로 돌아갔다.

곧이어 제우스가 올림포스로 돌아왔다. 제우스가 황금 옥좌에 앉으니 그 발밑에서 거대한 올림포스의 산덩어리가 휘청거렸다. 다들 제우스를 맞이하는데, 헤라와 아테네만이 제우스로부터 멀찍이 떨어져 앉아 있었다.

"아테네와 헤라여, 왜 괴로워하고 있는가? 설마 트로이아 군대를 격멸하느라고 피로한 것은 아닐 테지. 하기야 올림포스 신들이 제아무리 덤벼들었더라도, 내 팔이 허락하지 않는 한 전세를 뒤집지 못했겠지만. 그대들 뜻을 이루기 전에 그 훌륭한 팔다리가 먼저 떨리기 시작했을 거야. 자 다시 한번 똑똑히 말해두마. 내 말을 거역하면 번갯불을 맞고 두 번 다시 올림포스로 돌아오지 못할 것이다!"

아테네는 입을 꾹 다물고 있었지만, 얼굴로는 제우스 신에게 심한 분노를 표출하고 있었다. 한편 헤라는 가슴속 울화를 누르지 못하고 터뜨렸다.

"더없이 두려운 크로노스의 아드님, 그게 대체 무슨 말씀이세요? 당신 힘을 아무도 당할 수 없다는 것은 잘 알고 있어요. 하지만 희랍군이 너무 가엾잖아요? 제발 싸움에서는 손을 떼도, 계책을 알려주는 것은 허락해 주세요. 그들이 당신의 미움 때문에 모두 죽어버리지 않도록."

하지만 제우스의 대답은 정반대의 것이었다.

"당신의 뜻이 정 그러하다면, 내일 아침에는 아르고스의 용사들이 더 무수히 죽는 장면을 보여주지. 아킬레우스가 다시 참전하기 전에는 헥토르가 전투에서 물러나지 않을 텐데, 아킬레우스는 희랍군이 파트로클로스의 시체를 둘러싸고 절망에 빠져 있을 때에야 나서게 될 것이다! 이것이 나의 뜻이니, 그대가 타르타로스에 던져져도 나는 조금도 개의치 않을 참이다. 그대보다 더 후안무치한 자도 없으니까."

헤라는 아무 대꾸도 할 수 없었다.

이러는 동안에 태양이 오케아노스에 가라앉고, 검은 밤이 곡식이 영그는 전답 위를 뒤덮었다. 트로이아측에게는 반갑지 않은, 희랍측으로서는 세 번이라도 신께 감사기도를 올릴 만큼 고마운 일몰이었다.

헥토르는 작전 회의를 열었다. 트로이아 군사들은 낮의 전투로 시체가 널려 있던 곳에서 멀찍이 떨어진 들판에 모여서 헥토르의 말을 들었다. 헥토르는 청동 촉끝이 번쩍번쩍 빛나고 황금테가 잘록한 창대에 둘러진 열한 자나 되는 창을 땅에 꽂고 기대서서 말했다.

"모두들 내 말을 잘 들어라. 조금 전까지만 해도 나는 오늘 희랍군을 격멸시켜서 내쫓을 수 있을 줄로 기대했다. 그런데 그러기 전에 밤이 왔구나, 밤이 아르고스군과 함선을 보호하겠구나. 그러니 지금은 검은 밤의 희망에 따라 만찬을 준비하자. 말들을 풀어서 여물을 먹이고, 얼른 성으로 가서 소떼와 양떼와 포도주와 장작을 가져오라. 새벽까지 밤새도록 활활 불을 피울 수 있도록, 그 광휘가 하늘에 이르도록, 희랍군이 한밤중을 틈타서 바다를 건너 도망가는 일이 없도록. 그들을 그렇게 편히 고향으로 보낼 수는 없지. 우리의 화살을 고향으로 돌아가서까지 맛보도록 할 것이다. 배로 뛰어오를 때라도 화살로 맞추거나 창으로 찔러서 말이다. 그래야 앞으로 누구라도 트로이아에 싸움을 걸어오지 않으리라.

전령들을 시켜 온 거리에 알려라. 갓어른이 된 소년들과 머리카락이 희끗희끗해진 노인들은 신력으로 축조한 방벽의 망루에 올라 망을 보고, 여인들은 제각기 집안에서 활활 불을 피우라고. 경비를 튼튼하게 해서 우리가 성을 비운 사이 복병이 침입하지 못하도록 당부하라.

자, 오늘은 이 정도로 하고 내일 아침 일은 다시 의논하자. 제우스와 신들에게 빌면서 내가 고대하는 것은, 죽음의 운명이 검은 함선들을 타고 온 저 개떼들을 내쫓는 일이다. 그러려면 이 밤에는 우리 자신을 지켜야 한다. 그래서 날이 새면 아침 일찍 갑주 제구로 무장하고 적진 깊숙이 들어가서 격전을 개시하자. 그래야 디오메데스가 나를 자신들의 함선 곁에서 몰아내서 일리오스 도성까지 쫓아낼지, 아니면 내가 그놈을 창으로 쓰러뜨리고 갑주를 빼앗아 올지 알게 될 것이다. 하지만 틀림없이 그가 고꾸라지고 아르고스 군대가 재앙을 겪게 되리라!"

헥토르의 말에 트로이아 사람들은 기쁨으로 들떴다. 그들은 멍에 밑에서 땀에 젖은 말들을 끌러 가죽끈으로 각기 자기 전차 옆에 매고, 성에서 가져온 소와 양과 포도주와 곡식들로 헤카톰베를 바쳤다. 제물 태우는 냄새가 평원에서 높은 하늘까지 올라갔다. 그러나 신들은 일리오스 편이 아니었기 때문에 그 제물을 받지도 않고 기도도 듣지 않았다.

그 사실을 모르는 트로이아군은 밤새 희랍군 함선 지척에서 화톳불을 피웠다. 그것은 마치 달 주위에 별들이 두드러지게 뚜렷이 나타나는 모습과 같았다. 이 모습은 일리오스 도성에서도 보였다. 평원에 활활 타오르는 휘황한 모닥불이 천 개나 되고, 그 하나하나의 둘레에는 쉰 명씩의 병사들이 벌겋게 타오르는 불을 쬐며 앉아 있었다. 말들은 수레 옆에서 여물로 흰 보리와 밀을 먹으며 새벽을 기다리고 있었다.

제9권

아킬레우스에게
사절단을 보내서 간청하다

❧❧❧

트로이아군이 희랍군의 참호를 넘어가기 직전, 해가 지고 밤이 된다. 트로이아군은
아쉬웠지만, 그 대신 새벽이 오자마자 희랍군을 무너뜨리려고 참호 앞에서 천 개의
화톳불을 피우고 야영한다. 희랍군 총대장 아가멤논은 코앞에서 활활 타는 화톳불
들을 보며 절망에 빠져서, 마지막 희망인 아킬레우스에게 사절단을 보내서 도와달
라고 말한다. 하지만 아킬레우스는 전보다 더 격렬한 분노를 표출하면서 오히려 '내
일 아침에 귀향하겠다.'고 선언한다.

희랍군은 엄청난 공포와 비탄에 잠겨 있었다. 마치 트라키아에서 불어오
는 북풍과 서풍의 기습에 잔잔하던 바다가 일렁이며 갖가지 해초들을 토해
내듯, 희랍군의 마음도 심하게 울렁거리며 갖가지 두려움들이 튀어나왔다.
특히 총사령관 아가멤논은 연신 침통한 표정으로 왔다갔다 하다가 긴밀히
사령관 회의를 소집했다. 몰래 전갈을 받고 모여든 사령관들의 표정도 더
없이 어두웠다. 다들 모이자 아가멤논이 일어나서 검은 물을 쏟아내는 폭
포처럼 눈물을 흘렸다.

"친애하는 희랍군 지도자들과 대장들이여, 제우스께서 이전에는 내가

일리오스를 공략하고 귀국할 수 있다고 약속하시더니, 오늘은 이토록 많은 병사가 죽어가니 아르고스로 돌아가라고 하신다. 제우스의 뜻이 그러하다면 우리는 트로이아를 포기하고 돌아가야지 별수가 없구나."

모두들 침묵을 지켰다. 한참 후에 디오메데스가 일어났다.

"군주께서는 어째서 그렇게 분별 없는 말씀을 하시오? 아까는 제 전투 태도를 비겁하다고 맹비난하시더니, 지금은 우리 군사들 모두가 비겁하고 나약하다고 비난하시는 게요? 당신이 귀국하고 싶어 못 견디겠다면 얼마든지 가시오. 하지만 우리 희랍군은 트로이아를 공략할 때까지 싸울 겁니다. 아니, 그대들도 원한다면 귀향하시오. 다만 나와 스테넬로스는 일리오스의 최후를 볼 때까지 싸울 것이오!"

디오메데스에게 박수갈채가 쏟아졌다. 그러자 이번에는 네스토르가 일어섰다.

"디오메데스여, 그대는 전투력만큼이나 언변도 출중하다. 희랍군 중에서 누구 하나 그대의 말을 우습게 듣는 이는 없다. 그대의 젊은 혈기는 아르고스 군주에게까지 분별 있는 충고를 했구나. 그런데 내가 그대보다 나이가 많은 자격으로 감히 참견을 해야겠다. 동지끼리 싸우는 것은 동료들과 어울리지 못하는 인간, 집에서도 추방당한 인간들이나 하는 짓이다.

그러니 우선은 캄캄한 밤을 맞을 준비부터 하자. 저녁식사를 준비하고, 방벽 안쪽 참호에 야간경비를 배치하자. 자, 젊은이들에 대한 나의 참견은 이 정도로 끝내겠다.

아가멤논 왕이시여, 모두를 지배하는 당신은 향응을 베푸시게. 당장 장로들에게 맛있는 음식을 나누어 주라는 말이네, 또 트라키아에서 매일 배로 운반해서 당신 진영에 쌓아둔 술도 대접하시오. 많은 인간들을 모았을 때는 가장 훌륭한 책략가의 말을 들어야 하오. 희랍군 전체가 지금 무엇보다도 필요한 것은 훌륭하고 건실한 책모라오. 오늘밤이야말로 우리군이 무사하느냐 아니면 파멸하느냐를 결정하는 분수령이 될 게요."

모두가 노인의 말에 동의했다. 일곱 젊은이가 즉각 갑주 제구를 두르고 경비를 서려고 달려나갔다. 네스토르의 아들인 중대장 드라쉬메데스, 군신 아레스의 아들들인 아스칼라포스와 이알메노스, 메리오네스, 아파레우스, 데이퓌로스, 크레이온의 아들 뤼코메데스, 이렇게 일곱 명은 군사를 백 명씩 거느리고 참호와 방벽의 중간 지점으로 가서는 화톳불을 피워 저녁식사를 준비했다.

아가멤논은 희랍군 장로들을 자기 진영으로 불러서 만찬을 차려냈다. 다들 술과 고기를 충분히 먹었을 때 다시 네스토르가 앞에 나섰다.

"아가멤논이여, 나는 그대의 분부에 따르고 명령대로 행동할 것이오. 왜냐하면 제우스가 그대에게 백성들을 다스릴 왕으로서의 왕홀과 규율을 내려주셨으니까. 그렇기 때문에 그대도 남의 말에 유익함이 있다면 경청해야 하오. 어쨌든 군주가 모든 일에 대해 최종 결정을 내려야 하니까.

나는 그대가 처녀 브리세이스를 빼앗아 온 일을 거론하고자 하오. 그때 내가 진심으로 말렸건만 왕의 오만한 마음이 기어이 신들조차 존경하는 용사 아킬레우스를 욕보였소. 그러니 지금이라도 선물이든, 진심어린 사과든 어떻게든 그의 마음을 달래야 하오."

"장로여, 그대의 지적은 정확하다. 내가 저주스러운 사념에 사로잡혀 과오를 범했다. 제우스가 사랑하는 용사를 욕보였으니. 지금 나는 얼마든지 보상금을 치를 생각이다. 보상금뿐이랴, 어디에도 비길데 없이 훌륭한 선물들도 주리라. 아직 불이 닿지 않은 커다란 세발솥 일곱 개에 가마솥 스무 개, 금방망이 열 개, 경주 우승마 열두 필, 여기에 내가 레스보스를 공략하고 데려온 여자들 중에서 인물과 솜씨가 뛰어난 일곱 명도 주리라. 브리세이스도 되돌려 주리라. 맹세하건대 나는 그 처녀와 말도 섞지 않았다.

또 신들이 허락해서 우리가 일리오스 공략에 성공한다면, 전리품을 나눌 때 그도 한몫 끼게 해서 배를 청동과 황금으로 채워 돌아가게 하리라. 또 트로이아 여자 중에서 헬레네 다음으로 인물이 고운 여자들을 스무 명쯤 손수 고르게도 하리라. 귀향한 후에는 오레스테스와 같은 명예를 주어 나의 사위로도 삼겠다. 나의 세 딸, 크뤼소테미스와 라오디케와 이피아낫사 중에서 그가 바라는 공주를, 막대한 지참금과 함께 펠레우스의 궁전으로 보내리라. 또 훌륭한 도성도 일곱 개 주겠다. 카르다뮐레, 에노페, 목초가 풍부한 히레, 성스러운 페라이, 목초지 안테이아, 아름다운 아이페이아와 포도덩굴 우거진 페다소스 등은 모두 바다와도 가깝고 비옥한 퓔로스와도 가까운 풍족한 땅이다.

그러니 이제 아킬레우스도 고집을 꺾어야지. 하데스도 너무 타협하지 않고 고집을 부려서 사람들이 가장 싫어하는 신이 되지 않았는가. 이제는 그만 권위와 나이가 한참 위인 내 말을 들어야 할 것이다."

네스토르가 아가멤논을 칭찬했다.

"아킬레우스에게 보내려는 물품이 무척 귀한 것들이오. 얼른 전령을 불러서 당장 아킬레우스 진영으로 보내시오. 내가 전령을 고를 테니 뽑힌 자들은 승낙하시오. 포이닉스가 앞장서고, 큰 아이아스와 오뒷세우스가 동행하고, 오디오스와 에우뤼바테스가 수행하시오. 자, 제우스께 자비를 빌고 출발해야 하니 얼른 가서 손을 씻는 정수를 떠 오시오."

전령들이 곧 물을 길어와서 손에 부어 주었다. 젊은이들은 술을 가득 담아와서 땅에 부어서 신들에게 헌주한 후, 각자의 잔에 부어서 차례대로 한 잔씩 마셨다. 그러고는 모두 아가멤논의 진영을 나섰다. 네스토르는 막사를 나서는 이들마다 붙들고 따로 지시를 주었는데, 특히 오뒷세우스에게는 '아킬레우스를 설득시키기 위해 있는 수를 다 쓰라.'고 신신당부했다.

그들은 포세이돈에게 '아킬레우스를 설득할 수 있게 도와달라.'고 열심히 기도하면서 파도 소리 요란한 해변을 따라 걸었다. 이윽고 뮈르미도네스족 진영에 도착하니, 아킬레우스가 배 옆에서 심심풀이로 하프를 타며 노래하고 있었다. 은으로 만든 음률조절기까지 있는 아름다운 하프는 에티온의 도성을 점령했을 때 얻은 물건이었다. 그 맞은편에 파트로클로스가 조용히 앉아서 노래를 듣고 있었다.

아킬레우스는 오뒷세우스가 불쑥 나타나자 깜짝 놀라서 하프를 쥔 채 벌떡 일어섰다. 하지만 곧바로 손을 내밀어 그들을 환영했다.

"어서 오게! 내가 아무리 화가 났어도 그대들은 내가 가장 좋아하는 벗들이지."

아킬레우스는 그들을 막사 안으로 데려가서 자줏빛 의자에 앉히고, 따라 들어온 파트로클로스에게 지시했다.

"메노이티오스의 아들이여, 술동이에 독하고 좋은 술을 가득 담아 내오고, 갑자기 찾아온 내 절친들에게 각자 잔을 내드리게."

파트로클로스는 술동이와 술잔을 내오고, 양고기와 산양고기와 살진 돼지 뒷다리도 내와서 도마 위에 올려놓더니, 한켠에서 불을 피웠다. 그동안 아킬레우스가 도마에서 고기들을 먹기 좋게 썰었다. 불길이 약해지며 숯불이 되자, 고기 꼬챙이들을 그 위에 올리고 소금을 뿌렸다. 아킬레우스는 다 구워진 고기 꼬챙이를 나무 쟁반에 담았고, 파트로클로스는 빵 바구니를 가져와 식탁에 놓았다. 아킬레우스는 오뒷세우스 맞은편 벽에 기대 앉으며 파트로클로스에게 신들에 대한 의식을 부탁하니, 파트로클로스가 고기 조각을 불에 던져 넣어 태웠다. 이윽고 그들은 요리를 먹기 시작했다.

충분히 먹고 마셨을 즈음 오뒷세우스가 잔에 술을 가득 부어 아킬레우스의 앞에 쳐들었다.

"고맙네, 아킬레우스여. 우리는 아가멤논의 진영에서도 이곳에서도 진수성찬을 대접받는구나. 그러나 지금 우리들의 마음이 즐겁지 않으니, 희랍군의 위기가 심각하기 때문이다. 제우스의 비호를 받는 아킬레우스여, 우리들은 가슴아파하고 있어. 그대가 나서주지 않으면 과연 우리 함선이 무사할지 궤멸할지 알 수가 없다네.

트로이아 연합군대가 우리들이 함선 가까이에 세운 방벽 코앞까지 와서 화톳불을 피우고 있는데, 우리는 제지할 엄두도 내지 못하고 있네. 제우스 신마저 그들에게 벼락을 내려서 길조를 보이시니, 헥토르는 광기에 사로잡힌 듯이 기세등등해서 한시바삐 새벽이 오기를 기다리고 있고. 우리 함선들의 머리 장식을 자르고, 배들은 활활 태워버리고, 우리가 연기에 취해서 우왕좌왕할 때 도륙하겠다고 선언했네. 혹시 신들께서 그의 장담을 실현시켜 주시면 어쩌나?

그러니 일어서다오. 그대에게 아카이아 젊은이들을 구할 마음이 있다면!

일단 흉사가 일어난 다음에는 후회해도 소용 없네. 그러니 늦기 전에 희랍군을 재앙의 날로부터 지켜다오. 그대의 부친 펠레우스께서 프티아에서 그대를 아가멤논에게 보내시며 신신당부했다고 하지 않았나? '내 아들아, 신의 뜻에만 맞다면 힘이야 아테네와 헤라께서 내려주실 게다. 그러니 너는 교만함을 억눌러라. 네가 아르고스인들로부터 존중받고 싶다면 화근이 되는 말다툼을 피해라.'라고. 그러니 지금부터라도 마음을 고쳐먹게. 노여움을 버리고 아가멤논이 보내는 물품들을 받으란 말이네."

오뒷세우스는 아가멤논의 제안들을 일일이 열거하더니, 다시 한번 당부했다.

"설혹 그대가 아가멤논의 선물까지도 진심으로 싫다면, 그대를 신처럼 존경하고 있는 아카이아 병사들을 가엾게 여겨다오. 그것도 아니라면 그대가 헥토르를 쓰러뜨리는 업적을 떠올려다오."

"오뒷세우스여, 내 뜻을 분명히 말해주어야겠구나. 그래야 이런 번거로운 사절이 오지 않을 테니까. 그자는 지옥문만큼이나 싫은 인간이다. 가슴 속 생각과 말이 완전히 다른 사내니까. 또 그는 내가 쉬지 않고 적군과 싸워도 조금도 고맙게 생각하지 않았다. 뒷전에 처져 있는 장수와 앞에 나가 열심히 싸우는 장수가, 겁쟁이와 용사가 똑같이 대우받을 뿐이더라.

아니, 오히려 목숨을 내걸고 싸워온 내가 더 고통을 받는다. 아직 날지 못하는 새끼 새를 위해서 어미새가 먹이를 날라다 주느라 야위어가듯, 나도 몇 날 며칠 밤에 한숨도 못 자고 아침부터 밤까지 피비린내 나는 전투에 임했는데, 그것이 결국 다 아가멤논과 그 부인들을 위한 셈이더구나. 내가 공략한 도시가 열두 개이고, 트로이아에서는 열한 차례의 전투를 치렀는데, 나는 언제나 그곳에서 얻은 금은보화를 모두 그놈에게 가져다 주었다. 그러면 뒤에 앉아만 있던 그놈이 거의 다 가지고 대장들에게는 조금씩 나누어 주었지. 그런데 그 중에서도 유독 나의 전리품을 빼앗아간 것이다!

그러니 대체 아르고스인들은 이 전쟁을 왜 하고 있는 거지? 머릿결이 아름다운 헬레네 때문에? 뭐, 인간 중에서 아내를 사랑하는 것이 아트레우스의 두 아들뿐이더냐? 천만에, 용감하고 분별 있는 사나이라면 모두 자기 아내를 귀하게 여긴다. 나 역시 비록 창으로 빼앗은 여자였지만 브리세이스를 진정으로 아꼈단 말이다.

그러니 오뒷세우스여, 날 설득할 희망은 버리고 돌아가서 아가멤논과 열심히 궁리나 하거라. 아닌 게 아니라 내 힘 없이도 꽤 많은 일을 해냈지 않느냐? 저 방벽도 쌓고 참호도 파고. 그 따위로 헥토르를 누르지는 못하겠지만. 사실 헥토르는 내가 참전했을 때는 스카이아이 성문이나 떡갈나무 근처까지만 간신히 나왔다가 간신히 나를 피해 도망가곤 했다.

그렇지만 이제 나는 헥토르와 싸울 생각이 조금도 없으니, 내일이라도 제우스와 신들에게 제물을 바치고 돌아갈 배를 바다에 띄우리라. 내일 아침 일찍 헬레스폰토스로 내 배가 돛을 올리고 달려갈 테니 그대도 생각나거든 한번 보아라. 포세이돈이 바다를 잘 다스려 주신다면 사흘이면 프티아에 닿을 것이다.

그 땅에는 이리로 떠나올 때 두고 온 나의 물건이 잔뜩 있다. 거기에 이곳에서 가져간 황금과 여자들과 철 등을 더해야지. 그자가 제가 주고서 억지로 빼앗아간 것만 빼고. 자기 병사에게 거짓말을 하는 인면수심의 사내, 그 아가멤논에게 똑똑히 전하라. 앞으로 어떤 제안을 들고 와도 나는 응하지 않을 것이라고. 네 녀석의 감언이설에 두 번 다시 넘어가지 않을 거라고. 그가 주는 것은 털끝만큼도 가지고 싶지 않다. 열 배, 스무 배, 바닷가 모래알만큼 준대도 싫다. 그 오만불손함에 보복하기 전까지 나는 꿈쩍도 하지 않으리라.

그놈의 사위가 될 생각은 더더욱 없다. 내 아내는 고향에 돌아가면 아버지께서 구해주실 것이다. 훌륭한 도성을 가진 군주들의 딸, 아름다운 아카이아 여인들이 많다. 사실 나는 고향에 있을 때 적당한 여자와 결혼해서 아버지 재산이나 쓰며 살고 싶었다. 우리가 오기 전 일리오스가 갖고 있었다는 금은보화도, 바위산 퓌토의 아폴론 신전에 있는 보물들도 내 목숨보다 소중하지는 않으니까. 생명은 일단 몸이라는 성채를 나가면 다시 불러올 수도, 훔쳐올 수도, 살 수도 없는 것이니까. 어머니가 말씀하시기를 내 앞에 두 가닥으로 갈라진 운명의 길이 놓여 있다고 하셨다. 이대로 머물러서 일리오스를 노리면 불멸의 영예를 얻고, 귀향하면 명예는 못 얻지만 생명을 연장한다고 말이다.

그러니 그대들도 함께 돌아가세. 그대들은 일리오스의 최후를 끝내 볼 수 없을 테니까. 제우스께서 트로이아 위에 강력한 가호를 내리셔서 그들의 사기가 하늘을 찌르니까 말이다. 어서 돌아가서 아가멤논에게 나의 이런 생각을 똑똑히 전해다오. 단 포이닉스는 여기 머무시게. 그대는 오늘밤 여기서 자고, 원한다면 내일 나와 함께 배를 타고 그리운 고향에 돌아가자."

다들 아킬레우스의 격렬한 분노에 놀라서 말문이 막혔다. 한참 후에 포이닉스가 희랍군 걱정으로 눈물을 흘리며 말했다.

"아킬레우스여, 그대의 생각이 그러하면 나도 따라가야지, 내가 어떻게 홀로 이 땅에 남겠는가? 펠레우스께서 그대를 아가멤논에게 보내면서 나를 동행시키셨소. 그대가 아직 전장이나 무사 회의에서의 규율에 대해 하나도 모르는 소년이니까, 그대의 아버님이 내게 그대의 화술과 행동을 보살펴주기를 당부하셨소. 그러니 나 홀로 남지는 않겠소.

　신께서 손수 나의 노년의 껍질을 벗겨서 그 옛날의 나로, 오르메노스의 아들이자 나의 아버지인 아뮌토르와의 갈등을 피해서 미인의 고장 헬라스를 떠날 무렵의 혈기왕성한 청년으로 만들어주신대도 그러기는 싫소. 아버지가 첩을 얻었을 때, 어머니께서 '그녀가 노인을 싫어하도록 네가 유혹하라.'라고 부탁하셔서 나는 그렇게 했소. 그랬더니 아버지가 알아채고는 복수의 여신들을 걸고 나를 저주했지. 앞으로 절대로 자기 무릎에 내가 낳은 귀여운 손자를 앉히지 말아달라고. 그랬더니 지하의 하데스와 페르세포네가 그 저주를 실현시켰다네. 한때는 아버지를 칼로 베어버릴까 했지만, 어떤 신인지 이 울화를 눌러주시고 '아버지를 죽인 자'라고 수군댈 백성들의 소문과 질책 등을 듣게 해주셨소. 집안 사람들도 밤낮으로 나를 열심히 달래고 집을 떠나지 못하게 했지. 그래서 나는 떠났다네. 열흘째 밤에 안방 문을 부수고 빠져나와서 안마당 울타리를 뛰어넘었지. 그러고는 광대한 헬라스를 이리저리 숨어다니다가 마침내 양떼의 어머니라고 일컬어지는 기름진 땅 프티아로 와서 펠레우스 주군에게 의지하게 된 것이오. 주군께서는 흔쾌히 나를 맞아들여서 친아버지가 늦둥이 외아들을 예뻐하듯 융숭하게 대접해주셨소. 또 재물과 백성들도 나누어 주셨소. 내가 프티아 국경 돌롭스족의 영주가 된 것이오.

그래서 나는 그대를 이렇게 귀하게 길렀소. 신과도 흡사한 아킬레우스여, 그대는 다른 사람들과는 연회에도 나가려 하지 않았고, 내가 무릎에 앉히고 술잔을 입에 대주고 고기를 잘게 찢어서 입에 넣어 주기 전에는 먹지도 않았지. 그대가 포도주를 흘려서 내 옷을 적신 적이 한두 번이 아니었소. 신들이 내게는 자식을 주지 않는다는 것을 알았기 때문에, 나는 그대를 내 자식처럼 애써서 키웠소.

그러니 아킬레우스여, 오만한 분노는 억제해 주오. 결코 무자비한 마음을 가지지 마시오. 그래야 신들의 마음도 돌릴 수 있다오. 사죄의 여신 리타이는 제우스의 따님이시기는 하나 절름발이에 주름살투성이에 사팔뜨기여서, 미망의 여신 아테 뒤를 따라다닌다오. 그런데 아테는 힘도 세고 걸음도 빨라서 자매인 리타이를 저만큼 뒤처지게 하고는 이곳저곳에 먼저 가서 인간에게 화를 미치지. 그래서 리타이가 뒤쫓아다니면서 사죄를 한다네. 그러니 만일 인간이 신을 경외하는 마음이 있다면, 사실은 신들의 것일지도 모르는 부탁들을 들어줘야 하는 것이오. 왜냐하면 그럴 때 모욕과 경멸을 퍼붓고 쫓아내버리면 신들이 제우스에게 부탁해서 '이자에게 아테를 보내달라.'고 하니까.

그러니 아킬레우스여, 무례하게 굴지 말아야 하오. 만일 아트레우스의 아들이 아무런 선물도 보내지 않았더라면 나 역시 굳이 그에 대한 분노를 버리라고 말하지 않았을 게요. 하지만 그가 여러 가지를 약속하고 특별히 그대의 절친들을 사절로 골라 보냈으니, 이 사람들의 노고까지 등한시해서는 안 될 듯하오. 이전에는 화를 낼 명분이 분명히 있었지만, 아가멤논이 화해의 성의를 보인 지금은 그럴 명분이 없다는 말이오.

옛 영웅들도 격렬한 노여움에 사로잡혔다가 선물과 설득에 마음을 풀었던 경우가 종종 있소. 아이톨리아인이 사는 칼뤼돈에 쿠레테스족이 쳐들어왔소. 칼뤼돈에서 아르테미스에게만 헤카톰베를 바치지 않은 것이 화근이었지. 화가 난 여신이 사나운 멧돼지를 보내서 과수원을 폐허로 만들었는데, 오이네우스의 아들 멜레아그로스가 나서서 멧돼지를 처치했지. 그러자 여신은 멧돼지 가죽을 둘러싸고 또다시 쿠레테스족이 쳐들어가게 만든 것이오. 그런데 그 전투에서 앞장서서 싸워야 할 멜레아그로스가 다름아닌 자기 어머니의 저주에 화가 나서 참전을 거부했지. 그러다가 예쁜 아내 클레오파트라의 애원에야 마음을 돌려서 칼뤼돈을 구했는데, 너무 늦게 나서서 아무 대가도 받을 수 없었다오.

사랑하는 내 아들, 그대도 그 지경까지 가지 않길 바라오. 만일 배가 불에 타면 방어하기 힘들어지고 선물도 사라지오. 아직 선물이 있을 때 나가시오. 그래야 희랍군도 그대를 예전처럼 존경할 테니까. 선물까지 다 타버린 막바지에는 아무리 분전해도 같은 영광을 누릴 수 없다오."

걸음이 빠른 아킬레우스가 자신을 키워준 노인 포이닉스에게 대답했다.

"제우스의 비호를 받는 포이닉스여, 나는 그러한 영광은 관심도 없다. 나는 제우스가 주신 운명에 의해서 영광은 충분히 받았다. 그러니 그대에게 당부하건대, 더 이상 우는 소리를 해서 내 마음을 괴롭히지 말라. 괜히 마음을 다할 가치가 없는 자 때문에 나의 호의를 잃지 말고, 그냥 나와 함께 나를 욕보인 자를 괴롭히는 편이 나을 것이다. 아무튼 그대는 여기 남아 부드러운 잠자리에서 쉬어라. 돌아갈지 말지는 새벽에 다시 의논하자."

아킬레우스는 파트로클로스에게 눈짓해서 포이닉스의 잠자리를 준비시켰다. 다른 자들은 그만 돌아가라는 신호였다. 그러자 아이아스가 일어나 연설을 시작했다.

"제우스의 후예인 라에르테스의 아들, 지략이 풍부한 오뒷세우스여, 아무래도 오늘 사절의 목적은 못 이루겠으니 그만 떠나자. 이렇게 된 이상 우리 군대에게 빨리 상황을 전하는 것이 중요하다. 좋은 소식은 아니지만, 지금 다들 목빠지게 소식을 기다리고 있으니까.

아킬레우스여, 증오심에 사로잡혀 고집을 꺾지 않다니, 그대를 존중하고 아껴온 우리의 우정조차 내팽개치다니 참으로 무자비한 사람이구나. 세상에는 형제나 아들을 죽인 자도 용서해주는 예가 있는데, 그대는 고작 여자하나 때문에 품은 앙심을 절대로 풀지 않겠다니. 제발 그대를 특별하고 귀하게 생각하는 우리들의 마음을 생각해서라도 생각을 바꿔다오."

"아이아스여, 그대가 아무리 청해도 나는 절대로 전체 군사들 앞에서 나를 모욕하고 폭언을 퍼붓고 들강아지 다루듯 한 아가멤논의 행동을 잊을 수가 없다. 그러니 내 대답은 이전과 다름 없다. 지혜로운 프리아모스 왕의 아들인 저 용감한 헥토르가 내 부하들이 있는 뮈르미도네스족 진영까지 오기 전에는 싸움에 나갈 생각이 없는데, 그때는 헥토르도 내게 쫓겨서 물러날 수밖에 없다고."

사절들은 신들에게 헌주한 후 오뒷세우스를 선두로 늘어서서 되돌아갔다. 포이닉스는 파트로클로스가 시녀들을 시켜서 마련한 양털 이불을 덮고 누워서 새벽을 기다렸다. 아킬레우스도 막사 안 잠자리에 들었다. 레스보스에서 데려온 여인과, 포르바스의 딸 디오메데가 그와 함께 누웠다. 그 건너편에는 파트로클로스가 에뉘에우스의 거성인 험난한 스퀴로스를 함락시킨 뒤 얻은 이피스와 함께 누웠다.

한편 아가멤논은 사절들이 돌아보는 모습을 보자 서둘러서 맞이했다.

"오뒷세우스여, 아킬레우스는 적들의 화톳불을 우리 함선에서 멀리 격퇴해 줄 의사가 있다던가?"

"그 사나이는 분노를 가라앉히려 하지 않고 있습니다. 헥토르를 물리칠 전략은 군주께서 직접 궁리하시라고, 자신은 새벽에 당장 배를 내려 고향으로 돌아가겠다고 했습니다."

희소식을 고대하던 사람들은 모두 할 말을 잃었다. 그러자 디오메데스가 입을 뗐다.

"간청 따위 하지 말 것을! 안 그래도 거만한 사내를 더 거만하게 만들어 버렸네. 그냥 우리끼리 싸웁시다, 그가 떠나든 머물든 상관 말고. 뭐, 그 사내도 신이 부추기면 전장에 나오겠지요. 그러니 우선은 내 말대로 해보면 어떻겠소? 지금은 일단 푹 잡시다. 숙면해야 힘과 용기도 다시 생기니까요. 그러다가 새벽빛이 비치기 시작하면 즉각 병사들과 말을 준비하고, 군주의 선두지휘로 싸움을 개시합시다."

이 말에 그 자리에 있던 모든 영주들이 찬성했다.

제10권

디오메데스와 오뒷세우스가
적진을 정탐하다

❦

아킬레우스의 귀향 통보에 당황한 아가멤논은 뜬눈으로 밤을 새운다. 그러다가 답답한 마음에 적진에 정탐꾼이라도 보내보기로 하고, 아테네 여신이 총애하는 디오메데스와 오뒷세우스를 보낸다. 이때 헥토르도 돌론이라는 정탐꾼을 보냈는데, 아테네 여신이 희랍군을 도와주니 그들은 돌론을 제압하고 트로이아군의 정예부대인 트라키아군까지 전멸시키고 돌아온다. 희랍군 진영은 환호한다.

한밤중 희랍군도 정신없이 곯아떨어진 시각, 아가멤논만은 홀로 잠들지 못하고 있었다. 마치 제우스가 벼락을 치거나 우박이나 큰비를 내릴 때처럼, 그는 속으로 벌벌 떨고 있었다. 지척에서 타오르는 트로이아군의 화톳불들과 피리 소리에 그는 머리카락을 쥐어뜯으며 신음했다. 그러다가 '혼자 고민하느니 차라리 네스토르와 함께 의논해봐야겠다.' 하는 생각이 들어서, 얼른 일어나서 샌들을 신고 어깨에 적갈색 사자가죽을 걸치고 막사를 나섰다.

한편 메넬라오스도 줄곧 잠을 이루지 못하고 있었다. 결국 자기 때문에

144

희랍군들이 이 먼 곳까지 와서 죽어가고 있지 않은가. 그래서 그도 어깨에 얼룩무늬 표범가죽을 걸치고 청동투구에 창까지 갖추고서, 형을 깨우려고 군막을 나왔다. 그러다가 형과 뱃머리에서 딱 마주쳤다.

"형님, 왜 한밤중에 나와 계십니까? 트로이아측에 정찰이라도 보내시려고요? 어둠 속에서 혼자 적군을 정찰하고 올 만큼 배짱 있는 사내가 있을까요?"

"아우야, 우리에게는 좋은 전략이 필요하다. 아무래도 제우스께서 헥토르가 바치는 제물에 더 마음이 끌리신 모양이니 말이야. 그렇지 않다면 어찌 한 사나이가 하루 동안에 이토록 대담무쌍하게 활약할 수가 있단 말이냐. 그러니 마침 잘 만났구나, 네가 가서 아이아스와 이도메네우스를 불러와라. 나는 네스토르에게 가서 보초 부대에 명령을 내려줄 수 있는지 물어봐야겠다. 그분 아들이 메리오네스와 함께 그 부대를 지휘하고 있으니까 기꺼이 협조해 주겠지."

"형님이 오실 때까지 기다리고 있을까요, 아니면 명령만 전하고 얼른 되돌아올까요?"

"길이 어긋날 수도 있으니까 거기서 기다려라. 어디든지 가는 곳마다 큰소리로 이름을 불러 깨워라. 모든 무사들에게 그들의 아버님으로부터의 혈통을 들어 격려하되, 결코 우리 혈통을 내세워 잘난 체하지 않도록 주의하거라. 제우스께서는 우리에게 태어났을 때부터 무겁고 성가신 역할을 주셨으니까."

그렇게 아우를 보내고 아가멤논은 네스토르의 막사로 갔다. 네스토르는 부드러운 잠자리 속에 누워 있었다. 그 옆에 매우 정교한 갑옷과 둥근 방패와 두 자루의 창과 번쩍이는 별이 네 개 달린 투구, 그리고 노인이 전장에 나갈 때 꼭 매는 화려한 허리띠가 놓여 있었다. 그는 늙었지만 노쇠하지는 않았기에 늘 이것을 허리에 두르고 젊은이들이 있는 전장에 나섰다. 네스토르가 누군가 들어서는 모습을 보고 한쪽 무릎을 짚으며 반신을 일으켰다.

"다들 자고 있는데 홀로 캄캄한 어둠 속에서 진영을 헤매는 분이 누구신가? 노새를 찾는가 아니면 전우를 찾는가? 누구인지 알아보게 대답을 하라. 그대, 무슨 볼일인가?"

"아가멤논이요. 희랍군의 형세가 걱정이 되어서 도저히 잠이 오지 않는구려. 이 궁리 저 궁리로 심장이 튀어나올 것 같고, 무릎도 와들와들 떨리기에 그대를 만나러 왔소. 혹시 그대가 야간 보초 부대를 살피고 와 주겠소? 모두들 피로할 테니 깜박 잠에 곯아떨어져 버린 건 아닌지 걱정이오. 적병이 저리 코앞까지 와서 어둠을 틈타 공격하려고 노리고 있는데."

"아가멤논이여, 설마 제우스께서 헥토르의 바람을 모두 이뤄주시겠는가. 사실 아킬레우스만 생각을 바꿔준다면 헥토르는 우리보다 더한 근심에 휩싸일 게요. 아무튼 지금 군주를 따라나설 테니, 함께 가서 다른 사람들도 깨웁시다. 창으로 이름난 튀데우스의 아들이나 지혜가 제우스 못지않은 오뒷세우스, 걸음이 빠른 작은 아이아스나 퓔레우스의 용감한 아들 메게스, 그리고 가장 먼 곳에 배들을 대고 있는 큰 아이아스와 이도메네우스까지 모두 다.

그건 그렇고, 메넬라오스는 친하고 좋아하기는 하지만 몹쓸 사람이군. 군주에게만 이런 수고를 떠맡겨 놓고 자기는 자고 있다니! 전황이 한계까

지 와 있는 지금이야말로 그가 대장들을 찾아다니며 간청하고 또 간청해야
할 때인데."

"노인이여, 그에 대한 책망은 다른 기회로 미루어 놓으시오. 그는 분명히
게으름을 피우거나 일을 대충하는 경우도 있지만, 그것은 형인 내가 먼저
시작하기를 기다리기 때문이오. 게다가 이번에는 그가 먼저 잠에서 깨어
나를 찾아왔소. 그래서 내가 이미 그대가 언급한 그 사람들을 모아 놓으라
고 보냈소. 그러니 함께 나갑시다, 파수병들 사이에서 그들을 만날 수 있을
테니까."

네스토르도 화려한 샌들을 신고 어깨에 진홍색 두 겹 털외투를 고리로
채워 걸치고 따라나섰다. 그는 청동 창을 들고 청동 갑옷을 입은 희랍군인
들을 지나서 오뒷세우스의 막사로 갔다. 네스토르가 크게 소리를 치니 오
뒷세우스가 잠에서 깨어 막사 밖으로 나왔다.

"이 밤에 무슨 일이시오? 급한 일이라도 생겼습니까?"

"오뒷세우스여, 아무 말 하지 말고 나를 따라오라. 희랍군 절체절명의 위
기인 만큼, 우리가 전쟁을 계속할 것인지 철수할 것인지를 대장들을 모아
의논해야겠다."

오뒷세우스도 어깨에 세공이 정교한 큰 방패를 짊어지고 따라나섰다.

그들은 함께 디오메데스의 진영으로 갔다. 튀데우스의 아들은 무장을 한
채 막사 밖에 들소가죽을 깔고 모피를 벤 채 누워 있었다. 그 주위로 부하
들도 방패를 베고 창은 똑바로 세워둔 채 자고 있었다. 네스토르가 다가가
용사를 발로 흔들어 깨웠다.

"튀데우스의 아들이여, 대체 어쩌자고 밤새 자고 있는가? 그대는 트로이

아군의 저 화톳불이 안 보이는가? 양군 사이의 거리가 점점 좁아지고 있단 말이다."

디오메데우스가 잠에서 깼다.

"참 대단하시오, 노인장. 한시도 쉬지 않으시니 말이오. 두 손 두 발 다 들었소. 그대 대신 여기저기 뛰어다니며 대장들을 깨울 젊은이가 아무도 없었소?"

"디오메데스여, 내게는 훌륭한 자식들도 있고 병사들도 많다. 그러나 희랍군의 곤경이 너무 크니 내가 직접 나서지 않을 수가 있나. 내가 딱해 보인다면, 젊은 그대가 얼른 가서 날랜 아이아스와 메게스를 깨우시오."

디오메데스는 어깨에 발등까지 내려오는 적갈색 사자가죽을 걸치고 창을 집어들고 달려나가서는, 사람들을 깨워서 데려왔다.

이윽고 그들 모두 야간 보초병들에게 갔다. 보초병들은 갑주 제구를 갖춰 입고 눈을 뜬 채 앉아 있었다. 마치 안마당에서 양떼를 둘러싸고 힘들여 감시하고 있는 양치기개들과 같았다. 줄곧 불길한 밤을 감시하는 그들의 눈꺼풀에는 달콤한 잠의 그림자를 찾아볼 수 없었다. 그 모습에 노인이 크게 기뻐서 고생을 치하했다.

"잘하는구나. 계속 이렇게 감시하라, 친애하는 아들들이여. 잠에 빠져들어서 우리의 적들을 기쁘게 하는 일이 없도록 하라."

보초대 지휘관인 메리오네스와 안틸로코스의 안내로 네스토르 일행은 조용히 참호를 건넜다. 그들은 헥토르가 무섭게 살상하다가 어둠이 내려서 중지하고 물러간 지점까지 가서 땅바닥에 둘러앉았다. 주변에 뒹구는 시체들이 또렷이 보였다. 네스토르가 입을 뗐다.

"동료들이여, 트로이아군 진영에 침입할 대담한 사나이가 있는가? 트로이아군 사이의 소문들을 염탐해 오는 것이다. 만약 무사히 정탐을 마치고 돌아온다면, 훌륭한 상품을 받을 뿐만 아니라 모든 향연에 꼬박꼬박 초대될 것이고, 그의 공적이 사람들 사이에 두루두루 퍼져서 칭송받을 것이다!"

하지만 모두들 침을 꿀꺽 삼키며 입을 다물었다. 그때 디오메데스가 나섰다.

"네스토르여, 나의 담대함이 내게 트로이아 진영에 침입하라고 부추깁니다. 다만 한 사람 함께 가준다면 더 든든할 것 같습니다. 둘이 가면 서로 재빨리 상황을 살펴보고 형편이 좋도록 궁리할 수 있는데, 혼자 가면 무엇을 알게 되어도 대비시킬 방도가 없습니다."

그러자 많은 사람들이 디오메데스를 따라가겠다고 지원했다. 아가멤논이 디오메데스에게 물었다.

"튀데우스의 아들이여, 그대는 참으로 내 마음에 드는 사나이다. 그러니 그대가 지원자 중에서 직접 함께 갈 사람을 택하라. 상대의 집안이나 위치 등을 생각해서 최선이 아닌 선택을 해서는 안 된다."

"제가 스스로 동행을 택한다면 당연히 오뒷세우스이지요. 그는 어떤 상황에서도 신중하고, 늠름한 기상을 가진데다가, 팔라스 아테네의 총애를 받고 있습니다. 이분과 함께라면 활활 타는 불속에 들어가도 무사히 돌아올 수 있을 겁니다."

그러자 오뒷세우스가 대답했다.

"디오메데스여, 아르고스인들이 이미 다 아는 사실을 새삼스럽게 이야기할 필요는 없다. 그보다는 어서 출발을 서두르자. 어느덧 새벽이 가까워지고 있으니까."

둘은 그 자리에서 갑주 제구들을 빌려 입었다. 자신들의 것은 각자의 막사에 두고 온 것이다. 디오메데스는 싸움에서 물러설 줄 모르는 드라쉬메데스가 쌍날검과 방패와 황소가죽 투구를 빌려주었다. 오뒷세우스는 메리오네스의 활과 화살과 칼을 빌리고, 가죽투구를 썼다. 그 투구는 안쪽에 많은 가죽끈이 튼튼하게 얽혀 있고, 겉에는 멧돼지의 흰 엄니가 빈틈없이 보기좋게 심겨져 있고, 한가운데에는 모피가 입혀져 있었다. 이것은 예전에 아우톨뤼코스가 엘레온에 있는 오르메노스의 아들 아뮌토르의 궁전에서 훔쳐온 것으로, 퀴테라의 암피다마스에게 주어 스칸데이아로 가져갔다. 그것을 암피다마스가 다시 몰로스에게 손님 선물로 내줬고, 몰로스는 자기 아들 메리오네스에게 준 것이다.

잠시 후 두 사람은 적진을 향해 출발했다. 아테네가 그들이 가는 길 오른쪽으로 왜가리를 한 마리 보내니, 어둠 속에서 그 소리를 듣고 오뒷세우스가 기뻐했다.

"힘든 일이 생길 때마다 저를 도와주시는 아테네 여신이여! 지금이야말로 은혜를 베푸소서. 트로이아군을 괴롭힐 만한 큼직한 공훈을 세우게 하시고, 저희 함선으로 무사히 귀환시켜 주소서."

목소리가 씩씩한 디오메데스도 기도했다.

"아테네 여신이여, 이번에는 제 기도도 들어주소서. 그 옛날 제 아버지와 테베까지 동행하셨듯 지금 여기에 저와 함께 해주소서. 그때 아버지는 청동 갑옷을 입은 희랍군과 아소포스 강가에서 헤어진 뒤 홀로 카드모스의 주민들에게 강화 제의를 위해 갔지요. 문제는 돌아오는 길에 끔찍한 일을 겪었는데 여신께서 기꺼이 도와주셨습니다. 그때처럼 지금은 제 곁에서 저를 지켜주소서. 그러시면 제가 아직 멍에를 져본 적 없는 이마가 넓은 한 살배기 암송아지를, 뿔에 황금까지 입혀서 당신에게 바치겠습니다."

아테네는 두 사람의 기도를 들어주었다. 두 사람은 자신감에 차서 출발했다. 그 모습이 어둠 속에서 살육한 시신들 사이를 누비는 두 마리 사자와 같았다.

한편 트로이아측에서도 역시 헥토르가 긴급히 참모 회의를 소집해서 정탐병을 찾고 있었다.

"적함 바로 옆까지 가서, 경비가 아직도 삼엄한지 아니면 우리에게 참패를 당해서 완전히 기가 죽어 달아날 궁리 중인지 염탐하고 올 자가 있는가? 이 일을 맡아서 완수하면 보수도 두둑하고 커다란 명예까지 얻게 될 것이니, 바로 희랍군의 것 중에서 최고의 전차 한 대와 준마 두 필이다."

선뜻 나서는 사람이 없었다. 그때 돌론이 일어섰다. 그는 트로이아군의 신성한 전령인 에우메데스의 6남매 중 외아들로, 외모는 흉했지만 황금과 청동을 많이 가졌고 특히 걸음이 빨랐다.

"헥토르여, 내 용기와 씩씩한 기상이 나를 정찰병에 지원하라고 부추깁니다. 그러니 펠레우스의 아들이 타던 전차를 주겠다고, 그 홀장을 들고 맹세해 주십시오. 저는 결코 아무 성과 없이 돌아오지는 않을 것입니다. 저는 적진 가장 깊숙이까지 서슴없이 들어가서 꼭 무슨 의논을 하고 있는지 정탐하고 오겠습니다."

그러자 헥토르가 홀장을 들고 맹세했다.

"천둥을 치는 제우스 신이여, 이제는 친히 증인이 되어 주십시오. 그대는 안심하라, 전차는 트로이아군 중에서 아무도 태우지 않고 오직 그대의 것으로 남겨두겠다."

헥토르는 다소 공허한 맹세까지 하며 돌론을 부추겼다. 그러자 돌론은 어깨에 활을 멘 후 잿빛 이리 털가죽을 걸치고, 머리에 족제비가죽 투구를 쓰고, 손에 날카로운 창을 쥐고는 적진을 향해 출발했다.

그런데 그의 모습은 금방 오뒷세우스의 눈에 띄고 말았다. 오뒷세우스가 뒤돌아서 디오메데스에게 말했다.

"디오메데스여, 저쪽에서 누군가 이리로 오고 있다. 우리를 염탐하거나 시체들의 갑옷을 벗겨가려는 자겠지. 저자가 우리를 살짝 지나쳐가게 두었다가 뒤에서 덮치자. 만일 그가 걸음이 빨라서 우리들의 손을 빠져나가더라도, 우리 함선 방향으로 몰면 될 것이다."

둘은 주위에 쌓여 있는 시신들 사이에 누웠다. 잠시 후 돌론이 조심성 없이 성급하게 옆을 지나쳐서 달려갔다. 돌론이 노새가 한 숨에 밭을 가는 거리만큼 지나쳐갔을 때, 두 사람이 벌떡 일어나서 쫓아갔다.

돌론은 달음박질 소리를 듣고, 헥토르가 다른 지시를 내려서 전하러 온 트로이아군 전령인 줄 알고 멈춰 섰다. 그러나 가까이 다가온 사람은 적군이었다. 돌론은 그제서야 혼비백산해서 달아나기 시작했지만, 두 사람은 능숙한 사냥개들처럼 뒤쫓으니 어린 사슴이나 토끼처럼 숨을 헐떡이며 달리기에 급급했다.

돌론은 함선 옆의 희랍군 경비병들 무리까지 달려왔다. 그때 아테네가 디오메데스에게 기력을 불어넣어서 희랍군에게 그를 사로잡는 공적을 빼앗기지 않게 했다. 디오메데스가 의기양양하게 외쳤다.

"이놈, 거기 섰거라! 안 서면 창으로 찌를 테다! 결국 너는 그리 오래지 않아 내 손에 파멸을 맞을 것이다."

디오메데스는 일부러 빗나가게 창을 던졌다. 창끝이 오른쪽 어깨를 아슬아슬하게 스치며 날아가서는 땅에 푹 꽂혔다. 돌론은 간이 콩알만해져서 달리기를 멈췄다. 무릎이 와들와들 떨리고 이가 딱딱 부딪쳤으며, 얼굴은 공포로 새파랗게 질려버렸다. 마침내 두 영웅이 가서 손으로 움켜잡자, 돌론은 눈물을 흘리며 애원했다.

"몸값을 지불할 테니까 제발 죽이지 말고 생포해 주십시오. 제 아버지 집에는 청동과 황금과 쇠붙이가 많습니다."

오뒷세우스가 그에게 물었다.

"죽음을 걱정할 필요는 없다. 그보다는 내 말에 똑똑히 대답하라. 너는 왜 이 밤에 홀로 희랍군 선단으로 왔느냐? 시신들의 갑옷을 훔치러 왔는가, 아니면 헥토르가 염탐하고 오라고 시켰느냐? 그것도 아니면 네 스스로 온 것이냐?"

돌론이 바들바들 떨면서 대답했다.

"헥토르가 거짓말로 제 마음을 유혹해서 이렇게 되었습니다. 펠레우스의 아들 아킬레우스의 수레를 그 외발굽 말들과 함께 주겠다면서 희랍군을 정찰하고 오라고 시켰답니다."

오뒷세우스가 큰 소리로 웃었다.

"아이아코스의 손자가 타는 말을 얻으려 했다니, 네 야심이 대단하구나. 그 말들은 절대로 인간에게 길들여지지 않거든. 테티스 여신의 아들인 아킬레우스니까 가능하지. 자, 그럼 여기에 오기 직전 헥토르는 어디에 있었느냐? 그는 무기를 어디에 두고 말을 어디에 매어 두었느냐? 너희의 경비 초소와 침소는 어디인가? 하나도 빠뜨리지 말고 자세하게 대답하라. 너희 는 어떤 모의를 했느냐? 이대로 우리 함선 코앞에 머물러 있을 것이냐, 아 니면 도성으로 곧 돌아갈 작정이냐?"

"네, 똑똑히 알려드리지요. 헥토르는 참모들과 함께 일로스의 무덤 근처 에서 회의를 하고 있습니다. 그곳에는 경비 초소가 없고, 트로이아군 진영 안에도 호위나 경비를 세워두지 않았습니다. 화톳불을 피운 곳은 서로 잠 을 깨워가면서 억지로 억지로 경비를 서고 있지만, 동맹군들은 트로이아군 에게 경비를 전담시키고 잠자고 있답니다."

"트로이아군과 동맹군들은 섞여 있는가, 아니면 따로 진영을 꾸리고 있 는가?"

"바닷가 쪽에는 카리아인과 굽은 활을 가진 파이오니아인과 렐레게스인 과 카우코네스인과 펠라스고이인이 있습니다. 튐브레 쪽에는 뤼키아인과 전차를 모는 뮈시아인과 말을 타는 마이오니아인이 있습니다.

그런데 왜 이런 것을 캐물으십니까? 트로이아군 진영으로 쳐들어가려고 그러십니까? 그렇다면 가장자리에 있는, 새로 온 트라키아 군사들을 조심 하십시오. 트라키아의 왕은 에이오네우스의 아들 레소스인데, 그의 말들은 눈부시게 하얗고 바람처럼 빠르고 금과 은으로 화려하게 장식된 준마입니 다. 정말이지 필사의 인간보다 불사의 신들에게나 어울리는 것이지요.

나는 당신들의 함선 곁으로 끌고 가든지, 새끼줄로 포박해서 이곳에 남 겨두십시오. 그리고 두 분은 가서 제가 한 말이 사실인지 아닌지 조사해 보 십시오."

그러자 디오메데스가 사납게 노려보았다.

"이봐, 돌론! 네가 좋은 것을 알려 주었다만, 한번 내 손에 걸린 이상 달아나는 일은 꿈도 꾸지 마라. 지금 네가 너를 풀어주면, 반드시 또다시 정탐이나 전투를 하러 올 게 아니냐. 그러니 내가 여기서 네 목숨을 끊어버려야 그런 후환이 없을 테지."

이 말에 돌론이 울며불며 애원해 보려고 큼직한 두 손을 턱까지 치켜 올리는데, 디모메데스가 칼을 뽑아서 목덜미를 후려쳤다. 애원의 말을 지껄이던 사내의 목이 먼지 속에 굴러떨어졌다. 오뒷세우스가 족제비가죽 투구와 이리가죽과 활과 창 등을 전리품으로 챙기며 아테네에게 소리 높여 기도를 올렸다.

"올림포스 불사의 신들 중에서 제가 가장 먼저 도움을 청했던 아테네 여신이여, 이 물건들을 받아주소서. 그리고 이번에는 부디 트라키아군의 침소와 말들이 있는 곳으로 데려다주소서."

그는 전리품을 높이 쳐들었다가 수양버들 숲 위에 놓고 금방 눈에 띄도록 갈대잎과 무성한 수양버들 가지들을 얹어두었다. 되돌아올 때 찾아오기 위해서였다.

두 사람은 갑주 제구를 입은 시신들이 쌓인 평원을 지나서 이윽고 트라키아군 진영에 도착했다. 적군들은 세상 모르고 잠들어 있었다. 각자 제 곁에 갑주 제구를 세 줄로 놓았고, 말을 한 쌍씩 가지고 있었다. 레소스 왕은 한가운데에서 자고 있었다. 그를 오뒷세우스가 먼저 발견했다.

"보게나, 디오메데스여. 저것이 돌론이 말한 사나이고 말이구나. 자, 한번 나가서 다부진 무용을 발휘해다오. 그대가 병사들을 해치우면 내가 말들을 맡겠다."

이때 아테네가 디오메데스에게 용맹심을 불어넣으니, 그가 닥치는 대로 좌우로 마구 칼을 휘둘러서 순식간에 열두 명을 베었다. 칼에 맞은 병사들의 무참한 신음 소리가 솟아오르고 대지는 피바다로 벌겋게 물들었다. 오뒷세우스는 말들이 겁먹고 날뛰는 일이 없도록 시체들을 하나하나 옆으로 끌어냈다.

마침내 튀데우스의 아들이 열세 번째 사나이인 레소스 곁으로 가서, 마침 흉몽을 꾸고 있는 그의 목숨을 빼앗았다. 그 흉몽은 아테네가 보낸 것이었다. 그 사이에 오뒷세우스는 외발굽 말들을 풀어 가죽끈으로 함께 엮어서 활로 후려치며 진중에서 끌고 나갔는데, 왕의 전차에 달린 번쩍번쩍 빛나는 가죽 채찍을 쓸 생각을 못했기 때문이다. 준비를 마친 오뒷세우스는 휘파람을 불어서 디오메데스에게 돌아가자는 신호를 보냈다.

그런데 그때 디오메데스는 대담무쌍한 짓을 궁리하고 있었다. 훌륭한 갑주 제구가 실려 있는 전차를 끌고 나갈까, 아니면 번쩍 들고 나갈까, 그것도 아니면 이 기회에 더 많은 트라키아군을 죽여볼까 하는 생각이었다. 그때 아테네가 바로 옆으로 가서 말했다.

"늠름한 디오메데스여, 함선으로 돌아갈 때 쫓겨가면 큰일이니 지금은 돌아갈 궁리를 하라. 이러다가 우연히 다른 신이 나타나서 트로이아군을 깨우면 낭패다."

그 말에 디오메데스는 곧 말에 뛰어올랐고, 오뒷세우스가 말들을 활로 후려쳐서 함선 쪽으로 나는 듯이 달렸다.

사실 아폴론도 감시를 소홀히 했던 것은 아니다. 그래서 아테네가 튀데우스의 아들을 돌보는 것을 발견하자 여신에게 화내면서 트라키아 부대 지휘관이자 레소스의 친척인 힙포콘을 깨웠다. 잠에서 깬 힙포콘은 준마들이 없어지고 병사들도 피투성이인 모습을 발견하고 외마디 비명을 질렀다. 그가 전우들의 이름을 부르짖으며 오열하는 소리에, 다른 군사들도 몰려들었다. 그들은 아카이아의 두 무사가 저지른 참상에 아연실색했다.

한편 아카이아의 정탐꾼 두 명은 돌론을 죽였던 곳에 들러서 갑주 제구를 챙긴 후, 함선까지 다시 달렸다. 네스토르가 가장 먼저 말발굽 소리를 듣고 소리쳤다.

"전우들이여, 내 귀에 걸음 잰 말들의 발굽 소리가 들린다. 오뒷세우스와 디오메데스가 돌아오는 소리라면 좋으련만! 혹시나 그들이 변고를 당했을까 봐 마음 졸였는데."

네스토르의 말이 미처 다 끝나기도 전에 두 사람이 모습을 나타냈다. 그러자 사람들이 기뻐하며 오른손을 내밀고 축하의 말을 던졌다. 네스토르가 들뜬 목소리로 물었다.

"아카이아인의 지대한 영광인 오뒷세우스여, 그대들이 어떻게 이 말들을 뺏었는지 말해다오. 트로이아군에 숨어 들어가서 빼앗았는가, 아니면 신이 주셨는가? 나는 오래 살면서 갖은 전투를 다 겪었지만, 이제껏 이런 말들은 본 적도 없고 다뤄본 적도 없다. 그러니 필시 신들이 준 것일 거야. 두 사람 다 제우스 신과 아테네 여신의 총애를 받고 있으니까."

"오, 넬레우스의 아들 네스토르여! 신들은 더 훌륭한 말을 주셨을 겁니다. 이 말들은 디오메데스가 열세 명의 무사를 해치우고 얻은 것입니다. 또 여기서 그리 멀지 않은 곳에서 헥토르의 염탐꾼도 붙잡았습니다!"

오뒷세우스는 껄껄 웃으며 말들을 참호 너머로 몰아갔다. 다른 사람들도 기뻐하며 뒤따라오다가, 디오메데스의 막사에 이르자 말들을 그곳에 가죽 끈으로 맸다. 그곳에는 디오메데스가 전부터 가지고 있던 준마들이 꿀처럼 단 보리알을 씹으며 서 있었다. 오뒷세우스는 아테네에게 바치는 공물로 삼으려고 돌론의 피묻은 갑주 제구를 뱃머리에 놓았다.

　　그러고는 두 사람은 바다에 들어가 흠뻑 흘린 땀을 씻어내고, 산뜻하게 되살아난 마음으로 다시 반들반들하게 닦은 욕조에 들어가 목욕을 했다. 목욕을 마친 두 사람은 올리브유를 몸에 충분히 바르고, 식탁에 앉아서 꿀처럼 달콤한 포도주의 첫잔을 아테네 여신에게 바쳤다.

제11권

아가멤논의 공격, 헥토르의 반격

동이 트자 전투가 재개된다. 하지만 제우스의 뜻은 여전히 '아킬레우스에게 영예를 되찾아주기 위해서 희랍군에게 최대의 피해를 주자.'였다. 그래서 아가멤논과 희랍 군에게는 공명심을 잔뜩 불어넣고, 헥토르에게는 반격 시점을 알려준다. 과연 전투 가 시작되자 아가멤논이 신들린 활약으로 트로이아인들을 도성 근처까지 쫓아낸다. 하지만 아가멤논이 부상을 당하고 물러서는 때부터 헥토르가 반격을 시작하니, 희 랍군의 유명한 용장들이 줄줄이 부상을 당한다. 이 사정을 파트로클로스가 전해 듣 고 연민을 느낀다.

새벽의 여신 에오스가 티토노스(라오메돈의 아들)의 곁에서 일어나서, 불 사의 신들과 인간들에게 빛을 보내주기 시작했다. 그러자 제우스도 전쟁의 상징을 든 에리스를 희랍군에게 보냈다. 에리스는 희랍군 진영의 정중앙인 오뒷세우스의 배로 내려갔다. 그곳에서 말해야 양쪽 끄트머리에 있는 큰 아이아스와 아킬레우스 배까지 다 들렸기 때문이었다. 에리스가 그곳에서 계속 고함을 쳐서 희랍군 한 사람 한 사람의 사기를 끌어올리니, 그들이 귀 국보다 전투를 더 즐겁게 느끼기 시작했다.

아가멤논은 희랍군에게 무기를 들라고 호령하고, 자기도 번쩍이는 청동 갑옷을 입었다. 먼저 은으로 만든 정강이받이를 대고, 다음에는 키프로스의 왕 키뉘라스가 전쟁에 승리하라고 선물한 가슴받이를 둘렀다. 그것은 표면에 군청색 법랑 줄무늬, 황금 줄무늬, 주석 줄무늬가 각각 열 줄, 열두 줄, 스무 줄 새겨져 있었다. 그 양쪽에 군청색 이무기가 세 마리씩 목을 향해 기어오르고 있었는데, 마치 제우스가 구름 사이에서 인간들에게 보여주는 전조인 무지개처럼 보였다. 어깨에는 황금 징들이 눈부시게 반짝이는 칼을 걸쳤는데, 그것은 황금 고리를 단 은 칼집에 들어 있었다. 이어서 몸을 다 가리는 거대한 방패를 들었다. 방패 표면에는 청동 동그라미 열 개가 새겨져 있고, 원 안에 흰 주석뿔이 스무 개씩이나 솟아 있고 정중앙의 원만 군청색 뿔이었다. 가장자리를 빙 둘러서 무시무시한 눈초리로 노려보는 고르고가 그려져 있고, 그 주변에 '공포'니 '패주'니 하는 무늬가 새겨져 있었다. 방패의 멜빵은 은으로 만들었는데, 그 표면에 머리가 셋인 군청색 구렁이가 또아리를 틀고 앉아서 각기 다른 방향을 보고 있었다. 머리에는 양쪽에 뿔이 달리고 별도 네 개나 달린 말총 장식 투구를 쓰니, 위에서 늘어져 휘날리는 깃털이 무시무시해 보였다. 마지막으로 창을 드니, 청동 촉이 먼 하늘까지 번쩍거렸다. 헤라와 아테네는 아가멤논에게 영광을 내리는 표시로 우렁찬 천둥을 울렸다.

지휘관들도 바삐 움직였다. 각자 전차를 참호 앞에 대기시키라고 명령한 후, 얼른 갑주 제구를 입고 달려나왔다. 대장이 자신들보다 훨씬 빨리 정렬하는 바람에 마부들이 허둥댔다. 그동안 제우스는 전황을 교란시키려고 하늘에서 핏빛 이슬을 뿌렸다. 오늘도 수많은 병사들을 하데스에게 보낼 작정인 것이다.

한편 트로이아군도 언덕에서 헥토르, 폴뤼다마스, 아이네이아스, 안테노르의 세 아들인 폴뤼보스, 아게노르, 아카마스 등 대장들을 에워싸고 출격 준비를 서두르고 있었다. 헥토르가 방패를 높이 들고 선두와 후방을 부지런히 오가며 격려하는 모습이, 구름 사이에서 시리우스(인간에게 재앙을 가져다주는 별)가 번쩍번쩍 빛나다가 구름 뒤로 숨었다가를 반복하는 모습 같았다.

마침내 양군은 추수철에 양쪽에서 보리 이랑을 베어오는 사람들처럼, 후퇴 없이 서로 베고 베이는 싸움에 들어갔다. 누구랄 것 없이 모두가 이리처럼 사납게 덤벼들었다. 투쟁의 여신 에리스만이 그 한복판에 서서 피비린내나는 전투의 현장을 흐뭇하게 즐기고 있었다.

다른 신들은 올림포스 천상에서 이 모습을 내려다보고 있었는데, 모두가 한 목소리로 제우스를 비난했다. 그러나 크로노스의 아들은 그런 것은 조금도 개의치 않고 슬며시 멀리 나와 앉아서 흐뭇하게 지켜보고 있었다. 번쩍거리는 청동 칼들의 광채, 죽이는 자와 죽는 자의 참혹함 등을 내려다보면서.

새벽을 지나 아침 햇빛이 대지에 가득 차자 양군의 무기도 더 어지럽게 날아다니고 쓰러지는 병사들도 많아졌다. 그러나 서서히 희랍군이 우세해지면서 적진을 돌파하기 시작했다. 그 선두에서 아가멤논이 비에노르를 칼로 베고, 이것을 보고 전차에서 뛰어내려 덤벼드는 마부 오일레우스를 창으로 찔렀다. 오일레우스는 창날에 청동 투구와 이마를 그대로 관통당하고 고꾸라졌다.

아가멤논은 그들의 갑옷을 확보해 놓고 이소스와 안티포스에게 덤벼들었다. 프리아모스의 서자 이소스가 프리아모스의 아들 안티포스의 전차를 몰고 있었다. 그들은 지난날 이데 산기슭에서 양을 치다가 아킬레우스에게 붙잡혀서 몸값을 내고 풀려난 적이 있었다. 그런데 이번에는 아가멤논이 이소스의 가슴을 창으로 찌르고 안티포스의 귀 옆을 칼로 쳐서 죽이고는, 재빨리 갑옷을 벗겼다. 트로이아군은 위축되어 달아나기 시작했다.

기세가 오른 아가멤논이 이번에는 안티마코스의 두 아들 페이산드로스와 힙폴로코스를 붙잡았다. 안티마코스는 파리스의 황금만 주고 헬레네를 돌려주지 말자던 사람이었다. 그들은 아가멤논이 전차를 막아서자 통사정을 했다.

"아트레우스의 아들이여, 우리를 생포하고 몸값을 받으십시오. 저희 아버지 안티마코스의 집에는 금은보화가 많습니다."

하지만 아가멤논의 대답은 무자비했다.

"그대들이 계략꾼 안티마코스의 아들들이라고? 그는 예전에 메넬라오스와 오뒷세우스가 교섭하러 갔을 때 '저들을 아카이아에 돌려보내지 말고 죽이자.'고 했다더군. 그러니 이것은 너희들이 아비의 무도한 죄값을 받는 것이다!"

아가멤논은 페이산드로스의 가슴을 창으로 찔렀다. 그는 전차에서 굴러 떨어져 땅바닥에 엎어졌다. 냅다 달아나는 힙폴로코스도 붙잡아서 두 팔을 칼로 베고 목을 친 후 몸통을 통나무처럼 병사들 사이로 굴려보냈다.

총사령관의 활약상에 희랍군들도 기세가 올랐다. 보병들의 백병전이 대담해지고, 기병들의 추격전으로 뿌연 흙먼지가 하늘을 뒤덮었다. 아가멤논이 칼을 휘두를 때마다 산불에 스러지는 나무들처럼 적병이 우수수 나가 떨어졌다. 주인 잃은 말들이 빈 전차를 끌고 우왕좌왕 전장을 달렸다. 전차 주인들은 땅바닥에 나뒹굴면서 독수리 밥이 되고 있었다. 그런데도 제우스는 헥토르를 이 유혈극으로부터 살짝 떨어뜨려 놓았다.

희랍군의 무서운 추격에, 트로이아군이 다르다노스의 아들 일로스의 무덤도 지나서 도성까지 내뺐다. 선두 부대가 어느새 스카이아이 문 앞 떡갈나무까지 도망와서는 멈춰 서서 후방 부대를 기다렸다. 하지만 후방 부대는 수사자에게 쫓기는 소떼들처럼 처량한 신세였다. 사자는 한 마리를 이빨로 꽉 물어뜯고는 피와 내장을 모조리 먹어 치운다. 아가멤논이 꼭 그처럼 제일 뒤에 처진 병사부터 하나씩 빠짐없이 죽이고 있었다. 트로이아 병사들은 아가멤논이 마구 휘두르는 칼날에 혼비백산해서 엎어지고 자빠지고 굴러떨어졌다.

그러나 아가멤논이 막 트로이아 도성의 성벽까지 다다르자, 제우스가 천궁에서 이데 산 봉우리로 내려와 앉더니 급히 이리스를 불렀다.

"이리스여, 그대는 속히 가서 헥토르에게 말하라. 아가멤논이 사납게 설치는 것을 보아도 나서지 말고 반드시 뒤로 물러나 있으라고, 그러다가 아가멤논이 부상을 당하고 전차로 몸을 피하면 나서라고. 그때는 나 제우스가 적군을 섬멸할 능력을 내려줄 테니 해지기 전까지 희랍군 함선으로 전진할 수 있다고."

헥토르는 전차들 사이에 서서 고민에 빠져 있었다. 이리스는 즉각 헥토르 곁으로 가서 제우스의 뜻을 전했다. 그러자 헥토르는 전차에서 내려와서 병사들의 전열만 가다듬었고, 그 틈에 아가멤논이 앞으로 튀어나왔다.

아가멤논에게 가장 먼저 도전한 사나이는 안테노르의 아들 이피다마스였다. 그는 아직 신혼이었는데도 트로이아 출정에 따라나섰다. 두 사람이 서로 접근해서 동시에 창을 내질렀다. 아가멤논의 창은 상대방 겨드랑이 옆을 빗나갔다. 이피다마스의 창은 아가멤논의 허리띠 근처에 꽂혔다. 그러자 이피다마스가 손에 힘을 주어 창을 힘껏 밀어넣었는데, 창은 그만 허리띠를 꿰뚫지 못한 채 쇠부분에 닿아 휘어버렸다. 아가멤논이 그 창을 덥석 움켜쥐고 확 끌어당기면서 칼을 뽑아 상대의 목을 후려쳤다.

안테노르의 장남 콘이 이것을 보았다. 아우가 살해되는 것을 보고 심한 슬픔으로 눈앞이 캄캄해졌다. 그래서 순식간에 아가멤논에게로 다가가서 팔꿈치 아래 팔 중간쯤을 창으로 푹 찔렀다. 아가멤논은 당황했지만 곧 평정심을 찾고 콘에게 역습을 퍼부었다. 콘은 간신히 친동생의 시신만 수습해서 끌고 나가려고 했다. 하지만 아가멤논이 뒤에서 창을 찌르고, 축 늘어진 콘의 목을 칼로 쳐서 이피다마스의 시신 위로 떨어뜨렸다.

아가멤논은 계속해서 다른 무사들을 창, 칼, 돌덩이로 죽이고 다녔는데, 그동안 상처에서 검붉은 피가 계속 흘렀고 통증이 심해졌다. 출산의 여신 에일레이튀이아들이 보내는 날카로운 화살처럼 극심한 통증이 몰려오자, 그는 전차에 올라타고 함선으로 돌아가기 시작했다. 그러면서 쩌렁쩌렁한 목소리로 희랍군들에게 말했다.

"오, 전우들이여, 희랍군의 지도자들과 영주들이여, 지금부터 선단을 방어하라. 지금은 제우스 대신께서 내가 트로이아군과 싸우는 것을 허락하지 않으신다."

말이 끝나기도 전에 마부가 채찍을 휘두르자, 두 필의 말이 나는 듯 달려나갔다.

헥토르는 아가멤논이 후퇴하는 것을 보고 더 큰 소리로 병사들을 선동하며 앞으로 튀어나갔다. 마치 사냥꾼이 사냥개에게 수퇘지나 수사자에게 덤벼들라고 부추기는 모양새였다.

"적군 총대장이라는 자가 도망간다! 그러니 모두들 용기를 내라, 투지를 다져라! 제우스께서 내게 영예를 주시려고 하니, 지금 당장 통발굽의 말들을 희랍군에게로 몰아라!"

헥토르는 마치 바닷가에 몰아치는 태풍처럼 순식간에 난전 속으로 돌진해서 아사이오스, 아우토노스, 오피스테스, 클뤼티스의 아들 돌롭스, 오펠티오스, 아겔라오스, 아이쉼노스, 오로스, 힙포노스 등의 지휘관과 병사들을 쓰러뜨렸다. 쾌청한 남풍이 모아둔 뭇구름 위로 거센 서풍이 들이닥치니, 큰 파도가 일렁이며 사방으로 물보라가 튀고 구름이 흩날려 사라져버리는 것 같았다. 숱한 병사들이 헥토르의 손에 죽었다. 만약 이때 오뒷세우스가 디오메데스에게 경고하지 않았다면 아카이아인은 그대로 궤멸했을 것이다.

"튀데우스의 아들이 어째서 투지를 잊었는가? 어서 내 옆에 서라. 만일 배들이 헥토르에게 점령당하면, 우리는 온 세상의 비난을 받을 것이다."

"물론 나도 버텨 보겠소. 하지만 그게 언제까지 갈지…… 제우스께서는 우리보다 트로이아 편을 드시는 것 같으니 말이오."

그는 말을 끝내기가 무섭게 튐브라이오스의 왼쪽 가슴을 창으로 찔러 수레에서 떨어뜨렸다. 오뒷세우스는 그를 수행하던 몰리온을 쓰러뜨렸다. 디오메데스는 한 전차에 타고 있던 고귀한 전사들도 두 명 죽였다. 그들은 페르코테 사람 메롭스의 아들들로, 메롭스가 뛰어난 예언자였던 까닭에 아들들의 참전을 그토록 말렸건만 검은 죽음이 젊은 마음을 부추기는 바람에 허사가 되고 만 것이다. 디오메데스가 그들의 갑주를 벗길 때, 오뒷세우스도 힙포다모스와 휘페이로코스를 죽였다. 그들이 용감하게 뒤돌아서서 싸워준 덕분에 희랍군은 간신히 헥토르를 따돌리고 한숨 돌릴 수 있었다.

제우스는 이데 산에서 내려다보며 전황이 막상막하로 펼쳐지도록 조정하고 있었다. 그때 디오메데스가 파이온의 아들 아가스트로포스의 허리춤을 창으로 찔렀다. 그는 자기 말을 멀찍이 매어두었던 탓에 달아나지 못하고 꼼짝없이 당한 것이다. 이 모습을 발견한 헥토르가 괴성을 지르며 부대를 이끌고 달려들었다. 디오메데스는 씩씩거리며 오뒷세우스에게 말했다.

"저기 성가신 녀석 헥토르가 온다! 우리가 잘 버티고 서서 격퇴해 버리자!"

디오메데스가 창을 던져서 정확히 헥토르의 투구를 맞췄다. 그러나 청동촉이 투구의 청동을 뚫지 못하고 튕겨져 나왔다. 아폴론의 선물인 세 겹 투구는 강력했던 것이다. 하지만 헥토르는 상당한 타격을 입어서, 얼른 군중 속으로 섞여들어가서 숨을 골랐다. 그는 한쪽 무릎을 꿇고 팔로 땅을 짚어서 몸을 지탱하다가, 디오메데스가 날아간 창을 찾아 저만큼 멀어졌을 때를 틈타서 얼른 자기 전차에 껑충 올라타고 트로이아 진영으로 돌아갔다. 그 뒤통수에 대고 디오메데스가 소리쳤다.

"또다시 죽음을 모면하는구나! 죽음 바로 앞까지 갔는데 이번에도 아폴론께서 너를 살려주시는구나. 투창의 사정거리에 들어가면 항상 아폴론께 기도하는 모양이지. 하지만 다음에 나를 만난다면 네가 아무리 기도해도 소용없을 것이다. 지금은 일단 만나는 병사들을 모조리 없애주마."

디오메데스는 일로스의 비석 곁에 쓰러진 파이온의 아들에게 다가가서, 어깨의 방패를 내려놓고 투구도 벗은 채 갑옷을 벗겼는데, 그 틈에 파리스가 화살을 쏘았다. 화살은 정통으로 날아 오른쪽 발등을 관통해서 땅에 푹 꽂혔다. 파리스가 우쭐대며 놀렸다.

"맞췄다! 역시 나는 헛된 화살은 쏘지 않아! 하지만 네 녀석 배를 관통해서 목숨을 끊었더라면 더 좋았을 텐데. 그러면 트로이아군도 한시름 놓을 수 있는데."

디오메데스는 조금도 위축되지 않고 되받아쳤다.

"활이나 쏘는 더러운 험담가, 뿔활 따위나 뽐내는 바람둥이야. 만일 네가 나와 일대일로 싸운다면 그 활이 무용지물일 게다. 내 발등 좀 긁어놓고 뻐기기는, 이까짓 것 여자나 어린아이에게 맞은 정도다. 겁쟁이의 화살이야 이 정도밖에 안 되지. 하지만 거꾸로 내가 쏘았더라면, 화살이 너무 강해서 널 조금 스치는 정도가 아니라 즉사시켰을 것이다. 그러면 네 아내는 제 얼굴을 할퀴고 아이들은 고아가 되며 네놈은 대지를 벌겋게 물들이고 썩어가겠지. 여자들이 아니라 독수리떼에 둘러싸여서."

오뒷세우스가 얼른 달려와서 앞을 막아주었다. 그 틈에 디오메데스는 발등에서 재빨리 화살을 뽑았는데, 격심한 통증으로 온몸이 덜덜 떨렸다. 그래서 그는 전차를 타고 함선 쪽으로 달리기 시작했다. 이제 오뒷세우스 주위에는 희랍군이 하나도 남아 있지 않았다. 오뒷세우스는 침통하게 혼잣말을 중얼거렸다.

"아, 이제 어쩐다? 여기서 겁먹고 달아나면 치욕이다. 그러나 홀로 싸우다가 적진에 고립되면 재난이 되겠지. 다른 희랍군들은 다 제우스께서 쫓아버리셨나? 아니, 내가 왜 이런 일들을 생각하고 있는가. 비겁한 자가 되지 않으려면, 싸움에서 공을 세우려면 단호하게 버텨야 한다는 걸 잘 알고 있는데 말이야."

그가 갈팡질팡하는 동안 어느새 트로이아군 무사들이 그를 에워쌌다. 그러자 오뒷세우스는 기선을 제압하려고 데이오피테스에게 먼저 덤벼들어서 창으로 어깨죽지를 찔렀다. 그러고는 토온과 에노모스를 죽이고, 전차에서 내려 돌격해 오는 케르시다마스의 방패 아래쪽을 푹 찔렀다. 케르시다마스는 흙먼지 속으로 풀썩 떨어지며 뒹굴었다. 오뒷세우스는 그를 내버려두고 힙파소스의 아들 카롭스에게 덤벼들었다. 그러자 곁에 서 있던 형 소코스가 부르짖었다.

"책략과 싸움에서 여러 사람들의 칭찬을 받는 오뒷세우스여, 오늘에야말로 네가 힙파소스의 두 아들을 죽였다고 큰소리를 치거나, 내가 너를 찔러 죽이거나 하겠구나."

소코스의 창이 오뒷세우스의 둥근 방패와 가슴받이를 관통해서 옆구리 살을 후벼팠다. 오뒷세우스는 뒤로 물러났는데, 아테네의 도움으로 상처는 치명적이지 않았다.

"불행한 젊은이여, 준엄한 파멸이 곧 네게 닥치리라. 너는 과연 내가 트로이아군과 싸우지 못하게는 만들었다만, 나는 네게 바로 이 자리에서 죽음의 운명을 안겨주리라. 네 영혼을 하데스에게 보내서 나의 자랑거리로 삼으리라."

그러자 소코스가 몸을 획 돌려서 달아나려 하는데, 오뒷세우스가 등에다 창을 꽂아서 가슴으로 밀어냈다. 소노스는 땅 위에 쿵 하고 쓰러졌다.

"보라, 소코스여! 네가 먼저 죽었지 않느냐? 죽음을 면치 못하다니 가련하구나. 네 부모가 네 눈을 감겨주지 못하는구나. 날고기를 뜯어먹는 독수리떼가 너를 날개로 빈틈없이 휘덮어 버리겠구나. 하지만 내가 죽으면 아카이아인들이 영광의 장례를 치러줄 텐데."

그러나 오뒷세우스는 소코스에게 꽂힌 창을 뽑아내다가 상처에서 피가 쏟아져나와 기력이 약해졌다. 대번에 트로이아군이 탄성을 지르며 그에게 돌진했다. 오뒷세우스는 사람의 목청이 허락하는 최대치의 고함을 세 번 질러서 전우들을 불렀다. 그 부르짖음을 메넬라오스가 듣고 곁에 있는 아이아스에게 물었다.

"텔라몬의 아들 아이아스여, 참을성 많은 오뒷세우스의 부르짖음이 들리는 것 같지 않은가? 그가 격전지에 홀로 있다가 포위된 모양이다. 자, 얼른 가서 구해주자. 아무리 용감해도 트로이아군 전체를 상대로 싸우다가는 봉변을 당할 테니까."

메넬라오스가 앞장서고 아이아스가 뒤따라갔다. 산골짜기에서 적갈색 승냥이떼가 상처입은 사슴을 습격하는 모양새로, 트로이아군이 오뒷세우스를 둘러싸고 득시글거리고 있었다. 용사는 고군분투하고 있었다. 아이아스가 탑처럼 큰 방패를 들고 그 곁에 가서 막아주었다. 아이아스의 등장에 트로이아군들이 흔들리기 시작했다. 그러자 메넬라오스가 얼른 용사를 부축해서 나왔고, 수행병이 전차를 가까이 가져와서 태웠다.

아이아스는 트로이아군에게 덤벼들어서 프리아모스의 서자 도뤼클로스를 죽이고, 판도코스에게 부상을 입힌 다음, 연이어서 뤼산드로스와 퓌라소스와 퓔라르테스를 잇따라 찔렀다. 아이아스는 무서운 기세로 적군을 쓸어갔다. 마치 겨우내 불어난 산골 냇물이 폭우가 내리며 평지로 쏟아질 때, 떡갈나무와 소나무를 넘어뜨리고 황토와 찌꺼기를 모조리 휩쓸어서 바다로 끌고 가듯 했다.

헥토르는 이 사실을 전혀 모르고 있었다. 왼편 스카만드로스 강둑에서 접전을 치르고 있었기 때문이다. 그곳에 있는 네스토르와 이도메네우스를 에워싸고 비교도 안 될 만큼 끔찍한 비명소리들이 난무했다. 헥토르는 그 속에서 무섭게 날뛰었는데, 그래도 파리스가 마카온의 어깨를 갈고리 세 개의 화살로 맞추지 않았더라면 희랍군도 계속 응전했을 것이다. 이도메네우스가 마카온의 부상을 재빨리 발견하고 퇴각을 선언했다.

"네스토르여, 얼른 마카온을 당신의 전차에 태워서 배로 돌아가십시오. 의사는 용사만큼이나 소중한 사람이니까."

네스토르가 얼른 아스클레피오스의 아들을 태우고 함선 쪽으로 달려갔다.

한편 케브리오네스는 트로이아군의 동요를 보고 헥토르에게 가서 말했다.

"헥토르여, 우리가 이 시끄러운 싸움터의 왼쪽에서 싸우는 동안, 저쪽에서는 아이아스가 우리 병사들을 마구 공격하고 있어서 말과 인간이 한 덩어리가 되어 아우성치고 있는 모양입니다. 그러니 우리가 저쪽에 힘을 보태야겠습니다."

그들은 전차를 반대편 전장으로 몰았다. 전차는 수많은 시체와 방패들을 짓밟으며 달려서 아래쪽 굴대와 난간 등에 온통 시뻘건 피가 튀었다. 헥토르는 인마가 뒤엉켜서 아수라장이 된 전장을 돌파하려고 닥치는 대로 창을 휘둘렀다. 다만 아이아스와의 정면대결만은 피하려고 했다. 제우스가 그것을 원치 않았기 때문이다.

하지만 그때 이데 산정의 제우스가 벌떡 일어서더니 아이아스의 가슴에 공포심을 불어넣었다. 그러자 그는 돌연 오싹해져서 쇠가죽 일곱 겹을 입힌 방패를 등에 지고 벌벌 떨었고, 좌우를 살피며 조금씩 물러나갔다. 마치 목장에 들어온 수사자를 농부들과 개떼들이 몰아내는 형편 같았다. 사자는 고기를 얻으려고 틈을 노리는데, 사람들이 밤새도록 자지 않고 창과 횃불을 던지니까 새벽녘에 어쩔 수 없이 목장을 나간다. 아이아스가 내키지 않는 걸음으로 트로이아군으로부터 발길을 돌릴 때가 딱 그와 같았다.

혹은 소년들에게 반항하는 당나귀와도 같았다. 이미 숱하게 막대기를 맞아봤기 때문에 소년들이 기를 쓰고 쫓아내도 막무가내로 보리밭에 들어가, 꼴이 싫증날 때까지 뜯어먹고서야 나오는 모습 말이다. 트로이아군은 아이아스의 방패를 창으로 계속 찍어대며 쫓아왔다.

아이아스는 몇 차례나 '다시 발길을 돌리고 제대로 싸워볼까.' 하다가는 등을 돌려 도망쳤다. 그러면서 전선 중간쯤에 버티고 서서 적군이 함선까지 오지 못하도록 방어했다. 트로이아 측에서 던지는 창들 중 일부는 그의 방패에 꽂히기도 했지만, 대부분은 흰 살갗에 닿기도 전에 떨어졌다. 하지만 아이아스 혼자서 상대하기에는 버거운 상황이었다.

이것을 목격한 에우아이몬의 아들 에우뤼퓔로스가 그 곁으로 달려가더니, 창을 던져 파우시오스의 아들 아피사온의 명치를 맞췄다. 아피사온이 순식간에 사지가 마비되었다. 에우뤼퓔로스는 그의 갑주를 벗기려고 다가갔는데, 그때 파리스가 그 모습을 발견하고 그의 오른쪽 허벅지를 화살로 쏘았다. 그러자 그는 하는 수 없이 후방으로 물러나면서 희랍군에게 외쳤다.

"희랍군이여, 아이아스를 도우시오. 그가 아무리 용감해도 저 빗발치는 창과 함성을 피하기는 불가능하니까요."

그러자 다른 병사들이 에우뤼퓔로스가 있던 자리로 달려가서 함께 싸웠다.

양군이 한창 타오르는 불꽃처럼 맞붙고 있을 때, 네스토르와 마카온이 무사히 진영으로 돌아왔다. 자기 배의 이물에 서서 희랍군의 눈물어린 패주를 바라보고 있던 아킬레우스가 그들을 목격했다. 그는 곧 친구 파트로클로스를 불렀다. 그런데 이것이 그가 겪는 재화의 시초일 줄 그 누가 알았을까.

"벗이여, 이제 곧 아카이아인들이 기어와서 내 무릎 아래 엎드려 빌겠구나. 전황이 아주 참담하거든. 그러니 네가 달려가서 한번 물어보고 와다오, 지금 저 전차에 실려서 들어오는 부상자가 누구냐고. 뒷모습이 마카온과 흡사하긴 한데 전차가 워낙 빨리 전속력으로 달려가니까 얼굴을 제대로 못 봤단 말이야."

친구의 부탁에 파트로클로스는 희랍군 본영으로 달려가 보았다. 방금 들어온 전차에서 네스토르와 마카온이 내렸고, 에우뤼메돈이 말들을 풀어주고 있었다. 그들은 바닷바람에 속옷의 땀까지 식힌 후 막사에 들어갔다. 의자에 기대 앉으니 헤카메데가 밀주를 내왔다. 머리를 곱게 땋은 헤카메데는 테네도스 섬의 영주 아르시노스의 딸로, 아킬레우스의 테네도스 섬 점령전 때 네스토르의 전략이 주효했던 것에 대한 포상으로 받은 여인이었다. 그녀는 감청색 다리에 반드르르하게 광을 낸 네 발 상에, 술과 함께 양파와 꼬치음식과 꿀과 빻은 보리를 안주로 담아 내왔다. 술잔은 노인이 고향에서 가져온, 황금못이 여러 개 박혀 있고 네 개의 손잡이에는 황금비둘기가 한 마리씩 앉아 있는 훌륭한 것이었다. 이 잔은 무거워서 술을 가득 채우면 들기 힘들었지만 네스토르는 늙었어도 가볍게 집어들었다. 그녀는 이 잔에 프람네 산의 포도주를 따르고, 그 위에 염소치즈를 갈아 넣고 다시 흰 보릿가루를 뿌리더니 먹기를 권했다.

밀주가 타는 듯한 갈증을 해소시켜 주자, 그들은 환담을 나누며 마음을 위로했다. 그때 파트로클로스가 문간에 들어섰다. 노인이 그를 보고는 몸을 일으켜서 환영하고 의자에 앉기를 권했다. 하지만 파트로클로스는 끝내 사양했다.

"앉을 겨를이 없습니다. 두렵고 엄격한 분이 부상자가 누구인지 알아오라는 분부를 내렸기 때문이지요. 마카온 님인 줄 내 눈으로 보았으니 저는 어서 돌아가서 알려야겠습니다. 노인장도 그의 성격을 잘 아시지 않습니까?"

"아킬레우스가 아카이아인의 일을 왜 걱정할까? 하지만 그는 지금 우리 군사들이 얼마나 다치고 힘겨운지 전혀 모르고 있어. 내로라 하는 사나이는 다 부상을 당해서 배에 누워 있다. 디오메데스, 오뒷세우스, 아가멤논, 에우뤼필로스가 다 부상자야. 거기에 내가 방금 전장에서 데리고 나온 마카온까지. 사태가 이러한데도 아킬레우스는 그토록 무용이 뛰어나면서 희랍 군세를 염려도 하지 않고 가엾게 생각지도 않는 걸까? 우리 배들이 출정의 보람도 없이 다 활활 타버리기를 기다리고 있는 건가?

아, 다시 젊어졌으면! 엘리스인과 소몰이 싸움이 벌어졌을 때 나는 휘페이로코스의 아들 이튀모네우스를 죽였다. 그가 나의 소떼 앞을 가로막길래 창을 던져 죽였지. 주변 촌놈들까지 아주 혼쭐을 내주고는 주변 목장에서 산더미 같은 전리품을 끌어 모았다네. 소떼, 양떼, 돼지떼, 산양떼, 말떼까지 수백 마리를 퓔로스의 성으로 몰고 가자 아버지 넬레우스 왕께서 대단히 기뻐하셨어. 우리는 이튿날 새벽동이 터오자마자 '엘리스에 빚 있는 자는 모두 모이라.'고 고래고래 소리를 쳤고, 모여든 시민들에게 전리품을 분배했네.

퓔로스인은 오랫동안 박해를 받아왔기 때문에 받을 빚이 많았어. 왜냐하면 오래 전 헤라클레스가 '아우게이아스에게 보복하기 위해 엘리스에 쳐들어가겠다.'면서 원병을 청했을 때 넬레우스가 거절했는데, 그때 헤라클레스가 보복으로 퓔로스의 용자들을 거의 몰살했거든. 열두 명의 왕자 중에서 다 죽고 나만 살아남았을 정도로. 장정들이 거의 전멸했으니 침략을 막아낼 수가 없었던 거야.

넬레우스 왕조차 사두 전차 경주 우승마들을 전차 채로 올림피아 경기장에 보냈다가, 엘리스 왕 아우게이아스에게 탈취당했네. 그래서 넬레우스는 이때 삼백 마리의 소떼와 양떼를 가져갔고, 나머지는 주민에게 넘겨주었어. 빚을 받지 못해서 고개 숙이고 돌아가는 자가 없도록 분배했다. 분배가 끝나고 신에게 제물도 바쳤지.

그런데 사흘째 되는 날 엘리스 군대가 총력전으로 쳐들어왔어. 아직 어린아이인 몰리오네의 쌍둥이 아들도 적군에 끼어 공격해 왔다. 알페이오스 강변 모래톱, 퓔로스의 언저리에 트뤼오엣사라는 성읍이 있는데, 이 도시를 쑥대밭으로 만들려고 온 거야. 그러나 아테네 여신이 올림포스에서 한밤중에 달려와 경고해 주신 덕분에, 퓔로스인들은 미리 준비하고 사기가 충천해 있었어.

그런데 이때 넬레우스는 나를 못 나가게 하려고 갑옷과 말을 감춰버렸다. 혼자 남은 귀한 아들인데다가, 아직 싸우기에는 너무 어리다고 보셨기 때문이었어. 하지만 나는 말이 없어도 걸어 갔고, 아테네가 도우셔서 가장 눈부시게 활약했다.

마침내 결전의 순간이 다가오자 미뉘에이오스 강변에서 기마대들이 대기하고, 날이 샐 무렵 보병대도 합류해서, 그곳에서 갑주 제구로 완전무장을 갖추고 달려나갔다. 점심 때 알페이오스 강(올림피아 피사 지방의 강)에 이르니, 그곳에서 제우스와 알페이오스 하신과 포세이돈과 아테네에게 좋은 황소를 골라내서 한 마리씩 바쳤다. 이후 우리는 저녁식사를 하고 무장한 채 쪽잠을 잤다. 그 사이에도 의기양양한 에페이오이들은 성을 포위하고 당장에라도 공략하려는 기세로 으르렁댔는데, 태양이 하늘에 솟아오르기가 무섭게 우리가 일제 공격을 개시했다. 그때 내가 가장 먼저 적의 무사를 쓰러뜨리고 말을 얻어 돌아왔는데, 바로 아우게이아스의 맏사위인 물리오스였다. 그의 아내인 금발의 아가메데는 대지가 키워내는 약초를 잘 아는 여자였는데, 그것도 소용 없이 물리오스는 대지에 쿵 하고 떨어졌다. 내가 그의 전차를 타고 달려나가자 에페이오이군이 겁을 먹고 흩어져 달아났다. 그래서 나는 시커먼 회오리바람 속에서 전차를 쉰 대나 더 빼앗았다. 이때 악토르의 아들 몰리오네의 쌍둥이 아들들도 죽일 수 있었는데, 대지를 뒤흔드는 포세이돈 신께서 이들을 깊은 안개에 감싸서 구해내셨다.

제우스께서 우리 퓔로스인에게 커다란 힘을 주셨으니, 마침내 밀이 풍요한 부프라시온까지 거침없이 진군했다. 하지만 올레니에 바위와 알레이시온 언덕에서 아테네가 우리를 회군시켰다. 나는 가장 마지막까지 칼을 휘두르다가 갑옷 따위는 그대로 버려둔 채 돌아섰다. 그래서 퓔로스 군대가 돌아오면서 제우스를, 그리고 인간 중에는 이 네스토르를 칭송했지. 나도 그런 무사였다. 그런데 아킬레우스는 제 용기를 혼자만 즐기고 있을 참인가? 희랍군이 전멸하면 크게 후회할 텐데.

여보게 파트로클로스, 자네의 부친 메노이티오스께서는 그대에게 분명히 이렇게 말했었지. 그날 그대를 프티아에서 아가멤논에게로 데려오셨을 때 하는 말을 나와 오뒷세우스가 다 들었단 말이야. 우리는 땅이 비옥해서 생물이 풍성하게 양육되는 땅 아카이아에서 병사들을 모으려고 펠레우스의 궁전에 들렀는데, 그때 펠레우스께서는 제우스께 바칠 암소의 살찐 허벅지 고기를 뜰에서 구으며 포도주를 연기가 솟아오르는 제물에 붓고, 그대들은 곁에서 쇠고기를 장만하고 있었다. 아킬레우스가 문을 들어서는 우리를 보더니 깜짝 놀라 달려나와서는 팔을 잡고 자리로 안내했다. 그리고 손님들에게 으레 내놓는 온갖 음식들을 잘 차려 내왔다. 한참을 먹고 마신 후 내가 그대들에게 종군하라고 권하자, 그대들은 혹했다. 그러자 펠레우스가 아들에게 '끝까지 용감하게 싸워 뛰어난 공을 세우라.'고 격려했는데, 메노이티오스는 자네에게 이렇게 타이르셨어.

'내 아들이여, 가문과 혈통은 아킬레우스가 위이지만, 나이는 그대가 위이다. 또 힘으로도 저편에 훨씬 뒤지지만, 네가 지혜로운 말로 부드럽게 충고하며 잘 이끌어 드려야 한다.'

그러니 그대가 지금이라도 아킬레우스에게 잘 말해보지 않겠나? 만약 그가 어머니께 들은 제우스의 어떤 분부 때문에 망설이는 것이라면, 하다 못해 그대에게 뮈르미도네스족 군사를 줘서 출전시켜 달라고 하게. 그대가 그의 갑주 제구를 빌려 입고 전장에 나서는 것만으로 희랍군에게는 구원의 광명이 될 거야. 트로이아인들이 아킬레우스로 잘못 알고 퇴각하는 사이에 숨을 돌릴 수 있으니까. 그 시간이 아무리 짧더라도, 그 사이에 피로가 풀려서 반격할 수 있다네."

그러자 파트로클로스의 가슴속에 용기가 끓어올랐다. 그래서 그는 서둘러서 아킬레우스에게로 돌아가는데, 오뒷세우스의 배 앞을 지나다가 에우뤼퓔로스와 마주쳤다. 에우아이몬의 아들은 허벅지에 화살에 맞아 절뚝거리며 싸움터에서 빠져나왔는데, 아직도 그 얼굴과 어깨에 땀이 줄줄 흘렸고 상처에서는 검은 피가 콸콸 솟아났다. 파트로클로스는 그만 울컥한 마음에 그에게 거침없이 말했다.

"참으로 딱하시오, 희랍군을 지휘하는 분들은. 가족과 친구들로부터 멀리 떨어진 곳에서 그대들의 흰 육신으로 사나운 개들을 포식시키게 될 줄이야. 에우뤼퓔로스여, 꼭 좀 알려주시오. 대체 아카이아인이 저 거인 같은 헥토르를 지탱할 수 있소, 없소?"

"아, 파트로클로스여, 이제 희랍군에게는 아무런 수호도 남아 있지 않다오. 용사라 일컬어지던 사람은 모조리 상처를 입고 누워 있고, 그 때문에 트로이아군의 사기는 더 오르고 있으니까요. 그건 그렇고, 그대는 지금 내 상처를 봐줄 수 있겠소? 아킬레우스가 케이론(반인반마 켄타우로스족 중에서 존경받는 현자)에게 배웠다는 비법으로, 화살촉을 파내고 더운 물로 검은 피를 닦은 후 아픔을 멎게 하는 약을 좀 발라주시오. 우리측 의사 두 명 중에서 마카온은 다쳤고, 포달레이리오스는 전투 중이라오."

"그러지요. 저는 지금 네스토르의 말씀을 아킬레우스에게 전하러 돌아가는 길이었지만, 그대의 곤란을 모른 척할 수는 없지요"

파트로클로스는 에우뤼필로스를 부축해서 막사로 데려갔다. 수행병들이 얼른 쇠가죽을 바닥에 깔자, 그는 부상자를 눕히고 치료했다. 마지막으로 쓴 풀뿌리를 두 손으로 잘 비벼서 문지르니, 통증이 말끔히 가시고 피가 멎었다.

제12권
희랍군의 방벽이 뚫리다

헥토르가 이끄는 트로이아군은 다시 희랍군을 참호 앞까지 추격한다. 그들은 참호 를 건너고 방벽을 기어오르는데, 제우스가 또다시 자신의 아들 사르페돈에게 힘을 주어서 방벽 점령을 성공하게 한다. 헥토르가 함선으로의 진격을 선언하자, 희랍군 은 방벽을 포기하고 함선으로 줄행랑친다.

파트로클로스가 에우뤼필로스를 치료해 주는 동안에도 희랍군의 패주 는 계속되어서, 결국 방벽이 버텨내지 못하는 지경이 되었다. 애초에 신들 에게 제사를 올리지 않는 바람에 신들이 파괴시키겠다고 벼르긴 했지만, 나중에 희랍군이 일리오스 공략에 성공하고 귀국길에 올랐을 때 포세이돈 과 아폴론이 여러 강물을 끌어들여서 파괴할 계획이었다. 그때가 되면 아 폴론이 이데 산 강줄기를 방벽 방향으로 한데 모아서 아흐레 동안 강물을 흘려보내고, 제우스가 한시라도 빨리 방벽을 바다로 씻어내리려고 쉴 새 없이 비를 쏟아주고, 포세이돈은 삼지창으로 희랍군이 사용했던 나무와 돌

등을 송두리째 파도에 넘겨주어서, 물결도 세찬 헬레스폰토스 일대를 평평하게 만들 것이었다. 그렇게 다시 광활한 해변이 모래로 덮이고, 여러 강줄기가 본래대로 되돌아갈 예정이었다.

그러나 이것은 뒷날의 이야기이고, 이 무렵에는 방벽을 둘러싸고 군사들의 고함소리와 망루에 부딪쳐서 쩡쩡 울리는 돌소리로 요란했다. 그 소리에 희랍군은 더 무서워서 함선에 틀어박히고, 헥토르는 여전히 회오리바람처럼 광포하게 날뛰었다. 마치 사냥개와 사냥꾼들에 둘러싸인 야생 멧돼지나 사자가 맹렬히 설치면서 몸을 놀려대듯 했다. 맹수의 자랑스럽고 굳센 마음은 주춤해지기는커녕 무서움을 모르고 덤벼든다. 하지만 끝내는 그 용맹이 그를 망치고 말리라.

헥토르가 병사들에게 참호를 건너라고 호령했다. 그러나 폭이 넓어서 명마들조차 겁을 내고 감히 건너가지 못해서 우왕좌왕하며 울어댔다. 참호는 양쪽 모두 깎아지른 낭떠러지처럼 가파르고, 장정의 키보다 훨씬 깊은데다, 뾰족한 말뚝이 빽빽이 꽂혀 있었다. 아무리 준족의 명마라도 바퀴 달린 전차를 끌고 건너기는 무리였다. 그래서 보병들이 건너보려고 기를 썼다.

그때 판도스의 아들 폴뤼다마스(헥토르와 같은 날 밤에 태어나서 헥토르에게 지혜의 말을 충고하곤 했다)가 헥토르에게 다가갔다.

"전차로 참호를 뛰어넘는 것은 무모하네. 날카로운 말뚝도 위험하지만, 건너자마자 방벽이 있는데 저 협소한 공간에서 전차에 탄 채로 적을 만나면 영 불리해져. 제우스께서 그들을 완전히 멸망시키고 우리 트로이아 편을 도와주시고 있다면, 내가 그것을 반기지 않을 까닭이 있겠나? 하지만 만의 하나 저들이 반격에 성공한다면 우리는 꼼짝없이 참호에 빠지게 된다.

한 사람도 살아남을 수 없어. 그러니 전차는 수행병들에게 넘겨주어서 참호 옆에 대기시키고, 자네 뒤를 따라서 모두들 걸어서 건너면 어떻겠나?"

폴뤼다마스의 제안이 마음에 든 헥토르는 곧바로 수레에서 갑주 제구를 입은 채 땅으로 뛰어내렸다. 다른 트로이아군 대장들도 헥토르를 보고 모두 전차에서 뛰어내렸다. 그들은 전차를 부하에게 맡기고 각자 단단히 무장을 하고 돌아와서는 다섯 부대로 나눠 섰다.

헥토르와 폴뤼다마스가 이끄는 첫째 부대는, 인원도 능력도 기세도 가장 대단했다. 헥토르는 늘상 자신의 전차를 몰던 동생 케브리오네스를 세 번째 지휘관으로 세우고, 자신의 전차는 다른 무사에게 맡겼다. 둘째 부대는 파리스와 알카토스와 아게노르가 지휘했다. 셋째 부대는 프리아모스의 두 아들 헬레노스와 데이포보스가 대장이 되고 보조 지휘관으로 아시오스가 참가했다. 넷째 부대의 인솔자는 안키세스의 아들 아이네이아스였고, 안테노르의 두 아들 아르켈로코스와 아카마스가 그를 수행했다. 마지막 동맹군 부대는 사르페돈이 지휘하면서, 글라우코스와 아스테로파이오스를 동행시켰다.

트로이아가 이렇게 전열을 짜서 서로 가죽 방패를 바짝 붙여서 방어하며 의기양양하게 전진했다. 하지만 아시오스는 폴뤼다마스의 의견에 따르기 싫다면서 전차를 다 이끌고 진격했다. 그는 희랍군의 전차들이 참호 왼편으로 드나드는 것을 보고 전차를 그리로 몰았다. 가 보니 그곳의 문에는 급히 도망쳐오는 전우들을 구하기 위해서 빗장이 걸려 있지 않았다. 아시오스는 이때다 하고 부대원들과 함께 전속력으로 돌격했다. 하지만 대문 정면에서 마주친 건 창을 잘 쓰는 라피타이족(테살리아 서부 산간지방 사람)

의 최고 장수인 폴뤼포에티스와 레온테우스였다.

희랍군 두 장수는 아시오스, 이아메노스, 오레스테스, 아들 아카마스, 토온, 오이노마오스 등이 돌진해 오는 것을 보고 급히 병사들을 모았다. 하지만 불시에 코앞에 나타난 트로이아군을 보고 병사들은 혼비백산해서 흩어져버렸다. 그래서 둘은 백병전으로 맞붙을 각오를 했다. 야생 멧돼지가 사냥꾼과 개떼가 가까이 오기까지 숨죽이고 기다리는 모습과 같았다. 야생 멧돼지가 마구 돌진하면 나무들이 뿌리째 뽑히고 사람들이 무수히 다친다. 하지만 결국에는 누군가가 죽이고야 만다. 두 사람도 자신들의 체력과 방벽 위 병사들을 믿고 청동 갑주를 덜그럭대며 완강하게 싸웠다. 방벽 위 병사들이 던진 돌덩이가 눈보라처럼 땅으로 떨어졌다.

휘르타코스의 아들 아시오스는 분해서 허벅지를 퍽퍽 쳤다.

"제우스 아버지 신이여, 당신은 거짓말을 좋아하시는군요. 정말이지 희랍군이 우리의 공격을 견뎌내리라고는 생각도 못했습니다. 몸뚱이 가운데가 간들간들 움직이는 땅벌이나 꿀벌들이 험한 길가에 집을 짓고 살며, 집을 뜯으려고 다가가는 병사들을 끝내 막아내서 새끼들을 지키는 것처럼, 저 두 사람은 도무지 저 문에서 물러서지를 않습니다."

다른 사람들도 각기 자기들이 맡은 문에서 싸우고 있었다. 돌 방벽 곳곳에서 불기둥들이 치솟았다. 희랍군은 슬픔에 가슴이 미어지면서도 공격을 막아내야 했고, 희랍을 응원하는 신들도 모두 마음아파했다.

라피타이족의 분투는 계속되고 있었다. 페이리토스의 아들 폴뤼포이테스가 창을 던져서 청동 면갑이 달린 다마소스의 투구와 두개골을 꿰뚫었다. 연이어서 퓔론과 오르메노스도 쓰러졌다. 레온테우스는 창으로 안티마코스의 아들 힙포마코스의 허리띠 아래를 맞추고, 칼을 뽑아들고 안티파테스와 메논과 이아메노스와 오레스테스를 잇따라 쓰러뜨렸다.

아시오스 부대가 고전하고 있을 때, 헥토르와 폴뤼다마스의 무리들은 아직도 참호 앞에서 망설이고 있었다. 막 출발하려는데 발톱에 크고 시뻘건 뱀을 찬 독수리가 한 마리 왼쪽으로 날아왔기 때문이다. 뱀은 아직 살아서 꿈틀대다가 독수리의 목 바로 아래를 콱 물었다. 그러자 독수리가 아픔에 몸부림치다가 군중 한가운데로 뱀을 떨어뜨리고는 크게 울부짖더니 사라졌다. 트로이아군들은 제우스가 보낸 뱀이 눈앞에서 꿈틀대는 모습을 보며 두려움에 떨었다. 그때 다시 폴뤼다마스가 헥토르에게 말했다.

"헥토르여, 그대는 어찌된 일인지 내가 회의에서 유익한 의견을 내도 항상 핀잔을 줬어. 물론 백성은 회의에서도 싸움에서도 군주의 권위를 높여야 하니까 나는 복종했네. 그렇지만 지금 내가 또다시 감히 최선책을 제안할까 하니, 바로 희랍군 함선을 목표로 싸우는 일을 중지하면 어떨까 하는 거야. 저 새가 보여주는 결말이 염려되기 때문이네. 아마도 모든 점쟁이들의 의견도 나와 같을 거야.

독수리는 뱀을 잡긴 했지만, 둥지의 새끼들에게 주지 못하고 떨어뜨렸네. 우리도 힘들게 이 방벽을 통과할 수는 있지만, 결국은 배로부터 후퇴해야 할 것이야. 희랍군이 베어버린 전우의 시신들을 수습해야 하니까."

헥토르는 늘 그랬듯이 친구의 눈을 사납게 노려보았다.

"폴뤼다마스여, 그대의 의견이 무척 못마땅하구나. 더 그럴 듯한 의견을 찾아낼 수도 있었을 텐데. 아마 신들이 그대의 지혜를 빼앗아버렸나 보지. 제우스 신이 내게 친히 내려주신 약속이 있는데, 새 따위가 보여주는 조짐에 의지하라니. 나는 그것이 태양이 솟는 동쪽으로 날든, 해가 지는 서쪽으로 날든 조금도 개의치 않아!

우리는 제우스 대신의 계책에 따라야 한다! 그분이야말로 죽어야 하는 인간들과 죽음을 모르는 모든 신들을 통치하는 분이니까. 가장 훌륭한 새 점은 오직 하나뿐, 조국을 방어하는 일이다. 어째서 그대는 전투와 칼싸움을 두려워하는가. 우리가 모두 희랍군 함선 근처에서 죽어가더라도 그대가 죽을 걱정은 없다. 그대는 칼싸움에 견딜 용기도 없고 전투를 좋아하지도 않지 않나. 그러나 만일 다른 이들의 칼싸움까지 감언이설로 말리려 든다면 지금 당장 이 자리에서 내 창에 찔려 죽으리라."

이렇게 말하고 헥토르가 고함을 지르며 참호를 건넜다. 모두들 일제히 함성을 지르며 뒤따랐다. 제우스도 이데 산에서 질풍을 불어 보냈다. 그 바람이 함선 쪽으로 모래 먼지를 실어가서 아카이아측의 분별을 흐리게 하기 위한 것이었다.

참호를 건넌 트로이아군은 방벽에 달라붙어서 망루의 횡목을 뽑기 시작했다. 지레로 버팀벽들도 들어올리려고 했는데, 이것은 망루를 지을 때 가장 먼저 땅에 박은 것이어서 잘 뽑히지 않았다. 희랍군도 좀처럼 물러서지 않고, 쇠가죽 방패로 칸막이의 틈새를 막으며 방벽에 달라붙은 적병을 공격했다.

두 아이아스는 망루 위를 바쁘게 오가면서 희랍군을 격려했다. 뒷전으로 빠져서 빈둥대는 자들은 따끔하게 혼냈다.

"전우들이여, 전투 중에는 강한 자든 약한 자든 제각각 할 일이 있는 법이다. 그것은 그대들도 잘 알고 있겠지. 지금은 누구도 뒤돌아서지 않고 서로 격려하며 전진해야 한다. 제우스께서 적군을 쫓아주실 때까지."

두 사람의 격려로 전투는 격렬해졌다. 겨울날 제우스가 눈송이를 펑펑 쏟아서 온 천지를 덮어버리듯이, 산봉우리와 들판과 논밭과 잿빛 바다까지 폭설로 하얗게 뒤덮어버리듯이, 양측에서 서로를 향해 던지는 돌덩이들이 새하얗게 천지를 뒤덮으며 날리고 있었다. 도처에서 엄청난 소음이 일었다.

그래도 여전히 헥토르는 방벽의 문과 빗장을 부수지 못하고 있었다. 이때 제우스가 아들 사르페돈을 분기시켰다. 그는 청동 방패를 내밀고 두 자루의 창을 휘두르며 산골짜기 야생 사자처럼 앞으로 밀고 나갔다. 방패 안쪽은 쇠가죽이 황금못으로 빈틈없이 꿰매어져 있었다. 그는 사촌동생인 힙폴로코스의 아들 글라우코스에게 소리쳤다.

"글라우코스여, 뤼키아에서 우리가 특별대우를 받은 까닭이 무엇인가? 상석에 앉고 더 살진 양고기와 달콤한 술을 받으며 존경받은 이유가 무엇인가? 왜 크산토스 강 옆 과수원과 기름진 밀밭을 가졌는가? 뤼키아 군대의 선두에서 솔선수범해서 싸우기 위해서다. 그래야 백성들이 '과연 저분들이 훌륭한 대우를 받는 것은 당연해.'라고 말할 것이다!

아우야, 만일 우리가 이번 싸움만 피하면 늙지도 않고 영원히 살 운명이라면, 나는 선두에서 싸우자고 하지 않았을 것이다. 허나 인간은 어떨 수 없이 무수한 죽음의 운명에 둘러싸여 있다. 그러니 나가 싸워서, 적에게 영예를 주든지 우리가 영예를 얻든지 하자."

두 형제가 뤼키아 대군을 이끌고 나아가니 페테오스(아테나이 왕)의 아들 메네스테우스가 부르르 몸을 떨었다. 자기가 지키고 있는 망루 쪽으로 재난이 몰려오고 있었기 때문이다. 그래서 그가 급히 주위를 둘러보며 자신을 구해줄 장군을 찾는데, 두 아이아스와 방금 막사에서 나온 활의 명수 테우크로스가 보였다. 그러나 아무리 고함쳐 불러도 주변이 너무 소란스러워서 그들이 듣지 못했다. 그래서 얼른 아이아스에게 전령 토테스를 보냈다.

"토테스여, 달려가서 아이아스를 불러오너라. 되도록이면 두 사람 모두. 이곳에 사나운 뤼키아 대장들이, 무서운 파멸이 몰려오고 있으니 꼭 와달라고 전해라. 두 사람 다, 아니면 텔라몬의 아들만이라도! 또 활 잘 쏘는 테우크로스도 함께 와달라고 해라."

전령은 지체 없이 달려가서 두 아이아스에게 말을 전했다. 그러자 큰 아이아스는 두 말 없이 승낙하며 작은 아이아스에게 말했다.

"오일레우스의 아들이여, 그대와 뤼코메데스는 여기서 지휘하며 버티는 게 좋겠다. 나는 저쪽으로 가서 살펴주고 오마."

큰 아이아스가 이복동생 테우크로스와 함께 메네스테우스의 망루로 갔다. 판디온이 테우크로스의 활을 들고 따라갔다.

그곳에서는 뤼키아 군사들이 시커먼 폭풍처럼 흉벽을 기어오르고 있었다. 아이아스가 사르페돈의 부하 에피클레스를 대리석 돌덩이로 쳐냈다. 혈기왕성한 젊은이도 들어올리기 힘든 돌덩이를 아이아스가 가뿐히 들어올려서 던지니 투구와 함께 두개골이 박살난 것이다. 에피클레스는 곡예사처럼 아래로 곤두박질쳤다.

테우크로스는 글라우코스가 방벽을 다 올라와서 팔을 걸쳐놓자 활을 쏘아 맞췄다. 글라우코스는 자신의 부상이 희랍군을 기세등등하게 할까 봐 얼른 안 보이는 곳으로 물러났다. 글라우코스가 가버리자 사르페돈은 가슴이 미어졌지만, 전의를 잃지 않고 테스토르의 아들 알크마온을 창으로 푹 찔렀다. 적의 몸뚱이가 창에 끌려와서 거꾸러지며 방벽 아래로 떨어지니 청동 갑주 소리가 요란했다. 그때 사르페돈이 칸막이 벽을 힘껏 잡아 뜯었다. 그러자 벽이 크게 뜯겨 나가며 병사들이 통과할 수 있는 길이 뚫렸다.

아이아스와 테우크로스가 뚫린 방벽을 겨누어 반격했다. 사르페돈에게 화살을 쏘았지만 방패 겉가죽에 맞았다. 아이아스가 창을 들고 덤벼들었지만 역시나 방패는 뚫지 못했다. 하지만 그 충격으로 사르페돈은 잠시 뒤로 물러섰는데, 두려워서가 아니라 전열을 가다듬기 위해서였다. 그는 뤼키아 군사들을 무섭게 재촉했다.

"오, 뤼키아인들이여, 왜 투지를 늦추고 있는가? 내가 아무리 용감해도 혼자 이 방벽을 부수고 함선까지 도달하기는 힘들다. 그러니 그대들도 진격해다오."

병사들은 왕의 질타가 부끄럽고 두려워 기세를 올렸다. 그 사이 방벽 안쪽 아르고스군도 대오를 더 튼튼하게 짰다. 둘 사이의 결전은 더 없이 뜨거웠다. 왜냐하면 방벽은 무너졌지만 뤼키아인들은 함선까지 가는 길이 막혀 있었고, 희랍군은 방벽에서 뤼키아군을 몰아낼 수 없었기 때문이다. 마치 밭을 공유해왔던 두 주인이 경계선을 그을 때 측량막대를 손에 들고 조금이라도 더 차지하려고 다투는 것 같았다. 벽을 경계로 서로가 창으로 찔러대면서 방패가 뚫리거나 맨살이 드러난 곳을 찔리는 자가 많았다. 망루도 벽도 피로 물들었다. 하지만 여전히 전황은 팽팽했다.

그러나 제우스가 헥토르에게 영광을 주자 그는 단숨에 방벽 안으로 뛰어내렸다.

"트로이아인이여, 이 방벽을 지나 그들의 배로 가서 활활 불질러버리자."

그 말에 모두들 정신없이 방벽을 기어올랐다. 헥토르는 문 앞 돌덩이를 집어들었다. 밑은 두툼하고 위는 뾰족한 이 돌덩이는 장사 두 사람도 못 드는 무게였지만, 제우스가 가볍게 해주었기 때문에 헥토르는 가볍게 휘둘렀다. 양치기가 양털을 깎아서 손에 들고 가듯이 가볍게 들고 문 앞까지 갔다. 이가 꼭맞게 닫혀 있는 두 짝의 문으로, 안쪽에 빗장 두 개가 서로 어긋나게 걸려 있고 자물쇠도 채워져 있었다. 헥토르는 문 앞에 두 다리를 벌려서 딱 버티고 서더니 돌로 문을 내리쳤다. 돌쩌귀가 부서졌고 돌이 제 무게를 못 이겨서 안으로 떨어지자, 대문이 큰 소리를 내며 박살나서 사방에 흩어졌다. 헥토르가 마치 갑자기 덮치는 밤처럼 빠르게 지나갔다. 번쩍이는 청동 갑옷을 입고 두 자루 투창을 든 신과 같은 모습의 용사를 막아설 자는 아무도 없었다. 그의 두 눈은 이글이글 타오르고 있었다.

헥토르가 트로이아군을 돌아보며 진격하라고 호령하자, 다들 쉽게 방벽을 타넘어서 물밀듯이 대문 안으로 쏟아져 들어왔다. 희랍군은 걸음아 나 살려라 하며 배들로 줄행랑쳤다.

제13권

포세이돈이 희랍군을 돕다

희랍군이 방벽에서 패주해서 바닷가까지 달아나자, 이제 함선이 불타는 것은 시간 문제로 보였다. 이때 포세이돈이 끼어든다. 포세이돈은 트로이아와의 악연으로 희랍군을 응원했기 때문에, 제우스의 처사가 못마땅했다. 그래서 제우스가 잠깐 방심하고 딴짓을 하는 사이에 희랍군을 사납게 만들어 반격시킨다. 형제 신인 제우스와 포세이돈 때문에 또다시 격전이 벌어지니, 용사들이 무수히 희생된다. 양군은 희생이 커질수록 더욱 분노에 휩싸이며 더 사납게 싸운다.

제우스는 트로이아군과 헥토르가 드디어 방벽을 넘어서 선단까지 가는 진격을 시작하자, 잠시 그들에게서 눈을 떼고 말을 모는 트라키아인, 근접전에 능한 뮈시아인, 말젖을 마시는 힙포몰고이족(암말의 젖을 짜는 종족'. 남러시아의 유목민족), 의리가 강한 아비오이족 등을 둘러보았다. 아버지 신은 이제 다른 신들은 자신이 지휘하는 이 전투에 감히 나서지 않으리라고 확신했던 것이다.

하지만 포세이돈은 결코 감시를 늦추지 않았다. 그는 숲으로 덮인 사모스(트라키아 해안 근처 포세이돈의 성지) 최고봉에 앉아서 이데 산, 일리오스, 희랍군 함선까지 한눈에 내려다보고 있었다. 포세이돈은 희랍군 편이 었기 때문에 생각할수록 제우스의 괴이한 짓에 화가 치밀었다. 그래서 벌 떡 일어나서 깎아지른 험준한 산을 걸어 내려왔다. 산봉우리와 숲이 불사 신의 발밑에서 부르르 떨렸다.

그는 네 걸음만에 자신의 바닷속 궁전이 있는 아이가이로 가서, 황금색 갈기를 가진 청동 발굽의 준마 두 필을 전차에 매고, 황금 갑옷을 두른 후, 황금 채찍을 휘둘렀다. 전차가 파도 위를 달리니 물고기들이 나타나서 주 군을 향해 춤을 추었다. 바다도 기쁨에 넘쳐서 갈라지며 길을 터주니, 전차 는 굴대도 젖지 않은 채 바다 위를 날았다.

포세이돈은 테네도스 섬과 울퉁불퉁한 임브로스 섬 중간쯤에 있는 바닷 속 동굴에 전차를 세웠다. 말들은 풀어주고 암브로시아 꼴을 먹게 하면서, 발굽에 주인이 돌아올 때까지 그대로 기다리고 있게 하는 황금 족쇄를 채 운 후 희랍군 진영으로 갔다.

헥토르가 불꽃처럼 태풍처럼 희랍군 선단을 휘젓고 있었다. 포세이돈은 칼카스의 모습으로 변해서 희랍군에게 다가가 대지를 뒤흔드는 우렁한 목 소리로 격려했다.

"두 아이아스여, 그대들은 희랍군을 지켜낼 수 있다, 투지를 잃지 않고 패주도 생각지 않는다면! 나는 트로이아군이 방벽을 넘어온 것쯤은 두렵 지 않다만, 광기에 사로잡힌 듯이 활활 타는 불처럼 달려드는 헥토르가 걱 정이다. 자신이 제우스의 아들이라도 되는 양 설치니 말이다. 신들께서 그 대들의 마음에도 그런 마음을 주셨으면! 그러면 아무리 제우스가 부추긴 대도 그대들이 충분히 물리칠 수 있을 것이다."

포세이돈은 지팡이로 두 사람을 쳐서 투지를 가득 불어넣고 팔다리를 가볍게 해주었다. 그러고는 매가 날아오르는 자세로 아득히 날아올랐다. 작은 아이아스가 큰 아이아스를 돌아보며 말했다.

"아무래도 올림포스의 신들 중 한 분이셨던 것 같은데? 저분은 결코 신탁을 전하는 새점쟁이 칼카스가 아니야. 발과 다리 놀리는 모양만 봐도 금방 알 수 있어. 아, 내 가슴이 벌써 투지로 들끓고 어서 나가 싸우고 싶어서 팔다리가 가볍구나."

"정말 그렇군. 나 역시 창을 쥔 팔에 힘이 솟는다. 용기도 용솟음치고, 두 다리가 근질근질해졌다. 나 혼자서도 헥토르를 상대할 수 있을 정도야."

둘은 마주보며 신이 주신 놀라운 선물에 기뻐했다.

그동안에도 포세이돈은 계속 다른 병사들을 격려했다. 그들은 배 옆까지 정신없이 도망쳐 온 참이라서, 팔다리는 피로로 천근만근이고 가슴은 '이 재앙은 도저히 뒤집을 방법이 없다.'는 체념과 서글픔의 눈물을 흘렸다. 포세이돈은 그런 테우크로스, 레이토스, 페넬레오스, 토아스, 데이퓌로스, 메리오네스(이도메네우스의 조카. 그의 가장 충실한 수행 무사. 공적이 많으며, 무사히 귀국하여 시칠리아 섬에 헤라클레이아와 미노아를 세웠다고 함), 안틸로코스를 격려했다.

"아직 힘이 남아 있는 아르고스의 젊은 무사여, 부끄러운 줄 알라. 그대들은 분명히 이 배들을 무사히 지켜낼 수 있는데, 지금 포기하려 하는가? 아, 이 무슨 꼴이냐, 실로 어처구니없는 일을 내 눈으로 다 보는구나. 걸핏하면 사슴떼처럼 달아나던 트로이아군이 우리 배까지 밀어닥칠 줄이야. 이것은 지휘관의 비겁함과 병사들의 태만에서 온 결과다. 그들은 아킬레우스와 다툰 후부터는 의지를 잃었다.

당장 바로잡아야 한다! 훌륭한 사나이들은 한시도 용맹과 투지를 내팽개치지 않는다. 만약 그대들이 나약한 사람들이었다면 나는 화내지 않는다. 그러나 그대들은 최고의 무사들이 아닌가? 그래서 그대들의 태만이 괘씸하다. 지금 드는 수치심과 의분을 가슴속에 품고 싸우라. 헥토르가 우리의 대문과 빗장을 다 두들겨 부수고 들어와서는 저렇게 요란하게 싸우고 있단 말이다."

포세이돈의 노력으로 희랍군의 전열이 가다듬어졌다. 두 아이아스가 아레스라 해도, 아테네라 해도 결코 쉽게 얕잡아볼 수 없을 만큼 튼튼한 대오를 짰다. 병사들은 투구와 투구과 맞닿을 정도로 촘촘히 붙어 섰고, 창과 방패들을 모아서 울타리를 만들고 헥토르를 기다렸다.

마침내 트로이아군이 몰려왔다. 선두에서 헥토르가 바위산에서 굴러떨어지는 돌덩어리처럼 사납게 돌진해왔다. 낭떠러지에서 불어난 겨울 강물로 떨어져서, 숲을 우지끈대면서 평지가 나올 때까지 굴러가는 돌덩어리 같았다. 희랍군을 바닷가까지 밀어붙일 살벌한 기세였다. 하지만 각오를 새롭게 다진 희랍군 전열과 마주치자 주춤했다. 그래서 트로이아군에게 천지를 뒤흔드는 목소리로 당부했다.

"트로이아군도 뤼키아군도 다르다노이군도 모두들 굳게 버텨라. 그들이 제아무리 밀집대열을 이뤄서 인간 보루를 만들었더라도, 오래 버티기 힘들다. 제우스가 돌봐주시는 나의 창이 무서워서 물러서고 말 테니까."

이 말에 프리아모스의 아들 데이포보스가 황소가죽의 커다란 방패로 몸을 가리고 씩씩하게 앞으로 나섰다. 그를 향해서 메리오네스가 방패 정중앙에 창을 던졌는데, 조금도 꿰뚫지 못하고 창만 부러졌다. 메리오네스는 창이 부러진 것이 분해서 씩씩대며 자기 진영으로 달려갔다. 막사에 둔 다른 창을 가지러 간 것이다.

그러자 메리오네스 대신 텔라몬의 아들 테우크로스가 앞으로 나서며, 말을 많이 가진 멘토르의 아들 임브로스의 귀 밑을 찔렀다. 임브로스는 프리아모스 왕의 서녀 메데시카스테와 결혼해서 페다이온에 살았다. 그러다가 희랍군이 들이닥치자 일리오스로 되돌아와서 눈부신 활약을 하니, 프리아모스가 친아들처럼 소중하게 대우해 주고 있었다. 그런 사내가 언덕 꼭대기의 물푸레나무가 청동 도끼에 찍혀서 하늘거리는 잎이 땅에 쏠리는 모양으로 쿵 넘어졌다. 청동의 갑주 제구가 요란하게 울렸다.

테우크로스가 그 갑주 제구를 벗기려고 달려드는데, 헥토르가 그에게 창을 던졌다. 테우크로스는 아슬아슬하게 피했는데, 그만 뒤따라오던 크테아토스(포세이돈의 아들)의 아들 암피마코스의 가슴에 꽂혔다. 이번에는 헥토르가 가서 암피마코스의 투구를 벗겨내니, 아이아스가 그에게 창을 던졌다. 헥토르는 훌륭한 갑주 제구 덕분에 부상은 피했는데, 방패 정중앙을 맞은 타격은 상당해서 투구 회수를 포기하고 되돌아갔다.

그래서 암피마코스의 시신은 아테네군의 대장인 스티키오스와 메네스테우스가, 임브로스의 시신은 두 아이아스가 들고 갔다. 마치 두 마리 사자가 들개떼로부터 산양을 빼앗아서 땅에 닿지 않게 물고 숲으로 가져가듯, 그들은 시신을 높이 들고 옮겼다. 아이아스는 암피마코스가 죽은 것에 대한 분이 풀리지 않아서, 임브로스의 시신에서 갑주를 벗긴 후 목을 쳐내서 원반을 던지듯 적진으로 힘껏 던졌다. 머리가 헥토르의 발치에 툭 떨어졌다.

포세이돈 역시 손자의 죽음에 분개해서 더 부지런히 희랍군 진영을 오가며 격려했다. 그때 부상당한 친구를 살펴보고 돌아오는 이도메네우스와 마주쳤다. 그에게 아직도 투지가 가득한 것을 보고, 대지를 뒤흔드는 신은 안드라이몬의 아들 토아스의 목소리로 말을 걸었다. 토아스는 플레우론과 칼뤼돈 지역에서 아이톨리아인들을 다스리며 존경받는 자였다.

"데우칼리온의 아들 이도메네우스여, 크레타군의 지휘자여, 지난날 트로이아인의 멸망을 내뱉던 그대의 호언장담들은 다 어디로 갔는가?"

"토아스여, 내가 알기로는 지금 비난 받아 마땅한 사람은 아무도 없다. 우리는 최선을 다하고 있고, 한 사람도 용기를 잃거나 겁에 질려 도망가지 않았으니까. 하지만 제우스께서 희랍군을 이 먼 곳에서 멸망시키고 싶으신가 보다. 그러니 토아스여, 그대는 늘 잘 싸웠고 전우를 잘 격려했으니, 지금도 그 능력을 발휘해다오."

"이도메네우스여, 오늘 같은 날 고의적으로 전투에 태만한 자는 영원히 귀향하지 못하고 이 땅에서 들개의 밥이 되어 마땅하다. 자, 어서 갑주 제구를 가져오게. 두 사람뿐이라도 큰 도움이 될 수 있다. 허약한 자들도 뭉치면 큰 힘을 내는데, 하물며 우리는 둘 다 용맹한 무사들이 아닌가."

이도메네우스가 부리나케 막사로 달려가서 갑주를 두르고 양날창을 쥐고 나서는 모습은, 마치 크로노스의 아들이 내려치는 번개의 번쩍임에 비길 만했다. 올림포스에서 인간계까지 똑똑히 보이는 그 섬광처럼 이도메네우스의 가슴에서 청동이 번쩍번쩍 빛났다.

그는 막사를 막 나설 때, 마침 창을 가지러 온 메리오네스와 마주쳤다.

"걸음도 빠르고 다정한 몰로스의 아들이여, 왜 결전을 피해서 돌아오는가? 심한 부상을 입었는가, 아니면 누군가의 심부름으로 전갈을 가지고 나를 찾아왔는가?"

"청동 갑옷을 입은 크레타군의 지휘자여, 막사에 남는 창이 있으면 가져가려고 왔습니다. 제 창이 데이포보스의 방패에 맞고 부러져버렸거든요."

"막사 안에 있는 창을 한 자루, 아니 스무 자루도 가져다 쓰거라. 트로이 병사들로부터 빼앗아온 것들이지. 나 이도메네우스는 먼 거리에서 싸우는 용사가 아니라서, 적병에게서 빼앗은 투구며 창이며 가슴받이들이 얼마든지 있다네."

"전리품은 제 막사에도 많답니다. 다만 지금 당장 수중에 쓸 것이 없는 것이지요. 저도 뒤로 물러설 줄 모르고 선두에서 싸우는 용사입니다. 다른 희랍군들은 잘 모르더라도 장군께서는 잘 알고 계실 줄 압니다만."

"물론 그대의 활약상은 잘 알고 있고말고. 겁쟁이와 용사를 구분하기는 쉽다네. 한곳에 세워두고서 돌격대를 고르겠다고 하면, 겁쟁이는 안색이 붉으락푸르락하고 발을 이쪽저쪽으로 자꾸 옮기거나 웅크려 앉고, 이가 딱딱 부딪치도록 덜덜 떨거든. 하지만 용사는 오히려 더 빨리 전투에 나서고 싶어서 조바심치지. 또한 격전 중에 부상을 당해도, 용사들은 뒤통수나 등이 아니라 가슴과 배를 화살로 맞거나 칼로 찔린다. 자, 어쨌든 지금 잡담이나 나눌 때가 아니지. 그대는 얼른 들어가서 창을 들고 오라."

메리오네스가 순식간에 막사로 달려가 청동 창을 들고 나와서 이도메네우스와 함께 싸움터로 달려나갔다. 전쟁의 신 아레스 옆에는 아들인 '패주의 신' 포보스가 따라다니는데, 언제든 양쪽 모두의 바람이 성취되는 일은

없고 한쪽에만 영광이 내린다. 마치 그들처럼 메리오네스와 이도메네우스
는 함께 전장으로 나간 것이다.

"이도메네우스여, 어느 쪽 전황에 참여하시렵니까? 아무래도 왼쪽 전선
의 희랍군들이 수세인 것 같은데."

"중앙 진영에는 두 아이아스와 테우크로스가 있으니 문제 없다. 헥토르
가 제아무리 날고 긴대도 저들을 돌파해서 배에 불을 지를 수는 없다. 제우
스께서 손수 횃불을 던져넣는 경우가 아니라면, 저 텔라몬의 아들은 어떤
인간과 겨뤄도 지지 않는다. 아킬레우스라도 말이다. 걸음이 빠른 것은 질
지도 모르지만. 자, 우리는 왼쪽으로 가서 싸우자."

그들은 곧 전속력으로 왼쪽 전선에 합류했다. 트로이아군은 이도메네우
스가 수행 무사 메리오네스와 최고의 갑주를 두르고 나타난 것을 보고 한
꺼번에 달려들었다. 양쪽 군대가 동시에 격돌했다. 모든 방향에서 음산한
소리를 내며 사납게 몰아치는 바람들이 부딪치며 소용돌이가 되어 온 천지
에 모래 먼지가 날리는 모습과 같았다. 양쪽 군대는 뒤죽박죽 한데 엉켜서
안간힘을 써서 대결했다.

크로노스의 두 아들끼리 정반대의 생각을 가지는 바람에 인간들의 고뇌
는 계속되었다. 제우스는 희랍군을 전멸시키지는 않고 다만 테티스와 아킬
레우스에게 명예를 줄 생각으로 희랍군을 쓰러뜨리고 있었고, 포세이돈은
희랍군이 가여워서 맞서 싸우라고 독려하고 있었다. 형제 사이의 두 신이
그토록 반대되는 생각으로 준엄한 투쟁과 처참한 전투의 줄을 이쪽저쪽 당
겨대고 있으니, 끊어지지도 풀어지지도 않는 그 줄에 묶인 인간들은 무릎
에 힘이 풀리며 픽픽 쓰러져갔다.

이미 머리가 희끗희끗한 이도메네우스였지만 맨 먼저 오트뤼오네우스를 죽여서 적진을 무너뜨렸다. 이 카베소스 사람은 전쟁 소식을 듣고 찾아왔다가 프리아모스의 딸들 중 가장 미인인 카산드라에게 구혼했다. 그는 구혼 선물 대신 '희랍군들을 몰아내겠다'는 야심찬 약속을 해서 참전한 터였다. 그를 향해서 이도메네우스의 창이 날아오니 청동 가슴받이가 무색하게 가슴에 푹 꽂혔다. 그가 요란한 소리를 내며 넘어지자 이도메네우스가 으스댔다.

"오트뤼오네우스여, 만일 그대가 다르다노스의 후예인 프리아모스 왕에게 장담한 일을 정말로 고스란히 성취한다면, 내가 최고의 인간으로 인정해 주마. 공주를 주겠다는 약속은 우리도 할 수 있다. 만일 그대가 우리들과 힘을 합쳐서 일리오스를 공략해 주면, 아트레우스의 딸 중에서 최고의 미인을 아르고스에서 이곳까지 데려와서 아내로 삼게 해줄 것이다. 어떤가, 이리로 와서 자네의 혼례 의논이나 해보자꾸나."

이렇게 말하며 이도메네우스가 다리를 잡고 질질 끌고 가자, 아시오스가 전우를 지키려고 전차에서 뛰어내렸다. 하지만 그는 오히려 이도메네우스 창에 턱을 찔리고, 키 큰 나무가 넘어지듯이 땅으로 쿵 떨어졌다. 고통이 심해서 땅 위를 뒹굴면서 손으로 피투성이가 된 흙을 움켜쥐었다. 그러자 마부도 퇴로가 막혀서 허둥대다가 네스토르의 아들 안틸로코스의 창에 가슴을 관통당했다.

데이포보스가 이 모습을 목격하고 격분해서 이도메네우스에게로 달려가며 번쩍이는 창을 던졌다. 그러나 그는 얼른 쇠가죽을 수 겹 겹친 후에 청동을 소용돌이처럼 붙인 방패 뒤로 숨었고, 창은 더 날아가서 힙파소스의 아들 힙세노르의 명치 끝에 꽂혔다. 힙세노르의 양무릎이 탁 꺾였다. 데이포보스는 독기가 올라서 큰 소리로 소리쳐댔다.

"아시오스가 원수 갚아주는 이 하나 없이 홀로 쓰러져 있는 일은 없다! 그는 하데스의 궁전으로 가는 길이지만 흐뭇하리라. 내가 동행을 하나 붙여 주었으니까."

아르고스인들은 이 호언장담에 약이 올랐다. 특히 안틸로코스는 마음이 심란해졌지만, 힙세노르의 시신을 지키려고 얼른 달려나가서 방패로 가려 주었다. 그러자 에키오스의 아들 메키스테우스와 용감한 알라스토르가 뒤따라와서 그를 함선으로 옮겨갔다.

하지만 이도메네우스는 여전히 전장에 남아서 싸웠으니, 곧바로 제우스가 양육한 아이쉬에테스의 아들 알카토스를 죽였다. 이 사람은 안키세스가 가장 애지중지하는 맏딸 힙포다메이아와 결혼했는데, 그녀는 또래 중에서 가장 인물도 솜씨도 마음씀씀이도 훌륭해서 다들 '알카토스는 장가를 참 잘 들었다.'고 말했었다. 그런 자를 포세이돈이 잠시 눈을 멀게 만들고서 사지를 꽁꽁 묶어버렸고, 꼼짝달싹 못하고 있는 그의 심장을 이도메네우스가 창으로 꿰뚫어버린 것이다. 창대가 심장 박동에 따라 흔들리다가 곧 멈췄다. 이도메네우스가 고래고래 소리를 치며 으스댔다.

"데이포보스여, 우리가 한 사람을 죽인데 비해 그대가 세 명을 죽였다고 뽐내고 있는가? 얼빠진 녀석 같으니, 그렇다면 지금 나와 정면승부를 내자. 그러면 그대가 마주한 사람이 누구인지 분명히 깨달을 것이다. 제우스께서 넓은 크레타 섬의 수호자로서 미노스를 낳으시고, 미노스는 데우칼리온을 낳았으며, 데우칼리온의 아들이 바로 나다!"

데이포보스는 잠시 뒤로 물러나서 혼자 싸울까, 아니면 누군가를 데리고 나갈까 고민했다. 그러다가 아이네이아스에게 부탁하기로 했다. 마침 그가 병사들 뒤에 서 있는 것이 눈에 띄어서 다가갔다. 아이네이아스는 아버지 프리아모스가 자신을 중히 여겨주지 않는다고 늘 불만을 토로하곤 했다.

"아이네이아스여, 트로이아군의 조언자여! 지금이야말로 그대가 매부 알카토스를 도울 때라네. 어린 자네를 자신의 궁전에 키워준 그인데, 이도메네우스의 창에 죽지 않았는가. 그러니 지금 나와 함께 나가서 싸우세."

그러자 아이네이아스의 마음이 동요해서 거침없이 앞으로 나섰다. 이도메네우스는 뒤돌아서 아스칼라포스와 아파레우스와 데이퓌로스와 메리오네스와 안틸로코스에게 소리쳤다.

"여보게들, 이리 와서 나를 도와다오. 걸음이 빠른 아이네이아스가 다가오는 모습을 보고 있자니 두려운 생각이 든다. 저자는 특별히 무사의 목을 잘 벤다던데, 무엇보다도 젊고 씩씩하다. 내가 저자와 같은 연배였다면 이 대결의 결말은 뻔했겠지만."

그러자 그들이 함께 일어서서 방패와 방패를 맞대고 섰다. 트로이아측에서도 아이네이아스가 불러낸 데이포보스, 파리스, 아게노르가 뒤따라왔다. 마침내 알카토스의 시신을 사이에 두고 양측의 접전이 시작되었다.

먼저 아이네이아스가 창을 던졌는데 이도메네우스가 슬쩍 피하는 바람에 저만치 떨어진 곳에 가서 꽂혔다.

이도메네우스의 창은 오이노마오스의 배꼽을 찔러서 등을 뚫고 나갔으니, 오이노마오스는 흙먼지를 움켜쥐며 죽었다. 하지만 이도메네우스는 창이 쉽사리 뽑히지 않아서 시신의 갑주 제구를 가져오는 데는 실패했다. 적의 창이 장대비처럼 쏟아지는데, 다리에 힘이 풀려서 진격도 퇴격도 힘겨운 상황이 되어가고 있었다.

이때 데이포보스가 이도메네우스에게 또다시 창을 집어던졌는데, 이번에도 창날은 그를 비껴가서 아스칼라포스의 어깨를 맞췄다. 그러나 군신 아레스는 제우스의 명령대로 올림포스 천궁에 꼼짝 않고 앉아 있는 중이어서 아들이 부상당하는 모습을 보지 못했다. 다른 불사의 신들도 그곳에 무료하게 모여 앉아 있을 뿐이었다.

데이포보스가 아스칼라포스의 투구를 벗기자, 메리오네스가 민첩하게 덤벼들어서 그의 어깨를 창으로 찔렀다. 그러자 그는 투구를 떨어뜨렸다. 메리오네스는 다시 독수리처럼 달려들어서 데이포보스의 팔에 꽂았던 창을 뽑아들고 자기 진영으로 돌아갔다. 폴리테스가 형 데이포보스의 허리를 안아서 얼른 전차에 태우고 후송하기 시작했다. 팔에서 피가 철철 흘렀다.

그때 아이네이아스는 칼레토르의 아들 아파레우스의 목덜미가 노출된 것을 보고 얼른 창으로 찔렀다. 아파레우스는 목이 덜렁 젖혀지면서 즉사했다.

안틸로코스는 톤이 뒤로 돌아설 때 칼로 쳐서 등의 혈관을 모조리 끊은 후, 갑주를 벗겨냈다. 그동안 안틸로코스도 수많은 공격을 받았지만, 단 하나의 창도 그의 살을 찢지 못했다. 포세이돈이 지켜주고 있었기 때문이다.

그때 그를 노리는 눈이 있었으니 바로 아시오스의 아들 아다마스였다. 그가 전광석처럼 다가가서 방패 정중앙을 푹 찔렀는데, 역시나 포세이돈이 창끝의 살기를 빼버렸기 때문에 반만 방패에 꽂히고 반은 부러져서 땅으로 떨어졌다. 그러자 아다마스는 당황해서 뒷걸음질쳤다. 그때 메리오네스가 배꼽 밑 단전을 찔렀다. 아다마스는 급소를 맞고 넘어져서 몸부림쳤다. 그러다가 메리오네스가 다가가서 창을 뽑자 즉사했다.

프리아모스의 아들 헬레노스는 큼직한 트라키아 산 칼로 데이퓌로스의 관자놀이를 내리쳤다. 투구가 튕겨나가 땅에 떨어지니 희랍군 중 한사람이 집어들었다. 곧 데이퓌로스의 눈에 캄캄한 어둠이 내리덮였다.

그러자 메넬라오스가 헬레노스를 향해 창을 휘두르며 달려갔다. 때마침 헬레노스도 활시위를 잡아당기고 있었다. 헬레노스의 화살은 보리타작을 할 때 쭉정이가 도리깨에 맞아서 튕겨나가듯이, 메넬라오스의 가슴받이를 맞고 저만큼 멀리 튕겨나갔다. 하지만 메넬라오스의 창은 자신을 향해 활시위를 당기던 그 손을 찔렀다. 그러자 헬레노스는 후방으로 후퇴했고, 아게노르가 그 창을 뽑아내고 양털끈으로 묶어주었다. 그것은 병사들의 통솔자를 위해 수행병이 지니고 다니던 끈이었다.

이번에는 페이산드로스가 메넬라오스를 향해서 달려나갔다. 메넬라오스의 창은 빗나가고, 페이산드로스의 창은 메넬라오스의 방패를 맞췄다. 하지만 꿰뚫지는 못하고 자루목에서 똑 부러졌는데, 페이산드로스는 그 사실을 몰라서 제가 이긴 줄 알고 기뻐했다.

그때 메넬라오스가 은못을 박은 칼을 뽑아 페이산드로스에게 덤벼들었다. 그러자 이쪽도 방패 뒤에서 올리브나무 자루가 달린 화려한 청동도끼를 꺼내들었다. 양쪽이 가까워졌을 때, 페이산드로스가 투구의 털장식 밑을 찍고, 메넬라오스는 적의 이마를 후려쳤다. 이마뼈가 빠개지며 두 눈알이 피투성이가 되어 그의 발밑 땅바닥 모래 속에 떨어졌다. 그가 넘어져 꿈틀대는 모습을 내려다보며 메넬라오스가 의기양양하게 외쳤다.

"이것이 너희 분수를 모르는 트로이아인들의 최후다! 너희는 우리들에게 온갖 모욕적인 짓을 함부로 해댔다. 너희는 제우스 신의 격노를 전혀 두려워하지 않았던 것이다. 그러나 제우스께서는 반드시 일리오스를 멸망시키시리라. 내게서 손님 대접을 융숭하게 받고서, 재보는 물론이거니와 아내까지 빼앗아 달아난 뻔뻔스러운 자들이여! 이번에는 배를 태워 희랍군 용사들을 죽이려고 안간힘을 쓰는구나. 하지만 너희가 아무리 날뛰어도 언젠가는 전쟁이 끝날 테고, 그때면 모든 인간과 신들 사이에서도 지혜와 계획이 탁월하신 제우스 아버지 신의 뜻대로 될 것이다.

제우스 아버지 신이시여, 왜 이런 무도한 자들을 도와주십니까? 트로이아인들은 교만하고 난폭하고 잔인한데 말입니다. 아무리 좋은 것도, 잠이든 사랑이든 노래든 춤이든 언젠가는 질리기 마련입니다. 하지만 저 트로이아인들은 전쟁에 싫증내지 않는 사람들입니다."

메넬라오스는 페이산드로스의 갑옷을 확보해서 부하들에게 넘기고, 자기는 다시 달려가 선진 부대에 끼어들었다. 그런 메넬라오스를 퓔라이메네스의 아들 하르팔리온이 또다시 찌르지만 실패한다. 그래서 역공을 받지 않으려고 얼른 후퇴하기 시작했는데, 안타깝게도 메리오네스의 화살에 오른쪽 엉덩이를 맞고 죽었다. 그는 지렁이처럼 땅에 길게 늘어졌고, 검은 피가 흘러나와 땅을 적시고 있었다. 파플라고네스 사람들이 그를 전차에 잘 싣고 비통한 심정으로 일리오스로 옮겼다. 그 부친도 무리를 따라가며 하염없이 눈물을 흘렸다.

파리스는 파플라고네스인들 중에서 특별히 친했던 전우의 죽음에 화가 났다. 그래서 화살로 점쟁이 폴뤼에이도스의 아들 에우케노르를 쏘았다.

그는 코린토스의 부잣집 출신이었는데, 폴뤼에이도스는 아들에게 '너는 불치병에 걸려 집에서 죽거나, 희랍군의 배들 사이에서 트로이아군의 손에 죽을 것'이라고 예언했다. 그래서 그는 집을 떠나 이곳에 왔다가, 과연 지금 죽음의 암흑에 휩싸이고 말았다.

모든 전장에서 전투가 활활 불 같은 기세로 타올랐는데, 포세이돈이 동분서주한 덕분에 희랍군이 승리하기 직전으로 보였다. 헥토르는 왼편 전장에서 트로이아군이 수세에 몰린 줄 모르고 있었다. 그는 애초에 돌파했던 대문 주변에서 전투에 열중해 있었기 때문인데, 아이아스의 배와 프로테실라오스의 배들이 있는 그곳의 방벽이 가장 낮았다.

보이오티아인, 이오니아인, 로크리스인, 프티아인, 에페이오이인의 부대들이 고군분투했지만 도저히 헥토르를 쫓아낼 수가 없었다. 아테네 정예무사들은 페테오스의 아들 메네스테우스가 페이다스와 스티키오스와 비아스의 도움을 받으며 지휘했다. 에페이오이인은 퓔레우스의 아들 메게스와 암피온과 드라키오스가 이끌었고, 프티아 부대 앞에는 메돈과 포다르케스가 섰다. 메돈은 오일레우스의 서자로 작은 아이아스의 형제였는데, 의붓어머니인 에리오피스의 오라비를 죽인 벌로 고향을 떠나 퓔라케에 살고 있었다. 포다르케스는 퓔라코스의 아들인 이피클로스의 아들이었다.

한편 작은 아이아스는 한시도 큰 아이아스의 곁을 떠나지 않았다. 휴경지를 쟁기질하는 황소들이 뿔 밑에 땀이 송글송글 솟도록 묵묵히 함께 일하듯, 두 사람은 나란히 붙어다니며 함께 싸우고 있었다. 그런데 큰 아이아스는 따르는 병사들이 많아서 그들이 간간이 무거운 방패를 받아주는 등 피로를 풀 수 있었지만, 작은 아이아스에게는 그런 부대가 없었다. 로크리스인은 백병전에 약하기 때문에 청동 투구나 가죽 방패, 물푸레나무 창이 아니라, 활이나 팔매끈으로 공격하려고 후방에 있었다. 그 대신 선두가 헥토르 부대를 막을 때 이들이 후방에서 화살과 돌을 날려댔기 때문에 트로이아군은 눈에 띄게 당황했다.

이때 폴뤼다마스가 헥토르 곁으로 갔다.

"헥토르여, 그대는 남의 충고를 받아들이는 자질이 정말 부족하네. 그대는 그대의 전투력이 최고이니까, 은근히 전술가로서도 최고이기를 바라지. 하지만 아무리 그대라도 다 가질 수는 없네. 신께서는 누구는 춤을, 누구는 노래하고 연주하는 재주를, 누구는 분별심을 심어주시지.

그러니 나는 또다시 내 생각을 말하겠네. 우리 트로이아군이 방벽을 돌파한 후부터는 멍하니 서 있거나 소수가 다수에게 고전하며 간신히 버텨내는 게 고작이네. 그렇다면 잠깐 후퇴해서 지휘관 회의를 소집해야 하네. 적함 습격을 강행할지, 이쯤에서 후퇴할지를 다함께 의논해야 한다구. 나는 사실 희랍군이 어제 전투의 빚을 갚지 않을까 싶어서 걱정이네. 그들에게는 지치지 않은 무사들이 아직 많이 대기하고 있거든. 아킬레우스 같은 인물 말이다."

헥토르는 이번에는 폴뤼다마스의 말에 동의했다.

"폴뤼다마스여, 그렇다면 그대가 이 자리에 지휘관들을 불러다오. 그동안 나는 저쪽에 가서 한바탕 더 싸우고 오겠다."

그는 눈 덮인 산처럼 내달려 선두 부대 사이를 헤치고 돌아다니며 데이포보스, 헬레노스, 아다마스, 아시오스, 오트뤼오네우스 등을 찾았다. 그런데 다들 목숨을 잃었거나 심각한 상처를 입고 숨어 있었다. 그때 전우들을 격려하고 다니는 파리스가 눈에 띄었다. 헥토르는 그에게로 달려가서 악담을 퍼부었다.

"파리스, 이 돼먹지 않은 녀석! 외모만 번듯할 뿐인 여자에 미친 아첨배! 대체 다들 어디 있느냐? 이제 일리오스는 가망이 없어졌어, 파멸이구나!"

"형님은 왜 늘 잘못도 없는 사람을 꾸짖으십니까? 다른 때 같았으면 저는 차라리 이 전투를 그만두고 싶군요. 저희는 형님이 함선을 향해 가려고 고군분투하는 내내 이곳에서 버텨냈습니다. 그동안 형님이 찾으시는 사람들이 목숨을 잃었습니다. 데이포보스와 헬레노스는 다행히 죽음은 면했지만 창상을 입어서 성으로 돌아가신 것 같고요. 그러니 어디든 형님이 가시려는 곳으로 앞장서십시오. 힘이 남아 있는 한 열심히 형님을 따라가며 싸우겠습니다. 허나 아무리 초조해도 저희가 가진 힘 이상으로 싸울 도리는 없습니다."

파리스는 형의 마음을 잘 달랬다. 그래서 둘은 함께 가장 맹렬한 격전지로 갔다. 케브리오네스, 폴뤼다마스, 팔케스, 오르타이오스, 폴뤼페테스, 팔뮈스, 힙포티온의 아들인 아스카니오스와 모뤼스가 제우스의 부추김을 받으며 싸우고 있었다.

거기에 형제가 세찬 폭풍처럼 들이닥쳤다. 제우스 신의 천둥이 대지로 내려와 굉음을 내며 바닷물과 뒤섞일 때, 엄청난 파도가 으르렁대며 일어나 흰 거품을 뒤집어쓰고 사방으로 날아간다. 형제를 만난 트로이아군도 그와 같이 모여들어서 청동을 번쩍이며 대장의 뒤를 따라갔다. 선두에 선 헥토르의 모습은 군신 아레스처럼 무시무시했는데, 사실 그는 방패를 들고 밀어닥치면 적들이 물러설지도 모른다는 불안한 심정이었다.

하지만 희랍군의 용기는 꺾이지 않았다. 아이아스가 성큼성큼 앞으로 나와서 소리쳤다.

"얼빠진 녀석, 얼마든지 가까이 오라! 왜 쓸데없이 희랍군을 위협하려 드는가? 우리가 너희 전술을 모를 줄 아느냐? 우리는 제우스의 가혹한 채찍 때문에 잠시 불리했을 뿐, 너희를 막을 능력이 충분하다. 아마 너희 성이 우리에게 함락당하는 날이 더 빠를 것이다. 네가 도성을 향해 도주하면서 제우스께 더 빨리 달아나게 해달라고 간절히 기도할 날이 아주 가깝다는 말이다."

이때 오른쪽으로 독수리가 날아갔다. 희랍군 병사들이 용기백배해서 일제히 함성을 질렀다. 하지만 헥토르도 절대 기죽지 않았다.

"허풍선이 아이아스여, 무슨 소리를 하는가. 너희는 오늘 파멸을 피할 수 없다. 네가 감히 내 창에 맞서려 한다면, 수많은 희랍 병사들 틈에서 너 또한 쓰러지리라. 내 창이 네 백합같이 흰 살을 찢어서 트로이아의 들개떼와 새떼들을 배부르게 하리라."

헥토르가 이렇게 소리치고 돌격하니 병사들이 뒤따랐다. 희랍군도 지지 않고 기다리고 있었다. 양군의 함성 소리가 무서울 정도로 대지를 흔들어서 제우스의 하늘까지 울려퍼졌다.

제14권

헤라, 제우스를 유혹해서 전세를 뒤집다

❧

헤라는 제우스의 명령 때문에 지상으로 내려가지 못한 채 올림포스 천궁에서 발만 동동 구르고 있었는데, 이때 오빠 포세이돈이 희랍군을 돕고 있는 모습을 발견한다. 그러자 헤라는 뛸 듯이 기뻐하면서, 포세이돈이 제우스에게 발각되지 않도록 돕는다. 제우스를 유혹해서 깊은 잠에 빠뜨린 것이다. 이에 포세이돈이 더 과감하게 희랍군을 도우니, 트로이아군이 수세에 몰려서 급기야 헥토르가 부상을 당하고 간신히 도망친다.

네스토르는 마카온과 함께 술잔을 기울이고 있다가 왁자한 소음을 들었다.

"젊은이들이 싸우는 소리가 점점 더 심해지는구나. 내가 잠깐 나가서 무슨 일인지 들어보고 올 테니, 그대는 여기서 술을 마시며 기다리고 있게. 그동안 헤카메데가 목욕물을 데워서 말라붙은 피를 씻을 준비를 해줄 것이네."

노인은 아들 트라쉬메데스의 방패를 집어들고 나갔다. 아들이 아까 자신의 방패를 들고 나갔기 때문이다. 그런데 막사 밖에 나가자마자 눈에 띈 광경은 참혹했다. 희랍군 방벽은 허물어졌고, 뒤죽박죽 엉켜서 도망치는 희랍군 뒤로 트로이아군이 거대한 파도처럼 덮쳐오고 있었다. 노장은 고민이 깊어졌다. 지금 당장 희랍군 속에 뛰어들까, 아니면 아가멤논을 찾아갈까? 그래도 역시 총사령관을 찾아가는 것이 상책이라고 생각했다.

네스토르는 도중에 아가멤논, 디오메데스, 오뒷세우스와 마주쳤다. 부상을 입고 물러나 있던 그들도 전황이 걱정이 되어서 보러 나왔던 참이었다.

"오, 노인장, 전장을 버리고 어째서 이곳에 계시오? 나는 이러다가 헥토르의 호언장담이 진실이 되지 않을까 걱정이오. 우리 함선을 싹 불태우고 아카이아인들을 다 죽이기 전에는 결코 일리오스로 돌아가지 않겠다고 말했다던데. 아무래도 희랍군사들도 아킬레우스처럼 내게 원한을 품고 있는 모양이오. 그래서 앞장서서 싸우기를 원치 않는가 보오."

"제우스의 계획은 쉽게 바뀌지 않네. 그러니 우리들이 그토록 의지하고 믿었던 방벽이 허무하게 무너지고, 아무리 맹렬히 싸워도 트로이아군이 우리를 압도해서 몰려오는 것이겠지. 다만 이러한 혼란이 극한에 이르러 죽음의 아우성이 하늘에 닿을 정도로 커졌으니, 이쯤에서 우리가 어떻게 해야 할지 생각해 보아야 하네. 그러나 그대들은 부상자이니 전투에 참가할 수는 없네."

"네스토르여, 그대 말대로 야심차게 구축했던 방벽과 참호가 부서졌소. 그러니 제우스께서 희랍군을 이 땅에서 멸망시키시려는 게 틀림없소. 나는 제우스의 뜻을 정확히 읽을 수 있지. 그러니 이번에도 틀림없어. 적군에게 신과 같은 명예를 내려 축복하시면서, 우리의 용기와 힘을 꽁꽁 묶어 놓으셨어.

그러니 자, 지금부터 내 생각대로 하자. 첫째, 모래톱에 올려놓은 배들을 모조리 바다에 띄우자. 그러면 밤이 되기 전에 배들을 저만큼 앞바다까지 가져가서 정박시킬 수 있다. 밤이 되면 트로이아군도 전투를 중지할 테니 그때 어둠을 틈타서 달아나자. 불행을 피하는 것이 붙잡히는 것보다 훨씬 낫다."

오뒷세우스가 아가멤논을 사납게 쏘아보았다.

"그것이 무슨 헛소리요? 정말 당신은 우리들의 왕이 아니라 삼류 군대나 지휘하는 자였어야 하오. 그 많은 고초를 겪었는데 일리오스를 포기하고 도망가자는 말이오? 누구 다른 아카이아인이 들을까 무서우니 그냥 잠자코나 있으시오. 그대들도 최소한의 분별심이 있다면, 백성을 다스려 봤던 영주라면, 절대로 이 이야기를 입밖에 내지 마시오.

아직 저렇게 전투가 뜨거운데 배들을 바다로 끌어내 도망갈 준비를 하라니! 다른 게 아니라 그 광경이 눈에 띄는 순간이 곧 우리의 파멸이오. 우리는 기력을 잃고, 트로이아군은 기세를 올려서 덮쳐올 테니까. 허둥지둥 사방의 눈치나 살피면서 뒤죽박죽 달아나게 될 거란 말이오, 바로 사령관이라는 당신의 명령 때문에!"

오뒷세우스의 준열한 비난에 아가멤논은 한발 슬쩍 물러섰다.

"그렇다면 더 훌륭한 방안을 알려주시오. 지혜로운 오뒷세우스든 누구든."

목소리가 씩씩한 디오메데스가 말했다.

"감히 가장 어린 제가 한말씀 드리겠습니다. 제가 비록 나이는 어려도 어디 내놔도 빠지지 않는 귀한 가문 출신이니 발언할 자격이 있다고 생각합니다. 포르테우스(포르타온의 별명)의 세 아들이 플레우론에 사는 첫째 아그리오스와 칼뤼돈에 사는 둘째 멜라스와 제 할아버지인 오이네우스인데, 제 아버지 튀데우스는 신들의 뜻에 따라 고향을 떠나 아르고스에서 사셨지요. 아드레스토스 왕의 딸과 결혼해서 밀밭과 과수원과 양떼가 아주 많으셨습니다. 그러나 무엇보다도 그는 아카이아 최고의 창술을 가진 무사로 유명했습니다. 그러니 제 말도 등한히 듣지 말아주십시오.

자, 싸우러 나갑시다. 부상자까지 모두 다! 부상자는 사정거리 밖에서 다른 사람들을 돕고 격려하면 될 일입니다."

모두가 그 말에 찬성했다. 하지만 그 모습을 지켜보던 포세이돈이 노병의 모습을 하고 다가가 아가멤논의 오른손을 덥석 잡고는, 큰 소리로 말했다.

"아트레우스의 아들이여, 지금 아킬레우스는 아카이아군이 살해되고 패주하는 모습을 보고 기뻐하고 있을 것입니다. 분별심이라고는 터럭만큼도 없는 자니까. 제발 그가 확 망해버렸으면! 그런데 그대가 알아야 할 것은, 신들이 그대에게 그렇게 심하게 화난 건 아니라는 것입니다. 그러니 전세는 지금부터라도 충분히 뒤집을 수 있습니다. 트로이아군 대장들이 평원을 달려 일리오스 성까지 도망치는 흙먼지를 목격할 수도 있다는 말입니다."

그는 말을 끝내자마자 평원으로 달려나가면서 고함을 질렀다. 만 명이 뒤엉킨 격전장의 함성만큼 큰 소리가 대지를 뒤흔들고 희랍군에게 용기를 주었다.

올림포스 천궁에서 이 모습을 바라보고 있던 헤라는 포세이돈이 기특했다. 그러다가 이데 산 최고봉에 앉아 있는 제우스를 보자 너무 얄미웠다.

그래서 암소 눈의 여신은 제우스를 속일 방법을 궁리했다. 아름답게 치장하고 이데 산으로 내려가서 제우스의 마음을 어지럽힌 후, 잠을 쏟아부어주겠다는 것이다.

헤라는 아들 헤파이스토스가 지어준 방으로 가서 몸치장을 시작했다. 먼저 향긋한 선향으로 살갗의 더러움을 닦아내고, 서늘하고 향기로운 올리브유를 온몸에 발랐다. 그러자 풍부한 훈향이 헤라가 움직일 때마다 천궁에, 대기에, 대지에 그윽하게 퍼졌다. 여신은 고운 피부와 머리카락에도 올리브유를 바르더니, 손수 머리를 땋은 후 머리카락 몇 가닥을 빼서 늘어뜨렸다. 그러고 아테네가 정교하게 수놓아 만든 옷을 걸치고, 황금 핀을 가슴에 꽂고, 조그마한 술이 수없이 달린 허리띠를 둘렀다. 귓불에 오디 모양의 눈동자만 한 구슬이 세 개나 달린 고리까지 걸자, 그 요염함에 눈이 부셨다. 여신은 마지막으로 새로 지은 깨끗한 비단 겉옷을 걸치고, 발에 훌륭한 샌들을 신었다.

모든 치장이 순조롭게 끝나자 헤라는 밖으로 나와서 몰래 아프로디테를 불렀다.

"부탁이 있는데 들어줄 텐가? 아님 내가 아카이아 편이니까 안 들어주려나?"

"말씀하세요. 제가 들어드릴 수 있는 일이라면 해드릴게요."

"그럼 내게 애정과 욕망을 주었으면! 내가 지금 오케아노스와 테튀스를 만나러 풍요한 대지의 끝으로 갈 텐데, 그들은 제우스께서 기간테스들을 대지와 대양 밑바닥에 가두실 때 레아(크로노스의 아내)에게서 나를 받아서 자기들 집에서 알뜰히 돌보고 길러주셨지. 그래서 이번에 찾아가서 두 분의 끝없는 다툼을 화해시켜 드리려고 한다네. 한번 크게 싸우신 뒤로 아직까지 냉랭하시다더군. 나는 두 분을 달래드리고 위로해서 예전처럼 베개를 나누시게 해드리고 싶어."

"그런 일이라면 거절할 이유가 없지요. 제우스 님의 팔에 안겨 주무시는 분의 부탁을요."

아프로디테는 허리띠를 풀어서 주었다. 그 속에는 갖가지 기교와 사랑의 수법, 매혹 따위가 깃들어 있어서 아무리 지혜로운 자의 마음도 순식간에 녹여버렸다.

"이 허리띠를 품고 가시면 여신께서 원하시는 모든 것을, 그것이 무엇이든 다 이루실 거예요."

허리띠를 받은 헤라는 즉시 올림포스를 떠나서 피에리아, 경치가 아름다운 에마티에, 트라키아의 눈 덮인 산성 위를 나는 듯 걸어갔다. 아토스 곶을 지나 토파도가 끓어오르는 바다를 건너 토아스 왕이 사는 렘노스 섬에 이르렀다. 거기서 여신은 '죽음'의 형제인 '잠'의 신을 만나서 손을 꼭 맞잡았다.

"잠의 신이여, 모든 신과 인간들을 지배하는 그대가 언젠가처럼 이번에도 내 청을 들어주세요. 그러면 언제까지나 고맙게 생각할게요. 내가 지금 제우스 곁으로 가서 사랑의 마음으로 몸을 누일 테니, 그때 제우스의 빛나는 두 눈을 꼭 감겨 주세요. 그렇게만 해주면 절대로 부서지지 않는 황금 보좌를 만들어 드릴게요."

"크로노스의 따님이여, 다른 신들이라면 몰라도 제우스 님은 안 됩니다. 제가 다가가기도, 그런 명령을 내리기도 힘들어요. 지난번 일, 생각 안 나세요? 제우스 님의 아들 헤라클레스가 일리오스를 공략하고 떠날 때, 당신의 부탁으로 제가 제우스 님을 잠들게 하자, 당신께서 헤라클레스에게 폭풍우를 보내서 코스 섬에 표류하게 만들었지요. 그래서 제우스께서 눈을 뜨신후에 닥치는 대로 집어던지며 화를 내셨죠. 그때 특별히 저를 찾으셨어요. 그때 잡혔더라면 정말이지 하늘에서 바닷속으로 내동댕이쳐져서 지금 그림자도 남아 있지 않을 겁니다. 그런데 그런 일을 또 하라고요?"

"잠의 신이여, 왜 그때와 비교하세요? 제우스께서 당신의 아들인 헤라클레스를 편들듯 트로이아인들을 위하는 줄 아세요? 자, 내가 그대에게 젊고 아름다운 카리테스 여신들 가운데 그대가 늘 바라던 파시테에를 아내로 드리리다."

그 말에 잠의 신이 반색하며 헤라를 졸랐다.

"스틱스 강에 맹세해 주세요. 파시테에를 주겠다는 약속을요."

헤라는 즉각 그렇게 했다. 타르타로스(무한지옥) 밑바닥에 갇혀 있는 티탄족들의 이름을 증인으로 하나하나 불러서 엄숙하게 맹세했다. 그러자 잠의 신은 헤라와 함께 길을 나서 순식간에 이데 산으로 갔다. 잠의 신은 산기슭의 키 큰 전나무 꼭대기에 새의 모습으로 숨었다. 신들은 칼키스, 사람들은 퀴민디스라고 부르는 산새였다.

제우스는 헤라가 이데 산 가르가로스 봉우리 쪽으로 오는 모습을 발견했다. 그런데 그 순간 둘이서 처음 사랑에 빠지던 때와 같은 애욕에 사로잡혔다. 둘이서 부모님 몰래 동침하던 그때처럼. 그래서 그가 서둘러서 헤라를 불렀다.

"헤라여, 올림포스에서 내려와 대체 어딜 가는 길인가? 전차도 말도 없이.”

“오케아노스와 테튀스 아주머니를 뵈러 풍요의 대지 끝으로 가는 길이랍니다. 두 분을 화해시켜 드리려고요. 한 번 다퉜다고 아직까지 각 방을 쓰신다더군요. 말들은 이데 산기슭에 매어 두었어요. 마른 땅도 젖은 바다도 저를 실어다줄 테니까요. 여기에 들른 건 제가 말없이 갔다가 혹시 당신께서 노하실까 염려되어서예요.”

“헤라여, 그들은 나중에 다시 찾아가도 되지 않소. 그러니 지금은 나와 사랑을 즐깁시다. 일찍이 이토록 강렬한 애욕은 느낀 적이 없소. 페이리토스를 낳아준 익시온의 아내에게 반했을 때도, 페르세우스를 낳아준 아크리시오스의 딸 다나에를 사랑했을 때도, 내게 미노스와 라다만튀스를 낳아준 포이닉스의 딸 에우로페에게 빠졌을 때도, 헤라클레스를 낳아준 알크메네나 디오니소스를 낳아준 세멜레를 보았을 때도, 데메테르나 레토에게 반했을 때나 심지어 그대를 처음 사랑했을 때보다도 더 달콤한 욕망이 나를 사로잡는구려.”

“대체 무슨 말씀이세요? 지금 이곳에서 사랑을 나누다가는 모두에게 들키겠어요. 신들 중 누군가가 보고 제가 음탕한 여자라고 소문을 낸다면, 저는 다시는 올림포스로 올라갈 수 없어요.”

“헤라여, 신이든 인간이든 누가 볼 걱정은 마시오. 황금빛 구름으로 우리 주위를 덮을 테니까. 그러면 태양조차도 우리들을 꿰뚫어 보지 못하오.”

말을 끝내기가 무섭게 크로노스의 아들은 두 팔로 헤라를 끌어안았다. 그들 밑 대지가 자운영이며 크로커스며 히아신스 등의 꽃과 생그러운 풀들을 돋아나게 해서 그들을 땅에서 살짝 들어올려 주었다. 그들은 그 속에 누워서 황금빛 구름을 덮었다. 구름에서 반짝이는 이슬이 쉴 새 없이 떨어졌다.

제우스는 이처럼 잠과 사랑에 압도되어서 헤라를 안고 가르가로스 정상에서 잠들었다. 그동안 잠의 신이 희랍군 진영으로 가서 포세이돈에게 헤라의 전갈을 전했다.

"이제는 실컷 희랍군을 도와주세요. 제우스 님을 내가 살며시 아늑한 잠으로 덮어드리고, 헤라 님이 사랑의 마음으로 유혹해 두었거든요."

그러자 포세이돈은 즉각 희랍군 선두 부대에게 달려가서 외쳤다.

"희랍군이여, 이번에도 헥토르에게 영광과 승리를 양보할 텐가? 아킬레우스가 빠졌으니 충분히 그럴 수 있다고 그자가 호언장담하고 있다. 하지만 우리가 협력해서 총력을 기울인다면 아킬레우스가 없어도 괜찮다. 그러니 지금부터 내가 시키는 대로 하라. 이 진영에 있는 방패 중에서 가장 큰 것들을 골라내 몸을 가리고, 머리에는 눈부시게 번쩍이는 투구를 써라. 그리고 손에 가장 긴 창을 골라서 들고 앞으로 전진하는 것이다. 내가 선두에서 길을 이끌 테니 따라오라. 그러면 제아무리 헥토르라도 버틸 수 없다."

모두 그럴 듯하다는 생각이 들어서 그대로 따랐다. 대장들은 부상을 입었어도 부지런히 병사들을 준비시키고 장비를 점검했다. 더 강한 용사들에게 큰 방패와 강한 갑주 제구와 긴 창을 주고, 서투른 자에게는 작은 방패와 갑주 제구를 주었다. 선두에 포세이돈이 날이 날카로운 장검을 꽉 쥐고 섰다. 그 모습이 병사들을 압도했다.

한편 헥토르의 전투도 계속되고 있었다. 헥토르가 마침 자기 쪽을 향해 있는 아이아스에게 창을 던졌다. 창날은 두 가닥의 가죽끈이 겹쳐 있는 가슴을 정확히 맞췄다. 방패 끈과 칼집 끈이었는데, 이 가느다란 가죽끈 2줄이 살갗을 지켜주었다. 헥토르는 이 모습에 화를 내며 뒤돌아섰다. 이때 큰 아이아스가 돌덩이를 머리 위로 번쩍 들어올려서 던졌다. 돌덩이가 방패 가장자리를 넘겨서 가슴을 후려치니, 헥토르가 팽이처럼 빙그르르 돌면서 사방으로 이리저리 비틀거렸다. 마치 제우스의 번개를 맞은 떡갈나무가 뿌리까지 송두리째 뽑히며 넘어가는 듯했다. 헥토르가 땅 위 먼지 속으로 엎어지며 쥐었던 창을 떨어뜨렸다. 몸에서 큰 방패와 투구도 떨어지고 청동의 갑주 제구가 덜거덕거렸다.

아카이아 병사들이 적장을 끌고 가려고 비오듯 창을 던지며 달려나왔다. 하지만 그보다 먼저 트로이아군의 대장들이 헥토르를 에워쌌다. 폴뤼다마스, 아이네이아스, 아게노르, 사르페돈, 글라우코스 등이 대장을 둘러싸고 서서 방패로 벽을 만들어 가렸다. 그 틈에 병사들은 헥토르를 들어올려서 전차까지 운반했다. 전차는 곧바로 신음하는 헥토르를 싣고 일리오스를 향해 빠르게 달렸다. 크산토스 강(스카만드로스 강의 다른 이름)의 나루터에 이르자 헥토르를 전차에서 내려놓고 물을 뿌려주었다. 그러나 그는 잠시 깨었다가 무릎을 꿇고 앉아 시커먼 피를 토하고 그대로 혼절했다.

아르고스 군은 헥토르가 후송되는 것을 보고 기세가 올랐다. 작은 아이아스가 번개처럼 튀어나가서 창으로 에놉스의 아들 사트니오스를 찔렀다. 소몰이꾼 에놉스가 물의 님프를 만나서 사트니오에이스 강둑에서 낳은 아들이었다. 그가 옆구리를 찔리고 벌렁 나자빠졌다.

그를 도우려고 판토스의 아들 폴뤼다마스가 나서서, 프로토에노르의 오른쪽 어깨를 찔렀다.

"보아라, 판토스 아들의 억센 창이 빗나가지 않고 희랍군 누군가의 맨살을 찔렀으니, 그는 그 창과 함께 그대로 저승으로 내려갈 것이다."

그 호언장담이 큰 아이아스의 심기를 건드렸다. 그래서 폴뤼다마스에게 전광석화처럼 창을 던졌다. 창은 그를 슬쩍 비껴갔지만, 그 대신 안테노르의 아들 아르켈로코스의 디스크에 꽂히며 심줄을 잘랐다. 그래서 그의 머리와 입과 코가 무릎보다 땅에 훨씬 먼저 닿았다. 이번에는 큰 아이아스가 외쳤다.

"잘 생각해서 대답해 보거라, 이자는 프로토에노르를 대신해서 죽을 가치가 있는지 없는지. 보아하니 천한 혈통이 아닌 것 같구나. 말을 길들이는 안테노르를 꼭 빼닮았으니 그 아우거나 아들인 모양이지."

이번에는 아카마스가 형 아르켈로코스의 두 다리를 잡고 끌어가려던 보이오티아인 프로마코스를 창으로 찌르고 약을 올렸다.

"입만 살아서 나불대는 아르고스 녀석들, 우리만 비탄스러울 줄 아느냐, 너희도 다 이렇게 칼에 맞아 죽을 것이다! 봐라, 프로마코스가 형제의 원수를 오래도록 갚지 못해서 애태우지 않도록 내가 창으로 쓰러뜨려 잠재워버렸다. 그런 까닭에 죽음을 복수해줄 형제들을 제 집에 남겨두는 것이지."

그 말에 아르고스군은 피가 거꾸로 솟았다. 페넬레오스가 아카마스에게 던진 창이 슬쩍 비껴가서 포르바스의 아들 일리오네우스의 눈썹 밑에 꽂혔다. 포르바스는 헤르메스가 트로이아인 중에서도 특별히 총애해서 재산을 많이 준 자였다. 창이 눈알을 밀어내고 목덜미로 빠져나갔다. 그래서 두 팔을 벌리고 쿵 엉덩방아를 찧자, 페넬레오스가 칼을 뽑아 목덜미를 내리쳐 머리를 투구와 함께 땅 위에 떨어뜨렸다. 그는 창이 여전히 눈에 꽂혀 있는 머리통을 개양귀비 열매처럼 받쳐들고 트로이아 편에 과시했다.

"자, 어서 가서 일리오네우스의 부모에게 이 소식을 전하거라."

트로이아 병사들은 팔다리가 무섭게 떨리기 시작해서 '어디로 달아나야 이 험한 파멸을 모면할까?' 하고 사방을 두리번거렸다.

포세이돈이 전세를 뒤바꿔놓은 이 순간, 큰 아이아스가 가장 먼저 전리품을 얻었다. 그는 뮈시아인의 대장인 귀르티오스의 아들 휘르티오스를 죽였다. 안틸로코스는 팔케스와 메르메로스를 죽였고, 메리오네스는 모뤼스와 힙포티온을 죽였고, 테우크로스는 프로톤과 펠리페테스를 죽였다. 이어서 아가멤논은 휘페레노르의 옆구리를 찔렀다. 청동의 창날이 살을 가르니 그 사이로 내장과 함께 목숨이 흘러나왔다. 그러나 가장 많은 적을 죽인 것은 작은 아이아스였다. 제우스가 적군에게 패망의 생각을 불어넣었을 때 허둥지둥 달아나는 적병들을 추격하는 데 있어서 발이 빠른 그를 따를 사람은 아무도 없었다.

제15권

아폴론이 헥토르를
희랍군 배까지 이끌다

✦❧✦

잠에서 깬 제우스는 상황을 파악하고 헤라의 계략을 의심하지만, 헤라는 끝까지 부인한다. 그러자 제우스가 '트로이아 전쟁의 정해진 결말'을 알려주면서 지금 당장 상황을 바로잡아야 한다고 말한다. 이에 헤라와 포세이돈이 전장에서 물러나고, 그 대신 아폴론이 제우스의 뜻에 따라 헥토르를 도와서 희랍군 함선을 불태우려 한다. 이 모습을 목격한 파트로클로스가 당장 아킬레우스에게 달려간다.

어느새 전황이 완전히 뒤집혀서 트로이아군이 참호를 건너 달아나려고 아수라장이 되었다. 하지만 공포에 새파랗게 질렸으면서도 전차 옆에 서서 버텨내는 자들도 적지 않았다.

이때 제우스가 잠에서 깼다. 그는 헤라의 곁에서 일어나자마자 지상을 내려다보았다. 트로이아군이 정신없이 쫓기고 희랍군이 쫓아가고 있는데, 그 사이에 포세이돈이 보였다. 헥토르는 평원에 엎어져서 피를 토하고 있었다. 제우스는 어이가 없어서 헤라를 쏘아보았다.

"정말 고약한 여자로구나. 그대를 매질해서 이 괘씸한 모략의 결과를 책임지게 할까? 그대는 예전에 하늘에 매달렸던 일을 벌써 잊었소? 내가 발에 모루를 달고 손에 끊어지지 않는 황금 사슬을 걸어서 구름 속에 매달았었지. 신들은 분개하면서도 그대를 돕지 못했다. 그랬다간 내가 땅으로 집어던졌을 테니까. 그대가 헤라클레스를 황량한 코스 섬으로 보내버린 간계 말이다. 내가 뒤늦게 구해내서 아르고스로 돌려보내긴 했지만 그때는 이미 그애가 고생을 있는 대로 다 한 뒤여서 내가 어찌나 화가 났던지. 그래서 다시는 흉계 따위 꾸미지 못하게 그렇게 벌을 줬건만 소용이 없구나."

그러자 헤라는 두려움에 몸을 떨며 제우스에게 하소연했다.

"대지도 머리 위의 아득한 하늘도, 스틱스 강물도 제 증인이에요. 또 그대의 존귀한 머리와 우리의 결혼침대까지 걸고 말씀드리니, 포세이돈의 행동은 저와 아무 상관이 없어요. 저는 오히려 그분에게 충고하고 싶은 심정인 걸요. 먹구름을 모으는 신인 당신 뜻을 거역하지 말라고요."

제우스는 헤라를 향해 미소를 지었다.

"헤라 당신이 앞으로도 다른 신들 앞에서 나와 의견을 함께해 준다면, 포세이돈도 꿍꿍이를 품지 않겠지. 그대의 말이 사실이라면 지금 당장 올림포스 천궁으로 돌아가서 이리스와 아폴론을 찾아 내게 보내시오. 이리스는 포세이돈에게 가서 '지금 당장 전쟁에서 손을 떼라.'는 명령을 전하고, 아폴론은 헥토르에게 가서 고통을 없애고 용기를 넣어 주어야 하니까. 그래야 희랍군들이 정신없이 패주하다가 아킬레우스의 배들 사이로 가서 쓰러질 테고, 아킬레우스가 파트로클로스를 내보낼 테고, 파트로클로스는 내 아들 사르페돈을 비롯한 많은 젊은이들을 죽이다가 일리오스 앞에서 헥토르의 창에 찔려 죽을 테고, 그제야 비로소 아킬레우스가 화가 나서 헥토르를 죽일 테니까. 내가 그렇게 전쟁을 끌어갈 것이오. 희랍군이 아테네의 계략에 의해 일리오스를 함락할 때까지.

하지만 나는 그 전에는 결코 노여움을 거두지 않을 것이니, 또다시 희랍군을 임의로 돕는다면 가만두지 않겠소. 테티스에게 아킬레우스에게 영광을 주기로 약속했으니까."

헤라는 얼른 올림포스로 돌아가 신들이 모여 있는 곳으로 갔다. 신들은 넥타르를 마시다가 벌떡 일어나서 헤라를 맞이했다. 테미스 여신(규칙과 관습의 여신)이 가장 먼저 달려나와 헤라에게 잔을 건넸다. 헤라는 그 잔을 받아 마시고 돌려주었다(환영의 뜻으로 잔을 채워 주면 받아 마시고 잔을 되돌려 주어야 한다.). 테미스가 여신에게 물었다.

"헤라 님, 무슨 일로 오셨나요? 크게 놀란 얼굴이시니 남편이신 제우스께서 무슨 말씀을 하셨나 보군요?"

"잘 아시면서 뭘 물으세요. 그분이 얼마나 오만하고 무뚝뚝한지 다 아시잖아요. 그냥 하시던 식사 계속하시면 제가 제우스 님의 말씀을 전해드릴게요. 기분 좋은 식사를 망치지 않을까 걱정되기는 하지만."

헤라가 자리에 앉자 신들은 속으로 '이거 야단났구나!' 하고 생각했다. 여신은 입으로만 싸늘하게 웃고 있었기 때문이다. 그녀가 말을 시작했다.

"우리들은 바보예요. 우리가 제우스의 뜻을 거스르려고 아무리 안간힘을 써도 그분은 신경도 쓰지 않으시죠. 힘도 권위도 월등히 뛰어나다고 생각하시니까요. 그러니 그분이 우리에게 어떤 재앙을 안겨도 참으세요. 아레스 님, 아드님 아스칼라포스가 전사했으니 얼마나 슬프시겠어요."

아레스는 탄탄한 두 허벅지를 손바닥으로 팡팡 내려치며 울분을 토했다.

"날 말리지 마시오. 설령 제우스의 번갯불에 맞아 시체와 더불어 피투성이로 뒹굴게 되는 한이 있어도, 당장 희랍군에게 가서 내 아들의 원수를 갚을 테니까."

아레스는 '공포'의 신과 '패주'의 신에게 전차를 준비시키고 자신은 갑주제구를 둘렀다. 아테네가 문간으로 달려가서 붙잡지 않았더라면 제우스의 더 큰 분노가 떨어졌을 것이다. 여신은 아레스의 투구와 방패와 창을 빼앗으며 꾸짖었다.

"미쳤어요, 지금 제정신이에요? 그대는 귀가 있어도 듣지 못하고 분별력도 없군요. 방금 헤라 님 말씀 못 들었어요? 내려가면 그대도 모진 꼴을 당하겠지만 우리들까지 변고를 당할 거라구요. 트로이아든 아카이아든 그들보다 더 먼저 이 올림포스가 큰 난리가 날 거예요. 그러니 지금은 일단 화를 거두세요. 그대의 아드님보다 더 뛰어난 사람들도 숱하게 죽어가고 앞으로도 죽을 텐데, 그들을 모두 구하기란 불가능하니까요."

아레스는 간신히 분을 삭이고 자리에 다시 앉았다.

그동안 헤라는 아폴론과 이리스를 바깥으로 은밀히 불러서 제우스가 부르신다고 일렀다. 그들은 즉각 이데 산 가르가로스 봉우리로 갔다. 그들이 향기로운 안개가 뒤덮인 봉우리로 들어가니, 제우스는 그들이 이렇게나 빨리 와준 것이 흐뭇해서 분노를 다 잊었다.

"이리스여, 얼른 포세이돈에게 가서 내 말을 전하라. 하나도 빠뜨리지 말고 정확하게 전달해야 한다. '포세이돈은 이제 싸움에서 손을 떼고 바닷물 속으로 들어가라. 만일 이 명령을 어기려거든, 내가 그보다 훨씬 세고 뛰어나다는 사실을 기억하라.' 라고. 정말이지 그는 자꾸 자신이 나와 동격인 줄로 착각한단 말이지."

이리스가 이번에도 순식간에 땅으로 뛰어내려서 포세이돈에게 말을 전했다. 포세이돈은 불쾌한 기색을 숨기지 않았다.

"별 오만한 소리를 다 듣겠구나. 우리는 크로노스와 레아 사이에 태어난 형제라서, 전세계를 셋으로 나누어 각자 다스리기로 하였다. 제비를 뽑아서 하데스가 지하를, 나는 바다를, 제우스는 하늘을 맡기로 했단 말이다. 하지만 대지와 올림포스 천궁은 공유물이었다. 그러니 나는 제우스의 말을 들어줄 생각이 전혀 없다. 그의 힘이 제일 강할지는 몰라도, 애초의 약속에 만족하고 오만하게 굴지 말아야 할 게야. 자식들이나 꾸짖을 것이지, 이 포세이돈을 겁쟁이 취급하고 위협해? 어림 없는 소리!"

"포세이돈 님, 그렇다면 방금 말씀하신 그대로 제우스께 전달해도 되겠습니까? 아니면 조금 양보를 하시겠습니까? 착한 분들은 양보의 미덕이 있다고 하던데요. 아시다시피 복수의 여신들은 항상 연장자를 돕지만요."

"이리스여, 그대의 말이 도리에 맞는구나. 전령이 분별심을 가지고 있다는 것은 실로 좋은 일이다. 하지만 그가 나를 동등하게 대하지 않고 꾸짖듯 할 때마다 심히 불쾌한 것은 어쩔 수 없다. 다만 오늘은 일단 양보하지. 허나 이것만은 분명히 말해두지. 제우스가 공언한 대로 희랍군을 도와 일리오스를 파괴시키지 않는다면, 그때는 나와 아테네와 헤라와 헤르메스와 헤파이스토스가 가만 있지 않겠다."

말을 마친 바다의 신은 바닷속으로 뛰어들어갔다. 아카이아인들이 몹시 안타까워했다.

이 무렵 제우스는 아폴론에게 전언을 주고 있었다.

"귀여운 포이보스는 헥토르를 도와주고 오너라. 마침 조금 전에 포세이돈이 나의 분노가 두려워서 바닷속으로 돌아갔으니, 그대가 나의 아이기스를 들고 가서 흔들어대면 아카이아측 용사들의 기가 금방 죽어서 패주할 것이다. 그들이 헬레스폰토스 해변에 이를 때까지 헥토르를 계속 격려해 주어라. 그 이후에 아카이아인들을 되돌리는 방법은 내가 생각해 두지."

아폴론은 즉각 매처럼 곤두박질쳐서 헥토르 곁으로 내려갔다. 그는 지금 막 정신을 차린 참이었다. 그는 전우들을 찬찬히 둘러보며 거친 숨을 몰아쉬고 있었다. 비오듯 떨어지던 땀도 서서히 식고 있었다. 아폴론이 다가가며 말을 건넸다.

"프리아모스의 아들께서 어쩌자고 다른 사람들과 떨어져서 홀로 기진맥진해 있는가?"

천하를 호령하던 용사가 지금은 가냘픈 호흡을 살살 내쉬며 말했다.

"당신은 누구십니까? 내게 직접 말을 거시다니 신들 가운데서 가장 친절한 분이시군요. 알고 계시지 않습니까, 아카이아인 배의 이물 근처에서 아이아스가 던진 돌덩이에 맞아서 기세도 용맹도 꺾였습니다. 내 아까운 목숨이 다 끊어져 가기에 '오늘은 하데스에 가는가 보다.' 하고 각오하고 있었답니다."

"기운을 내라! 제우스께서 이 아폴론을 그대의 후원자로 보내셨으니까. 자, 지금이야말로 군사들을 독려해서 희랍군 함선으로 돌격할 때다. 내가 앞질러 가서 길들을 전차가 지나가기 편하게 평평하게 만들어 두겠다."

아폴론은 헥토르에게 엄청난 기력을 불어넣었다. 그러자 말이 외양간 구유통의 보리를 먹다가 싫증이 나서 묶여 있던 끈을 끊고 평야로 요란하게 달려나가듯 민첩하게 튀어나갔다. 그러고는 신의 목소리대로 병사들을 부지런히 격려하기 시작했다.

희랍군들은 여전히 양날창과 검을 휘두르며 트로이아군을 몰고 있었는데, 헥토르가 다시 나타나 무사들 사이를 오가는 모습을 보고 간담이 서늘해졌다. 그러자 아이톨리아인 중 최고의 용사인 안드라이몬의 아들 토아스가 부하들을 격려했다. 그는 투창에 능하고 접근전도 잘했으며, 무엇보다도 언변이 뛰어났다.

"내가 기적을 보고 있는가? 헥토르가 아이아스의 손에 죽었다고 굳게 믿었는데, 그가 죽음에서 다시 살아났단 말이냐? 틀림없이 이번에도 어떤 신이 그를 살려낸 것이다. 그가 우리를 내모는 꼴을 다시 재현하겠구나. 저토록 기세좋게 앞장서는 걸 보니 틀림없이 제우스 신의 뜻인가 본데.

그러니, 자, 지금은 내 말대로 하라. 대장들은 병사들을 함선으로 후퇴시켜라. 단 각 진영의 정예무사들은 남아서 나란히 서서 버티자. 아무리 헥토르라도 희랍군 한복판으로 뛰어들 엄두는 못 낼 테니까."

모두 토아스의 말을 따랐다. 병사들이 철수하기 시작했고, 대장들은 남아서 결전을 준비했다. 그곳으로 헥토르를 선두로 한 트로이아 군대가 성큼성큼 다가왔다. 헥토르 앞에는 안개구름에 모습을 감추고 아이기스를 받쳐든 아폴론이 서 있었다. 아이기스는 헤파이스토스가 인간에게 제우스의 효력을 확실히 보여주는 데 쓰라고 만들었던 것이었다.

양측은 또다시 격돌했다. 그러나 아폴론이 가만히 서 있을 때는 전황이 팽팽했지만, 그가 희랍군을 노려보며 아이기스를 요란하게 흔들고 고함을 지르기 시작하자 희랍군이 정신을 잃고 기력이 빠져서 허둥지둥 달아났다.

헥토르가 보이오티아인의 지휘관 스키티오스와 메네스테우스의 심복 아르케실라오스를 죽였다. 아이네이아스는 오일레우스의 서자 메돈과 이아소스를 죽였다. 이아소스는 아테네인의 지휘관으로 부콜로스의 아들 스펠로스의 자식이었다. 폴뤼다마스는 메키스테우스를, 폴리테스는 에키오스를, 아게노르는 클로니오스, 파리스는 데이오코스를 죽였다.

그동안 희랍군 병사들은 정신없이 도망가고 있었다. 너무 겁에 질린 나머지 말뚝이 박힌 참호로 냅다 뛰어들기도 하면서 간신히 방벽 안쪽으로 들어가고 있었다.

그때 헥토르가 벼락같은 목소리로 명령했다.

"전리품은 그대로 놔두고 함선으로 돌격하라. 만일 엉뚱한 곳에서 우물거리다가 발각되는 자는 그 자리에서 죽을 것이다. 화장도 허락되지 않을 테니, 도성 밖 들개떼의 밥이 되게 해주겠다."

그러고는 채찍을 갈겨서 전차를 몰자 다들 대장에게 뒤질세라 채찍을 갈겨서 무서운 속도로 함선으로 내달렸다. 앞장선 아폴론이 참호의 둑을 발로 툭 차서 구덩이로 밀어 넣고 그 위로 다리처럼 길을 내니, 길이가 대장부가 창을 던질 때 창이 날아가 닿을 정도였다. 트로이아군은 그곳을 거침없이 통과했다.

아폴론은 아이기스를 휘둘러서 방벽도 쉽게 허물어버렸다. 마치 어린아이가 바닷가에서 모래성을 쌓았다가 허무는 장난치듯 했다. 그는 희랍군이 엄청난 고생과 한탄으로 만든 것을 간단히 짓밟았다.

희랍군들은 함선 앞에 서서 모든 신에게 기도하기 시작했다. 아카이아군의 가장 웃어른인 네스토르가 대표로 별이 빛나는 창공에 두 손을 쳐들고 기도했다.

"제우스여, 밀밭이 많은 고국 아르고스에서 저희가 암소와 양의 허벅다리뼈를 태워 바치면서 무사 귀환을 빌 때 하신 약속을 생각하셔서, 제발 무자비한 파멸을 막아 주소서. 아카이아인들을 트로이아군의 무자비한 칼날 앞에 버려두지 마소서."

제우스가 기도를 듣고 천둥을 울렸다.

하지만 트로이아군이 천둥보다 더 사납게 희랍군을 밀어붙이고 있었다. 마치 큰바다의 집채만 한 파도는 조금만 바람이 불어도 뱃전을 넘어들어오듯, 트로이아군의 전차도 계속해서 방벽을 타넘고 들어왔다. 트로이아군의 전차들이 배까지 들이닥쳐서, 이미 배 위에서도 하나둘 백병전이 벌어지기 시작했다. 하지만 희랍군도 워낙 필사적이었기 때문에, 트로이아군이 완전히 점령하지는 못하고 있었다.

파트로클로스는 친한 에우뤼퓔로스의 막사에 앉아 이야기로 그를 위로하고 상처에 아픔을 멎게 하는 고약을 발라주고 있다가, 이 광경을 보았다. 그는 허벅지를 손바닥으로 치며 탄식했다.

"에우뤼퓔로스여, 그대 곁에 이렇게 앉아 있을 수가 없구나. 나는 그대의 간호를 수행병에게 맡기고 아킬레우스에게 돌아가야겠다. 가서 그의 참전을 재촉해야겠어. 벗의 설득은 좋은 것이니까 그가 내 말을 듣도록 신들이 도와줄지도 모르지."

그는 말을 마치자마자 뛰어나갔다.

이때 헥토르는 아이아스와 같은 배를 놓고 다투고 있었다. 어느 쪽도 완전히 몰아내지도, 배를 불사르지도 못하고 있었다. 아이아스는 칼레토르가 횃불을 날라오는 모습을 보고 창을 던져 그의 가슴을 찍었다. 그가 배 앞에서 땅에 쓰러지며 횃불도 떨어졌다. 헥토르는 사촌형이 흙먼지 속에서 뒹구는 것을 보고 악을 써댔다.

"결코 후퇴하지 말라. 그리고 클뤼티오스 아들의 시신을 지켜라. 적들이 그의 갑주 제구를 벗겨가지 못하도록."

헥토르가 아이아스에게 홧김에 창을 던지니 그것은 뒤로 비껴가서 수행 무사 뤼코프론을 맞췄다. 이 마스토르의 아들은 퀴테라에서 살인을 해서 아이아스의 집으로 와서 살고 있었다. 그 사나이가 뱃머리에서 땅바닥으로 떨어지더니 팔다리가 힘없이 늘어졌다. 아이아스는 부르르 몸을 떨었다.

"사랑하는 동생 테우크로스여, 우리의 충실한 전우 뤼코프론이 헥토르에게 살해당했다! 자, 네 활과 화살이 어디 있느냐, 아폴론이 주신 활과 화살이 어디 있느냐 말이다!"

테우크로스는 잽싸게 아이아스 곁에 달려가서 트로이아군을 향해 화살을 날렸다. 화살은 순식간에 페이세노르의 빼어난 아들 클레이토스를 맞췄다. 이자는 판토스의 아들 폴뤼다마스의 수행 무사로, 전차를 돌리려고 한창 애를 먹는 중에 뒤통수에 화살을 맞은 것이다. 말들은 마부를 잃고 빈 전차를 덜거덕거리며 후방으로 달렸다.

한편 테우크로스는 또다시 헥토르를 겨냥했는데, 역시나 제우스의 보호를 받는 자였기에 도리어 테우크로스의 활시위가 끊어졌다. 화살은 맥없이 다른 방향으로 빗나가고 활은 망가졌다. 테우크로스가 분해서 몸을 부르르 떨었다.

"이건 신들의 훼방이 틀림없군요! 그렇게나 튼튼하던 활시위가 툭 끊어지다니."

"아우야, 그렇다면 활과 화살은 옆에 밀어두고 창과 방패로 싸우면 되지 않느냐. 아무리 신들이 방해하셔도, 그렇게 호락호락하게 배들을 넘겨줄 수는 없다!"

그 말에 테우크로스는 활을 막사에 놓고, 가죽 넉 장을 겹쳐서 만든 방패와 가죽 투구를 쓰고 날카로운 창을 가지고 나왔다.

한편 헥토르는 테우크로스의 활시위가 끊어지는 것을 보고 의기양양해 했다.

"모두들 똑똑히 잘 보았느냐, 제우스께서 아카이아 용사의 활시위를 끊어버리시는 것을! 제우스께서는 우리 트로이아를 도우신다! 그러니 더 힘을 내서 싸우자. 조국을 지키다가 죽는 것은 불명예가 아니라, 오래도록 가족들이 보호를 받고 집과 전답을 물려받을 명예이다. 그러니 죽음을 두려워하지 말고 싸우자."

아이아스도 전우들에게 외쳤다.

"부끄러운 줄 알라, 희랍군들이여. 지금이야말로 사생결단의 순간이다. 자멸이냐, 아니면 살아남아서 재앙을 물리치느냐의 순간이라는 말이다. 혹시 아직도 이런 희망을 품고 있는가? 헥토르에게 배를 모조리 뺏겨도 걸어서 고향으로 돌아갈 수 있을 거라고? 헥토르가 부하들에게 배를 불사르라고 부추기는 소리가 들리지 않느냐. 그는 부하들에게 춤 따위를 격려하고 있는 게 아니란 말이다! 그러니 이제 우리에게는 백병전 외에 더 나은 지혜는 없다. 우리보다 보잘것없는 사내들에게 오래도록 고통받느니 차라리 다 함께 힘을 모아서 단번에 생사를 판가름 내는 편이 훨씬 낫다!"

쌍방의 공방전은 그칠 줄 몰랐다. 헥토르는 포키스 부대의 대장인 페리메데스의 아들 스케디오스를 쓰러뜨렸다. 아이아스가 보병 부대의 우두머리인 안테노르의 아들 라오다마스를 죽이자, 폴뤼다마스는 퀼레네 사람 오토스를 죽여 갑주 제구를 벗겼다. 이 사나이는 메게스의 부하로 에페이오이의 지휘관이었다. 메게스가 폴뤼다마스에게 덤벼들었는데 아폴론이 판토스의 아들을 지켜주고 그 대신 창끝을 크로이스모스의 가슴으로 향하게 했다. 메게스가 그자의 갑주 제구에 덤벼들자, 창의 명수인 람포스의 아들 돌롭스가 덤벼들었다. 돌롭스는 메게스 코앞까지 가서 방패 정중앙을 찔렀는데, 가슴받이에 막혔다.

이 사나이가 이때 월레우스의 아들 메게스의 바로 앞까지 접근해서 방패 한가운데를 창으로 찔렀으나 견고한 가슴받이에 가로막혔다. 이 갑옷은 옛날 퓔레우스가 셀레이스 강변의 에퓌라에서 가져온 것으로, 절친인 에우페테스가 선물해준 것이었다.

간신히 죽음을 피한 메게스는 돌롭스의 청동 투구를 창끝으로 내리찍었다. 돌롭스는 투구가 벗겨진 채로 버텼다. 이를 본 메넬라오스가 도우러 달려와서, 돌롭스가 채 눈치채기도 전에 어깨를 찔렀다. 창은 어깨에서 가슴으로 관통해서 들어갔다. 돌롭스는 뒤로 벌렁 쓰러져서 죽었다.

두 사람이 돌롭스의 갑주 제구를 벗기는 모습에, 헥토르가 돌롭스의 친척들을 모두 부르더니 특히 사촌동생인 히케타온의 아들 멜라닙포스를 힐책했다. 그는 페르코테에서 소몰이꾼으로 살다가, 전쟁이 일어나자 일리오스로 와서 눈에 띄는 활약으로 프리아모스 궁전에 머물고 있었다.

"멜라닙포스여, 그처럼 우유부단하게 행동해서 되겠는가? 사촌형이 살해되어도 아무렇지 않은가? 자, 따라오라. 이제 멀찍이서 싸울 수 없다. 전멸하느냐, 전멸당하느냐의 결판을 내러 가자."

트로이아군들이 헥토르의 뒤를 따라 전진했다. 희랍군들은 아이아스의 격려를 받으며 배 주위를 둘러싸고 있었다.

"우리 군사들이여, 씩씩하게 싸우라. 마음에 수치를 잊지 말라. 격전 중에도 서로의 체면을 존중하라. 무사가 체면을 존중하면 죽는 자보다는 사는 자가 많다. 패주하는 무리에게는 영예고 구제고 도저히 내려질 수가 없는 법이다."

메넬라오스는 안틸로코스를 격려했다.

"젊고 빠르고 싸움에 능한 자여, 그대가 달려 나가 트로이아군을 공격하라."

안틸로코스는 용기백배해서 튀어나가 사방을 두리번대며 노려보다가 힘껏 창을 던졌다. 그 기세에 트로이아측은 주춤했다. 창은 멜라닙포스의 가슴에 가서 푹 꽂혔다. 안틸로코스가 마치 화살을 맞은 새끼 사슴에 달려드는 사냥개처럼 멜라닙포스의 갑주 제구에 달려드는데, 헥토르가 재빨리 정면으로 달려가 막아섰다. 횡포한 야수 같은 사내가 앞을 가로막자 네스토르의 아들은 겁먹고 슬금슬금 달아났다. 그러자 트로이아군들이 함성을 지르며 활을 비오듯 쏘아댔다. 안틸로코스는 간신히 자기편 진영까지 도망쳤다.

트로이아군이 날고기를 즐기는 사자떼처럼 날뛰며 전진했다. 제우스의 계획은 착착 진행되고 있었다. 헥토르에게 영광을 주고 있었던 것이다. 테티스의 소원을 들어주고 있었던 것이다. 제우스는 배가 타오르는 불꽃을 기다리고 있었다. 배를 다 전소시킨 후에 전황을 뒤집어서 희랍군에게 영예를 주려는 속셈이었다.

제우스의 부추김을 받아 날뛰는 헥토르는 마치 아레스처럼, 숲을 태우며 빠르게 번지는 불길처럼 사나웠다. 입가에 온통 거품을 물었고, 시커먼 눈썹 아래서 두 눈이 무섭게 번들거렸으며, 투구 자락이 양쪽 관자놀이에서 끔찍한 기세로 흔들거렸다. 아아, 그러나 그의 목숨은 얼마 남지 않았다. 아테네가 그의 최후를 펠레우스의 아들에게 준비시키고 있었으니까.

헥토르가 그렇게 날뛰어도 희랍군 진영을 돌파할 수가 없었다. 그들이 서로의 팔을 엮어서 보루를 만들었기 때문이다. 바닷가에서 꽝꽝 울려 부딪치는 질풍노도의 공격에도 끄떡하지 않고 버티는 바위처럼 그들은 트로이아군의 공세에 완강히 맞서고 있었다.

하지만 헥토르의 공격은 그 어떤 불길보다, 그 어떤 파도보다 더 맹렬했다. 배가 물보라에 뒤덮이면 선원들은 생사의 경계를 느끼고 공포심으로 와들와들 떤다. 아카이아군의 투지도 토막토막 잘려져 나갔다. 그들은 사자의 공격을 받는 소떼 같았다. 미숙한 목동이 이끄는 소떼가 사자에게 중간 부분을 공격당하고 놀라서 뿔뿔이 흩어지는 모습이었다. 희랍군은 헥토르의, 제우스의 위세에 걸려 터무니없이 희롱당하고 있었다.

하지만 실상 헥토르가 죽인 것은 뮈케네에서 온 페리페테스뿐이었다. 그는 에우뤼스테스 왕의 명령을 헤라클레스에게 전해주곤 하던 코프레우스의 아들인데, 아버지보다 무예도 지혜도 출중했다. 바로 그 사나이가 막 돌아가려고 뒤돌아보다가, 땅에 질질 끌리도록 너무 큰 방패에 발이 걸려서 벌렁 넘어졌다. 순간 투구 자락이 관자놀이 언저리에서 덜거덕거리고 울렸다. 헥토르가 그 모습을 목격하고 재빨리 달려가서 가슴을 창으로 찔렀다. 전우들은 친한 벗의 죽음을 구해줄 수 없어 발만 동동 굴렀다.

희랍군은 배들 사이사이로 숨어들어가 뱃머리에 쌓아둔 것들을 방벽으로 삼았지만, 거기까지 트로이아군이 밀려왔다. 아르고스 군대는 급기야 가장 가장자리 배까지 포기하고 물러서기 시작했는데, 그래도 진지 일대로 흩어져 달아나지는 않고 군막 앞에 그대로 몰려서서 한덩어리로 버텼다. 체면을 존중하고 비난을 두려워하는 마음에 제지되어 줄곧 서로 꾸짖고, 서로 격려했기 때문이다. 네스토르가 각자의 부친 이름을 부르며 한 사람씩 무사들을 붙들고 무릎에 매달리며 간곡히 부탁하고 있었다.

"가슴속에 명예를 존중하는 정신을 간직하고 씩씩하게 싸워야 한다. 남의 이목이 있다. 게다가 자식과 아내와 재산, 그리고 부모님들을 생각해다오. 부모님의 이름을 욕되게 하지 않기를 내가 간청한다. 단호히 버티고 서서 결코 겁먹고 달아나거나 하지 않기를."

그때 아테네가 그들의 눈에서 두꺼운 어둠의 베일을 벗겨주었다. 그래서 선단에서도 잔인한 전투에서도 그들은 모두 밝은 빛을 느끼기 시작하면서 더 힘차게 싸웠다.

큰 아이아스는 부하들이 도망간 갑판 위를 혼자 성큼성큼 이리저리 걸어다니며 해전 때 쓰는 끝이 두 가닥으로 갈라진 기다란 창을 빙빙 휘둘러댔다. 그것은 고리로 이어 짜맞춘 뾰족한 막대기였는데 길이가 스물두 자나 되는 것이었다. 아이아스의 고함 소리가 쩌렁쩌렁 울렸다.

헥토르도 군사들 속에 머물러 있지 않았다. 그는 거대한 적갈색 독수리가 거위, 두루미, 백조 등이 강변에 내려앉을 때 내리덮치듯, 배 한 척을 향해 돌진했다. 제우스가 뒤에서 엄청나게 큰 손으로 밀어주고 있었으니, 병사들도 그 기세에 합세해 따라왔다. 선단 옆의 참담한 전투는 끝날 기미가 보이지 않았다. 희랍군은 이제 이 재난을 모면할 수 있다는 희망을 버렸고, 오직 파멸을 떠올리며 두려움에 안간힘을 쓰고 있었다.

헥토르는 죽은 프로테실라오스의 배의 고물을 잡았다. 그 배 주변에서 백병전이 한창이었다. 서로 도끼며 곡괭이며 칼, 양날창 등으로 쉴새 없이 서로를 찌르고 찍었다. 그 와중에 배에 접근해서 고물에 매달리는 데 성공한 헥토르가 고함을 쳤다.

"불을 가져오라, 모두 함께 함성을 질러라. 이제야말로 제우스 신이 우리들에게 가장 합당한 행복의 날을 주신 것이다. 배를 빼앗는 날을 말이다. 이 배들이야말로 신들의 뜻을 따르지 않고 이곳에 나타나 우리에게 많은 재앙을 안겨준 것들이다. 그것도 겁쟁이 늙은이들 때문이기는 하지만. 그들은 내가 선단의 고물 근처에서 싸우고 싶다고 했을 때, 이를 거부하고 나를 가로막았을 뿐 아니라 병사들도 제지했다. 그때는 제우스께서 우리들이 마음의 갈피를 못 잡게 하셨지만, 지금은 제우스께서 친히 우리를 격려하고 명령하고 계시는 것이다!"

트로이아 병사들은 한층 더 기세가 올랐다. 아이아스조차 더 이상 지탱할 수 없어서 약간 뒤로 물러났다. 이제 진짜 최후가 온 것 같았다. 그래서 배 고물의 높은 갑판을 떠나 일곱 자쯤 되는 노젓는 좌석으로 가서 그 자리에 우뚝 선 채, 지칠 줄 모르고 횃불을 들고 쳐들어오는 적을 기다렸다가 창으로 찔렀다. 그러면서도 줄곧 희랍군을 격려했다.

"오, 친애하는 희랍 용사들이여, 군신 아레스를 모시는 자들이여. 씩씩하게 싸우라. 기세도 사나운 무용을 잊지 말라. 우리 등 뒤에 지원부대가 대기하고 있는가, 훨씬 튼튼한 방벽이 있는가? 아무 것도 없다. 우리는 지금 중무장한 트로이아인들의 땅에서 땅끝까지 밀려나 물가에 서 있다. 그러니 우리들의 팔이 구원이다. 미지근한 전쟁은 용서받지 못한다!"

아이아스가 횃불을 들고 덤벼드는 트로이아 병사들을 창으로 찌르니, 그 수가 순식간에 열두 명에 이르렀다.

제16권

파트로클로스의 죽음

❦❦❦

파트로클로스의 간청에도 아킬레우스는 전투에 나가지 않겠다고 버틴다. 그러자 파트로클로스는 '내가 자네인 척하고 참전할 테니 갑옷과 군사만 빌려달라.'고 부탁한다. 아킬레우스는 함선에서 불길이 치솟는 것을 보고 마지못해 허락하면서 '적군을 배에서만 몰아내고 절대로 일리오스 도성까지 쫓아가지 말라.'고 신신당부한다. 하지만 제우스가 정해 놓은 운명이 그것이 아니었으니, 파트로클로스는 공명심에 들떠서 헥토르에게 도전했다가 창상을 잃고 사망한다.

파트로클로스는 아킬레우스 옆에서 뜨거운 눈물을 흘렸다. 눈물이 산양도 다니지 않는 험한 바위산에서 시커먼 물을 왈칵왈칵 뿜어내는 샘처럼 흘렀다.

"그대가 엄마 옷자락에 매달려 안아달라고 우는 아이처럼 구슬 같은 눈물을 뚝뚝 흘리는 이유가 무엇인가? 내게 하고 싶은 말이 있는가, 아니면 고향 사람의 전사 소식이라도 들었는가? 악토르의 아들 메노이티오스와 아이아코스의 아들 펠레우스는 아직 살아 있으니 괜찮다. 아니면 설마 아르고스 군대를 위해서 한탄하고 있는 건가? 그럴 필요 없다. 이것은 그들 자신의 오만의 결과일 뿐이니.”

"오, 희랍군 최고의 용사여! 지금 희랍군 용사들은 모조리 다 부상을 당했다. 디오메데스는 화살에 맞았고, 오뒷세우스와 아가멤논도 상처를 입었고, 에우뤼퓔로스마저 허벅지에 화살이 꽂혀 누워 있는 형편이다. 그런데도 아킬레우스 자네는 여전히 고집을 부리고 있어. 그대가 가슴에 그토록 소중히 간직하는 그 노여움이 내게 옮지 않기를 바란다. 그대가 지금 아르고스군의 파멸을 막지 않는다면 그대의 무용을 칭송할 후세 사람도 남지 않을 텐데, 정말 무자비한 사람이로구나. 그대가 펠레우스와 테티스 여신의 아들이라더니, 그게 아니라 무심하게 번들거리는 바다나 깎아지른 바위에서 태어났나 보다.

그런데 만일 그대가 이리 몸을 사리는 것이 어떤 신탁 때문이라면, 어머니로부터 제우스의 뜻을 전해들었기 때문이라면, 그렇다면 차라리 나를 출전시켜다오. 내 어깨에 그대의 갑주만 빌려다오. 그러면 나를 그대로 생각하는 것만으로도 트로이아군이 움찔할지 모른다. 그러면 희랍군도 한숨 돌릴 여유가 생기겠지. 그렇게 한숨 돌리고 피로를 풀면, 적군은 지칠 대로 지쳐 있을 테니 손쉽게 선단과 군막에서 일리오스 도성으로 밀어붙일 수 있으리라.”

아킬레우스는 죽마고우의 쓴소리가 무척 언짢았다.

"대체 무슨 소리를 하는 건가? 나는 꺼림칙한 신탁을 받은 적도 없고 관심도 없다. 그저 끔찍하게 괴로울 뿐이다. 나와 신분도 같은 이에게, 단지 권력이 좀 더 많다는 이유로 명예와 여자를 빼앗긴 것이. 뭐, 이제 다 지난 일이니 이쯤 해 둔다만, 이미 말했듯이 이 노여움은 내 배가 공격받기 전까지는 절대로 풀지 않을 것이다.

좋다, 네가 원한다면 내 갑주를 걸쳐라. 뮈르미도네스족을 이끌고 싸우러 나가라. 트로이아 군사가 검은 구름처럼 몰려 사납게 배들을 둘러싸서, 아카이아 편이 바다의 파도가 밀려오는 물가까지 밀려 불과 조금밖에 머물 곳이 없다면 말이다.

사실 트로이아측이 마음을 턱 놓고 도성에서 여기까지 몰려온 건, 필시 번쩍번쩍하는 내 투구의 별이 안 보였기 때문이야. 내 투구를 봤다면 그 녀석들은 도망가기 바빴겠지. 그러나 지금은 디오메데스가 창을 휘두르며 희랍군을 수호하는 모습도 안 보이고, 아트레우스의 아들이 호령하는 소리도 안 들리고, 헥토르의 목소리만 쩌렁쩌렁하구나.

그렇더라도 파트로클로스여, 전력을 다해 싸워서 선단을 구하라. 적병들이 배들을 불사르면 그리운 고향에 못 돌아가니까. 이 점을 가슴에 담고 반드시 기억하라. 그래야만 그대가 명예와 영광을 얻고, 나는 그 소녀를 돌려받을 수 있으니까.

또 선단에서 적을 격퇴하거든 곧바로 돌아와야 한다. 설령 제우스 신이 그대에게 영광을 약속하셔도 결코 그대는 나 없이 혼자서 호전적인 트로이아 군대와 싸움을 계속해서는 안 된다. 전투와 결투에 휩쓸려서 정신없이 일리오스까지 진군해서는 안 된다는 말이다. 그러다가 혹여 중간에 신들이라도 개입하면 큰일이니까. 아폴론이 그들을 보호하고 계시니, 선단 상황만 조금 좋아지면 다른 이들이야 들판에서 멋대로 싸우든 말든 내버려두고 즉시 돌아오라.

아버지 신이신 제우스여, 아테네 여신과 아폴론 신이여, 트로이아인들이 모두 죽고, 아르고스인들도 우리 둘만 빼고 전멸하게 하소서. 아, 우리만 트로이아 성에 들어갈 수 있다면 얼마나 좋을까!"

그 사이에 아이아스는 날아오는 무기에 몰려 이제 더 버틸 수도 없게 되었다. 줄곧 고된 호흡을 헐떡이는 아이아스의 팔다리에서 줄줄 땀이 흘러내렸다. 이때 헥토르가 다가가 아이아스의 창을 칼로 내리쳐서 창목을 잘라버렸다. 아이아스는 이것이 제우스의 뜻임을 느끼고 몸서리쳤다.

아이아스가 한발 물러선 틈에 배에 횃불이 던져졌다. 순식간에 배가 불길에 휩싸였다. 뱃머리에 불이 번져가는 것을 보고 나서 아킬레우스는 허벅지를 탁탁 치며 파트로클로스에게 말했다.

"일어서라, 파트로클로스여, 기어이 배가 타는구나. 여기서도 불기운이 똑똑히 보인다. 배가 없어져서 돌아가지 못하게 되면 큰일인데. 자, 어서 갑주를 입어라, 내가 병사들을 모을 테니."

파트로클로스는 번쩍이는 갑주 제구로 완전히 몸을 감쌌다. 은 정강이받이를 장딴지에 두른 후에, 아킬레우스의 갑옷을 걸치고, 어깨에 은못을 박은 청동 칼과 큰 방패를 메고, 머리에 세공이 뛰어난 가죽 투구를 썼다. 투구의 말총 장식이 위에서 축 늘어져서 무시무시해 보였다.

하지만 창은 자신의 것을 집어들었다. 아킬레우스의 창은 무겁고 길고 튼튼해서 희랍군 중에 아무도 쥐고 흔들 수 없었기 때문이다. 오직 아킬레우스만이 자유자재로 만질 수 있는데, 펠리온 산의 물푸레나무로 만든 창으로 켄타우로스 케이론이 펠리온 봉우리에서 잘라 와 아킬레우스의 아버지에게 선물한 것이다.

파트로클로스는 자신이 아킬레우스 다음으로 존경하는 아우토메돈에게 말을 준비시켰다. 아우토메돈은 크산토스와 발리오스를 준비시켰다. 이 말들은 질풍의 여신 포다르게가 오케아노스의 흐름 옆 초원에서 풀을 뜯다가 서풍의 신 제퓌로스에게 낳아준 것들이었다. 보조 말로는 아킬레우스가 에티온을 공략하고 얻은 페다소스를 매달았다.

아킬레우스는 나가서 뮈르미도네스군을 갑주 제구로 무장시키고 있었다. 그들은 날고기를 뜯어먹는 이리떼처럼, 간담이 서늘해지는 형용할 수 없는 사나움을 품고 지휘관에게 다가왔다. 아킬레우스가 그들을 격려했다.

아킬레우스는 노잡이가 쉰 명씩 필요한 배 오십 척을 끌고 오면서, 총 다섯 명의 지휘관을 임명했다. 그 중 한 명이 메네스티오스로, 펠레우스의 딸 폴뤼도레(펠레우스와 전처 안티고네의 딸로 아킬레우스의 이복누이)가 제우스의 아들인 하신 스페르케이오스와 만나 낳은 아들이다. 그러나 겉으로는 페리에레스의 아들인 보로스의 아들이었으니, 그가 그녀와 공공연히 결혼한 남편이었기 때문이다.

또다른 지휘관은 탁월하게 빠르고 민첩한 에우도로스로, 가무에 뛰어난 폴뤼멜레의 아들이었다. 헤르메스가 아르테미스 여신의 축제일에 춤추는 처녀들 속에서 보고 첫눈에 반해 잉태시켰다. 그러나 출산의 신 에일레이튀이아가 그를 태양빛으로 내보냈을 때, 악토르의 아들 에케클레스가 무수한 구혼 선물을 주고 폴뤼멜레를 아내로 맞아서, 그는 외할아버지 퓔라스의 손에서 친자식처럼 애지중지 컸다.

세 번째 지휘관은 마이말로스의 아들 페이산드로스였다. 그는 뮈르미도네스군 전체에서 파트로클로스 다음가는 창의 명수였다. 그밖에 포이닉스와 라에르케스의 아들 알키메돈도 각각 자기 부대를 거느렸다.

전군이 도열하자 아킬레우스가 준엄하게 명령했다.

"뮈르미도네스 사람들이여, 그대들은 모두 나를 힐책했다.

'지독한 옹고집 같으니라고. 모친이 그대를 담즙으로 길렀을까. 무정하게도 부하들을 선박 옆에 처박아 놓다니. 그토록 분노가 심하다면 차라리 당장 배를 이끌고 대양을 건너 고향으로 돌아가 버리든지.'

자, 이제야말로 그대들이 바라던 대전투가 닥쳐왔다. 모두 대담무쌍한 용기를 발휘해주기 바란다."

군단은 주군의 말에 각오를 다졌다. 사방에서 불어오는 강풍을 막으려고 돌을 빈틈없이 짜맞춰 쌓듯이 그들도 투구와 방패들을 다닥다닥 붙여서 섰다. 파트로클로스와 아우토메돈이 서로 선두에 서겠다고 다퉜다.

아킬레우스는 막사로 가서 궤짝을 열었다. 어머니 테티스가 속옷이며 바람막이 외투, 양모 깔개 등을 가득 담아준 것이었다. 여기에는 아주 섬세하게 세공한 고귀한 술잔이 하나 있었는데, 아킬레우스 외에는 이 잔을 쓴 적이 없고, 신에게 헌주할 때도 꼭 제우스에게만 썼던 잔이다. 지금 아킬레우스는 이 잔을 꺼내서 유황으로 닦고 물로 헹궈낸 다음, 자신도 손을 씻고 나서 포도주를 가득 부었다. 그러고는 사람들에게로 나가서 기도하며 하늘을 우러러 붉은 포도주를 부으니, 제우스도 그쪽으로 눈을 돌렸다.

"제우스 신이시여, 도도네와 펠라스고스의 아득한 궁궐에 계시며 찬바람을 휘몰아치시는 대신이시여, 지난날 신께서는 제 기도를 듣고 희랍군을 호되게 혼내주셨습니다. 그러니 지금 이 소원도 들어주소서. 전장에 나가는 제 벗에게 저와 같은 영광을 내리소서. 그의 심기를 강하고 담대하게 만들어서 저 사나운 헥토르까지도 홀로 얼마든지 잘 싸우는 그의 능력을 깨닫게 하소서. 그러나 적들을 배에서 물리친 후에는 아무 부상 없이 빨리 이곳으로 철수시켜 주소서."

하지만 제우스는 그의 기도를 반만 허락하고 반은 들어주지 않을 작정이었다. 선단에서 전투는 물리쳐 주지만, 무사귀환은 허락하지 않을 것이다. 이 사실을 모르는 아킬레우스는 제우스에게 술을 마저 부은 뒤, 잔을 다시 궤짝에 소중히 넣고 군사들을 배웅하러 되돌아왔다.

한편 파트로클로스와 군사들은 전장에 뛰어들자마자 차근차근 공격을 개시해서 성공시켜 갔다. 마치 길가에 집을 짓고 사는 말벌떼와 같았다. 개구쟁이들이 멋도 모르고 쿡쿡 쑤셔대면 큰 화를 입게 만든다. 나그네가 무심코 건드리기라도 하는 날이면 새끼들을 보호하려고 한꺼번에 무섭게 달려든다. 이처럼 뮈르미도네스족 군단도 거세게 달려들었다. 파트로클로스는 계속해서 우렁찬 목소리로 전우들을 독려했다.

"뮈르미도네스족이여, 펠레우스의 아들 아킬레우스의 가신들로서 그의 명예를 높이기 위해 모두 씩씩하게 싸우라. 기개가 무엇인지 확실히 보여주어라. 그는 희랍군 중에서도 가장 출중한 용사이고, 그를 수행하는 그대들은 백병전의 최고수들이다. 아가멤논이 희랍군 최고의 용사를 홀대한 것을 깨닫도록 힘차게 싸우라."

트로이아군은 새로 전장에 나타난 번쩍번쩍 빛나는 갑옷을 보고 아연실색했다. '펠레우스의 아들이 이제야말로 분노를 버리고 화해했다.'는 추측이 퍼져 나가면서 갑자기 대열이 흐트러지더니, 도주자가 속출했다.

파트로클로스는 헥토르가 올라탄 프로테실라오스의 배로 달려가 창을 던졌다. 악시오스 강변 아뮈돈에서 파이오니아인들을 이끌고 온 퓌라이크메스가 맞았다. 우두머리가 오른쪽 어깨에 창을 맞고 외마디 비명을 지르며 벌렁 흙먼지 속에 넘어지니, 주위의 파이오니아인들이 우르르 도망치기 시작했다.

불길이 배를 반쯤 태우고 꺼진 가운데 트로이아군의 정신없는 패주가 시작되었다. 마치 제우스가 두꺼운 구름들을 몰아내서 산등성이와 골짜기들이 모두 드러나고 하늘에서 맑은 대기가 쏟아져내릴 때처럼, 아카이아인들은 잠시 화창한 마음으로 숨을 돌릴 수 있었다.

이때 각 대장들이 실력을 발휘했다. 일단 파트로클로스가 아레일뤼코스가 뒤돌아보는 틈에 허벅지에 창을 꽂았다. 메넬라오스는 토아스가 방패 사이로 가슴을 드러냈을 때 갑주 사이의 살을 찔렀다. 메게스는 암피클로스가 돌진해오는 것을 기다렸다가 순식간에 팔을 뻗어 근육이 모여 있는 넓적다리를 찔렀다.

안틸로코스는 아튐니오스의 옆구리를 찔렀다. 곁에 있던 형 마리스가 동생의 시신을 막아서며 안틸로코스에게 덤볐는데, 그보다 먼저 트라쉬메데스가 마리스의 어깨를 찔러서 뼈를 부쉈다. 네스토르의 두 아들이 사르페돈의 전우이자 불을 뿜는 괴수 키마이라를 기른 아미소다로스의 두 아들을 하데스로 보낸 것이다.

작은 아이아스는 혼잡 속에서 우물쭈물하고 있는 클레오불로스를 생포했다. 그러자 그는 칼로 목을 찔러서 자결했다. 칼이 온통 피에 젖어 뜨뜻해지고 그의 두 눈은 자줏빛 죽음에 휩싸였다.

페넬레오스와 뤼콘은 동시에 서로에게 달려들며 창을 던졌는데, 양쪽 모두 빗나갔다. 그래서 둘은 다시 칼을 빼들고 겨뤘다. 뤼콘이 적의 투구를 내리치자 칼날이 부러졌다. 페넬레오스가 내리친 칼날은 목덜미로 쑥 들어가서 목을 베어버렸다. 머리통이 살가죽만 남겨놓고 대롱대롱 매달렸다.

메리오네스는 잽싸게 아카마스를 쫓아가 막 전차에 올라타는 그의 오른쪽 어깨를 찔렀다. 이도메네우스는 에뤼마스의 입을 인정사정없이 청동 창끝으로 찔렀다. 흰 뼈가 부서지며 가지런한 이가 산산이 흩어지고 두 눈에 피가 가득 괴면서 딱 벌어진 입과 콧구멍에서 왈칵 피가 솟아올라 거뭇거뭇한 죽음이 온몸을 감쌌다.

희랍군 대장들이 적군 대장들을 하나씩 무찌르는 모습은 이리떼가 새끼 양과 새끼 산양에게 덤벼들듯 사나웠다. 트로이아군은 아까의 용기는 어디로 갔는지 혼비백산해서 패주하기 바빴다.

그동안 큰 아이아스는 계속 헥토르에게 창을 던지고 있었다. 하지만 헥토르는 방패로 빈틈없이 방어했고, 화살깃이 바람에 우는 소리나 창이 날아오는 소리 등을 알아차리고 잽싸게 피했다. 그는 전황이 뒤바뀐 것을 인지하면서도 결연히 버티고 서서 자기편 병사들을 구하려고 안간힘을 썼다. 하지만 그들의 패주는 이제 걷잡을 수 없었다. 다들 너무 급해서 참호를 질서정연하게 건너갈 수가 없었다. 많은 트로이아군이 전차와 말을 포기하고 맨몸으로 도주하고 있었다.

파트로클로스는 패주하는 병사들을 하나도 놓치지 않으려는 듯이 종횡무진 전장을 누볐다. 그의 신마들은 바람처럼 질주해서 참호도 훌쩍 뛰어넘었다. 그는 헥토르를 노리고 안간힘을 쓰고 따라갔다. 하지만 헥토르의 말도 훌륭해서 좀처럼 잡히지 않고 멀리 달아났다.

그래서 파트로클로스는 일단 뒤로 돌아서, 참호를 건너 달려오는 트로이아 병사들을 참호로 다시 몰아넣기 시작했다. 프로노스가 큰 방패 옆으로 훤하게 드러난 가슴에 번쩍이는 창을 맞고 쓰러졌다. 에놉스의 아들 테스토르는 반들반들 광을 낸 수레 안에 웅크리고 앉아서 숨어 있다가 파트로클로스가 다가오는 것을 보고 깜짝 놀라 고삐를 놓쳤다. 메노이티오스의 아들은 창으로 그의 오른쪽 턱을 찔러서 위아래 이빨 사이를 꿰뚫어서는 마치 낚시대를 당기듯 창대를 끌어당겼다. 창에 입을 꿰뚫린 사나이는 땅으로 떨어지자마자 숨이 끊어졌다. 이때 달려드는 에륄라오스는 돌멩이로 머리를 내리쳐서 투구와 두개골을 부쉈다. 이어서 에뤼마스, 암포테로스, 에팔테스, 다마스토르의 아들 틀레폴레모스, 에키오스, 퓌리스, 이페우스, 에우입포스, 아르게오스의 아들 폴뤼멜로스 등을 차례로 쓰러뜨렸다.

사르페돈은 부하들이 속절없이 쓰러지는 것을 보고 뤼키아군을 꾸짖었다.

"수치를 알라, 뤼키아 사람들아. 어디로 달아나는가, 지금이야말로 분전할 때다. 자, 지켜보라. 내가 지금 트로이아군에 엄청난 피해를 주고 많은 용사의 무릎을 꺾은 저 고약한 무사와 결판을 내리라."

사르페돈이 전차에서 훌쩍 뛰어내렸다. 이것을 보고 파트로클로스도 차대에서 뛰어내렸다. 두 장수가 격돌하는 모습은 마치 휜 콘도르 두 마리가 높이 치솟은 바위 위에서 요란스레 울어대면서 사투를 벌이는 것 같았다. 그 모양을 보고 제우스는 측은한 생각이 들어서 헤라를 돌아보고 말했다.

"이런 공교로운 일이 있는가, 하필이면 인간 가운데서 각별히 귀엽게 생각하는 사르페돈이 파트로클로스의 손에 죽을 운명이라니! 저애를 살아 있는 동안에 싸움터에서 빼내서 고향 뤼키아로 돌려보내야 할지, 그냥 메노이티오스의 아들 손에 죽음을 맞도록 내버려두어야 할지 모르겠구나."

"인간의 몸에서 새삼스레 죽음의 운명을 떼어놓고 싶으시다니, 무슨 말씀이세요? 정 원하시면 할 수 없지만, 다른 신들의 원한을 사실 겁니다. 당신이 사르페돈을 살려주고 싶은 만큼, 다른 신들은 사랑하는 자식을 저 거친 싸움터에서 건져내고 싶지 않겠어요? 그러니 이대로 놔두세요. 숨을 거두면 잠의 신을 시켜서 고향으로 호송해 주면 됩니다. 그 나라에서 형제와 친척들이 잘 장사지내 주겠지요."

제우스는 할 말이 없어서 애석한 마음에 대지에 피어린 빗방울을 뿌렸다.

두 장수가 서로 가까워졌을 때, 파트로클로스가 먼저 사르페돈의 수행 무사 트라쉬메데스의 아랫배에 창을 꽂았다. 사르페돈이 뒤늦게 튀어올라 번쩍이는 창을 던졌으나, 파트로클로스에게 맞지 않고 예비 말 페다소스의 오른쪽 어깨를 꿰찔렀다. 말은 한번 크게 울더니 그대로 흙모래 속에 쓰러졌다. 그러자 나머지 두 필이 놀라 날뛰었다. 멍에채가 삐걱거리고 고삐가 엉켰다. 그러나 아우토메돈이 교묘하게 처리했다. 허벅지 옆 긴 칼을 뽑아 번개처럼 재빨리 몸을 기울여 예비 말의 고삐를 자른 것이다. 두 마리는 다시 안정되었다.

하지만 두 사람의 결투도 마침내 끝이 났다. 사르페돈의 창은 다시 파트로클로스의 어깨를 비껴간 반면, 파트로클로스가 뒤에서 뛰어오며 던진 창은 사르페돈의 심장에 정확히 꽂힌 것이다. 사르페돈이 마치 참나무나 백양나무, 아니면 키 큰 소나무가 벌목꾼의 도끼날에 찍혀 넘어가듯 쿵 넘어졌다. 뤼키아군 대장은 죽어가면서 안간힘을 써서 벗의 이름을 불렀다.

"글라우코스여, 그대의 실력을 보여다오. 만일 그대가 준걸한 무사라면 이제야말로 격전을 벌일 시간이다. 그러니 뤼키아군에게 사르페돈의 시신을 지키라고 격려해다오. 만일 그대가 나의 갑주 제구를 희랍군에게 빼앗긴다면 그대는 언제까지나 세인의 비난에 시달릴 것이다."

마침내 죽음이 그의 눈과 코를 뒤덮었다. 창 주인이 흙발로 그의 가슴을 밟고 창을 뽑으니, 횡경막까지 붙어나와 그 사람의 혼백마저 끌어내듯 했다. 뮈르미도네스족들은 사르페돈의 말들이 날뛰는 것을 붙들고 있었다.

글라우코스는 사르페돈의 절규를 듣고 형용할 수 없는 비탄에 잠겼으나, 그렇다고 현실적으로 벗을 방어할 만한 힘이 없어서 마음이 조급해졌다. 성벽을 올라갈 때 테우크로스의 화살에 맞은 상처가 아직도 욱신거려서 한쪽 손으로 상처 부위를 붙잡고 다니는 것이다. 그래서 그는 아폴론 신에게 기도하기 시작했다.

"신이여, 지금 고향땅 뤼키아에 계시든 트로이아에 계시든, 어디서나 탄원하는 자의 기도를 들으실 수 있으니, 지금 이 몸에 닥친 커다란 재난을 들어주소서. 저는 아직도 상처에서 피가 멎지 않고 있습니다. 그래서 어깨를 쓸 수가 없으니 창을 쥘 수가 없습니다. 이런 때에 사르페돈이 쓰러졌는데, 제우스께서는 아드님조차 지켜주지 않으시다니요. 그러니 지금 이 상처를 치료해 주셔서, 제가 사촌형의 시체를 지켜 싸울 수 있게 해주소서."

포이보스 아폴론이 이 소원을 이루어 주었다. 글라우코스는 검은 피가 멎고 심장에 용기가 생기는 것을 느끼고, 신께서 이렇게 빨리 기도를 들어주신 것이 기뻤다. 그래서 곧 사방팔방 뛰어다니면서 병사들에게 사르페돈의 시체를 지켜내자고 부추겼다. 또 폴뤼다마스, 아게노르, 아이네이아스, 헥토르 곁으로 다가가서 말했다.

"헥토르여, 그대는 동맹군을 완전히 잊었는가? 그대를 위해 고향을 떠나 이곳에서 목숨을 내던지고 있는데, 그들을 지켜주는 시늉도 않으니 말이다. 방금도 뤼키아의 대장 사르페돈이 쓰러졌다. 적들이 그의 시신을 욕보이지 못하게 함께 가서 지켜줘야 하지 않은가?"

이 말에 트로이아인들은 머리끝부터 발끝까지 참을 수도 없고 달랠 수도 없는 비탄에 사로잡혔다. 사르페돈은 비록 외지인이었지만 많은 병사를 이끌고 스스로 달려왔고, 무수한 공훈을 세워서 다들 자신들의 지도자로 인정하고 있었기 때문이다. 그래서 헥토르를 선두로 한 트로이아 군대가 달려나갔다.

이때 파트로클로스는 두 아이아스에게 당부하고 있었다.

"두 아이아스여, 이제야말로 그대들이 정신을 바짝 차리고 방어할 때다. 지금까지의 무용 그 이상을 발휘해 줘야 한다. 자, 지금은 우리 방벽을 타고 넘어온 사르페돈의 갑주 제구를 벗겨서, 적들에게 치욕을 주자. 그리고 그게 누구든 이 시체에 다가오는 자는 사정없이 청동 창날로 찔러 주자."

이리하여 사르페돈의 시신을 둘러싸고 팽팽한 긴장감이 흘렀다. 제우스가 사랑하는 아들의 시신을 둘러싼 저주스러운 싸움이 더 저주받도록, 캄캄한 밤의 어둠을 펼쳐서 덮었다.

먼저 뮈르미도네스족 아가클레스의 아들 에페이게우스가 쓰러졌다. 그는 부데이온의 왕이었는데, 사촌을 죽여서 펠레우스와 테티스에게 구원을 청했다. 그래서 그들이 아킬레우스와 함께 일리오스로 보내 트로이아인들과 싸우게 했다. 그가 사르페돈의 시신에 손을 대려 하자 헥토르가 돌멩이를 던져서 두개골을 박살낸 것이다. 그는 사르페돈의 시신 위에 엎어졌다.

파트로클로스는 전우의 죽음에 분노가 솟구쳐서, 곧장 배 사이를 매처럼 빠르게 달려나가 그대로 뤼키아 부대에 들이닥쳤다. 그러고는 스테넬라오스의 목덜미를 돌덩이로 내리쳐서 숨통을 끊었다. 그 기세가 어찌나 사납던지 헥토르조차 멀찍이 후퇴했다. 그 거리만큼 아카이아인들이 밀고 올라갔다.

하지만 트로이아군도 만만찮아서 뤼키아군 수장 글라우코스가 바튀클레스를 죽였다. 그는 헬라스에 궁전을 짓고 부귀영화를 누리고 사는 칼콘의 아들이었다. 그러자 이번에는 바튀클레스의 시신을 중심으로 긴장감이 형성되었다.

이때 메리오네스가 오네토르의 아들 라오고노스를 쓰러뜨렸다. 오네토르는 이데 산의 제우스 신전 제사장이어서 신에 버금가는 존경을 백성들에게 받았다. 그 아들이 귀와 턱 사이를 창으로 찔려서 숨통이 끊어졌다.

그러자 아이네이아스가 방패에 숨어서 성큼성큼 걸어오는 메리오네스에게 창을 날렸다. 그러나 방패로 가리고 얼른 앉아버리는 바람에 창은 뒤쪽 땅에 날아가서 푹 꽂혔다. 어찌나 세게 날아갔던지 창자루가 땅에 꽂혀서 헛되게 흔들거렸다. 아이네이아스는 몹시 화가 났다.

"메리오네스여, 그대가 제아무리 춤을 잘 춰도 내 창에 맞았더라면 다시는 움직이지 못하게 됐을 텐데."

"아이네이아스여, 그대가 제아무리 무용이 뛰어나대도 총력전을 펼치는 모든 이의 힘을 상대하기는 어려울 것이다. 그대도 어차피 필사의 인간, 내 창에 맞으면 그 자리에서 하데스 왕 앞으로 갔을 것이다."

이 말을 파트로클로스가 듣고 말했다.

"메리오네스여, 용자가 어째서 그런 잔소리나 늘어놓고 있는가? 트로이 아군은 어떤 욕설을 들어도 시체를 포기하고 물러서지 않는다. 들어라, 회의에서야 말이 결판을 내지만, 전쟁에서는 힘이 결판을 낸다. 더 이상 쓸데 없는 소리 말고 싸워라."

양군의 창칼 소리가 벌목꾼이 산골짜기에서 시끄럽게 내는 소음처럼 멀리까지 대지를 쩡쩡 울렸다. 그래서 이제는 웬만큼 눈썰미가 있는 사람도 알아볼 수 없을 정도로 사르페돈의 시신이 피와 먼지로 뒤덮여버렸다. 시체를 둘러싸고 몰려든 적군과 아군은, 파리떼가 봄철 외양간 안의 소젖통 주위를 윙윙 날아다니는 광경과 같았다.

제우스는 이 안타까운 광경에서 조금도 눈길을 돌리지 않고 병사들을 유심히 내려다보며 생각에 잠겼다. 파트로클로스를 죽일 방법을 궁리하고 있었던 것이다. 저 격전의 한복판에서, 사르페돈의 시체 위에서 헥토르의 청동 칼에 베이게 할까, 아니면 더 절박한 싸움에 몰아넣을까 하고 말이다. 아무래도 파트로클로스가 트로이아군을 일리오스 성벽까지 밀어붙이게 해서 많은 무사들을 죽인 후에 결판을 내는 것이 낫겠다 싶었다.

그래서 먼저 헥토르의 마음에 겁을 불어넣었다. 헥토르는 전차에 올라타서 말머리를 돌리더니 전군에 퇴각 명령을 내렸다. 그러자 뤼키아 군도 버티기를 포기하고 일제히 달아나기 시작했다. 주군을 찾지도 못한 채 그가 참혹하게 부서지는 모습을 보았기 때문이다.

그러자 파트로클로스가 사르페돈의 청동 갑옷을 벗겨서 부하들에게 주면서 함선으로 옮기라고 말했다. 이때 제우스가 아폴론에게 말했다.

"포이보스 신이여, 지금부터 사르페돈을 창과 화살의 사정거리 밖으로 옮겨서, 꺼멓게 말라붙은 피를 닦고, 다시 더 먼 곳의 강물로 데려가 담가 씻겨라. 그리고 선향을 바르고 썩지 않는 옷을 입혀 화살처럼 빠른 호송자인 '잠'과 '죽음'에게 운반시켜라. 그러면 쌍둥이 신은 그의 시신을 순식간에 뤼키아에 내려놓을 것이다. 그곳 형제와 친척들이 합당하게 장사 지내줄 것이니 이것이 죽은 사람에 대한 예의이다."

아폴론과 쌍둥이 신은 제우스의 명령을 즉각 수행했다. 뤼키아 지도자는 영혼을 잃은 채로 고향땅으로 돌아갔다.

한편 파트로클로스는 분별력을 잃고 있었다. 신마와 아우토메돈의 격려에 격앙되어 아킬레우스의 당부를 잊고 트로이아군을 깊숙이 쫓기 시작한 것이다. 어떤 경우에도 제우스 신의 뜻은 인간들의 생각을 완전히 초월하는 법이니까 할 수 없는 일이기도 했다. 제우스는 용사에게서 다 잡은 승리를 빼앗아 버리기도 하고 다시 일으켜 세우기도 하니, 이때는 파트로클로스의 마음에 헛된 용기를 불어넣었다.

그래서 파트로클로스는 아드레스토스, 아우토노오스, 에케클로스, 메가스의 아들 페리모스, 에피스토르, 멜라닙포스를 차례로 죽여나갔다. 또 엘라소스, 물리오스, 퓔라르테스도 죽었다. 다른 자들이 두려워서 달아나려고 허둥댔다. 일리오스 성문 망루에 서서 내려다보고 있던 아폴론이 파트로클로스에게 재앙을 주고 트로이아를 도와주지 않았다면, 그대로 일리오스가 점령당했을 것만 같은 사나운 기세였다. 파트로클로스가 성벽 모퉁이를 세 번이나 기어올랐는데, 세 번 다 아폴론이 손으로 방패를 밀어내서 떨어뜨려버린 것이다. 그런데도 네 번째로 기어오르자 참다 못한 아폴론이 호통을 쳤다.

"썩 물러가라, 파트로클로스여. 트로이아는 아직 그대의 창으로 함락될 운명이 아니다. 그대보다 훨씬 뛰어난 아킬레우스가 왔대도, 아직은 때가 아니다."

이쯤 되니 파트로클로스도 신에게 미움을 살까 두려워서 물러나지 않을 수 없었다.

이때 헥토르는 스카이아이 성문 안쪽에 외발굽의 말을 세워 놓고, 난전 속으로 뛰어들지 부하들을 피신시킬지를 고민하고 있었다. 아폴론이 프리기아에 사는 외삼촌, 뒤마스의 아들 아시오스의 모습으로 변해서 다가갔다.

"어쩌자고 여기 처박혀 있는가? 그대마저 이러면 안 된다. 내가 그대보다 강했다면 얼마나 좋을까. 그러면 싸움에서 도망친 그대를 당장 혼내줄 텐데. 자, 파트로클로스를 향해 말들을 몰아라. 어쩌면 아폴론이 그대에게 그를 쓰러뜨리는 영광을 내려주실지도 모르니까 어서 나가거라."

말을 마친 아시오스가 곧장 전장으로 뛰어나갔다. 헥토르도 마부이자 의붓동생인 케브리오네스에게 명령해서 성문 밖으로 전차를 몰았다. 그리고 다른 희랍 무사들은 거들떠보지도 않고 오직 파트로클로스 한 사람만 찾았다.

그러자 파트로클로스도 전차에서 땅으로 뛰어내렸다. 왼손에는 창을 쥐고 오른손에는 손이 안보일 만큼 큼직하고 삐죽삐죽한 돌덩이를 쥐었는데 두 다리를 굳건히 버티더니 힘껏 돌을 집어던졌다. 돌은 살짝 빗나가서 헥토르의 말고삐를 잡은 케브리오네스의 이마 한가운데를 맞췄다. 이마뼈가 함몰되고 두 눈알이 튀어나오더니 땅바닥 먼지 속으로 떨어졌고, 몸뚱이는 공중제비를 넘는 곡예사처럼 전차 차대에서 곤두박질쳤다. 파트로클로스가 비아냥거렸다.

"오, 참으로 몸이 가벼운 사나이로군. 저토록 가볍게 공중제비를 넘다니. 만약 이곳이 바다였다면, 많은 사람들에게 그자가 실컷 생선을 먹여주었을 것을, 아무리 날씨가 거친 날이라도 배에서 공중제비로 물속에 뛰어들어 굴이라도 따 왔을 게 아닌가. 전차에서 들판으로 공중제비를 넘다니, 트로이아군은 정말 훌륭한 곡예사를 갖고 있구나."

이렇게 말하며 케브리오네스의 시신을 향해 다가가니, 마치 외양간을 습격하다가 가슴을 맞아서 제 투지 때문에 스스로 죽어가는 그런 사자와 같았다. 파트로클로스가 기를 쓰고 케브리오네스에게 덤벼드니 헥토르도 전차에서 뛰어내려 결투를 벌였다. 두 수사자가 사슴 한 마리를 놓고 혈투를 벌이듯 했다. 서로의 살을 벨 때마다 피가 튀었다. 이쪽에서 머리를 움켜잡으면, 저쪽에서 다리를 잡아당겼다. 나머지 군사들도 사생결단으로 싸움을 계속했다.

그것은 마치 동풍과 남풍이 산속 깊은 골짜기에서 너도밤나무며 물푸레나무며 껍질이 얇은 산수유나무 등의 울창한 숲을 서로 뒤흔들려고 힘을 겨루는 듯하였다. 수목들이 서로의 긴 가지끼리 부딪치며 부러지고 찢어지는 소리가 요란하게 나고 무섭게 메아리친다. 케브리오네스는 주위에 무수한 창과 화살과 돌덩이가 날아오는 그 한복판에, 큰 몸집을 큰 대자로 뻗고 누워 있었다.

격전만큼 이글거리며 떠 있던 태양도 어느덧 저물고 있었다. 이윽고 정해진 운명을 넘어서 희랍군이 우세해져서는 케브리오네스를 날아오는 창과 화살의 장대비 사이에서 끌어냈다. 파트로클로스는 아레스에 버금가는 무서운 함성을 지르며 세 차례나 덤벼들어 아홉 명의 용사를 죽였다.

하지만 아직도 분이 풀리지 않아서 네 번째로 돌진했을 때, 바로 그때가 파트로클로스의 최후의 순간이었다. 아폴론이 두툼한 안개 구름으로 몸을 완전히 감추고 그의 등 뒤로 다가가서는 어깨를 손바닥으로 탁 내리쳤다. 그러자 눈이 핑그르르 돌았다. 아폴론은 다시 투구를 쳐서 그 훌륭한 말총 장식이, 신성하기까지 한 무사 아킬레우스의 머리와 맑은 이마를 지키는 투구가 먼지구덩이 속에 나뒹굴게 했다. 그것을 제우스가 헥토르의 머리에 씌운 것은 그에게도 파멸의 때가 다가오고 있기 때문이다.

아폴론은 계속해서 파트로클로스의 창을 토막토막 부러뜨렸다. 방패의 손잡이 가죽끈도 끊었다. 가슴받이까지 벗겨버렸다. 파트로클로스는 얼이 빠져서 멍청하게 서버렸다. 뒤로 다르다노이족의 무사 판토스의 아들 에우포르보스가 다가왔다. 그는 전차를 타고 적장 스무 명을 처치한 적도 있었다. 그가 창을 던졌지만 일격에 쓰러뜨리지는 못했다. 그래서 부랴부랴 자신의 창을 뽑아들고 군중 속으로 숨었다. 지금 파트로클로스가 비록 맨몸이지만 그래도 정면으로 맞붙는 것은 두려웠던 것이다. 하지만 파트로클로스로서도 아폴론의 타격과 이 창상의 충격이 커서 급히 전우들 곁으로 피하려 했다.

그러나 헥토르가 그 순간을 놓치지 않고 바람처럼 달려가서 바로 옆에서 아랫배 근처를 창으로 찍었다. 그가 쿵 소리와 함께 땅에 쓰러졌다. 언덕에서 모자라는 샘물을 놓고 두 마리의 멧돼지가 사납게 맞붙었다가 힘이 빠져 거친 숨을 몰아쉴 때 사자가 물어 죽인 것이다. 그렇게 프리아모스의 아들은 메노이티오스의 아들을 쓰러뜨렸다.

"파트로클로스여, 우리의 도성을 공략하여 트로이아 여자들에게서 자유의 나날을 빼앗아 배에 태우고 고향으로 데려가겠다고 호언장담하더니, 참 어리석구나. 그들 앞에는 헥토르의 준마가 버티고 있고, 트로이아군 중에서 창술이 가장 뛰어난 내가 버티고 있다.

그러나 그대는 여기서 독수리 밥이 되겠구나. 가엾도다. 언제나 무용을 자랑하던 아킬레우스조차 그대를 구해주지 못하다니. 분명 그대를 내보내며 무척 많은 당부를 했겠지? 아마도 헥토르의 갑옷을 피투성이로 만들고 그것을 빼앗기 전에는 돌아오지 말라고 했을 거야. 그대의 어리석은 마음에 그런 각오를 시켰겠지."

파트로클로스가 숨이 다 넘어가면서 비틀거리며 간신히 말했다.

"헥토르여, 지금은 얼마든지 자랑하라. 승리를 그대에게 준 것은 제우스와 아폴론 신이다. 두 신이 손수 나의 갑주 제구를 어깨에서 벗기셨기 때문에 나를 쉽게 쓰러뜨렸을 뿐이야. 스무 명이 한꺼번에 덤벼도 내가 창으로 다 무찔렀을 텐데. 나를 죽인 것은 저주받을 운명, 레토의 아들, 인간으로는 에우포르보스, 그리고 그 다음이 그대이다. 내가 죽기 전에 한 가지 말해줄 테니 명심하여라. 그대도 틀림없이 오래 살지 못한다. 바로 눈앞에 그대의 죽음, 가차없는 운명의 날이 다가와 있다. 영예도 드높은 아이아코스의 후예, 아킬레우스의 손에 의해 쓰러지리라."

말을 끝마치더니 그의 몸에서 혼백이 빠져나가, 일신의 운명을 애도하고 탄식하면서 늠름함과 젊음의 꽃을 버리고 하데스 앞으로 날아갔다. 목숨이 끊어진 시체를 향해서 영예에 빛나는 헥토르가 포효했다.

"어째서 내게 절박한 파멸 따위를 예언하는가? 누가 아는가, 테티스의 아들 아킬레우스가 나보다 먼저 이 창에 찔려 목숨을 잃을지."

그는 시체를 발로 밟고 창을 뽑더니, 창으로 시체를 굴려버렸다. 그러고는 아우토메돈을 뒤쫓았다. 그러나 아킬레우스에 견주어지는 수행무사는 불사의 준마들에 의해 저만치 달아나고 없었다.

제17권

메넬라오스의 고군분투

희랍군은 '함선이 불탈 지경에서 구해준 용사이자 모두에게 다정하고 좋은 친구'였던 파트로클로스의 죽음에 슬퍼한다. 특히 메넬라오스가 그의 시신을 적에게 빼앗기지 않기 위해 고군분투한다. 하지만 트로이아군으로서도 아킬레우스에 버금가는 의미를 지닌 장수를 쓰러뜨린 것으로 사기가 확 올라간다. 그래서 파트로클로스의 시신 쟁탈전이 벌어진다. 이때 제우스가 평소에 신들의 미움을 한 번도 산 적이 없는 파트로클로스의 명예를 지켜주기로 마음먹는다. 결국 파크로클로스의 시신은 희랍군이, 그가 입었던 아킬레우스의 갑옷은 헥토르가 차지한다.

금발의 메넬라오스는 자리를 박차고 나가서 죽은 파트로클로스의 주위를 빙빙 맴돌았다. 어미소가 갓낳은 송아지 곁을 떠나지 않고 나직이 신음하는 것처럼, 그는 창과 방패를 들고서 누구든 덤비기만 하면 당장 죽일 듯한 기세로 전우의 시신을 지키고 있었다. 판토스의 아들 에우포르보스가 다가와서 빈정거렸다.

"피에 젖은 노획물과 시체는 그냥 놔두고 물러가거라. 트로이아 군사 중내가 가장 먼저 파트로클로스를 창으로 맞췄다. 그러니 나의 명예를 망치지 말고 물러가라. 안 그러면 내가 그대의 목숨마저 빼앗아서 달콤한 명예를 더할 테니."

"괘씸한 놈, 분수도 모르고 제멋대로 지껄이다니! 사납고 흉포한 표범이
나 사자, 멧돼지도 그대처럼 교만하지 않다. 나를 욕하고 희롱하던 훼페레
노르를 보지 못했느냐, 그는 끝내 가족의 품으로 돌아가지 못했다. 그대도
계속 그렇게 뻐기다가는 내 손에 죽는다. 그러니 썩 물러가서 사람들 속에
숨어라."

"무슨 소리, 이제야말로 나는 그대가 죽인 내 형의 원수를 갚을 테다. 그
대는 우리 가족에게 이루 말할 수 없는 슬픔을 주었다. 그러니 내가 그대의
목과 갑주 제구를 가져가서 아버지 판토스와 어머니 프론티스에게 드려야
그들의 한탄이 조금은 가시리라. 자 덤벼라, 우리 사이에 결투는 피할 수
없다."

에우포르보스가 먼저 창으로 상대의 방패를 찍었다. 그러나 단단한 방
패가 창날을 휘어버렸다. 한걸음 늦게 다가선 메넬라오스는 제우스에게 기
도하면서 뒷걸음질치는 상대의 목젖 아래로 창을 깊숙이 밀어넣었다. 팔에
온몸의 힘을 실어서 누르니, 창날이 목덜미를 관통해서 그를 땅에서 들어
올렸다. 신녀들에 못지 않게 아름다운 머리카락이, 금실 은실로 땋아서 이
마에 늘어뜨린 머리카락이 피로 흠뻑 물들었다. 물이 넉넉한 곳에 심긴 올
리브 묘목은 사방팔방에서 온갖 바람이 불어와 흔들어대도 무럭무럭 자라
서 흰 꽃을 가득 피우지만, 폭풍우와 질풍이 엄습하면 뿌리째 뽑혀서 땅에
길게 누워버리듯 그는 그렇게 쓰러졌다.

사자가 제 힘을 믿고 목장을 습격해서 가장 훌륭한 암소의 목을 억센 이
빨로 물어서 피를 빨고 내장을 갈기갈기 뜯어먹으면, 사냥개와 목동들이

에워싸고 고함을 질러 쫓지만 선뜻 다가가지는 못한다. 트로이아군도 그렇게 아무도 메넬라오스 앞에 나설 엄두를 내지 못했다.

하지만 이때도 아폴론이 희랍군을 방해해서 에우포르보스의 갑옷을 빼앗지 못하게 했다. 아폴론이 키코네스 부대의 대장 멘테스의 모습으로 헥토르에게 말을 건 것이다.

"헥토르여, 지금 그대는 손이 닿지 않는 것을 쫓고 있구나. 아킬레우스의 말 같은 것을 쫓아 무엇하느냐? 저 말들은 불사의 여신이 낳은 아킬레우스나 길들이지, 필사의 인간들은 도저히 길들일 수 없는데. 네가 헛되이 이러고 있는 동안, 파트로클로스의 시체를 지키는 메넬라오스가 에우포르보스를 죽였다."

헥토르가 살펴 보니 과연 땅바닥에 쓰러진 용사에게서 갑주 제구를 벗기는 자가 눈에 띄었다. 그는 무서운 고뇌로 가슴이 까맣게 타들어가는 것 같았다. 그래서 화산의 신도 꺼뜨릴 수 없는 불꽃같은 기세로 달려나가며 고함을 질렀다. 그 날카로운 소리를 메넬라오스가 못 들을 리가 없다.

"아, 내가 개인적인 복수 때문에 파트로클로스의 시신을 놓고 간다면, 희랍군이 나를 괘씸한 자라고 욕할 것이다. 그러나 그것이 부끄러워서 혼자 남아 헥토르와 싸우면, 트로이아군이 금방 몰려와서 나를 포위할 것이다.

아니야, 내가 대체 왜 이런 생각을 하고 있지? 신의 뜻을 거역해서 신이 소중히 여기는 무사와 싸우면 단번에 큰 재앙이 내려와서 파멸한다. 그러니 아무도 헥토르를 피해 물러서는 것을 욕하지는 못해. 저 녀석은 지금 제우스의 신력으로 싸우고 있으니까. 그래, 일단 물러났다가 도중에 아이아스라도 만나면 둘이 함께 되돌아와서 파트로클로스의 시신을 끌어낼 수 있다면 좋으련만."

이런 궁리를 하는 동안 이미 헥토르의 군대가 가까이 다가와 있었다. 메넬라오스는 파트로클로스를 몇 번이고 뒤돌아보면서 후퇴했다. 그러고는 큰 아이아스를 찾아다녔다. 왼쪽 전선에서 앞장서서 싸우는 그가 금방 눈에 띄었다. 그는 얼른 다가가서 자신의 생각을 말했다. 그러자 아이아스는 금방 분노해서 메넬라오스를 따라나섰다.

헥토르는 파트로클로스의 시신을 잠시 놔두고 갑주 제구만 자기 진영으로 옮기고 있었다. 파트로클로스는 청동 칼로 머리를 잘라내고 몸뚱이는 개밥으로 줄 생각이었다. 그때 탑만큼 큰 방패를 든 큰 아이아스가 달려오는 것이 보였다. 헥토르는 아차 싶어서 얼른 전우들에게 갑주 제구를 넘겨주고, 전차에 올라타서 되돌아가려고 했다. 하지만 이미 아이아스가 파트로클로스의 시체를 큰 방패로 가리고 섰고, 그 건너편은 메넬라오스가 막아섰다.

그러자 글라우코스가 헥토르를 흘겨보며 심하게 꾸짖었다.

"헥토르여, 영리하게 생겼지만 싸움에 서툰 점이 많도다. 그토록 겁쟁이이면서 용케 그런 영예를 차지하고 있단 말이냐. 지금부터라도 이 도성을 홀로 어떻게 무사히 지킬까 고민하라. 뤼키아 군사는 이제 싸움에서 빠지겠다. 쉬지 않고 싸워봐야 조금도 고마워하지 않으니까. 사르페돈조차 저 아르고스인들의 밥으로 버려두고 왔는데, 그보다 훨씬 약한 우리들을 지켜주겠는가. 그가 살아 있는 동안 일리오스를 위해 얼마나 노력했는데 그가 죽었을 때 들개들을 쫓아줄 만한 성의도 없다니. 나는 지금 당장이라도 뤼키아 군사들만 동의한다면 귀국할 생각이다.

너희 트로이아군이 용기만 있다면, 조국을 수호해서 적병과 힘껏 싸우려는 그런 용기를 가졌다면, 우리는 당장에라도 저 파트로클로스의 시신을 일리오스의 성안으로 끌고 가야 한다. 그러면 아르고스측이 사르페돈과 맞바꿔줄 지도 모른단 말이다. 그런데도 그대는 아이아스와의 정면대결을 그냥 피해버렸다. 상대가 두려워서."

"글라우코스여, 건방진 소리 말라. 나는 이제껏 뤼키아에서 그대가 가장 사려 깊은 사람인 줄 알았는데 아니구나. 내가 아이아스를 겁내다니! 나는 어떤 결전에서도 떨지 않는다. 다만 승패는 제우스께서 강력한 힘으로 무사들을 겁쟁이로 만들어서 패주시키느냐, 쉽게 승리를 주시느냐에 달렸던 것이다. 내 옆으로 와서 내 솜씨를 지켜보라. 과연 내가 종일토록 겁만 먹고 있는지, 아니면 희랍군 중 가장 날뛰는 자를 격퇴시키는지를.

모두들 들어라. 트로이아군, 뤼키아 부대, 다르다노이족까지 모두 씩씩하게 싸우라. 나는 지금 용맹스러운 파트로클로스를 죽이고 빼앗은 아킬레우스의 갑주 제구를 입고 오겠다."

헥토르는 부리나케 성으로 가서 갑주 제구를 운반하는 이들을 따라잡았다. 그곳에서 갑주 제구를 바꿔 입었다. 이것이 제우스를 언짢게 했다.

"죽음이 코앞에 다가오는데 아킬레우스의 갑주 제구로 바꿔 입는 것이 무슨 소용인가. 하지만 지금 당장은 그대에게 큰 힘을 내려 주어야겠지. 그 보상으로 그대는 다시는 집으로 돌아가지 못하겠지만."

그 갑주는 헥토르의 몸에 꼭 맞았다. 거기에 아레스가 응원의 힘을 불어넣어 주니 아킬레우스처럼 보이기까지 했다. 그가 군사들 앞에 서서 격려했다. 메스틀레스, 글라우코스, 메돈, 테르실로코스, 아스테로파이오스, 데이세노르, 힙포토스, 포르퀴스, 크로미오스, 새점쟁이 엔노모스 등을 다 돌아보며 말했다.

"트로이아를 도와주러 달려온 동맹군 여러분이여, 나는 군사 수를 늘리려고 그대들을 청한 것이 아니라, 트로이아의 여자와 아이들을 진심으로 수호해줄 자들을 바랐다. 지금이야말로 생사를 걸 때다. 자, 누구든 파트로클로스와 아이아스를 끌고 오면 전리품의 절반을 주겠다. 그러면 나머지 절반을 가진 나와 동등한 영광을 누리는 것이다."

그 말에 모두들 기세가 올라서 달려나갔다. 참 분별없는 짓이었다. 아이아스 앞에서 그저 많은 용사들이 죽어나갔기 때문이다. 하지만 단 둘이서 수많은 트로이아 병사들을 상대해야 하는 쪽도 걱정스러워지는 건 마찬가지였다.

"메넬라오스여, 자칫하면 파트로클로스의 시체뿐만이 아니라 우리도 못 돌아가겠다. 희랍군 대장들을 향해서 소리나 쳐보자. 누가 듣고 와줄 수 있을지 모르겠지만."

목청이 큰 메넬라오스가 쩌렁쩌렁 울리게 외쳤다.

"들으라, 전우들이여. 지금은 모두가 힘들 테니 지목할 수는 없고, 그저 누구든 자진해서 와다오. 지금 파트로클로스를 트로이아의 개들이 장난감으로 삼으려 하고 있으니까."

이 소리를 작은 아이아스가 듣고 맹렬하게 달려왔다. 그 뒤로 이도메네우스와 메리오네스도 달려왔다.

트로이아군이 선제공격을 했다. 헥토르가 파도가 포효하듯 진격하자, 희랍군이 청동 방패로 울타리를 짰다. 제우스가 이들의 투구 주위에 두꺼운 안개구름을 둘러주었다. 파트로클로스는 한 번도 신의 미움을 산 적이 없기 때문에 그의 시신을 지켜주는 쪽으로 돕는 것이었다. 그래서 처음에는 트로이아군이 희랍군을 밀어냈는데, 결국에는 아이아스가 그들을 쫓아냈다.

펠라스고스 사람인 레토스의 아들 힙포토스가 파트로클로스의 뒤꿈치 옆의 힘줄을 방패 손잡이 끈으로 묶어서 헥토르와 트로이아인들을 위해 한바탕 활약해 보려고 끌고 가고 있었다. 하지만 아이아스가 달려가서 투구를 창으로 찍었다. 힙포토스의 두개골이 갈라져서 피가 창자루를 타고 흐르더니, 파트로클로스 시신 발치에 풀썩 쓰러졌다.

이에 헥토르가 창을 날렸지만 아이아스는 아슬아슬하게 피했다. 그 대신 창은 포키스 부대 최고의 용사인 이피토스의 아들 스케디오스의 빗장뼈를 부수며 꽂혔다.

아이아스는 힙포토스의 시신을 지키는 파이놉스의 아들 포르퀴스의 배에도 창을 던져서 맞췄다. 창이 가슴받이의 오목한 부분을 뚫고 들어가 내장을 쏟아놓았다.

이 광경에 헥토르까지 뒤로 물러서니 희랍군은 우렁차게 함성을 지르면서 시체로 변한 포르퀴스며 힙포토스를 질질 끌고가 갑주 제구를 벗겼다. 희랍군은 사기가 하늘을 찌를 듯 올라서 제우스가 정해 놓은 천명을 거슬러서 승리를 거머쥘 기세였다.

하지만 이때 아폴론이 아이네이아스를 분기시켰다. 그는 에퓌토스의 아들인 전령 페리파스의 모습을 빌려 그에게 말을 걸었다. 그는 늙은 아버지 곁에서 오래 전령 역할을 해온 자였다.

"아이네이아스여, 신의 뜻을 어겨서야 어찌 일리오스를 방어할 수 있겠습니까? 나는 극히 소수의 백성만 가진 나라 사람들도 용기로 승리하는 모습을 보아 왔는데, 왜 우리는 제우스께서 승리를 주시려 하는데도 겁먹고 싸우지 않습니까?"

아이네이아스는 그가 아폴론인 줄을 직감하고 헥토르에게 말했다.

"헥토르여, 트로이아군과 동맹군들이여, 우리가 희랍군에게 겁먹어서 싸우지도 않고 일리오스로 달아나는 것은 부끄러운 일이다. 방금 어느 한 분의 신께서 바로 내 옆에 와서 말씀하셨다. 제우스께서 우리를 돕고 계시다고! 그러니 자, 희랍군에게 달려들자. 파트로클로스의 시신을 가져가게 둬서는 안 된다."

그는 말이 끝나기가 무섭게 희랍군을 향해 튀어나갔다. 다른 이들도 방향을 되돌려서 희랍군과 대치했다. 아이네이아스는 레이오크리토스를 창으로 찔렀다. 아리스바스의 아들로 뤼코메데스의 용감한 전우였다. 그가 쓰러지자 뤼코메데스가 측은하게 생각되어 얼른 곁으로 가서 적군 통솔자인 힙파소스의 아들 아피사온의 명치 밑 간을 찔렀다. 아피사온의 죽음이 안쓰러웠던 아스테로파이오스가 희랍군에게 기를 쓰고 돌진했다. 하지만 적들의 방패 장벽을 뚫지 못했다.

"아무도 시체를 남겨두고 후퇴하지 마라. 또 누구든 남보다 앞질러 달려나가지도 마라. 무엇보다도 먼저 시체 주위를 돌면서 굳게 지키고 힘을 모아 싸우라."

모두가 조금의 여지만 있으면 곧바로 달려들어서 시신을 잡아당겨댔다. 파트로클로스의 시신을 둘러싼 부질없는 난전이 계속되며 양편에 서로 시체의 산이 쌓여갔다.

 그렇지만 트라쉬메데스와 안틸로코스는 아직도 파트로클로스의 죽음을 모르고 있었다. 그리고 또 한 사람, 아킬레우스도 파트로클로스의 전사 소식을 몰랐다. 그는 파트로클로스가 성문까지 밀고 간 것 같으나, 곧 발길을 돌려서 돌아오겠거니 여기고 있었다. 그가 단독으로 일리오스 함락 시도를 했다고는 꿈에도 생각지 않고 있었다. 평소에는 어머니 테티스 여신이 제우스의 계획을 넌지시 이것저것 잘도 알려줬는데, 절친한 친구의 죽음만은 아무런 귀띔도 해주지 않았다.

 파트로클로스 주변은 제우스의 안개에 덮여 있는데, 전장은 구름 한 점 없이 화창한 하늘에서 햇빛이 쏟아졌다. 그래서 멀찍이 있는 이들은 이따금씩 쉬기도 했는데, 가운데에서 혈전을 벌이는 이들은 속절없이 죽어나갔다. 그러자 격렬한 전장의 노고가 희랍군들을 이렇게 하소연하게 만들었다.

 "우리가 명예롭게 함선으로 귀환할 수 없다면, 차라리 이대로 검은 대지가 우리를 삼켜줬으면! 그 편이 이 시신을 이대로 빼앗기는 것보다 우리에게 영예이다."

 요란한 강철 굉음이 황량한 고공을 꿰뚫고 빛나는 천계에까지 들리는 한편에서, 아킬레우스의 전차를 끌던 말들이 줄곧 울어댔다. 고삐를 잡았던 주인이 흙먼지 속에 나뒹군 때부터 줄곧 그랬다. 아우토메돈이 아무리 채찍을 치거나 부드럽게 달래봐도, 두 녀석은 헬레스폰토스 해협의 배로도 희랍군의 격전지로도 가지 않고, 마치 죽은 이의 무덤에 표적으로 세워두는 비석처럼 꼼짝 않고 서 있었다.

제우스는 두 마리가 가여워서 고개를 설레설레 저으며 속으로 중얼거렸다.

"우리가 왜 불사의 너희들을 필사의 인간에게 주었을까. 덧없는 인간들과의 관계를 통해서 고뇌를 알게 하기 위해서였던가. 어쨌든 그대들을 헥토르가 끌고 가는 일은 결코 없으리라. 벌써부터 아킬레우스의 갑주 제구를 걸치고 쓸데없는 자랑질인데 그것만으로도 충분하지. 아우토메돈에게 그대들을 무사히 끌고갈 만한 기력을 넣어 주마. 거룩한 어둠이 내리기 전에는 함선에 돌아갈 수 있도록."

말들은 곧 갈기의 흙을 털어버리고 늠름하고 날렵한 자세로 전장을 향해 달렸다. 아우토메돈이 가슴 저미는 심정으로 계속 몰아갔다. 하지만 적은 한 명도 찌르지 못했다. 전차에 홀로 탔기 때문에 준마를 다루는 것만도 벅차서 공격할 여유가 없었다. 한참 후에야 알키메돈이 그 사정을 알아채고 달려와서 홀로 전차를 모는 일을 그만두라고 말했다. 그러자 아우토메돈이 말했다.

"알키메돈이여, 대체 희랍군 중에서 누가 파트로클로스가 했던 것처럼 불사의 말들을 능히 다루겠는가. 그대가 고삐를 맡겠느냐? 그러면 내가 내려가서 싸우지."

알키메돈이 올라타고 아우토메돈이 수레에서 뛰어내렸다. 그 모습을 헥토르가 보고 아이네이아스에게 말했다.

"아킬레우스의 말이 저기 있구나. 그런데 고삐를 시원찮은 자들이 잡았네. 어떠냐, 저 말을 노획해 보겠는가? 우리 둘이 함께 한다면 충분히 빼앗을 것 같은데."

둘은 곧장 잘 말려서 굳힌 쇠가죽 방패를 어깨에 메고 나아갔다. 청동을 많이 아로새긴 방패였다. 크로미오스와 아레토스도 적들을 죽이고 말들을 얻어올 생각에 부풀어서 따라갔는데, 아우토메돈과 마주치면서 피를 흘리지 않는 일은 불가능했으니 어리석은 자들이었다.

한편 아우토메돈은 제우스에게 기도를 드리니, 무용과 힘이 거뭇거뭇한 심장과 간장의 아래위로 빈틈없이 퍼지고 넘쳤다.

"알키메돈이여, 말들의 콧김이 내게 닿을 만큼 가까운 거리에서 대기하시오. 헥토르가 우리를 죽이고 말도 갈취하든지, 자신이 쓰러지든지 할 때까지는 기세를 늦추지 않을 듯하니까."

그는 곧이어 두 아이아스와 메넬라오스에게 말했다.

"제발 그 시체는 다른 용사들에게 맡겨 적들의 대열이 접근하는 것을 막게 하고, 아직 살아 있는 우리 두 사람을 용서 없는 최후의 시간으로부터 수호해다오. 이쪽으로 헥토르와 아이네이아스 등 트로이아의 용사들이 쇄도하고 있으니. 이 또한 모두 신들의 주관이겠지만. 자, 그럼 나도 창을 던져보자. 뒷일은 만사 제우스가 어떻게든 처리해 주시겠지."

말을 끝내자마자 그는 장창을 들어 아레토스의 균형 잡힌 방패를 겨냥해서 던졌다. 창날이 방패를 뚫고 들어가서 아랫배의 허리띠를 꿰뚫었다. 날카로운 도끼로 들소의 뒷목덜미를 후려쳐서 목의 심줄을 끊으면 소가 앞으로 뛰어나가면서 쿵 하고 거꾸러지듯, 아레토스는 앞으로 달려나가며 뒤로 벌렁 넘어졌는데, 창자에 꽂힌 채 날카롭게 흔들거리고 있는 창이 팔다리를 시들게 했다.

한편 헥토르는 아우토메돈을 겨누어 번쩍이는 창을 던졌으나 이쪽도 재빨리 몸을 앞으로 굽혀 청동 창끝을 교묘하게 피했다. 자루가 긴 창은 뒤로 곧장 날아가 땅에 푹 꽂혔다. 어찌나 깊이 박혔던지 아레스 신이 간신히 뽑아 주었다.

두 아이아스가 끼어들지 않았다면, 이 두 사람은 칼을 뽑아서 백병전을 벌였을 것이다. 그들은 아우토메돈의 고함 소리를 듣고 혼전 속을 헤쳐서 달려왔는데, 그 기세가 어찌나 사납던지 헥토르와 아이네이아스, 신으로도 착각될 크로미오스까지도 아레토스의 시신을 그냥 놔두고 후퇴했다. 그러자 아우토메돈이 갑주 제구를 벗기며 승리를 자축했다.

"이것으로 파트로클로스가 죽은 슬픔이 조금은 가슴에서 가시는구나. 방금 죽인 자는 그에 비하면 훨씬 하찮은 무사이긴 하지만."

그는 전차 안에 피에 젖은 노획품을 끌어올려 놓고는, 마치 황소를 다 뜯어먹은 사자처럼 두 다리도 두 손도 피범벅인 채로 전차에 올라탔다.

그리하여 다시 파트로클로스의 시체 주위에서 처참한 투쟁이 벌어졌다. 무참하고 눈물겨운 그 싸움은 아테네 여신이 일으켰다. 마치 전쟁과 따뜻함을 앗아가는 차가운 폭풍의 조짐으로써 붉은 자줏빛 무지개다리를 목숨이 끊어지는 인간들에게 하늘 끝에서 걸쳐놓은 듯, 여신은 자기 자신을 새빨간 구름으로 푹 싸고 아카이아군 사이에 들어가 닥치는 대로 무사들을 격려했다.

맨 먼저 포이닉스의 모습으로 메넬라오스에게 다가갔다.

"메넬라오스여, 만일 긍지도 드높은 파트로클로스를 일리오스 성벽 밑에서 들개떼가 뜯어먹는다면, 그대에게 사람들의 비방과 뒷공론이 쏟아질 것이다. 그러니 굳건히 버티며 병사들을 독려하라."

"포이닉스여, 오래 전에 태어나 연로하신 노인이여. 아테네 여신께서 내게 힘을 주시고 날아오는 무기의 기세를 꺾어주시면 좋으련만. 그러면 나도 파트로클로스 곁에 머물러서 싸우리다. 실로 그의 죽음은 내 가슴에 심한 고통을 주었다. 그러나 헥토르가 여전히 불처럼 무서운 위세로 청동 날의 살육을 계속해대니, 그것은 제우스가 그에게 영광을 주시기 위해서다."

이 말을 들은 아테네는 기뻤다. 많은 신들 중에서 자신에게 가장 먼저 기도했기 때문이다. 그래서 여신은 그의 어깨며 다리에 힘을 불어넣어 주고 가슴속에는 등에 같은 담력을 넣어 주었다. 대담함이 메넬라오스의 간담 아래위를 거뭇거뭇하게 채우니 그는 파트로클로스 곁으로 가서 막아서며 번쩍이는 창을 집어던졌다.

그때 에티온의 아들 포데스라는 자가 달아나려 하니, 메넬라오스가 그의 배꼽을 겨누어서 창을 던졌다. 헥토르가 특별히 친하게 여기던 사나이는 그 자리에서 고꾸라졌다. 그 모습을 본 아폴론이 친구 파이놉스의 모습으로 헥토르에게 말했다.

"헥토르여, 그대가 메넬라오스에게 겁먹는다면 희랍군에서 누가 그대를 무서워하겠는가? 저 사내는 나약하기로 소문난 무사인데 그자가 지금 혼자의 힘으로 그대의 친구 포데스를 죽여서 끌고 갔단 말이다."

이 말에 헥토르는 새까만 비탄의 구름에 휩싸인 채 청동 갑주를 번쩍이며 달려나갔다. 때마침 제우스가 아이기스를 흔들면서 이데 산봉우리들을 뭇구름으로 싼 채 큰 천둥을 울렸다. 희랍군을 겁주고 트로이아에 승리를 안겨주자는 속셈이었다.

제일 먼저 겁에 질려 달아나기 시작한 건 보이오티아인 페넬레오스였다.

폴뤼다마스가 바로 옆에까지 와서 어깻죽지를 찔렀더니 그 창끝이 뼈까지 상해놓은 것이다. 헥토르도 레이토스의 바로 옆에까지 다가가 손목을 창으로 찔러 이 기상이 높은 알렉트뤼온의 아들을 전투에서 물러나게 했다. 즉 이제 다시는 창을 들고 트로이아군과 싸울 수 없게 되었다고 속으로 생각했기 때문에 사방을 돌아보고 무서움에 벌벌 떨면서 사라져갔다.

그때 마침 이도메네우스는 헥토르가 레이토스 뒤에서 접근하는 것을 보고 창으로 가슴받이의 가슴 근처를 찔렀다. 그러나 창목이 부러졌고, 트로이아 병사들이 일제히 환성을 올렸다. 헥토르도 이도메네우스가 전차 위에 서 있는 것을 보고 창을 던졌다. 그러나 겨냥이 조금 빗나가서 메리오네스의 수행병으로 말도 모는 코이라노스가 맞았다. 그러자 메리오네스가 얼른 몸을 굽혀 고삐를 집어서 이도메네우스에게 주며 말했다.

"자, 채찍질을 계속해서 얼른 함선으로 돌아가시오. 그대 자신도 이제 희랍군에게 승산이 없다는 것을 알 수 있을 거요."

이도메네우스는 갈기도 훌륭한 말을 채찍질해서 함선으로 전력질주했다. 가슴에서 공포심이 엄습했던 것이다. 아이아스와 메넬라오스까지도 '제우스가 트로이아에 승리를 줄 것'을 직감했다. 아이아스가 말했다.

"제우스가 마음을 바꾸셨다면 우리도 방법을 정해야 한다. 파트로클로스의 시체를 옮길 것인지, 우리 자신이 무사히 돌아가서 벗들을 기쁘게 해 줄 것인지. 우리 벗들은 필경 이쪽을 바라보고 그만 침울해져서, 이제는 무사를 죽이는 헥토르의 무용이며 무적의 솜씨를 당해낼 길이 없고 금방 함선들이 습격당할 것이라고 걱정하고 있을 텐데. 그러니 누가 가서 아킬레우스에게 기별해야 하지 않을까? 그나저나 안개가 너무 끼어서 누가 누군지 알 수가 없구나. 제발 제우스 아버지 신이여, 이 안개 속에서 아카이아의 아들들을 구출해주시고 맑은 하늘을 주소서. 우리들이 꼭 패하고 멸망해야 한다고 생각하시더라도 이 눈으로 똑똑히 볼 수 있게 빛 속에서 죽게 해주소서."

이 기도를 들은 제우스 아버지 신은 아이아스의 눈물에 마음이 짠해져서 당장 구름과 안개를 걷었다. 그러자 찬란한 태양 아래 전투 광경이 또렷이 드러났다. 아이아스가 급히 메넬라오스를 돌아보며 말했다.

"제우스의 옹호를 입는 그대가 잘 둘러보라. 안틸로코스가 아직 살아 있는지, 그를 아킬레우스에게 보내 소식을 전해야 하는데."

그래서 메넬라오스는 부득이하게 파트로클로스 시신 곁을 떠나야 했는데, 그는 그것이 자신이 시신을 방치한 것으로 보일까봐 메리오네스와 두 아이아스에게 시신 방어를 당부하면서 발걸음을 뗐다.

금발의 메넬라오스는 마치 독수리처럼, 높은 곳을 날면서도 울창한 숲속나무 밑에 누워 자는 걸음이 빠른 토끼조차 놓치지 않고 단번에 잡아내는 새의 별나게 날카로운 눈초리로 사방팔방을 살폈다. 이윽고 안틸로코스를 싸움터의 왼쪽에서 발견했다. 그는 전우들을 부지런히 격려하고 있었다.

"안틸로코스여, 참 분하고 참혹한 소식이 있다. 제우스께서 자꾸만 트로이아군에게 승리를 주시려고 우리에게 재앙을 주시니, 그 와중에 파트로클로스가 전사했구나. 그러니 그대는 당장 아킬레우스에게 달려가서 알려라. 그의 시신을 한시바삐 찾아갈 수 있도록 해달라고. 그 갑주 제구도 헥토르가 가져간 마당이니."

안틸로코스는 그만 가슴이 울컥해서 오래도록 말도 못하고 묵묵히 입을 다물었다. 두 눈에는 눈물이 글썽하게 괴고 언제나 풍부한 목소리도 꽉 잠겼다. 그래도 메넬라오스의 지시는 등한히 하지 않고 달려갔는데, 자기 갑주 제구는 자신을 충실히 수행하는 라오도코스에게 벗어주고 갔다.

안틸로코스가 떠나자 퓔로스 부대는 도움이 절실해졌다. 그래서 메넬라오스는 틀라시메데스를 퓔로스 부대에 합세시켜 놓고, 자신은 파트로클로스의 시체 곁 두 아이아스에게 돌아왔다.

"안틸로코스를 아킬레우스에게 보냈네. 그가 당장 뛰어오리라고 기대하지는 않네만. 아무리 원한이 커도 갑주 제구 없이 싸울 수야 없으니까. 그러니 일단은 우리끼리 최상의 방책을 찾아보세. 이 시신을 어떻게 무사히 나를 수 있을까?"

텔라몬의 아들 큰 아이아스가 말했다.

"그렇다면 이렇게 해보세. 지금부터 그대와 메리오네스가 시신을 어깨에 메고 옮기면 우리 둘이 뒤에서 막아주며 따라가겠네. 이름도 같은 우리 두 아이아스는 각오도 같고 전부터 심한 전투에서 서로 의지하며 버텨온 사람이니까."

그래서 그들은 곧바로 시신을 옮기기 시작했다. 높이 들어올린 시신은 트로이아 군사들의 눈에 곧바로 띄어서, 그들이 괴성을 지르며 사냥개처럼 달려들었다. 마치 사냥개가 멧돼지를 향해 사냥꾼보다 먼저 달려들어 한참을 물어뜯으려고 기를 쓰고 설치지만, 멧돼지 또한 포위되었으면서도 자기 힘을 믿고 맹렬히 저항해오자 슬금슬금 뒤로 물러나다가 마침내 이리저리 겁에 질려 도망가는 것과 같았다. 트로이아군은 양날창으로 마구 찔러대며 뒤쫓았지만 두 아이아스가 돌아보고 쏘아볼 때마다 새파랗게 질려서 더 덤비지 못하고 멈춰 섰다.

한편 네 사람도 있는 힘을 다해서 시신을 배까지 옮기려고 애썼지만, 무섭게 따라붙는 헥토르와 아이네이아스 때문에 희랍군들이 겁을 먹고 흩어져서 더 이상의 전진이 힘든 상태가 되었다.

제18권

아킬레우스의 슬픔

아킬레우스는 절친 파트로클로스의 사망 소식을 듣고 오열한다. 그리고 그 소리를 듣고 한달음에 달려온 어머니 테티스 여신에게 '죽음을 불사하고 참전해서 헥토르에게 원수를 갚겠다.'고 선언한다. 테티스는 아들을 도저히 말릴 수 없음을 깨닫고, 헤파이스토스에게 참전용 갑주 제구를 다시 얻어올 때까지만이라도 참전하지 말라고 당부한 후 올림포스 천궁으로 올라간다. 하지만 그동안에도 희랍군의 패주가 계속되니까 아킬레우스는 자신의 모습만 보여주는데, 이것만으로도 희랍군은 안도하고 트로이아군은 겁에 질려서 벌벌 떤다.

활활 타오르는 불꽃 같은 전투가 계속되는 동안, 안틸로코스는 재빠른 걸음으로 아킬레우스에게 전갈을 가지고 달려갔다. 그동안에도 아킬레우스는 이미 다 일어난 재앙들을 걱정하고 있었다.

"거참, 대체 무슨 일이지? 어째서 다들 또다시 허둥지둥 배로 후퇴하고 있지? '뮈르미도네스족 최고의 용사가 내가 살아 있는 동안에 트로이아군에 의해 태양빛을 버리고 저승으로 가게 될 것'이라던 어머님의 말씀이 사실로 실현되지 않기를. 그게 파트로클로스는 아니기를. 그에게 내가 헥토르와 기를 쓰고 싸우지 말라고 단단히 일러두었으니까."

그때 안틸로코스가 바로 곁으로 다가가서 눈물을 흘렸다.

"아, 펠레우스의 아들이여, 결코 일어나지 말았어야 할 원통한 전갈을 가져 왔습니다. 파트로클로스가 전사했습니다. 지금 양군이 그 시신을 두고 다투고 있고, 그 갑주 제구는 이미 헥토르가 벗겨서 입고 있습니다."

일순간 아킬레우스의 안색에 먹구름이 덮였다. 그는 두 손으로 더러운 재를 움켜쥐더니 머리에 뿌려 수려한 얼굴을 더럽혔다. 신선의 향내 그윽하던 속옷도 검은 아궁이의 재투성이로 만들어놓았다. 그래도 직성이 안풀려 자기 몸을 모래 위에 내던져서 뒹굴다가 엎어져 제 손으로 자기 머리카락을 쥐어뜯어 몹시 어지러운 모습이 되고 말았다. 본디 아킬레우스와 파트로클로스가 전투에 이겨 전리품으로 차지한 하녀들도 모두 가슴아파하며 소리 높이 울부짖고, 혹은 밖으로 달려나가 아킬레우스를 둘러싸고는 너나없이 한결같이 자기 가슴을 치며 비탄에 잠기다가 손발에 힘이 빠져 쓰러지곤 했다.

안틸로코스는 흐느껴 울면서도 아킬레우스의 손을 꼭 잡고 있었다. 그가 자해라도 하지 않을까 염려되었기 때문이다. 아킬레우스의 비통한 울음소리가 바다노인 네레우스의 은빛 동굴까지 울려퍼지니, 그 소리를 들은 테티스 여신이 울음을 터트렸다. 그러자 그 주위로 자매들이 모여들었다. 그라우케, 탈레이아, 퀴모도케, 네사이에, 스페이오, 토에, 할리에, 퀴모토에, 악타이에, 림노레이아, 멜리테, 이아이라, 암피토에, 아가우에, 도토, 프로토, 페루사, 뒤나메네, 덱사메네, 암피노메, 칼리아네이라, 도리스, 파노페, 갈라테이아, 네메르테스, 압세우데스, 그리고 칼리아낫사가 있었다. 또 클뤼메네, 이아네이라, 이아낫사, 마이라, 오레이튀이아, 아마테이아, 그리고 네레우스의 딸들도 있었다. 은빛 동굴이 이들로 가득 찼다.

"네레이데스(네레우스의 딸들)여, 그대들이 나의 깊은 괴로움을 이해할 수 있을까. 내 신세는 어쩌면 이렇게 비참할까. 자식이 너무 출중해서 이런 한탄을 해야 하다니. 인품도 무용도 뛰어난 아들을 낳아서 용사 중의 용사로 키웠는데, 그는 이제 일리오스에서 고향으로 돌아오지 못하게 되었구나. 아, 나는 그 아이를 만나고 와야겠다. 어떤 비탄이 내 아들을 엄습했나 들어보아야 하겠다."

테티스가 통곡하면서 은빛 동굴을 나서자, 네레이데스도 눈물을 흘리며 따라나섰다. 은빛 발을 가진 테티스는 단숨에 뮈르미도네스족 배들 사이에서 신음하는 아들 곁으로 가서 머리를 끌어안아서 달래려고 애썼다.

"아들아, 어째서 우느냐, 무엇이 그리 슬프더냐. 모두 말해다오, 숨기지 말고. 지난번 일은 네 기도대로 이룩되지 않았느냐, 아카이아인들이 오직 네가 없기 때문에 모두 이물에 갇혀 비참한 꼴이 되도록 말이다."

"어머님, 그것은 어머님 말씀대로 올림포스에 계시는 제우스 신이 이루어 주셨습니다. 하지만 친구가 전사했으니 어찌 제가 마냥 기뻐할 수 있겠습니까. 절친 파트로클로스가 죽고 갑주마저 헥토르에게 빼앗겼답니다. 여러 신들께서 아버지 펠레우스께 빛나는 결혼 축하 선물로 보내주신 것이지요. 그들이 어머님을 인간의 침실로 들여보냈을 때의 일입니다.

어머님이 본디대로 바다에 사는 여신들과 함께 생활하시고 펠레우스는 인간을 아내로 맞았으면 좋았을 텐데, 그렇지 않았기에 어머님은 일찍 죽을 아들 때문에 끝없는 탄식을 가슴에 안게 되었습니다. 어머님은 그 아들이 다시 고향으로 돌아가는 모습을 볼 수 없을 것입니다. 제 마음이 혼자만 살아남아서 다른 사람들과 사귈 일들을 용납지 않습니다. 헥토르를 제 창으로 찍어 그 목숨을 끊어버리지 않는 한, 파트로클로스를 죽이고 갑주 제구를 빼앗은 죄를 대신 갚아주지 않는 한 말입니다."

테티스는 아들의 눈물을 닦아주며 자신도 따라 울었다.

"네 말과 같이 정말 네 목숨도 곧 없어질 게다. 왜냐하면 헥토르 다음에는 곧 너의 최후가 기다리고 있을 테니까 말이다."

아킬레우스가 성급하게 성을 내고 짜증을 부렸다.

"지금이라도 죽어버리고 싶습니다. 친한 벗이 살해되는 순간에도 막아주지 못했으니까요. 제가 파멸의 방어자가 되어주지 못해서 그 친구는 조국에서 멀리 떨어진 곳에서 죽었습니다. 새삼스럽지만, 파트로클로스나 그밖의 전우들을 구해 주지 못하고 무척이나 많은 우리 편 무사들이 헥토르 때문에 쓰러져 갔는데도 수수방관했으니 말입니다. 회의에서 말 잘하는 사람들은 얼마든지 있겠지만, 싸움터에 나가면 희랍군 중에서 달리 겨룰 자가 없던 이 몸이었는데.

전쟁이란 신계건 인간계건 깨끗이 없어졌으면 좋겠습니다. 분노도요. 이것은 아무리 사려분별 있는 자라도 불끈 달아오르게 하고, 녹아서 벌꿀보다 훨씬 달콤한 쾌감으로 흘러내리며 인간의 가슴속에 스며들지요. 마치지난번에 아가멤논이 저를 분개시킨 것처럼.

그러나 이제 과거의 일은 그것이 아무리 쓰라려도 더 개의치 말고 내버려두겠습니다. 안타까움도 가슴속에다 '부득이한 일이었겠거니.' 하고 억지로 눌러놓구요. 그래서 이제는 저도 사랑하는 벗을 죽인 헥토르를 만나러 나가겠습니다.

죽음의 운명이 기다리고 있다면 얼마든지, 언제든지 받겠습니다. 제우스나 불사의 다른 신들이 원하고 바라시는 바로 그때에. 그 준걸스러운 헤라클레스조차 죽음의 운명만은 피할 수가 없었으니까요. 제우스가 가장 사랑하던 아들인데도, 정해진 운명과 헤라 여신의 지긋지긋한 분노가 마침내 그를 굴복시켰지요. 그러니 저 역시 제게 주어진 운명을 받아들이겠습니다. 설령 그것이 죽음일지라도.

하지만 일단 지금은 훌륭한 영광부터 차지하겠습니다. 그리하여 트로이아 여자나 앞가슴 주름이 깊이 팬 옷의 다르다노이족 부인들이 두 손으로 보드라운 뺨의 눈물을 닦으면서 쉴 새 없이 한탄하고 울게 해주겠습니다. 그러니 제가 싸움터에 나가는 것을 막지 마세요, 어머니. 저는 그 말씀을 듣지 않을 겁니다."

"내 아들아, 지금 무던히도 고전하며 절망을 겪고 있는 전우들을 파멸에서 막아주겠다는 것은 참으로 훌륭한 생각이다. 그러나 청동으로 만들어 빛나던 너의 훌륭한 갑주 제구를 트로이아 편에 빼앗겼다고 하지 않았느냐. 그것을 빼앗아 양 어깨에 걸치고 뻐기는 헥토르도 머잖아 쓰러지게 되어 있기는 하다만. 그래도 지금 당장 입을 무구가 없지 않으냐.

가만 있어 봐라, 내가 지금 헤파이스토스 님에게 가서 훌륭한 갑주를 얻어 오마. 그러니 너는 내가 이곳에 다시 돌아오기 전에는 절대로 싸움의 혼잡 속에 뛰어들지 않겠다고 약속해다오. 내가 내일 아침 해뜰 때까지는 꼭 돌아올 테니까."

테티스는 바닷가로 가서 걱정스럽게 기다리고 있는 자매들에게 말했다.

"자매들이여, 아버님을 뵙고 자초지종을 상세히 아뢰어다오. 나는 높이 치솟은 올림포스로 올라가서 헤파이스토스를 만나볼 테니까. 혹시 내 아들을 위해 세상에 빛날 갑주 제구를 줄 수 없는가 물어보기 위해서.”

네레이데스들은 바다의 파도 밑으로 금방 자맥질해 들어갔다. 테티스는 부랴부랴 올림포스로 올라갔다.

그동안에도 희랍군은 헥토르에게 쫓겨서 배들이 있는 헬레스폰토스 해협까지 도망쳤다. 파트로클로스의 시신을 끌어올 여유 따윈 없었다. 헥토르가 불꽃 같은 기세로 덤벼들면서 그 시신을 자신이 끌어가려고 시도했다. 두 아이아스가 세 번이나 간신히 막아내고 있었지만 헥토르도 물러날 기미가 없었다. 들이나 산에 사는 목동들이 죽은 짐승의 시체에서 굶주린 사자를 쫓아버리지 못하는 것과 같았다. 이리스가 아킬레우스에게 달려가 헤라의 전갈을 전하지 않았더라면 그대로 헥토르가 시신을 끌어갔을지도 모른다.

“일어서시오, 펠레우스의 아들이여, 모든 무사 중에서 가장 두려움을 받는 그대여. 자, 어서 일어나 파트로클로스의 시체를 지키러 나가시오. 그의 시신 때문에 양군은 지금 선단 앞에서 서로를 죽여대는 격렬한 전투가 한창이오. 이쪽 편이 생명 없는 시체를 지켜 방어하면, 트로이아 군사는 바람이 휘몰아치는 일리오스로 끌고 가려 기를 쓰고 밀어닥치오. 특히 헥토르의 안간힘이 대단하다오. 그는 파트로클로스의 머리를 말뚝에 꽂아 효수할 작정이라오.

그러니 이제는 더 누워 있지 말고 일어나시오. 파트로클로스를 트로이아의 개들이 장난감으로 삼으면 큰일이라는 경각심을 가슴에 일으키시오. 만일 그 시체가 심한 모욕을 당한 끝에 저승에 보내지는 날에는 그것이 그대의 커다란 불명예가 될 것이오."

"무지개의 여신이여, 대체 어느 신이 당신을 사자로 보내셨습니까?"

"헤라 님이 보내셨소. 제우스나 다른 신들은 전혀 모르십니다."

"하지만 내가 어떻게 난전 속에 뛰어들 수 있을까요? 이미 갑주 제구를 적에게 빼앗겼고, 어머님도 당신이 친히 헤파이스토스 신께 갑주 제구를 빌려오기 전까지 결코 나가지 말라고 하셨어요. 빌릴 만한 것도 기껏해야 텔라몬의 아들 아이아스의 큰 방패 정도인데, 지금 이 순간 그가 파트로클로스를 지키느라 애쓰고 있는 것이 바로 그 방패입니다."

"참호 옆에 나가서 트로이아군에게 그대의 모습을 보여주기만이라도 하시오. 그러면 그대의 위세에 질려서 트로이아군이 주춤할지도 모르니까. 아카이아 병사들이 한숨 돌릴 수 있도록."

그러자 아킬레우스가 일어섰다. 굳건한 어깨에는 아테네가 많은 술이 달린 산양 가죽 방패를 걸어 주고 머리에는 금빛 구름을 둘러 주었으며, 온몸에서는 눈부시게 빛나는 화염의 빛이 타오르게 했다. 마치 연기가 피어오르듯이 그의 머리에서 내뻗는 불빛이 하늘에 닿을 만했다. 그는 방벽 밖으로 나아가 참호 앞에 섰지만, 어머니의 간절한 충고를 들어서 전투에는 끼어들지 않았다. 그러나 그가 소리를 지를 때 아테네도 함께 소리를 질러주었기 때문에, 트로이아 군세가 급격히 혼란스러워졌다. 병사들은 물론이고 말들조차 전차를 도로 끌고 되돌아섰는데, 그것은 마음속으로 지레 고난을 느꼈기 때문이다. 고삐를 잡는 말구종들도 무서운 불꽃이 펠레우스 아들의 머리 위에 활활 타오르는 것을 보고 혼비백산했다. 그것이야말로 아테네가 태우는 불꽃이었다. 아킬레우스는 청동 같은 고함을 세 차례 질렀다.

희랍군은 그 기회를 놓치지 않고, 파트로클로스를 날아오는 무기 사이에서 끌어내서 들것에 실었다. 친한 전우들이 흐느끼며 따라갔다. 아킬레우스도 청동 날에 찢겨서 들것에 실려 오는 파트로클로스의 모습을 보고 뜨거운 눈물을 흘리며 따라갔다.

헤라가 피로를 모르고 아직 어두워질 생각을 조금도 하지 않고 있는 태양신을 오케아노스로 돌려보내니, 이윽고 해는 지고 용감한 희랍군도 격렬한 싸움의 혼란과 거친 전투에서 간신히 손을 뗄 수 있게 됐다.

트로이아측 역시 말들을 축대에서 풀어준 뒤 저녁식사 전에 회의장으로 모였다. 하지만 누구 하나 감히 앉으려 하는 자 없이 모두 서 있었다. 오랫동안 모습을 보이지 않았던 아킬레우스의 등장에 모두들 겁을 먹었기 때문이다. 폴뤼다마스가 먼저 말을 꺼냈다.

"우리는 이제 평원에서 우물쭈물 아침을 기다리지 말고 성 안으로 철수해야 하오. 아킬레우스가 아가멤논과 다투고 있을 때는 희랍군을 상대하기가 쉬웠소. 그래서 나조차도 배까지 나포할 수도 있지 않을까 잠시 기대했으니. 하지만 이제는 불가능하오. 이미 그는 심기가 불편한 상태라서 우리를 들판에 가만히 내버려두지 않을 것이니까. 지금은 평원에서 공방전을 펼치지만 그는 성까지 단숨에 건너와서 부녀자를 노릴 것이오.

그러니 도성으로 돌아갑시다. 이 밤이 내려와서 고맙게도 펠레우스의 아들을 지체시켜 주었으니, 내일 아침 날이 밝아서 그가 우리를 몰아대기 전에 어서 돌아가야 하오. 그때 허둥대며 도망가다가는 많은 생명이 독수리의 밥이 될 것이오.

도성에 도착하면 병력 배치는 이렇게 합시다. 우리 도성은 성벽의 망루며 높은 문이며 튼튼한 빗장이 걸린 성문이 있어서 안전하니, 우리는 내일 도성에 도착하는 대로 성안에 들어가서 망루에 나란히 늘어섭시다. 그러면 만일 아킬레우스가 성벽까지 쫓아온대도 어찌할 방법이 없어서 쓰라린 후퇴를 해야 할 것이오. 성루 밑을 맴돌면서, 목을 높이 쳐드는 말들을 사방으로 진력이 나도록 몰고 다니다가 다시 선단으로 되돌아가는 것이 고작일 테니까. 아무리 아킬레우스라도 성안까지 공략할 수는 없으니까. 그랬다가는 필시 잽싼 개들에게 물어뜯기고 말 테니까."

하지만 헥토르가 언제나 그랬던 것처럼 폴뤼다마스의 제안에 불쾌한 기색을 드러냈다.

"다시 성안에 틀어박히자니, 그렇게 보루며 망루에 갇히고도 질리지 않았단 말인가? 전에는 세상 사람들이 '프리아모스 도성에는 황금과 청동이 가득 차 있다.'고들 쑥덕거렸는데 지금은 아니다. 정말 그 많던 재산이 제우스 대신의 기분을 손상시켰다는 이유로 프뤼기아며 마이오니아로 빠져나가서 다 없어졌다. 허나 지금은 그 제우스께서 우리를 지켜주고 계신다. 그래서 우리가 희랍군을 바닷가에 몰아넣고 있단 말이다. 그런 때에 얼빠진 소리를 하다니! 그따위 의견에 누구도 찬성해서는 안 되고, 무엇보다도 내가 용서치 않겠다.

자, 어서 부대별로 가서 저녁식사나 하라. 다만 파수병만은 잊지 않고 세우라. 그랬다가 내일 아침 일찍 모두가 갑주 제구로 몸을 무장하고 희랍군 선단을 완전히 정복하자. 만약 아킬레우스가 내일 참전해서 싸운다면 너무 늦었다는 걸 깨닫고 더 쓸쓸하겠지. 분명히 말하겠는데, 나는 이제 지긋지긋하게 메아리치는 싸움에서 달아날 생각이 없다. 내일이야말로 정면승부를 낼 테다. 그가 이기는지, 내가 이기는지 시험해 보리라. 죽이려던 자가 도리어 죽는 일도 있는 것이다"

트로이아인들은 모두 갈채를 보냈다. 실로 어리석은 사나이들이다. 그들의 지혜와 분별을 팔라스 아테네가 앗아갔는지도 모를 일이다. 해를 입으려는 헥토르에게는 찬성하고 이익을 보려는 폴뤼다마스에게는 한 사람도 지지하지 않았던 것이다.

트로이아 군사들이 밥을 먹을 때 희랍군은 밤이 새도록 파트로클로스를 애도하고 한탄했다. 선두에서 아킬레우스가 쉴 새 없이 애곡을 선창했고, 무사를 죽이던 두 손을 죽은 벗의 가슴에 올려놓고 비통하게 울었다.

"아, 어처구니없는 일이다. 실로 소용없는 말을 그날 지껄여댔구나. 고향 궁전에서 메노이티오스 아저씨를 위로한답시고, 일리오스를 공략하고 전리품을 분배받으면 틀림없이 빛나는 공훈을 세운 아들을 다시 오포에이스 성읍으로 데려다주겠다고 약속했는데, 제우스 신은 인간의 생각 따위는 귀담아 듣지 않으시나 보다. 결국 우리 두 사람은 트로이아의 흙을 함께 피로 물들이는 운명을 타고났다 보다.

파트로클로스여, 그대 뒤를 따라 나도 저승으로 가게 되어 있는 이상 헥토르의 갑주 제구며 목을 모두 여기에 가져오기 전에는 그대의 장례는 치르지 않을 테다. 기상도 훌륭한 그대를 죽인 자이니까. 그래서 그대를 화장하는 불 앞에서 원한의 갚음으로 트로이아인 열두 명의 목까지 함께 베어주마. 그때까지는 배 옆에 그대로 뉘어두겠다. 그대의 시신을 둘러싸고 트로이아와 다르다노이 여자들이 밤낮없이 눈물을 흘리며 곡하기를 멈추지 않을 것이다. 그 여자들은 우리들 자신이 고생하면서 힘과 기다란 창을 휘둘러 인간들의 유복한 도시들을 공략하여 손에 넣은 것이다."

아킬레우스는 한시바삐 파트로클로스의 시체에서 말라붙은 피를 깨끗이 닦아낼 생각으로 부하들에게 불 위에 커다란 가마솥을 올려놓으라고 명령했다. 사람들은 타오르는 불에 가마솥을 올려서 목욕물을 데우고, 그 물로 시체를 깨끗이 씻었다. 그러고는 올리브유를 바르고, 상체에는 9년 묵은 고약을 가득 채워 관에 뉘였다. 거기에 고운 삼베를 목에서 발끝까지 푹 덮어씌우더니 그 위에 흰 수의를 얹었다. 이렇게 해놓고는 밤새도록 아킬레우스 주위에 둘러앉아 파트로클로스를 애도하고 탄식했다.

그 시각 은빛 발을 가진 테티스 여신은 헤파이스토스 집으로 찾아갔다. 썩거나 허물어지지 않는 청동으로 지은 이 궁전은 별을 아로새겨 죽음을 모르는 여러 신들의 저택 중에서도 두드러지게 눈에 띄었으며, 다리를 저는 이 신이 손수 지은 건물이었다. 그 신은 땀을 뻘뻘 흘리면서 열심히 풀무질을 하는 중이었다. 세발 가마솥 스무 개를 만들고 있는 참인데, 훌륭한 기둥이 즐비하게 서 있는 넓은 방 벽에 붙여 빙 둘러놓을 용도였다. 각각이 받침 밑에 황금 수레가 달려 있어서 누가 운반하지 않아도 저절로 굴러들어갔다가 저절로 굴러 집에 돌아오는, 매우 정교하고 경탄스러운 물건이었다. 그러나 아직 거기까지는 완성되지 않았고, 기교를 부린 두 손잡이도 아직 붙어 있지 않았다. 이제 막 그 일에 달라붙어 사슬을 박기 시작했을 때 테티스 여신이 온 것이다.

테티스가 온 것은 마침 집에서 나오던 헤파이스토스의 아내 카리스 여신이 먼저 발견했다.

"어머, 테티스 님. 당신이 우리 집엔 웬일이세요? 반가워요, 여태 오시지 않더니. 자, 어서 들어가세요. 어렵게 오셨으니 대접을 해드리고 싶어요."

카리스는 테티스를 집 안으로 안내해서 은못을 빽빽이 박은 아름답고 정교한 대좌에 앉혔다. 발을 얹는 받침대까지 마련되어 있었다.

"헤파이스토스 님, 이리로 나와 보세요. 테티스 님이 당신을 찾아오셨어요."

"이거 정말 대단히 반가운 분이 집에 찾아오셨구나. 나를 구해주신 분이지. 절름발이가 되었지만 어머니는 그 사실을 숨기려고만 하셨지. 그 무렵 오케아노스의 따님 에우뤼노메와 테티스 님이 아니었다면 나는 무척 쓰라린 경험을 했을 거야.

나는 이 두 분 밑에 9년이나 있으면서, 속이 텅 빈 동굴 안에서 아름다운 브로치, 나선형 고리, 머리 장식, 목걸이 등등을 수없이 만들었어. 동굴 주위로 오케아노스의 물결이 부글부글 거품을 뿜고 있어서 신들도 인간도 아무도 그 사실을 모르고 있었어. 오직 나를 구해준 두 분만 알고 있었어.

그러한 분이 지금 우리 집을 찾아오셨단 말이야. 그러니 이번에는 꼭 테티스 님에게 목숨을 건져주신 은혜를 충분히 갚아야지. 자, 지금부터 그대는 대접해 드릴 준비를 하라. 나는 그동안 풀무며 연장들을 치워 놓고 갈테니."

쭈그리고 있던 몸을 일으키니 그는 실로 놀라우리만큼 거대했다. 발을 절었지만 가느다란 다리를 민첩하게 움직여서 풀무를 화로에서 끌어내어 치우고, 지금까지 쓰고 있던 연장도 모두 은상자 속에 집어넣었다. 그러고는 해면 솜으로 얼굴과 두 손, 굳건하고 튼튼한 목덜미, 억센 털이 숭숭

난 가슴을 깨끗이 닦은 다음 조끼를 입고 굵은 지팡이를 짚으며 절룩절룩 밖으로 걸어나갔다. 그러자 살아 있는 처녀와 조금도 다름없이 정신과 목소리와 온갖 기술까지 들어가 있는 황금 인형들이 그 뒤를 줄줄이 따라나갔다.

헤파이스토스는 얼른 테티스가 앉아 있는 자리로 가까이 다가가서 빛나는 대좌에 걸터앉으며 그녀의 손을 꼭 잡았다.

"테티스 님, 무슨 일로 우리 집을 다 찾아오셨어요? 고맙고 기쁜 일입니다만, 여태 한 번도 안 오셨었으니까. 자, 무엇이든 용건을 말씀하십시오. 만일 제가 할 수 있는 일이거나 했던 적이 있는 일이라면 무슨 일이든 들어드리리다."

테티스가 눈물을 글썽였다.

"헤파이스토스 님, 올림포스에는 많은 여신이 있지만 나만큼 심한 근심을 가슴에 가득 지닌 여자도 없어요. 제우스께서 나를 인간인 펠레우스와 결혼시켰기 때문이지요. 그렇게 얻은 아들이 일리오스에서 두 번 다시 돌아오지 못할 운명입니다. 지금 일리오스에서 벌어지는 전쟁을 아시지요? 그곳에서 단명할 내 아들이 쓸 갑주 제구를 만들어 주실 수 없을까요?"

"안심하세요. 간단한 일이니 조금도 걱정하지 마십시오. 그보다는 정말 나의 힘으로 불쾌한 울림을 가진 죽음의 신으로부터 아드님을 완전히 감추어버릴 수만 있다면 좋으련만."

그는 테티스를 아내에게 맡겨 놓고, 작업실로 돌아가서 풀무질을 시작했다. 풀무가 스무 개나 되는 가마 속에 바람을 불어넣자 불길이 타올랐다. 헤파이스토스는 가마 속에 썩거나 녹지 않는 청동과 주석과 비싼 금은을

계속 던져 넣었다. 모루대 위에 커다란 모루를 고정시키고 한 손에는 튼튼
하고 큼직한 쇠망치를, 또 한 손에는 집게를 들었다.

가장 먼저 만들기 시작한 것은 방패였다. 빈틈없이 기교를 부리고 둘레
에 번쩍이는 테를 세 겹 둘렀고, 손잡이 끈을 은으로 만들어서 달았다. 그
리고 중앙에는 원형의 가죽을 다섯 겹 겹쳐 대고, 표면에 또다시 다섯 개의
훌륭한 장식 무늬를 정교하게 새겼다.

첫 번째는 하늘, 땅, 바다, 태양, 보름달, 그리고 히에다스니 오리온이니
큰곰자리니 하는 모든 별자리들이었다.

두 번째로 지상에서 가장 아름다운 도시 두 개를 새겼다. 막 혼례의 축하
연과 잔치가 베풀어지는 모습이었다. 방에 있던 신부가 횃불을 든 청년들
의 안내로 도시의 한길을 건너가고 있다. 요란스런 축혼가와 피리와 하프
소리가 왁자하게 울리고, 젊은이들이 무용수와 함께 빙빙 돌며 춤을 추고,
그런 광경을 집집마다 부인들이 대문간에 나와 서서 보며 감탄하고 있다.

광장에서는 시민들이 둘러싼 가운데에서, 살해된 남자에 대한 보상 문제
로 두 사나이가 말다툼을 하고 있다. '다 지불했다. 못 받았다.'를 놓고 떠들
다가 재판을 하자고 흥분하자, 군중들도 두 무리로 갈라져서 다툰다. 이때
전령이 달려와서 사람들을 제지시키려 든다.

그 한편에서는 장로들이 돌 의자에 앉아 있고 누군가가 홀을 손에 받들
고 있다. 회의에서는 이 홀을 받아든 이가 발언하는 것이 규칙이었다. 그
한가운데에는 황금 추가 두 개 있는데, 이것은 가장 올바른 재판을 주장한
사람에게 주는 것이다.

또 한켠에서는 두 군대가 대치하고 있다. '성을 공략하고 약탈하자, 항복

의 조건으로 절반만 받고 성에 입성하자.'는 의견이 대립하고 있다. 그런데 성안 사람들은 적의 어떠한 제의도 받아들이려 하지 않고 기습을 감행하려고 무장을 굳히고 있다. 성벽에는 사랑하는 아내며 철없는 어린아이들, 거기에 나이 많은 노인까지 올라가서 보고 있다. 이렇게 출정한 군세의 선두에는 군신 아레스와 팔라스 아테네가 황금 옷에 잘 어울리는 갑주 제구를 입고 서 있었다. 그들은 매복에 적당하다고 판단한 장소인 소와 양이 물을 마시러 오는 장소에 이르자, 모두 번쩍이는 청동 갑주를 입은 채 쭈그리고 앉았다.

그래서 척후병 둘을 내보내어 병사들이 숨어 있는 곳에서 떨어진 곳에 엎드려 양이며 뿔이 굽은 소떼가 나타나기를 기다린다. 두 목동은 그런 줄은 꿈에도 모르고 피리를 불며 오고 있다. 그래서 매복에 걸리고 마는데, 집회 광장에 앉아 있다가 소식을 듣고 달려온 구원자들이 도착한다. 강둑에서 청동 창을 집어던지는 전투가 시작된다. 투쟁의 여신 에리스, 혼란의 신 퀴도이모스, 죽음의 여신 케르까지 끼어들어서 아직 살아 있으면서 갓 부상한 자, 아무런 상처도 입지 않은 자, 이미 싸늘하게 식은 송장의 다리 따위를 이리저리 끌고 다닌다. 혼전의 양상이나 와시글거리는 현장감 따위가 실물처럼 생생하게 묘사되어 있었다.

셋째 원에는 기름진 밭을 부드럽게 세 번이나 갈아엎은 새로운 개간지가 널따랗게 새겨져 있다. 농부들이 쟁기를 끄는 한 쌍의 소를 쉴 새 없이 이리저리 몬다. 밭고랑 끝까지 갔다가 되돌아올 때마다 한 사나이가 기다리고 있다가 맞이하여 꿀을 탄 달콤한 포도주를 한 잔 가득 따라준다. 또 이쪽도 그것을 기대하고 고랑을 쟁기질하며 되돌아오는 것이다. 밭은 갈아나가는 것마다 꺼멓게 변했는데, 황금으로 새겼는데도 갈아엎은 흙으로 보이는 것이 실로 놀랍고 신기한 솜씨였다.

옆에는 영주의 장원이 있고, 일꾼들 몇이 예리한 낫을 손에 쥐고 보리를 베고 있다. 베어낸 보릿단이 이랑 사이에 쓰러져 있으면, 아이들이 쉴 새 없이 벤 보리를 한아름씩 들어오고 남자 셋이 새끼로 부지런히 묶는다. 땅임자인 영주가 이랑 너머에서 아무 말 없이 지팡이를 짚고 즐거운 듯 지켜보고 있다. 좀 떨어진 떡갈나무 그늘에서는 심부름꾼들이 향연 준비에 바쁘다. 막 큼직한 소를 잡아 조리하면 여자들이 모여들어 흰 보릿가루를 일꾼들의 식사를 위해 뿌려대고 있다.

저만치에 있는 과수원은 도랑이 유리빛 법랑이고, 울타리가 주석이었다. 한가닥 오솔길로 일꾼들이 주렁주렁 영근 포도송이를 따서 나른다. 처녀들과 젊은이들이 고생을 모르는 순진한 마음으로 꿀처럼 단 과일을 바구니에 담아들고 가는데, 그 가운데서 소년 하나가 하프 소리도 드높게 마음껏 줄을 퉁기며 차분하게 가라앉은 목소리로 노래를 부르면서 걸어간다. 모두 거기에 장단을 맞추어 춤을 추고 소리를 지르며 발을 구르고 덩실거리고 있다.

넷째 원에는 곧은 뿔을 가진 암소떼를 황금과 주석으로 새겼다. 암소떼는 한가로이 울면서 외양간을 나와 목장으로 급히 가는 중이다. 찰랑찰랑 물이 흐르는 강가로, 와삭거리는 갈대가 무성한 풀밭으로. 그 주위에서 황금으로 만든 목동 넷이 소들을 돌보며 걸어가고 아홉 마리나 되는 날쌘 개들이 따라간다. 한편 무서운 사자 두 마리가 선두에 선 소떼 사이에서 이미 큰 소리로 울부짖는 황소 한 마리에게 덤벼들고 있다. 소가 끌려가며 거친 숨소리를 내고 개와 젊은이들이 달려갔으나, 두 마리의 사자는 벌써 커다란 소의 몸뚱이를 물어뜯어 내장과 거뭇한 피를 빨아먹고 있다. 목동들은 요령 없이 날쌘 개들만 부추기고 몰아세울 따름이다. 개들은 꽁무니를 빼며 감히 사자에게 덤비지는 못하면서도 바로 앞에 가서 짖어대기도 하고 뒤로 물러나기도 한다.

절름발이 신 헤파이스토스는 목장 광경도 새겨넣었다. 경치 좋은 골짜기 나직한 지대에 하얀 털의 양들이 몰려 있는 목장과 축사며 우리 같은 것을. 그는 춤추고 노래하는 무리들도 새겼다. 크노소스(크레타 섬의 도시, 미노스 성 성 주변에 있는 미노아 문화의 중심지)의 대로에 다이달로스가 아리아드네를 위해 만들어놓은 것처럼, 젊은이들과 암소를 혼수감으로 지참하는 처녀들이 서로 부둥켜안고 춤을 추었다. 그 처녀들은 결이 고운 삼베옷을 걸치고, 젊은이들은 잘 짜인 조끼를 입었으며, 기름을 발라 촉촉히 빛나보였다. 처녀들은 고운 화관을 쓰고 있었고, 젊은이들은 은으로 만든 끈으로 황금 단검을 허리에 차고 있었다.

그 사람들이 짝을 지어 익숙한 걸음걸이로 사뿐히 뛰어다니는 것은, 마치 도자기공이 앉은 채 손에 꼭 맞는 녹로를 만져 보고 잘 회전하는가 시험삼아 돌려 보는 때와 같다. 때로는 또 줄을 지어 서로 달려가서 마주 서곤 하는데, 이 마음 흐뭇한 노래와 춤의 무리를 다시 둘러싸고 많은 구경꾼이 재미있게 바라보고 있다. 그 중에서 신성한 악사 한 사람이 하프를 손에 들고 노래를 부르니 두 사람의 곡예사가 군중 가운데로 나아가 그 가락에 맞추어 빙글빙글 돈다.

그 위 다섯째 원에는 도도하고 힘차게 흘러가는 오케아노스 강물을 새겼다. 튼튼하게 만든 큰 방패의 가장 끝쪽 가장자리에.

이와 같이 하여 마침내 거대하고 견고한 방패를 다 만들고 나자, 이번에는 다시 불빛보다 더 빛나는 가슴받이와 황금 앞장식을 붙인 투구를 만들었다. 주석으로 정강이받이도 만들었다.

세상에 이름난 절름발이 신은 이렇게 갑주 제구 한 벌을 다 만들더니 테티스 여신 앞에 놓았다. 여신은 곧 눈덮인 올림포스에서 날쌘 매처럼 날아내렸다. 헤파이스토스의 갑주 제구를 아들에게 갖다주려고.

제19권

아킬레우스의 참전

아킬레우스가 새 갑옷을 받고 참전을 선언한다. 아가멤논은 '미망의 여신' 때문에 자신이 잘못을 했다고 에둘러 사과하면서 엄청난 양의 화해 선물을 내민다. 하지만 아킬레우스는 식사도 거부한 채 어서 헥토르에게 원수를 갚으러 나가자고 재촉한다. 신들조차 그의 단식이 걱정되어서 가슴속에 넥타르와 암브로시아를 부어넣어 준다. 한편 헥토르는 '아킬레우스가 참전하는 이상 어서 튼튼한 일리오스 성벽 안에 들어가야 한다.'는 폴뤼다마스의 현명한 충고를 무시하고, 아킬레우스와의 정면대결을 선언한다.

새벽이 샤프란빛 치맛자락을 조용히 끌며 막 오케아노스 물결에서 나와 불사의 신들과 인간 세상에 광명을 주려고 하늘로 올라갔다. 그 무렵 테티스는 헤파이스토스에게 선물 받은 갑주 제구를 손에 들고 아들에게로 날아갔다. 아킬레우스는 파트로클로스의 시체 옆에 엎드려 커다란 소리로 울부짖고 있었다. 여신은 마음이 찢어질 듯 아파서, 그를 에워싼 많은 전우들 사이를 헤치고 아들 곁으로 다가가 그 손을 꼭 잡고 달랬다.

"내 아들아, 참으로 분한 일이지만 파트로클로스는 이대로 뉘어 두자. 처음부터 신들의 뜻에 의해 쓰러진 것이니까. 아무튼 너는 헤파이스토스 님이 만들어주신 이 훌륭한 갑주 제구를 받아라. 너무 훌륭해서 아직 아무도 어깨에 걸치지 못한 물건들이다."

여신이 아들 앞에 갑주 제구 일체를 쏟아놓으니, 구석구석에 온갖 기교를 다 부린 그 갑주 제구가 덜거덕거리며 울렸다. 이 소리에 뮈르미도네스족 모두가 부들부들 몸이 떨려서 한 사람도 똑바로 쳐다보지도 못하고 압도되었으나, 아킬레우스는 오히려 이것을 바라보자마자 더 심한 분노에 가슴이 메어 두 눈이 무섭게 눈썹 밑에서 번들거리며 섬광이라도 비칠 듯이 보였다. 그는 두 손으로 신이 내려준 선물을 받들어 들더니 기쁜 듯이 살펴보았다.

"어머니, 이것으로 갑주 일체는 다 갖추어졌습니다. 과연 이것은 죽음을 모르는 신의 솜씨다운 훌륭한 물건이며, 머지않아 죽을 인간 따위가 도저히 만들어낼 수 있는 것이 아닙니다. 지금부터 이 갑주를 입겠습니다. 그런데 이러는 동안에도 파트로클로스의 시체에 파리가 몰려들고 구더기가 끓지 않을까 염려됩니다."

"그건 걱정 말아라. 내가 파리가 붙지 못하게 손을 써둘 테니. 그러니 너는 얼른 희랍군 대장들을 불러모아 너의 결심을 선언하거라."

여신은 그에게 대단한 용맹심을 불어넣어 주었고, 파트로클로스에게는 콧구멍으로 신향과 붉은 넥타르를 살이 제대로 유지되도록 부어넣었다.

아킬레우스는 그 길로 나가서 회의장을 향해 걸어가며 벼락같은 고함을 질러서 희랍군 대장들을 깨웠다. 그 소리에 병사들이 우르르 몰려나왔다. 디오메데스와 오뒷세우스는 창을 목발처럼 짚고 절뚝이며 나타나서 회의석 맨 앞자리에 앉았다. 아가멤논은 가장 나중에 나타났는데 그도 창상을 입은 상태였다.

희랍군 대장들이 한자리에 모이자 아킬레우스가 일어나 입을 열었다.

"아가멤논이여, 우리 둘이 여자 일로 불쾌한 감정을 품고 다툼에 넋을 잃어온 것이 대체 당신과 나 쌍방에 무슨 이익을 주었소. 차라리 그 여자를 얻던 날, 아르테미스 여신이 그녀를 활로 쏘셨으면 좋았을 텐데. 그러면 이토록 많은 아카이아인들이 대지의 흙을 씹지 않아도 되었을 것을.

당신과 나의 불화는 헥토르나 트로이아측에는 이득이 되었지만 희랍군에게는 잊지 못할 상처가 되었소. 그러니 나는 이제 과거사는 아무리 불쾌한 일이라 하더라도 가슴속에 묻겠소. 부득이 원망이 솟더라도 꾹 눌러버리겠소. 그러니 자, 즉각 전투에 임하도록 희랍군을 재촉하시오. 지금 당장 트로이아군과 정면으로 맞붙어서, 그들이 아직도 배 곁에서 야영할 생각인지 시험해 봅시다. 그들은 필경 격렬한 싸움을 피하여 우리들의 창끝에 쓰러지지 않고 도망치게 된다면, 모두 무릎을 굽히고 쉬게 된 것을 고맙게 여길 것임에 틀림없소."

희랍군은 아킬레우스의 선언에 크게 기뻐했다. 아가멤논이 그들을 향해 말했다.

"친애하는 아카이아의 용사들이여, 저 의견에 참견하는 것은 바람직하지 못하다. 아무리 말 잘하는 이라 하더라도.

이번 일로 나는 여러 차례 비판을 받았다. 그러나 결코 내가 그 장본인이 아니고, 제우스 신과 운명의 여신과 흐릿한 안개 속을 헤매는 복수의 여신이 한 짓이다. 그분들이 지난번 회의 자리에서 아킬레우스에게 준 상품을 내 자신이 도로 빼앗도록 내 가슴속에 치졸한 미망을 불어넣은 것이다.

그러니 내가 어떻게 할 수 있었겠는가, 신은 언제나 모든 일을 그대로 밀고 나가 뜻을 이루고 마시니.

미망의 여신은 제우스의 맏딸로서 너 나 할 것 없이 무나 미망 속으로 끌어넣는 지긋지긋한 여신이다. 그 발끝은 보드라워 결코 흙을 밟는 일이 없고, 다 아는 일이지만 사람들의 머리를 밟고 다니며, 인간을 희롱하면 그 절반은 꼼짝 못하게 된다.

어디 그뿐인가, 지난번에는 제우스 신조차 희롱을 당했다. 테베에서 알크메네가 저 준걸한 헤라클레스를 낳게 되어 있던 날이었지. 제우스 신이 선언하셨다. '모든 남신들과 여신들은 내가 하는 말을 잘 들어라. 바로 오늘 해산의 여신 에일레이튀이아가 세상을 지배할 인간을 인도할 것이니, 바로 나의 혈통에서 나온 장부 집안의 아이다.' 그러자 헤라 여신이 간사한 계략을 가슴에 품고 물었다. '그렇다면 당신의 혈통 중에서 오늘 태어나는 자야말로 주변 모두를 통치하는 군주로군요. 그러면 그렇다고 맹세해 주세요.' 그 꿍꿍이를 알 리 없는 제우스는 엄숙하게 맹세했으니, 바로 미망의 여신에게 사로잡혀 있던 탓이었다. 결국 헤라는 알크메네의 해산을 당장 중지시켜 놓고, 아카이아 지역 아르고스 성에 사는 스테넬로스(페르세우스의 아들. 헤라클레스에게는 백부)의 아들을 칠삭둥이로 태어나게 하고는 제우스에게 말했다. '제우스 신이시여, 방금 아르고스 사람들의 군주가 될 훌륭한 인물이 태어났어요. 페르세우스의 후예로 스테넬로스의 아들 에우뤼스테우스라고 하는데, 당신의 혈통을 가진 아이지요. 아르고스인의 군주로서 부끄럽지 않은 인물이랍니다.' 제우스 신은 그제서야 자신이 속았음을 알게 되었다. 그래서 당장 미망의 여신의 머리채를 움켜잡고 빙빙 휘둘러서

별을 향해 힘껏 내던져버렸다. '다시는 올림포스에도, 별이 반짝이는 하늘에도 두 번 다시 발을 들여놓지 못하리라.'는 저주와 함께. 여신은 인간이 사는 밭에 떨어지는 벌을 받았지만, 제우스 신은 아드님 헤라클레스의 역경을 항상 탄식하며 지켜봐야 했다.

그와 마찬가지로 나도 저 번쩍이는 투구의 헥토르가 우리 배들의 뱃머리 근처에서 희랍군을 잇따라 무찔러나가는 것을 보았을 때 내가 처음으로 저지른 그 미망을 도저히 잊을 수가 없었다. 그래서 미망에 빠졌던 잘못에 대한 보상으로 그대들에게 충분히 전리품을 줄 생각이다. 그러니 자, 나가서 용감하게 싸우라. 옆의 전우들을 격려해서 함께 싸우라."

"영예도 드높은 아트레우스의 아들 아가멤논이여, 무사들의 군주인 당신이 선물을 나누어 줄 생각이라면, 만족할 만큼 가져오게 하든지 거기 다 그대로 두든지 마음대로 하시오. 지금은 여기서 이러쿵저러쿵 말로 시간을 낭비하지 말고, 한시바삐 전투에 마음을 씁시다. 모두에게 아킬레우스가 다시 참전해서 청동 창으로 트로이아군을 돌파하는 모습을 보여줘야 하오."

이에 대해 지혜 분별이 풍부한 오뒷세우스가 대답했다.

"신과 흡사한 아킬레우스여, 아무리 그대가 강해도 희랍군을 식사도 안 시키고 전장으로 내몰 수는 없소. 일단 격돌이 시작되면 이미 신들이 기세를 불어넣었기 때문에 금방 끝나지 않으니까. 그러니 희랍군에게 어서 식사 명령부터 내립시다. 술이든 음식이든 뭐든 실컷 먹어둬야지, 허기가 지면 잘 싸울 수 없소. 마음이 아무리 투지로 불타도 말이오.

자, 어서 해산하고 식사를 시작합시다. 그리고 사령관께서는 방금 약속한 선물들을 집회장 한복판에 갖다두는 게 좋을 것이오. 아카이아인들이 모두 직접 눈으로 보도록. 아킬레우스여, 그대의 마음도 한결 누그러질 것이오. 그래서 그대가 진정으로 마음이 풀렸다면 군막에서 장만한 음식들을 거절하지 마시오. 그리고 아트레우스의 아들이여, 앞으로는 누구에게든 한층 더 올바르게 행동해 주오. 군주가 먼저 화해의 손길을 내미는 것은 조금도 부당한 일이 아니라오."

무사들의 군주 아가멤논이 말했다.

"기쁘구나, 라에르테스의 아들 오뒷세우스여. 방금 그대가 한 말이 다 조리에 맞을뿐더러 내가 하고 싶은 말들이구나. 그것이 나도 진심으로 바라는 일이고, 신에게 맹세코 나의 맹세를 어기지 않겠다. 그러니 아킬레우스여, 당장 싸우고 싶겠지만 이대로 여기서 기다려다오. 아까 말한 선사품이 군막에서 도착할 때까지.

오뒷세우스 자네에게 내가 지시하고 싶은 것이 있으니, 아카이아인 병사 중에서 최정예들만 뽑아서 선사품들과 함께 아킬레우스의 배로 운반해 주게. 시종인 탈튀비오스에게는 냉큼 희랍군의 널찍한 군막 안에서 수퇘지를 잡아 제우스 신과 태양신에게 바치도록 준비시키고."

하지만 아킬레우스의 대답은 조금 달랐다.

"지금이 여느 전투들과 같다면, 그래서 내 가슴에 이토록 상념이 들끓지 않는다면 그대들의 말이 맞다. 그러나 지금은 헥토르 때문에 다들 상처투성이다. 나는 그들을 배고픈 채로 전장에 내보냈다가 해가 진 후에 충분히 저녁을 먹이겠다. 분풀이를 한 후에. 손해를 충분히 보상받은 후에. 왜냐하면 그전에는 아무 것도 목으로 넘어가지 않을 것이기 때문이다. 친한 벗이

온몸이 마구 찢긴 채 내 군막에 누워 있는데, 그 시신을 둘러싸고 전우들이 흐느끼고 있는데, 그대들의 조언은 내 귀에 들어오지 않는다."

오뒷세우스가 아킬레우스를 달랬다.

"아카이아 최고의 용사 아킬레우스여, 물론 그대의 무용과 창술이 나보다 훨씬 뛰어나지만 계략이나 착안은 내가 한수 위라오. 그대보다 나이도 많고 세상도 더 많이 보아 왔으니까. 그러니 내 말을 참고 잘 명심해 주오. 싸움의 응수라는 것은 정말로 인간들을 금방 진력나게 만드오. 수확은 보잘것없는데, 제우스 신이 저울 추를 결정하실 때는 대부분 청동 칼날이 땅에 베어버리는 보리짚은 수두룩하니까.

그러니 희랍군이 굶음으로써 전사자를 애도한다는 것은 터무니없는 생각이오. 굶으면서 전투를 어찌하고, 전투를 잘 못해서 죽어버리면 어찌 애도를 하겠소? 살아남은 이들은 더한층 적으로 지목하는 자들과 언제라도 격렬하게 싸워 나갈 수 있도록 음식을 제대로 찾아먹게 하는 것이 좋소. 결코 닳지 않는 청동 갑주를 몸에 두르고. 그리고 병사는 누구든 특별한 격려를 기다려서 우물쭈물해서는 안되오. 이것이야말로 재촉이오. 어서 식사를 해야 한시라도 빨리 돌진해서 트로이아군에게 날카로운 싸움 솜씨를 보여줄 수 있소."

그는 이렇게 말하고는 네스토르의 아들들과 메게스, 토아스, 메리오네스, 크레이온의 아들 뤼코메데스와 멜라닙포스를 이끌고 아가멤논의 군막으로 들어갔다. 그들은 세발 가마솥 일곱 개, 그 외에 빛나는 솥 스무 개, 열두 마리의 말에다 수예가 뛰어난 여자 일곱 명, 그리고 아름다운 볼을 가진 브리세이스를 데리고 나왔다. 그 선두에서 오뒷세우스가 황금 추를 10관쯤 저울에 달아들고 나가니 다른 아카이아 젊은 무사들도 저마다 선물을 들고 뒤따랐다.

물품들이 회의장 한가운데에 놓이자 아가멤논이 일어섰다. 음성이 신에 버금간다고 사람들이 일컫는 탈튀비오스가 멧돼지 수놈을 두 손에 받쳐들고 총사령관 곁에 가서 서니, 그가 허리춤에서 단검을 뽑아 멧돼지의 머리털을 깎고는 제우스를 향해 두 손을 쳐들어 기도했다. 희랍군은 조용히 소리를 죽이고 정해진 자리에 그대로 앉아 군주의 기도에 귀를 기울였다.

"지고지선의 제우스 신, 대지의 신, 태양의 신, 그리고 지하에 있으면서 누구든지 거짓 맹세를 한 인간들을 벌주는 복수의 여신까지 모두 우리를 굽어살피소서. 브리세이스는 나의 군막에 있는 동안 한 번도 나와 함께 머문 적이 없습니다. 만일 이 맹세가 조금이라도 거짓이라면, 그때는 여러 신이 아무리 많은 쓰라림을 주셔도 상관없습니다. 사람이 일단 맹세를 해놓고 어겼을 때 받게 되는 쓰라림을."

이렇게 말을 하자마자 인정사정없이 청동 칼로 멧돼지의 멱을 따니, 탈튀비오스가 멧돼지를 빙빙 휘둘러 잿빛 바다의 넓고 깊은 물속에 고기밥이 되라고 던졌다. 그때 아킬레우스가 일어섰다.

"제우스 아버지 신이여, 신께서는 언제나 대단한 미망을 인간들에게 주시는군요. 그렇지 않았다면 골수에 사무치는 분노를 아가멤논이 내 가슴속에 주지도 않았을 것이고, 또 내 여자를 억지로 끌고 가지도 않았을 것입니다. 결국은 제우스 신께서 많은 아카이아인을 죽이고자 꾸민 일이십니다. 그럼 여러분, 모두 식사를 하러 가시오. 오늘의 전투를 위해서."

사람들은 저마다 흩어져서 자기 군막으로 돌아갔다. 의기왕성한 뮈르미도네스족 부대는 받은 선물을 정리해서 아킬레우스의 배로 옮겼다. 물건들은 군막 안에 들여놓고 여자들은 앉혔으며, 말들은 자랑스러운 말구종들이 말떼 속에 쫓아 넣었다.

그때 황금의 아프로디테와도 착각될 자태의 브리세이스가 파트로클로스의 참혹한 모습을 발견하고, 그 곁에 엎드려서 큰 소리로 통곡하며 두 손으로 가슴과 보드라운 목과 고운 얼굴을 쥐어뜯었다.

"파트로클로스 님, 당신은 비참한 제게 더없이 소중한 분이었습니다. 그런데 제가 이 군막을 나갈 때는 늠름하시던 분이, 이렇게 돌아와 뵈니 완전히 숨이 끊어진 모습으로 바뀌시다니요. 정말 저는 줄곧 불행만 겪어 오고 있군요. 남편이 뒤네스 도성 앞에서 창살당하는 것을 바로 제 눈으로 목격한 날, 저와 한 어머니 뱃속에서 태어난 형제 셋과 친척들까지도 모두 최후를 맞았지요. 당신은 제가 남편을 아킬레우스에게 잃고 울 때, 방치하지 않고 달래주셨습니다. 나중에 아킬레우스의 정실이 될 수도 있다고, 프티아에 데려 가서 혼례 잔치도 베풀어 주마고 말씀하셨지요. 그렇게 인자하셨던 당신의 최후가 너무 슬퍼서 계속 눈물이 납니다."

브리세이스의 통곡에 다른 여자들도 흐느꼈다. 파트로클로스를 내세웠지만, 사실은 제 신세 한탄이었다.

한편 아킬레우스는 아카이아인 장로들이 와서 거듭 권하는 식사 요청을 다 거절하고 있었다.

"부탁이오. 내 말을 친한 벗으로서 귀담아들어 주어서, 내게 음식으로 배를 채우라고 권하지 말아주오. 지금도 나는 무서운 비탄에 잠겨 있으니까. 해질 때까지는 무슨 일이 있더라도 이대로 참고 견딜 참이오."

그러자 다들 하나둘 돌아갔는데 아가멤논과 메넬라오스, 오뒷세우스, 네스토르, 이도메네우스, 늙은 기사 포이닉스는 계속 곁에 남아서 깊은 비탄에 잠긴 아킬레우스를 위로하였다. 그러나 아킬레우스는 도무지 싸움터에 뛰어들기 전에는 마음이 가라앉지 않는 듯 지난날을 회상하고 깊이 탄식하기만을 반복했다.

　"아, 참으로 그대는 내가 가장 사랑하는 불행한 벗이었다. 희랍군의 다급한 전황 중에도, 그대는 나를 위해 몇 번이나 군막 안에 맛있는 음식을 장만해 주었지. 그런데 지금 그대는 마구 베이고 찔린 채 쓰러져 있구나. 그 모습을 보는 나의 가슴은 그대를 아끼고 슬퍼하는 마음에 목이 메어 먹는 것도 마시는 것도 넘어가지 않는구나. 아버님이 돌아가셨다는 소식도 이보다 더 가엾고 지독하게 불행하지는 않을 것이다. 하기야 그 어른은 지금쯤 프티아에서 아들이 끌려간 것을 슬퍼하여 굵은 눈물을 흘리고 계시겠지만. 결국 끌려와서 처음 보는 고장에서 헬레네를 위해 싸우고 있으니. 스퀴로스 섬에 있는 사랑스런 아들 네프톨레모스가 죽었다는 소식을 듣는대도 이렇게까지 슬프지는 않을 것이다.

　실은 여태까지 마음속으로 이렇게 바라고 있었다. 나 자신은 아르고스에서 멀리 떨어진 이 트로이아에서 쓰러지더라도 그대만은 반드시 살아서 프티아로 돌아가, 앞으로 언젠가 내 아들을 스퀴로스에서 데려와서 내 재산과 저택을 보여주기를. 왜냐하면 그때는 펠레우스도 이미 돌아가셨을 것이고 간신히 생명을 지탱하고 있더라도 늙고 쇠약해지셔서 밤낮 나에 대해 한탄하고 있을 것이기 때문이다."

　아킬레우스의 탄식에 장로들도 저마다 고향집에 두고 온 사람들이 생각

나서 비탄에 잠겼다. 그들의 모습에 제우스가 측은한 생각이 들어서 아테네를 돌아보며 물었다.

"애야, 너는 이제 저 용감한 무사를 버리고 말았느냐? 그는 저 뱃머리가 곧은 배 앞에 주저앉아 사랑하는 벗을 애도하며 슬피 울면서, 다른 사람들은 모두 식사하러 갔는데도 식음을 끊고 있다. 그러니 너는 얼른 가서 굶주림이 엄습하지 못하도록 넥타르와 암브로시아를 주거라."

아까부터 그렇게 하고 싶어서 안달이 났던 아테네는 당장 매의 모습으로 내려가, 아킬레우스가 굶주림 따위에 고통받지 않도록 가슴속에 넥타르와 암브로시아를 부어넣었다.

드디어 아카이아군 병사들이 배 곁을 행군해 나갔다. 그 광경이 마치 하늘에서 폭설의 눈송이가 펑펑 쏟아지는 것 같았다. 끊임없이 선단에서 밀려나오는 무리가 눈부시게 빛나며 번쩍이는 많은 투구를 쓰고 꼭지를 단 큰 방패, 튼튼한 뼈대를 겹친 가슴받이, 물푸레나무 창 따위를 움직이자 그 광채가 하늘에 이르고 주변 대지가 하나같이 번쩍번쩍 웃어댔다. 바로 청동의 번쩍거림이다. 대지는 무사들의 발아래에서 요란하게 울렸다.

그 한가운데에서 아킬레우스가 갑주를 몸에 두르고 있었다. 그의 이에서 뿌드득 가는 소리가 나고, 두 눈은 심장의 참지 못할 괴로움이 불꽃으로 올라와서 이글거렸다. 그는 헥토르에 대한 분노에 불타 헤파이스토스가 애써 만들어준 갑주를 입었다. 먼저 은으로 만든 복사뼈 가리개도 튼튼한 정강이받이를 장딴지에 대고, 가슴둘레에 가슴받이를 둘렀다. 두 어깨에 은못을 몇 개나 박은 쌍날의 청동 칼을 걸치고 마지막으로 튼튼하게 만든 커다란 방패를 드니 그 광채가 멀리까지 보름달처럼 환하게 비쳤다.

그 불은 마치 산상에 외로이 선 목동의 오두막에 붙은 불길이 먼바다 위에 있는 선원들의 눈에까지 이르는 것 같았다. 그와 마찬가지로 아킬레우스의 온갖 기술을 다하여 장식을 단 훌륭한 방패에서 광채가 높은 하늘로 올라갔다. 또 머리에는 다부진 네 뿔의 투구를 썼다. 말총 장식의 투구는 마치 별처럼 찬란하게 빛나고, 그 주위에는 헤파이스토스 신이 투구 전체에 빙 둘러 드리운 금술이 가냘프게 흔들거렸다. 새 것이지만 갑주 제구가 어찌나 몸에 잘 맞던지 사뿐히 허공을 날 수도 있을 것 같았다.

그러고는 원래부터 제 것이었던 창을 들었다. 이것은 다른 아카이아인에게는 손에 맞지 않고 오직 아킬레우스 혼자만이 휘두를 수 있는 물건으로, 펠리온 산 물푸레나무로 만든 이 창은 본디 케이론이 펠리온 봉우리에서 잘라 펠레우스의 결혼잔치 때 선사한 것이었다.

전차에는 알키메돈과 알키모스와 신마 두 마리를 매서, 마부를 맡은 아우토메돈에게 고삐를 넘겨주었다. 번쩍번쩍 빛나는 채찍을 손에 꼭 쥔 아우토메돈이 쌍두전차 위로 홀쩍 뛰어오르자, 그 뒷자리에 갑주를 훌륭하게 입은 아킬레우스가 앉아 찬란하게 천공을 가는 태양처럼 투구를 번들거리며 나갔다.

"크산토스와 발리오스여, 포다르게의 이름을 멀리 떨친 준마들이여, 전투를 끝마치면 너희가 전보다 훨씬 조심해서 우리를 희랍군 진중으로 데려다주어야 한다. 결코 파트로클로스를 전사시킨 채 그 자리에 두고 오듯 해서는 안 된다."

크산토스가 머리를 깊숙히 숙이고 갈기를 멍에 양쪽 테두리 밖으로 땅에 닿을 듯이 떨어뜨린 채 입을 열었다. 헤라가 사람의 말을 할 수 있게 해준 것이다.

"말씀대로 이번에는 무사히 돌아오실 것입니다. 준걸하신 아킬레우스님, 하지만 실로 최후를 맞으실 날이 다가오고 있습니다. 그것은 물론 저희들 탓이 아니고 어느 높으신 신과 무정한 운명이 하는 일입니다. 결코 우리들의 걸음이 느리고 행동이 태만해서 파트로클로스 님이 갑주 제구를 빼앗긴 게 아닙니다. 여러 신들 가운데서도 가장 훌륭하신, 레토 여신의 아드님이 헥토르에게 영광을 주셨던 것입니다. 저희들은 걸음이 가장 가볍다는 서풍의 입김 못지않게 달리겠습니다. 그렇지만 아킬레우스 님에게는 한 분의 신과 한 사람에게 당하시는 운명이 정해져 있습니다."

이때 질서를 지키는 복수의 여신들이 재빨리 말을 못하게 막았다. 이에 대해 아주 기분이 상한 듯 아킬레우스가 말했다.

"크산토스여, 어쩌자고 너는 나의 죽음을 예언하는가? 나도 이미 그것을 잘 알고 있다. 사랑하는 아버님과 어머님 곁에서 멀리 떨어진 이 땅에서 마침내 내가 죽을 운명이라는 것을. 그러나 트로이아군이 싸움에 신물을 내도록 실컷 몰아세우지 않고는 쉽사리 죽지 않을 테다."

이렇게 말하자마자 고함을 치면서 선진 사이로 준마를 몰아 나갔다.

제20권

제우스가 신들에게 참전을 명하다

✣

드디어 헥토르와 아킬레우스의 최후의 대결만 남은 상태. 그런데 제우스가 신들에게 '내려가서 자기 편을 도와 마음껏 싸우라.'고 말한다. 아킬레우스가 너무 잔인한 살기에 사로잡혀 있어서, 혹 그가 지나치게 활약해서 일리오스 성까지 함락시키고 자신의 운명을 거스를까 봐 걱정이 되었던 것이다. 그러자 기다렸다는 듯이 신들이 참전한다. 신들의 대결은 무시무시한 굉음으로 천지를 흔들었다. 아폴론이 포세이돈에게 화살을 겨누고, 아테네가 아레스를 상대했고, 헤라는 아르테미스와 맞섰다. 레토는 헤르메스가 맡고, 헤파이스토스는 크산토스가 맡아 싸웠다.

희랍군이 선단 옆에서 아킬레우스를 중심으로 무장할 때, 들판의 트로이아군도 갑주 제구를 몸에 둘렀다. 올림포스 천궁에서도 제우스가 테미스를 시켜서 신들을 집합시켰다. 오케아노스를 제외한 세계 모든 '강의 신'이 불려왔고, 아름다운 숲과 초원과 목장에 사는 님프들까지 불려왔다. 포세이돈이 여럿 사이에 끼어 앉으면서 제우스의 뜻을 물었다.

"번개와 천둥의 신께서는 무슨 까닭으로 또다시 신들을 소집했는지요. 트로이아군과 희랍군에 대한 새로운 생각이 있으신지요?"

"이유를 짐작하지 않는가. 아무래도 인간들이 너무 많이 죽어가는 것 같아서 말이야. 그래서 말인데, 나는 이곳에서 상황을 지켜보며 기다릴 작정이지만, 그대들은 나가서 마음내키는 편에 가세해도 좋다. 왜냐하면 아킬레우스가 가세하는 순간 트로이아군은 견디지 못할 테니까. 원래 그의 그림자만 봐도 벌벌 떨었는데, 지금은 친구의 죽음 때문에 격분해 있으니 자칫 잘못하면 정해진 운명을 넘어 성벽까지 파괴해버릴까봐 걱정이다."

그러자 신들이 앞다퉈 싸움터로 날아갔다. 헤라, 아테네, 포세이돈, 헤르메스는 당연히 희랍군에게 갔다. 헤파이스토스까지 절룩거리는 다리를 바쁘게 움직이며 따라갔다. 트로이아 쪽으로는 아프로디테, 아레스, 아폴론, 아르테미스, 레토와 크산토스(스카만드로스)가 달려갔다.

당연히 전장의 분위기는 아킬레우스가 등장한 희랍군이 훨씬 좋았다. 반대로 트로이아측은 극심한 공포로 벌벌 떨었다. 여기에 올림포스 신들이 섞여드니, 신들 사이에서도 대단한 경쟁이 시작되었다. 하늘에서 제우스가 천둥을 던졌고, 밑에서는 포세이돈이 대지와 산맥을 흔드니 이데 산의 산줄기, 트로이아 성벽도 아카이아인의 배도 무섭게 진동했다. 오죽했으면 하데스(저승의 신)조차 겁에 질려 저승 옥좌에서 외마디 소리를 지르며 뛰어올랐다. 포세이돈이 대지를 너무 흔드니까 땅바닥이 찢어져서 저승이 인간과 신들 눈에 고스란히 드러날까 봐 두려웠기 때문이다.

신들의 대결은 무시무시한 굉음으로 천지를 흔들었다. 아폴론이 포세이돈에게 날개 달린 화살을 정면에서 겨누면, 아테네가 아레스를 상대했고, 헤라는 아르테미스와 맞섰다. 레토는 헤르메스가 맡고, 헤파이스토스는 크산토스가 맡아 싸웠다. 신들은 크산토스라 부르지만 인간들은 흔히 스카만드로스라 부르는 하신이다.

그런 사정을 모르는 아킬레우스는 헥토르를 찾아다니고 있었다. 이때 아폴론이 뤼카온의 모습으로 변해서 아이네이아스를 부추겼다.

"아이네이아스여, 트로이아 군세의 지휘관인 그대가 전에 트로이아 대장들에게 아킬레우스와 싸우겠다고 호언장담하지 않았소?"

"나를 부추기지 마라. 나는 아킬레우스와 정면승부를 하고 싶지 않다. 왜냐하면 예전에 이데 산에서 소를 치다가 저 사내의 공격을 받아서 죽을 뻔했기 때문이다. 제우스가 지켜주지 않으셨다면 그때 목숨을 잃었겠지. 아테네 여신은 그의 앞에 나아가서 그에게 빛을 주고 청동 창을 집어주며 렐레게스족이며 트로이아인들을 죽여버리라고 격려하고 있었다. 그러니 신들이 꼭 붙어서서 재앙을 막아주고 있는 아킬레우스에게 어떻게 인간이 정면으로 대들어 싸울 수 있겠어? 실로 그렇지 않더라도 그의 창은 곧장 날아가 사람의 살을 꿰뚫지 않고서는 멎지 않는다.

하지만 만일 신들이 싸움을 공평하게 해주신다면 그도 결코 그리 쉽게 이길 수만은 없을 텐데. 비록 그의 몸이 청동으로 되어 있노라 우쭐대고 있더라도."

"용사여, 그렇다면 그대도 영원히 사시는 신들에게 기도를 드려라. 듣기로는 그대가 제우스의 따님 아프로디테에게서 태어났다고 하니, 바다노인 네레우스의 따님에게서 태어난 그 사내보다 지체가 높다. 그러니 얼른, 결코 부서지지 않는 청동 갑주를 가지고 오게."

그 말이 아이네이아스에게 대담함을 주었다. 안키세스의 아들은 청동 갑주를 입고 선진 사이를 헤쳐서 펠레우스의 아들을 향해 돌진했다. 이것을 멀리서 헤라가 보았다.

"포세이돈이여, 아테네여, 보시다시피 아이네이아스가 번쩍이는 청동 갑주를 몸에 두르고 펠레우스의 아들을 향해서 달려갔어요. 포이보스 아폴론 짓이지요. 그러니 우리가 얼른 저 사나이를 뒤쪽으로 쫓아버립시다. 아니면 이쪽에서도 누가 아킬레우스에게 가서 엄청난 힘을 주고 오든지. 신들이 많이 있지만 자신을 도와주는 신들이 제일 훌륭하고, 트로이아를 돕는 신들은 다 아무짝에도 쓸모없는 머저리뿐이라는 것을 아킬레우스가 깨달을 수 있도록요.

우리가 올림포스에서 내려와 이 싸움에 낀 이유는, 저 사나이가 오늘이라도 트로이아 군세 속에서 불행한 변을 당하지 않게 해주기 위해서예요. 나중에는 아킬레우스가 태어날 때 운명이 만들어 보낸 삼베실에 정해진 것처럼 그대로 받게 되겠지만. 하지만 아킬레우스가 이 일을 아직도 신의 계시로서 알지 못하고 있다면, 그때는 어느 신이든 전투 때 면전에 나타나면 겁을 집어먹을 거예요."

대지를 뒤흔드는 포세이돈이 대답했다.

"헤라여, 흥분해서 품격을 잃지는 맙시다. 신들을 서로 싸움시키는 것은 좋지 않아요. 그러니 우리는 지금부터 방해하지 말고 높이 올라앉아 구경합시다. 전투는 인간들에게 맡겨놓고요. 그러다가 만일 아레스나 아폴론이 먼저 싸움을 걸거나 아킬레우스를 꼼짝 못하게 수를 쓰면, 그때 전면전에 나서면 되겠지. 그러면 그야말로 순식간에 승부가 나서 그들은 우리 손에 패배해서 올림포스로 달아날 것이고, 다른 신들 속으로 들어가겠죠."

포세이돈은 신들을 헤라클레스의 방벽 안으로 안내했다. 이것은 트로이아 사람들과 팔라스 아테네가 만들어 놓은 것인데, 포세이돈이 보냈던 바다괴물이 모래밭에서 쫓아올 때 위기를 모면할 곳으로 만든 곳이다. 신들은 그곳에 앉아서 사람 눈에 띄지 않도록 주위에 결코 흩어지지 않는 구름을 어깨에 둘러쳤다. 한쪽에서는 아름다운 언덕의 눈썹쯤 되는 곳에 아폴론과 아레스 무리가 모여 앉아 있었다.

인간들은 쌍방 모두 전투 개시를 망설이고 있었다. 너무 고통스러웠기 때문이다. 그러자 아득히 높은 곳의 제우스가 개전 신호를 보냈다. 양군 병사들과 말과 전차로 들판이 완전히 뒤덮이고 온통 청동으로 번쩍거리자 모두 일제히 돌격해 들어갔다. 지축이 흔들렸다. 그 가운데서도 양측에서 유독 돋보이는 용사 두 명이 대치하고 서 있었으니, 아이네이아스와 아킬레우스였다.

아이네이아스가 묵직한 투구를 흔들면서 위협하듯 큼직한 걸음걸이로 성큼성큼 걸어나왔다. 가슴 앞에 방패를 들고 청동 창을 사납게 마구 휘둘러댔다. 펠레우스의 아들은 사자처럼 달려나갔다. 사자는 온 마을 사람들이 에워싸도 태연하게 기다리다가 일제히 창이 날아올 때 입을 크게 벌리면서 피하는데, 그럴 때면 이빨 언저리는 거품으로 뒤덮이고, 심장의 격렬한 박동에 꼬리로 옆구리와 볼기짝을 철썩철썩 치면서 눈을 번들번들 빛낸다. 그리고 다음 순간 적을 향해 펄쩍 뛰어오른다. 생사의 운명을 걸고서.

둘 사이가 좁혀졌을 때 아킬레우스가 말했다.

"아이네이아스여, 어째서 그대가 나와 싸우려 하는가. 왕위를 이어받고 싶은 건가? 하지만 설령 나를 쓰러뜨린대도 프리아모스가 왕위를 상으로 주지는 않을 거다. 그에게는 아들이 많을 뿐 아니라 노망이 날 정도로 정신이 흐릿하지 않으니까. 그렇다면 혹시 트로이아인들이 나를 죽여주면 최고로 기름진 땅을 준다고 했는가?

어쨌든 그대는 내 상대가 안 된다. 전에도 내게서 도망가지 않았는가? 내가 다가가자 돌보던 소떼도 다 내버리고 날쌔게 달아나 버렸지. 한 번도 되돌아서서 싸우려 하지 않았다. 그대가 튀르넷소스로 도망쳤는데, 내가 그곳까지 공략해서 여자들을 노예로 잡아 왔다. 그대는 그때 제우스께서 도와주신 덕분에 잡히지 않았을 뿐이야. 오늘은 그런 행운이 없을 것이다. 그러니 호된 꼴 당하기 전에 썩 물러가라."

"펠레우스의 아들이여, 나를 철없는 아이처럼 주둥이로 협박할 수 있다고 생각해서는 안 된다. 나도 욕설쯤이야 나도 얼마든지 할 수 있어. 한 가지 그대가 명심해야 할 것이 있는데, 바로 그대는 테티스의 아들이고 나는 아프로디테의 아들이라는 사실이다.

그래도 잘 모르겠다면 내가 그대에게 우리 집안에 대해 상세히 알려주마. 뭇구름을 모으시는 제우스의 아드님이 다르다노스이시다. 그가 다르다니에를 건설할 무렵에는 일리오스 성이 지어지기 전이라서 사람들은 샘이 풍부한 이데 산기슭에 살았다. 다르다노스의 아들 에릭토니오스는 암말을 삼천 필이나 소유한 부자였는데, 지나가던 북풍이 말들이 뛰어노는 모습을 보고 반해서, 칠흑같은 갈기를 가진 흑마로 모습을 바꾸어 암말과 수태하여 열두 마리의 새끼를 낳았다. 이 망아지들이 보리가 영그는 보리밭을 뛰어다닐 때는 익은 보리이삭 위를 밟고 달려도 하나도 꺾어지지 않고, 잿빛 바닷물이 밀려와서 부서지는 파도 위도 사뿐히 딛고 달렸다. 에릭토니오스가 트로스를 낳고, 트로스가 일로스와 앗사라코스와 가뉘메데스를 낳았다. 일로스는 라오메돈을 낳고, 앗사라코스는 카퓌스를 낳고, 가뉘메데스는 절세미남이라서 제우스 신께서 천상으로 데려갔다. 라오메돈은 티토노스와 프리아모스와 람포스와 클뤼티오스와 히케타온을 낳고, 카퓌스는 안키세스를 낳으셨으니, 프리아모스의 아들이 헥토르이고 안키세스의 아들이 바로 나 아이네이아스인 것이다!

하지만 이런 부질없는 이야기를 지껄이는 것은 그만두자. 서로 욕설을 주고받는대도 한없이 할 수 있으니, 어서 정면승부를 내자."

아이네이아스가 창으로 아킬레우스의 방패를 힘껏 찍었다. 방패가 창날에 맞아 요란한 소리를 내자, 펠레우스의 아들도 약간 주춤거리며 굳건한 손으로 방패를 몸에서 약간 떨어지게 받쳤다. 그런데 그것은 어리석게도 아이네이아스의 장창이 방패를 꿰뚫고 들어올 줄 알고 그랬던 것이다. 신이 선물한 무기는 인간의 손에 그렇게 쉽사리 뚫어지거나 하는 일이 없다. 아이네이아스의 창날은 그냥 황금 판자에 박혀버렸다. 두 장은 꿰뚫었지만 석 장이 가로막힌 것이다. 헤파이스토스가 다섯 장의 철판을 겹쳐놓았기 때문이다. 그 두 장은 청동판이고 그 안쪽 두 장은 주석판, 가운데 한 장은 황금판인데, 거기서 물푸레나무 창이 가로막힌 것이다.

이번에는 아킬레우스가 긴 창을 던졌다. 창은 아이네이아스의 방패 가장자리를 맞쳤는데, 가장 얇은 곳이어서 푹 뚫리며 창이 쑥 들어왔다. 그러자 아이네이아스는 겁이 나서 얼른 몸을 굽히며 방패를 몸 위로 높이 쳐들었다. 그러자 두번째 창이 곧 몸을 가리는 큰 방패의 둥근 판을 두 장이나 뚫고 뒤쪽 땅에 쿡 꽂혔다. 아이네이아스는 아슬아슬하게 피하고 다시 몸을 가누었으나, 바로 몸 옆에 꽂힌 창을 보는 순간 엄청난 공포를 느꼈다. 아킬레우스가 그 순간을 놓치지 않고 칼을 뽑아들고 괴성을 지르며 달려들었다. 아이네이아스는 얼른 큼직한 돌덩이를 집어들어서 휘둘렀다. 포세이돈이 발견하지 못했더라면 아이네이아스는 최후를 맞았을 것이다.

"거 참, 가엾게도 아이네이아스는 곧 아킬레우스 손에 죽겠군. 아폴론 말만 듣고 덤비다니 바보 같은 사나이다. 그런데 저 사나이는 어째서 고난을 겪고 있을까? 죄도 없는데다가 항상 신들에게 제물을 넉넉히 바쳐온 사람인데. 자, 우리가 저 사나이를 죽음의 손에서 구해 주자. 아킬레우스가 그를 죽여버리면 제우스도 화를 낼지 모른다. 또 그는 죽지 않아도 될 운명이다. 다르다노스의 혈통에 후계자가 없어 가계가 끊어지지 않도록 하기 위해서이다. 크로노스의 아들은 이 다르다노스를 인간 여자들에게서 낳은 자신의 아들 중에서 가장 총애하고 있다. 그리고 이미 벌써부터 제우스는 프리아모스 집안을 미워해 왔으므로, 지금부터는 용감한 아이네이아스가 트로이아의 군주가 될 것이다. 후세에 태어나는 자손들까지도."

헤라가 말했다.

"잘 생각하세요. 아이네이아스를 지켜줄 것인지, 아니면 아킬레우스의 손에 죽게 할 것인지. 나와 아테네는 무슨 일이 있어도 트로이아 재앙의 날을 막아줄 생각이 없으니까."

이 말을 듣자 포세이돈은 둘의 창끝 사이로 들어가서 짙은 안개를 확 뿌려 놓고, 아이네이아스의 방패에서 아킬레우스의 창을 뽑아서 아킬레우스의 발 아래로 던졌다. 그러고는 아이네이아스를 허공으로 집어던지니, 그는 허공을 한참 날아가서 전장의 끄트머리에 떨어졌다. 카우코네스들이 싸울 준비로 분주해 하고 있었다. 그때 곁으로 포세이돈이 다가가서 위엄 있게 말했다.

"아이네이아스여, 어떤 신이 그대에게 펠레우스의 아들과 정면대결을 하라고 부추기더냐? 저자는 그대보다 강한데다가 여러 신들의 귀여움을 받는 무사이다. 그러니 앞으로는 그 사나이를 만나거든 곧 물러나서 결코 정해진 운명보다 빨리 저승에 달려가는 일이 없도록 주의하라. 단, 아킬레우스가 죽거든 그 후에는 실컷 선두에 나가서 싸워라. 그 말고는 그대를 쓰러뜨릴 희랍군 무사가 아무도 없으니."

그리고 이번에는 부랴부랴 아킬레우스의 눈에서 안개를 거두니, 그는 두 눈을 부릅뜨고 날카롭게 사방을 휘둘러보다가 미간을 찌푸리며 혼잣말을 중얼거렸다.

"거참, 이상하네. 온 힘을 다해서 던진 창은 땅에 꽂혀 있고 그 녀석은 흔적도 없이 사라지다니. 허풍인 줄 알았더니 신들에게 귀여움을 받는다는 말이 사실이구나. 하지만 어쨌거나 그 녀석은 이제 나와 겨룰 생각은 없어졌겠지. 지금쯤 죽음을 면한 것을 기뻐할 테니까. 그렇다면 이제 트로이아 무사들과 정면으로 솜씨를 겨루어 보자."

그는 아카이아 군사들 속으로 들어가서 용사들을 한 사람 한 사람 격려했다.

"아카이아의 용사들이여, 이제는 결코 트로이아 군사를 멀리 피해서 쭈그리고 있지 말라. 그보다는 어서 열심히 덤벼들라. 내가 아무리 무용에 뛰어나대도 이토록 많은 적을 혼자서 상대할 수는 없다. 어쨌든 나는 잠시도 주춤거리지 않고 싸울 것이다. 적의 대오를 습격해서 나의 창에 가까이 와 기뻐하는 병사가 하나도 없게 할 것이다."

그러자 헥토르도 트로이아측을 격려했다.

"트로이아 사람들이여, 의기충천한 그대들이 펠레우스의 아들을 겁낼 이유는 조금도 없다. 입으로라면 신하고라도 못 싸울까. 상대편의 수가 훨씬 많으니까 그 모두가 무기를 잡고 덤비면 힘들겠지만, 그렇지 않다. 또 아킬레우스도 스스로 지껄이는 만큼 다 해내지는 못하는 법이다. 그래서 나는 감히 덤벼들려 한다. 설혹 그의 손이 불꽃 같고 강철 같더라도."

트로이아군이 사납게 창을 휘두르며 함성을 질러대서 호응했다. 포이보스 아폴론이 헥토르 곁에 와서 말했다.

"헥토르여, 아킬레우스와 선진에서 맞붙지 말라. 그냥 군사 속에 들어가 있어라. 격전의 전장에서 벗어나 있어라."

그러자 헥토르는 무리 속으로 되돌아갔다. 신탁을 듣고 더럭 겁이 난 것이다.

한편 아킬레우스는 트로이아군 진영에 뛰어들어서 오트륀테우스의 아들 이피티온을 쓰러뜨렸다. 많은 병사들의 지휘관이었던 이 사나이는 강물의 님프가 도성의 공략자 오트륀테우스에게 눈이 덮인 트몰로스 산기슭의 휘데라는 부유한 마을에서 낳아준 아들이었다. 그는 기를 쓰고 덤벼들다가 창에 머리를 맞고 쓰러졌다.

"잠들라, 오트륀테우스의 아들이여. 가장 다부진 무사라는 그대가 죽을 자리는 바로 여기다. 태생이 귀가이에의 늪가이고, 조상대대의 영지는 고기가 많은 휠로스 강과 헤르모스 강의 인근에 있지만 말이다."

아킬레우스가 우쭐대는 소리를 들으며 이피티온의 눈은 어둠에 빨려들어갔다. 그의 시체는 희랍군의 말들이 싸움터 맨 끝에서 깔아뭉갰다.

아킬레우스는 연이어서 안테노르의 아들 데몰레온의 청동 볼가리개를 찔렀다. 청동 투구가 창날을 견디지 못하고 꿰뚫려서 창끝이 뼈를 으스러뜨리고 안에 있는 머릿골을 휘저었다. 그러자 힙포다마스가 전차에서 뛰어내려 도망가는데, 뒤에서 관통시켰다. 마치 황소가 헬리케의 신 포세이돈에게 바칠 희생으로 끌려가면서 우렁차게 짖는 것 같았다. 젊은이들이 끌고 가면 대지를 뒤흔드는 신은 기뻐한다. 그와 마찬가지로 이렇게 신음 소리를 낸 무사의 몸에서 씩씩한 생명은 떠나갔다.

아킬레우스는 창을 쥐고 폴뤼도로스를 쫓아갔다. 프리아모스는 막내아들을 가장 귀여워해서 참전하지 못하게 막아 왔다. 그러나 제 걸음이 얼마나 빠른지 보여주려는 허세 때문에 기어코 귀중한 목숨까지 잃는 궁지에 빠진다. 아킬레우스의 창을 등에 맞고, 복대의 황금 고리들이 이가 맞는 곳과 가슴받이가 이중으로 겹쳐진 자리에 창이 푹 뚫고 들어가 배꼽 옆으로 창끝이 빠져나왔다. 그는 크게 외마디 소리를 지르며 무릎을 꿇고 앞으로 쓰러졌는데, 넘어지면서 비어져 나오는 창자를 손으로 눌렀다.

헥토르는 막내동생이 창자를 쏟으며 쓰러지자, 화염처럼 튀어나갔다. 아킬레우스가 뛸 듯이 기뻐했다.

"내 가슴에 심한 상처를 입힌 사나이여, 가까이 왔구나. 내 소꿉친구를 죽인 녀석, 이제 이 싸움터에서 우리가 서로 움츠리고 숨을 수는 없다! 더 가까이 오라, 조금이라도 빨리 파멸의 구렁으로 보내줄 수 있도록!"

"펠레우스의 아들이여, 나를 어린아이처럼 어르지 말라. 그대가 나보다 무용이 뛰어난 것은 나도 잘 알지만, 싸움은 실로 신의 뜻에 맡겨진 것! 얼마든지 내가 그대의 목숨을 빼앗을 수도 있다!"

헥토르는 창을 힘껏 집어던졌다. 하지만 아테네가 바람을 일으켜서 아킬레우스에게 닿았던 화살을 헥토르에게 돌려보냈다. 창은 헥토르 발 앞에 떨어졌다.

이번에는 아킬레우스가 헥토르를 죽인다는 일념으로 안간힘을 쓰면서 무서운 고함소리와 더불어 악착같이 덤벼들었다. 그러자 아폴론이 헥토르를 휙 들어올려서 안개로 감쌌다. 아킬레우스는 세 차례나 짙은 안개만 헛되게 찔렀다. 그러다가 네 번째에 거친 숨을 몰아쉬며 귀신 같은 몰골로 덤벼들며 혼자서 뇌까렸다.

"이번에도 죽음을 모면했구나. 정말 바로 눈앞까지 재앙이 왔었는데, 이번에도 포이보스 아폴론이 살려주었는가. 전투 전에 그 신에게 열심히 기도를 드리나 보다. 그러나 앞으로 다시 만나면 반드시 결판을 내고 말리라. 지금은 우선 트로이아군의 어떤 놈이든 다른 병사들을 무찔러야지."

그는 순식간에 드뤼옵스의 목 한가운데를 창으로 찌르고, 곧바로 필레토르의 아들인 거구 데모코스를 무릎에 창을 꽂아 무릎을 꿇린 후 칼로 찔렀다. 라오고노스와 다르다노스라는 비아스의 두 아들도 전차에서 땅바닥으로 끌어내려서 한 사람은 창으로, 또 한 사람은 칼로 찔러 죽였다.

알라스토르의 아들 트로스는 혹시 자기를 용서해 줄지 모른다는 생각에 아킬레우스의 무릎에 매달려 생명을 구걸했는데, 지금 이 사나이의 마음이 오직 살의로 들끓고 있음을 모르는 어리석은 행동이었다. 단검을 뽑아 간을 쿡 찌르니 그대로 상처에서 간이 비어져 나오고 거기서 솟아난 피가 품 안에 가득 차면서 어둠이 그의 두눈을 휘덮었다. 아킬레우스는 물리오스도 창으로 귀를 찔러서 죽였다. 아게노르의 아들 에케클로스는 두개골을 칼자루로 후려쳐서 죽였다.

그러고는 곧바로 데우칼리온의 팔꿈치 관절에 청동 창날을 찔러 넣으니, 그는 팔에 추가 걸린 채로 멈칫했다. 그때 칼로 목덜미를 내려치니 투구를 쓴 채 목이 멀리 튕겨 떨어지고 골수가 흘러나왔다. 트라키아인 페이레스의 아들 리그모스도 쫓아갔다. 허리를 겨냥해서 창을 던지니 창날이 위장에 꽂혀 전차에서 굴러떨어졌다. 전차를 몰던 아레이토스의 등에도 날카로운 창을 찔러서 땅으로 떨어뜨리니, 말들이 당황해서 달려나갔다.

가뭄에 바짝 마른 산이 산불에 무섭게 타들어가면서 사방으로 불꽃이 튀며 소용돌이가 일듯, 아킬레우스가 전장에서 뛰어다니는 모습이 꼭 그와 같았다. 멍에 씌운 이마 넓은 황소들의 발밑에서 타작 마당의 훌륭하게 다듬은 새하얀 보리알이 밟혀 순식간에 보리가 자잘하게 탈곡되듯, 아킬레우스가 수많은 시체와 방패 등을 막 짓밟으며 휘젓고 다니자, 전차의 굴대 언저리 아래쪽은 온통 피투성이가 되고 차체에 둘러친 난간까지 말굽과 바퀴의 쇠테에서 튀는 피보라에 젖었다. 그 사이에도 펠레우스의 아들은 조급해 하면서 기를 쓰며 무적의 두 손을 피로 물들여갔다.

제21권

아킬레우스를 추격하는 강물, 그 강물을 쫓는 불길

❧

아킬레우스는 신들조차 걱정할 정도로 살기가 등등했다. 오직 헥토르만을 찾아다니며 앞길을 막는 모든 병사들을 쓰러뜨렸다. 프리아모스 왕의 아들 뤼카온과 폴뤼도로스도 허무하게 죽는다. 이에 트로이아군은 일제히 우르르 일리오스 성안으로 도망쳐 들어가는데, 미처 피하지 못한 후방 부대는 아킬레우스를 피해서 강으로 뛰어든다. 하지만 아킬레우스는 조금의 자비심도 없이 강물까지 피로 물들이기를 서슴지 않는다. 그러자 악시오스 강과 크산토스 강의 신이 화가 나서 아킬레우스를 물길로 추격한다. 하지만 헤파이스토스가 끼어들어서 불길로 강의 신을 물러가게 한다. 신들은 '정해진 운명의 순서'가 지켜지도록 끊임없이 전쟁에 관여한다.

트로이아 병사들은 크산토스 강 나루에 이르자 둘로 갈라졌다. 그중 한 무리는 아킬레우스의 추격에 쫓겨 들판을 가로질러 도망갔다. 바로 어제 희랍군이 헥토르에게 쫓겨 사색이 되어 도망치던 그곳이었다. 다른 무리들도 살아남으려고 정신없이 뛰는데 그 눈앞에 헤라가 짙은 안개를 드리웠다. 그러자 은빛으로 소용돌이치는 강으로 떨어져 버렸다. 비명 소리가 급류에 메아리쳐서 양쪽 강둑 사이에서 요란하게 울려퍼졌다. 병사들은 급류에 끌려가지 않으려고 필사적으로 허우적댔다.

마치 불길에 쫓겨 강물을 찾아 이리 뛰고 저리 뛰는 메뚜기떼 같았다. 불길이 수그러들지 않으면 메뚜기는 당황해서 물 위로 떨어져 버린다. 크산토스 강에 아킬레우스를 피하려다가 떨어진 사람과 말의 비명이 가득했다. 아킬레우스는 창을 강둑 수양버들에 걸쳐놓고 강물까지 뛰어들어서 귀신 같은 몰골로 닥치는 대로 칼을 휘둘렀다. 칼에 맞은 사람들의 신음 소리가 꼬리를 물고 수면은 피로 벌겋게 물들어갔다. 몸집이 큰 돌고래의 습격을 받으면 달아나던 고기들이 좋은 항구를 형성하고 있는 외딴 만으로 들어가 숨듯, 트로이아군 병사들도 근처 낭떠러지 밑에 웅크리고 앉았다.

이윽고 아킬레우스도 팔이 피곤해지자 파트로클로스를 화장할 때 희생시킬 열두 명을 강물 속에서 끌어모았다. 새끼 사슴처럼 넋을 잃고 멍청하게 서 있는 젊은이들을 강 밖으로 데리고 나가서, 그들 자신의 속옷으로 가죽끈을 만들어 손을 포박했다. 이들을 전우들에게 넘겨서 배로 데려 가게 한 다음, 되돌아와서 다시 맹렬한 기세로 도륙을 시작했다.

그때 강변에서 도망쳐 나오는 프리아모스의 아들 뤼카온과 딱 마주쳤다. 아킬레우스는 이전에 그를 야습에서 잡은 적이 있었다. 뤼카온이 프리아모스 왕의 과수원에서 전차 난간을 만드는데 쓰려고 무화과나무 가지를 몇 개 잘라내고 있을 때, 들이닥쳤던 것이다. 그때 렘노스 섬으로 데려가서 팔아버린 것을 이아손의 아들 에우네오스가 대가를 치르고 샀다. 그에게서 다시 친한 사이인 임브로스 섬의 에티온이 인수하여 많은 돈을 지불하고 거룩한 아리스베에 보내주었다. 거기서 그는 몰래 도망쳐 아버지 프리아모스의 성관으로 돌아왔던 것이다. 그후 열하루 동안을 가족과 동족들과 함께 살면서 노예 생활의 고단함을 달래고 있었는데, 딱 열이틀째 날에 다시 아킬레우스와 마주친 것이다. 그것도 강에서 달아나기 쉬우려고 투구도 방패도 창도 다 내버린 상태로.

아킬레우스도 그를 다시 발견하고 불쾌해져서 마음속으로 중얼거렸다.

'이거 참, 정말 이상한 일을 다 보겠군. 내가 죽인 트로이아인들이 저승에서 다시 살아나는 것일까? 분명히 렘노스로 팔아넘겼던 이 녀석이, 좋든 싫든 사람들은 가둬두는 허연 파도거품 이는 바다를 어떻게 건너왔단 말인가. 어쨌거나 이렇게 된 이상 날카로운 창맛을 다시 보여줘야겠지. 다시 저 세상에서 돌아올 수 있는가, 아니면 그를 대지가 붙잡아둘 것인가 충분히 확인할 수 있도록.'

아킬레우스가 잠시 생각에 잠긴 사이 뤼카온은 아킬레우스의 무릎에 매달렸다. 그러나 씩씩한 아킬레우스는 긴 창을 휘두르며 그를 찌르려 했다. 그런데 그의 손 밑으로 몸을 굽혀 뤼카온이 무릎에 매달리자 창은 뤼카온의 등 위를 날아 저만큼 땅에 가서 꽂혔다. 이러한 판국에 뤼카온은 한쪽 손으로는 아킬레우스의 무릎을 붙잡고 나머지 손은 창 자루를 붙잡고서 이제는 놓으면 큰일이라는 듯 그를 향해 큰 소리로 애원했다.

"무릎에 매달려 부탁합니다, 아킬레우스 님. 제발 나를 불쌍히 여겨 자비를 베풀어 주십시오. 제우스가 비호하시는 당신을 삼가 탄원자로서 찾아온 나입니다. 왜냐하면 나는 당신 밑에서 데메테르 여신이 주신 곡물을 먹은 자이기 때문입니다. 위치도 훌륭한 과수원에서 나를 붙드신 바로 그날이지요. 나를 아버지나 친척들한테서 떼어놓고 신성한 렘노스 섬으로 끌고 가 백 마리의 소와 바꿔 파셨습니다. 그후 나는 세 곱의 값으로 간신히 다시 매매되어 왔습니다. 오늘 아침이 일리오스로 돌아온 지 겨우 열이틀째가 되는 날입니다만, 실컷 고생을 한 끝에 가까스로 면하는가 했는데 다시 당신 손에 인도되다니, 이 무슨 저주받을 운명입니까? 이는 아마도 제우스 님이 저를 미워하시는 것임에 틀림없습니다.

우리 어머니는 알테스 노인의 따님인 라오토에로 그분이 단명하게 나를 낳으신 모양입니다. 알테스 노인은 전쟁을 좋아하는 렐레게스족의 지배자로서 사트니오에이스의 강변에 치솟은 도성 페다소스를 영유하고 있습니다. 그 따님을 프리아모스가 다른 많은 여자들과 함께 아내로 맞았는데, 그 어머니한테서 태어난 우리 두 형제를 지금 당신은 두 사람 다 목을 베려 하는 겁니다. 아까 당신은 선진 병사들과 함께 신으로도 보일 폴뤼도로스를 날카로운 창으로 찔렀지요. 그리고 또다시 바로 이 자리에서 내가 목숨을 잃게 되는가 봅니다.

이제 당신 손에서 달아날 수 있다고는 생각지 않습니다. 이렇게 다시 만난 것도 신이 하신 일이니까요. 그러나 한마디만 새겨들어 주십시오. 제발 나를 죽이지만은 말아주십시오. 마음 상냥하고 준걸한 당신의 친구를 죽인 헥토르와 배가 같은 형제도 아니니까.”

그러나 돌아온 대답은 실로 인정사정없는 것이었다.

“바보 같은 녀석. 나한테는 아예 몸값이 어떠니 하는 소리를 꺼내지도 말아라. 파트로클로스가 죽기 전에는, 나도 트로이아인들에게 때로는 자비를 베풀었고 조금은 호감도 느낄 수 있었지. 그래서 죽이지 않고 생포했던 것이다. 하지만 이제는 무조건 전면전이다. 내 손에 걸린 자는 단 한 사람도 죽음을 모면할 수 없다. 특히 프리아모스의 아들이라면 더더욱 그러하다.

왜 우는가. 그대보다 훨씬 무용이 뛰어난 파트로클로스조차 죽지 않았는

가. 나도 또한 큰 인물로 보이지 않는가? 훌륭한 용사를 아버지로 가졌고 낳아주신 어머니는 여신인 나에게도 죽음이 다가오고 있다. 언젠가는 온다. 새벽녘일지 석양 무렵일지 한낮이 될지 모를 뿐, 누군가가 나의 생명을 빼앗는 때가 반드시 온다.

뤼카온은 무릎이 탁 꺾였다. 두려운 마음이 솟구쳐, 저도 모르게 붙잡았던 창을 놓으며 두 손을 벌리고 엉덩방아를 찧었다. 아킬레우스는 날카로운 칼을 뽑기가 무섭게 뤼카온의 견갑골 근처를 푹 찔러 자루까지 들어가도록 힘을 주었다. 그러자 그의 몸이 앞으로 엎어져 땅바닥에 길게 늘어지며 상처에서 검은 피가 솟아나서 언저리의 흙을 적셔나갔다. 아킬레우스는 그 다리를 쥐고 강물로 집어던졌다.

"거기서 물고기떼와 누워 자거라. 그 녀석들이 그대의 상처에서 마음껏 피를 빨도록. 그대의 어머니가 관에 그대를 뉘어 놓고 애도할 수 없는 대신, 스카만드로스 강이 소용돌이치면서 바다 품속 깊숙이 실어 날라줄 것이다. 그 파도 사이를 튀어오르며 어떤 물고기는 검은 물결 밑에서 날쌔게 떠올라와 흰 살점을 뜯어먹겠지. 잇따라 죽어가라. 일리오스의 거룩한 도성에 이를 때까지 나는 따라가 무찌르리라.

은빛 소용돌이치는 맑은 물결의 이 강도 결코 그대들의 방어선이 되지 못한다. 오랫동안 수많은 황소를 제물로 바치고 말들도 산 채로 던져넣었겠지만, 그럼에도 불구하고 그대들은 저주스러운 죽임을 못 피한다. 파트로클로스를 죽인 죄과와 희랍군을 내가 없는 동안 재빠른 배 곁에서 마구 살육하고 괴롭힌 죄가 모두 갚아질 때까지."

이 말을 들은 강의 신은 화가 솟구쳐서 '어떻게 하면 아킬레우스의 난폭한 행위를 중지시키고 트로이아인들을 파멸에서 구할 수 있을까?' 하고 궁리했다. 그때 아킬레우스는 또다시 긴 창을 들고 펠레곤의 아들 아스테로파이오스에게 덤벼들었다. 펠레곤은 악시오스 강의 신을 위해 아켓사메노스의 맏딸 페리보이아가 낳아준 아들이었다.

아킬레우스가 덤벼들자 아스테로파이오스도 강에서 뛰어나와 대전했다. 두 자루의 창을 들고 대항하는 그의 가슴속에 크산토스 강이 용기를 불어넣었다. 아킬레우스가 물속에서 트로이아군을 마구잡이로 베어 죽이고도 아무런 연민도 보이지 않자 그 참살당한 젊은이들을 위해서 화를 낸 것이다.

"대체 그대는 인간 세계의 어떤 자이며 어디서 온 자이길래 대담하게도 나한테 덤벼드는가. 감히 아킬레우스의 무용에 대항하다니, 불운한 부모의 자식이로다."

"기량이 뛰어나게 큰 펠레우스의 아들이여, 어쩌자고 나의 출생을 물어보는가. 나는 멀리 떨어진 파이오니아의 기름진 고장에서 온 사람, 긴 창을 지닌 파이오니아 부대를 이끌고 일리오스로 달려온 지 오늘로서 꼭 열하루째의 아침을 맞이했다. 내가 태어난 곳은 널찍하게 유유히 흘러가는 악시오스 강이다. 더없이 맑은 물을 땅에 쏟아넣는 저 악시오스 강 말이다. 그 강의 하신이 창의 명수로 세상에 이름난 펠레곤을 낳고 그가 다시 나를 낳은 것이다. 어쨌거나 자, 싸우자. 영예도 드높은 아킬레우스여."

아스테로파이오스는 양손잡이라서 두 자루의 창을 한꺼번에 던졌다. 그래서 한쪽 창은 아킬레우스의 방패에 맞았으나 역시나 세 번째 황금판에 막혔다. 또 하나의 창은 아킬레우스의 오른쪽 팔꿈치 살을 긁고 저만치 날아가 땅에 꽂혔다. 검은 피가 확 솟았다. 아킬레우스의 물푸레나무 창은 아스테로파이오스에게 곧장 날아갔는데, 살짝 비껴가서 높이 치솟은 강둑에 절반쯤 푹 파묻혔다.

아킬레우스는 다시 허리에서 날카로운 칼을 뽑아 소리를 지르며 덤벼들었다. 이쪽에서는 강둑에 꽂힌 아킬레우스의 물푸레나무 창을 뽑으려고 초조하게 안간힘을 썼다. 하지만 세 번의 시도에 힘이 다 빠지고, 네 번째로 힘을 줄 때 번개같이 달려든 아킬레우스의 칼에 배꼽 언저리를 찔렸다. 내장이 다 흘러나와 땅에 퍼지자 허덕이는 그의 눈을 어둠이 휘덮었다. 아킬레우스는 그 가슴 위에 뛰어올라 갑주 제구를 몸에서 벗겼다.

"폭 넓은 악시오스 강의 후손이라고? 나는 전능하신 크로노스의 아들 제우스의 후손이다. 제우스와는 저 광대한 아켈로이오스도, 깊이 흐르는 오케아노스의 무시무시한 힘으로도 대항할 수가 없다. 그 물로부터 온 세계의 모든 강, 모든 호수, 모든 샘과 모든 내가 물을 받는다. 하지만 그 오케아노스조차도 제우스의 번개와 천둥은 겁내는 것이다."

아킬레우스가 강둑에서 제 창을 뽑아들었다. 모래밭에 엎어진 아스테로파이오스의 시신이 검은 물에 젖었다. 뱀장어며 고기들이 몰려와 콩팥 근처의 살을 뜯어먹기 시작했다.

아킬레우스는 대장을 잃은 기마 무사 파이오네스 부대를 뒤쫓기 시작했다. 잔뜩 겁먹고 우왕좌왕하던 그들은 쉽게 무너졌다. 테르시로코스, 뒤돈, 아스튀퓔로스, 무네소스, 트라시오스, 아이니오스, 오펠레스테스 등이 죽어나갔다. 만일 하신이 화내지 않았다면 아마도 더 많은 파이오네스 무사들을 죽였을 것이다.

"아킬레우스여, 그대가 인간들 가운데서 특별히 힘도 뛰어나고 강하며 모진 소행도 자행할 수 있는 것은 신들이 늘 자진해서 그대를 지키고 있기 때문이다. 그러나 설령 크로노스의 아들 제우스가 트로이아 군사를 깡그리 죽여도 좋다는 허락을 내렸다 하더라도, 어쨌든 내게서는 멀리 가서 들판에서나 무참한 소행을 하든지 하라. 맑았던 나의 물이 시체로 가득 차서 숨이 막힐 지경이다. 빛나는 바다로 쏟아넣지도 못하겠는데 그대는 닥치는 대로 마구 죽여나가고 있구나. 이제 그만두라."

"스카만드로스여. 당신 말씀대로 하지요. 그러나 분수를 잊고 오만하게 설치는 트로이아 군사를 무찔러 나가는 일만은 결코 그만두지 못합니다. 그 녀석들을 도성으로 몰아넣고 헥토르와 한판 결전을 벌이기 전에는."

이렇게 말하고는 귀신으로도 착각될 끔찍한 기세로 트로이아군을 향해 돌진해갔다. 깊이 소용돌이치는 크산토스 하신이 아폴론 신을 향해 말했다.

"은활을 가진 신이여, 당신은 제우스 신의 계책을 지키지 않았구려. 아까도 제우스께서 저녁놀이 느릿하게 가라앉아 논밭에 어둠이 덮을 때까지 여러가지로 트로이아를 돕고 수호해 주자고 하시던데."

그동안에도 아킬레우스는 또다시 강둑에서 강물로 뛰어들었다. 그를 향해 강이 큰 파도를 지으며 밀어닥치고, 강물 전체를 위아래로 거칠게 체질하여 아킬레우스가 죽인 강바닥에 쌓여 있는 시체를 모두 강 밖 육지로 던져내는 한편, 아직 살아 있는 자들은 아름다운 물결 속 깊숙이 소용돌이치는 사이사이에 숨겨주었다.

아킬레우스의 주변에는 무서운 파도를 보내서 그의 방패를 밀어붙였다. 이제는 발밑조차 불안하여 제대로 서 있을 수도 없어 아킬레우스는 두 손

을 쳐들고 가지가 무성한 굵은 느릅나무에 매달렸으나 그 나무마저 뿌리째
뽑혀 둑이 허물어졌다. 그러나 가지와 잎이 무성한 나무가 맑은 물결을 막
아 강에 떨어졌으므로 마치 강에 다리를 걸친 것처럼 되었다. 아킬레우스
는 나무를 잡고 소용돌이에서 빠져나와서는 날쌔게 들판으로 달아나기 시
작했다. 겁이 났기 때문이다. 그러나 하신은 아킬레우스의 분투를 눌러 트
로이아측을 파멸에서 구해줄 생각에, 조금도 멈추려 하지 않고 아킬레우스
를 향해 겉이 거뭇거뭇한 물결을 추스르며 달려들었다.

그러나 발이 빠른 아킬레우스였기에 벌써 투창의 힘이 못 미치는 곳까지
달아나버렸다. 새 중의 왕 검은 독수리가 날아가듯 몸을 날리며 달리니 가
슴에서 청동 갑주가 요란스레 울려댔다. 그 뒤에서 검은 강물이 무시무시
한 소리를 내며 쫓아가는 광경은 마치 도랑을 판 사나이가 거멓게 물이 괸
샘에서 수목과 정원 사이로 물을 끌어올릴 때와 같았다. 손에 팽이를 들고
도랑에 물을 막았던 판자를 치워나가니 흐르는 물살에 도랑 바닥의 돌멩
이조차 하나도 남김없이 굴러나간다. 이렇게 물은 재빨리 흘러내려 비탈진
곳에서는 콸콸콸 소리를 내고 떨어져 물을 끄는 사람조차 앞지르고 만다.

파도가 쉴 새 없이 아킬레우스를 추격했다. 실로 나는 듯이 빨리 달리고
있었으나 신은 역시 사람보다 뛰어났다. 아킬레우스가 아무리 걸음이 빨라
도 파도가 어깨에 떨어졌다. 그가 신들에게 악을 쓰며 자신을 안전하게 지
켜줄 의향이 있는가를 확인하려 해도 소용 없었다. 그는 마음속으로 크게
당황했다. 사나운 물살이 몸 아래서 흐르고 다시 물에 잠긴 무릎이 저려오
는 한편 발밑 모래가 자꾸만 패어나가고 있었다.

"제우스 아버지 신이시여, 여러 신들 가운데 어느 한 분이라도 나를 가

련하게 여겨 강물에서 구해주신다면 나중에 무슨 변을 당해도 상관하지 않겠습니다. 하늘에 계시는 신 중에서 어느 분이 나쁘다고 하는 것은 아닙니다. 다만 사랑하는 어머님이 나를 속이셨습니다. 가슴받이를 두른 트로이아인들의 성벽 아래서 내가 아폴론 신의 거세고 빠른 화살에 맞아 죽을 것이라고 말씀하셨으니까요. 그렇다면 차라리 헥토르가 나를 죽여주면 좋을 텐데. 이 고장에서 자라난 자 가운데 가장 강한 자니까요. 그러면 죽인 자도 용사, 죽은 자도 용사가 되는 것입니다. 그런데 지금 나는 강물에 갇혀 비참하게 죽어갈 처지입니다. 겨울폭풍우 때 골짜기의 물살 센 냇물을 건너려다가 떠내려가는 돼지치는 어린아이와 뭐가 다릅니까."

이렇게 말하자 포세이돈과 아테네가 무사의 모습으로 가서 그의 손을 잡고 안심시켰다. 포세이돈이 먼저 말을 꺼냈다.

"펠레우스의 아들이여, 무서워할 것은 없다. 우리같은 주신들이 그대를 구하러 와 있으니 하신 따위에 죽지 않는다. 이 녀석은 곧 멎는다. 그런데 그대가 꼭 명심할 일이 있다. 세상에 이름난 일리오스 성벽 안에 트로이아 병사들을 몰아넣기 전에는 무참한 전투에서 손을 떼지 말아라. 모두 달아날 테니, 그때 헥토르의 목숨을 앗은 다음에 배로 철수해야 한다. 우리들이 그대에게 영광을 안겨줄 테니까."

아킬레우스는 신들의 지시에 원기백배해서 평야로 향했다. 주변에는 아직도 온통 넘쳐흐른 물이 차 있고 죽은 젊은이들의 화려한 갑주 제구며 시체가 떠도는 사이를 헤치고 아킬레우스는 흐르는 물을 향해 돌진했는데, 아테네 여신이 대담한 힘을 불어넣어 주었기 때문이다.

그러나 스카만드로스 강도 전혀 힘을 늦추려 하지 않고 아킬레우스에게 더 격하게 달려들었고, 시모에이스 강을 향해 소리쳤다.

"사랑하는 아우여, 이자의 기를 우리 둘이서라도 꺾어버리자꾸나. 당장이라도 프리아모스 왕의 커다란 도성을 공략해버릴 기세니까. 트로이아군은 감히 대결도 못하게 될 것이다. 그러니 급히 달려와서 도와라. 곳곳의 샘물로 강을 가득 채우고 모든 여울들을 독촉해서 큼직한 파도를 말아올리며, 나무와 바위에 물을 부딪쳐 요란스러운 소리를 울려라. 저 난폭한 녀석을 눌러버리도록 말이다. 지금도 저렇게 우쭐대며 마치 신이라도 된 듯 오만하다. 그러나 단언하지만 완력이건 사내다움이건 훌륭한 갑주 제구건 몸을 지켜주지는 못할 것이다. 넘친 물 아래 이데 산 만큼 많은 진흙에 깡그리 파묻히면 저 녀석을 흙으로 돌돌 감고 그 위에 무수한 돌멩이로 덮어버리자. 그러면 아카이아인들은 저 녀석의 뼈를 찾으려 해도 못 찾을 것이다. 그렇게 바로 이 자리를 그의 무덤으로 만들어 버리자."

물결이 더 사납게 아킬레우스에게 덤벼드니 거품과 피와 시체가 뒤범벅이 되었고, 사납게 하늘로 솟구치며 당장 아킬레우스를 삼켜버릴 듯한 기세였다. 그러자 헤라 여신이 아킬레우스가 혹 강물에 휩쓸릴까 봐 헤파이스토스에게 말했다.

"일어나라, 절름발이 내 아들이여. 그대의 싸움 상대로는 저 소용돌이치는 크산토스 강이 꼭 알맞겠구나. 얼른 달려가서 불을 질러놓아라. 그러면 나는 지금부터 나아가 서풍과 갠하늘을 가져오는 남풍에게 바다 쪽에서 심한 질풍을 불어대게 할 테니까. 그러면 그 바람이 불꽃을 실어가서 트로이아 편의 인마와 갑주 제구를 모조리 불살라 버리겠지. 그대는 크산토스 강변을 따라가며 나무를 불태우고 강을 불길로 휩싸버려라. 결코 달콤한 말이나 협박에 넘어가서 물러서면 안 된다. 내가 큰 소리로 부를 때까지는 기세를 수그러뜨리지 말아라."

헤파이스토스는 거세게 타는 불을 때기 시작했다. 불은 평원에서부터 타며 많은 시체를 태워나갔다. 아까 아킬레우스가 죽인 시체가 그 들판에 즐비하게 쓰러져 있었기 때문이다. 그리하여 들판이 완전히 말라버리니 번쩍거리는 물도 멎어버렸다. 초가을에 북풍이 새로 물을 끌어낸 과수원의 흙을 순식간에 건조시켜 놓듯이, 평야를 완전히 말려놓고 시체를 깡그리 태워버린 다음 불꽃을 강 쪽으로 돌렸다.

그리하여 느릅나무에 불이 붙는가 하면 수양버들도 능수버들도 자운영 밭도 불탔고, 갈대며 줄기가 후리후리하게 큰 잡초가 차례로 타들어갔다. 이 아름다운 강물을 둘러싸고 무성하게 자란 나무와 풀이 온통 타서 사그라졌다. 소용돌이치는 물밑에 사는 뱀장어며 고기떼가 여기저기 아름다운 강물 밑에서 책략에 능한 헤파이스토스의 불 기운에 시달려 몸을 비꼬며 뒤집어져서 몸부림쳤다. 힘이 센 강마저 뜨거워 못견디며 마침내 헤파이스토스에게 하소연했다.

"헤파이스토스 님, 나는 당신과 맞설 생각이 없습니다. 싸움은 중지해 주시오. 지금 당장 아킬레우스가 트로이아인들을 도성에서 쫓아내면 좋을 것을. 싸움이다 가세다 하는 것 모두 지긋지긋해졌소."

그동안에도 강물이 부글부글 끓어올라서, 마치 가마솥을 불에 올려서 돼지고기를 삶듯 했다. 헤파이스토스의 불기운이 워낙 셌다. 그래서 하신은 헤라에게 애원했다.

"헤라 님, 어째서 당신 아드님은 나의 강물을 다른 것보다 유달리 더 괴롭힙니까? 나는 결코 그럴 만한 죄를 지은 적이 없는데, 트로이아편을 돕는 다른 여러 강물 이상으로는. 어쨌거나 당신이 명령하시면 나는 그만둘 테니, 아드님도 중지시켜 주십시오. 앞으로는 결코 트로이아 재앙의 날을 막아주지 않겠다고도 맹세드릴 테니. 설령 온 트로이아가 불에 깡그리 타서 재가 되는 한이 있더라도, 불을 지른 자가 군신 아레스의 벗인 아카이아의 아들들이라 하더라도 말입니다."

흰 팔의 여신 헤라가 곧 아들에게 말했다.

"헤파이스토스여, 세상에 그 이름을 떨친 내 아들이여, 이제 그만두어라. 어쨌든, 결국은 죽어야 할 인간을 위해서 죽음을 모르는 신을 그토록 심하게 혼낸다는 것은 좋지 않으니까."

그제서야 비로소 헤파이스토스가 무섭게 타고 있는 불을 껐다. 그러자 강도 곧 강둑 사이로 다시 흘러들어갔다.

그런데 이번에는 다른 신들의 다툼이 타올랐다. 제우스만 올림포스 옥좌에서 내려다보며 홀로 재미있어 했다. 이미 한데 모여 앉아 있던 신들 중에서, 아레스가 먼저 아테네에게 욕설을 퍼부었다.

"부끄러움도 모르는 여신이여, 대체 어쩌자고 이렇게 신들을 서로 싸우게 만드는가. 사나운 기질을 다스리질 못하는 충동적인 여자다. 당신은 잊었는가, 튀데우스의 아들 디오메데스를 부추겨 나를 창으로 찔러 부상을 입힌 것을. 그뿐 아니라 당신 자신이 효험도 뚜렷한 창을 손에 쥐고 내게 돌진해서는 이 살갗을 마구 찢어놓은 것을. 그러기에 이번에는 당신에게 전에 한 만큼의 소행을 보상시킬 작정이다."

아레스가 분을 못 참겠다는 듯이 술이 가득 달린 아이기스를 찔렀으니,

이것이야말로 제우스의 번개로도 뚫리지 않는 것이었다. 그러자 아테네는 뒤로 슬쩍 물러서서 돌덩이 하나를 집어들었다. 들판에 뒹구는 커다란 돌로서 검고 삐쭉삐쭉했다. 옛날 사람들이 밭 경계의 표지로 세우던 돌이다. 이것으로 기세도 무시무시한 아레스의 목을 치니 그는 금방 팔다리의 힘이 빠져 흐늘흐늘해지고 말았다. 그리하여 몇백미터나 길게 늘어져서 땅에 뻗으니 머리털은 먼지투성이가 되어버리고 갑주 제구는 엄청나게 요란스레 울렸다. 아테네는 웃으면서 아레스에게 우쭐해진 얼굴로 위엄 있게 말했다.

"그대는 조금도 생각해 보지 않았나 보구나, 내가 그대보다 얼마나 더 강한가를. 내게 감히 덤비다니, 이것으로 웬만큼 그대 어머님의 원한과 노여움은 벌충이 되겠군. 그대가 아카이아 편을 버리고 오만한 트로이아측을 늘 도와주기 때문에 노하셔서 그대를 혼내겠다고 벼르고 계셨으니까."

간신히 정신을 차려 쉴 새 없이 신음하고 있는 아레스의 손을 잡고 아프로디테가 부축했다. 그 모양을 헤라가 발견하고 아테네에게 말했다.

"이젠 정말 지긋지긋하구나. 저 부끄러움을 모르는 여신이 인간에게 화를 주는 아레스를 살짝 피신시키려 하고 있다. 얼른 따라가 보아라."

아테네가 얼른 따라붙으며 억센 손으로 가슴을 쥐어박았다. 그러자 아프로디테는 그대로 그 자리에 무릎도 마음도 힘이 빠져 허물어졌는데, 아레스는 대지에 길게 쓰러져버렸다.

"트로이아 편을 도우려고 하는 자들이 모두 이러면 좋으련만, 가슴받이를 두른 희랍군과 싸울 때 말이다. 모두가 이만큼 용기도 있고 정신도 똑똑하면 얼마나 좋을까, 아프로디테가 아레스를 도우러 온 것처럼 그만큼 나에게 대항할 생각까지 갖고. 그러면 벌써 옛날에 전쟁은 끝나버렸을 텐데, 일리오스의 견고한 도성도 공략하고."

헤라는 방긋 웃었다.

한편 포세이돈도 아폴론을 향해 말했다.

"포이보스여, 어째서 우리는 이렇게 떨어져 있는가. 다른 자들은 벌써 싸움을 시작했는데, 남 보기에도 창피하지 않는가. 그리고 더욱 수치스러운 일이지, 만일 우리가 싸우지도 않고 올림포스로 돌아간다면. 그러니 자, 그대부터 덤벼라. 그대보다 연장자인 내가 먼저 공격한다는 것은 꼴불견이니.

바보다, 그대는. 어쩌면 그렇게도 바보 같은 마음을 갖고 있는가. 그래서 옛날 일을 다 잊어버렸구나. 일리오스 근처에서 우리가 전에 당한 심한 봉변을. 제우스한테서 여러 신들 중 우리 둘이 저 오만한 라오메돈에게 파견되어 꼭 1년간 품삯을 받고 일했지. 그 녀석이 우리를 지시하며 일을 시켰다. 나는 트로이아인을 위해서 도성을 둘러싼 누벽을 다 지어주었다. 결코 성이 함락되지 않도록 널찍하고 훌륭하게 만들었다. 포이보스 아폴론, 그대는 다리를 절며 걷는 뿔 굽은 소들을 골짜기가 많이 주름잡히고 숲이 우거진 이데 산의 산등성이 사이에서 줄곧 길렀지.

그런데 지불기한을 다 채웠을 때 라오메돈은 삯을 떼먹고 오히려 협박을 했다. 즉 그 녀석은 우리들의 두 발뿐만 아니라 두 손을 꽁꽁 묶어 멀리 있는 섬에다 팔아넘기겠다고 위협하고, 우리 둘의 귀를 청동 칼로 잘라버리겠다고 을러댔었다. 그래서 우리는 그냥 되돌아왔지만, 나는 아직도 그 울분이 가시질 않았다. 그런데도 그런 나라 사람들에 대해서 그대는 지금도 호의를 보이고, 우리와 힘을 합쳐 오만한 트로이아인을 모조리 비참한 모습으로 멸망시켜버릴 생각을 갖지 않는구나."

"대지를 뒤흔드는 신께서는 내가 만일 저 비참한 인간을 위해서 신과 여기서 싸운다면, 결코 내가 충분한 분별을 갖고 있다고는 말하지 않으실 것입니다. 그들은 본디 나뭇잎과 마찬가지로 어떤 때는 밭의 과실을 먹고 대단한 기세로 번창합니다만, 다시 시기가 오면 그야말로 덧없이 소멸합니다. 그러니 당장 우리들 싸움은 집어치우고 저 녀석들이나 마음대로 싸우게 내버려둬야 합니다."

아폴론이 이렇게 말한 것은 아버지 신의 친아우와 싸우는 것이 껄끄러웠기 때문이었다. 그러한 아폴론을 친누나 아르테미스가 힐난했다.

"달아나는가, 먼 활을 쏘는 그대가 포세이돈에게 승리를 고스란히 넘겨주고? 참 어처구니가 없군. 그대는 뭣 때문에 활을 갖고 있는가, 아무 쓸모도 없는 것을. 앞으로는 아버지 궁전에서 그대가 자랑하는 이야기는 전처럼 듣지 않겠네. 불사의 신들 사이에서 포세이돈과 맞붙어 그대가 용감히 싸울 수 있다는 것을 말이네."

아폴론은 여전히 아무 대답도 하지 않았다. 그러나 헤라는 아르테미스를 꾸짖었다.

"어째서 그대는 나를 거역하여 대항할 생각을 가졌더냐. 비록 활과 화살을 갖고 있다 하더라도 솜씨를 겨룰 상대로서 나는 좀 힘들걸. 제우스 님이 그대를 암사자로 만들어서 인간의 여자들에 대해서는 누구나 죽여도 괜찮도록 허락하셨지만. 그러나 자기보다 강한 자와 힘을 겨루어 싸우기보다는 산속에서 야수나 잡고 있는 것이 현명할 거다. 그래도 만일 전쟁연습을 하고 싶다면 내가 그대보다 얼마나 강한가 잘 알 수 있도록 해주마. 꼭 나와 한번 힘을 겨루어 보겠다면."

이렇게 말하고는 왼손으로는 아르테미스의 두 손목을 함께 움켜쥐고 오른손으로는 그녀의 어깨에서 활을 벗겼다. 그리고 웃으면서 그것을 피하려고 이리저리 얼굴을 돌리는 귀 옆을 찰싹찰싹 후려치니 재빠른 화살깃이 날아 흐트러졌다. 아르테미스는 눈물을 글썽거리며 옆으로 빠져 달아났다. 마치 매한테 쫓겨 텅 빈 바위 틈으로 뛰어든 비둘기와 같은 모습으로.

한편 레토와 헤르메스도 설전을 벌였다.

"레토 님, 나는 당신과 결코 싸울 생각이 없습니다. 그러니 얼마든지 불사의 여러 신들에게 자랑하십시오. 격투에서 나한테 이겼다고."

이렇게 말하니 레토는 먼지와 티끌이 소용돌이치는 속에서 여기저기 흩어져 있는 활과 화살을 주워 모았다. 그리고는 자기 딸의 활과 화살을 들고 돌아갔다.

그러나 아르테미스 쪽은 당장 올림포스 궁전으로 달려가서 아버지 신의 무릎에 쓰러져 울었다. 제우스가 다정하게 웃으며 다독였다.

"누가 감히 네게 이리도 심하게 하던가. 귀여운 내 딸을 이렇게도 마구, 마치 네가 공공연하게 무슨 나쁜짓이라도 한 것 같구나."

"아버지의 마나님이 때렸어요, 흰 팔의 헤라 여신이. 그분 때문에 불사의 여러 신들 사이에 불화와 싸움이 일어나고 있는 거예요."

한편 포이보스 아폴론은 일리오스로 들어갔다. 희랍군이 그날 안으로 정해진 운명을 넘어서 벌써 공략했을까 봐 걱정이 되었던 것이다. 다른 신들은 올림포스로 돌아갔는데, 누구는 화를 내고 누구는 으스댔다.

아킬레우스는 여전히 트로이아군을 무찔러 가고 있었다. 그것은 마치 도시가 신들의 분노가 내려 불탈 때 하늘에 연기가 솟아오르는 듯했다. 꼭 그런 불처럼 아킬레우스는 트로이아 사람들에게 고생과 탄식을 안겨주고 있었다.

노왕 프리아모스가 거룩한 성의 망루에 올라가 바라보고 있자니 끔찍하고 처참한 아킬레우스의 거구가 눈에 띄었다. 그로 말미암아 트로이아 군사는 완전히 압도되어 극심한 혼란 속에 패주해 온다. 그런데도 무엇 하나 이것을 막고 수호해줄 방법이 없었다. 그래서 왕은 탄식하며 성루에서 내려와 성벽 곁 수문병을 격려했다.

"성문을 활짝 열어젖혀라, 그리고 문짝을 꼭 붙들고 있거라, 성을 향해 병사들이 도망쳐 들어올 때까지. 아킬레우스는 벌써 저만큼 뒤쫓아와서 곧 무참한 도륙을 시작하려 하고 있다. 그러니 모두 성벽 안으로 뛰어들어오거든 얼른 문을 꽁꽁 닫아야 한다. 저 저주스러운 자가 성안으로 들어왔다가는 큰일이니까."

그러자 모두가 달라붙어 빗장을 끄르고 문을 활짝 열었다. 이때 아폴론 신은 트로이아군을 파멸에서 방호해 주기 위해 달려나가지는 않았다. 병사들이 갈증으로 목이 말라붙고 온통 먼지를 덮어쓴 채 성과 높다란 성벽을 향해 들판으로 재빨리 달아나니, 아킬레우스는 거센 기세로 창을 휘두르며 완강한 집념에 줄곧 마음을 태우면서 영예를 차지하려 안간힘을 쓰고 있었다.

만일 아폴론이 안테노르의 아들 아게노르를 분기시키지 않았다면, 희랍군이 그대로 일리오스까지 들어왔을 것이다. 아게노르가 가슴속에 신이 넣어준 용기를 느끼자, 성문 밖 떡갈나무에 기대고 서서 아킬레우스를 기다렸다. 그는 짙은 안개 기운으로 자기 몸을 감싸고 있었는데, 기다리는 동안 갖가지 생각들이 엉키고 설키면서 울적해졌다.

"서글프군. 내가 아킬레우스가 겁이 나서 달아난대도 다른 자들이 얼이 빠져 허둥지둥 도망치는 방향으로 달려나갔다가는 결국 저 녀석은 나를 붙잡아 겁쟁이라며 찔러 죽일 것이다. 그러나 만일 다른 자들을 아킬레우스가 무서워 우왕좌왕 달아나는 대로 내버려두고, 나는 성벽을 떠나 일레이온 들판이나 이데 산기슭으로 도망가서 숨을 수 있을지도 모른다. 그랬다가 해가 진 후에 강물에서 목욕이나 하며 땀을 씻고 일리오스로 돌아오면 되겠지.

아, 아니다. 이런 생각을 하고 있어서는 안 된다. 들판으로 가다가 잡히면 더 큰일이다. 그야말로 죽음의 운명을 면할 수는 없을 것이다. 그 녀석은 온 세계의 인간보다 워낙 탁월하게 용맹하고 준걸하거든.

그런데 만일 성채 앞에서 그 녀석과 정면으로 겨룬다면 어떨까? 제아무리 강한 그 녀석의 살이라도 날카로운 청동에 안 상할 리 없고, 목숨도 하나밖에 더 있겠나. 소문을 들으면 불사신도 아닌 것 같다. 다만 제우스가 그에게 영예를 내려주고 있을 따름인 것이다."

그러자 그는 자세를 바로잡으며 아킬레우스가 나타나기를 기다렸다. 그 가슴속에는 씩씩한 마음이, 아킬레우스에게 도전하여 싸우겠다는 용기가 불끈불끈 치솟고 있었다. 표범이 울창한 숲 속에서 사냥꾼에게 정면으로 뛰어나오듯, 그러면서 조금도 겁먹는 기색이 없고 달아나려고도 하지 않는다. 개들이 요란스레 짖어대도, 게다가 설령 선수를 써서 사냥꾼들이 창으로 찌르거나 던지거나 하더라도, 맞붙어 뒹굴다가 마침내 상대가 목을 치기 전에는 용맹스러운 기세가 조금도 꺾이지 않는다.

아게노르는 사방으로 균형이 잘 잡힌 방패를 몸 앞에 받들고 서서 아킬레우스에게 창을 똑바로 겨누며 고함쳤다.

"영예에 빛나는 아킬레우스여, 그대는 틀림없이 속으로 드디어 오늘은 무용의 모습도 씩씩한 트로이아인들의 도성을 공략할 수 있을 거라고 기대하고 있었겠지. 바보 같은 녀석이다, 그대는. 아직도 거기에 이르려면 산더미 같은 온갖 고생은 해야 할 테니까.

성안에는 우리같이 용감한 무사들이 아직도 무수히 대기하고 있다. 모두 저마다 사랑하는 부모들과 처자들을 뒤에 감추고 일리오스를 지켜 버티고 서 있다. 그러니 그대도 이 자리에서 기어이 최후를 맞을 것이다. 그토록 무섭고 대담한 전사이기는 하지만."

이렇게 말하고 날카로운 창을 억센 팔로 힘껏 내던지니 겨냥은 빗나가지 않아 아킬레우스의 무릎 밑 정강이에 맞았다. 하지만 헤파이스토스가 만든 주석 정강이받이에 맞고 무서운 소리를 냈지만 그대로 튕겨나갔다.

이어 아킬레우스도 신으로도 착각될 아게노르를 향해서 돌진했다. 그러나 아폴론 신이 그에게 공훈을 세우게 하지 않고 엄청난 안개 기운으로 아게노르를 감싸 가로채 싸움터에서 무사히 밖으로 내보냈다. 그러고는 아킬레우스를 계략으로 속여 트로이아군으로부터 멀리 떠나가게 해버렸다. 아폴론 신 자신이 아게노르와 똑같은 모습으로 바꾸어 아킬레우스 바로 앞에 나타났으므로 그가 당장 달려가 붙잡으려고 덤벼든 것이다.

그들은 밀이 무르익은 들판을 가로질러 깊이 소용돌이치는 스카만드로스 강쪽으로 추적해갔다. 그러나 이것도 아폴론의 속임수였으니 그를 속여 끝까지 금방 자기 걸음으로 붙잡을 수 있다는 생각을 갖게 했던 것이다. 그 동안 다른 트로이아군 병사들은 재빨리 달아나 엎치락덮치락 성문 안으로 뛰어들어가 안도의 숨을 내쉬었다. 도성이 도망자들로 가득찼다.

그런데 너무 혼란스러워서 어느 누구도 성이나 누벽 밖에서 서로를 기다리며 누가 무사히 도착했고, 누가 싸우다가 쓰러졌는가를 알아보려고 하지 않았다. 모두들 허겁지겁 성안으로 물밀듯 몰려들어갔을 뿐이었다. 적어도 다리나 무릎에 의지할 수 있는 자는 다 그러했다.

제22권

헥토르가 전사하다

트로이아군은 성안으로 들어가서는 성문을 쾅 닫고 빗장까지 채운다. 운명의 장난으로, 헥토르만 들어가지 못한 채 성문 밖 떡갈나무 옆에 서 있다. 뒤늦게 프리아모스 노왕과 헤카베가 미친 듯이 절규하지만, 헥토르는 가슴속이 신들이 불어넣어준 거짓된 용기로 가득차서 지혜롭게 행동하지 않는다. 하지만 막상 나타난 아킬레우스의 모습을 보자 덜컥 겁이 나서 말을 돌려 도망간다. 헥토르와 아킬레우스가 바람 같은 속도로 성벽을 세 바퀴나 돌며 추격전을 펼친다. 지켜보던 제우스가 이제 그만 전투를 끝내라고 명하니, 헥토르 옆의 아폴론이 물러나고 아킬레우스 옆에 아테네가 다가선다. 아테네가 헥토르의 동생인 척 변해서 다가가 '나를 믿고 일대일 전투를 하라.'고 속이니, 그 꾀임에 넘어간 헥토르가 결국 아킬레우스의 손에 죽는다. 아킬레우스는 여전히 분이 풀리지 않아서 헥토르의 시신을 욕보이려고, 전차에 매달아 땅에 질질 끌고 간다.

트로이아군은 새끼 사슴처럼 겁에 질려 성안으로 도망 와서 땀을 닦고 한숨 돌린 다음, 견고하게 쌓은 총안 벽에 기대어 술을 마시며 마른 목을 축였다. 그동안 희랍군 병사들은 방패를 어깨에 걸치고 성벽 가까이까지 돌격했는데, 저주받을 운명이 헥토르만 그 자리에, 스카이아이 성문 바로 앞에 묶어두었다.

아킬레우스를 향해 포이보스 아폴론이 의기양양하게 외쳤다.

"펠레우스의 아들이여, 무엇하러 나를 날쌘 걸음으로 뒤쫓아오는가? 필사의 인간이 불사의 신을 쫓아오다니, 그대가 너무나 사납게 흥분해서 내가 신인 줄도 깨닫지 못하느냐, 아니면 이제 트로이아군을 무찌를 기분이 없어졌느냐? 아까 모두 패주해서 다 일리오스 도성 안으로 도망가던데. 그런데도 그대는 이쪽으로 빗나가 버렸구나. 나는 죽지 않는 신이니 너는 나를 못 죽인다."

"나를 속였군요, 먼 활을 쏘는 신이여. 여러 신들 중에서 가장 저주스러운 당신이 이번에는 나를 성벽에서 이리로 끌고 왔군요. 그렇지 않았다면 많은 자들이 일리오스 성안으로 달아나기 전에 대지를 이빨로 깨물게 해주었을 텐데. 그런 것을 그대가 지금 이렇게 커다란 영예를 앗아갔을 뿐만 아니라 적을 다 살려주었으니, 이것은 필경 나중의 보복을 조금도 두려워하지 않기 때문일 것이오. 그러나 만일 내게 힘이 있다면 복수를 하고 싶은 심정이오."

이렇게 말하고 도성 쪽으로 몸을 돌렸다. 전차 경기에서 우승한 말의 거침없는 질주 같았다. 노왕 프리아모스가 그 모습을 제일 먼저 발견했으니, 그의 눈에는 마치 늦여름에 가장 찬란하게 떠오르는 별 '오리온의 개'와 같았다. 이 별은 너무 강하게 빛나서 재앙의 상징으로 여겨졌고, 실제로도 인간들에게 심한 열병을 가져다 주었다. 그런데 아킬레우스가 청동 가슴띠를 꼭 그처럼 번쩍이며 달려오자 노왕은 두 손을 번쩍 들고 탄식하다가, 제 머리를 때리며 사랑하는 아들에게 소리쳤다. 그러나 헥토르는 여전히 스카이아이 문 앞에서 아킬레우스와 결전을 벌이려는 그 마음만으로 기세도 사납게 서 있었다.

"사랑하는 내 아들 헥토르여, 제발 부탁이니 다른 사람들과 멀리 떨어져 혼자 남아서 저 사나이를 기다리지 말아라. 펠레우스의 아들 손에 네가 쓰러져 목숨을 잃는다면 큰일이다. 아들아, 저 녀석은 그대보다 강하고 냉정하다. 진실로 내가 저 녀석을 사랑하는 것만큼 신들도 그를 사랑해 주셨으면 좋으련만(아킬레우스를 전사시켜 주었으면 좋겠다는 뜻). 그러면 당장에 들개와 독수리들이 몰려와 쓰러진 저 녀석을 뜯어먹을 것이고, 이 가슴 깊숙히 맺혀 있는 무서운 비탄도 사라질 텐데. 저 녀석은 나의 훌륭한 자식들을 죽이거나 먼 섬에 팔아넘겼다.

성안에 돌아온 군사들 속에서 뤼카온과 폴뤼도로스의 모습을 찾을 수가 없다. 지체 높은 라오토에(알테스의 딸로 프리아모스의 첩)가 낳은 내 아들, 그 아이들이 싸움터 어디엔가 살아만 있다면 장인 알테스 노인이 결혼 지참금으로 보낸 청동과 황금을 모두 풀어서 찾아오련만. 하지만 이미 죽어서 저승에 가 있다면 그것은 분명히 제 어미와 내게 쓰라린 일이다.

그러나 헥토르야, 네가 아킬레우스의 손에 죽지 않고 살아만 준다면 그 괴로움도 견딜 수 있다. 그러니 내 아들아, 어서 성벽 안으로 들어오너라. 트로이아 사람들과 여자들을 안심시키는 동시에 펠레우스의 아들에게 엄청난 공훈을 못 세우게 하기 위해서라도. 네 자신으로서도 젊고 아까운 생명을 잃어서야 되겠느냐.

무엇보다도 이 불행한 아비를 가련히 여겨다오. 아직 정신도 똑똑한데 불운하게도 제우스 신이 나를, 노령의 문지방을 넘고부터는 비참한 운명의 굴레 밑에서 멸망시키려 하지 않느냐. 자식들은 잇따라 살해되고 딸들은 연거푸 끌려가며, 철없는 어린아이들까지도 무서운 적에 의해 대지에 내동댕이쳐지고 또 며느리들은 아카이아인들의 저주스러운 손에 잡혀 모조리 끌려가다니!

마지막에는 날것을 먹는 개들이 문간 제일 바깥쪽에서 나를 마구 물어뜯을 것이다. 날카로운 청동 날로 누군가가 나를 치거나 찌르거나 하여 이 몸에서 생명을 앗은 뒤에는. 개들은 내가 문지기처럼 식탁 옆에 앉히고 기르던 것들이지만, 내 피를 핥는 순간 마음이 완전히 미쳐서 현관 앞에 누울 것이다. 게다가 젊은이도 아니고, 희끗희끗한 늙은이의 시신이 은밀한 곳을 드러내고 개들에게 욕보여진다면, 그 이상 인간에게 있어 비참하고 한스러운 일은 없을 것이다."

하지만 노왕이 잿빛 머리카락을 쥐어뜯으며 절규해도 헥토르는 마음을 돌리지 않았다. 그러자 이번에는 어머니 헤카베가 눈물을 흘리며 가슴을 풀어헤치면서 간곡히 애원했다.

"헥토르여, 네가 내 아들이라면 네 울음을 멎게 해주던 이 젖가슴을 보아서라도 이 어미를 측은하게 여겨다오. 사랑하는 아들아, 제발 적의 무사를 맞이하더라도 성벽 안에 들어와서 해다오. 그 바깥에서 그자와 독대하는 것은 그만두거라. 그는 잔인한 인간이다. 만일 그가 그대를 죽이기라도 한다면 나는 이제 귀여운 내 아들을 관에 뉘어 놓고 장사지내지도 못할 것이다. 그는 그대를 아르고스인들의 배 옆으로 끌고 가서 개들이 뜯어먹게 할 테니까."

그러나 어머니의 간절한 울부짖음도 헥토르의 마음을 돌릴 수 없었다. 오히려 그는 더 처참한 기세로 아킬레우스를 기다리고 서 있었다. 산중의 큰 뱀이 동굴 입구에서 사람이 다가오기를 기다리는 모양처럼. 극심한 분노에 사로잡혀 모진 독을 뱃속에 품고 입구에 타래타래 몸을 서리고 앉아 흉포한 눈초리로 지그시 사람을 노려본다. 꼭 그런 모습으로 헥토르가 물러설 기미라고는 조금도 없이 버티고 서서 성벽의 튀어나온 망루 밑에 번쩍이는 방패를 기대 세워 놓았는데, 문득 얼굴이 흐려지며 스스로 기상도 넓은 자기 마음을 향해서 중얼거렸다.

"내가 지금 성으로 들어가면 폴뤼다마스가 비웃겠지. 그는 내게 계속 트로이아군을 성 쪽으로 물리라고 조언했다. 이 저주스러운 밤 사이에 아킬레우스가 일어섰을 때 말이야. 그런데 나는 듣지 않았어. 들었어야 했는데. 그러니 나의 오만함 때문에 군사들이 무수히 죽어버린 지금 트로이아인들을, 그 아녀자들을 볼 면목이 없다. 왜냐하면 나보다 훨씬 겁쟁이인 자들까지도 이렇게 말하며 욕할 테니까. '헥토르는 자기 힘을 너무 믿은 나머지 병사들을 죽이고 말았대.'라고.

그런 말을 듣느니 차라리 아킬레우스와 일대일로 싸우는 편이 훨씬 낫다. 그를 용케 죽이고 돌아갈는지, 아니면 조국을 지키다가 명예를 끝내 보전하며 그의 손에 죽게 되는지는 알 수 없지만. 만약 내가 방패와 투구와 창을 다 내려놓고 아킬레우스 앞에 나타난다면, 헬레네와 알렉산드로스가 가져온 모든 재보를 모두 돌려준다면, 또 도성 안의 다른 보물까지도 고스란히 둘로 나눠서 희랍군에게 절반을 주겠다고 제의하면, 어떻게 될까. 트로이아인에게도 맹세를 시켜야겠지. 아무것도 감추지 말고 깨끗이 둘로 나누어 절반을 내놓으라고.

아니지, 내가 왜 이런 생각을 하는 거지? 그 녀석은 내가 부탁하러 가도 조금도 동정하지 않고, 눈도 깜짝 안 하고 예사로이 나를 죽여 버릴 텐데. 갑주 제구도 입지 않은 나를, 여자처럼 전혀 비무장인 나를. 이제 와서는 처녀총각이 서로 다정하게 이야기를 나누듯, 떡갈나무나 바위 따위를 시시콜콜 이야기할 수 있는 때가 아니야. 한시바삐 서로 달려들어 싸우는 편이 훨씬 낫다. 제우스께서 어느 쪽에 영광을 내려주실지 우리도 똑똑히 알 수 있도록."

헥토르가 문득 정신을 차려보니 아킬레우스가 가까이 다가와 있었다. 그 모습은 바로 에뉘알리오스를 꼭 닮은 번쩍이는 투구의 군신이었다. 오른쪽 어깨에 걸린 것은 펠리온 산에서 베어온 물푸레나무 창이며, 무시무시한 그 모습에 청동 갑주가 주위에 찬란히 빛나 마치 사납게 타오르는 불꽃이나 물을 차고 떠오르는 태양과 같았다.

그것을 보자 헥토르는 그만 떨리기 시작했다. 더 이상 그 자리에 가만히 있을 수가 없어서 달아나기 시작했다. 하지만 아킬레우스는 나는 듯 가볍게 뒤쫓았다. 새 중에서 가장 몸이 가볍다는 매가 산속에서 구구구 우는 비둘기에게 달려드는 것처럼. 비둘기는 겁에 질려 정신없이 달아나기 시작한다. 그것을 매가 가까이 쫓아가며 날카롭게 소리치면서 열심히 달려드는 것은 붙잡겠다고 생각하기 때문이다.

헥토르는 기를 쓰고 달려드는 아킬레우스를 피해서 트로이아 성벽 아래로 열심히 도망쳤다. 두 사람은 망루 옆, 바람에 우는 무화과나무 곁, 성벽 밑의 이륜전차가 지나가는 좁은 길을 달려서, 스카만드로스 강물이 시작되는 원천인 두 개의 맑은 샘까지 이르렀다. 하나는 항상 따뜻한 물이 콸콸 쏟아져 나와서 김이 펄펄 나고 있었고, 다른 하나는 한여름에도 얼음처럼 시원한 물을 토해냈다. 그 둘레에 좋은 돌로 훌륭하게 만든 널찍한 빨래터가 있었으니, 희랍군이 쳐들어오기 전의 평화롭던 시절에는 트로이아의 아녀자들이 그 위에서 빛깔도 화려한 옷들을 헹구러 찾아오곤 했다.

그 옆을 지금 두 사람은 쫓고 쫓기면서 달려갔다. 달아나는 자는 용사이고, 쫓는 자는 더한 용사였다. 그들은 제물용 산짐승이나 쇠가죽 방패 따위의 흔해빠진 상품을 바라고 뛰는 것이 아니라, 헥토르의 목숨을 걸고 달리고 있었다.

마치 세상을 떠난 귀인을 추도하는 행사에서 청동 솥이나 여자를 걸고 상품을 잘 타오는 외발굽 말들이 경주로 끝에 있는 표적 말뚝을 눈깜짝할 사이에 지나가듯이, 두 사람은 워낙 민첩해서 벌써 일리오스 성벽을 세 바퀴나 달렸다. 그 모습을 하늘에서 신들이 내려다보고 있었다. 이윽고 인간과 신의 아버지인 제우스 신이 말을 꺼냈다.

"훌륭한 무사가 성벽 주위를 쫓겨다니는 모습을 내 눈으로 다 보구나. 내 가슴은 지금 헥토르 때문에 비탄에 젖는다. 저 아이는 언제나 나에게 소의 대접살을 듬뿍 구워 바쳤다. 골짜기가 많은 이데 산이며 일리오스 주변 산에서 말이다. 그런 자를 아킬레우스가 프리아모스의 성벽 주위에서 날쌘 걸음으로 쫓아가고 있으니, 자, 여러 신들도 잘 생각해보라. 그를 죽음에서 구출해줄 것인가, 아니면 용사이기는 하지만 펠레우스의 아들 아킬레우스에게 그를 넘겨주어 죽일 것인가를."

빛나는 눈의 여신 아테네가 말했다.

"허옇게 번쩍이는 번개를 치시고 먹구름을 모으시는 아버님, 무슨 말씀을 하세요. 어차피 죽어야 하는 인간으로서 벌써 오래 전에 죽음의 운명이 정해져 있는 그를 어리석은 한탄의 소리인 '죽음'에서 풀어놓아 주자구요? 그렇게 하세요, 하지만 다른 신들은 결코 아무도 찬성하지 않을 거예요."

제우스는 안 그래도 열성인 아테네를 슬쩍 부추겼다.

"안심하여라, 사랑하는 딸 트리토게네이아여. 결코 진심으로 하는 말이 아니다. 그대에게 짓궂게 굴 생각은 없다. 그대 좋을 대로 하여라. 주저할 것 없다."

그러자 아테네는 냉큼 올림포스의 봉우리를 떠나 날아내렸다.

걸음이 빠른 아킬레우스는 헥토르를 사납게 쫓고 있었다. 산속에서 새끼 사슴을 쫓는 사냥개처럼. 사냥개가 새끼 사슴이 숨어 있던 곳에서 몰아내면, 새끼 사슴은 골짜기 모퉁이며 골짜기 사이를 도망다닌다. 잠깐 풀숲에라도 기어들어가서 쉬려고 해도, 개가 냄새를 맡고 금방 쫓아오니 도저히 멈출 수가 없다. 헥토르는 꼭 그렇게 아킬레우스를 피할 수가 없었다.

그래서 다르다노스의 문을 향해 몇 번이나 견고하게 구축한 방벽 위에 서 있는 문루 밑으로 달려들어가려고 마구 뛰어갔다. 어쩌면 트로이아의 무사가 무기를 날려 보내 도와줄지도 모른다는 생각으로. 그러나 그때마다 아킬레우스가 미리 앞질러가서 평원 쪽으로 몰아내고는 자기가 성벽 쪽에 붙어 달려갔다. 마치 꿈속에서 달아나는 자를 쫓아가도 도무지 잡을 수 없는 것처럼, 한쪽은 완전히 따돌리지 못하고, 한쪽은 완전히 따라붙지 못한다. 그러니 둘 다 끝없이 쫓고 쫓기는 달리기를 계속할 수밖에 없었다.

하지만 아폴론이 옆에 딱 붙어서 용기를 넣어주고 발을 날쌔게 만들어주지 않았다면, 헥토르가 이렇게까지 죽음의 운명을 따돌릴 수는 없었다. 한편 용감한 아킬레우스도 희랍군 병사들에게 머리를 흔들어 제지하여, 누구든 자기 이외의 사람이 헥토르에게 창을 던져 자기보다 앞서는 공훈을 세우는 것을 금지시켰다.

이윽고 두 사람의 추격전이 네 번째로 샘에 이르자, 제우스가 황금 저울을 꺼내어 두 저울판에 긴 고뇌의 근원인 죽음의 운명 두 개를 나누어 놓았다. 하나는 아킬레우스의 것이고 하나는 말을 길들이는 헥토르의 것이었다. 헥토르의 것이 저승을 향해 기울었다. 그러자 먼 활을 쏘는 아폴론도 하는 수 없이 헥토르 곁에서 떨어져 나갔다. 반대로 아킬레우스에게는 빛나는 눈의 아테네가 가까이 다가갔다.

"제우스가 귀여워하시는 영예도 드높은 아킬레우스여, 우리 둘이서 대단한 영광을 아카이아측에 갖다줄 수 있다. 싸움에 싫증도 안 내는 헥토르를 죽여 배에 싣고 갈 수 있을 테니까, 이번에는 도저히 우리 손을 피해 나갈 수 없다. 아폴론이 제우스 앞에서 데굴데굴 구르며 탄원해도 이제는 안된다. 그러니 그대는 여기서 멈추고 한숨 돌려라. 내가 헥토르에게 가서 그대와 일대일로 맞붙어 싸우라고 설득할 테니까."

아킬레우스는 속으로 기뻐하며 여신이 시키는 대로 하였다. 날카로운 청동 촉을 꽂은 물푸레나무 창을 세워 놓고 그 자루에 기대서서 쉬었다.

그러자 여신은 헥토르에게 동생 데이포보스의 모습으로 다가가서 심각하게 말을 건넸다.

"형님, 어지간히도 끈질기게 아킬레우스가 프리아모스의 도성 주위를 날쌘 걸음을 믿고 형님을 쫓아오는군요. 그러나 이제는 우리 둘이서 걸음을 멈추고 그 녀석을 기다려 막아 싸워봅시다."

"데이포보스여, 그전부터 그대와 나는 형제 중에서도 제일 의가 좋았다.

그런데 이제는 마음속으로 더욱더 그대를 소중하게 여기게 되었다. 상세한 사정을 똑똑히 이해하고 일부러 나를 위해 과감하게도 성 밖으로 뛰어나왔으니 말이다. 다른 자들은 모두 안에 머물러 있는데도."

"형님, 부모님이 참으로 끈질기게 내 무릎을 붙잡고 나가지 말라고 애원하셨습니다. 다른 전우들도 마찬가지고요. 그토록 사람들은 모두 무서워서 떨고 있는 형편입니다. 하지만 내 가슴은 형님 때문에 쓰라린 비탄으로 난도질을 당하고 있었지요. 그러니 자, 이제부터는 창 따위 아끼지 말고 힘껏 싸워봅시다. 아킬레우스가 우리를 죽여서 피에 젖은 노획물을 가지고 함선으로 돌아갈 것인지, 아니면 아킬레우스 자신이 형님의 창에 쓰러질지 똑똑히 알도록."

사악하게도 아테네가 앞장서서 아킬레우스를 향해 걸어갔다. 이윽고 양쪽의 거리가 가까워졌을 때, 번쩍이는 투구의 헥토르가 외쳤다.

"펠레우스의 아들이여, 이제 더는 그대를 무서워하며 달아나지 않겠다. 일리오스 도성을 세 바퀴나 돌아 달리는 동안에는 솔직히 돌아서서 그대와 대항할 용기가 나지 않았다만, 이제는 아니다. 내 마음이 그대와 일대일 결투를 벌이라고 말하고 있다, 죽일는지 죽을는지 알 수는 없지만.

어쨌거나 자, 이리 나와서 여러 신들을 증인으로 부르기로 하자. 신이야말로 가장 훌륭한 입회인이 되어줄 것이고 약속의 감독자도 되어줄 것이니까. 나는 결코 그대에게 심한 모욕을 주지 않을 작정이다. 가령 제우스 신께서 내게 끝까지 견딜 힘을 주셔서 그대의 목숨을 빼앗더라도, 나는 그대의 갑주 제구만 빼앗고 시신은 아카이아측에 돌려줄 것이다. 그대도 그렇게 해주지 않겠는가?"

그러나 아킬레우스가 눈을 치켜뜨고 쏘아보았다.

"헥토르여, 아무리 미워해도 마음에 차지 않을 그대인데, 약속을 맺자니 건방지구나. 사자와 인간 사이에 맹약이란 있을 수 없고, 늑대와 새끼 양이 한데 모여 사이좋게 살 수 없다. 그들이 언제나 서로 앙심을 품고 상대편의 불행을 모의하듯, 그대와 내가 의좋게 지내다니 말도 안 되는 소리. 그리고 또 우리 사이에서는 맹세의 말도 성립되지 않는다. 먼저 어느 쪽인가 죽어 방패를 겨누는 전사 아레스 신을 피로써 만족시켜주기 전에는.

그러니 그대가 익힌 모든 무술을 발휘해 보아라. 이제야말로 내가 창을 잡아 기상이 군센 무사, 대담무쌍한 전사임을 증명해 보이겠다. 이제 그대에게는 피할 길이 하나도 없다. 지금 곧 그대를 팔라스 아테네가 나의 창으로 쓰러뜨려 줄 것이다. 이제야말로 모든 것을 모두 합쳐서 깡그리 갚아줄 테다. 내 벗에 대한 비탄도, 그대가 미친 듯이 창을 휘둘러서 죽인 사람들의 목숨까지도."

아킬레우스가 긴 창을 힘껏 집어 던졌다. 헥토르는 그것을 끝까지 바라보고 있다가 재빨리 몸을 굽혀 피했다. 청동 창은 날아가 뒤쪽 땅에 꽂혔는데, 그것을 아테네가 얼른 뽑아 헥토르의 눈을 속여 아킬레우스에게 되돌려주었다.

헥토르는 그 사실을 모르고 한껏 들떠서 소리쳤다.

"빗나갔구나, 신들의 모습과도 흡사한 아킬레우스여. 아무래도 그대는 제우스 신한테서 나의 죽음의 날을 전혀 듣지 못한 모양이구나. 아까는 그런 소리를 해대더니. 그렇지 않으면 주둥이를 잘 놀려 말로써 사람을 낚는 그런 녀석이었나? 그것으로 내가 너를 무서워하게 해서 싸울 용기를 잃게

할 생각이었던 모양이지만, 달아나는 나의 등에 창을 꽂으려 해봐야 소용
없다. 그보다는 똑바로 공격해 들어가는 내 가슴에 창을 꽂는 편이 나을 것
이다, 그게 신의 뜻이라면.

그럼 이번에는 청동의 내 창을 피해 보라. 진실로 그것을 그대 살갗이 그
대로 받아주면 좋겠다. 그러면 트로이아군도 훨씬 편한 마음으로 싸울 수
있을 것이다. 그대가 죽어가면 말이다. 여러 사람에게 있어 최대 화근의 원
인은 그대니까."

헥토르의 창은 아킬레우스의 방패 정중앙에 명중했다. 그러나 창은 그대
로 방패에서 미끄러져서 멀리 날아갔다. 자기가 모처럼 던진 창이 헛되이
날아가는 것을 보고 헥토르는 화가 났다. 그래서 데이포보스에게 창을 달
라고 손을 내밀었다. 그런데 그의 모습이 보이지 않았다. 헥토르는 그제서
야 사정을 깨달았다.

"신들이 나를 죽음으로 불렀구나. 내 동생이 옆에 대기하고 있더니, 지금
다시 보니 성벽 위에 있어. 아테네가 나를 감쪽같이 속였구나. 지금이 나의
불행한 죽음의 순간이구나. 진작부터 제우스도 아폴론도 이렇게 되기를 바
랐던 것이구나.

그렇다면, 어차피 죽을 몸이라면 명예를 더럽히지 말자. 하다못해 한바
탕 눈부시게 활약하여 후세에 이름을 남기고 싶다."

헥토르는 칼을 빼들었다. 전부터 늘 옆구리에 차고 있던 것으로 큼직하
고 튼튼한 칼이었다. 이것을 앞으로 겨누며 몸을 한 번 숙이더니 마치 높은
하늘을 나는 독수리처럼 무서운 기세로 달려들었다. 시커먼 구름이 몰려드
는 사이를 지나 지상을 향해 곤두박질치는 독수리가 보들보들한 새끼 양이

나 토끼를 채가려고 내려오듯이 헥토르는 날카로운 칼을 휘두르며 덤벼들었다.

아킬레우스도 돌진했다. 마음은 거센 기개에 가득 차고, 온갖 기교를 다 부려 만든 훌륭한 방패를 앞으로 처들어 가슴을 가리니 네 개의 뿔을 단 투구는 번쩍번쩍 빛나면서 머리를 덮었고, 화려한 황금 술이 둘레에 늘어져 하늘거리며 떨었다. 이것은 모두 헤파이스토스가 투구 가장자리에 빈틈없이 둘러놓은 것으로, 마치 저녁 때의 어둠 속에서 많은 별들 사이를 지나가는 금성 같았다. 하늘에 자리잡은 별들 중에서도 가장 찬란하게 반짝이는 별이다. 바로 그 별처럼 아킬레우스가 오른손에 쥐고 흔드는 창의 날카로운 창끝은 용감한 헥토르에게 재앙을 꾸미면서 빛을 내고 있었다.

그가 찌르기 좋은 곳을 살피며 다가가는데, 다른 곳은 파트로클로스에게 빼앗아 입은 갑주 제구에 가려져 있고 빗장뼈가 어깨와 목을 가르는 부분만이 드러나 보였다. 바로 생명을 잃는 데 가장 빠른 급소로 알려진 숨통이었다. 아킬레우스가 숨통을 겨누고 힘껏 창을 꽂으니, 창날이 부드러운 목을 푹 꿰뚫고 저쪽으로 쑥 빠져나가 버렸다. 그러나 무거운 청동 촉을 단 물푸레나무 창이지만 기관을 끊어놓지는 않아서 말을 할 수 있었다. 모래 먼지 속에 쓰러진 헥토르를 내려다보며 아킬레우스가 의기양양하게 말했다.

"헥토르, 그대는 아마도 파트로클로스의 갑주 제구를 벗길 때 그것으로 다 끝난 줄 알았겠지, 그 자리에 없었다고 나를 두려워하지도 않고. 바보 같은 사나이다. 비록 떨어져 있었어도 그의 응원자로서 그대보다 한 수 위인 바로 내가 널찍한 배 곁에서 대기하고 있었단 말이다. 그 무사가 지금 그대의 무릎을 힘없이 꺾어 쓰러뜨린 것이다. 이제 그대에게는 개와 사나운 새들이 몰려들어 마구 물어뜯고 욕보이겠지만, 파트로클로스를 위해서는 희랍군이 정식으로 장례를 치러줄 것이다."

벌써 숨쉬는 소리도 가냘퍼진 번쩍이는 투구의 헥토르가 말했다.

"부탁한다, 그대의 목숨과 그대의 무릎과 그대의 양친을 놓고 부탁한다. 제발 나를 개들이 뜯어먹게 방치하지 말아다오. 부디 내 아버지와 어머니께 청동과 황금을 가득 받고 집으로 돌려보내다오. 죽은 뒤에 트로이아의 남자들과 그 아내들이 나를 화장해 줄 수 있도록."

그러나 아킬레우스는 눈을 치떴다.

"저주받은 헥토르여, 무릎이니 양친이니 하는 것에 의지하여 간청하려 하다니. 진실로 나 자신은 그대를 산 채로 갈기갈기 찢어서 살점을 짐승에게 먹여주고 싶다. 그대는 그럴 만한 짓을 저질렀단 말이다! 그러니 그대의 목에서 개들을 쫓아버리는 짓은 하지 않는다. 설령 지금의 열 배, 스무 배의 보상금을 가져와 애원해도. 거기에 또다시 다르다노스의 후예 프리아모스가 그대 몸무게만큼의 황금을 달아서 더 갖다 바치겠다고 맹세해도. 절대로 그대 모친이 아들을 관에 뉘어서 장례 치르게 해주지 않겠다. 네 몸은 개와 독수리 들이 깨끗이 뜯어먹을 것이다."

헥토르는 마지막 숨을 내뱉으며 힘겹게 말했다.

"그대 얼굴을 똑바로 바라보니 충분히 알겠구나, 그대는 도저히 설득시킬 수 없는 인간이라는 것을. 심장이 강철로 되어 있는 인간. 그렇다면 그대도 조심해야 할 것이다. 나 때문에 신들의 노여움을 얻는 일이 없도록, 그대가 제아무리 강한 무사여도 알렉산드로스와 아폴론이 언젠가는 그대를 스카이아이 문 앞에서 쓰러뜨릴 바로 그날에 말이다."

그 순간 죽음의 장막이 그를 감쌌다. 혼백이 몸에서 빠져나가 일신의 운명을 슬퍼하면서 씩씩함과 젊음의 꽃을 버리고 저승으로 날아갔다. 완전히 죽어버린 이를 향해서 아킬레우스가 말했다.

"죽어라, 나도 신들이 원하실 때에 죽음의 운명을 받으마."

그는 시체에서 창을 뽑아 좀 떨어진 곳에 놓고는, 시신에서 피에 젖은 갑주 제구를 벗겼다. 다른 희랍군 병사들이 달려와서 둘러싸고는 헥토르의 체구며 놀랍도록 훌륭한 모습을 감탄한 듯 바라보았다. 하지만 다가온 자들은 하나같이 창으로 그를 쿡쿡 찔러 봤고, 그러면서 옆에 있는 자와 시시덕거렸다.

"흠, 이제는 헥토르가 활활 타는 불을 우리 배에 던져 태울 때보다 얌전해져서 취급하기가 훨씬 쉬운 걸."

갑주 제구를 다 벗기고 나자 아킬레우스가 엄숙하게 선언했다.

"전우들이여, 신께서 그 누구보다 많은 악행을 저지른 녀석을 쓰러뜨려 주셨다. 그러니 이제 무기를 들어 성을 에워싸고 쳐들어가자. 이 녀석이 쓰러졌으니 이제 트로이아군이 도성을 포기할 작정인지, 아니면 비록 헥토르가 사라졌어도 끝내 버티어 싸울 결심인지, 대체 어떤 생각을 가졌는지 자세히 좀 알아보기 위해서.

그러나 어찌 된 까닭으로 내 마음은 이런 말을 꺼내는 것일까. 파트로클로스의 시체가 아직 배 곁에 장례도 치르지 못한 채 누어 있는데. 그를 결코 잊는 일은 없을 것이다. 적어도 내가 생존자들 사이에 끼어 있는 한은, 그리고 이 무릎이 굳건히 서서 돌아다닐 동안에는. 세상 사람들은 죽어서 저승에 가면 모든 기억을 잊어버리고 만다지만, 나만은 저 세상에 가서도 벗을 잊지 않을 것이다.

그러면 자, 아카이아의 젊은이들이여, 우선은 승리의 노래를 부르면서 우리의 배가 있는 곳으로 이 녀석을 끌고 가자."

그는 씩씩한 헥토르를 욕보일 궁리를 했다. 발꿈치와 발목 사이의 심줄 있는 곳에 구멍을 뚫어 쇠가죽 끈을 꿰어 꽁꽁 묶어서는 전차 차대 뒤에 매달아 머리가 땅바닥에 질질 끌리도록 해놓았다. 그런 다음 전차에 올라 세상에 이름난 갑주 제구까지 모두 싣고 한 번 채찍을 휘두르니 두 필의 말이 쏜살같이 달리기 시작했다. 그러자 질질 끌려가는 자한테서는 모래 먼지가 확 솟아오르고 칠흑같이 검었던 머리카락이 양쪽으로 갈라져 땅을 쓸어가니, 전에는 그토록 보기 좋았던 얼굴이 먼지투성이가 되었다. 제우스가 헥토르를 원수의 손에 넘겨, 자기 자신의 조국 땅에서 모욕을 당하게 했던 것이다.

헤카베는 아들의 시신이 흙범벅이 되어가는 모습에 베일을 벗어던지고 머리를 쥐어뜯으며 미친 듯이 울부짖었다. 프리아모스 노왕도 저도 모르게 신음을 내뱉으며 성문으로 내달렸다. 온 도성 안이 통곡과 비탄의 부르짖음으로 가득 찼다. 낮은 언덕이 많은 일리오스의 도성 전체가 고스란히 불에 던져져 타 없어지는 듯한 광경이었다. 노왕은 다르다노스의 문밖으로 뛰어나가려다가 사람들에게 붙잡혀 몸부림쳤다. 그러자 진흙 속을 데굴데굴 뒹굴면서 자기를 말리는 사람마다 붙잡고 애원했다.

"제발 나를 내보내다오. 나는 희랍군의 배를 찾아가련다. 아무리 무법스럽고 난폭한 자라도, 이 늙은이가 애원하면 가련하게 생각해줄 지도 모르지 않느냐. 그 녀석에게도 나와 같은 연배의 아비가 있지 않느냐. 펠레우스, 그 사람이 저 녀석을 낳아 길러서 트로이아인에게 불행을 주고, 특히 내게 극심한 고통을 주는구나. 저 녀석이 죽인 아들들만 해도 적지 않지만, 그 모두를 전부 합쳐도 헥토르를 잃은 슬픔에 미치지 못한다. 결국은 이 심한 슬픔과 탄식이 나의 황천길을 재촉하겠지만, 저 헥토르를 위해서 통곡하는 이 슬픔이 말이다. 진실로 저 아이가 내 팔에 안겨서 죽어 준다면, 나와 그 아이의 박복한 어미 헤카베와 둘이서 실컷 울부짖고 눈물을 흘리며 우리 마음의 위안으로 삼으련만."

노왕의 울부짖음에 도성 사람들도 일제히 통곡했다. 트로이아 여자들은 헤카베의 끊일 새 없는 심한 비탄과 애도에 공감했다.

"아, 내 아들아, 어쩌면 나는 이렇게도 비참한 여자일까. 이렇게 무서운 꼴을 당하고서 어떻게 죽지 않고 살아가겠느냐, 그대가 이미 죽고 없는데. 그대는 정말 나의 자랑이고 온 도성의 자랑이었다. 온 나라 안의 트로이아인도 남녀 구분 없이 그대에게 희망을 걸고 신처럼 대했다. 그러한 그대에게 이번에는 엉뚱하게도 죽음이라는 무서운 운명이 덮치고 말았으니."

안드로마케는 아직 이 흉보를 모르고 있었다. 아무도 그녀에게 '남편이 성문밖에 혼자 남아서 버티고 있다.'는 소식을 전하지 않았기 때문이다. 그래서 그녀는 집 안에서 여느 때처럼 베를 짜고 있었다. 두 폭의 자줏빛 넓은 천에 색색의 꽃무늬를 놓아가면서. 그리고 시녀들에게 커다란 세발솥에 물을 끓이게 해두었다. 헥토르가 싸움터에서 돌아오면 곧바로 몸을 씻을 수 있도록 준비해둔 것이다. 참으로 가련하구나, 남편이 이제는 도저히 목욕을 할 수 없음을, 아테네가 아킬레우스의 손으로 쓰러뜨려 놓았다는 것을 상상도 못하고 있으니.

바로 그때 망루에서 통곡과 비탄의 울부짖음이 터져나왔다. 그 소리에 그녀는 별안간 손발이 부들부들 떨려서 쥐고 있던 바늘을 바닥에 떨어뜨렸다. 그러고는 아름답게 머리를 땋은 시녀를 돌아보며 말했다.

"자, 가자. 두 사람만 나를 따라오너라. 도대체 무슨 일이 일어났나 보고 와야겠다. 점잖으신 시어머님의 목소리를 들었다. 그러고부터는 내 심장이 입까지 치밀어올라 두근거리고 떨리는구나. 무릎까지 뻣뻣하게 굳어졌으니, 필경 무슨 불길한 일이 프리아모스의 아드님에게 일어났나 보다. 제발 남편 헥토르는 아니기를."

그녀는 디오니소스의 신녀처럼 미친 듯이 거리로 달려나갔다. 시녀들이 급히 뒤따랐다. 그녀는 무사들이 왁자하니 몰려 있는 망루에 이르러 차분히 주위를 돌아보았다. 그러다가 저만치 끌려가는 남편의 모습을 발견했다. 걸음이 빠른 말들이 남편을 바닥에 질질 끌면서 희랍군의 함선으로 달리고 있었다. 그 광경을 보는 순간 캄캄한 어둠이 그녀의 두 눈을 휘덮으며 숨이 막혔다. 그대로 혼절해버린 것이다.

그녀의 머리에서 머릿수건도, 머리띠도, 그 위에 덮는 천도, 땋아올린 머리를 눌러두는 머리 장식이며 목둘레에 늘어뜨리는 깃자락까지도 모두 날아갔다. 그것은 혼례식에 아프로디테가 선물로 보내준 것이다. 그녀를 번쩍이는 투구의 헥토르가 수없이 많은 혼수 예물을 갖다 바치고 그 대신 부왕 에티온의 성관에서 데려온 그날에. 까무러친 안드로마케를 시누이들과 동서들이 우르르 몰려와서 둘러싸고 안아 일으켰다.

얼마 뒤 간신히 정신을 차린 그녀가 울부짖었다.

"님이여, 저는 불운한 여자랍니다. 당신은 이곳 트로이아의 프리아모스 성에서, 저는 숲이 우거진 폴라코스의 산기슭 테베의 에티온 성관에서 태어나서 하나의 운명으로 맺어진 우리. 아, 아버지, 차라리 저를 낳지 않으셨더라면 좋았을 것을. 지금 당신은 대지가 감추는 저 아래쪽 저승으로 떠나 계시고, 저만 혼자 저주스러운 탄식 속에 과부로 만들어 성관 안에 내버려두시다니요.

우리 아기는 어쩌나요. 아직 너무나 철없는 젖먹이예요. 이제는 도저히 이 아이를 도와줄 수도 없고 이 아이도 당신을 도울 수 없게 되었군요. 설령 희랍군과의 눈물어린 전쟁을 면한다 하더라도 먼 훗날까지 두고두고 성가신 일과 근심이 그야말로 줄곧 우리 아이를 따라다니겠지요. 남의 나라 인간들이 와서 그 아이의 땅과 밭을 빼앗아 버릴 테니까. 거기다가 부모 없는 고아의 나날은 그 아이를 완전히 외톨이로 만들어서 혼자 떨어져 살게 될 거예요. 걸핏하면 고개를 푹 숙이고 두 볼을 항상 눈물에 적시면서. 그리고 먹고 살기가 어려워지면 즐비한 저택가로 올라가 아버지의 지난날의 전우들을 찾아다니며, 이 사람 저 사람의 옷자락을 붙들고 매달려서 별의 별 인간들에게 동정을 구하겠죠. 누군가가 어쩌다 내미는 음식을 받아 입술을 적시겠지만 아마도 입 언저리를 다 적시지는 못하겠지요.

그러다가 부모가 다 잘 사는 아이가 향연의 자리에서 밀어내며 주먹으로 마구 때린 다음 호통을 치면서 말하겠지요. '이놈아, 어서 꺼져. 네아비는 우리 잔치에 오지 않았으니까.' 그러면 눈물을 글썽거리며 홀어미에게 오겠지요. 전에는 아버지의 무릎에 올라앉아 골수며 살찐 양고기만 먹던 아이가, 졸음이 올 때면 철없고 천진한 장난을 그만두고 유모의 팔에 안겨 돌아와서 폭신한 이불에 싸여 사치를 즐기고 언제까지나 잠자리에 누워 있을 수 있던 그 아이가 이제 사랑하는 아버지를 여읜 이상, 무척 고생을 하게 되겠지요.

당신은 혼자서 여러 사람을 위해 성문과 긴 성벽을 지켜주셨습니다. 그런 당신을, 지금 양친 부모와도 멀리 떨어져서 적지에 홀로 쓰러져 있는 당신을 우글거리는 구더기가 뜯어먹고 있겠지요. 개들의 배를 불린 다음, 더욱이 옷도 걸치지 않은 몸을. 집 안에는 부드럽고 반드르르 윤이 나는 옷이 많이 있어요. 그러나 당신의 유해를 덮을 수도 없는 이런 옷들은 차라리 모두 불사르겠어요. 트로이아 남녀들의 입에나 오르내리도록 활활 타는 불에 사르렵니다."

그녀의 통곡에 다른 여자들도 함께 곡을 하였다.

제23권

아킬레우스,
파트로클로스의 장례를 치르다

아킬레우스는 일리오스 성 공격도 멈춘 채 헥토르의 시신을 끌고 돌아와서, 비로소 '원수를 갚았다.'고 오열하며 파트로클로스의 장례를 치른다. 하지만 아킬레우스의 지나친 잔혹함이 신들의 눈밖에 나서, 헥토르의 시신은 아무리 모욕해도 훼손되지 않은 채 보존되고 파트로클로스의 화장에는 불길이 붙지 않아 애를 먹는다. 아킬레우스는 어렵게 장례를 치른 후에, 파트로클로스를 기리는 의미로 희랍군에게 상품을 내걸고 각종 무술대회를 열어 나눠준다. 하지만 그러고도 분이 풀리지 않아서 매일 아침마다 전차에 헥토르의 시신을 매달고 친구의 무덤가를 도는 것으로 마음을 달랜다.

한편 헬레스폰토스 희랍군 진영에서는 아킬레우스가 휘하인 뮈르미도네스족에게 연설하기 시작했다.

"날쌘 말을 모는 뮈르미도네스족이여, 충실한 동료들이여, 아직 말들을 수레에게 풀지 말라. 그대로 전차를 몰고 파트로클로스 곁으로 가서 애도의 소리를 외치자. 사자에 대한 예의로 실컷 곡한 후에 돌아와서 말들을 풀고 저녁을 들자."

그 말에 뮈르미도네스족이 다같이 목놓아 울었다. 아킬레우스와 부대원들과 갈기 고운 말들까지 모두 함께 시신을 세 바퀴 돌며 통곡했다. 테티스는 울부짖음을 간신히 억누르고 있었다. 물빠진 모래펄과 병사들의 전구(비둘기)까지도 눈물로 흥건히 젖었다. 그렇게 모두가 한목소리로 '적을 패주시키는 자' 파트로클로스를 추모했다. 아킬레우스는 원수를 갚은 그 두 손을 벗의 가슴 위에 얹고 말했다.

"파트로클로스여, 자네가 비록 지금 저승에 있을지라도 기뻐하라. 내가 약속했던 것을 모두 수행했으니까. 헥토르를 이곳으로 끌고와 알몸으로 개에게 뜯기우고 트로이아인의 허우대 좋은 사내 열두 명을 그대를 태우는 불 앞에서 목을 베어서 그대의 원한을 풀어주리라."

그는 헥토르를 모욕할 방법을 떠올렸다. 그래서 벌거벗은 헥토르의 시신을 흙 위에 엎어 두었다.

사람들은 갑주 제구를 벗어던지고, 큰 소리로 울어대는 말들을 수레에서 풀어준 후, 아킬레우스의 배 옆에 앉았다. 그는 사람들에게 장례 음식을 실컷 대접했다. 살진 소들이 무쇠 날에 목이 잘려 몸을 버둥거리고, 양이며 울어대는 산양도 도살당하는가 하면 이빨을 번득이는 기름지고 살찐 멧돼지들도 헤파이스토스의 불꽃 위에 구워졌다. 그러자 시신의 주위에 잔으로 몇 잔이나 될 만큼의 피가 흘렀다.

희랍군 장수들은 벗 때문에 좀처럼 마음을 가라앉히지 못하고 있는 아킬레우스를 간신히 달래서 아가멤논에게 데려갔다. 아가멤논은 일부러 전령들에게 큰 소리로 일러서 불 위에 커다란 세발솥을 걸게 했다. 피투성이가 된 그의 몸을 씻겨줄 요량이었다. 하지만 아킬레우스는 단칼에 거절했다.

"싫다, 신들 가운데서도 지고지선하다는 제우스에게 맹세하건대, 안 된다. 파트로클로스를 화장하여 봉분을 하고 내 머리털을 자르기 전에 깨끗한 물을 머리에 댄다는 것은 용서되지 못할 일이다. 살아 있을 동안 이만한 슬픔이 두번 다시 내 가슴을 덮치는 일은 이제 없기 때문이다. 그러나 식사는 내키지 않아도 하겠다.

무사들의 군주 아가멤논이여, 날이 밝으면 모든 사람을 독려하여 장작을 모으게 하고 또 죽은 자가 어두운 저승으로 내려갈 때에 가지고 가기에 알맞은 만큼의 물건을 마련하게 하시어, 한시라도 빨리 이 사나이를 피로를 모르는 불이 태워버리게 해주시오."

아킬레우스의 한 마디 한 마디에 귀기울이던 사람들은, 그의 말이 끝나자마자 찬성하고는 부랴부랴 풍성한 저녁식사를 차려냈다. 모두가 배불리 마시고 먹은 후에 제 군막으로 돌아갔다. 그러나 아킬레우스만은 노호하는 바닷가에 엎드린 채 많은 뮈르미도네스족 사이에서 못 견디게 신음했다. 탁 트인 바닷가에는 물결이 끊임없이 부서져 흩어지고 있었다.

이윽고 아킬레우스도 잠이 들었는데, 꿈에 파트로클로스의 망령이 나타났다. 키, 체형, 해맑은 얼굴이며 목소리까지 틀림없이 그대로인 친구는 옷마저 똑같이 입고 있었다. 그가 아킬레우스의 머리맡에 서서 말했다.

"아킬레우스여, 자고 있군. 내가 살아 있는 동안은 염려해 주더니 죽으니까 깡그리 잊었군. 어서 한시바삐 나를 장사 지내다오. 그래야 내가 저승에 들어간다네. 망령들이 멀리서 나를 들어가지 못하게 방해하고 있다네, 지친 망자의 유령들이. 내가 강을 건너서 그들 속에 끼기를 도무지 허락해 주지를 않아. 그래서 헛되이 문도 넓은 하데스의 궁전 앞을 서성거리고 있네. 내게 불을 대야 내가 저승으로 갈 수 있네. 이것이 나를 덮친 운명인 이상 거기에 따라야 한다네.

 그리고 신과도 견줄 아킬레우스여, 그대 자신에게도 정해져 있구나. 트로이아인들의 성벽 밑에서 죽는다는 운명이. 그러니 우리 둘이 그대 집에서 함께 자랐듯이 절대로 내 뼈를 그대의 뼈와 떼어놓지 말고 함께 놓아다오. 그것은 내가 암피다마스의 아들을 주사위 때문에 화를 내어 분별도 없이 죽였을 때 메노이티오스가 아직 나이도 차지 않은 나를 살인 혐의로 오포에이스에서 그대 집으로 데려왔다. 그때 기사 펠레우스는 나를 집안으로 맞아 정성스럽게 키워 그대의 수행 무사로 앉혀주었다. 그러니 두 사람의 뼈를 어머님께서 주신 양손잡이가 달린 황금제의 한 궤에 담아다오."

 "내가 소중히 여기고 있는 그대가 어떻게 여기에 왔느냐. 그리고 이처럼 일일이 나에게 지시하느냐. 아무튼 나는 모두 그대가 말한 대로 지시를 좇아 실행할 작정이다. 그런데 조금 더 가까이 다가오라. 비록 잠시만이라도 서로 얼싸안고 마음껏 쓰라린 슬픔으로 가슴을 달래고 싶다."

 아킬레우스는 팔을 뻗쳤지만 잡지는 못했다. 망령은 희미한 소리를 지르며 연기처럼 땅 밑으로 들어가버렸다. 그것에 놀라 아킬레우스는 벌떡 일어나며 손을 치고 탄식했다.

 "아, 가엾도다. 하데스의 집으로 가 마음은 완전히 없어졌어도 아직 넋이니 망령이니 하는 것이 떠돌고 있구나. 하룻밤 내내 가슴아픈 파트로클로스의 넋이 나에게 찾아와서 혹은 슬퍼하고 혹은 눈물로 호소하며 나에게 일일이 지시하고 갔는데, 놀랄 만큼 전의 모습 그대로였다."

 이렇게 가슴아픈 시신을 둘러싸고 슬퍼하는 사람들 위에 장미빛 손가락의 새벽빛이 나타났다. 아가멤논 왕이 사방 군막에서 노새와 병사들을 모아 나무를 하러 보냈다. 이도메네우스의 수행 무사인 메리오네스가 감독으로 이끌었다. 모든 사람은 저마다 나무를 칠 도끼를 손에 들고 잘 꼰 새끼를 가지고 갔다. 그 줄 앞에는 노새가 갔는데, 사람들은 먼 길을 올라갔다 내려갔다 혹은 꺾였다 옆으로 나아갔다 하며 마침내 샘이 많은 이데 산 가장자리에 이르자 이내 높이 잎을 펼친 떡갈나무를 날이 넓은 청동 도끼로 부지런히 쳤다. 나무는 잇따라 커다란 울림을 내며 쓰러져갔다. 그것을 잘라 희랍군이 노새 등에 실었다. 노새들은 땅을 발로 야무지게 밟고 무성한 나무를 헤치면서 들판을 향해 나아갔다. 또 메리오네스가 이르자 나무꾼들은 모두 통나무를 날라내어 바닷가에 차곡차곡 가지런히 쌓았다. 아킬레우스가 파트로클로스를 위해서 또 자기를 위해서, 커다란 무덤을 만들 수 있도록 쌓아둔 것이다.

사람들이 장작을 쌓아두고 한숨 돌릴 틈도 없이 아킬레우스는 뮈르미도네스족에게 청동 갑주 제구를 두르라고 명령했다. 그들은 저마다 전차 밑에 두 필의 말을 맸다. 수행무사도 말구종과 같이 전차에 올라탔다. 그 선두에는 먼저 전차를 탄 무리가 가고 뒤에는 수많은 무리가 걸어서 잇따라 나아갔다. 그 가운데에서 수호무사들이 파트로클로스를 날랐다. 주검은 전우들이 잘라 던지는 머리털로 덮여갔다. 그 뒤에 아킬레우스가 무거운 마음으로 파트로클로스의 머리를 받쳐들고 따라갔다. 높은 기상의 벗을 저승으로 보내는 것이었기 때문이다.

사람들은 아킬레우스가 지시해둔 곳에 오자 관을 내려놓고 주위에 한껏 장작을 쌓았다. 아킬레우스는 또 다른 것을 생각해내고 화장터에서 떨어져서 금발의 머리털을 잘랐다. 고향의 스페르케이오스 강에 바치려고 더펄

거리도록 길러온 것이었다. 그는 메이는 가슴으로 포도줏빛 바다를 바라보며 말했다.

"스페르케이오스 강이여, 나의 아버지인 펠레우스가 올린 기도가 보람도 없이 되었다. 만일 내가 그리운 고향땅까지 돌아간다면 당신에게 이 머리털을 잘라서 바치고 헤카톰베를 바치겠노라고, 또 대여섯 마리의 숫양을 강가에서 그 자리를 떠나지 않고 잡아 당신의 제단이 있는 강의 원천에 피를 붓겠노라고 늙으신 아버지는 맹세했지만, 그 생각을 당신은 실현시키지 않았다. 지금에 와서는 이제 그리운 고향으로도 돌아가지 못할 테니까 파트클로스에게만이라도 이 머리털을 가져가도록 건네고 싶다."

이렇게 말하고 나더니 머리털을 벗의 손아귀에 놓아 그 자리에 있는 사람들에게 애도의 생각을 더하게 했다. 이때 만일 아킬레우스가 서둘러 아가멤논 옆에 서서 이렇게 말하지 않았다면, 해가 지도록 그렇게 슬픔 속에 서 있었으리라.

"아트레우스의 아들이여, 희랍군 병사들은 그대가 말하는 것에 가장 잘 따를 것이오. 애도에 잠기는 것도 좋지만 지금으로서는 화장터에서 해산하여 식사 준비를 하도록 명령하시오. 여기 일은 고인과 가장 인연이 두터운 우리들이 치러낼 테니까 장수들만 여기에 머물러 주시구려."

아가멤논은 이 말을 듣자 이내 병사들을 해산시켰다. 그리고 연고자만 남아서 장작을 쌓아올려 이쪽과 저쪽 백 자씩 태울 자리를 만들었다. 그러고 나서 그 쌓아올린 나무 맨 위에 쓰라린 마음으로 시체를 올려놓았다. 태울 자리 앞에 살찐 양이며 소등이 몇 마리씩 가죽이 벗겨져 마련되자, 아킬레우스가 기름진 살코기를 잘라 머리에서 발끝까지 완전히 시체를 덮고,

그 둘레에는 발가벗겨진 짐승을 겹겹이 쌓아올렸다. 그리고 속에 꿀과 기름이 든 두 귀가 달린 병을 와상에 기대어 늘어놓았고 못 견디게 신음하면서 고개를 높이 쳐드는 네 마리의 말을 화장할 자리로 세차게 몰아넣었다. 또 파트로클로스가 식탁 옆에서 기르고 있던 개 아홉 마리 중 두 마리를 칼로 쳐 화장터 속에 던지고 기상이 드높은 트로이아인의 늠름한 자식들 열두 명을 청동 칼로 죽였다. 어쩌면 그리도 참혹한 짓을 생각해냈을까.

마침내 그는 타 죽어도 좋다는 듯이 강철 같은 불기운을 뒤집어쓰고 한바탕 크게 탄성을 올리더니 사랑하는 벗의 이름을 부르며 말했다.

"파트로클로스여, 설사 하데스의 집에 있을지라도 기뻐하라. 전에 그대에게 약속했던 것을 모두 실행하였노라. 트로이아의 늠름한 자식들을 열두 명이나 그대와 함께 불이 삼키노라. 그러나 헥토르만은 절대로 불에 태우지 않고 개에게 먹이겠노라."

하지만 개들은 그 시체에 달려들지 못했다. 아프로디테가 밤낮으로 개들을 쫓은 데다가 장미향이 나는 신성한 향유를 발라서 질질 끌려다녀도 상처나지 않게 했기 때문이다. 아폴론도 먹구름을 하늘에서 땅바닥까지 끌어내려 헥토르의 시신이 지나가는 곳을 완전히 가렸다. 해의 기운이 살갗 둘레를 쬐어 손발과 힘살이 마르지 않도록.

반면에 파트로클로스를 태울 불은 좀처럼 붙지 않았다. 그러자 아킬레우스가 장작더미에서 멀찍이 떨어져 서서 북풍과 서풍에게 기도를 올렸다. 훌륭한 제물을 약속하고 금잔으로 몇 잔이고 술을 바치면서 한시라도 빨리 시신과 장작이 타오르기를 빌었다.

이 기도를 이리스가 듣고 바람의 신을 찾아갔다. 때마침 바람의 신들은 서풍의 집에서 잔치를 벌이고 있었다. 이리스가 돌 문턱 위에 멈춰 서자 바람들이 모두 이리스를 보고 일어서서 저마다 제자리로 모시려고 했다. 그러나 이리스는 모두 거절하고 말했다.

"앉기는요, 이제부터 새로이 오케아노스까지 가는 길인 걸요. 아이디오페스 나라에 말이에요. 거기서 지금 불사의 신들에게 헤카톰베를 차려놓고 있어서 나도 같이 제물을 먹으러 가는 거예요. 그런데 아킬레우스가 북풍 님과 수선스러운 서풍 님에게 나와주십사고 빌고 있어요. 화장터의 불을 잘 타오르게 해달라고요. 훌륭한 제물을 약속하고서 말이에요. 그 화장터에는 파트로클로스가 누워 있고 희랍군이 모두 슬퍼하고 있어요."

그러자 바람의 신들도 뭇구름을 앞에 모으며 세찬 울림을 내면서 일어섰다. 그들이 이내 바다로 불어대면서 나아가자 높은 숨결 밑에 큰 물결이 일었다. 이윽고 두 신이 기름진 땅 트로이아에 닿아 쌓아올린 장작 위에 떨어지니 불길이 무섭게 포효하며 타올랐다. 바람은 큰 소리를 내며 밤새도록 휘몰아쳐 시체를 활활 태웠다.

아킬레우스는 밤새도록 잔을 들어 황금 그릇에서 술을 따라 땅바닥에 부어 대지를 촉촉이 적시면서 파트로클로스의 넋을 달랬다. 갓 장가든 자식이 죽자 제자식의 유골을 태우면서 아버지가 애통해 하듯이, 아킬레우스는 벗의 시체를 불태우며 그 주위를 침통하게 거닐면서 괴로움에 몸부림쳤다.

샛별이 땅 위에 가득히 광명을 알리려고 오를 무렵 그것에 잇따라 사프란빛 옷을 입은 놀이 바다 위에 빛을 드리운다. 그즈음에야 겨우 불기운은 수그러져 마침내 불길도 꺼졌다. 바람의 신들은 다시 트라키아 바다를 건너 집으로 돌아갔다. 그 지나가는 길목에 바다가 거칠게 물결을 일으키며 포효했다. 아킬레우스도 마침내 화장터에서 물러나 나오니 단잠이 그를 덮쳤다.

그런데 다른 사람들은 아가멤논 둘레에 모여들었다. 그 사람들의 떠드는 소리가 아킬레우스의 잠을 깨게 했다. 그래서 일어나 앉아 그들에게 말했다.

"아트레우스의 아들과 아카이아인 장수들이여, 우선 먼저 반짝이는 술로 화장터의 불을 꺼주시오. 그것이 끝나거든 메노이티오스의 아들 파트로클로스의 유골을 잘 분간하여 주워 모읍시다. 그의 것은 장작 한가운데에 뉘어져 있고 다른 사람과 말은 그와 떨어진 가장자리에서 태웠기 때문에 뚜렷이 구별이 지어질 것이오. 그리하여 그의 유골은 황금 그릇에 담아 살코기를 두 겹으로 덮어둡시다. 내가 저승으로 갈 때까지 말이오. 묘는 그리 호화롭지 않게 만들기를 바라오. 나중에 희랍군이 그것을 넓혀 더 높이 쌓아올릴 수 있게. 그 일은 내가 죽은 뒤에도 노걸이를 많이 장치한 배 안에 살아 남아 있는 분들에게 부탁하오."

모두들 아킬레우스의 말에 따라 타오르는 불길을 반짝이는 술로 모두 껐다. 재가 수북했다. 사람들은 통곡과 함께 온순한 벗의 새하얀 뼈를 주워 모아 황금 그릇에 담고 살코기를 두 겹으로 덮어 군막 안에 모셔놓고서 삼베로 이것을 쌌다. 그리고 묘지를 만들 양으로 둥그렇게 땅을 구획하여 대석을 태운 자리 둘레에 놓고 나서 흙을 날라다 쌓아올려 무덤을 만든 뒤 모두 돌아가려고 했다.

그러나 아킬레우스는 사람들을 거기에 붙들어 놓고 널따란 집회소에 앉히더니 배에서 경기를 위한 상품을 날라오도록 했다. 세발솥, 여러 마리의 말과 노새, 힘 좋은 여러 마리의 소와 아름다운 띠를 한 여자, 잿빛 강철제의 물건 등등.

먼저 전차 경주 참가자는 손재주가 좋은 여자들을 데려가도록 하고, 1등상에는 귀 모양의 장식이 달린 두 되짜리 세발솥, 2등상에는 노새새끼를 배고 있는 여섯 살배기 야생마, 3등상에는 아직 불에 얹어본 적이 없는 네 홉짜리 새 솥, 4등상으로는 두 자루의 황금 막대기, 5등상은 손잡이가 두 개 달린 아직 불이 닿은 적이 없는 냄비를 내놓았다.

"아트레우스의 아들과 아카이아인들이여, 이 경기가 상품만을 위한 것이라면 내가 가장 먼저 승리해서 상품을 휩쓸어 갔을 것이다. 내 말은 신마이니까 우승은 당연하다. 하지만 나는 경기에 나서지 않겠다. 파트로클로스는 이 두 필을 항상 깨끗한 물로 부드럽게 씻어주고 갈기에 기름을 부어주곤 했다. 그래서 두 마리 모두 지금 갈기를 축 늘어뜨리고 슬퍼하고 있다. 그러니 그를 기리는 의미로, 희랍군 중에서 말을 몰거나 전차 몰기에 자신 있는 자는 모두 경기에 참가해 달라."

즉시 기사들이 모여들었다. 맨 처음으로 아드메토스의 아들인 에우멜로스가 지원했다. 뒤이어서 튀데우스의 아들인 디오메데스가 아이네이아스에게 빼앗은 트로스의 말을 데리고 참가했다. 금발의 메넬라오스도 아가멤논의 암말 아이테와 자신의 말 포다그로스로 참가했다. 아이테는 안키세스의 아들인 에케폴로스가 바람이 소용돌이치는 일리오스에 따라가지 않고 고향에 머물러 편히 지내려는 속셈에서 아가멤논에게 바친 것이다.

네번째는 네스토르의 아들 안틸로코스가 퓔로스 산 말들로 전차를 몰고 등장했다. 그러자 아버지가 가만히 아들 곁으로 가서 타일렀다.

"안틸로코스야, 너는 아직 나이는 어리지만 제우스와 포세이돈이 귀여워하셔서 온갖 승마술을 가르쳐주셨다. 그런즉 이제 새삼스레 너에게 가르쳐줄 것은 없다. 표적 기둥을 도는 법도 알고 있겠지. 하지만 말들의 속력이 아주 느려서 네가 난처하게 될지도 모른다. 다른 사람들이 너보다 뛰어나서가 아니라 그들의 말이 더 빠르거든.

그러니 사랑하는 아들아, 온갖 꾀를 짜내서 꼭 상품을 타거라. 나무꾼들도 우악스러운 힘보다 꾀를 쓰는 쪽이 훨씬 좋은 일을 한다. 키잡이는 바람이 아무리 거세도 꾀를 써서 포도줏빛 바다 위를 더 빠르게 달릴 수 있다. 그러나 거드름을 피우는 자는 분별 없이 여기저기로 멀리 돌아 표적의 기둥을 돌 것이다. 그래서 말들은 진로에서 벗어나 길을 잘못 달리고 세울 수도 없게 된다. 무엇이 유리한지를 아는 자는 언제나 표적에 눈을 주고 그 가까이를 돌며, 또 처음에 고삐를 당긴 방향을 염두에 두고 말을 다부지게 몰면서 앞서가는 전차를 노리는 법이다.

그러니 표적의 기둥을 똑똑히 가르쳐줄 테니 놓치지 말거라. 땅 위에 한 그루의 죽은 나무가 서 있느니라. 떡갈나무인지 소나무인지 장마 때에도 썩지 않고 서 있다. 그 양쪽에는 흰 돌이 두 길이 엇갈리는 십자로 부근에 비스듬히 세워져 있다. 그 둘레는 평탄한 마찻길이다. 그 비석은 옛날에 죽은 어떤 사람의 무덤이거나 옛날 사람이 표적의 기둥으로 삼고 있었던 것 같은데, 그것을 지금은 발이 날쌘 용감한 아킬레우스가 경주의 목표로 삼고 있다.

너는 그 바로 옆을 스쳐 수레와 말을 몰며 네 몸을 말들의 왼쪽으로 살짝 틀어라. 오른쪽 말을 격려하면서 채찍질을 하고 고삐를 충분히 손에서 늦쳐라. 거꾸로 왼쪽 말에게는 표적의 기둥을 스쳐가게 해라. 그것도 잘 만들어진 수레바퀴의 바퀴통이 기둥에 닿을락말락할 만큼 말이다. 그러나 옆에 놓여 있는 돌에는 닿지 않도록 조심하거라. 자칫 잘못해서 말이나 전차를 다치지 않도록. 그러면 남들은 기뻐하겠지만 세상에는 웃음거리가 된다.

명심하거라. 표적의 기둥에만 잘 붙어서 말을 몰면 너를 앞지를 이가 아무도 없을 것이다. 설사 누군가가 아드레스토스의 준마인 아레이온을 몰고 온대도, 신에게서 핏줄을 이어받은 말이래도, 또는 라오메돈에서 으뜸 준마래도 말이다."

메리오네스가 다섯 사람째로 갈기도 아름다운 말들을 준비시키자 모든 사람은 전차에 타고 제비를 뽑으러 모여들었다. 아킬레우스가 내두르자 안틸로코스의 제비가 먼저 튀어나왔다. 그 다음이 에우멜로스, 메넬라오스, 메리오네스, 디오메데스 순서였다. 모두가 한 줄로 늘어서니 아킬레우스는 들판 저 멀리 건너편에 있는 표적의 기둥을 가리키고 그 옆에 자기 아버지의 수행 무사인 포이닉스를 심판으로 세웠다. 어떻게 달리는지를 마음에 잘 새겨두었다가 확실한 것을 알리도록.

그리하여 모든 사람이 한결같이 말등에 채찍을 휘두르고 고삐를 잡아채며 목소리를 짜내어 격려하니, 말들은 순식간에 들판을 가로질러 눈깜짝할 사이에 선단에서 저 멀리 가버리는데, 가슴께에는 흙먼지가 구름인지 돌풍인지 잘못 볼 만큼 피어오르고 갈기가 바람의 입김에 따라 나부꼈다. 전차는 많은 생물을 풍성하게 기르는 대지 위에 닿을 듯 나아가는가 하면, 공중으로 높이 뛰어올랐다. 말을 탄 사람들은 차대 안에 서서 저마다 이기고 싶은 마음에 가슴이 방망이질한다. 저마다 제 말을 불러대니 말들도 먼지를 뒤집어쓰면서 들판을 달려갔다.

그런데 마침내 준마가 마지막 주로에 접어들어 다시 바다를 향할 때 각자 말의 우열이 드러났다. 모두 서둘러 마지막 젖먹던 힘까지 다하려고 들었는데 에우멜로스의 말들이 날쌔게 선두에 나섰다. 그것에 버금가게 뛰어난 것은 디오메데스의 수말들이다. 트로스 말의 혈통이라서인지 콧바람이 에우멜로스의 등에 뜨겁게 닿을 만큼 가깝게 머리를 들이밀고 달렸다.

만일 디오메데스를 아폴론 신이 밉게 여기고 그 손에서 빛나는 채찍을 떨쳐버리지 않았더라면 혹시 앞지르거나 똑같이 들어갔을 것이다. 그래서 디오메데스는 노여움이 머리끝까지 차올라 눈에 눈물이 넘쳤다. 에우멜로스의 암말들을 보면 한결더 빨리 내닫고 있는데 자기 말은 채찍도 없이 달리기 때문에 속력이 떨어지고 있는 것이다.

그러나 아폴론의 훼방을 본 아테네가 얼른 가죽 채찍을 건네주고 말들에게도 힘을 넣어 주었다. 그러고도 분했는지 에우멜로스의 전차 멍에를 부쉈다. 암말이 저마다 좌우로 나뉘어 달렸다. 그러자 채찍은 땅바닥에 내동댕이쳐지고 주인의 몸도 수레 위에서 수레바퀴 옆으로 나동그라져 두 팔꿈치며 입, 코까지 살갗을 깎이고 눈썹 위 이마에 상처를 입었다. 그래서 눈은 눈물로 글썽거리고 기운 찬 목소리도 목구멍에서 막혔다.

디오메데스는 외발굽 말을 옆으로 비켜서 달리게 하여 다른 수레를 죽 떨어뜨리고 나아갔다. 이것은 아테네 여신이 말들에게 힘을 불어넣고 그 자신에게 영예를 주셨기 때문이었다. 그 뒤를 메넬라오스가 따랐는데, 그 뒤에 오는 안틸로코스는 아버지의 말에 대고 외쳐댔다.

"자, 달려라. 너희들도 힘껏 빨리 끌고 가거라. 아니, 뭐 저 줄기찬 기상의 튀데우스 아들의 말과 경주하라는 것은 아니다. 저것에는 아테네가 속력을 불어넣어 주시고 그 자신에게는 영예를 주셨으니까. 그러나 메넬라오스의 말들은 따라붙어라. 암말인 저 아이테에게 져서 너희들이 웃음거리가 되지 않도록. 너희 같은 준마들이 어찌 지겠느냐. 분명히 말해두겠다, 그리고 말한 대로 실행하겠다. 만일 너희들이 늑장을 부려 볼품없는 상품밖에 타지 못하게 된다면, 이제 절대로 병사들의 우두머리인 네스토르한테서 너희들은 보살핌을 받지 못한다. 당장 날카로운 청동 칼로 쳐죽이리라. 그러니 전속력으로 따라붙어라. 길이 좁아지는 데서 옆으로 냅다 끼어들어라."

말들은 주인의 질책이 두려워서 한결 속도를 냈다. 길이 움푹하게 패고 좁아진 곳에 오자 메넬라오스는 충돌을 피하려고 수레를 몰고 갔다. 그런데 안틸로코스가 외발굽 말들을 한 옆으로 몸을 틀게 하여 길 밖으로 돌리더니 조금 비켜서 뒤따라갔다. 그러자 메넬라오스는 깜짝 놀라 항의했다.

"안틸로코스, 그렇게 무분별하게 뒤따르는 법이 어디 있나. 말을 세워라, 길은 좁다. 금방 더 넓은 데서 앞지를 수도 있다. 수레를 부딪쳐 양쪽 다 부서지지 않도록 조심하라."

안틸로코스는 들은 체도 않고 한층 더 기를 쓰고 채찍을 후려갈겨 말을 몰았다. 꼭 어깨에서 던진 원반이 닿을 거리만큼 안틸로코스가 달려나갔을 때 메넬라오스가 오히려 주춤주춤 말을 세웠다. 충돌을 걱정했던 것이다. 그러면서 화가 나서 중얼거렸다.

"안틸로코스, 세상에 못된 녀석 같으니라구. 마음대로 가거라. 희랍군이 너를 영리한 사나이라고 말했던 것은 큰 잘못이었다. 아무튼 맹세의 말 없이 상을 타지는 못하게 할 테다."

그러고는 다시 말들에게 고함을 쳐서 출발했다.

"물러서지 말라. 괴로울 테지만 멈추지 말라. 저 말들은 이미 젊음을 오래 전에 잃었으니까 너희들보다도 먼저 발과 무릎이 지칠 것이다."

말들은 주인의 질책이 두려워서 속력을 높였고, 마침내 앞 전차에 접근했다.

아르고스인들은 회의장에 모여 앉아 경주 광경을 바라보고 있었다. 말들이 곧 다시 먼지를 뒤집어쓰면서 들판을 달려왔다. 맨 처음 말을 알아본 사람은 이도메네우스였다. 그는 사람들이 모인데서 떨어져 누구보다도 높은 곳인 망루에 앉아 있었다. 상당히 멀리 떨어진 곳이었지만 디오메데스가 질타하는 목소리를 알아듣고 이내 그임을 알았다. 그리고 선두 말의 특징을 분간했다. 온몸이 밤색 털이고 이마에만 달처럼 동그란 흰 점이 있었다. 그는 벌떡 일어나서 소리쳤다.

"오, 아르고스군의 지휘를 맡고 지휘봉을 휘두르는 여러분이여, 나 한사람에게만 말이 똑똑히 보이는 건가, 아니면 그대들에게도 보이는 건가. 갈 때 1등이던 에우멜로스의 암말들은 아무래도 들판 어딘가에서 당한 모양이다. 표적 기둥을 맨 먼저 도는 것은 보았는데 이제는 아무데도 보이지 않는군. 팔방으로 눈을 돌려 트로이아 들판을 멀리 바라보고 있는데도 말이야. 고삐가 말탄 사람 손에서 빠져 표적의 기둥에 수레를 부딪치고 돌 때에 실수를 했는지, 그래서 내동댕이쳐져 수레도 모두 부서지고 말은 미쳐 날뛰어 길에서 멀리 달려가 버린 것은 아닌지 모르겠네.

그런데 당신들도 일어서서 잘 보라. 어쩐지 나에게는 충분히 분간이 되지 않아, 저 무사는 분명히 아이톨리아인으로 아르고스군을 이끄는 장수인 말을 길들이는 튀데우스의 아들 디오메데스인 것 같은데."

그것을 모지락스럽게 욕한 것은 오일레우스의 아들이었다.

"이도메네우스여, 아까부터 무슨 말을 그렇게 함부로 지낄이는가. 저 말들은 아직도 먼데에서 발을 높이 올려 달리고 있다. 그대는 아르고스군 가운데서도 그리 젊은 편도 아닌데다 얼굴에 붙어 있는 그대의 눈 또한 유달리 잘 보일 바도 아닐 텐데 그렇게 함부로 노닥거리다니. 그렇게 허풍을 떨어서 좋은 것은 없다, 그보다 뛰어난 용사는 많이 있으니. 저 앞을 달리고 있는 말들은 아까와 똑같은 암말로 에우멜로스의 것이다. 그리고 그 자신이 고삐를 몰고 오고 있다."

크레타군 장군은 화를 냈다.

"아이아스여, 그대는 싸움이나 곧잘 할까, 머리도 모자라는데다 고집불통이고 무슨 일에 있어서나 다른 아르고스인만 못한 녀석이다. 그렇다면 오라. 우리 둘이서 세발솥을 걸고 해보자. 냄비라도 좋다. 심판은 아가멤논에게 둘이서 부탁하자. 어느 쪽 말이 먼저 오는지는 뒤에야 확실히 알 것이다."

오일레우스의 아들도 발끈 성이 나서 막된 말로 되받으려 들었다. 만일 아킬레우스가 일어서서 끼어들지 않았다면 계속 싸웠을 것이다.

"서로 욕지거리를 주고받는 것은 삼가다오. 욕지거리는 꼴사납소. 이런 짓을 남이 하면 그대들도 좋게는 여기지 않으리라. 그보다도 자, 모인 자리에 앉아서 그대들도 경마 광경을 잘 보아라. 곧 그 말들이 여기로 승부를 다투며 달려올 것이다. 그러면 모두 아르고스인의 말들을 잘 분간할 수 있을 것이다. 어느 것이 선두고 어느 것이 둘째인지."

이렇게 말하고 있는 사이에 디오메데스가 전속력으로 돌진해왔다. 채찍을 줄곧 어깨에서 후려쳐대며 말을 모니 말도 높이 발을 올려 점점 거리를 좁혀들었다. 황금과 주석 장식의 전차가 마부에게 흙먼지를 뽀얗게 뒤집어 씌우면서 계속 달렸지만, 모래 사이에 수레바퀴 자국은 그리 깊게 남지 않았다. 그만큼 빨랐다.

그리하여 마침내 모든 사람이 모여 있는 한가운데에 와서 서자 땀이 한꺼번에 흘러나와 말들의 머리며 가슴에서 땅으로 떨어졌다. 디오메데스가 전차에서 땅으로 뛰어내려 손의 채찍을 멍에에 세우자 스테넬로스가 지체없이 곧 달려와 상품을 받아서 의기양양한 한 무리의 사람들에게 건넸다. 그리고 자기는 말을 풀어주었다.

이어서 안틸로코스가 들어왔다. 속력보다 꾀를 써서 메넬라오스를 앞지른 것이었다. 메넬라오스도 바로 들이닥쳤다. 그 거리는 말과 수레바퀴의 간격 정도로, 차대와 함께 주인을 태워 힘껏 끌고 가는 말의 꼬리의 털이 수레바퀴테에 막 닿을 정도였다. 그런데 원반이 닿을 거리만큼 뒤져 있던 것을 아이테가 금세 따라잡았다. 만일 경주가 조금만 더 길었다면 역전되었을 것이다.

메리오네스는 메넬라오스에게 창이 날아올 거리만큼 뒤져 있었다. 갈기가 아름다운 그 말들은 발이 매우 둔한데다 그 자신도 전차를 모는 것이 서툴렀기 때문이다. 아드메토스의 아들 에우멜로스는 맨 뒤에 처져 멀리서 말을 몰면서 훌륭한 수레를 끌고 왔다. 그것을 바라보고 아킬레우스가 딱하게 여기며 아르고스인들에게 말했다.

"가장 훌륭한 인물이 맨 꽁무니에 처져 외발굽 말들을 몰고 온다. 그런데, 어때? 그에게 어울리게 2등상을 주자. 하지만 1등상은 튀데우스의 아들이 타게 하자."

이렇게 말하니 모두 그의 권유에 찬성했다. 그런데 안틸로코스가 일어서서 아킬레우스에게 항의했다.

"아킬레우스여, 당신은 왜 내 상품을 빼앗으려고 하십니까? 그의 솜씨는 확실한데 말이 잘못했다고 생각하시는 겁니까? 그가 불사의 신들에게 기원했더라면 맨 꽁무니에서 말을 몰지 않았을 겁니다. 그가 당신 마음에 들어서 딱하게 여기시는 거라면 군막에서 아직도 많은 황금이나 청동, 양, 시녀들과 말들 중에서 가지고 와 나중에 주시구려. 더 큰 상품이라도, 지금 당장이라도 괜찮습니다. 그러면 아카이아인들이 당신을 찬양하겠지요. 그러나 이 암말만은 못 줍니다. 이것을 가지려는 사람이 있다면 나와 힘으로 싸워봄이 어떨지."

이렇게 말하자 아킬레우스는 미소를 지었다. 본래 친근한 동료이기에 안틸로코스의 말에 흥미를 느끼고 그에게 정다운 말로 대답했다.

"안틸로코스, 나에게 집에서 다른 것을 가지고 와서 에우멜로스에게 주라고 한다면 그리하지. 그에게는 가슴받이를 주겠다. 아스테로파이오스에게서 빼앗은 것이다. 청동제인데, 주석을 부어 만든 고리가 테두리로 둘러져 있다. 그에게도 크게 값진 물건이 될 것이다."

그는 아우토메돈에게 군막에서 가지고 오도록 명령했다. 그것을 에우멜로스에게 건네니 그도 크게 기뻐했다.

그때 사람들 틈에서 일어선 것은 메넬라오스였다.

"안틸로코스, 전에는 분별이 있는 사람으로 알려진 그대가 하는 짓이 무엇인가. 내 수완의 결점을 노려 훨씬 뒤진 자기 말을 앞에다 디밀어 내 말을 뒤처지게 했다. 자, 아르고스군의 지휘를 맡고 지휘봉을 휘두르는 여러분, 두 사람 사이에 편파가 없는 심판을 내려주십시오. 청동 갑옷을 걸친 희랍군에 이런 사나이가 결코 없도록, '메넬라오스는 안틸로코스에게 거짓을 덮어씌워 암말을 가지고 가버렸다. 제 말이 훨씬 떨어진 주제에 제 지위나 세력이 위라 해서.' 하고 말하는 이가 한 사람도 없도록 말입니다.

아니, 그러느니 차라리 나 자신이 심판하리다. 공정한 심판이니까 희랍군의 어느 누구도 나를 나무라지 않으리라고 생각한다. 안틸로코스여, 자, 이리 오너라. 제우스의 옹호를 받는 그대가 법칙대로 그대의 말과 전차 바로 앞에 서서 아까 말을 몰고 왔던 그 가느다란 채찍을 들라. 그리고 말들에게 손을 얹고 대지를 흔드시는 신에게 맹세하라. 일부러 내 수레를 속여 훼방한 것은 아니라고."

"좀 참으십시오, 메넬라오스 님. 당신은 나이도 저보다 훨씬 위인데다 솜씨도 위이시기 때문에 젊은 사람의 무분별이 어떤 것인지는 이미 오래전부터 알고 계실 것입니다. 제가 탄 이 암말을 드리지요. 혹 따로 내 집에서 더 큰 것을 바라신다면 이내 가져오게 하여 드리겠습니다. 앞으로 두고두고 제우스가 지키는 당신의 노여움을 사고 또 신들에게까지 죄를 지은 것이 되지 않도록 말입니다."

안틸로코스가 고삐를 메넬라오스 손에 건넸다. 그러자 그의 마음도 누그러졌다. 밭이랑에 무성히 자라 익은 보리 이삭을 완전히 이슬이 적시듯이.

"안틸로코스, 아까는 화를 냈지만 이제는 내 쪽에서 양보하겠다. 그대는 전부터 경망하지도 사려가 없지도 않았는데, 조금 전에는 젊은 탓으로 분수를 잊었던 것이로군. 앞으로는 또다시 손윗사람을 속이려 들지 말라. 희랍군의 다른 사람 같아서는 이처럼 금방 나를 달래지는 못했을 것이다. 그러나 그대는 무척 나를 위해서 고생도 했고 어지간히 애쓴데다 그대의 훌륭한 아버님이나 형제들도 마찬가지로 힘을 써주었느니라. 그렇기 때문에 그대의 부탁을 들어주겠다. 그리고 그 말도 내 것이지만 주겠다. 여기에 있는 사람들도 모두 내가 절대로 인정머리없는 사람은 아니라는 것을 알아줄 것이다."

메넬라오스는 안틸로코스의 부하 노에몬에게 말을 건네 주고, 자신은 솥을 탔다. 메리오네스는 4등이어서 두 개의 황금 추를 탔다. 5등상만 남았다. 아킬레우스는 그것을 들고 네스토르에게 갔다.

"영감님, 파트로클로스의 장례식 기념으로 당신에게도 이것을 보물로 드리겠소. 이제 그 사람을 아르고스군 가운데서 볼 수는 없으니까. 이 상품은 경기를 하지 않아도 주는 것이오. 당신은 이제 쓰라린 노쇠가 당신을 짓누르고 있기 때문에 권투도, 씨름도, 투창 경기도, 도보 경주도 못 하시지 않습니까?"

"자네 말이 다 맞네. 이젠 몸이 튼튼하지 않은데다 발과 팔까지도 양쪽 어깨로 가볍게 내두를 수 없네. 다시 한번 그때처럼 힘이 세지면 얼마나 좋겠나. 옛날 아마륀케우스 왕을 에페이오이족이 부프라시온에 묻었을 때처럼 말이네, 그 아들들이 왕을 애도하는 경기를 베풀었는데, 그때 아무도 나와 겨룰 사람이 없었지. 에페이오이인에도 퓔로스인들 자신에게도, 아이톨리아인 중에도 없었지. 권투로는 에놉스의 아들 클뤼토메데스를, 씨름으로는 플레우론 태생의 앙카이오스를, 도보 경주로는 장사인 이피클로스를,

투창으로는 폴뤼도로스를 누르고 이겼었지.

다만 전차 경주에 있어서만은 악토르의 두 아들이 나를 이겼어. 가장 큰 상품이 아직 그대로 거기에 남아 있었기 때문에 내 승리를 샘하여 사람이 많은 것을 믿고 앞지른 거야. 알다시피 그 사람들은 쌍둥이야. 그래서 한 사람은 줄곧 고삐를 잡고 있었고, 한쪽은 줄곧 손에 채찍을 들고서 말을 몰아쳤어. 옛날에는 나도 그랬었지만 지금은 이런 것을 젊은이에게 양보하기로 하겠어. 나로서는 지긋지긋한 노쇠에 따를 길밖에 없으니까. 그러나 그때는 영웅들 가운데서도 나는 뛰어난 사람이었네.

아무튼 그대의 벗을 경기로 장사지내게. 나는 기꺼이 이것을 받겠어. 나와의 정을 언제까지나 그대가 기억해 두고 있는 것을 나도 마음속으로 기쁘게 여기네. 또 희랍군 가운데서 내가 마땅히 받아야 할 명예를 염두에 두고 있었던 것에 대해서 신들이 그 보답으로 그대에게도 많은 자비를 내려주시기를."

아킬레우스는 네스토르의 인사말을 다 듣고 나자 희랍군 가운데로 되돌아갔다. 그리고 이번에는 권투시합의 상품을 가져오게 했다. 그것은 일에 끈기가 있는 여섯 살박이 노새로, 길들이기에 가장 까다로운 것을 경기장 안에 매어 두었다. 그리고 패자를 위해서도 두 귀가 달린 술잔을 내놓았다.

"아트레우스의 아들과 아카이아인들이여, 이 상품을 걸고 권투로 잘 싸워주면 좋겠다. 아폴론 신에게서 인내력을 받고 있고 그것을 아카이아인 모두가 인정한 자는 일에 끈기가 있는 노새를 끌고 군막으로 돌아가라. 패자는 술잔을 가져가거라."

훤칠한 키의 의젓한 무사가 일어섰다. 권투가 장기인 파노페우스의 아들

에페이오스로, 노새에게 손을 얹고 말했다.

"자, 술잔을 받고 싶은 자는 나오라. 희랍군 중 나 이외에 아무도 권투에 이겨 이 노새를 데리고 갈 사람은 없으리라. 미안하지만 나에게는 적수가 없다. 전투에서 내가 떨어지는 것만으로는 모자라기라도 하단 말인가. 모든 일에 혼자서 숙달하려는 것은 도저히 생각도 못할 일이다. 확실히 말해 두겠다. 그리고 그대로 수행하겠다. 상대방의 살갗을 찢고 뼈를 부수어 놓을 테다. 여기에 있는 일가붙이는 그대로 기다리고 있으라. 내 손에 걸린 자를 곧 나르게 될 테니까."

모든 사람은 숨을 죽이고 조용해졌다. 그에게 대항해서 일어선 것은 오직 한 사람 에우뤼알로스로, 탈라오스의 아들 메키스테우스 어른의 아들이었다. 이 어른은 예전에 전쟁에서 쓰러진 오이디푸스의 장례식을 위해서 테베에 가 그곳에서 카드모스의 후예인 테베 시민 모두를 때려눕힌 사람이었다. 그 아들을 지금 창으로 이름난 디오메데스가 거들어주며 줄곧 이기게 하고 싶어서 여러 가지로 격려의 말을 건넸다. 먼저 팬츠를 입혀주고 이번에는 들소 가죽을 잘라 만든 띠를 건넸다.

둘이 경기장 한가운데서 우악스럽게 치고받으며 맞붙었다. 맹렬히 주먹을 휘둘러 싸우는 동안 그 턱에서는 이가 부딪치는 소리가 들리고 온몸에서는 땀이 줄줄 흘렀다. 갑자기 에페이오스가 달려들어 기회를 노리는 상대방의 볼을 치자 에우뤼알로스는 오래 견디지 못하고 털썩 주저앉아 일어서질 못했다.

그러자 기상이 큰 에페이오스는 두 팔로 그를 끌어안아 일으켰다. 그의 둘레를 정다운 벗들이 둘러싸더니 두 발을 끌면서 빙 둘러선 사람들 가운데서 데리고 나갔으나, 그는 피를 입에서 주르르 토하며 고개를 한쪽으로 기울인 채 의식이 흐릿해졌다. 벗들은 그를 동료들 가운데 앉히고는 그들이 나가서 술잔을 타왔다.

그러자 아킬레우스는 이내 힘이 드는 씨름 경기를 위해서 세 번째 경기의 상을 희랍군에게 잘 보이도록 내놓았다. 승자에게는 불 위에 거는 큰 세발솥을 내놓았고, 그것에다 아카이아인은 소 열두 마리 값을 매겼다. 또 진 사람에게는 소 네 마리 값에 재색을 겸비한 여자를 내놓았다.

"자, 누구든 이 경기를 해보고 싶은 무사는 두 사람만 나오라."

큰 아이아스와 오뒷세우스가 일어섰다. 둘은 샅바를 걸고 경기장 한가운데로 나와 서로 상대방을 실팍진 손으로 끌어안고 야무지게 죄었다. 마치 대들보를 이름난 목수가 높이 솟은 지붕 밑에다 짜맞추어 바람의 힘을 피하려는 것 같았다. 그러자 서로의 등골이 뚜두두둑 소리를 내고 우악스러운 팔에 붙잡혀서 꽉 짓눌려 땀은 줄줄 흘러내리고 옆구리에도 두 어깨에도 사방에 빨갛게 부어올랐으나, 두 사람은 내내 버티며 훌륭히 만들어진 세발솥을 노리고 승리를 거두려고 기를 썼다.

그러나 너무 오랫동안 무승부로 버티니까 구경꾼들이 싫증을 냈다. 그러자 큰 아이아스가 말했다.

"오뒷세우스여, 나를 들어보라. 아니면 내가 들 테다. 그리고 나서는 제우스에게 맡길 따름이다."

아이아스가 이렇게 말하고 들려고 했으나 오뒷세우스는 꿍꿍이 속을 알고 뒤쪽에서 오금을 노려 쳐 그의 근육 힘을 빼고는 메치기를 했다. 그 가슴 위로 오뒷세우스가 쓰러지자 사람들이 눈을 크게 떴다. 둘은 다시 흙바닥을 구르며 육탄전을 벌였다. 아킬레우스가 나서서 말렸다.

"그만두라. 우악스러운 짓을 하여 몸을 다치지 말라. 양편 다 이겼다. 다른 아카이아인들이 경기에 참가할 수 있도록 두 사람 다 똑같은 상품을 가지고 돌아가라."

둘은 그 말을 받아들이고 흙먼지를 몸에서 털더니 옷을 입었다.

아킬레우스는 다시 달리기 경주의 상품으로 6홉들이 백은 혼주병을 내놓았다. 솜씨가 뛰어난 시돈인의 훌륭한 세공이자 이 세상에서 둘도 없는 것이었다. 그것을 포이니아의 장사치가 저 멀리 아른거리는 바다 위를 날라와 항구에 올려 토아스 왕에게 선물한 것인데, 이아손의 아들 에우네오스가 다시 파트로클로스에게 프리아모스의 아들 뤼카온의 몸값으로 건넨 것이었다.

그 단지를 지금 아킬레우스가 자기 벗을 위한 경기의 상품으로 달리기 경주의 우승자에게 내놓았다. 또 2등상에는 살찐 황소를 내놓고 마지막 사람에게는 황금 추 반 근을 내놓았다.

"자, 나오라, 이 경기를 하려는 무사는."

날쌘 아이아스와 오뒷세우스와 안틸로코스가 나섰다. 아이아스가 앞서고 오뒷세우스가 바짝 뒤쫓았다. 오뒷세우스는 앞사람 뒤에서 솟아오른 모래가 아직 가라앉기도 전에 그 발자국을 다시 밟고 갔다. 그가 내뱉는 숨이 아이아스의 뒤통수에 닿았다. 그 광경에 아카이아인은 모두 환성을 올리며 응원했다. 마지막 길에 들어서자 오뒷세우스가 마음속으로 반짝이는 눈의 아테네 여신에게 기도했다.

"여신이여, 부디 내 발에 힘을 주소서."

그 말을 팔라스 아테네는 받아들이고 그의 온몸을 가볍게 해주었다. 게다가 이제 곧 결승점에 들어서기 위해 달리고 있던 아이아스의 발이 미끄러지게 했다. 아테네의 훼방에 의한 것으로, 거기에는 파트로클로스를 위해서 아킬레우스가 아까 잡은 소들의 창자가 쏟아져 있었다. 그래서 소의 오물이 아이아스의 입에도 코에도 가득 찼다.

오뒷세우스가 혼주병을 타자, 아이아스가 입에 들어간 오물을 토해내며 불평했다.

"내 발을 더디게 한 것은 바로 그 여신이다. 그 여신이 옛날부터 언제나 어머니처럼 오뒷세우스 곁에 붙어 있으면서 힘을 빌려주고 있다."

하지만 사람들은 그의 모습을 보고 깔깔댔다. 한편 안틸로코스는 쓴웃음을 지으면서 꼴찌의 상품을 받으며 말했다.

"정다운 분들이여, 벌써 오래 전부터 알고 있는 것이지만, 역시 불사의 신들께서는 묵은 시대의 사람일수록 소중히 하십니다. 그도 그럴 것이 아이아스는 나보다 조금 연상이시고 오뒷세우스는 전 세대, 즉 한 세대전의 사람으로서 힘이 좋은 영감이라고 사람들에게 불리고 있는 분입니다. 아카이아 사람 가운데서는 아킬레우스 이외에 아무도 그들을 달리기로 이기기 힘듭니다."

"안틸로코스여, 절대로 그대의 기리는 말을 헛되게 하지는 않겠다. 황금 추 반 근을 더 주겠다."

다음은 창과 방패의 경기였다. 이것은 사르페돈의 전구로 파트로클로스가 빼앗아온 것이었다.

"가장 뛰어난 용사 두 사람이 나와서 승부를 겨뤄다오. 전구를 몸에 차고 살갗을 베는 청동을 들고서 모여 있는 사람들 앞으로 나아가 맞싸움을 꾀하는 것이다. 어느 쪽이라도 먼저 팔을 뻗쳐 상대방 살갗을 찔러서 검은 피를 흘리게 한 무사에게 이 은장식을 박은 칼을 주겠다. 아스테로파이오스에게서 빼앗은 훌륭한 트라키아 산이다. 또 이 전구는 두 사람의 공유물로 가지고 가라. 그 밖에도 두 사람을 위해서 훌륭한 잔치를 군막 안에 준비시키리라."

큰 아이아스와 디오메데스가 일어섰다. 저마다 군중의 반대쪽에서 무장하고 한가운데로 나와 투지도 만만하게 맞서는 그 눈빛의 무서움에 희랍군은 모두 경탄했다. 서로 바짝 가까워졌을 때 세 차례나 서로 달려들어 몸 가까이 찌르고 들어갔다. 아이아스가 방패를 찔렀으나 가슴께의 갑옷이 막아 살갗에는 닿지 않았다. 튀데우스의 아들이 방패 위쪽을 겨냥하고 끊임없이 반짝이는 창끝으로 목을 찌르려 했다. 그때 아카이아인들은 아이아스를 염려해서 시합을 그치고 공평하게 상품을 나누라고 외쳐댔다. 그러자 아킬레우스는 디오메데스에게 그 커다란 칼을 칼집과 함께 모양새가 좋은 칼끈을 붙여 건네주었다.

다음에는 도가니에서 나온 그대로의 쇳덩어리를 내놓았다. 힘이 센 에티온이 던졌던 것을 아킬레우스가 그를 죽이고 재물과 함께 배에 싣고 온 것이다.

"자, 이 경기를 해보려는 무사들은 나오너라. 이긴 사람은 설사 그 기름진 밭이 도시에서 멀리 떨어져 있어도 5년 동안은 이 덩어리로 쓰고도 남는다. 왜냐하면 소를 치는 사람이든 농부든 쇠가 없어 도시로 나갈 필요가 없고, 가지고 있는 것으로 실컷 쓸 수 있을 테니까."

폴뤼포이테스, 아레스의 아들 레온테우스, 아이아스, 에페이오스가 차례대로 쇳덩어리를 들어 빙빙 돌리다가 던졌다. 에페이오스가 던지자 아카이아인들은 모두 웃었다. 레온테우스가 던지고 세 번째로 아이아스가 던지자 다른 경기자들의 표지 위를 넘었다. 그런데 폴뤼포이테스가 경기장 저편에까지 던지니 사람들은 탄성을 질렀다. 그래서 용맹한 폴뤼포이테스의 부하들은 일어서서 주군이 탄 상품을 자기들의 배로 날랐다.

다음에는 궁수들을 위해서 보랏빛 무쇠를 내놓았다. 즉 양날 도끼와 외날 도끼를 각각 열 자루씩 내놓았다. 저 멀리 해변 모래펄 위에 있는 이물을 군청색으로 칠한 배에 돛대를 세우게 했다. 거기에서 비둘기의 가느다란 발에 실을 묶어 날게 하고 그것을 활로 쏘라고 명령했다.

"누구든지 저 비둘기를 쏘면 양날 도끼를 가지고 집으로 돌아가리라. 새를 맞히지는 못했지만 실을 맞힌 무사에게는 외날 도끼만을 주겠다."

테우크로스와 먼저 활을 쏘았다. 그런데 아폴론이 갓난 새끼 양의 제물을 바치겠다고 맹세하지 않은 것이 서운해서 화살을 빗나가게 했다. 화살은 실을 끊었다. 하늘로 날아가는 비둘기를 보며 모두 수근거렸다.

그때 메리오네스가 활을 얼른 낚아채고, 활을 멀리 쏘는 아폴론 신에게 갓난 새끼 양의 푸짐한 제물을 바치겠노라고 맹세한 후 활시위를 당겼다. 구름 사이에서 구구구 우는 비둘기를 찬찬히 노려보며 원을 그리고 나는 날개 밑 한가운데를 겨누어 화살을 당기니, 화살은 정통으로 꿰뚫고 다시 지상으로 되돌아와 메리오네스의 발 앞에 꽂혔다. 새는 이물을 군청색으로 칠한 배의 돛대에 내려앉으려고 고개를 축 늘어뜨린 채 단단한 날갯죽지를 죄었으나, 금방 그 몸에서 목숨이 날아가버려 돛대에서 멀리 떨어졌다. 사람들이 다들 찬탄했다. 그래서 메리오네스는 양날 도끼를 탔다. 테우크로스는 외날 도끼를 자기 배로 날랐다.

펠레우스의 아들은 마지막으로 긴 창과 꽃무늬가 새겨져 있는 소 한 마리 값의 새 솥을 날라오게 하고 투창수를 겨뤘다. 먼저 아가멤논이 일어서니 메리오네스도 일어섰다. 아킬레우스가 그들에게 말했다.

"아트레우스의 아들이여. 우리들은 모두 당신이 남들보다 아주 뛰어났으며, 힘으로도 던지는 기술로도 으뜸이라는 것은 잘 알고 있소. 그러니까 당신이 이 상품을 받아 배로 돌아가시오. 당신이 허락한다면 창은 메리오네스에게 주고 싶소이다."

아가멤논도 본디부터 이의가 있을 턱이 없어서 메리오네스에게 청동 창을 건넸다. 왕은 전령 탈튀비오스에게 유달리 훌륭한 상품을 들려 보냈다.

제24권

프리아모스 노왕,
아들 헥토르의 장례를 치르다

신들은 살아 생전 제사와 제물을 거르지 않았던 헥토르를 가엾게 여겨서 그의 시신을 가족의 품으로 돌려보내기로 한다. 그래서 아킬레우스에게 어머니 테티스 여신을 보내서 경고하고, 프리아모스 왕에게는 이리스와 헤르메스를 보내서 희랍군 진영으로 들여보낸다. 신과도 같은 풍채로 세상에 이름 높던 노왕이 자신 앞에 무릎 꿇고 애원하자, 아킬레우스도 그제서야 마음을 풀고 헥토르의 시신을 돌려보낸다. 프리아모스는 일리오스로 돌아와 큰아들의 장례를 치른다.

장례식의 경기도 모두 끝나자 병사들은 삼삼오오 흩어져서 자신들의 막사로 돌아갔다. 모두 저녁 준비를 하고 즐거운 잠을 자려고 마음먹었으나 아킬레우스만은 벗을 생각하면서 여전히 슬퍼하고 있었다. 이리저리 뒤척이며 파트로클로스 생전의 의젓함과 뛰어난 무용과 둘이서 함께 고생하며 이룬 많은 일들과 괴로움, 무사들과의 싸움, 거친 바다를 항해한 일 등의 온갖 것을 생각해내고는 눈물을 하염없이 흘렸다.

배를 깔고 엎드렸다가, 반듯이 누워봤다가, 옆으로 누웠다가, 벌떡 일어나서 물가를 이리저리 거닐었다. 그러다가 새벽빛이 물결 위에서 모래 언덕으로 비치기 시작하자 아킬레우스는 전차의 멍에에 날쌘 말을 매고 헥토르의 시체를 수레 뒤에 싣고서 죽은 파트로클로스의 무덤 둘레를 세 차례나 끌고 돌아다닌 뒤 겨우 군막에 돌아와 쉬고 있었다. 그리고 헥토르를 모래 먼지 속에 엎어놓은 채 내팽개쳐 놓으니, 아폴론 신은 비록 죽어버렸어도 훌륭한 인물이었던 이 사나이를 가엾게 여겨 황금 산양 가죽 방패로 둘레를 온통 가려 온갖 오욕에서 지켜주었다. 질질 끌려다녀도 살갗이 찢어져 상처를 입지 않도록.

이처럼 아킬레우스는 분노에 사로잡혀서 고귀한 헥토르에게 모진 짓을 저지르고 있었다. 이 꼴을 하늘에서 보던 신들은 헤르메스에게 시체를 훔쳐오라고 꾀었다. 모두들 찬성했는데 헤라와 포세이돈과 아테네가 반대했다. 그들은 여전히 일리오스와 프리아모스와 파리스에게 미움을 지니고 있었던 것이다. 파리스가 세 여신 중에서 아프로디테를 기렸던 그 날부터 이 미움은 시작되었다.

그런데 그로부터 열이틀째 되는 날 새벽에, 불사의 신들이 모인 자리에서 아폴론이 말했다.

"당신들은 정말 매정한 신들이오. 파괴주의자들이고. 한번이라도 당신들에게 헥토르가 제물의 허벅지 고기를 구워서 바치지 않은 일이 있소? 더할 나위 없는 소며 양을 받은 일이 없다고? 그런데도 지금 시체가 되어 있는 그를 무사히 지켜주고 화장하여 장사를 지내주려는 부모와 처자와 도성 사람들의 바람을 외면하고 있소. 오히려 마음에 분별이 없고 흉포하기만 한 아킬레우스에게 가세하려고 생각하다니. 그자는 양보할 줄 모르오. 그자는 연민의 마음을 잃고 있어요. 인간에게 커다란 해를, 또는 이익을 주는 경건

함마저도.

세상에는 얼마든지 아킬레우스보다 더 귀중한 사람을 잃은 사람도 있소. 한 어머니에게서 태어난 형제라든가 자식들 말이오. 그래도 한번 슬퍼하여 울고 눈물을 흘린 후에는 복수를 그만두는 법인데, 이자는 헥토르의 목숨을 뺏고 전차 뒤에 매달아 벗의 무덤 둘레를 끌고 다니고도 모자라서 아직도 화를 내고 있소. 그러니 아무리 그가 용사여도 우리는 그에게 괘씸하다고 화를 내지 않을까? 감각도 없는 흙덩이나 다름없는 시체를 내키는 대로 능욕하고 있는데 말이오."

그러자 헤라가 화를 냈다.

"은활의 신이여, 아킬레우스와 헥토르를 동등한 지위로 본다면 그대 말이 지당하죠. 하지만 헥토르는 필사의 인간이고, 아킬레우스는 여신의 아들입니다. 내가 직접 그 여신을 길러서 펠레우스와 결혼시켰고, 두 사람의 혼례식에 모든 신들이 참석해서 대접을 받았구요. 그런데도 어째서 그대는 언제나 믿지 못할 나쁜 녀석들과 한 무리가 되어 이상한 말을 하나요?"

그 말에 구름을 몰아오는 제우스가 말했다.

"헤라, 그처럼 우격다짐으로 신들에게 큰 소리를 쳐서는 안 돼. 물론 둘의 영예와 지위가 똑같지는 않을 것이오. 그러나 헥토르도 일리오스인들 중에서 신들이 가장 아끼던 사람이오. 나만 해도 그래. 그는 좋은 제물 바치기를 절대로 잊지 않았소. 내 제단에 언제나 언제나 더할 나위 없이 좋은 음식과 술, 허벅다리 살코기를 굽는 냄새 등을 빠뜨린 적이 없었소. 그것이 우리들에 대한 영예로운 봉헌물로 정해져 있기 때문이지.

그러나 아무튼 헥토르의 시체를 훔치는 일은 그만두자. 아킬레우스에게 들키지 않고 훔친다는 것은 도저히 안 되니까. 밤낮없이 어머니 테티스 여신이 옆에 붙어 있지 않느냐. 그보다도 누가 가서 테티스를 내 곁으로 불러오너라. 그러면 먼저 아킬레우스에게 프리아모스에게서 배상을 많이 받고 건네주도록 하라고 잘 타이를 테니까."

이리스가 곧장 사모스 섬과 험한 바위산인 임브로스 섬 한가운뎃쯤의 거뭇한 바다로 달려들어갔다. 잔잔했던 물이 일렁였다. 여신은 낚싯봉처럼 바다 밑으로 쭉 내려갔다.

은빛 발의 여신 테티스는 널찍한 굴 속에 있었다. 둘레에 다른 바다의 여신들이 많이 모여 앉은 가운데, 테티스는 아들의 비운을 슬퍼하여 통곡하고 있었다. 그 아들은 흙이 기름진 트로이아에서 죽어버릴 운명이었기 때문이다.

"일어서세요, 테티스 님. 영원히 멸망하지 않는 계획을 세우시는 제우스 님이 부르고 계십니다."

"어째서 또 그 어른께서 나를 부르시나요. 나는 불사의 신들 속에 섞이는 것은 삼가고 싶어요. 그지없이 쓰라린 생각으로 가슴이 메이는 걸요. 그러나 제우스 신의 분부를 헛되게 해서는 안 될 테니까 가지요."

거룩한 여신은 새까만 겉옷을 입었다. 그리고 이리스의 안내를 받으며 길을 나섰다. 그들이 가는 길에는 바다의 용솟음치는 물결이 좌우로 쫙 갈라져 길을 터주었다. 그 사이를 바닷속에서 떠올라 부랴부랴 하늘을 향해서 올라갔다.

테티스는 아테네가 자리를 비켜주어 제우스 옆에 앉았다. 헤라가 훌륭한 황금잔을 건네며 위로하자 테티스가 잔을 비우고 나서 내밀었다. 그러는 동안 모든 신들에게 인간과 신들의 아버지이신 제우스가 말했다.

"테티스 여신아, 무척 괴로울 텐데 와주었구나. 한시도 잊지 못할 큰 슬픔을 가슴속에 품고 있음을 나도 안다. 그러나 그렇더라도 말하고 싶은 게 있어서 여기에 부른 것이다. 벌써 아흐레 동안이나 헥토르의 시체를 능욕하는 아킬레우스에 대해서 신들 사이에 난리가 나고 있다. 헤르메스에게 그 시체를 훔쳐오라고까지 성화야. 그러나 나는 시체를 돌려주는 영예를 아킬레우스가 가졌으면 한다. 그대의 존경과 애정을 뒷날까지 소중히 간직하기 위해서.

그러니 당장 싸움터로 가서 아들에게 말하라. 신들이 불쾌해 한다고, 특히 모든 신들 가운데서도 유달리 내가 화내고 있다고 말이다. 그러니까 그가 만일 나를 두려워한다면 부디 헥토르를 돌려주라고 해라. 그러면 프리아모스에게도 이리스를 보내어 몸값을 들고 희랍군의 선단을 찾아가라고 이르겠다. 아킬레우스의 마음을 누그러뜨리기에 충분한 선물을 가지고."

테티스는 두말없이 그 말에 좇아 올림포스 천궁에서 단숨에 아들의 군막으로 뛰어내렸다. 아킬레우스는 여전히 슬픔에 겨워 하며 부하들이 아침 준비로 분주한 것을 보고 있었다. 거친 털이 잔뜩 난 숫양이 군막 안에서 제물로 도살되어 있었다. 어머니 여신이 아들에게 바싹 다가가 손을 얹어 어루만지며 말했다.

"내 아들아, 도대체 언제까지 슬퍼하고 괴로워하며 밥을 먹을 것도 잠을 잘 것도 잊고 있을 거냐. 여자와 애정 속에 있는 것도 좋은 일이다. 네 모진 운명도 바로 앞에 와 있으니까. 그러니 내 말을 잘 들어라, 제우스 어른의 심부름으로 왔다. 신들께서는 불쾌하게 느끼고 계시다는 것이다. 특히 유달리 제우스 신께서 매우 화가 나신다는 것이다. 그것은 네가 가누지 못할 분노로 헥토르의 시체를 이물이 굽은 배 옆에 놓아두고 돌려주지 않기 때문이다. 그러니 몸값을 받고 시신을 돌려주어라."

"그렇게 하지요. 누구든 몸값을 가지고 오면 시체를 건네겠습니다. 만일 진심으로 올림포스의 신 제우스께서 그렇게 명령하시는 거라면 말입니다."

제우스는 이리스를 거룩한 일리오스로 보냈다.

"이리스여, 다녀오너라. 일리오스 성의 프리아모스에게로 가서 사랑하는 아들의 시신을 찾으러 희랍군의 선단으로 가도록 명령하러 말이다. 아킬레우스에게 마음을 누그러뜨릴 만큼 많은 선물을 가지고 홀로 가되, 전령으로는 노인 한 명만 동행시켜라. 거기까지 노새와 튼튼한 네 바퀴 수레를 몰고 가기 위해서, 그리고 돌아오면서 용감한 아킬레우스에게 살해당한 그의 시신을 성안으로 날라오기 위해서.

프리아모스에게는 죽음과 두려움에 대해서 걱정할 것 없다고 말해라. 아르고스의 살인 신 헤르메스를 든든한 호위로 붙여줄 테니까. 그리고 아킬레우스는 일단 군막 안으로 데리고 들어간 사람은 해치지 않을 것이다. 본디 아킬레우스는 어리석지도 분별이 없지도 않으니, 탄원자에 대한 대접을 잘 알고 있다."

이리스는 금방 프리아모스의 거처에 닿았는데, 아직까지도 통곡 소리가 가득했다. 남은 자식들은 아버지를 둘러싸고 모여 앉아 눈물로 옷을 적시고 있었다. 노왕은 그 한가운데에서 웃옷을 머리에서부터 온통 뒤집어쓰고 있었고, 둘레에는 몸을 이리저리 뒤척거리면서 자기 손으로 몸 둘레에 긁어모은 많은 쓰레기와 먼지가 늙은 그의 머리와 목덜미에 얹혀 있었다. 집안에서는 딸들과 며느리들이 통곡하고 있었다.

그런데 제우스의 사자 무지개의 여신이 가까이 다가가서 낮은 목소리로 말을 건네자 전율이 금방 그의 온몸을 붙들었다.

"힘을 내라, 다르다노스의 후예인 프리아모스여. 절대로 속으로 두려워할 것은 없다. 처음부터 나는 그대에게 무슨 불길한 일을 꾀할 양으로 여기에 온 것은 아니니까. 그러기는커녕 좋은 기별을 가지고 알리러 온 제우스 어른의 심부름꾼이다. 제우스 신은 저 멀리 하늘에서 그대를 크게 걱정하시고 가엾게 여기고 계시다. 그래서 올림포스에 계시면서 그대에게 사랑하는 헥토르의 시신을 찾으러 희랍군의 선단으로 가라고 명령하신 것이다. 아킬레우스에게 줄 마음을 누그러뜨릴 만큼의 많은 선물을 가지고 말이다. 그러나 혼자서 가야 한다. 달리 아무도 따르게 하지 말고. 다만 전령으로 누군가 나이 많은 사람을 데리고 가라. 거기까지 노새와 튼튼한 네 바퀴 수레를 몰고 가기 위해서, 그리고 돌아오면서 용감한 아킬레우스에게 살해당한 헥토르의 시체를 성안으로 날라오기 위해서.

또 그대는 절대로 죽음과 두려움에 대해서 걱정할 것은 없다. 든든한 호위를 제우스 어른께서 주실 터인즉, 바로 아르고스의 살인 신 헤르메스이다. 그분이 그대를 데리고 아킬레우스에게까지 안내할 것이다. 그리고 한번 아킬레우스의 군막 안으로 데리고 들어간 뒤에는 그 자신도 죽이려 하지 않을 뿐더러 다른 사람들도 모두 말릴 것이다. 본디 아킬레우스는 어리석은 사람도 분별이 없는 사람도 잘못을 저지를 사람도 아니다. 아주 올바르며, 그것이 탄원자에 대한 인사치레라는 것을 알고 있을 테니까."

프리아모스는 아들들에게 튼튼한 네 바퀴 수레를 준비시키되 짐을 싣는 받침대를 수레 위에 꽉 잡아매게 하고, 자기는 안방으로 들어갔다. 널찍하고 지붕이 높다란 삼목으로 지은 집인데, 그 골방에는 훌륭한 보물이 가득 쌓여 있었다. 그는 왕비 헤카베를 불렀다.

"슬픈 일이지만 지금 제우스 신께서 보낸 올림포스의 사자가 오셔서 불쌍한 아들의 시신을 몸값을 치르고 찾아오도록 희랍군의 선단으로 가라고 하시오. 아킬레우스에게 그의 마음을 누그러뜨리게 할 만큼의 많은 선물을 가지고 말이오. 그러니 자, 나에게 말해 주구려. 당신 생각으로는 어떻게 보이는지. 난 반드시 희랍군의 널따란 진중으로, 배가 있는 데까지 갔다 와야겠다고 생각하고 또 서두르고 있는데."

왕비는 쓰러져서 더 크게 통곡했다.

"아니, 그게 무슨 말씀이에요. 전부터 다른 나라 사람이나 손수 다스리고 계시는 이 나라 사람에게까지도 유명하셨던 그 지혜며 분별은 어디로 날아가버린 거예요. 어째서 또 희랍군의 선단엘 혼자서 가시려는 건지, 훌륭한 자식들을 죽이고 전구를 벗겨간 그 사내의 눈앞에 나가시려고 하시는 건지, 정말 당신 심장은 강철로 만들어지시기라도 한 것인가요?

그 사내는 야만적인데다 신의도 아랑곳하지 않는 자여서 당신을 불쌍하게 여긴다든가, 탄원자로서 경의를 표한다든가 하리라고는 절대로 생각되지 않아요. 그러니 그런 일을 하시느니보다는 차라리 안방에 혼자 앉아 울며 슬퍼하기로 합시다. 다른 사람 아닌 내가 그 아이를 낳았을 때 그 어떤 움직이지 못할 운명이 이 아이에게 발이 날쌘 개들의 밥이 되게 하였던가요. 더욱이 제 어버이들에게서 멀리 떨어진 데서 매정한 사내 손에 걸려. 차라리 나는 그 사내의 간 한가운데에 꽉 눌어붙어서라도 씹어먹고 싶은 걸요. 그러면 내 아들이 당한짓의 앙갚음이라도 할 수 있으련만. 뭐 비겁하게 도망치는 것을 죽인 것도 아니고, 트로이아 사내들이며 앞가슴의 옷주름도 깊은 여자들을 지키며 도망친다는 것은 전혀 생각하지도 않았는데 죽였으니까요."

"아니오, 좌우간 나는 갈 생각이니까 절대로 말리지 마시오. 당신 자신이 집안에서의 나쁜 조짐이 된다든가 해서는 안되오, 어차피 나는 듣지 않을 테니까. 가라고 나에게 권한 것이 사람이었다면, 이를테면 제물을 보고 점을 치는 점쟁이라든가 박수였다면, 허무맹랑한 말로 알고 아예 상대하기를 피했을 것이오.

그러나 지금 것은 내가 실제로 신의 명령을 듣고 눈으로 모습을 보았기 때문에 가려는 것이오. 이리스가 말한 것은 절대로 빈말은 아닐 것이오. 만일 내 운명이 청동 갑옷을 걸친 희랍군의 배 옆에서 죽고 마는 것이라면 그것이야말로 내가 바라는 바요. 불쌍한 아들을 이 팔에 안고 실컷 슬퍼한 뒤 당장 아킬레우스에게 살해당하겠소."

그는 많은 궤의 예쁜 뚜껑을 열어 더할 나위 없이 훌륭한 옷감 열두 필과 겉옷 열두 벌, 또 같은 수의 깔개를 꺼내고 또 같은 수만큼의 베일과 같은 수의 동옷을 꺼냈다. 또 저울에 얹어 황금 추를 10근 달아오게 하고, 반짝반짝 빛나는 세발솥 두 개, 가마솥 네 개, 게다가 옛날 다른 나라에 볼일로 갔을 때 트라키아인이 선물한 유달리 아름다운 술잔도 조금도 아까워하지 않고 챙겼다. 무엇보다도 가장 애지중지하는 아들의 시신을 그 대상으로 되돌려받기를 바라고 있었기 때문이다. 그리고 왕은 트로이아 사람들을 모조리 내몰아 모욕적인 말로 나무랐다.

"모두 다 나가버려라, 변변한 짓 하나 못하는 병신들아. 너희 집에는 분한 일이 하나도 없다는 거냐, 귀찮게 여기에 오게. 그렇지 않으면 잘되기라도 했다는 거냐. 크로노스의 아들 제우스가 가장 뛰어난 아들을 죽임으로써 내게 고뇌를 주셨다. 그러나 너희들도 이내 깨달으리라. 그가 이제 죽었으니 아키이아군이 너희들을 죽이기가 전보다도 훨씬 수월해졌음을. 나는 아무튼 이 도성이 함락당하여 노략질당하는 것을 이 눈으로 실제로 보게 되느니 차라리 황천으로 갔으면 하는 생각뿐이다."

노왕이 지팡이를 휘두르며 모질게 사람들을 몰아내니까 다들 하는 수 없이 바깥으로 나왔다. 왕은 아들들인 헬레노스, 파리스, 아가톤, 팜몬, 안티포노스, 폴리테스, 데이포보스, 힙포토스, 가우오스를 불러서 야단쳤다.

"얼른 서둘러라, 남 앞에 내놓지 못할 못난 녀석들아. 너희야말로 모두 헥토르 대신 살해당했어야 할 녀석들이다. 아, 나는 얼마나 불행한 사람인가. 이 넓은 트로이아 안에서 더할 나위 없이 훌륭한 아들들을 많이 가지고 있었는데 지금은 하나도 남지 않았다. 신의 아들이라고까지 일컬어지던 메스토르, 트로일로스, 헥토르는 모두 군신 아레스에게 뺏겼고 변변찮은 녀석들만 남았으니. 아첨쟁이, 춤꾼에 한량들뿐이구나. 어서 어서 수레 채비를 한시바삐 하라. 그리고 이것들을 거기에 실어라."

모두들 아버지의 역정에 긴장해서 분부한 대로 했다.

프리아모스와 전령이 채비를 마칠 즈음 헤카베가 다가왔다. 오른손에 마음을 달래고 부드럽게 하는 포도주를 금잔에 담아서 들고, 먼저 신들에게 술을 바치는 의식을 마친 다음 출발시키려는 생각이었다.

"자, 제우스 아버지 신께 술을 바쳐 적의 진중에서 무사히 돌아올 수 있도록 기도하세요. 저는 아무리 생각해도 안 가는 게 좋겠지만, 기어이 가시 겠다면 당신이 직접 크로노스의 아드님께 기도를 드리세요. 온 트로이아를 굽어보시는 신께.

그리고 징후를 보여달라고 하세요. 제우스께서도 가장 귀여워하시는데 다 새들 가운데서도 힘이 가장 센 새를 오른손에 주십사고 말이에요. 당신 이 자신의 눈으로 그 새를 보고, 그것을 믿고 마음놓고 희랍군의 선단으로 가실 수 있게. 만일 멀리 울리는 제우스께서 전령의 새를 보여주시지 않는 다면, 당신이 아르고스군의 선단에 가시는 것을 설사 아무리 바라시더라도 저는 막겠습니다."

"오, 헤카베여. 절대로 당신의 그러한 제의를 무시하지 않겠소. 가여워해 주실까 하고 제우스 신에게 두 손을 내밀고 빈다는 것은 좋은 일이오."

노왕은 살림살이를 맡은 시녀를 재촉하여 깨끗한 물을 손에 붓도록 명령 하니, 시녀는 왕 옆에 대야와 물병을 두 손에 받쳐들고 섰다. 그러고는 은 받침이 달린 잔을 아내의 손에서 받아 뜰 한가운데 서서 포도주를 땅에 붓 고 하늘을 우러르며 큰 소리로 기원했다.

"제우스 대신님, 이데의 산봉우리에 사시는 지극히 위대하신 대신님. 바 라옵건대 아킬레우스에게 가거든 그자가 저를 진심으로 불쌍하다고 여기 게 해주소서. 만약 반드시 약속하신다면 새로 징후를 보여주소서. 대신님 자신께서도 가장 사랑하시고 새들 가운데서도 힘이 가장 세다는 그 새를 오른손 쪽에 보여주시어, 제가 제 눈으로 그 조짐을 보고 그것을 믿는 가운 데 안심하고 갈 수 있도록 해주십시오."

제우스가 이내 독수리를 보냈다. 두 날개를 좌우로 펴면 돈 많은 부자의

높은 지붕을 가진 안채로 들어가는 솟을대문의 빗장을 단 문만큼이나 되었
다. 그 큰 독수리가 오른손 쪽으로 도시를 가로질러 날아가자 모든 사람들
이 마음이 포근해짐을 느꼈다.

노왕은 부랴부랴 서둘러 잘 손질한 전차에 타자 현관 앞에서 소리가 크
게 울리는 주랑을 지나 몰고 나갔는데, 그 앞쪽에는 노새들이 네 바퀴가 있
는 수레를 끌고 갔다. 마부로는 마음이 넓고 현명한 이다이오스가 탔고, 그
뒤에서 나아가는 전차에는 노왕이 직접 고삐를 잡고 채찍을 휘두르며 눈깜
짝할 사이에 한길을 내려가니 집안 사람들이 모두 마치 죽으러 가는 사람
을 떠나보내기라도 하듯이 내내 슬퍼하며 뒤를 따랐다. 이윽고 모든 사람
이 성문을 빠져 들판까지 다다르자 거기에서 모두 되돌아서서 일리오스로
돌아갔다.

그 모습을 빠짐없이 보고 있던 제우스가 헤르메스를 불렀다.

"헤르메스여, 너는 언제나 인간의 무사를 동무삼아 같이 가기를 좋아하
고, 누구든 아랑곳하지 않고 동무삼은 인간의 말을 잘 들으니, 어서 가서
프리아모스를 희랍군의 배로 안내해주어라. 펠레우스 아들의 군막에 닿을
때까지는 절대로 다른 희랍인에게 들키지 않게 하라."

헤르메스가 이내 알아듣고 얼른 발에 예쁜 신을 신었다. 황금으로 지은
거룩한 것이어서 바람 따라 신들을 나르는 신이었다. 지팡이도 들었는데,
이것은 버릇없는 인간의 눈을 어지럽혀 잠들게 하거나 잠을 깨우는 도구였
다. 헤르메스는 금세 헬레스폰토스에 도착해서 그 고을 영주의 귀공자 같
은 모습으로 탈바꿈했다, 수염이 막 자란, 젊음의 꽃이 유난히도 향기로운
젊은이의 모습으로.

한편 프리아모스 일행은 일로스의 분묘 옆을 지나서 스카만드로스 강가에서 잠시 말들에게 물을 먹이고 있었다. 어둠이 지상을 덮쳤기 때문이다. 그때 가까이 다가온 헤르메스를 전령이 보고 알아채서 프리아모스에게 큰 소리로 말했다.

"다르다노스의 후예인 왕이시여, 어떤 사나이가 나타났습니다. 우리들은 곧 크게 혼날 것이외다. 그러니 자, 전차를 몰아 빨리 달아납시다. 그렇지 않으면 저 사나이의 무릎에 매달려 불쌍히 여기라고 사정해 보시든지요."

이렇게 말하니 노왕은 가누지 못할 두려움에 사로잡혀 멍하니 서 있었다. 이때 대단한 도움의 신 헤르메스가 다가와서 손을 잡았다.

"영감님, 다들 잠든 이 향기로운 밤에 어디를 그리 급히 가십니까? 기고만장한 희랍군이 무섭지 않으십니까? 적의를 품고 나쁜 짓을 꾀하는 자들이 가까이 있는데도 말입니다. 만일 한 사람이라도 밤의 어둠을 틈타 이처럼 많은 보물을 가지고 계시는 것을 보면 어떻게 하시려구요. 당신도 젊지 않으신데다 같이 계신 분 또한 저쪽에서 달려들면 그 사나이들을 쫓아버리기엔 너무 나이가 많으십니다. 그러나 나는 절대로 해를 끼치지 않고 다른 사람에게서 당신을 지켜드리겠습니다. 아버지 같은 생각이 들어서요."

프리아모스 왕은 그제서야 마음이 놓였다.

"그건 그렇소, 젊은이. 말씀하신 대로요. 어느 분인지 신들 가운데 아직도 비호의 손길을 뻗쳐주시는 분이 계셔서 이처럼 훌륭한 나그네를 만나게 해주신 것 같소. 조짐도 좋게. 풍채도 모습도 훌륭한데다 재치도 그만한 것을 보면 아마 훌륭한 양친을 모시고 있는 모양이지요."

"영감님 말씀인즉, 모두 옳습니다. 그런데 자, 그 내력을 똑똑히 말씀해

주세요. 이렇게 많은 훌륭한 보물을 어디로 가지고 가시는 길인지요. 다른 나라에 계시는 분에게로 훌륭한 보물이 무사히 남아 있도록 하기 위해 가지고 가시는지요, 아니면 모든 사람이 두려워하는 거룩한 일리오스를 구하려 하시는 것인지요. 당신의 아드님인 뛰어난 용사 헥토르는 죽었소. 희랍군과의 싸움에서 조금도 뒤떨어지지 않았었는데."

"도대체 당신은 누구이신지, 양친의 존함이 무엇인지요? 어쩌면 그렇게도 내 박명한 아들의 신상을 잘 맞추시오?"

"나를 시험하실 셈이군요, 용감한 헥토르에 대해서 물으시는 걸 보니. 나는 그분을 무사에게 영예를 주는 싸움에서 몇 번이나 이 눈으로 보았습니다. 선단으로 밀어닥쳐 아르고스군을 날카로운 청동으로 쳐죽이고 베어 눕히고 했을 때에도 우리들은 탄복하면서 내내 서 있었습니다. 아킬레우스가 아트레우스의 아들 아가멤논에 원한을 품고 우리들에게 출정을 허락하지 않아서요.

나는 그분의 수행 무사로 튼튼하게 만들어진 한 배를 타고 온 사람이오. 뮈르미도네스족 태생으로 아버지의 이름은 폴뤽토르라고 하며 부자이지요. 아버님은 꼭 영감님 나이의 어르신으로, 제가 일곱째 아들인데 제비를 뽑았다가 뽑혀서 종군했습니다. 지금 막 배에서 내려 들판에 온 참입니다. 내일 아침 일찍부터 눈을 번득이는 희랍군이 도성을 둘러싸고 싸움에 착수할 것이기 때문입니다. 가만히 앉아 있는 것에 싫증이 난 아카이아인의 장수들도 이제는 날뛰는 군사들을 싸움에서 제지할 수가 없어서요."

"정말로 펠레우스의 아들 아킬레우스의 수행 무사라면 어디 좀 사실대로 말해주시구려. 내 자식이 아직 배들 옆에 뉘어져 있는지, 아니면 이미 아킬레우스가 팔이고 다리고 찢어발겨서 개들에게 주었는지 어떤지를."

"영감님. 아직은 그분에게 개들이나 들새들도 달려들지 않았고, 본디대로의 모습으로 아킬레우스의 배 옆 군막 안에 뉘어져 있습니다. 놓아둔지 열이틀째의 아침인데도 살갗이 조금도 썩지 않았을 뿐더러 구더기도 꾀지 않았습니다. 싸움으로 죽은 사람에게는 언제나 구더기가 꾀어 파먹는 법인데요. 아킬레우스가 날마다 그것을 자기 벗의 무덤 둘레에서 빛나는 아침 햇빛이 쏟아질 때마다 무지막지하게 끌고 다닙니다만, 절대로 몰골사납게 되지 않았습니다. 직접 가셔서 보시면 아마 틀림없이 놀라실 겁니다. 그 잠든 모습이 싱싱하고 핏자국도 말끔히 닦여 조금도 흉하게 보이지 않습니다. 많은 사람이 몰려들어 몸뚱이를 칼로 찔렀는데도 상처는 모두 다 아물었습니다. 은혜스러운 신들께서 용감한 아드님을 시체일 망정 걱정해주시고, 총애하시는 때문입니다."

"젊은 양반, 정말로 불사의 신들에게 법도를 갖춘 제물을 바친다는 것은 좋은 일이오. 내 아들도 집안에서는 올림포스에 계시는 신들을 결코 잊은 적이 없었다오. 그렇기 때문에 죽음의 운명에 떨어졌는데도 잊지 않고 생각해주신 것으로 압니다. 자, 이 훌륭한 잔을 내 손에서 받고서 내 몸을 지켜주시고 또 신들의 옹호 밑에 펠레우스의 아들 아킬레우스의 군막에 닿을 때까지 안내해주지 않으려오."

"나를 시험해보실 셈이시군요, 영감님. 그러나 아킬레우스 님 몰래 선물을 받으라고 말씀하셔도 그것은 받을 수 없습니다. 주인의 것을 훔쳐가지는 것을 나는 마음으로 두려워하고 또한 삼가고 있습니다. 나중에 재난이 덮쳐서는 안되니까요. 하지만 영감님을 모시는 일이라면 세상에 이름

높은 아르고스에라도 함께 가겠습니다. 차근차근 빠른 배에 태워드리고 걸어서 동행하면 아무도 이 동행을 깔보고 싸움을 걸 사람이 없을 것입니다."

이렇게 말하고 나자 헤르메스는 전차 위로 뛰어올라 가죽 채찍과 고삐를 들고 말들과 노새들에게 힘찬 기력을 불어넣었다. 그리하여 마침내 배 둘레의 망루가 늘어선 참호가 있는 데에 닿았다 마침 보초병들은 저녁 준비를 하고 있었는데, 헤르메스는 그 사람들에게 모두 잠을 쏟아부은 다음 빗장을 밀어 문을 열고, 그 안으로 프리아모스와 수레에 실은 훌륭한 진상품을 끌어들였다.

그리하여 아킬레우스의 군막에 도착했다. 높이 솟은 이 막사는 뮈르미도네스족의 일족이 주군을 위해서 단풍나무를 베어 지은 것으로, 그 지붕은 목장에서 솜털처럼 부드러운 억새를 베어와 이은 것이다. 막사 둘레에는 주군을 위해서 말뚝을 촘촘히 박아 안뜰 울타리를 만들고 출입구 문에는 딱 한 개의 단풍나무 목재로 만든 빗장이 있을 뿐이었다. 그러나 이것을 닫는 데는 아카이아 사람 세 사람이 달려들어야 겨우 되고, 여는 데도 이 문의 커다란 빗장을 빼려면 세 사람은 덤벼야 했는데, 이것을 아킬레우스는 혼자서 움직이고 있었다.

그런데 이때는 헤르메스가 노왕을 위해 문을 열고서 훌륭한 진상품을 실은 달구지를 얼른 들여놓더니, 전차에서 땅으로 뛰어내려 큰 소리로 말했다.

"노인, 실은 나는 불사의 신 헤르메스다. 이제 나는 여기서 돌아가겠다. 아킬레우스의 눈앞에는 나가지 않겠다. 불사의 신으로서 가까이 죽어야할 인간을 데리고 있는 것은 다른 원한을 사는 짓이 될 테니까. 그러니 그대는 들어가서 펠레우스의 아들의 무릎을 붙들고 늘어져 그의 아버지와 머리털이 고운 어머니, 또 자신을 내세우며 그의 마음이 움직이도록 여러 가지로 사정해 보라."

헤르메스가 이렇게 말하고는 그대로 높이 솟은 올림포스로 떠나자, 프리아모스 왕은 전차에서 땅으로 뛰어내렸다. 이다이오스는 그대로 거기에 남겨 놓았는데, 말들과 노새들을 붙들어 지키게 하기 위해서였다.

노왕은 곧장 군막을 향해서 나아갔다. 거기에는 평소 제우스가 귀여워하시는 아킬레우스의 처소가 있었다. 안으로 들어가니 그 사람이 보이고 조금 떨어져서 부하들이 앉아 있었다. 아우토메돈과 알키모스 둘이서 군주 옆에 앉아 부지런히 시중을 들고 있었다. 막 식사가 끝난 참인지라 식탁이 아직 놓인 채였다.

키가 큰 프리아모스는 그 사람들에게도 알아채이지 않고 들어와 아킬레우스 바로 옆에 서서 두 손을 내밀고는 그 무릎을 잡고 무사를 수없이 죽인 무서운 그 손에 입을 맞추었다, 많은 제 자식을 죽인 손에. 아킬레우스는 신으로도 잘못 볼 프리아모스를 눈앞에 보고 놀랐다. 두 시종들도 모두 질접하여 서로 눈짓을 나눌 뿐이었다. 프리아모스는 아랑곳하지 않고 간절한 기원을 담은 말을 건넸다.

"신과도 견줄 아킬레우스여, 아버님을 생각해 보시오. 나와 한 연배인 끔찍한 노년의 문턱에 접어드신 아버님, 그 어른도 지금 주위에 사는 가까운 이웃 사람들이 공략하여 괴롭히고 있을까요? 재난을 막아주려는 사람이 한 사람도 없어서 말이오. 그래도 아버님께서는 당신이 살아 있다는 말을 들으시고 마음속으로 기뻐하며 언젠가는 사랑하는 아들이 트로이아에서 돌아오는 것을 맞을 수 있으려니 생각하고 기다리고 계실 것입니다.

그런데 나는 그 얼마나 불우한 자인지, 광대한 트로이아 나라에서 남달리 훌륭한 자식을 두었으면서도 이제는 하나도 남지 않았습니다. 희랍군이 쳐들어왔을 때에는 쉰 명이었는데, 열아홉이 내 친자식이고 나머지는 서자인 셈입니다. 그 대부분을 군신 아레스께서 무릎을 부러뜨려 놓으셨습니다. 그런데 그 가운데서도 유달리 소중한 아들, 그 몸 하나로 도시를 지켜준 자식을 당신이 바로 얼마 전에 쓰러뜨리셨습니다. 헥토르를요. 그 자식 때문에 지금 나는 희랍군의 선단을 찾아온 것입니다. 그를 되찾고자 많은 보물을 몸값으로 가져왔습니다.

그러하니 아킬레우스여, 제발 신들을 두려워하시고, 또 아버님을 마음에 생각하시어 이 몸을 가엾게 여겨주시오. 나야말로 정말 가엾은 자요. 이 세상에 태어난 사람이 아직까지 한 적도 없는 짓을 참고 견뎌내기까지 했소이다. 아들을 죽인 그 무사의 손에 입맞추는 일을.

노왕은 아킬레우스가 제 아버지를 생각하고 마음이 약해지기를 바랐다. 이쪽도 늙은이의 손을 슬며시 저만큼 밀어놓았는데, 그대로 둘이는 저마다의 생각으로 돌아갔다. 즉 프리아모스 왕은 헥토르를 생각하며 아킬레우스의 발밑에 엎드린 채 통곡했고, 아킬레우스는 제 아버지와 파트로클로스를 생각하며 슬퍼했다. 그 울음소리가 온 집안을 진동시켰다.

용맹한 아킬레우스는 실컷 울어 뱃속에서도 손발의 힘줄에서도 슬픈 마음이 쑥 빠지자 이내 의자에서 일어서더니 그 왕의 손을 잡고 일으켜 세우며, 하얗게 센 그의 머리털이며 새하얀 수염에 연민의 정을 느끼고 왕에게 큰 소리로 정중하게 말했다.

"아, 불쌍한 분. 실로 무서운 불행을 몽땅 마음에 참고 견뎌 왔구려. 어쩌면 그렇게 혼자서 대담히도 희랍군의 선단까지 찾아오셨소. 게다가 그 많은 훌륭한 자식들을 죽여버린 그 사내의 눈앞에 나타나다니, 당신의 심장은 강철로 만들어진 것일까. 그러나저러나 자, 이 의자에 앉으시오. 아무리 못 견딜 정도의 괴로움이라 할지라도 우선 잠시 동안 가슴속에 덮어두기로 합시다. 몸을 얼어붙게 하는 통곡과 슬픔도 결국은 아무런 소용이 없는 것이니까. 요컨대 신들이 비참한 인간들에게 가슴을 졸이고 괴로워하면서 살아가도록 운명의 실을 꼬아 놓았으니 말이오.

제우스 궁전의 넓은 거실에는 두 개의 항아리가 있는데, 하나에는 온갖 재앙이 담겨져 있고 다른 하나에는 행복이 담겨져 있다고 하오. 제우스가 이 두 가지를 섞어서 보낸 인간은 때로는 자못 불행하기도 하고 때로는 행복하기도 하겠지요. 그러나 그분께서 재앙만을 보낼 때는 남에게 멸시당하라는 뜻입니다. 신은 물론 인간에게도 천대받으며, 심한 굶주림에 쫓겨 거룩한 땅 위를 방황하게 되는 법이오. 펠레우스에게도 신들이 태어날 때부터 부나 행복으로 이 세상의 모든 인간들보다 뛰어나게 하고 뮈르미도네스족을 군주로서 다스려 오게 했소. 게다가 또 죽을 인간의 몸이면서 여신을 아내로 주신 것이오.

그러나 그런 그에게까지 신께서는 화를 더하였소. 그것은 왕위를 이을 친자식이 온 집안에 아무도 태어나지 않게 하고, 단 하나 태어난 자식인 나는 실로 일찍 죽어 나이 들어가는 아버지를 모실 수도 없기 때문이오. 이처럼 고향과 멀리 떨어진 트로이아에 붙들려 당신과 당신 자식을 괴롭히며 날을 보내고 있으니.

노왕이여, 당신도 전에는 영화로웠다고 듣고 있소. 들은 바에 따르면 위로는 마카르의 주거였다는 레스보스 섬에서 프리기아까지, 그리고 끝없는 헬레스폰토스까지 구획을 지었으며, 모든 고을에서 부로나 잘난 아들을 가진 것으로나 당신 이상의 사람은 볼 수 없었다고 하더군요. 그런데 지금의 이 화를 천상의 신들이 한번 보내고 나서는 줄곧 도성을 에워싸고서 전쟁이니 살육이니 하는 따위의 짓뿐이오. 그렇더라도 우선은 꾹 참고 별수없는 일로 생각하고서 마음속으로 그리 슬퍼하지 마오. 이제 새삼스레 용감했던 아들 헥토르 때문에 상심을 한들 무슨 소용이 있겠소. 되살아나게 하기 전에 다른 재앙이 떨어질지도 모를 일이오."

"제우스의 비호를 받는 아킬레우스 님, 헥토르가 아직 군막 속에 버려져 있는 동안은 나를 앉히려고 하지 마시오. 그것보다는 될 수 있는 대로 빨리 이 눈으로 가까이 볼 수 있게 돌려주시고, 가지고 온 많은 몸값의 물건을 받아주십시오. 그러면 당신은 나 자신이 오래 살아서 햇빛을 우러를 수 있도록 나를 용서한 이상 그 물건을 받고 고향으로 돌아가실 수 있을 것입니다."

그러자 아킬레우스는 눈을 치켜뜨고 노려보았다.

"노인이여, 이쪽에서 헥토르를 돌려주려고 생각하고 있으니 이제 와서 나를 성나게 하지 마오. 그것도 나를 낳은 어머니, 그 바다의 늙은이 네레우스의 딸 테티스가 제우스한테서 심부름꾼으로 찾아오셨기 때문이오. 또 당신에 대해서는 나도 잘 알고 있어요. 어느 신인가가 이곳까지 안내한 것을 말이오. 아무리 객기를 부리는 사내라 하더라도 죽을 인간의 몸으로 이 진중까지 대담히 올 사람은 없을 것이오. 특히 보초병의 눈까지 피할 수도 없을 것이고, 우리 군막의 빗장도 쉽게 끄르지 못할 것이오. 그런즉 더 이상 괴로워하고 있는 내 가슴을 잡아 흔들지 마오. 만일에라도 내가 군막 안에서 탄원자로서 온 당신까지 손을 대어 제우스의 신명까지 거역해서는 안 되니까."

노왕은 기겁을 하며 그 말을 좇았다. 그러자 펠레우스의 아들은 군막 밖으로 수사자처럼 뛰어갔는데, 혼자서가 아니라 수행 무사 아우토메돈과 알키모스가 같이 따라갔다. 두 사람 다 아킬레우스가 파트로클로스 다음으로 중히 여기고 있던 사람들이었다. 이들은 모두 달려들어 멍에 밑에서 말들과 노새들을 풀어주고 나자 노왕을 따라온 전령을 군막 안으로 데리고 들어가 의자에 앉히는 한편, 수레에서 헥토르의 몸값인 많은 배상의 물건을 내렸다. 그러나 두 필의 옷감과 곱게 바느질이 된 동옷은 달구지 위에 남겨 두었는데, 헥토르의 사신을 내줄 때 잘 싸서 가지고 돌아가게 할 생각이었던 것이다.

그리고 나서 시녀들을 불러내어 프리아모스의 눈에 띄지 않게 보이지 않는 데로 시체를 가지고 가서 씻고 기름을 발라 두도록 명령했다. 그것은 만일에라도 프리아모스가 자식의 모습을 보고 마음 아파하며 분함을 누르지 못하게 되어서 아킬레우스 쪽에서도 그 꼴에 가슴이 어지러워져 제우스의 신명을 거슬러 왕을 죽이기라도 하면 큰일이기 때문이었다. 드디어 헥토르를 시녀들이 씻어 기름을 바르고 나자 그 몸에 아주 깨끗한 옷과 겉옷을 입혀 싸니 아킬레우스 자신이 손수 안아올려서 침상에 뉘었다. 그것을 수행 무사들이 들어올려 잘 손질된 달구지에 싣자, 아킬레우스는 크게 신음 소리를 내고 사랑하는 벗의 이름을 불렀다.

"파트로클로스여, 설사 그대가 저승에 있으면서 내가 씩씩한 헥토르를 사랑하는 부친에게 돌려주었다는 걸 듣더라도 절대로 나를 원망하지 말라. 절대로 치욕이 되지 않을 만한 몸값을 받고 한 일이니까. 그대에게 내가 충분히 나눠줄 것이다."

아킬레우스는 군막 안으로 돌아가 전에 일어섰던 침대 의자에 걸터앉으며 맞은편 벽 밑에 있는 프리아모스에게 말을 건네었다.

"자, 노인이 바라신 대로 아들을 돌려드렸소. 지금은 침상에 뉘어져 있소. 아침 빛이 비치기 시작하면 당신들 자신이 데리고 갈 때 볼 수 있을 것이오. 그런데 지금은 우선 저녁을 듭시다. 니오베도 열두 자식들을 집 안에서 잃었으면서도 식사는 잊지 않았소. 니오베가 레토 여신에게 '여신은 자식이 둘뿐이지만 나는 열둘이나 된다.'고 자랑한 것 때문에, 레토의 자식인 아폴론과 아르테미스 여신이 모두 죽이셨소.

그 자식들이 살해당한 채 아흐레 동안이나 내팽개쳐져도 아무도 장사 지내는 자가 없던 것은, 제우스가 그 마을 사람들을 돌로 만들었기 때문이오. 그래서 그 자식들을 열흘 만에 하늘에 계시는 신들이 장사를 지내신 모양인데, 그 니오베도 눈물을 흘리며 지쳐 쓰러져서는 식사를 하려고 생각했던 것이오. 그녀는 지금 호젓한 필로스 산 바위 속에 있는데, 그곳은 아켈로이오스 강변에서 춤추던 님프들의 안식처라고들 합니다. 거기서 니오베는 돌이 되어서까지 신들이 보낸 재앙을 원망하고 있다고요.

그러니 자, 거룩한 노인이여, 우리들도 식사에 마음을 돌립시다. 그러고 나서 사랑하는 아들을 슬퍼하며 통곡함이 어떻소. 일리오스로 데리고 가서 참으로 실컷 눈물을 흘리실 테지만."

이렇게 말하고 훌쩍 일어서더니 새하얀 양의 목을 자르자, 부하들은 그 가죽을 벗겨 정해진 대로 잘 잡아서 솜씨 좋게 잘게 살코기를 썰어 꼬챙이에 꿰었다. 그리고 정성스레 잘 구워 불에서 내렸다. 그동안 아우토메돈이 빵을 예쁜 바구니에 담아 식탁에 나누어 내자 아킬레우스는 살코기를 잘라 모든 사람에게 나누어 주었다. 사람들은 눈앞에 잘 장만하여 내놓은 반찬에 손을 내밀어 식사를 했다.

이윽고 마시는 것에도 먹는 것에도 어지간히 싫증나자 프리아모스는 찬찬히 아킬레우스를 쳐다보았다. 그 체격이나 모습이 자못 신이나 다름없는데에 감탄했다. 한편 아킬레우스도 프리아모스의 의젓한 모습을 보고 그의 말을 듣고 그 귀인스러움에 탄복하였다. 이같이 서로 실컷 쳐다보고 나자 먼저 신으로도 보일 노왕인 프리아모스가 이야기를 꺼냈다.

"그럼 빨리 제우스의 비호를 받으시는 당신이 나를 잠자리에 들게 해주시오, 얼른 자리에 들어 즐거운 잠을 맛보도록 말이오. 장남이 목숨을 잃고 나서는 하루도 눈을 감고 잠들지 못했소. 울음으로 나날을 지새우며 수없는 번민에 괴로워한 끝에 안뜰 울의 진창에 몸을 굴리고 있었습니다. 그러다가 이제 겨우 식사도 하고 반짝이는 술도 목구멍으로 넘겼습니다. 정말 여태까지는 아무것도 입에 넣지 않고 있었습니다."

이 말을 듣자 아킬레우스는 종신들과 시녀들에게 명령하여 두 손님의 잠자리를 주랑에 마련케 했다. 먼저 속에는 훌륭한 자줏빛 요와 시트를 깐 다음 폭신한 깃털 이불을 덮도록 명령하자, 시녀들은 횃불을 손에 치켜들고 홀에서 나가 부지런히 서둘러 두 잠자리를 마련했다.

"그럼 이 방 밖에서 주무시오, 노인. 어쩌다 희랍군의 참모인 누구라도 여기에 들어오면 안되오. 그자들은 으레 있는 일이기는 하지만 줄곧 내게 찾아와 의논하게 되어 있으니까. 만일 그 한 사람이 이 캄캄한 밤중에라도 당신을 발견하게 되면 이내 병사들의 통솔자인 아가멤논에게 알릴 것이오. 그러면 혹 시신을 가져가는데 지체되지 않는다고 장담 못 하오. 그러니 자, 나에게 분명히 이야기해 주오. 용감한 헥토르의 장례를 지내자면 며칠이나 걸릴 것인지. 그동안은 나 자신도 삼갈 것이고 병사들도 붙잡아둘 터인즉."

"정말로 용감한 헥토르의 장례를 무사히 치르게 해주실 생각이시라면 이렇게 해주시면 얼마나 감사하리요, 아킬레우스여. 아시다시피 우리들은 성채 안에 갇혀 있는 바, 먼 산속에서 장작을 해오기 때문에 트로이아 사람들은 무척 두려워하고 있습니다. 그러므로 아흐레 동안 시체를 집 안에서 애도하다가 열흘째에 땅에 묻고 또 성안 사람들을 잔치에 초대해 대접하고 나서 열하루째에 그 묻은 위에 봉분을 짓겠습니다. 그리고 열이틀째에 어쩔 수 없다면 싸움을 다시 벌이기로 합시다."

"그렇게 하지요. 제의한 날 동안만은 전쟁을 하지 않기로 하겠소."

이처럼 말하고 노인이 절대로 마음속에 두려움을 품지 않도록 오른손목을 꽉 쥐었다. 그러고 나서 둘이는 그대로 집 앞 홀에 누워 잤다. 아킬레우스는 튼튼히 지어진 군막 안에서 자고 있었다.

다른 신들도, 말총 술을 단 투구를 쓴 무사들도 편안한 잠에 완전히 취해 하룻밤 내내 자고 있었다. 그러나 헤르메스만은 잠들지 못하고 마음속으로 이리저리 궁리를 했다. 어떻게 하면 프리아모스 왕을 선진에서 문지기들에게도 들키지 않고 도망쳐 돌아가게 할까 하고. 그래서 그의 머리맡에 붙어서서 말을 건넸다.

"영감, 당신은 조금도 화를 걱정하지 않는 건가? 아무리 아킬레우스가 용서했더라도 적들 가운데서 이처럼 자고 있다니. 지금은 많은 것을 가져다주었기 때문에 사랑하는 아들의 시신도 되찾을 수 있었지만, 아가멤논이나 아카이아측 사람들 눈에 띄어 사로잡히는 날에는 다시 되찾으려면 뒤에 남아 있는 자식들이 세 갑절가량이나 몸값을 치르지 않으면 안될 것이다."

이 말에 노왕은 서둘러서 전령을 흔들어 깨웠다. 두 사람을 위해서 헤르메스가 말이며 노새들을 멍에에 채우고 부랴부랴 손수 그 수레를 몰아서 희랍군의 진중을 달렸는데, 아무도 그것을 알아차린 자는 없었다.

마침내 불사의 제우스 신이 만들어놓은 아름다운 강가, 소용돌이치는 크산토스 강의 나루터에 닿자 그때 헤르메스는 높이 솟은 올림포스 산을 향해서 올라갔다. 샤프란빛 옷을 걸친 여명이 지상에 막 빛을 던졌다. 둘이 도성을 향해서 슬픔의 소리며 신음 소리를 내면서 말들을 몰자, 노새들이 시신을 싣고 가는 것을 어느 누구 한 사람도, 도성의 남자들이나 아름다운 띠를 두른 여자들도 알아채는 사람이 없었다.

그것을 맨 처음 본 것은 아프로디테 여신과도 닮은 카산드라로, 성산 위에 올라가 있었으므로 사랑하는 아버지가 전차의 대좌에 서 있는 것을 보았다. 물론 노새가 끄는 수레 안의 널에 든 사람도 함께. 그러자 통곡하며 온 성안에 외쳤다.

"헥토르를 보시오! 도성에도 온 나라 사람들에게도 커다란 기쁨이었던 저 분이 돌아온 것을 보시오!"

성안 사람들이 모두 뛰어나와 성문께로 가서 시신을 끌고 오는 왕을 마중했다. 그 선두에 헥토르의 아내 안드로마케와 어머니인 왕비 헤카베가 잘 만들어진 수레바퀴를 단 달구지로 달려가, 그 사람의 머리에 손을 얹고 머리털을 쥐어뜯으며 슬피 울어댔다. 그것을 둘러싸고 서 있던 군중도 또 울부짖었는데 만일 전차의 대좌에서 노왕이 사람들에게 이렇게 말하지 않았다면 정말로 해가 서쪽으로 질 때까지 온종일 성문 앞에서 눈물로 헥토르를 슬피 애도했을는지도 모른다.

"자, 비켜라, 노새의 달구지가 지나갈 수 있게. 집으로 데리고 돌아간 다음에 실컷 울 수 있을 테니까."

사람들은 길을 비켜 달구지를 지나가게 했다. 그들은 헥토르의 시신을 왕궁 안 침상에 눕히고 만가를 부르는 노래꾼을 옆에 앉혔다. 이리하여 그들이 애도의 노래를 부르자 뒤따라 여자들이 슬픈 곡을 불렀다. 그 사람들의 선두에 서서 안드로마케가 무사들을 죽이는 헥토르의 머리를 팔로 얼싸안고 울며 한탄했다.

"여보, 당신은 아직 젊으신데 벌써 이 세상을 떠나 나를 홀로 집안에 남겨두셨군요. 아들도 아직 갓난아기, 친아버이인 당신도 나도 이처럼 불운한 몸이어서는 이 아이도 어른이 되기까지 도저히 크지 못할 거예요. 그 전에 이 도성이 전멸되고 말 것입니다. 실로 그 방어자인 당신이 돌아가셨으니까요. 여태까지 도성을 지켜 나와 여자들과 어린아이들을 보호하고 계셨는데.

여자들도 언젠가는 희랍인 함선에 끌려가게 될 것입니다, 나도 함께. 그리고 아가, 너도 나를 따라와 그 고을에서 천덕스러운 일에 부려먹히리라. 인정머리 없는 주인 때문에 고생을 거듭하면서. 혹은 어떤 아카이아 무사가 네 손을 잡아 망루 위에서 내던져 참혹하게 죽일지도 모른다. 틀림없이

제 형제나 아버지나 자식을 헥토르에게 살해당하여 그것을 원망하고 그러는 것일 게다. 정말로 어지간히 많은 아카이아인들이 헥토르 손에 잡혀 끝도 없는 대지 위에 죽어 쓰러졌다. 네 아버님은 참혹한 싸움터에서 절대로 순한 분은 아니셨다. 그래서 온 성안 사람들이 슬퍼하며 울어주고 있는 것이며, 끝없는 눈물을 부모에게도 흘리시게 하는 것이다.

헥토르 님, 그래도 가장 가누지 못할 괴로움은 제 것입니다. 돌아가시면서 침상에서 손을 내밀어 주시지도 않고 중대한 유언의 말씀도 들려주시지도 않았기 때문입니다. 유언만 있으면 밤이나 낮이나 생각해내어 눈물에 젖을 수도 있으련만."

이렇게 말하며 울부짖으니 여자들은 그 뒤를 따라 애도의 곡을 올렸다. 이어 이번에는 헤카베가 슬픔을 이기지 못해 외쳐 말했다.

"헥토르야, 모든 자식들 가운데서도 내 마음에 가장 소중하였던 너는 살아 있을 동안에도 신들에게서 사랑을 받더니, 이처럼 죽은 뒤까지도 걱정을 해주시는구나. 내 자식들 중 다른 아이도 몇 명이나 아킬레우스에게 붙잡혀 팔려가기도 했다. 쓸쓸한 바다 저편의 사모스 섬이며 임브로스 섬이며 화산 연기가 자욱한 렘노스 섬 등으로. 네 목숨을 청동 칼로 빼앗은 자는 여러 차례나 네가 죽인 그의 벗 파트로클로스의 묘 둘레를 끌고 돌아다녔다는구나. 그래도 그를 되살아나게 하지는 못했다. 그런데 부르면 대답할 것 같은 싱싱한 모습으로 네가 이 집 안에 자고 있구나, 아폴론 님께서 친히 우아한 화살을 쏘아 죽이신 사람처럼."

세 번째로 헬레네가 여자들에게 슬픔의 곡을 선창했다.

"시아주버니들 가운데서도 각별한 분이신 헥토르 님, 내 남편 알렉산드로스가 나를 트로이아로 데리고 온 사람이고 보면 그 이전에 죽을 수 있었으면 정말로 좋았을 것입니다. 고향을 버리고 떠나온 지 벌써 20년이나 되었습니다. 그동안 당신에게서 한번도 모진 말씀이나 심술 사나운 분부 등을 들은 적이 없을 뿐더러, 설사 누구건 집안에서 다른 분이, 시아주버니들이건 시누이들이건 또는 훌륭한 옷을 입은 동서들이건 또는 의리 있는 시어머님들이 나를 나무라시기라도 하면 꼭 당신이 언제나 부드러운 말로 달래주셨습니다. 그래서 더욱 쓰라린 마음으로 당신에 대해서, 또 기구한 내 신세를 슬퍼하는 것입니다. 이 넓은 트로이아 나라에, 이제 달리 정다운 분도 친절한 사람도 없고 모두가 나를 미워하며 싫어하니 말입니다."

도성 사람들이 통곡했다. 프리아모스는 사람들에게 말을 건넸다.

"트로이아 사람들이여, 이제부터 장작을 도성으로 날라 달라. 아르고스 군이 물샐 틈없이 잠복하고 있겠거니 하고 걱정할 것은 없다. 아킬레우스가 나를 돌려보낼 때 이렇게 약속했으니까. 열이틀째 아침이 될 때까지, 그때까지는 싸움을 걸어 괴롭히지는 않겠노라고."

사람들은 모두 달구지에 소며 노새들을 멍에에 메고 도성 앞에 모여들었다. 이리하여 열흘 동안 모두 많은 장작을 날라왔고, 드디어 열흘째에 세상 사람들에게 광명을 가져다주는 놀이 나타났을 때, 바로 그때 사람들은 용감했던 헥토르를 눈물로 보내며 쌓아올린 장작더미 위에 시신을 놓고 불을 던졌다.

그리고 이튿날 아침 꼭두새벽에 장미빛 손가락을 뻗치는 아침놀이 나타나자 헥토르의 화장장 둘레에 병사들이 모여들었다. 그리하여 사람들이 몰려 한군데에 모였을 때, 우선 아직 타고 있던 불길을 반짝이는 술로 껐다.

완전히 불 기운이 미친 데까지 술을 부어서. 그러고 나서 이번에는 하얘진 뼈를 형제들이며 사이가 좋았던 벗들이 흐느껴 울면서 주워 모았다. 그리고 그 뼈는 한데 모아 황금함에 담아놓고 부드러운 자줏빛 천을 완전히 덮어씌우고는 이내 널찍하게 판 구덩이에 넣었다. 그 위에서 틈이 없게 커다란 돌을 가득 쌓고 흙을 쌓아올려 봉분을 지었다. 둘레 사방에는 파수꾼을 두어 희랍군이 일이 무사히 끝나기 전에 몰려오지 않도록 망보게 하고.

이렇게 하여 묘를 쌓고 나자 사람들은 성안으로 들어가 제우스의 비호를 받는 프리아모스 왕의 성관에서 푸짐한 음식 대접을 만족스레 받았다.

이렇게 사람들은 말을 잘 길들이는 헥토르의 장례를 치렀다.

유럽을 알려거든,
호메로스의 《일리아스》부터 읽어라

《일리아스》는 트로이아 전쟁에 대한 이야기입니다. 트로이아 전쟁은 기원전 12세기경, 에게해의 해상무역권을 둘러싸고 '희랍(고대그리스. Hellas의 음차) 문명'과 '트로이아 문명'이 충돌했던 전쟁입니다. 희랍 세계는 이 전쟁에서 승리하지만, 결과적으로 멸망합니다. 전쟁 기간 10년 동안 희랍인 영웅들이 대부분 희생되는 바람에, 승전 직후 북쪽에서 쳐들어온 이민족(도리아인)에게 정복당해 버리는 것입니다. 그래서 이후 트로이아 전쟁 이야기는 그저 아득한 전설로 여겨지며 잊혀져 갔습니다.

그랬다가 기원전 9세기경 소아시아 이오니아 지방 출신의 작가 호메로스가 '에게 문명이 멸망하던 트로이아 전쟁에 대한 구전'들을 15,693행 총 24권의 대서사시 《일리아스》로 탄생시킵니다. 그러자 하마터면 잊혀질 뻔했던 유럽 최초의 문명 '에게 문명(희랍 문명과 트로이아 문명 전체 모두를 포함하는 개념)'까지 덩달아 재발견되어서 유럽인의 사상 속에 '헬레니

즘'으로 스며듭니다. 그래서 《일리아스》는 '유럽 최고最古의 서사시'로, 호메로스는 '그리스의 시성詩聖'으로 추앙받습니다.

워낙 방대하고 정교한 작품이다 보니 '호메로스는 실존인물이 아니라 전설 속 인물이다.', '일리아스와 오뒷세이아는 한 사람의 저서가 아니라 여러 방랑시인들의 집단 창작물이다.' 등의 의견도 있지만, 시간이 갈수록 새롭게 발견되는 고고학적 발견들과 사료들(기원전 5세기의 철학자 크세노파데스, 역사학자 헤로도토스의 저서)이 '호메로스는 실존인물이었을 뿐만 아니라 위대한 시인이었다.'는 의견에 힘을 더해주고 있습니다. 희랍 알파벳 개수와 같은 24권 구성이나 첫3권이 마지막 3권과 짝을 이루는 '되돌이 구성'에서 보이는 플롯의 정교함, 운명에 매여 있으면서 한편으로는 그 운명에서 벗어나려고 끊임없이 노력하는 인간의 희비극에 대한 철학적 고찰, 공정하거나 위대하거나 자애롭거나 하는 한 가지 성격으로 규정되지 않는 신에 대한 경외심과 이해 등이 다양하게 뒤엉켜서 방대한 스케일의 세계관을 보여주는 고전 중의 고전이 아닐 수 없습니다.

그런데 이 모든 중요한 의미들 때문에 자주 간과되는 사실 하나는 바로, 《일리아스》가 매우 재미있는 작품이라는 것입니다. 하지만 실제 내용은 트로이아 전쟁의 막바지인 10년째의 전투를 노래한 것이지만, 흔히들 알고 있는 그리스신화 속 '황금 사과 이야기'나 '아킬레우스의 죽음'이나 '트로이아의 목마' 등의 내용이 숨어 있어서 읽기에 쉽지만은 않은 것도 사실입니다. 그리스신화 전반에 대한 이해가 함께 있어야 그 가치를 충분히 즐길 수 있는 대작임은 확실합니다.

아프로디테 여신의 도움을 받은 파리스(알렉산드로스)가 희랍 세계 최고의 미인인 '스파르타의 왕비, 헬레네'를 데리고 트로이아로 도망치자, 스파르타의 왕 메넬라오스는 형인 아르고스의 왕 아가멤논을 총사령관으로 하는 희랍연합군을 꾸려서 원정길에 오릅니다. 아킬레우스와 오뒷세우스는 처음에는 원정군에 들어가지 않으려고 숨는데, 결국 붙잡혀서 합류하게 되자 눈부신 활약을 보입니다.

그런데 문제는 이 전쟁에 신들이 깊이 관여하고 있다는 것입니다. 신들이 서로 자기가 지지하는 편을 도와주니까, 1천여 척의 선단으로 트로이아군의 10배가 넘는 병력을 출동시키며 1년 이내의 승리를 자신했던 희랍군이 좀처럼 트로이아를 정복하지 못합니다. 게다가 의미 없이 9년이나 흐르고 10년째에 접어들었을 때 총사령관 아가멤논마저 실수를 연발하니, 오만한 행동으로 아폴론 신의 분노를 사서 희랍군에게 전염병이 돌게 하고, 엎친 데 덮친 격으로 잘못을 바로잡으라고 조언하는 아킬레우스를 모욕한 것입니다. 그러자 어머니가 바다의 여신 테티스여서 반인반신의 존재로서 가장 싸움을 잘하는 아킬레우스가 '전투 파업'을 선언했고, 한술 더 떠서 제우스에게 "희랍군이 패배하게 해달라."고 기도합니다.

하지만 아킬레우스는 자신의 기도 때문에 결국 원래 신탁받았던 '죽음의 운명'을 맞게 됩니다. 즉 제우스가 아킬레우스의 기도대로 희랍군을 패주시키자, 이것을 안타깝게 여긴 아킬레우스의 절친 파트로클로스가 전장에 뛰어들어서 싸우다가 전사합니다. 그러자 친구의 죽음에 성난 아킬레우스가 싸움에 복귀해서 파트로클로스를 죽인 트로이아군 총사령관 헥토르를 죽여서 트로이아 멸망을 확정짓습니다. 그러나 아킬레우스 역시 그의 유일한 약점인 '발꿈치 힘줄(테티스가 아들을 불사신으로 만들려고 저승 스틱스 강에 몸을 담굴 때, 손으로 잡아서 강물이 닿지 않았던 부분. 오늘날 아킬레스 건이라고 부른다.)'에 파리스의 화살을 맞고 죽음을 맞습니다.

홍신세계문학 020

일리아스

초판 발행_1992년 8월 10일
중판 발행_2021년 2월 10일

지은이_호메로스
옮긴이_강영길
펴낸이_지윤환
펴낸곳_홍신문화사

출판 등록_1972년 12월 5일(제6-0620호)
주소_서울시 동대문구 안암로50-1(용두동) 730-4(4층)
대표 전화_(02) 953-0476
팩스_(02) 953-0605

ISBN 978-89-7055-820-2
ISBN 978-89-7055-800-4(세트)